1845
Cha

C000154353

1846   Salon - Neaicasse
            4 first Chaps

       Concl. of Salon   Chap 18.

ÉCRITS SUR L'ART

Dans Le Livre de Poche :

Collection dirigée par Michel Simonin

CHARLES BAUDELAIRE

Écrits sur l'art

TEXTE ÉTABLI, PRÉSENTÉ ET ANNOTÉ
PAR FRANCIS MOULINAT

LE LIVRE DE POCHE
classique

PRÉSENTATION

La folie Baudelaire

Un Salon, une exposition, un événement artistique :
voici les occasions d'une critique qui commente l'actualité et qui est reçue comme telle par ses premiers lecteurs. Mais Baudelaire sait bien aussi que, depuis
Diderot, la critique d'art prétend au titre de genre littéraire à part entière et qu'elle entend dépasser les contingences qui la nourrissent. Encore timide en 1845, cette
ambition s'affirme l'année suivante ; désormais son
engagement philosophique distingue une approche originale jamais démentie.

De l'histoire de la critique d'art au XIXe siècle, l'auteur des *Fleurs du mal* n'a écrit qu'un épisode, mais
cet épisode provoque ce qu'Hugo appelle un « frisson
nouveau ». Dès 1862, Sainte-Beuve s'efforce, dans un
éloge ambigu, d'en discerner les mobiles : « M. Baudelaire a trouvé moyen de se bâtir, à l'extrémité d'une
langue de terre réputée inhabitable et par-delà les
confins du romantisme connu, un kiosque bizarre, fort
orné, fort tourmenté mais coquet et mystérieux, où on
lit de l'Edgar Poe, où l'on récite des sonnets exquis, où
l'on s'enivre avec le haschisch pour en raisonner après,
où l'on prend de l'opium et mille drogues abominables
dans des tasses d'une porcelaine achevée. Ce singulier
kiosque, fait en marqueterie d'une originalité concertée
et composite, qui, depuis quelque temps, attire les
regards à la pointe extrême du Kamtchatka romantique,
j'appelle cela "la folie Baudelaire". L'auteur est content

d'avoir fait quelque chose d'impossible, là où on ne croyait pas que personne pût aller[1]. »

Sainte-Beuve a situé Baudelaire, non parmi ses contemporains, mais comme vivant plutôt dans une des marges de son époque.

C'est avec les Salons de 1845 et 1846 que Baudelaire effectue son entrée dans la vie littéraire — coup d'essai, puis coup d'audace et coup de maître. Ils firent alors sensation[2].

La *Revue de Paris* du 15 mai 1845 découvrait dans le premier un « accent de sincérité », un « cachet d'indépendance », tandis que le *Corsaire-Satan* du 27 mai 1845 le décrivait comme un « spirituel lever de rideau ». Marc Fournier, en 1846, discerne le « sentiment original et altier » qui, selon lui, caractérisait la plaquette[3]. Baudelaire, grâce à ses Salons, gagna une réputation littéraire, même limitée encore au cercle de ses amis ou aux amateurs curieux.

La critique baudelairienne, outre ses qualités de style, offrait pour principale vertu la sobriété[4]. Le hasard, la nécessité avaient peu à voir avec ces textes, au regard des contingences matérielles qui firent d'un Théophile Gautier un journaliste polygraphe, indulgent et las d'écrire des feuilletons hebdomadaires. Or les vertus apparemment classiques que le critique mettait en œuvre dans ses Salons — intelligence, clarté, volonté, buts avoués, moyens maîtrisés — étaient, en réalité, surtout l'expression de deux qualités d'essence romantique : l'originalité et l'individualité.

---

1. « Des prochaines élections à l'Académie », *Le Constitutionnel* du 20 janvier 1862.   2. Tabarant : *La Vie artistique au temps de Baudelaire*, Mercure de France, 1942 et A. Ferran, *L'Esthétique de Baudelaire*, Hachette, 1933.   3. *L'Artiste*, 31 mai 1846. 4. L'économie des moyens est une des dominantes de l'esthétique baudelairienne : économie de l'écriture, économie de l'œuvre critique. Quatre Salons ont suffi à Baudelaire pour exprimer sa conception esthétique. Le petit nombre d'articles complémentaires nuancèrent certaines positions ou abordèrent des thèmes non encore traités.

Formation et influences :
de François Baudelaire au bon Théo

François Baudelaire, le père du poète, peintre amateur
lui-même, l'emmène, enfant, dans l'atelier de ses amis
artistes : Naigeon, Ramey et d'autres[1]. Plus tard,
Charles ne cesse de fréquenter le Louvre ; il visite les
Salons, lit les comptes rendus qu'on leur consacre, se
lie d'amitié avec des peintres : Deroy, Courbet, qui
brosseront son portrait... En 1838, au lendemain d'une
visite au Musée de Versailles, il écrit à son beau-père :
« Il m'a semblé que les bons tableaux se comptaient,
(...). à la réserve de quelques tableaux d'Horace Vernet,
de deux ou trois tableaux de Scheffer et de la *Bataille*
de Taillebourg de Delacroix, je n'ai gardé souvenir de
rien (...). Tous les tableaux de l'Empire, qu'on dit fort
beaux, paraissent souvent si réguliers, si froids (...). Il
est sans doute bien ridicule à moi de parler ainsi des
peintres de l'Empire qu'on a tant loués ; je parle peut-
être à tort et à travers ; mais je ne rends compte que de
mes impressions : peut-être est-ce là le fruit des lectures
de *La Presse*, qui porte aux nues Delacroix[2] ? »

C'est Théophile Gautier, alors critique d'art de ce
journal, qu'il pouvait lire à cette date. La lecture, puis la
méditation de ses feuilletons furent aussi déterminantes,
semble-t-il, que celles d'Hoffmann, de Diderot, d'Henri
Heine, de Stendhal, de Balzac, plus tard de Poe et de
quelques autres. Le rôle qu'exerce Gautier dans la formation des idées baudelairiennes, par ses œuvres et sa
critique, est loin d'avoir été négligeable. Baudelaire ne
lui a-t-il pas, sa vie durant, rendu hommage ? La dédicace de l'auteur des *Fleurs du mal* à son « très vénéré

---

1. Jean-Claude Naigeon (1753-1832) fut élève de Devosges à
Dijon et de l'Académie de Dijon. Peintre d'histoire, il exposa au
Salon de 1791 à 1810. Il fut aussi conservateur au Musée du Luxembourg. Claude Ramey (1754-1838) fut, lui aussi, élève de Devosges
à Dijon ; sculpteur, il exposa ses œuvres au Salon de 1793 à 1827.
2. Voir la lettre du 17 juillet 1838 au général Aupick (*Correspon-*
dance, I, p. 57-58, Gallimard, 1973).

maître et ami » est-elle aussi conventionnelle qu'on l'a dit ?

Depuis 1836, Théophile Gautier prodiguait dans *La Presse* sa verve imagée et son dilettantisme perspicace au service de l'art et du beau. Il tentait de répandre ses idées esthétiques, d'éduquer et former le goût de ses lecteurs. Ce que le jeune Baudelaire lisait en 1838 était donc le meilleur de Gautier, le plus vivace, le moins entaché de journalisme : une critique partiale et engagée. Gautier avait participé à la bataille romantique, autre titre de gloire aux yeux d'un jeune lecteur. A la première d'*Hernani*, représentant le parti coloriste (il avait été recruté comme peintre), il avait arboré les couleurs de sa foi. Jeune rapin, encore hésitant entre la peinture qu'il étudiait et la poésie qu'il aimait et pratiquait, il avait imaginé et fait réaliser un gilet délirant pour la circonstance : un pourpoint taillé dans la forme des cuirasses de Milan, en satin cerise ou vermillon de Chine, et un pantalon vert d'eau très pâle, bordé à la couture d'une bande de velours noir, pour faire chanter une couleur primaire en l'associant à sa complémentaire, blason passionné de l'artiste qui avait tout pour séduire le jeune Baudelaire. Dans les années 1830, ce même Gautier, avec ses amis du Petit Cénacle puis ceux de la bohème du Doyenné[1], « inventait » le dandysme littéraire dont Baudelaire fut l'un des plus illustres représentants[2]. Ces mêmes cercles devaient voir s'ébaucher les fondements de l'art pour l'art[3]. L'amour inconditionnel du beau, qui en est l'une des idées maîtresses, fut professé dès *Mademoiselle de Maupin* (Paris, Renduel, 1835-1836) par Théophile, l'un des premiers à affirmer que l'art n'a pas de destination sociale, politique ou didactique. Et « c'est sans doute vers 1843 (...) que Gautier, voisin de Baudelaire à l'hôtel Pimodan, sa

1. R. Jasinski : *Les Années romantiques de Théophile Gautier* ; Vuibert, 1929.   **2.** Voir J.-C. Prévost : *Le Dandysme en France*, Genève/Paris, Droz/Minard, 1957 (réèd. 1982) et Roger Kempf, *Dandies, Baudelaire et Cie*, Le Seuil, 1977.   **3.** A. Cassagne : *La Théorie de l'art pour l'art*, Hachette, 1906 (réèd. 1979).

résidence, eut un long entretien avec le futur auteur des *Fleurs du mal* qu'il avait, selon toute probabilité, entrevu plusieurs fois auparavant (...) [1] ».

Cependant, si Gautier fut admiré, il fut aussi jugé et critiqué. Lorsque le jeune Baudelaire voulut se composer un personnage original, il se garda bien de donner dans les excès vestimentaires de 1830, envers lesquels Gautier lui-même avait pris rapidement ses distances, avec les « Jeunes-France » (1833), satire des précieuses ridicules du romantisme. Donc ni habit délirant, ni air byronien et fatal... Et l'on vit Baudelaire, tant dans ses Salons que dans sa mise, se défaire de la couleur locale et du pittoresque, dénonçant ce qu'ils pouvaient contenir d'illusoire et de convenu. Soucieux de ne retenir que les idées justes, les plus appropriées à sa personnalité, il les développa dans le sens qui servait le mieux ses intérêts.

De l'habit noir et du bourgeois, Gautier, les dénonçant jusqu'à sa mort, écrivait : « Nos ajustements prêtent bien peu à la peinture ; comme forme et couleur on ne saurait rien imaginer de plus horrible (...). Tout ce qui est éclatant et singulier nous est interdit (...). Et il faut bon gré mal gré nous enfermer dans de vilains suaires noirs, où nous avons l'air de porter le deuil de notre gaîté [2]. » « Le bourgeois, remarquait encore Gautier dans l'un de ses feuilletons, je le sais, n'a pas le goût des belles choses ; il ne connaît pas cet amour violent de la perfection, qui caractérise les organisations d'élite, il aura toujours un tendre penchant pour le propret et le ratissé, le savonné et le luisant [...]. On se plaint avec raison du béotisme du bourgeois, nous-même, nous ne lui avons guère épargné le sarcasme mais, au bout du compte, qu'a-t-on fait pour éclairer

---

1. C.-M. Senninger et L.-C. Hamrick, *Baudelaire par Gautier*, Klincksieck, 1986, p. 15. Baudelaire s'était installé en 1843 à l'Hôtel Pimodan (Hôtel Lauzun) dans l'île Saint-Louis, 17, quai d'Anjou.
2. *La Presse*, 13 décembre 1836. Il faut comparer ce passage à l'envoi du Salon de 1845 et au chap. XVIII du Salon de 1846.

son goût et le rectifier[1] ? » Et Baudelaire d'écrire en
1846 aux bourgeois : « Vous êtes les amis naturels des
arts, parce que vous êtes, les uns riches, les autres
savants[2] », ou encore d'affirmer : « N'a-t-il pas sa
beauté et son charme, cet habit tant victimé ? N'est-il
pas l'habit nécessaire de notre époque, souffrante et portant jusque sur ses épaules noires et maigres le symbole
d'un deuil perpétuel ? Remarquez bien que l'habit noir
et la redingote ont non seulement leur beauté politique,
qui est l'expression de l'égalité universelle, mais encore
leur beauté poétique, qui est l'expression de l'âme
publique (...). Nous célébrons tous quelque enterrement[3]. » L'opposition apparente n'est cependant que
temporaire.

Le Salon et le mouvement des arts

Avant de devenir un ensemble d'idées en un certain
ordre agencées, le Salon a été une réalité particulière.
Fondé sous l'Ancien Régime, il tirait son nom d'une
pièce du Louvre, le Salon Carré, où, à intervalles plus
ou moins réguliers, les Académiciens Royaux exposaient leurs œuvres. Avec le temps et le développement
de la presse, cette exposition acquit un certain lustre. La
Révolution la rendit accessible à tous les artistes après
la suppression des Académies Royales. Au XIXe siècle,
cette manifestation prit une importance singulière. Elle
devint pour les artistes et les amateurs un événement
attendu. Le Salon était, en effet, à peu près le seul
moyen de se faire connaître et d'obtenir des commandes
privées ou publiques. Or, il fallut bientôt franchir l'obstacle du jury.

Louis-Philippe avait confié à l'Académie des Beaux-
Arts la réception des œuvres avant le Salon, section de
musique comprise. Les artistes obtinrent en 1833 que
celle-ci fût écartée. Le jury avait pour tâche essentielle

---

1. *La Presse*, 13 décembre 1836. Il faut rapprocher cet extrait
de « Aux bourgeois », Salon de 1846.　**2.** Salon de 1846, « Aux
bourgeois ».　**3.** Salon de 1846, XVII.

de refuser les ouvrages trop faibles. Sous la Monarchie de Juillet, il se rendit tristement célèbre par son refus de toutes œuvres novatrices, sans souci de leur valeur réelle ou de la notoriété de leurs auteurs. « Presque tous les articles consacrés aux Salons de 1833 à 1847 s'ouvrent sur une attaque violente et justifiée contre l'Institut[1]. » La presse qui, alors, prenait une réelle importance dans la vie culturelle et politique de la France, donna toute la publicité voulue à ces arbitraires proscriptions. Le Salon, annuel[2], était l'événement qui suscitait tous les espoirs d'un artiste : serait-il reçu ? bien exposé ? remarqué par un critique influent ? Les cimaises du Salon Carré, celles de la Galerie du bord de l'eau étaient recouvertes de toiles dont les cadres se touchaient :

« Il faut plusieurs jours, écrit Théophile Gautier le 8 mars 1837, avant d'avoir trouvé, entre les deux mille cadres qui tapissent les murailles du Louvre, les vingt ou trente tableaux qui valent la peine que l'on s'y arrête et que l'on y revienne. C'est un pandémonium, un tohu-bohu à défier la lorgnette et le livret. Comment se reconnaître dans ce tapage assourdissant de couleurs, parmi cette foule aux flots toujours mouvants, qui vous coudoie, qui vous écrase les pieds et vous fait tourner sur vous-même, comme un cheval aveugle à la roue d'un puits ? Les glacis miroitent, les rehauts papillotent et s'écaillent en lumineuses étincelles, les cadres frais, dorés, lancent des éclairs à droite et à gauche, une vapeur alcoolique due aux vernis et aux huiles mal séchées que la chaleur fait fondre, se répand dans toute la salle, et il vous prend un étourdissement fade qui vous empêche de rien discerner dans cette confusion peinte de personnages et de costumes de tous les temps et de tous les pays[3]. » Quant à la sculpture, installée au rez-de-chaussée, « pauvre délaissée », elle « grelotte de

1. Léon Rosenthal, *Du Romantisme au réalisme*, Macula, 1987, p. 39.   **2.** Le Salon n'eut pas lieu en 1832 à cause de l'épidémie de choléra.   **3.** *La Presse*, 8 mars 1937, « Topographie du Salon », par Théophile Gautier.

froid, ajoute-t-il, et se meurt d'ennui dans ces caveaux humides et déserts [1] ».

Au moment où Baudelaire écrivait ses Salons, la bataille romantique de 1830 était entrée dans l'Histoire. Les Salons où les œuvres scandalisaient et déchaînaient les passions, où les partisans de Delacroix et des romantiques affrontaient le parti classique, étaient révolus ; disparu aussi, le temps où M. Ingres lui-même pouvait passer pour une sorte de rénovateur. Le mouvement des arts n'offrait plus ce tumulte d'œuvres et de talents qu'illustre le Salon de 1827, qualifié d'États généraux de la peinture par un critique du temps. L'enthousiasme était tombé. Les espoirs soulevés par la Révolution de 1830 étaient peu à peu retombés. Le jury se signalait toujours par de rigides ostracismes : Théodore Rousseau avait renoncé au Salon, qui continuait d'offrir, dans un mélange pittoresque et cacophonique, les unes à côté des autres, les œuvres les plus contradictoires.

Les romantiques, hormis Delacroix, assagis, cédaient parfois aux prestiges de la ligne et du dessin, reniant les charmes de la couleur, comme Devéria ou Clément Boulanger. Naguère coloriste et « naturaliste », face aux modèles épuisés du néo-classicisme (le beau idéal, l'imitation de l'antique, la primauté du dessin sur la couleur), le romantisme de ces années 1840 peut se résumer à Delacroix et à Chassériau.

Depuis 1834, Ingres n'exposait plus au Salon. Ses élèves, H. Flandrin, Lehmann, Amaury Duval, Chassériau prolongeaient le maître tout en infléchissant sa leçon. S'inspirant des Classiques du XVIIᵉ siècle et des Primitifs, ils furent pour beaucoup dans le renouveau de la peinture religieuse. En 1842, H. Flandrin entreprenait la décoration de Saint-Germain-des-Prés, tandis que Chassériau et Amaury Duval œuvraient dans deux chapelles différentes de Saint-Merri. Quant à ceux que Léon Rosenthal appelle les peintres du juste milieu :

1. *Revue des Deux Mondes*, tome VI, 15 avril 1844 : « Le Salon » de Louis Peisse.

Horace Vernet, Delaroche, Léon Cogniet, Robert Fleury, ils continuaient de produire une peinture facilement intelligible, plus illustrative que créatrice d'images. Pour s'en rendre compte, il suffit de comparer les *Croisés à Constantinople* de Delacroix (Salon de 1841) ou *L'Odalisque à l'esclave* d'Ingres (1842) à *La Prise de la Smalah d'Abd el-Kader* de Vernet (Salon de 1846) ou au *Tintoret peignant sa fille morte* de Léon Cogniet (Salon de 1843). La sculpture appelle les mêmes observations : hormis Pradier, David d'Angers, Rude et les éternels refusés, elle était faite alors surtout par des « sculptiers ».

Durant ces mêmes années, s'esquissa la naissance de ce qu'on peut appeler le « pré-réalisme ». L'école de paysage fut pour beaucoup dans cette émergence, décelable dès la Restauration. Cette école, apport essentiel durant la Monarchie de Juillet, exprima le sentiment nouveau éprouvé face à la nature : romantique par ses plans, naturaliste dans sa description des sites et dans l'observation des effets lumineux. Corot, Rousseau, Troyon, Huet, Daubigny contribuent alors, chacun à sa manière, à la fortune du genre. De leur côté, les frères Leleux, Jeanron, Antigna, O. Tassaert produisent des œuvres où se fait sentir un intérêt indéniable pour la réalité visible, provinciale, citadine ou ethnologique. Mais malgré un souci certain de décrire le visible, ces œuvres ne rompent pas véritablement avec le passé et la hiérarchie des genres. L'honneur de la rupture revient à Courbet. *Un enterrement à Ornans*, présenté au Salon de 1850-1851, renverse les anciennes échelles de valeur. Une scène de la vie quotidienne y est peinte grandeur nature : elle s'approprie le format réservé jusqu'alors à la peinture d'histoire. Elle la ruine et lui substitue comme sujet à peindre ce que Baudelaire devait appeler la « modernité ». Millet, Rosa Bonheur, Hébert, etc. participent eux aussi au succès du « Réalisme ». Les anciens romantiques continuent d'exposer, Ingres et ses élèves aussi. De nouveaux courants se font jour : les Néo-Grecs avec Gérome, l'éclectisme avec Thomas Couture et ses *Romains de la décadence* (Salon de

1847), véritables sursauts d'une tradition moribonde qui tente de se survivre.

Le mouvement des arts était loin d'offrir cette simplicité et cette clarté que l'histoire tend à lui prêter par la suite. Pour citer Henri Focillon, ce que vit Baudelaire de son vivant était un « conflit de précocités, d'actualités et de retards ». Il fallait que le critique fît son choix et portât des jugements. Aussi la lecture des articles et des Salons de Baudelaire ne nous donne pas un aperçu objectif de l'actualité en cours ; elle restitue le regard d'un individu sur son temps, d'un individu qui se proposait comme guide.

Goûts et dégoûts baudelairiens

Comment lire la critique d'art de Baudelaire ? Faut-il la juger selon la postérité ? Ou bien la situer dans son époque ? Faut-il penser qu'en 1845 et 1846, elle est en avance sur son temps et que, dans les années 1850, elle est rétrograde, ou paradoxale ? Ne vaut-il pas mieux examiner les goûts et les dégoûts baudelairiens ? L'école de David, d'Ingres et de ses élèves, le paysage, la sculpture témoignent à merveille, dans la réflexion de Baudelaire, que, dès les années 1840, ses opinions sont arrêtées. Ses Salons et articles ultérieurs les confirment.

David et l'école impériale n'étaient guère en cour auprès des critiques sous la Monarchie de Juillet. Gautier en dressait ce tableau : « On ne se figure pas maintenant à quels Mars et Vénus, à quels Ajax furieux, à quels Hélène et Pâris, à quels Diomède domptant les chevaux d'Hercule, l'on était exposé à cette époque ; les grandes perruques de l'école impériale régnaient encore despotiquement, la rotule et le tendon d'Achille étaient académiquement cultivés et ratissés : il n'y avait pas la moindre apparence que l'on fît jamais de peinture, en France (...). Ingres et Delacroix se révélèrent subitement au milieu de ce fatras[1]. » Théophile Thoré soulignait pour sa part le caractère intellectuel de cette école et

---

1. *La Presse*, 9 mars 1837.

son absence d'exécution : « Pour ces peintres méditatifs, la pensée précède l'image, et les qualités de l'exécution n'ont qu'une valeur secondaire. Aussi David, et toute son école légitime quant à la forme, ont manqué des vraies facultés du peintre [1]. »

Or, que fait Baudelaire en 1846 ? Il loue, non sans de prudentes réserves, cette école [2], dans laquelle il décèle « l'austère filiation du romantisme, cette expression de la société moderne [3] ». En 1855, le ton change : « Ces maîtres (...) eurent le grand mérite (...) de ramener le caractère français vers le goût de l'héroïsme [4]. » Il écrit encore : « Ils avaient un but (...) ce but ils le visèrent avec persévérance (...). Ils marchèrent à la lumière de leur soleil artificiel avec une franchise, une décision et un ensemble dignes de véritables hommes de parti [5]. » Négligeant la facture, Baudelaire dénonce l'idée fixe qui la sous-tend, c'est-à-dire la foi de ces peintres en un idéal héroïque. Ingres est décrit comme « un grand dessinateur maladroit qui ignore la perspective aérienne » et dont la « peinture est plate comme une mosaïque chinoise [6] ». Thoré, s'il a lui aussi noté ces bizarreries expressives, retient surtout l'anachronisme des sujets ingresques et son culte de la forme pour la forme.

---

1. Introduction au Salon de 1846, chap. I, *Salons de 1844, 1845, 1846, 1847, 1848* de Théophile Thoré, Paris, Vve Renouard, 1870. Théophile Thoré (1807-1869) fut journaliste, critique et historien d'art. Sous la Monarchie de Juillet, il collabora à de nombreux journaux opposés au régime en place. Il fut l'un des premiers défenseurs des réalistes et des paysagistes. Il prit part activement à la Révolution de 1848. Condamné à mort pour avoir participé à l'insurrection du 15 mai 1849, il s'exila en Belgique. Installé à Bruxelles, il écrivit de nombreux livres sur l'art flamand et hollandais... **2.** *Le Corsaire-Satan*, 21 janvier 1846 : « Le Musée classique du Bazar Bonne-Nouvelle » : « Cette peinture qui se prive volontairement du charme et du ragoût malsains, et qui vit surtout par la pensée et par l'âme, — amère et despotique comme la révolution dont elle est née. » **3.** *Ibidem*. **4.** *Exposition universelle de 1855*, I. **5.** *Ibidem*. **6.** *Le Musée classique du Bazar Bonne-Nouvelle*. Thoré, dans son Introduction au Salon de 1846, écrivait pareillement : « La peinture de M. Ingres a plus de rapport qu'on ne pense avec les peintures primitives des peuples orientaux, qui sont une espèce de sculpture coloriée. »

« M. Ingres désire la beauté pour elle-même, sans aucun tourment social, sans souci des passions qui agitent les hommes et de la destinée qui mène le monde. Il ambitionne la perfection plastique. Mais vraiment son exécution ne répond pas à sa volonté[1]. » Et il ajoute : « Pour faire une image, il faut avoir un sentiment quelconque, qui saisira ensuite le spectateur (...). On peut donc reprocher à M. Ingres son indifférence en matière de religion, de philosophie, de politique, et de tout ce qui intéresse profondément l'homme et la société[2]. »

En 1855, pour beaucoup, Ingres est devenu, face au Réalisme, incarné dans le pavillon Courbet, bâti aux portes de l'Exposition universelle, le dernier rempart des justes et saines traditions. Gustave Planche, qui jadis le critiquait sévèrement, l'encense : « L'Europe entière voit dans M. Ingres le représentant le plus fidèle, le plus persévérant et le plus pur des traditions de la Renaissance, et l'Europe ne se trompe pas[3]. » Il confesse même : « *L'Anadyomène* est pour moi, avec *L'Apothéose d'Homère*, l'expression la plus pure du talent de l'auteur (...). C'est à coup sûr une des œuvres les plus parfaites de l'art français depuis son origine jusqu'à nos jours (...). C'est le type de la beauté idéale dans sa plus haute expression[4]. » Gautier voit en Ingres un des dieux de la peinture. Que pense Baudelaire en ce même

---

1. Introduction au *Salon de 1846*. **2.** *Ibidem.* **3.** Gustave Planche, *Revue des Deux Mondes*, tome XI, 15 septembre 1855. Dans son Salon de 1833 (*Études sur l'École française*, tome II, Paris, Levy frères, 1855), le ton était différent : « Aux plus beaux ouvrages de M. Ingres, il manquera toujours une condition de popularité, le progrès. Ils auront une valeur savante. Mais, comme ils ne seront pas de leur temps, ils n'obtiendront que de rares suffrages. » Gustave Planche (1808-1857), malgré la volonté de son père, se consacra à la critique d'art. Ses véritables débuts datent de 1831 — il écrit alors la « Revue du Salon » dans *L'Artiste*. Cette même année, il passe à la *Revue des Deux Mondes*. Sa critique n'est pas à proprement parler spéculative ; elle est avant tout technique. Sa langue se distingue par sa pureté et sa correction. **4.** *Revue des Deux Mondes*, tome XI, 15 septembre 1855. Plus loin, Planche ajoute : « On le croit tout entier livré au culte du passé et l'on ignore qu'il n'accepte jamais la tradition sans la contrôler par l'étude du modèle vivant. »

moment ? Il discerne en Ingres un maladif rejeton du néo-classicisme, un homme à système, un anti-Delacroix. Ingres est certes un « homme doué de hautes qualités, un amateur éloquent de la beauté », mais il est « dénué de ce tempérament énergique qui fait la fatalité du génie[1] ». Condamné à n'avoir qu'un « genre de talent[2] », « l'imagination, cette reine des facultés[3] », lui fait défaut ; d'ailleurs, « ses préoccupations dominantes sont le goût de l'antique et le respect de l'école. Il a, en somme, l'admiration assez facile, le caractère assez éclectique, comme tous les hommes qui manquent de fatalité. Ainsi le voyons-nous errer d'archaïsme en archaïsme[4] ».

Baudelaire ne juge pas mieux les élèves du maître : épigones sans tempérament, ils ont copié ses défauts, systématiquement, pour s'en faire une manière : « Ce qu'ils ont vu et étudié (...), c'est la curiosité et l'érudition. De là ces recherches de maigreur, de pâleur et toutes ces conventions ridicules, adoptées sans examen et sans bonne foi. Ils sont allés dans le passé, loin, bien loin, copier avec une puérilité servile de déplorables erreurs[5]. » Théophile Thoré, sur un tout autre terrain, les jugea avec la même sévérité : « On pourrait reprocher à l'école de M. Ingres le même mépris de la pâte et de la couleur. C'est une hérésie tout à fait singulière, dans un art plastique comme la peinture, que de nier la puissance des procédés matériels et les ressources de l'exécution pour exprimer une pensée et une image[6]. »

Autre sujet de réflexion de Baudelaire : le paysage.

---

1. *Exposition universelle de 1855*, II.   2. *Exposition universelle de 1855*, II.   3. *Ibidem.*   4. *Ibidem.*   5. *Salon de 1846*, VIII. 6. Thoré, *Salon de 1845*, Alliance des Arts, 1845, F. de Lagenevais, dans la *Revue des Deux Mondes*, tome XV, 1er août 1845, ne fut pas plus tendre : « M. Ingres n'a pas seulement des disciples, il a des fanatiques qui ont poussé jusqu'à leurs conséquences les plus extrêmes les doctrines qu'il professe et qui ont exagéré sa manière jusqu'à la rendre (...) les uns (...) remontant aux premières époques de l'art, ont copié Cimabue et Giotto, ils se sont livrés à toutes sortes de folies archaïques (...). Les autres, péchant par excès de fidélité, s'en sont tenus à une imitation littérale de la manière du peintre d'Homère. »

Il lui semble d'abord que la plupart des paysagistes copient sans examen, littéralement, la nature. Toutefois, il reconnaît à Camille Corot, à Théodore Rousseau la « naïveté » et l'« originalité[1] ». Il leur sait gré d'avoir exprimé leur âme ou leurs sentiments dans leurs paysages. Ainsi il voit dans Rousseau « un naturaliste entraîné sans cesse vers l'idéal[2] », cependant que Thoré estime pour sa part que Rousseau est « sans comparaison, le premier de nos paysagistes (...). Il a le don de la couleur au même degré que celui de la poésie[3] ». Gustave Planche face à Corot est partagé ; il trouve son exécution incomplète et, en même temps, reconnaît en lui « une des imaginations les plus poétiques de notre temps », précisant que « chacune de ses œuvres porte l'empreinte de son imagination[4] ». Baudelaire, lui, ne trouve rien à reprendre dans sa peinture : « M. Corot est (...) un harmoniste (...). Presque toutes ses œuvres ont le don particulier de l'unité, qui est un des besoins de la mémoire[5]. » Constant Troyon, de 1845 à 1859, lui paraît le contraire exact de ces deux paysagistes : il est de « ces artistes qui veulent exprimer la nature moins les sentiments qu'elle inspire », qui « se soumettent à une opération bizarre qui consiste à tuer en eux l'homme pensant et sentant[6] ». Même si Baudelaire a pris le soin de bâtir une théorie du paysage entre 1846 et 1859, la représentation de la nature n'a que fort inégalement charmé un homme qui désirait voir exprimer par la peinture le drame intérieur de l'artiste, soit le spectacle de la vie moderne. Comment aurait-il pu se satisfaire d'artistes bornés, à ses yeux, à l'impossible et fastidieuse copie de la nature, sacrifiant aux prestiges de la facture et effacés, semblait-il, de leurs tableaux ?

La sculpture n'eut pas chez Baudelaire un meilleur accueil que le paysage : « art de Caraïbes[7] », de « sculp-

---

1. *Salon de 1845*, Paysages.   2. *Salon de 1846*, XV.   3. *Salon de 1844*.   4. *Salon de 1847, Études sur l'École française*, Levy frères, 1855.   5. *Salon de 1846*, XV.   6. *Salon de 1859*, VIII : « M. Troyon est le plus bel exemple de l'habileté sans âme. Aussi quelle popularité ! Chez un public sans âme, il la méritait. »   7. *Salon de 1846*, XVI.

tiers[1] », « brutale et positive comme la nature[2] ».
Autant dire que c'est à peine un art à ses yeux : « À
toutes les grandes époques, la sculpture est un complément ; au commencement et à la fin, c'est un art isolé[3]. » En 1859, Baudelaire paraît réviser ses opinions,
expliquant quel doit être son rôle : il fait d'elle la servante d'un bâtiment ou d'un lieu. Art commémoratif et
symbolique, la sculpture est un « austère enchantement[4] ». Elle crée des « fantômes immobiles[5] ». Avec
elle, « le rêve ondoyant et brillanté de la peinture se
transforme en méditation solide et obstinée[6] ».

On ne saurait réduire Baudelaire à ceux de ses jugements reconnus pour justes par la suite. Certaines de ses
appréciations ont été justifiées par la postérité. Il a su
épingler Horace Vernet, Ary Scheffer, les Néo-Grecs et
autres éclectiques, et louer Daumier, Decamps, Legros,
Boudin, Méryon, Whistler et d'autres. Vis-à-vis de
Courbet[7] et de Manet[8], qui furent ses amis, on a le plus
souvent relevé l'ambiguïté de son attitude ou son
incompréhension. La critique d'art baudelairienne,
« pour être juste, doit être partiale, passionnée, politique, c'est-à-dire faite à un point de vue exclusif, mais

---

1. *Salon de 1845*, Sculpture, Bartolini. **2.** *Salon de 1846*,
XVI. **3.** *Ibidem*. **4.** *Salon de 1859*, IX. **5.** *Ibidem*.
6. *Ibidem*. **7.** Courbet est qualifié en 1855 de « massacreur de
faculté ». En 1862 : « Il faut rendre à Courbet cette justice, qu'il n'a
pas peu contribué à rétablir le goût de la simplicité et de la franchise,
et l'amour désintéressé, absolu, de la peinture. » *(Peintres et aquafortistes)* **8.** « MM. Manet et Legros unissent à un goût décidé
pour la réalité moderne (...) cette imagination vive et ample, sensible
et audacieuse. » *(Peintres et aquafortistes)* Dans une lettre du 11 mai
1865 à Manet, Baudelaire écrivait : « (...) "on se moque de vous" ;
les "plaisanteries" vous agacent ; on ne sait pas vous rendre justice,
etc., etc. Croyez-vous que vous soyez le premier homme placé dans
ce cas ? Avez-vous plus de génie que Chateaubriand ou Wagner ?
On s'est bien moqué d'eux cependant ? Ils n'en sont pas morts. Et
pour ne pas vous inspirer trop d'orgueil, je vous dirai que ces
hommes sont des modèles, chacun dans son genre, et dans un monde
très riche, et que vous, "vous n'êtes que le premier dans la décrépitude de votre art". J'espère que vous ne m'en voudrez pas du "sans-
façon" avec lequel je vous traite. Vous connaissez mon amitié pour
vous. »

au point de vue qui ouvre le plus d'horizons[1] ». Pourrait-elle être aussi infaillible ? Il semble que non. Pour le critique, la peinture était supérieure aux autres arts plastiques[2]. Cela dit, l'artiste qu'il admira le plus durablement fut, sans conteste, Eugène Delacroix, à ses yeux le « type du peintre-poète[3] » : l'archétype de l'artiste.

C'est à partir de lui que Baudelaire élabora, définit et construisit une partie de son esthétique. Chaque peintre, chaque sculpteur fut longtemps jugé d'après son exemple. À ce titre, Delacroix put faire figure de « modèle et d'idéal », incarnés en un seul individu. L'auteur du *Sardanapale* a ainsi représenté et exprimé tout ce que l'art et l'artiste devaient être. Mais en lui consacrant des études d'une intelligence et d'une pertinence incisives, Baudelaire, consacrant hardiment Delacroix, en faisait en même temps une création baudelairienne.

SALONS ET ARTICLES

Le Salon de 1846 reprend, corrige et enrichit celui de 1845. Ces deux Salons fondent une esthétique. Vers 1855, Baudelaire, déniant certains de ses critères, esquisse une nouvelle définition de l'art, complétée et épurée en 1859. Cette seconde esthétique ne détruit pas la première : elle l'intègre. La cohérence de la critique baudelairienne vient de cet effort souple et lucide de compréhension de ce que signifient les artistes par les formes nouvelles qu'ils investissent. Pour comprendre et saisir ces vues successives, il faut les aborder dans leur ordre d'apparition, ne serait-ce que pour mieux mettre en lumière leur enchaînement.

---

1. *Salon de 1846*, I.   **2.** *Salon de 1846*, XVI : « Un tableau n'est que ce qu'il veut : il n'y a pas moyen de le regarder autrement que dans son jour. La peinture n'a qu'un point de vue ; elle est exclusive et despotique ; aussi l'expression du peintre est-elle bien plus forte. »   **3.** *Salon de 1859*, V. Dans le *Salon de 1845*, Baudelaire affirmait : « M. Delacroix est décidément le peintre le plus original des temps anciens et modernes. C'est ainsi, qu'y faire ? »

Salons de 1845 et 1846

La nature, l'artiste et l'idéal

Quand Baudelaire affirme qu'il faut étudier la nature, l'observer et la pénétrer mais qu'elle n'est qu'un « vaste dictionnaire[1] », il est loin d'être original. Thoré en 1844 l'a déjà dit autrement : « Quand vous regardez un immense horizon (...), vous n'avez pas un tableau mais les éléments d'un tableau[2]. » C'est un principe classique : la nature donne des modèles, des types, tous les éléments d'un vocabulaire plastique, dont l'artiste doit inventer la syntaxe et les idiotismes : « Quoique le principe universel soit un, avance Baudelaire en 1846, la nature ne donne rien d'absolu ni même de complet, je ne vois que des individus[3]. » Aussi l'œuvre d'art est-elle « la nature réfléchie par un artiste[4] », la nature passée au crible. Interprétée, recréée par la subjectivité d'un individu, elle confère au modèle qui l'inspire une unité qu'elle n'offre jamais dans la réalité. Cette faculté de recréation est ce qui distingue l'artiste de l'ouvrier. Ni l'ouvrier ni le douteur ne sont capables d'une telle synthèse, le douteur parce qu'il est un « homme sans amour », qu'« il n'a pas de parti pris — ni étoile ni boussole[5] », l'ouvrier parce qu'il s'est émancipé de la tutelle du maître. Livrés au doute, à l'éclectisme, à leurs seules possibilités... ils ont recours au chic et au poncif, formules « rhétoriques » vides et usées. Ils donnent dans le pastiche, la poésie, l'épigramme, cherchent leur inspiration dans l'archaïsme. Ils avouent leur désir d'être originaux et confessent qu'ils ne peuvent l'être, qu'ils ont besoin d'être dirigés[6].

Thoré était presque parvenu à de semblables conclusions en 1844 : « L'école française, telle que la présente

---

1. *Salon de 1846*, IV. Cette phrase fut reprise en 1859. **2.** *Salon de 1844*. **3.** *Salon de 1846*, VII. **4.** *Ibidem*, I. **5.** *Ibidem*, XII : « Des gens qui se donnent le temps de la réflexion ne sont pas des hommes complets ; il leur manque une passion. » **6.** Baudelaire a situé parmi les douteurs MM. Ary Scheffer, Papety, Glaize, Chenavard, Guignet, Brune et Gigoux.

le Salon (...), n'a plus aucune règle, aucun principe,
aucun amour[1]. » L'artiste, au sens baudelairien du
terme, est celui qui ne peut pas douter. Possédé par une
passion, il a une foi : il est guidé par son *fatum*[2] : la
« fatalité de son organisation[3] » définit sa nature intime,
et ses œuvres sont le reflet de sa « naïveté et l'expression de son tempérament[4] ». En choisissant les moyens
qui lui conviennent le mieux, le dessin ou la couleur, il
rend visible son idéal. La nature artistique conçue par
Thoré n'implique pas une telle « prédestination ». Les
artistes sont ceux dont le regard saisit une image et un
sentiment, et dont le métier habile sait reproduire cette
impression dans un moule particulier[5]. Baudelaire réin-
troduit l'idéal dans l'art. En 1846, « l'idéal n'est pas
cette chose vague, ce rêve ennuyeux et impalpable qui
nage au plafond des académies ; un idéal, c'est l'individu redressé par l'individu, reconstruit et rendu par le
pinceau ou le ciseau à l'éclatante vérité de son harmonie
native[6] ». L'art est bien plus qu'une « mimésis ».
Aucun être naturel ou historique ne peut suppléer à
l'idéal à partir duquel l'artiste remodèle la nature. Il est
singulier, comme l'âme individuelle qu'il exprime. En
s'emparant de la sorte d'une notion chère aux Académies, Baudelaire a pris soin de diviser la notion du beau
idéal. Il en a fait deux idées distinctes et complémentaires.

Le Beau

Quel sort est donc donné au Beau ? Baudelaire en
fait le but de l'art, comme nombre de critiques ou de
philosophes du XIXᵉ siècle. Thoré n'a-t-il pas écrit : « La
beauté est le fond de l'art. Seulement la beauté est mul-

---

1. *Salon de 1844*. 2. *Salon de 1846*, XII : « Un éclectique
ignore que la première affaire d'un artiste est de substituer l'homme à
la nature et de protester contre elle. Cette protestation ne se fait pas de
parti pris, froidement... elle est emportée et naïve, comme le vice,
comme la passion, comme l'appétit. » 3. *Salon de 1846*,
XVII. 4. *Ibidem*, I. 5. *Salon de 1844*. 6. *Salon de 1846*,
VII.

tiple, variable, fugitive, insaisissable, éternellement renaissante. Il y a tant de façons de sentir la beauté [1] » ? Le philosophe Victor Cousin affirme aussi : « L'art (...) exprime partout dans ses œuvres la beauté éternelle [2]. » Or l'art, pour Baudelaire, est « le beau exprimé par le sentiment, la passion, la rêverie de chacun, c'est-à-dire la variété dans l'unité, ou les faces diverses de l'absolu [3] ». Chaque beauté aura donc son art, ou plutôt chaque art et chaque artiste, pourvu qu'ils soient authentiques, auront leurs beautés particulières. Ainsi, « toutes les beautés contiennent, comme tous les phénomènes possibles, quelque chose d'éternel et quelque chose de transitoire — d'absolu et de particulier. La beauté absolue et éternelle n'existe pas, ou plutôt elle n'est qu'une abstraction écrémée à la surface des beautés diverses. L'élément particulier de chaque beauté vient des passions, et comme nous avons nos passions particulières, nous avons notre beauté [4] ».

Baudelaire définit en somme la beauté comme un accord de contraires : du présent mêlé à de l'éternel. Ce faisant, il prépare, en fait, sa propre définition du romantisme. C'est par elle que s'affirment toute l'originalité et toute la nouveauté de sa critique. Le romantisme, aux yeux de ses contemporains, se résumait à

---

1. *Salon de 1845.* **2.** *Revue des Deux Mondes*, tome XI, 1er septembre 1845, « Du beau dans l'art ». Victor Cousin (1792-1867) entra à la Faculté de lettres en 1815 et consacra son premier cours (1815-1817) à critiquer le sensationnisme de Condillac. Dès cette époque, il étudiait Kant. Il se rendit en Allemagne et y fit la connaissance de Hegel, Jacobi et Schelling. De 1821 à 1829, il consacra son temps à développer les idées de Kant. Après l'assassinat du duc de Berry en 1820 et la réaction qui le suivit, son cours fut suspendu. Il ne le retrouva qu'en 1828. Très en faveur sous la Monarchie de Juillet, il fut fait Pair de France, devint directeur de l'École Normale, membre de l'Académie française en 1830. En 1840, il fut ministre de l'Instruction Publique dans le cabinet de Thiers. Cousin s'est efforcé de combiner les idées de Descartes, de l'École écossaise et de Kant, dans un système qu'il appela lui-même « l'éclectisme ». On lui doit aussi, à partir de la Restauration, le renouveau des études platoniciennes : il traduisit en effet, les uns après les autres, les dialogues de Platon. **3.** *Salon de 1846*, I. **4.** *Ibidem*, XVIII.

telle bataille, devenue historique dans les années 1840. Baudelaire en donne une définition générale, applicable partout, englobant le particulier et vérifiable dans le présent. Le romantisme devient modernité. « Chaque siècle, chaque peuple ayant possédé l'expression de sa beauté et de sa morale, — si l'on veut entendre par romantisme l'expression la plus récente et la plus moderne de la beauté, — le grand artiste sera donc... celui qui unira à la condition exprimée ci-dessus, la naïveté, — le plus de romantisme possible[1]. »

Le romantisme

Il n'est « ni dans le choix des sujets ni dans la vérité exacte, mais dans la manière de sentir[2] ». Baudelaire relègue ainsi le vestiaire romantique — couleur locale, pittoresque : dague de Tolède, feutre à plume — mais s'écarte également du réalisme et de l'éclectisme. Le romantisme n'est pas imitation, mais sensation, sentiment, ce qui jaillit du plus profond de l'être. « Expression la plus récente, la plus actuelle du beau[3] », il doit, selon lui, rendre « les aspects de la nature et les situations de l'homme que les artistes du passé ont dédaignés ou n'ont pas connus[4] ».

Le Beau, grâce à Baudelaire, est devenu mouvant. L'art, puisqu'il le manifeste, doit épouser le mouvement ondoyant de la sensibilité. Ainsi la théorie de l'art n'est plus bornée ni passéiste. Elle est ouverte sur l'avenir : « Qui dit romantisme dit art moderne, — c'est-à-dire intimité, spiritualité, couleur, aspiration vers l'infini, exprimées par tous les moyens que contiennent les arts[5]. » Le métier n'est donc qu'un moyen. La subjecti-

---

1. *Salon de 1846*, I. 2. *Ibidem*, II. 3. *Ibidem*. 4. *Ibidem*. 5. *Salon de 1846*, II. Il faut rapprocher ceci de ce qu'écrivait Cousin dans la *Revue des Deux Mondes* (« Du beau dans l'art », tome XI) en 1845 : « Toute œuvre d'art, vraiment belle ou sublime, jette l'âme dans une rêverie (...) qui l'élève vers l'infini (...). L'objet de l'art est donc de produire des œuvres qui, comme celles de la nature, ou même à un plus haut degré encore, aient le charme de l'infini (...). Qui nous porte dans l'infini dans la beauté naturelle ?

vité de l'artiste, sa manière de sentir, fondent l'art. Pour mieux le définir, le critique lui oppose la plate copie du naturalisme[1]. Comme y invite la théorie des climats, Baudelaire après bien d'autres, fait du romantisme un fils du Nord : « souffrant et inquiet », il « se console avec l'imagination[2] ». Au Midi est dévolue la forme, au Nord la couleur qui rend « nos sentiments et rêves les plus chers[3] ». À l'un l'âme, à l'autre la matière, la nature extérieure. Deux tempéraments artistiques majeurs sont ainsi définis : le dessinateur et le coloriste — Ingres et Delacroix.

Le dessin et la couleur

Les travaux de Chevreul[4] donnèrent à Baudelaire, novateur aussi sur ce point, l'occasion de développer ses idées sur la couleur : « La couleur (...) est l'accord de deux tons. Le ton froid et le ton chaud, dans l'opposition desquels consiste toute la théorie (...), n'existent que relativement[5]. » Cette harmonie relative découle du tempérament du peintre et de la singularité de son idéal : « Au coloriste (...) tout est permis, parce qu'il connaît de naissance la gamme des tons, la force des tons, les résultats des mélanges, et toute la science du contrepoint, et qu'il peut ainsi faire une harmonie de vingt rouges différents[6]. » La métaphore musicale fournit à Baudelaire le moyen de traduire l'impression qu'un tableau doit produire : « La bonne manière de savoir si un tableau est mélodieux est de le regarder d'assez loin pour n'en comprendre ni le sujet ni les lignes. S'il est mélodieux, il a déjà un sens, et il a déjà pris sa place

---

Le côté idéal de cette beauté. L'idéal, voilà l'échelle mystérieuse qui fait monter l'âme du fini à l'infini » (p. 801).
1. *Salon de 1846.* Il y a *naturalisme* dans le Midi, parce que « la nature y est si belle et si claire que l'homme, n'ayant rien à désirer, ne trouve rien de plus beau à inventer que ce qu'il voit » *(Ibidem).*
2. *Salon de 1846,* II. **3.** *Ibidem.* **4.** Voir la note 1 p. 57 du *Salon de 1845* et les notes 2 p. 141, 2 p. 146 et 1 p. 147 du *Salon de 1846.* **5.** *Salon de 1846,* III. **6.** *Salon de 1846,* III.

dans le répertoire des souvenirs[1]. » Nouvel élément du
jugement esthétique : l'impression sur la mémoire, le
souvenir[2]. Baudelaire peut dès lors légitimer la liberté
de l'artiste envers le modèle, qu'il a déjà revendiquée.
Quant à la couleur, indépendamment des formes qu'elle
crée, elle rend avant tout visibles des sentiments et des
rêves. Avant de faire naître une image, elle a le pouvoir
de créer un rapport sensible à distance. « Les coloristes
dessinent comme la nature : leurs figures sont naturellement délimitées par la lutte harmonieuse des masses
colorées. Les purs dessinateurs sont des philosophes et
des abstracteurs de quintessence. Les coloristes sont des
poètes épiques[3]. » Entre la raison et la passion, le dessin
et la couleur, Baudelaire décerna la couronne à celui qui
incarnait à ses yeux l'artiste, romantique et coloriste :
Eugène Delacroix ; il ne voit en Hugo qu'un artisan
éprouvé, « un ouvrier beaucoup plus adroit qu'inventif
(...) travailleur bien plus correct que créateur[4] ». Dans
ses œuvres, dit-il encore, « il n'y a rien à deviner, car il
prend tant de plaisir à montrer son adresse, qu'il n'omet
pas un brin d'herbe ni un reflet de réverbère[5] ». Pour
Baudelaire, au contraire, les tableaux de Delacroix
ouvrent « de profondes avenues à l'imagination
voyageuse[6] ». Il y reconnaît l'illustration de ses principales idées sur la peinture : « Delacroix part donc de ce
principe, qu'un tableau doit avant tout reproduire la
pensée intime de l'artiste, qui domine le modèle comme
le créateur la création ; et de ce principe il en sort un
second qui semble le contredire à première vue, — à
savoir qu'il faut être très soigneux des moyens matériels
d'exécution[7]. »

Dextérité, maîtrise des moyens artistiques, facultés
créatrices, invention sont les qualités mises par Delacroix au service d'un art *surnaturaliste*, selon le mot
d'Henri Heine. Ce mot traduit l'idéal contenu dans
l'âme humaine, né des données de la nature, mais remo-

---

1. *Salon de 1846*, III.   2. *Ibidem*, VII : « Le souvenir est le
grand critérium de l'art. »   3. *Salon de 1846*, III.   4. *Ibidem*,
IV.   5. *Ibidem*.   6. *Ibidem*.   7. *Ibidem*.

delées, investies d'un sens qui la transcende et la transfigure. Chez Delacroix, « le vrai peintre du XIXᵉ siècle, c'est cette mélancolie singulière et opiniâtre qui s'exhale de toutes ses œuvres et qui s'exprime et par le choix des sujets et par l'expression des figures, et par le geste et par le style de la couleur[1] ». La peinture de Delacroix traduit le drame humain.

Il est instructif de comparer cette vision avec celle que donne Thoré du même artiste : « Demandez à ces peintres quel est le moyen spécial de leur art. N'est-ce pas la couleur ou l'harmonie ? (...) Delacroix dirait à la façon de Beethoven : "Ma symphonie commence en pourpre majeur et continue en vert mineur[2]." » Voici pour la couleur. Et il ajoute : « Les personnages de M. Eugène Delacroix font toujours bien ce qu'ils font... Dans *La Mort de Marc-Aurèle*, on écoute avec recueillement, et comme tous les détails sont en harmonie avec la pensée principale ! Le passé s'assombrit dans les figures et les draperies des amis de Marc-Aurèle, et l'avenir est rouge comme la robe de Commode. La lumière ne frappe que sur le torse sanguinolent du jeune César, tandis que les philosophes du règne précédent s'éteignent dans l'ombre, aux pieds du grand empereur qui va mourir (...). On sent bien qu'il s'agit dans ce testament solennel de la destinée de Rome et du Monde[3] (...). M. Eugène Delacroix sent surtout la beauté de l'effet[4]. »

Les dessinateurs occupent pour Baudelaire l'autre partie du territoire de l'art — par tempérament, « un dessinateur est un coloriste manqué[5] ».

Salons de 1855 et 1859

Dix années passent avant que Baudelaire ne s'exprime à nouveau sur l'art. Dans l'intervalle, il publie

---

1. *Ibidem.*   **2.** *Salon de 1844.*   **3.** *Salon de 1845.*   **4.** *Ibidem.*   **5.** *Salon de 1846*, VII.

quelques poèmes dans des revues[1], quelques articles[2] et les traductions d'Edgar Poe[3]. En mars 1856 paraissent sa version des *Histoires extraordinaires*, en mars 1857, celle des *Nouvelles Histoires extraordinaires*, en juin 1857, *Les Fleurs du mal*. En outre, en 1855, il a publié ses premiers poèmes en prose[4]. La même année, il reconsidère ses idées sur l'art : « J'ai essayé plus d'une fois (...) de m'enfermer dans un système pour y prêcher à mon aise. Mais un système est une espèce de damnation qui nous pousse à une abjuration perpétuelle ; il en faut toujours inventer un autre (...). Et toujours mon système était beau, vaste, spacieux, commode, propre et lisse surtout (...). Et toujours un produit spontané, inattendu, de la vitalité universelle venait donner un démenti à ma science enfantine et vieillotte. (...) J'avais beau déplacer en étendue le critérium, il était toujours en retard sur l'homme universel et courait sans cesse après le beau multiforme et versicolore, qui se meut dans les spirales infinies de la vie[5]. » Baudelaire redéfinit donc ses positions esthétiques. Il les remodèle subtilement, serrant au plus près la vie elle-même, pour une esthétique qui soit, enfin, vivante.

Le beau et l'art

« Le beau, écrit-il, est toujours bizarre (...). Il contient toujours un peu de bizarrerie, de bizarrerie naïve, non

---

1. Par exemple, en 1845, publication dans *L'Artiste* du sonnet « À une Créole ». En septembre 1846, dans *L'Artiste*, « À une Indienne » (À une Malabaraise) et « L'Impénitent » (Don Juan aux enfers) ; le 1er juin 1855, la *Revue des Deux Mondes* publia 18 poèmes sous le titre *Les Fleurs du mal*. **2.** Par exemple, en avril 1846, *L'Esprit public* publia « Conseils aux jeunes littérateurs » ; en mars 1851, paraît « Du vin et du haschisch » dans *Le Messager de l'Assemblée*. **3.** Par exemple, en juillet 1848, paraît *La Révélation magnétique* d'Edgar Poe, dans *La Liberté de penser*. En avril 1852, la *Revue de Paris* donne *Bérénice*. En mars 1853, *L'Artiste* publie *Genèse d'un poème* et *Le Corbeau*. **4.** Le 24 août 1857, *Le Présent* publie six poèmes en prose sous le titre de *Poèmes nocturnes*. Le recueil des *Petits Poèmes en prose* fut publié *post mortem* chez Levy, en 1869. **5.** *Exposition universelle* de 1855, I.

voulue, inconsciente (...). C'est cette bizarrerie qui le fait être particulièrement le beau [1]. » Reflet du tempérament, de l'idée fixe [2], le beau exprime toutes les nuances de l'âme humaine. C'est ce qui le rend si individuel, si singulier, et, partant, si bizarre. Baudelaire affirme en 1859 : « Le beau est "toujours" étonnant [3]. »

De 1845 à 1859, les idées esthétiques de Baudelaire ne varient pas sur l'essentiel, mais il en développe les conséquences et dégage tout à fait sa définition du beau des règles qui en bornaient l'expression à ses débuts de critique d'art. Le beau naît de la fidélité énergique et exacte à l'impression initiale, au rêve singulier. Ainsi la peinture est « une évocation, une opération magique [4] » ; c'est le « langage du rêve [5] ». Enfin, « un bon tableau, fidèle et égal au rêve qui l'a enfanté, doit être produit comme un monde [6] ». La couleur et la ligne sont des moyens conjugués de manifester l'idée génératrice. L'ensemble des idées de Baudelaire trouve en 1855 son centre de gravité : l'imagination. Elle sert d'abord à ruiner l'une des utopies artistiques du XIXe siècle : le réalisme.

Ingres, Delacroix et Courbet

1855, année de l'Exposition universelle. On rend hommage aux deux Maîtres de l'art pictural français, Ingres et Delacroix, par une exposition rétrospective. Encore vivants, ils sont les deux derniers grands peintres d'histoire, le romantique de la ligne et le romantique de la couleur. Non loin d'eux, à l'Exposition et aussi en dehors d'elle, Gustave Courbet. Il ose faire élever au 7, avenue Montaigne le pavillon du Réalisme,

---

1. *Ibidem*.   **2.** *Ibidem* : « Cette dose de bizarrerie qui constitue et définit l'individualité, sans laquelle il n'y a pas de beau, joue dans l'art (...) le rôle du goût ou de l'assaisonnement dans les mets. » **3.** *Salon de 1859*, II.   **4.** *Exposition universelle de 1855*, I. **5.** *Salon de 1859*, IV.   **6.** *Ibidem* ; plus haut Baudelaire a écrit : « Comme un rêve est placé dans une atmosphère qui lui est propre, de même une conception, devenue composition, a besoin de se mouvoir dans un milieu coloré qui lui soit particulier. »

et déclare dans la préface de son catalogue : « J'ai voulu tout simplement puiser dans l'entière connaissance de la tradition le sentiment raisonné et indépendant de ma propre individualité. Savoir pour pouvoir, telle fut ma pensée. Être à même de traduire les mœurs, les idées, les aspects de mon époque, selon mon appréciation, en un mot, faire de l'art vivant, tel est mon but. » Quel est l'accueil des critiques ?

Pour Gautier, « M. Courbet, sous prétexte de réalisme, calomnie affreusement la nature [1] ». Ingres, en revanche, « a vécu dans l'extatique contemplation du beau, à genoux devant Phidias et Raphaël, ses dieux ; pur, austère, fervent, méditant, et produisant à loisir les œuvres témoignage de sa foi [2] ». Champfleury s'est fait, lui, le champion de Courbet : « *L'Enterrement à Ornans* est un chef-d'œuvre : depuis le *Marat assassiné* de David, rien de cet ordre d'idées n'a été peint de plus saisissant en France [3]. » Quant à Gustave Planche, il reconnaît à Delacroix des mérites : « Il est aujourd'hui ce qu'il sera pour les générations futures. Son imagination féconde, la couleur splendide dont il sait revêtir sa propre pensée, assurent la durée de son nom : mais il est permis à ses admirateurs les plus sincères de regretter qu'il n'ait pas su allier l'harmonie et la pureté des lignes à la splendeur, à l'harmonie des tons [4]. »

Baudelaire voit les choses autrement. Ingres et Courbet, « dans leur guerre à l'imagination (...) obéissent à des mobiles différents : deux fanatismes inverses les

---

1. *Le Moniteur universel*, 29 novembre 1855.   **2.** *Les Beaux-Arts en Europe*, tome I, p. 143.   **3.** *L'Artiste*, tome III, 2 septembre 1855. Champfleury était le pseudonyme de Jules-Antoine-Félix Husson (1821-1889). Cet écrivain et critique fut l'ami de Baudelaire et de Courbet. Il fut un des premiers à défendre l'art de Courbet, dès 1848. Son œuvre littéraire est oubliée de nos jours. Mais il fut pour beaucoup dans la redécouverte des frères Le Nain. Il écrivit aussi une histoire de la caricature. Il légua au Musée Carnavalet sa collection de faïences révolutionnaires dont il écrivit une histoire. **4.** *Revue des Deux Mondes*, tome XI, 15 septembre 1855 : « M. Eugène Delacroix est avant tout inventeur. Quant à l'exécution, elle demeure presque toujours au-dessous de sa pensée, au-dessous de sa volonté. »

conduisent à la même immolation[1] ». Ce sont de « vigoureux tempéraments » mais aussi des « protestants » en matière d'art, des « antisurnaturalistes[2] ». Il tient donc Ingres et sa suite, Courbet et ses épigones, pour les antithèses d'un Delacroix, qui incarne, plus que jamais, l'artiste-sorcier ou l'artiste-poète : « Qui n'a connu, écrit-il à son sujet, ces heures admirables (...) où les sons tintent musicalement, où les couleurs parlent, où les parfums racontent des mondes d'idées ? Eh bien, la peinture de Delacroix me paraît la traduction de ces beaux jours de l'esprit. Elle est revêtue d'intensité et sa splendeur est privilégiée. Comme la nature perçue par des nerfs ultra-sensibles, elle révèle le surnaturalisme[3]. »

L'imagination

C'est à l'opposé de l'art de l'imaginatif que Baudelaire situe le réaliste. Il relie son art à la photographie, exposée pour la première fois au Salon de 1859, et prend part ainsi au débat entre art et industrie, qui agite une bonne partie du XIXe siècle. Il est ainsi conduit à exposer à nouveau ses conceptions esthétiques, mûries, enrichies par le temps et l'expérience, maintenant affermies. Aussi dénonce-t-il l'erreur réaliste : « Le peintre devient de plus en plus enclin à peindre, non pas ce qu'il rêve, mais ce qu'il voit[4] » ; infidèle à sa nature intime, il la trahit ; il lui substitue une apparente objectivité. Il se fait œil et prétend copier la réalité plate que l'œil, privé de l'imagination, perçoit. Or, « c'est l'imagination qui a enseigné à l'homme le sens moral de la couleur, du contour, du son et du parfum. Elle a créé, au commencement, l'analogie et la métaphore. Elle décompose toute la création, et, avec les matériaux amassés et disposés suivant des règles dont on ne trouve l'origine que dans le plus profond de l'être, elle crée un

1. *Exposition Universelle de 1855*, II. 2. *Ibidem*. 3. *Ibidem*, III. 4. *Salon de 1859*, II.

monde nouveau, elle produit du neuf[1] ». À l'opposé, la
réalité n'est qu'un « dictionnaire », ou même un « amas
incohérent de matériaux ». Ainsi, « tout l'univers visible
n'est qu'un magasin d'images et de signes auxquels
l'imagination donnera une place et une valeur relatives[2] ». Au procès du dessinateur face au coloriste, Baudelaire a substitué celui du réaliste-positiviste — Ingres
n'était-il pas naturaliste en 1846 ? — face à l'imaginatif.
Ces derniers peignent leur âme ; les autres prétendent
représenter la nature telle qu'elle existerait sans
l'homme, et copient le dictionnaire. Ils ne sont pas seuls
dans l'« hôpital de la peinture », selon l'expression du
Salon de 1846 ; il abrite toujours les timides, les obéissants, êtres sans imagination qui « se conforment à des
règles de pure convention. (...) Dans cette classe très
nombreuse, mais si peu intéressante, sont compris les
faux amateurs de l'antique, les faux amateurs de style,
et en un mot tous les hommes qui par leur impuissance
ont élevé le poncif aux honneurs du style[3] ».

C'est donc l'imagination, faculté supérieure, qui réa-
lise la synthèse de toutes les autres facultés, lorsqu'elle
participe à la production d'une œuvre. Tout art, pour
Baudelaire, est avant tout une « cosa mentale » comme
Léonard de Vinci l'avait dit de la peinture. De la
conception à l'exécution, l'artiste *suggère* plus qu'il ne
montre. Sa peinture traduit fidèlement un rêve, qui doit
à son tour faire lever le rêve du spectateur. La couleur,
le romantisme, l'idéal, le beau lui-même se sont
ordonnés sous le pouvoir de l'imagination. Elle seule,
en fait, génère les images possibles de la réalité.

Baudelaire, avec le temps, a simplifié ses idées et a
écarté les systèmes des « professeurs jurés » d'esthétique. Il a approprié les concepts abstraits, généraux et

---

1. *Salon de 1859*, III.   **2.** *Ibidem*, III. Cette idée est à relier
avec celle de 1845 : la nature n'est qu'un dictionnaire. Par sa généra-
lité, cette phrase pourrait s'appliquer à des courants modernes, tels
que le cubisme.   **3.** *Salon de 1859*, III.

singuliers, qui replacent le débat esthétique sur le plan de l'histoire, à la singularité de son idée de l'art. Il a créé une esthétique du mouvant, qui trouve son aboutissement dans son invention verbale ultime : la modernité.

De l'héroïsme de la vie moderne à la modernité...

« Au vent qui soufflera demain nul ne tend l'oreille, et pourtant l'héroïsme *de la vie moderne* nous entoure et nous presse. » Tel était l'envoi du Salon de 1845. En louant le *Marat assassiné* de David, Baudelaire établissait la généalogie de cet héroïsme : « Le drame est là, (...) et par un tour de force étrange qui fait de cette peinture le chef-d'œuvre de David et une des curiosités de l'art moderne, elle n'a rien de trivial ni d'ignoble... Cruel comme la nature, ce tableau a tout le parfum de l'idéal[1]. » Dans le Salon de 1846, il déclarait : « La grande tradition s'est perdue et la nouvelle n'est pas faite[2]. » Courbet, Manet, Monet allaient bientôt créer cette nouvelle tradition attendue.

Delacroix, en effet, « le vrai peintre du XIXᵉ siècle », n'était plus pour Baudelaire le peintre de la vie moderne, malgré les *Massacres de Scio* ou *La Liberté guidant le peuple*, pourtant consacrés à l'héroïsme de la vie moderne, au même titre que le *Marat assassiné*.

Baudelaire cherchait ailleurs le peintre du beau relatif, dans le temps comme dans l'espace, passager et durable, actuel et éternel, le peintre capable de traduire la beauté du contingent et du présent.

Dès 1846, il appelait de ses vœux l'artiste qui oserait peindre « la pelure du héros moderne », l'habit noir et la redingote, au lieu de vouloir « poétiser Antony avec un manteau grec » : « N'est-il pas, écrivait-il, l'habit nécessaire de notre époque, souffrante et portant jusque sur ses épaules noires et maigres le symbole d'un deuil

---

1. *Le Musée classique du Bazar Bonne-Nouvelle.* **2.** *Salon de 1846*, XVIII ; voir aussi le chapitre XVII du même Salon.

perpétuel[1] ? » N'avait-il pas à ce titre sa « beauté politique », puisqu'il exprimait « l'égalité universelle », et surtout sa « beauté poétique », par « l'expression de l'âme publique » dans « une immense défilade de croque-morts[2] » ?

Baudelaire n'allait développer pleinement l'esthétique de la modernité qu'en 1860. En 1863 seulement put paraître *Le Peintre de la vie moderne*, qui résumait et ordonnait sa conception.

Dans cet essai, il campait un artiste à la recherche du beau, « fait d'un élément éternel, invariable dans la quantité et excessivement difficile à déterminer, et d'un élément circonstanciel (...), tour à tour ou tout ensemble, l'époque, la mode, la morale, la passion[3] ». Cette définition du beau était à peu près identique à celle du Salon de 1846. Constantin Guys était venu incarner ce beau temporel et vivace, que Baudelaire imaginait et que nous voyons plutôt aujourd'hui chez Courbet, Manet, Degas... Guys fournissait alors à Baudelaire l'occasion d'exprimer des idées qui lui étaient chères. Loin de contredire le contenu des derniers Salons, cet essai les confirme.

Baudelaire établit, certes, une hiérarchie entre le peintre de mœurs et le « peintre des choses éternelles, ou du moins, plus durables, des choses héroïques ou religieuses[4] ». Selon lui, « pour le croquis de mœurs... le moyen le plus expéditif et le moins coûteux est évidemment le meilleur[5] ». Voici qu'il paraît classer cette peinture au rang inférieur. Or il réclame, pour elle, la mise en œuvre des mêmes facultés artistiques qu'à celle « des choses éternelles » : rapidité d'exécution, mémoire, conception et organisation des données de la nature-dictionnaire. Tout artiste a pour sujet une chose vue et réelle, qu'il réorganise. Baudelaire attend de lui ce qu'il exige de lui-même, poète en prose : un regard d'enfant servi par les moyens éprouvés d'un véritable

---

1. *Salon de 1846*, XVIII.   **2.** *Ibidem.*   **3.** *Le Peintre de la vie moderne*, I.   **4.** *Ibidem*, II.   **5.** *Ibidem.*

artiste : « L'enfant voit tout *en nouveauté*. (...)
L'homme de génie a les nerfs solides ; l'enfant les a
faibles. Chez l'un la raison a pris une place considérable ; chez l'autre, la sensibilité occupe presque tout
l'être. Mais le génie n'est que l'*enfance retrouvée* à
volonté, l'enfance douée d'organes virils et de l'esprit
analytique qui lui permet d'ordonner la somme des
matériaux involontairement amassés[1]. »

Le peintre de la vie moderne doit, lui aussi, produire
des œuvres « singulières et douées d'une vie enthousiaste comme l'âme de l'auteur[2] ». Un tel artiste n'est
pas seulement l'œil qui capte la réalité changeante du
monde, car sa perception se double de ce qu'il ressent
et pense et imagine : ce qu'il représente est plus réel
que le réel : « La fantasmagorie a été extraite de la
nature. Tous les matériaux dont la mémoire s'est
encombrée, se classent, se rangent, s'harmonisent et
subissent cette idéalisation forcée qui est le résultat
d'une perception "enfantine" : c'est-à-dire d'une perception aiguë, magique à force d'ingénuité[3]. » C'est que
cet artiste cherche « ce quelque chose qu'on nous permettra d'appeler la "modernité" : il s'agit, pour lui, de
dégager de la mode ce qu'elle peut contenir de poétique
dans l'historique, de tirer l'éternel du transitoire[4] ».

Constantin Guys, peintre de la vie moderne, coloriste
indissociable du dessinateur[5], constitue par le kaléidoscope de ses mille et un croquis l'achèvement des idées
de Baudelaire depuis 1845 et 1846. Le critique a vu en
lui l'artiste-imagier, dressant le portrait moral, changeant, vivant de ce qui est éphémère, le peintre accom-
plissant les devoirs auxquels tout art vrai doit se plier :
exprimer l'essentiel, en peignant la vie réelle ; être un

---

1. *Le Peintre de la vie moderne*, III.   2. *Ibidem*.   3. *Ibidem*.   4. *Ibidem*, IV : « La modernité, c'est le transitoire, le fugitif,
le contingent, la moitié de l'art dont l'autre moitié est l'éternel et l'immuable. »   5. *Ibidem*, V : « La gamme des tons et l'harmonie générale sont strictement observées, avec un génie qui dérive plutôt de
l'instinct que de l'étude. Car M. G. possède naturellement ce talent
mystérieux du coloriste, véritable don que l'étude peut accroître, mais
qu'elle est par elle-même, je crois, impuissante à créer. »

miroir plus vrai que l'original. À son sujet, le mot « imagination » s'efface au profit de la « perception enfantine », son dernier avatar.

Loin de démentir le Salon de 1859, *Le Peintre de la vie moderne* en donne le prolongement ; il le complète. Il ressemble à l'œuvre de son modèle-prétexte, Constantin Guys, qui « a rempli la fonction que d'autres artistes dédaignent ». En effet, « il a su concentrer (...) la saveur amère ou capiteuse du vin de la Vie [1] ».

Paradoxal, prophétique : tel fut Baudelaire au sein du XIXe siècle, poète comme critique d'art. Fidèle reflet de l'homme, accord de contraires, sa critique d'art est aussi à sa manière une œuvre d'art, dans le sens où Baudelaire l'entendait :

> « (...) un poison tutélaire
> Toujours à respirer si nous en périssons. »
> (Stéphane Mallarmé, *Le Tombeau de Charles Baudelaire*)

Francis MOULINAT.

---

1. *Le Peintre de la vie moderne*, XIII.

CHRONOLOGIE

Pour tout renseignement complémentaire ou d'ordre biographique, nous renvoyons le lecteur au monumental et très précieux ouvrage de M.R. Poggenburg : *Charles Baudelaire, une micro-histoire*, Paris, José Corti, 1987. Sauf pour 1846 *(Le Jeune Enchanteur)*, toutes les traductions baudelairiennes mentionnées ici sont des traductions des œuvres d'Edgar Poe.

1819 — 9 septembre : mariage de François Baudelaire (né en 1759) et de Caroline Archembaut-Dufayis (née en 1793). Le ménage s'installe 13, rue Hautefeuille à Paris.

1821 — 9 avril : naissance de Charles Baudelaire.

1827 — 10 février : mort de François Baudelaire. 12 février : inhumation de François Baudelaire au cimetière Montparnasse. 13 février : premier conseil de la tutelle de Baudelaire.

1828 — 31 mai : second conseil de la tutelle. 8 novembre : mariage à Saint-Thomas-d'Aquin du chef de bataillon Jacques Aupick et de Mme veuve Baudelaire.

1830 — 27, 28 et 29 juillet : Révolution de 1830, avènement de la Monarchie de Juillet.

1831 — 20 novembre : cessation du travail des canuts à Lyon. 21 novembre : insurrection des ouvriers de Lyon. 25 novembre : Aupick est envoyé à Lyon.

1832 — Fin janvier : Charles suit les cours de la classe de 6e au collège royal de Lyon. Fin septembre : Charles devient pensionnaire au collège royal de Lyon.

1836 — 1er mars : Charles entre comme pensionnaire en 3e au collège Louis-le-Grand.

1837 — Il commence à écrire des poésies. 17 août : il obtient le 2e prix de thème latin et le 1er prix de vers latins au Concours général.

1838 — 16 octobre : Charles entre en philosophie à Louis-le-Grand.

1839 — 18 avril : Charles est expulsé de Louis-le-Grand. 12 août : il est reçu au baccalauréat. Le 2 novembre, il s'inscrit à l'école de droit.

1840 — 15 janvier : deuxième inscription à l'école de droit. 15 avril : troisième inscription à l'école de droit. 15 septembre : dernière inscription à l'école de droit.

1841 — Fin mai : Charles part pour Bordeaux sur décision du conseil de famille. À cause de dettes contractées à Paris, il est envoyé en voyage, jusqu'aux Indes. 9 juin : le « Paquebot des mers du Sud » quitte Bordeaux avec Baudelaire à son bord. 1er septembre : escale à Port-Louis dans l'île Maurice. 18 septembre : le paquebot quitte Port-Louis pour Saint-Denis. 4 novembre : retour de Baudelaire à bord de l'« Alcide ».

1842 — 20 février : Charles est à Bordeaux. Fin février : il a regagné Paris. Avril : il s'installe dans l'île Saint-Louis, 10, quai de Béthune. 9 avril : Baudelaire atteint sa majorité, il a 21 ans. Entre le 9 et le 27 avril : début de liaison avec Jeanne Duval. Août : Privat d'Anglemont le présente à Théodore de Banville.

1843 — Entre le 19 avril et le 22 mai, Baudelaire s'installe à l'Hôtel Pimodan, 17, quai d'Anjou. Il fait la connaissance de Théophile Gautier, il rencontre Mme Sabatier. Mai ou juin : publication de *Vers* chez Hermann frères, volume collectif auquel Baudelaire collabora anonymement. 27 juin : il a 9 500 francs de dettes (il a 3 300 francs de revenus par an). Sa mère devient sa mandataire pour lui payer ses revenus.

1844 — 2 mars : la « Bibliographie de la France » enregistre la parution des *Mystères galants*, recueil anonyme auquel Baudelaire a participé. 21 septembre : la première chambre du tribunal civil de première instance de la Seine pourvoit Baudelaire, à la demande de sa famille, d'un conseil judiciaire : Ancelle.

1845 — 15 mars : ouverture du *Salon*. Mai : tirage du *Salon* à 500 exemplaires. Seconde quinzaine de mai : mise en vente du *Salon*, enregistré par la « Bibliographie de la France » le 24 mai. 25 mai : publication dans *L'Artiste* du sonnet « À une Créole », signé Baudelaire-Dufays. Décembre : Baudelaire assiste à la réunion du Club des Haschichins à l'Hôtel Pimodan.

1846 — 21 janvier : « Le Musée classique du Bazar Bonne-Nouvelle » dans *Le Corsaire-Satan*. 20 février : *L'Esprit public* publie une traduction de Baudelaire : « Le Jeune Enchanteur ». 3 mars : dans *Le Corsaire-Satan*, « Choix de maximes consolantes sur l'amour ». Mars : Baudelaire travaille à la rédaction du *Salon de 1846*. 16 mars : ouverture du Salon. 15 avril : *L'Esprit public* publie « Conseils aux jeunes littérateurs », signé Baudelaire-Dufays. 7 mai : publication du *Salon de 1846*. 16 juin : Baudelaire est porté membre de la société des Gens de Lettres. 6 septembre : « L'Impénitent » (Don Juan aux enfers) paraît dans *L'Artiste*. 13 décembre : *L'Artiste* publie « À une Indienne » (À une Malabaraise), signé Pierre de Fayis.

1847 — Janvier : « La Fanfarlo » est publié dans le *Bulletin des Gens de Lettres*. 14 novembre : Champfleury publie « Les Chats » de Baudelaire dans son feuilleton « Le Chat Trott » *(Le Corsaire-Satan)*.

1848 — 22, 23 et 24 février : Révolution de 1848, chute de la Monarchie de Juillet, avènement de la IIe République. Le 24, Baudelaire, armé d'un fusil, est au carrefour de Buci, prêt à se battre derrière une barricade. 27 février et 1er ou 2 mars : nos 1 et 2 du *Salut public*, journal fondé par Charles Toubin, avec pour collaborateurs Baudelaire, Champfleury, Cour-

bet, Rodolphe Bresdin. 23-26 juin : Journées de juin.
15 juillet : *La Liberté de penser* publie « Révélation
magnétique », première traduction d'un conte de Poe
par Baudelaire. Novembre : « Le Vin et l'assassin »
paraît dans *L'Écho des marchands de vin*.

1849 — 5 février : Delacroix mentionne Baudelaire
dans son journal ; il le qualifie de « poète aux idées
modernes ».

1850 — Juin : *Le Magasin des familles* publie
« L'Âme du vin » (intitulé : « Le Vin des honnêtes
gens ») et « Châtiment de l'orgueil ». 13 juillet : Baudelaire publie « Lesbos » dans l'anthologie de Lucien
Lemer : *Les Poètes de l'Amour*.

1851 — Baudelaire est présenté à Mme Sabatier. 7, 8,
11 et 12 mars : « Du vin et du haschich » paraît dans
Le Messager de l'Assemblée. 9 mai : *Le Messager de
l'Assemblée* publie 9 poèmes de Baudelaire sous le
titre : « Les Limbes ». Mi-juillet : Baudelaire emmé-
nage avec Jeanne Duval. 27 novembre : *La Semaine
théâtrale* publie « Les drames et les romans honnêtes ». 2 décembre : coup d'État de Louis-Napoléon
Bonaparte. Fin 1851 : Baudelaire envoie des poésies
à Théophile Gautier.

1852 — 1er février : Les « Deux Crépuscules » paraissent dans *La Semaine théâtrale*. Mars : Baudelaire se
résout à se séparer de Jeanne Duval. 1er mars et
1er avril : la *Revue de Paris* publie « Edgar Allan Poe,
sa vie et ses ouvrages ». 17 avril : parution de « Bérénice », conte de Poe traduit par Baudelaire, dans *L'Illustration*. 1er octobre : la *Revue de Paris* publie la
traduction de : « Le Puits et le Pendule », et deux
poèmes : « Reniement de saint Pierre » et
« L'Homme et la Mer ». 2 décembre : proclamation
du Second Empire. 9 décembre : Baudelaire envoie à
Mme Sabatier « À une femme qui était trop gaie »,
anonymement.

1853 — 4 février : *Paris* publie la traduction du
« Cœur révélateur », d'après la Redfield Édition des
œuvres de Poe, acquise par Baudelaire, semble-t-il,
cette même année. 1er mars : les traductions de la

« Genèse d'un poème » et du « Corbeau » paraissent dans *L'Artiste*. 8 avril : nouvelle crise financière. 17 avril : la « Morale du joujou » paraît dans *Le Monde littéraire*. 3 mai : Baudelaire écrit anonymement à Mme Sabatier et lui envoie le poème « Réversibilité ». 13 et 14 novembre : la traduction du « Chat noir » paraît dans *Paris*. 14 et 15 novembre : *Paris* publie la traduction de « Morella ».

1854 — 7 février : Baudelaire envoie sans signature à Mme Sabatier : « Le Flambeau vivant ». 16 février : il avoue dans un billet non signé à Mme Sabatier son amour désintéressé ; « Que diras-tu ce soir » accompagne le poulet. Vers mars, Baudelaire acquiert les *Poetical Works* de Poe. 21 et 28 mai : la traduction de « La Philosophie de l'ameublement » paraît dans le *Journal d'Alençon* (elle avait déjà été publiée en octobre 1852 par *Le Magasin des familles*). 24 juillet : *Le Pays* commence la publication des *Histoires extraordinaires* de Poe, traduites par Baudelaire ; elle dura, avec des interruptions, du 25 juillet 1854 au 20 avril 1855.

1855 — 15 mars : ouverture de l'Exposition universelle au Nouveau Palais des Beaux-Arts. 22 mars : « Méthode de critique » (Expo. univ. I) paraît dans *Le Pays*. 1er juin : 18 poèmes intitulés *Les Fleurs du mal* paraissent dans la *Revue des Deux Mondes*. 2 juin : dans *Hommage à C.F. Denecourt* figurent deux poèmes en prose : « Le Crépuscule du soir » et « La Solitude ». 3 juin : *Le Pays* publie « Delacroix » (Expo. univ. III). 28 juillet : ouverture du Pavillon du Réalisme au 7, avenue Montaigne. 8 juillet : « De l'essence du rire... » paraît dans *Le Portefeuille*. 12 août : *Le Portefeuille* publie « M. Ingres » (Expo. univ. II). 29 août : la « Morale du joujou » dans *Le Portefeuille*.

1856 — 25 février : *Le Pays* publie une partie de la préface des *Histoires extraordinaires*. 10-12 mars : mise en vente des *Histoires extraordinaires* chez Michel Levy. 4-5 juin : second tirage des *Histoires extraordinaires*, à 3 000 exemplaires. Novembre :

Poulet-Malassis et de Broise s'installent à Paris, au 4, rue de Buci. 30 décembre : un contrat est signé entre Poulet-Malassis et Baudelaire pour la publication des *Fleurs du mal* et d'un livre de critique : *Bric-à-brac esthétique*.

1857 — Du 25 février au 18 avril, publication dans *Le Moniteur* des « Aventures d'Arthur Gordon Pym ». Mars : Mme Sabatier reçoit un exemplaire dédicacé des *Histoires extraordinaires*. 8 mars : mise en vente des *Nouvelles Histoires extraordinaires*, parues chez Michel Levy. 20 avril : 9 poèmes de Baudelaire paraissent dans *La Revue française*. 27 avril : mort du général Aupick ; sa veuve alla s'établir peu après à Honfleur. 12 juin : dépôt légal des *Fleurs du mal* à la préfecture de l'Orne. 28 juin : mise en vente des *Fleurs du mal* parues chez Poulet-Malassis et de Broise. 7 juillet : la Direction de la Sûreté publique saisit le parquet du délit d'outrages à la morale publique commis par l'auteur des *Fleurs du mal*, saisies le 6 juillet. 20 juillet : la 6e chambre correctionnelle condamne l'auteur à 300 fr. d'amende, ses éditeurs à 100 fr. chacun, et exige la suppression de six pièces du recueil. 19 août : Mme Sabatier écrit à Baudelaire pour lui dire qu'elle l'aime. 24 août : *Le Présent* publie 6 poèmes en prose, sous le titre de « Poèmes nocturnes ». 30 août : Mme Sabatier donne à Baudelaire des preuves sensuelles de son affection. 11 septembre : nouvelle publication de « De l'essence du rire... », dans *Le Présent*. 1er octobre : « Quelques caricaturistes français » paraît dans *Le Présent*. 15 octobre : « Quelques caricaturistes étrangers » dans *Le Présent*. Fin 1857 : Baudelaire fait le canevas des *Curiosités esthétiques*. Elles comprendraient : « Dédicace à Champfleury » ; « Salons de 1845 » et « 1846 » ; « Musée du Bazar Bonne-Nouvelle » ; « Méthode de critique » (1855) ; « Ingres en 1855 » ; « Delacroix en 1855 » ; « De l'essence du rire » ; « Quelques caricaturistes français et étrangers » ; « Morale du joujou » ; « L'École païenne » ; « L'École vertueuse » (Du drame et des romans honnêtes) ; « Le haschisch et la volonté » ; « Alfred Rethel » ; « Janmot et Chenavard, ou l'idée dans l'art » ; « L'intime et le féerique » (Angleterre : « Musées perdus et musées à créer ») ; « Lettre esthétique à S.M. Napoléon III ».

1858 — Début février : Baudelaire est obligé de se cacher, six jours durant, de peur d'être arrêté pour dettes. 7 mai : Baudelaire envoie à Mme Sabatier un exemplaire des « Aventures d'Arthur Gordon Pym » avec une dédicace : « ... je vous embrasse comme un très ancien camarade que j'aimerai toujours... ». 16 mai : mise en vente chez Levy des « Aventures d'Arthur Gordon Pym ». 19 septembre : « Duellum » paraît dans *L'Artiste*. 26 septembre : *L'Artiste* publie « Quelques caricaturistes français », version remaniée. 24 et 31 septembre : dans *L'Artiste*, « Quelques caricaturistes français ». 30 septembre : « De l'idéal artificiel — le Haschich » paraît dans *La Revue contemporaine*.

1859 — 20 janvier : « Le Goût du néant » et « Le Possédé » paraissent dans *La Revue française*. 13 mars : *L'Artiste* publie un article de Baudelaire sur Théophile Gautier. 15 avril : ouverture de l'Exposition de 1859. Entre le 15 et le 24 mars, Baudelaire visite le Salon, une seule fois. 20 mai : « La Chevelure » paraît dans *La Revue française*. 10 juin, 20 juin, 1er juillet et 20 juillet : *La Revue française* fait paraître le *Salon de 1859*. Première semaine de novembre : mise en vente sous forme de plaquette de « Théophile Gautier ».

1860 — 1er janvier : Baudelaire signe avec Poulet-Malassis un nouveau contrat pour une deuxième édition des *Fleurs du mal*, ainsi que pour *Les Paradis artificiels*, les *Curiosités esthétiques* et les *Opinions littéraires*. 15 et 31 janvier : « Un mangeur d'opium » paraît dans *La Revue contemporaine*. 25 janvier, 1er février et 8 février : les concerts Wagner ont lieu aux Italiens. 17 février : lettre admirative de Baudelaire à Wagner. *La Presse* publie la traduction de « L'Ange du Bizarre » de Poe. 13 avril : on joue

Tannhaüser de Wagner pour la première fois à Paris. Fin mai : mise en vente des *Paradis artificiels*. 15 octobre : *L'Artiste* publie 11 poèmes de Baudelaire.

1861 — Début février : mise en vente de la seconde édition des *Fleurs du mal*. 20 février : mort d'Eugène Scribe. On conseille à Baudelaire de briguer son fauteuil vacant à l'Académie. 13 et 24 mars : deuxième et dernière représentation de *Tannhaüser*. 1er avril : dans *La Revue européenne*, parution de « Richard Wagner et Tannhaüser à Paris ». Fin avril : « Richard Wagner... » est publié en plaquette par Dentu. Du 15 juin au 15 août, *La Revue fantaisiste* publie la série : « Réflexions sur quelques-uns de mes contemporains » (Victor Hugo, Marceline Desbordes-Valmore, Auguste Barbier, Théophile Gautier, Pétrus Borel, Banville, Levavasseur, Dupont et Leconte de Lisle). 15 septembre : *La Revue fantaisiste* publie « Peintures murales d'Eugène Delacroix ». 1er novembre : 9 poèmes en prose paraissent dans *La Revue fantaisiste*. 21 novembre : mort de Lacordaire. Deux fauteuils sont vacants à l'Académie. 11 décembre : sur les conseils de Sainte-Beuve, Baudelaire écrit au secrétaire perpétuel de l'Académie française pour poser sa candidature au fauteuil de Scribe.

1862 — 1er janvier : dans la *Revue anecdotique*, parution d'un article non signé de Baudelaire sur l'exposition Martinet. 10 février : sur les conseils de Sainte-Beuve, Baudelaire envoie une lettre de renonciation à sa candidature. Seconde quinzaine d'avril : la *Revue anecdotique* publie : « L'eau-forte est à la mode », sans titre ni signature. Du 12 juillet au 2 août, la traduction du « Joueur d'échecs de Maelzel » paraît dans *Le Monde illustré*. 26 août : *La Presse* publie 9 poèmes en prose de Baudelaire. 27 août : dans *La Presse*, 5 poèmes en prose. Fin août : Poulet-Malassis est en liquidation (il fut déclaré en faillite le 21 octobre). 14 septembre : *Le Boulevard* publie

« Peintres et aquafortistes ». 24 septembre : 7 poèmes en prose sont publiés dans *La Presse*.

1863 — 13 août : mort d'Eugène Delacroix. 2, 14 septembre et 21 novembre : *L'Opinion nationale* publie « L'œuvre et la vie d'Eugène Delacroix ». Vers le 25 novembre, mise en vente chez Levy de la traduction d'« Eureka », de Poe. 26, 28 novembre et 3 décembre : dans *Le Figaro*, parution du « Peintre de la vie moderne ».

1864 — 7 février : *Le Figaro* publie 4 poèmes en prose. 24 avril : Baudelaire quitte Paris pour Bruxelles. *Le Figaro* publie : « La vente de la collection de M.E. Piot ». 29 avril : *L'Étoile belge* annonce la conférence de Baudelaire sur Delacroix. 2 mai : conférence de Baudelaire sur Delacroix à la Maison du Roi. 12 mai, 21 et 23 mai : Baudelaire fait une série de conférences sur « Les Excitants ». 25 décembre : *La Nouvelle Revue de Paris* publie 6 poèmes en prose.

1865 — Tout au long de cette année, la santé de Baudelaire va se dégrader. Du 7 au 28 janvier, *Le Monde illustré* donne en feuilleton la traduction du « Système du docteur Goudron et du professeur Plume ». 16 mars : mise en vente chez Levy des *Histoires grotesques et sérieuses* de Poe, traduites par Baudelaire. 24 juin : « Les Bons Chiens » paraît dans *L'Indépendance belge*. 4-5 juillet : Baudelaire se rend à Paris. 7 juillet : il va à Honfleur visiter sa mère. 15 juillet : il est de retour à Bruxelles. Décembre : début d'affaiblissement général de sa santé.

1866 — Fin février-début avril : Poulet-Malassis publie les « Épaves » à Amsterdam. Vers le 15 mars, Baudelaire séjourne à Namur chez Rops ; au cours d'une visite de l'église Saint-Loup, il est victime d'une attaque. Il est ramené à Bruxelles. 31 mars : *Le Parnasse contemporain* publie 15 poèmes de Baudelaire sous le titre *Nouvelles Fleurs du mal*. 30 avril, le docteur Max, appelé au chevet de Baudelaire, diagnostique : « Méningite du côté gauche et une hémiplégie avec aphasie conséquente. » 1er ou 2 juillet :

accompagné de sa mère et d'Arthur Stevens, Baudelaire est ramené à Paris en chemin de fer. 4 juillet : il entre dans la maison de santé du docteur Duval.

1867 — 31 août : agonie et mort de Charles Baudelaire. 2 septembre : service religieux à Saint-Honoré-d'Eylau. Il est inhumé au cimetière Montparnasse.

SALON DE 1845

I

QUELQUES MOTS D'INTRODUCTION

Nous pouvons dire au moins avec autant de justesse qu'un écrivain bien connu à propos de ses petits livres : ce que nous disons, les journaux n'oseraient l'imprimer[1]. Nous serons donc bien cruels et bien insolents ? non pas, au contraire, impartiaux. Nous n'avons pas d'amis, c'est un grand point, et pas d'ennemis. Depuis M. G. Planche, un paysan du Danube[2] dont l'éloquence impérative et savante s'est tue au grand regret des sains esprits, la critique des journaux, tantôt niaise, tantôt furieuse, jamais indépendante, a, par ses mensonges et ses camaraderies effrontées, dégoûté le bourgeois de ces utiles guide-ânes qu'on nomme comptes rendus de Salons*.

---

* Citons une belle et honorable exception, M. Delécluze[3], dont nous ne partageons pas toujours les opinions, mais qui a toujours su sauvegarder ses franchises, et qui sans fanfares ni emphase a eu souvent le mérite de dénicher les talents jeunes et inconnus. [Les notes appelées par un astérisque sont de Baudelaire.]

1. Ce Salon signé Baudelaire-Dufays parut, sous forme de plaquette, chez Jules Labitte. Les exemplaires en sont très rares ; Champfleury rapporte dans *Souvenirs et Portraits de jeunesse* que Baudelaire détruisit les exemplaires invendus ; on l'a comparé à un brillant coup d'essai, un « spirituel lever de rideau », d'après *Le Corsaire-Satan*. 2. Gustave Planche (1808-1857), critique d'art, en particulier dans la *Revue des Deux Mondes*, était connu pour sa sévérité. À l'époque qui nous intéresse, il séjournait en Italie, et ce depuis 1842. L'épithète « paysan du Danube » est tirée des *Fables* de La Fontaine (livre IX, fable VII) et peut signifier un personnage dont les discours vont droit au but, sans s'embarrasser de circonlocutions, mais non sans finesse. 3. Étienne Jean Delécluze (1781-1863),

Et tout d'abord, à propos de cette impertinente appel-
lation, le *bourgeois*, nous déclarons que nous ne partageons nullement les préjugés de nos grands confrères
artistiques[1] qui se sont évertués depuis plusieurs années
à jeter l'anathème sur cet être inoffensif qui ne deman-
derait pas mieux que d'aimer la bonne peinture, si ces
messieurs savaient la lui faire comprendre, et si les
artistes la lui montraient plus souvent.

Ce mot, qui sent l'argot d'atelier d'une lieue, devrait
être supprimé du dictionnaire de la critique.

Il n'y a plus de bourgeois, depuis que le bourgeois
— ce qui prouve sa bonne volonté à devenir artistique,
à l'égard des feuilletonistes — se sert lui-même de cette
injure.

En second lieu le bourgeois — puisque bourgeois il
y a — est fort respectable ; car il faut plaire à ceux aux
frais de qui l'on veut vivre.

Et enfin, il y a tant de bourgeois parmi les artistes,
qu'il vaut mieux, en somme, supprimer un mot qui ne
caractérise aucun vice particulier de caste, puisqu'il peut
s'appliquer également aux uns, qui ne demandent pas
mieux que de ne plus le mériter, et aux autres, qui ne
se sont jamais doutés qu'ils en étaient dignes.

C'est avec le même mépris de toute opposition et de
toutes criailleries systématiques, opposition et criailleries devenues banales et communes*, c'est avec le
même esprit d'ordre, le même amour du bon sens, que
nous repoussons loin de cette petite brochure toute discussion, et sur les jurys en général, et sur le jury de
peinture en particulier, et sur la réforme du jury deve-

---

* Les réclamations sont peut-être justes, mais elles sont criailleries, parce qu'elles sont devenues systématiques.

---

qui avait été l'élève de David, fut de 1823 à sa mort critique d'art
dans le *Journal des débats*. Défenseur de David et son école, il atta-
qua tout ce qui en sortait, dont Delacroix.

1. Baudelaire pense au divorce de plus en plus prononcé depuis
l'époque romantique entre le public et les artistes. Gautier, par exemple, dans ses feuilletons « mangeait » du bourgeois à chaque occasion, le bourgeois étant pris comme l'antithèse de l'artiste.

nue, dit-on, nécessaire, et sur le *mode et la fréquence*
des expositions, etc. [1]... D'abord il faut un jury, ceci est
clair — et quant au retour annuel des expositions, que
nous devons à l'esprit éclairé et libéralement paternel
d'un roi à qui le public et les artistes doivent la jouissance de six musées (la galerie des Dessins, le supplément de la galerie Française, le musée Espagnol, le
musée Standish, le musée de Versailles, le musée de
Marine [2]), un esprit juste verra toujours qu'un grand
artiste n'y peut que gagner, vu sa fécondité naturelle,
et qu'un médiocre n'y peut trouver que le châtiment
mérité.

Nous parlerons de tout ce qui attire les yeux de la
foule et des artistes ; — la conscience de notre métier
nous y oblige. — Tout ce qui plaît a une raison de
plaire, et mépriser les attroupements de ceux qui s'éga-
rent n'est pas le moyen de les ramener où ils devraient
être.

Notre méthode de discours consistera simplement à
diviser notre travail en tableaux d'histoire et portraits
— tableaux de genre et paysages — sculpture — gra-

_____

1. Baudelaire prend ici le contre-pied des critiques de son temps ;
la question du jury était ardemment débattue alors, en particulier à
cause des exclusions des œuvres. Le Salon était à peu près l'unique
moyen de se faire connaître pour un artiste et donc d'obtenir des
commandes.   2. La galerie des Dessins et le supplément de la
galerie Française étaient des annexes du Musée Royal. Le Musée de
Marine, créé en 1827, était lui aussi situé dans le Louvre. Le Musée
Standish était constitué par un ensemble de tableaux et d'objets d'art
qui furent légués à Louis-Philippe par l'écrivain et collectionneur
anglais Frank Hall Standish (1799-1840). Le Musée de Versailles
(dédié à toutes les gloires de la France) fut une création de Louis-
Philippe ; il en va de même du Musée Espagnol, ouvert au public en
1838 (il fut rendu aux Orléans après la Révolution de 1848, étant
propriété privée de cette famille). Il est nécessaire de mentionner le
Musée Assyrien, ouvert en 1847 au Louvre et qui fut le noyau de
l'actuel Département des Antiquités Orientales. La remarque que formule ici le poète est de simple bon sens ; Louis-Philippe et sa famille
exercèrent le rôle de mécène par des achats aux Salons, des
commandes pour les bâtiments de l'État. D'un point de vue muséolo-
gique, son règne fut loin d'être négligeable.

vures et dessins, et à ranger les artistes suivant l'ordre
et le grade que leur a assignés l'estime publique [1].

8 mai 1845.

II

TABLEAUX D'HISTOIRE

DELACROIX

M. Delacroix est décidément le peintre le plus original des temps anciens et des temps modernes. Cela est ainsi, qu'y faire ? Aucun des amis de M. Delacroix, et des plus enthousiastes, n'a osé le dire simplement, crûment, impudemment, comme nous. Grâce à la justice tardive des heures qui amortissent les rancunes, les étonnements et les mauvais vouloirs, et emportent lentement chaque obstacle dans la tombe, nous ne sommes plus au temps où le nom de M. Delacroix était un motif à signe de croix pour les *arriéristes*, et un symbole de ralliement pour toutes les oppositions, intelligentes ou non ; ces *beaux temps* sont passés [2]. M. Delacroix restera toujours un peu contesté, juste autant qu'il faut pour ajouter quelques éclairs à son auréole. Et tant mieux ! Il a le droit d'être toujours jeune, car il ne nous a pas trompés, lui, il ne nous a pas menti comme quelques idoles ingrates que nous avons portées dans nos pan-

---

1. Ce classement qui respecte la hiérarchie des genres ne fut pas repris par la suite ; on peut y voir l'indice du désir de « plaire à ceux aux frais de qui l'on veut vivre ».   **2.** Baudelaire fait très certainement allusion aux Salons suivants : Salon de 1822 (« La Barque de Dante »), Salon de 1824 (« Les Massacres de Scio »), Salon de 1827 (« La Mort de Sardanapale »), Salon de 1831 (« La Liberté guidant le peuple »). Delacroix (1798-1863) y exposa ces œuvres qu'on considérait comme autant de manifestes du mouvement romantique.

théons. M. Delacroix n'est pas encore de l'Académie[1], mais il en fait partie moralement ; dès longtemps il a tout dit, dit tout ce qu'il faut pour être le premier — c'est convenu ; — il ne lui reste plus — prodigieux tour de force d'un génie sans cesse en quête du neuf — qu'à progresser dans la voie du bien — où il a toujours marché.

M. Delacroix a envoyé cette année quatre tableaux[2] :

1° La Madeleine dans le désert[3]

C'est une tête de femme renversée dans un cadre très étroit. À droite dans le haut, un petit bout de ciel ou de rocher — quelque chose de bleu ; — les yeux de la Madeleine sont fermés, la bouche est molle et languissante, les cheveux épars. Nul, à moins de la voir, ne peut imaginer ce que l'artiste a mis de poésie intime, mystérieuse et romantique dans cette simple tête. Elle est peinte presque par hachures comme beaucoup de peintures de M. Delacroix ; les tons, loin d'être éclatants ou intenses, sont très doux et très modérés ; l'aspect est presque gris, mais d'une harmonie parfaite. Ce tableau nous démontre une vérité soupçonnée depuis longtemps et plus claire encore dans un autre tableau dont nous parlerons tout à l'heure ; c'est que M. Delacroix est plus fort que jamais, et dans une voie de progrès sans cesse renaissante, c'est-à-dire qu'il est plus que jamais harmoniste.

2° Dernières paroles de Marc-Aurèle[4]

Marc-Aurèle lègue son fils aux stoïciens. — Il est à moitié nu et mourant, et présente le jeune Commode, jeune, rose, mou et voluptueux et qui a l'air de s'en-

---

1. Delacroix n'entra à l'Académie qu'en 1857. **2.** Cinq tableaux avaient été envoyés ; un fut exclu : « L'Éducation de la Vierge ». **3.** Cette œuvre, sous le titre de « Madeleine en prière », est à Paris, au Musée Delacroix. **4.** Cette œuvre est conservée au Musée de Lyon.

nuyer, à ses sévères amis groupés autour de lui dans des
attitudes désolées.

Tableau splendide, magnifique, sublime, incompris.
— Un critique connu a fait au peintre un grand éloge
d'avoir placé Commode, c'est-à-dire l'avenir, dans la
lumière ; les stoïciens, c'est-à-dire le passé, dans l'ombre ; — que d'esprit ! Excepté deux figures dans la
demi-teinte, tous les personnages ont leur portion de
lumière. Cela nous rappelle l'admiration d'un littérateur
républicain qui félicitait sincèrement le grand Rubens
d'avoir, dans un de ses tableaux officiels de la galerie
Médicis, débraillé l'une des bottes et le bas de Henri IV,
trait de satire indépendante, coup de griffe libéral contre
la débauche royale. Rubens sans-culotte ! ô critique ! ô
critiques !...

Nous sommes ici en plein Delacroix, c'est-à-dire que
nous avons devant les yeux l'un des spécimens les plus
complets de ce que peut le génie dans la peinture.

Cette couleur est d'une science incomparable, il n'y
a pas une seule faute, — et, néanmoins, ce ne sont que
tours de force — tours de force invisibles à l'œil inat-
tentif, car l'harmonie est sourde et profonde ; la couleur,
loin de perdre son originalité cruelle dans cette science
nouvelle et plus complète, est toujours sanguinaire et
terrible. — Cette pondération du vert et du rouge plaît
à notre âme. M. Delacroix a même introduit dans ce
tableau, à ce que nous croyons du moins, quelques tons
dont il n'avait pas encore l'usage habituel. — Ils se font
bien valoir les uns les autres. — Le fond est aussi
sérieux qu'il le fallait pour un pareil sujet.

Enfin, disons-le, car personne ne le dit, ce tableau
est parfaitement bien dessiné, parfaitement bien modelé.
— Le public se fait-il bien une idée de la difficulté qu'il
y a à modeler avec de la couleur[1] ? La difficulté est
double, — modeler avec un seul ton, c'est modeler avec

---

1. On donnait généralement le modelé à partir du dessin, qu'on
mettait en clair-obscur, afin de donner la sensation du volume. Ce
que met Baudelaire en évidence ici, c'est avant tout le travail sur les
couleurs effectué par Delacroix, sur leurs pouvoirs optiques.

une estompe, la difficulté est simple ; — modeler avec de la couleur, c'est dans un travail subit, spontané, compliqué, trouver d'abord la logique des ombres et de la lumière, ensuite la justesse et l'harmonie du ton ; autrement dit, c'est, si l'ombre est verte et une lumière rouge, trouver du premier coup une harmonie de vert et de rouge, l'un obscur, l'autre lumineux, qui rendent l'effet d'un objet monochrome et *tournant*[1].

Ce tableau est parfaitement bien dessiné. Faut-il, à propos de cet énorme paradoxe, de ce blasphème impudent, répéter, réexpliquer ce que M. Gautier s'est donné la peine d'expliquer dans un de ses feuilletons de l'année dernière, à propos de M. Couture — car M. Th. Gautier, quand les œuvres vont bien à son tempérament et à son éducation littéraires, commente bien ce qu'il sent juste — à savoir qu'il y a deux genres de dessins, le dessin des coloristes et le dessin des dessinateurs[2] ? Les procédés sont inverses ; mais on peut bien dessiner avec une couleur effrénée, comme on peut trouver des masses de couleur harmonieuses, tout en restant dessinateur exclusif.

Donc, quand nous disons que ce tableau est bien dessiné, nous ne voulons pas faire entendre qu'il est dessiné comme un Raphaël ; nous voulons dire qu'il est dessiné

---

1. De toute évidence, ce qui vient d'être énoncé tire son origine des théories de Chevreul sur la loi du contraste simultané des couleurs, qui furent exposées dans des leçons publiques en janvier 1836 et janvier 1838. Chevreul, en 1839, les développa dans un ouvrage. *L'Artiste*, en 1842, publiait l'article suivant : « Cours sur le contraste des couleurs par M. Chevreul du docteur E. V. ». Ce que Baudelaire explique à son éventuel lecteur, ce sont les propriétés des tons colorés ; les tons chauds avancent tandis que les tons froids reculent. Modeler avec de la couleur, c'est utiliser différents tons qu'on module pour obtenir un « objet monochrome et "tournant" ». Les ombres sont donc colorées !   2. Gautier, dans son compte rendu du 28 mars 1844 (*La Presse*) ne faisait que reprendre ce qu'il professait dans les années 1830 : « ... Nous nous hâterons d'ajouter que nous n'entendons pas dire que M. Delacroix ne dessine pas, et que M. Ingres ait seul le monopole de la correction. M. Delacroix dessine le mouvement et M. Ingres le repos ; l'un attaque les figures par le milieu, et l'autre par le bord ; celui-ci avec un pinceau, celui-là avec un crayon. (*La Presse*, 1er mars 1837.)

R.M.N.

Eugène Delacroix. *La Madeleine dans le désert*.
Paris, musée Eugène Delacroix.

d'une manière impromptue et spirituelle ; que ce genre
de dessin, qui a quelque analogie avec celui de tous les
grands coloristes, de Rubens [1] par exemple, rend bien,

---

1. Pierre-Paul Rubens (1577-1640) n'est pas cité par hasard par
Baudelaire ; auteur de la Galerie Médicis, présent dans les collections du Musée Royal, Rubens fut pour Delacroix une source d'en-
seignements perpétuelle pour le traitement du mouvement, de la
couleur, des ombres colorées...

rend parfaitement le mouvement, la physionomie, le caractère insaisissable et tremblant de la nature, que le dessin de Raphaël ne rend jamais. — Nous ne connaissons, à Paris, que deux hommes qui dessinent aussi bien que M. Delacroix, l'un d'une manière analogue, l'autre dans une méthode contraire. — L'un est M. Daumier, le caricaturiste[1] ; l'autre, M. Ingres, le grand peintre, l'adorateur rusé de Raphaël[2]. — Voilà certes qui doit stupéfier les amis et les ennemis, les séides et les antagonistes ; mais avec une attention lente et studieuse, chacun verra que ces trois *dessins* différents ont ceci de commun, qu'ils rendent parfaitement et complètement le côté de la nature qu'ils veulent rendre, et qu'ils disent juste ce qu'ils veulent dire. — Daumier dessine peut-être mieux que Delacroix, si l'on veut préférer les qualités saines, bien portantes, aux facultés étranges et étonnantes d'un grand génie malade de génie ; M. Ingres, si amoureux du détail, dessine peut-être mieux que tous les deux, si l'on préfère les finesses laborieuses à l'harmonie de l'ensemble, et le caractère du morceau au caractère de la composition, mais ....
....
....
....
....
....
aimons-les tous les trois.

---

1. Honoré Daumier (1808-1879) était surtout connu à l'époque comme caricaturiste ; le dessin de Daumier, par son côté pictural, se fonde sur des valeurs lumineuses, d'où le rapprochement possible avec Delacroix.   2. Jean Auguste Dominique Ingres (1780-1879) pratiquait un dessin fondé sur le trait, le contour, apparemment plus classique, mais qui cherchait surtout l'effet expressif des lignes. « Adorateur rusé de Raphaël » (1483-1520) ; cette formule dépeint bien toute l'ambiguïté de l'art développé par Ingres : d'un côté d'évidentes références « classiques » (l'antique, Raphaël) et un grand souci de vérité, d'un autre, un certain primitivisme (l'art médiéval, la poterie grecque) et une recherche de la déformation expressive des formes, issue, en partie, du Maniérisme.

3° Une sibylle qui montre le rameau d'or [1]

C'est encore d'une belle et originale couleur. — La tête rappelle un peu l'indécision charmante des dessins sur Hamlet [2]. — Comme modelé et comme pâte, c'est incomparable ; l'épaule nue vaut un Corrège.

4° Le Sultan du Maroc entouré de sa garde et de ses officiers [3]

Voilà le tableau dont nous voulions parler tout à l'heure quand nous affirmions que M. Delacroix avait progressé dans la science de l'harmonie. — En effet, déploya-t-on jamais en aucun temps une plus grande coquetterie musicale ? Véronèse fut-il jamais plus féerique ? Fit-on jamais chanter sur une toile de plus capricieuses mélodies ? un plus prodigieux accord de tons nouveaux, inconnus, délicats, charmants ? Nous en appelons à la bonne foi de quiconque connaît son vieux Louvre ; — qu'on cite un tableau de grand coloriste, où la couleur ait autant d'esprit que dans celui de M. Delacroix. — Nous savons que nous serons compris d'un petit nombre, mais cela nous suffit. — Ce tableau est si harmonieux, malgré la splendeur des tons, qu'il en est gris — gris comme la nature — gris comme l'atmosphère de l'été, quand le soleil étend comme un crépuscule de poussière tremblante sur chaque objet. — Aussi ne l'aperçoit-on pas du premier coup ; — ses voisins l'assomment. — La composition est excellente ; — elle a quelque chose d'inattendu parce qu'elle est vraie et naturelle.

....

....

P.S. On dit qu'il y a des éloges qui compromettent, et que mieux vaut un sage ennemi..., etc. Nous ne

---

1. Ce tableau, qui représente la sibylle de Cumes, se trouve à la Wildenstein & Co. Inc. **2.** Baudelaire doit penser à la suite de lithographies exécutée par Delacroix en 1843. **3.** Cette œuvre est conservée au Musée des Augustins à Toulouse. Le tableau, acheté par l'État, y fut envoyé dès 1845.

Horace Vernet. *Prise de la Smalah* (détail).

Versailles, musée national du Château.

croyons pas, nous, qu'on puisse compromettre le génie
en l'expliquant.

HORACE VERNET [1]

Cette peinture africaine est plus froide qu'une belle
journée d'hiver. — Tout y est d'une blancheur et d'une
clarté désespérantes. L'unité, nulle ; mais une foule de
petites anecdotes intéressantes — un vaste panorama de
cabaret ; — en général, ces sortes de décorations sont
divisées en manière de compartiments ou d'actes, par
un arbre, une grande montagne, une caverne, etc.
M. Horace Vernet a suivi la même méthode ; grâce à

1. Horace Vernet (1789-1863) était un peintre plutôt apprécié
sous la Monarchie de Juillet. En 1845, il exposait la « Prise de la
Smalah d'Abd el-Kader à Tanguin » (Musée de Versailles). Gautier,
le 18 mai 1839, écrivait dans *La Presse* : « M. Horace Vernet est en
quelque sorte le journaliste de la peinture ; il fait des articles coloriés
sur les conquêtes du jour... », à propos de ses tableaux sur la prise
de Constantine.

cette méthode de feuilletoniste, la mémoire du spectateur retrouve ses jalons, à savoir : un grand chameau,
des biches, une tente, etc. — vraiment c'est une douleur
que de voir un homme d'esprit patauger dans l'horrible[1]. — M. Horace Vernet n'a donc jamais vu les
Rubens, les Véronèse, les Tintoret, les Jouvenet, mor-
bleu[2] !...

WILLIAM HAUSSOULLIER[3]

Que M. William Haussoullier ne soit point surpris,
d'abord, de l'éloge violent que nous allons faire de son
tableau, car ce n'est qu'après l'avoir consciencieusement et minutieusement analysé que nous en avons pris
la résolution ; en second lieu, de l'accueil brutal et mal-
honnête que lui fait un public français, et des éclats de
rire qui passent devant lui. Nous avons vu plus d'un
critique, important dans la presse, lui jeter en passant
son petit mot pour rire — que l'auteur n'y prenne pas
garde. — Il est beau d'avoir un succès à la *Saint-Sym-
phorien*[4].

Il y a deux manières de devenir célèbre : par agréga-
tion de succès annuels, et par coup de tonnerre. Certes
le dernier moyen est le plus original. Que l'auteur songe

---

1. Baudelaire, par sa brièveté, démontre l'absence de qualités
artistiques de Vernet et met en évidence le côté anecdotique d'un tel
art. On doit prendre l'adjectif « horrible » dans le sens que lui attribue Michelet, dans le *Grand Dictionnaire illustré Larousse* (édition
de 1901) : « L'horrible est ce qui n'est pas poétique. »   2. Baudelaire a pu voir les œuvres de ces maîtres au Musée Royal, tous
peintres d'histoire et coloristes confirmés.   3. Guillaume, dit William Haussoullier (1818-1891), était un peintre assez peu connu. Et
les développements de Baudelaire sur celui-ci ont toujours paru assez
curieux. Il semblerait que ce soit la crudité des couleurs qui ait retenu
Baudelaire, le côté osé mais distingué.   4. Sous la plume de Baudelaire, cette expression équivaut à celle plus connue : « une victoire
à la Pyrrhus ». Ingres exposa au Salon de 1834 « Le Martyre de saint
Symphorien » qui lui valut d'être éreinté par la critique. À la suite
de cela, Ingres, tel Achille sous sa tente, se retira à Rome comme
directeur de l'Académie de France, de 1835 à 1841.

aux clameurs qui accueillirent le *Dante et Virgile*[1], et qu'il persévère dans sa propre voie ; bien des railleries malheureuses tomberont encore sur cette œuvre, mais elle restera dans la mémoire de quiconque a de l'œil et du sentiment ; puisse son succès aller toujours croissant, car il doit y avoir succès.

Après les tableaux merveilleux de M. Delacroix, celui-ci est véritablement le morceau capital de l'Exposition ; disons mieux, il est, dans un certain sens toutefois, le tableau unique du Salon de 1845 ; car M. Delacroix est depuis longtemps un génie illustre, une gloire acceptée et accordée ; il a donné cette année quatre tableaux ; M. William Haussoullier hier était inconnu, et il n'en a envoyé qu'un.

Nous ne pouvons nous refuser le plaisir d'en donner d'abord une description, tant cela nous paraît gai et délicieux à faire. — C'est la *Fontaine de Jouvence*[2] ; — sur le premier plan trois groupes ; — à gauche, deux jeunes gens, ou plutôt deux rajeunis, les yeux dans les yeux, causent de fort près, et ont l'air de faire l'amour allemand. — Au milieu, une femme vue de dos, à moitié nue, bien blanche, avec des cheveux bruns crespelés, jase aussi en souriant avec son partenaire ; elle a l'air plus sensuel, et tient encore un miroir où elle vient de se regarder — enfin, dans le coin à droite, un homme vigoureux et élégant — une tête ravissante, le front un peu bas, les lèvres un peu fortes — pose en souriant son verre sur le gazon pendant que sa compagne verse quelque élixir merveilleux dans le verre d'un long et mince jeune homme debout devant elle.

Derrière eux, sur le second plan, un autre groupe étendu tout de son long sur l'herbe : — ils s'embrassent. — Sur le milieu du second, une femme nue et debout, tord ses cheveux d'où dégouttent les derniers pleurs de l'eau salutaire et fécondante ; une autre, nue et à moitié

---

1. Exposée au Salon de 1822, cette œuvre de Delacroix est à présent conservée au Musée du Louvre. Adolphe Thiers lui réserva alors un accueil chaleureux. **2.** Ce tableau se trouve à Londres, dans la collection Graham Reynolds.

couchée, semble comme une chrysalide, encore enve-
loppée dans la dernière vapeur de sa métamorphose.
— Ces deux femmes, d'une forme délicate, sont vapo-
reusement, outrageusement blanches ; elles commencent pour ainsi dire à reparaître. Celle qui est debout a
l'avantage de séparer et de diviser symétriquement le
tableau. Cette statue, presque vivante, est d'un excellent
effet, et sert, par son contraste, les tons violents du premier plan, qui en acquièrent encore plus de vigueur. La
fontaine, que quelques critiques trouveront sans doute
un peu *Séraphin*[1], cette fontaine fabuleuse nous plaît ;
elle se partage en deux nappes, et se découpe, se fend
en franges vacillantes et minces comme l'air. — Dans
un sentier tortueux qui conduit l'œil jusqu'au fond du
tableau, arrivent, courbés et barbus, d'heureux sexagé-
naires. — Le fond de droite est occupé par des bosquets
où se font des ballets et des réjouissances.

Le sentiment de ce tableau est exquis ; dans cette
composition l'on aime et l'on boit, — aspect voluptueux — mais l'on boit et l'on aime d'une manière très
sérieuse, presque mélancolique. Ce ne sont pas des jeu-
nesses fougueuses et remuantes, mais de secondes jeu-
nesses qui connaissent le prix de la vie et qui en
jouissent avec tranquillité.

Cette peinture a, selon nous, une qualité très importante, dans un musée surtout — elle est très voyante.
— Il n'y a pas moyen de ne pas la voir. La couleur est
d'une crudité terrible, impitoyable, téméraire même, si
l'auteur était un homme moins fort ; mais... elle est *distinguée*, mérite si couru par MM. de l'école d'Ingres.
— Il y a des alliances de tons heureuses ; il se peut que
l'auteur devienne plus tard un franc coloriste. — Autre
qualité énorme et qui fait les hommes, les vrais
hommes, cette peinture a la foi — elle a la foi de sa
beauté, — c'est de la peinture absolue, convaincue, qui
crie : je veux, je veux être belle, et belle comme je

---

1. Célèbre théâtre de marionnettes, coutumier de mises en scène
sensationnelles.

l'entends, et je sais que je ne manquerai pas de gens à qui plaire.

Le dessin, on le devine, est aussi d'une grande volonté et d'une grande finesse ; les têtes ont un joli caractère. — Les attitudes sont toutes bien trouvées. — L'élégance et la *distinction* sont partout le signe particulier de ce tableau.

Cette œuvre aura-t-elle un succès prompt ? Nous l'ignorons. — Un public a toujours, il est vrai, une conscience et une bonne volonté qui le précipitent vers le vrai ; mais il faut le mettre sur une pente et lui imprimer l'élan, et notre plume est encore plus ignorée que le talent de M. Haussoullier.

Si l'on pouvait, à différentes époques et à diverses reprises, faire une exhibition de la même œuvre, nous pourrions garantir la justice du public envers cet artiste.

Du reste, sa peinture est assez osée pour bien porter les affronts, et elle promet un homme qui sait assumer la responsabilité de ses œuvres ; il n'a donc qu'à faire un nouveau tableau.

Oserons-nous, après avoir si franchement déployé nos sympathies (mais notre vilain devoir nous oblige à penser à tout), oserons-nous dire que le nom de Jean Bellin[1] et de quelques Vénitiens des premiers temps nous a traversé la mémoire, après notre douce contemplation ? M. Haussoullier serait-il de ces hommes qui en savent trop long sur leur art ? C'est là un fléau bien dangereux, et qui comprime dans leur naïveté bien d'excellents mouvements. Qu'il se défie de son érudition, qu'il se défie même de son goût — mais c'est là un illustre défaut, — et ce tableau contient assez d'originalité pour promettre un heureux avenir.

---

1. Jean Bellin est la forme francisée de Giovanni Bellini (v. 1430-1516), peintre vénitien. L'on pourrait citer aussi Carpaccio (v. 1465-1525). Nous pensons que Baudelaire a fait un tel rapprochement à cause du costume des personnages qui peuplent le tableau, leur petit air « Renaissance », un certain « primitivisme ».

DECAMPS [1]

Approchons vite — car les Decamps allument la curiosité d'avance — on se promet toujours d'être surpris — on s'attend à du nouveau — M. Decamps nous a ménagé cette année une surprise qui dépasse toutes celles qu'il a travaillées si longtemps avec tant d'amour, voire *Les Crochets* et *Les Cimbres* [2] ; M. Decamps a fait du Raphaël et du Poussin. — Eh ! mon Dieu ! — oui.

Hâtons-nous de dire, pour corriger ce que cette phrase a d'exagéré, que jamais imitation ne fut mieux dissimulée ni plus savante — il est bien permis, il est louable d'imiter ainsi.

Franchement — malgré tout le plaisir qu'on a à lire dans les œuvres d'un artiste les diverses transformations de son art et les préoccupations successives de son esprit, nous regrettons un peu l'ancien Decamps.

Il a, avec un esprit de choix qui lui est particulier, entre tous les sujets bibliques, mis la main sur celui qui allait le mieux à la nature de son talent ; c'est l'histoire étrange, baroque, épique, fantastique, mythologique de Samson, l'homme aux travaux impossibles, qui dérangeait les maisons d'un coup d'épaule — de cet antique cousin d'Hercule et du baron de Munchhausen. — Le premier de ces dessins [3] — l'apparition de l'ange dans un grand paysage — a le tort de rappeler des choses que l'on connaît trop — ce ciel cru, ces quartiers de roches, ces horizons graniteux sont sus dès longtemps

---

1. Alexandre Decamps (1803-1860) fut un des premiers orientalistes (il alla en Turquie en 1829 avec le peintre Garneray) et se fit connaître par ses sujets tirés de la vie turque et ses effets de lumière, qui doivent beaucoup à Rembrandt ! Le plus intéressant, dans ses œuvres, est l'aspect de la matière picturale, très triturée et travaillée. 2. « La Défaite des Cimbres », Salon de 1834, est aujourd'hui au Musée du Louvre. « Le Supplice des Crochets », Salon de 1839, est à Londres, dans la Wallace Collection.   3. Decamps exposait neuf dessins groupés trois par trois illustrant l'histoire de Samson ; ils furent à nouveau présentés au public à l'Exposition universelle de 1855. Le Musée des Beaux-Arts de Lyon conserve un de ces dessins : *Samson tournant la meule* ; les autres sont conservés dans une collection particulière.

par toute la jeune école — et quoiqu'il soit vrai de dire que c'est M. Decamps qui les lui a enseignés, nous souffrons devant un Decamps de penser à M. Guignet[1].

Plusieurs de ces compositions ont, comme nous l'avons dit, une tournure très italienne — et ce mélange de l'esprit des vieilles et grandes écoles avec l'esprit de M. Decamps, intelligence très flamande à certains égards, a produit un résultat des plus curieux. — Par exemple, on trouvera à côté de figures qui affectent, heureusement du reste, une allure de grands tableaux, une idée de fenêtre ouverte par où le soleil vient éclairer le parquet de manière à réjouir le Flamand le plus *étudieur*. — Dans le dessin qui représente l'ébranlement du Temple, dessin composé comme un grand et magnifique tableau, — gestes, attitudes d'histoire — on reconnaît le génie de Decamps tout pur dans cette ombre volante de l'homme qui enjambe plusieurs marches, et qui reste éternellement suspendu en l'air. — Combien d'autres n'auraient pas songé à ce détail, ou du moins l'auraient rendu d'une autre manière ! mais M. Decamps aime prendre la nature sur le fait, par son côté fantastique et réel à la fois — dans son aspect le plus subit et le plus inattendu.

Le plus beau de tous est sans contredit le dernier — le Samson aux grosses épaules, le Samson invincible est condamné à tourner une meule — sa chevelure, ou plutôt sa crinière n'est plus — ses yeux sont crevés — le héros est courbé au labeur comme un animal de trait — la ruse et la trahison ont dompté cette force terrible qui aurait pu déranger les lois de la nature. — À la bonne heure — voilà du Decamps, du vrai et du meilleur — nous retrouvons donc enfin cette ironie, ce fantastique, j'allais presque dire ce comique que nous regrettions tant à l'aspect des premiers. — Samson tire la machine comme un cheval ; il marche pesamment et voûté avec une naïveté grossière — une naïveté de lion

---

1. Jean-Adrien Guignet (1816-1854), élève de son frère et de Blondel, exposa de 1840 à 1848 des paysages et des tableaux d'histoire.

dépossédé, la tristesse résignée et presque l'abrutissement du roi des forêts, à qui l'on ferait traîner une charrette de vidanges ou du mou pour les chats.

Un surveillant, un geôlier, sans doute, dans une attitude attentive et faisant silhouette sur un mur, dans l'ombre, au premier plan — le regarde faire. — Quoi de plus complet que ces deux figures et cette meule ? Quoi de plus intéressant ? Il n'était même pas besoin de mettre ces curieux derrière les barreaux d'une ouverture — la chose était déjà belle et assez belle.

M. Decamps a donc fait une magnifique illustration et de grandioses vignettes à ce poème étrange de Samson — et cette série de dessins où l'on pourrait peut-être blâmer quelques murs et quelques objets trop bien faits, et le mélange minutieux et rusé de la peinture et du crayon — est, à cause même des intentions nouvelles qui y brillent, une des plus belles surprises que nous ait faites cet artiste prodigieux, qui sans doute, nous en prépare d'autres.

ROBERT FLEURY

M. Robert Fleury[1] reste toujours semblable et égal à lui-même, c'est-à-dire un très bon et très curieux peintre. — Sans avoir précisément un mérite éclatant, et, pour ainsi dire, un genre de génie involontaire comme les premiers maîtres, il possède tout ce que donnent la volonté et le bon goût. La volonté fait une grande partie de sa réputation comme de celle de M. Delaroche. — Il faut que la volonté soit une faculté bien belle et toujours bien fructueuse, pour qu'elle suffise à donner un cachet, un style quelquefois violent à des œuvres méritoires, mais d'un ordre secondaire, comme celles de M. Robert Fleury. — C'est à cette volonté tenace, infatigable de toujours en haleine, que

---

1. Joseph-Nicolas-Robert Fleury, dit Robert-Fleury (1797-1890), fut élève de Girodet, Gros et Horace Vernet ; il débuta au Salon de 1824 et exposa surtout des peintures historiques.

les tableaux de cet artiste doivent leur charme presque sanguinaire. — Le spectateur jouit de l'effort et l'œil boit la sueur. — C'est là surtout, répétons-le, le caractère principal et glorieux de cette peinture, qui, en somme, n'est ni du dessin, quoique M. Robert Fleury dessine très spirituellement, ni de la couleur, quoiqu'il colore vigoureusement ; cela n'est ni l'un ni l'autre, parce que cela n'est pas exclusif. — La couleur est chaude, mais la manière est pénible ; le dessin habile, mais non pas original.

Son *Marino Faliero* rappelle imprudemment un magnifique tableau qui fait partie de nos plus chers souvenirs. — Nous voulons parler du *Marino Faliero* de M. Delacroix [1]. — La composition était analogue ; mais combien plus de liberté, de franchise et d'abondance !...

Dans l'*Auto-da-fé*, nous avons remarqué avec plaisir quelques souvenirs de Rubens, habilement transformés. — Les deux condamnés qui brûlent, et le vieillard qui s'avance les mains jointes. — C'est encore là, cette année, le tableau le plus original de M. Robert Fleury. — La composition en est excellente, toutes les intentions louables, presque tous les morceaux sont bien réussis. — Et c'est là surtout que brille cette faculté de volonté cruelle et patiente, dont nous parlions tout à l'heure. — Une seule chose est choquante, c'est la femme demi-nue vue de face au premier plan ; elle est froide à force d'efforts dramatiques. — De ce tableau, nous ne saurions trop louer l'exécution de certains morceaux. — Ainsi certaines parties nues des hommes qui se contorsionnent dans les flammes sont de petits chefs-d'œuvre. — Mais nous ferons remarquer que ce n'est que par l'emploi successif et patient de plusieurs moyens secondaires que l'artiste s'efforce d'obtenir l'effet grand et large du tableau d'histoire.

Son étude de *Femme nue* est une chose commune et qui a trompé son talent.

L'Atelier de Rembrandt est un pastiche très curieux,

---

1. Cette œuvre fut exposée au Salon de 1827 ; elle est conservée à Londres, dans la collection Wallace.

mais il faut prendre garde à ce genre d'exercice. On risque parfois d'y perdre ce qu'on a.

Au total, M. Robert Fleury est toujours et sera long-temps un artiste éminent, distingué, chercheur, à qui il ne manque qu'un millimètre ou qu'un milligramme de n'importe quoi pour être un beau génie.

GRANET [1]

a exposé *Un chapitre de l'ordre du Temple*. Il est géné-ralement reconnu que M. Granet est un maladroit plein de sentiment, et l'on se dit devant ses tableaux : « Quelle simplicité de moyens et pourtant quel effet ! » Qu'y a-t-il donc là de si contradictoire ? Cela prouve tout simplement que c'est un artiste fort adroit et qui déploie une science très apprise dans sa spécialité de vieilleries gothiques ou religieuses, un talent très roué et très décoratif.

ACHILLE DEVÉRIA

Voilà un beau nom, voilà un noble et vrai artiste à notre sens.

Les critiques et les journalistes se sont donné le mot pour entonner un charitable *De profundis* sur le défunt talent de M. Eugène Devéria, et chaque fois qu'il prend à cette vieille gloire romantique la fantaisie de se mon-trer au jour, ils l'ensevelissent dévotement dans la *Nais-*

---

1. François-Marius Granet (1775-1849), élève de David et cama-rade d'Ingres à Rome, s'était fait connaître par ses scènes histo-riques, pittoresquement médiévales ; ses effets de clair-obscur, son étude des jeux de lumière en avaient fait une sorte de précurseur des romantiques. Or il était de l'Institut et, paradoxalement, l'ennemi de toutes les audaces pour les œuvres admises au Salon. Le tableau en question se trouve au Musée de Versailles.

sance de Henri IV [1], et brûlent quelques cierges en l'honneur de cette ruine. C'est bien, cela prouve que ces messieurs aiment le beau consciencieusement ; cela fait honneur à leur cœur. Mais d'où vient que nul ne songe à jeter quelques fleurs sincères et à tresser quelques loyaux articles en faveur de M. Achille Devéria ? Quelle ingratitude ! Pendant de longues années, M. Achille Devéria a puisé, pour notre plaisir, dans son inépuisable fécondité, de ravissantes vignettes, de charmants petits tableaux d'intérieur, de gracieuses scènes de la vie élégante, comme nul keepsake, malgré les prétentions des réputations nouvelles, n'en a depuis édité. Il savait colorer la pierre lithographique ; tous ses dessins étaient pleins de charmes, distingués, et respiraient je ne sais quelle rêverie amène. Toutes ses femmes coquettes et doucement sensuelles étaient les idéalisations de celles que l'on avait vues et désirées le soir dans les concerts, aux Bouffes, à l'Opéra ou dans les grands salons. Ces lithographies, que les marchands achètent trois sols et qu'ils vendent un franc, sont les représentants fidèles de cette vie élégante et parfumée de la Restauration, sur laquelle plane comme un ange protecteur le romantique et blond fantôme de la duchesse de Berry.

Quelle ingratitude ! Aujourd'hui l'on n'en parle plus, et tous nos ânes routiniers et antipoétiques se sont amoureusement tournés vers les âneries et les niaiseries vertueuses de M. Jules David, vers les paradoxes pédants de M. Vidal [2].

Nous ne dirons pas que M. Achille Devéria a fait un

---

1. Eugène Devéria (1805-1865), élève de Girodet, fut célèbre grâce à la « Naissance d'Henri IV » (Musée du Louvre), qui fut une des pièces maîtresses du Salon de 1827 ; mais le peintre ne tint pas les promesses annoncées par cette toile. Baudelaire fait allusion à une polémique autour du peintre en 1844 (par exemple l'article de Gautier du 28 mars 1844 dans *La Presse*) qu'on renvoyait toujours à son succès de jeunesse.   **2.** Jules David avait produit en 1837 un ensemble de douze lithographies, « Vice et Vertu, album moral représentant en action les suites inévitables de la bonne et de la mauvaise conduite », qui obtint le prix de 2 000 fr. proposé par Benjamin Delessert, président de la Caisse d'Épargne de Paris.

excellent tableau — mais il a fait un tableau — *Sainte Anne instruisant la Vierge*[1], — qui vaut surtout par des qualités d'élégance et de composition habile, — c'est plutôt, il est vrai, un coloriage qu'une peinture, et par ces temps de *critique picturale, d'art catholique* et *de crâne facture*, une pareille œuvre doit nécessairement avoir l'air naïf et dépaysé. — Si les ouvrages d'un homme célèbre, qui a fait votre joie, vous paraissent aujourd'hui naïfs et dépaysés, enterrez-le donc au moins avec un certain bruit d'orchestre, égoïstes populaces !

BOULANGER

a donné une *Sainte Famille*, détestable ;

Les Bergers de Virgile, médiocres ;

Des *Baigneuses*, un peu meilleures que des Duval-Lecamus et des Maurin, et un *Portrait d'homme* qui est d'une bonne pâte.

Voilà les dernières ruines de l'ancien romantisme — voilà ce que c'est que de venir dans un temps où il est reçu de croire que l'inspiration suffit et remplace le reste ; — voilà l'abîme où mène la course désordonnée de Mazeppa. — C'est M. Victor Hugo qui a perdu M. Boulanger[2] — après en avoir perdu tant d'autres — c'est le poète qui a fait tomber le peintre dans la fosse. Et pourtant M. Boulanger peint convenablement

---

1. Achille Devéria (1800-1857), frère d'Eugène et élève de Girodet, fut aussi un fécond illustrateur des romantiques. « Sainte Anne instruisant la Vierge » se trouve dans la cathédrale d'Alès.
2. Louis Boulanger (1806-1867) avait connu, lui aussi, la notoriété au Salon de 1827, en exposant « Le Supplice de Mazeppa » (musée de Rouen). Le sujet de cette toile était tiré d'un poème de lord Byron écrit en 1818 ; l'œuvre inspira à Victor Hugo l'*Orientale* XXXIV. Le poète la dédia à Boulanger lui-même. Boulanger est un bon exemple de la fraternité qui existait entre les peintres et les écrivains autour de 1830 ; il fréquenta le cénacle de Victor Hugo, rue Notre-Dame-des-Champs, la bohème de l'impasse du Doyenné où habitèrent Théophile Gautier et Gérard de Nerval, de 1834 à 1836. À la faveur dont il jouissait dans les années 1830 succède, de la part de la critique, un refroidissement plus que certain.

(voyez ses portraits) ; mais où diable a-t-il pris son brevet de peintre d'histoire et d'artiste inspiré ? est-ce dans les préfaces ou les odes de son illustre ami ?

BOISSARD

Il est à regretter que M. Boissard, qui possède les qualités d'un bon peintre, n'ait pas pu faire voir cette année un tableau allégorique représentant la Musique, la Peinture et la Poésie[1]. Le jury, trop fatigué sans doute ce jour-là de sa rude tâche, n'a pas jugé convenable de l'admettre. M. Boissard a toujours surnagé au-dessus des eaux troubles de la mauvaise époque dont nous parlions à propos de M. Boulanger, et s'est sauvé du danger, grâce aux qualités sérieuses et pour ainsi dire naïves de sa peinture. — Son *Christ en croix* est d'une pâte solide et d'une bonne couleur.

SCHNETZ

Hélas ! que faire de ces gros tableaux italiens ? — nous sommes en 1845 — nous craignons fort que Schnetz en fasse encore de semblables en 1855[2].

---

1. Joseph-Fernand Boissard (1813-1866), élève de Gros et de Devéria, débuta au Salon de 1835, avec un « Épisode de la retraite de Moscou » (Musée de Rouen). Baudelaire, en 1845, habitait en même temps que Boissard l'hôtel de Pimodan ; il est fort possible qu'il ait pu voir l'œuvre refusée chez Boissard lui-même. Quant au « Christ en croix », il est dans l'église Saint-Martin-de-Valançay.
2. Jean-Victor Schnetz (1787-1870) fut un épigone de l'école davidienne et s'illustra avec des tableaux dont les sujets étaient tirés de la vie paysanne italienne ; et en cela, il est proche de Léopold Robert. Il s'agissait d'une tentative de renouvellement de la tradition classique qui posait le problème du sujet en peinture — question qui va traverser tout le XIXe siècle et d'où est sortie la peinture moderne !

CHASSÉRIAU

Le Kalife de Constantine suivi de son escorte

Ce tableau séduit tout d'abord par sa composition. — Cette défilade de chevaux et ces grands cavaliers ont quelque chose qui rappelle l'audace naïve des grands maîtres. — Mais pour qui a suivi avec soin les études de M. Chassériau [1], il est évident que bien des révolutions s'agitent encore dans ce jeune esprit, et que la lutte n'est pas finie.

La position qu'il veut se créer entre Ingres, dont il est élève, et Delacroix qu'il cherche à détrousser, a quelque chose d'équivoque pour tout le monde et d'embarrassant pour lui-même. Que M. Chassériau *trouve son bien* dans Delacroix, c'est tout simple ; mais que, malgré tout son talent et l'expérience précoce qu'il a acquise, il le laisse si bien voir, là est le mal. Ainsi, il y a dans ce tableau des contradictions. — En certains endroits c'est déjà de *la couleur*, en d'autres ce n'est encore que coloriage — et néanmoins l'aspect en est agréable, et la composition, nous nous plaisons à le répéter, excellente.

Déjà, dans les illustrations d'Othello [2], tout le monde avait remarqué la préoccupation d'imiter Delacroix. — Mais, avec des goûts aussi distingués et un esprit aussi actif que celui de M. Chassériau, il y a tout lieu d'espérer qu'il deviendra un peintre, et un peintre éminent.

---

1. Théodore Chassériau (1819-1856) fut d'abord élève d'Ingres, puis laissé à lui-même après le départ du maître pour Rome, il regarda Delacroix. Baudelaire a fort bien posé la problématique esthétique de ce peintre, entre le dessin et la couleur, entre les classiques et les romantiques, qui fit de lui un des artistes les plus intéressants des années 40 et 50. Il assura, par ailleurs, le pont entre le romantisme et le symbolisme par l'influence qu'il exerça sur Gustave Moreau et Puvis de Chavannes. « Le Kalife de Constantine » se trouve au Musée de Versailles.   2. En 1844, Chassériau fit une série de seize eaux-fortes d'après l'*Othello* de Shakespeare ; la suite n'eut aucun succès. La critique de l'époque n'y vit qu'un démarquage de la série sur *Hamlet* de Delacroix (1828 : première lithographie) et Baudelaire ne fait que suivre ici l'opinion commune.

DEBON [1]

Bataille d'Hastings

Encore un pseudo-Delacroix ; — mais que de talent ! quelle énergie ! C'est une vraie bataille. — Nous voyons dans cette œuvre toutes sortes d'excellentes choses ; — une belle couleur, la recherche sincère de la vérité, et la facilité hardie de composition qui fait les peintres d'histoire.

VICTOR ROBERT [2]

Voilà un tableau qui a eu du guignon ; — il a été suffisamment *blagué* par les savants du feuilleton, et nous croyons qu'il est temps de redresser les torts. — Aussi quelle singulière idée que de montrer à ces messieurs *la religion, la philosophie, les sciences et les arts éclairant l'Europe*, et de représenter chaque peuple de l'Europe *par une figure qui occupe dans le tableau sa place géographique* ! Comment faire goûter à ces articliers quelque chose d'audacieux, et leur faire comprendre que l'allégorie est un des plus beaux genres de l'art ?

Cette énorme composition est d'une bonne couleur, par morceaux, du moins ; nous y trouvons même la recherche de tons nouveaux ; de quelques-unes de ces belles femmes qui figurent les diverses nations, les attitudes sont élégantes et originales.

---

1. Hippolyte Debon (1807-1872), élève de Gros et d'Abel de Pujol, fut assez estimé en son temps par la critique. La « Bataille d'Hastings » était au Musée de Caen ; la toile fut détruite par un incendie au début du siècle ; la veuve de l'artiste fit don au musée de l'esquisse de cette œuvre.   **2.** Victor Robert (1813-1888). La localisation du tableau est inconnue. Il fut qualifié par Gautier de « tableau humanitaire et palingénésique » (19 mars 1845, *La Presse*). Il est curieux qu'une telle œuvre ait pu plaire à Baudelaire avec son contenu didactique, moralisant et « progressif ». Il est vrai que l'allégorie sert de véhicule à de telles idées et que la forme peut fort bien masquer l'idée ; l'aspect bizarre et curieux a dû retenir l'attention du poète.

Il est malheureux que l'idée baroque d'assigner à chaque peuple sa place géographique ait nui à l'ensemble de la composition, au charme des groupes, et ait éparpillé les figures comme un tableau de Claude Lorrain, dont les bonshommes s'en vont à la débandade.

M. Victor Robert est-il un artiste consommé ou un génie étourdi ? Il y a du pour et du contre, des bévues de jeune homme et de savantes intentions. — En somme, c'est là un des tableaux les plus curieux et les plus dignes d'attention du Salon de 1845.

BRUNE

a exposé *Le Christ descendu de la croix*. Bonne couleur, dessin suffisant. — M. Brune a été jadis plus original. — Qui ne se rappelle *L'Apocalypse* et *L'Envie*[1] ? — Du reste il a toujours eu à son service un talent de facture ferme et solide, en même temps que très facile, qui lui donne dans l'école moderne une place honorable et presque égale à celle de Guerchin et des Carrache, dans les commencements de la décadence italienne[2].

GLAIZE[3]

M. Glaize a un talent — c'est celui de bien peindre les femmes. C'est la Madeleine et les femmes qui l'entourent qui sauvent son tableau de la *Conversion de Madeleine* — et c'est la molle et vraiment féminine tournure de Galathée qui donne à son tableau de *Galathée et Acis* un charme un peu original. — Tableaux qui visent à la couleur, et malheureusement n'arrivent qu'au

---

1. « L'Apocalypse » fut exposée au Salon de 1838, l'« Envie » au Salon de 1839. **2.** Adolphe Brune (1802-1875), avec Ziégler, dans la décennie précédente, avait été remarqué par des œuvres qui s'inspiraient du Caravage et du Guerchin. La remarque de Baudelaire, pertinente en ce sens, est aussi significative de l'histoire du goût, le XVIIe siècle étant « les commencements de la décadence italienne ». **3.** Auguste Glaize (1807-1893) fut élève de Devéria.

coloriage de cafés, ou tout au plus d'opéra, et dont l'un a été imprudemment placé auprès du *Marc-Aurèle* de Delacroix.

LÉPAULLE [1]

Nous avons vu de M. Lépaulle une femme tenant un vase de fleurs dans ses bras ; — c'est très joli, c'est très bien peint, et même — qualité plus grave — c'est naïf. — Cet homme réussit toujours ses tableaux quand il ne s'agit que de bien peindre et qu'il a un joli modèle ; — c'est dire qu'il manque de goût et d'esprit. — Par exemple, dans le *Martyre de saint Sébastien*, que fait cette grosse figure de vieille avec son urne, qui occupe le bas du tableau et lui donne un faux air d'ex-voto de village ? Et pourtant c'est une peinture dont le *faire* a tout l'aplomb des grands maîtres. — Le torse de saint Sébastien, parfaitement bien peint, gagnera encore à vieillir.

MOUCHY [2]

Martyre de sainte Catherine d'Alexandrie

M. Mouchy doit aimer Ribera et tous les vaillants factureurs ; n'est-ce pas faire de lui un grand éloge ? Du reste son tableau est bien composé. — Nous avons souvenance d'avoir vu dans une église de Paris — Saint-Gervais ou Saint-Eustache [3] — une composition signée *Mouchy*, qui représente des moines. — L'aspect en est très brun, trop peut-être, et d'une couleur moins variée que le tableau de cette année, mais elle a les mêmes qualités sérieuses de peinture.

---

1. François-Gabriel-Guillaume Lépaulle (1804-1886), élève de Régnault, exposa au Salon à partir de 1824. L'église Saint-Merri, à Paris, abrite une chapelle décorée par ce peintre en 1840-1841. **2.** Émile-Édouard Mouchy (1802-1870) fut élève de Guérin. **3.** Personne n'a retrouvé cette peinture mentionnée par Baudelaire.

APPERT[1]

L'Assomption de la Vierge a des qualités analogues — bonne peinture — mais la couleur, quoique vraie couleur, est un peu commune. — Il nous semble que nous connaissons un tableau du Poussin, situé dans la même galerie, non loin de la même place, et à peu près de la même dimension, avec lequel celui-ci a quelque ressemblance.

BIGAND[2]

Les Derniers Instants de Néron

Eh quoi ! c'est là un tableau de M. Bigand ! Nous l'avons bien longtemps cherché. — M. Bigand le coloriste a fait un tableau tout brun — qui a l'air d'un conciliabule de gros sauvages.

PLANET[3]

est un des rares élèves de Delacroix qui brillent par quelques-unes des qualités du maître.

Rien n'est doux, dans la vilaine besogne d'un compte rendu, comme de rencontrer un vraiment bon tableau, un tableau original, illustré déjà par quelques huées et quelques moqueries.

Et, en effet, ce tableau a été bafoué ; — nous concevons la haine des architectes, des maçons, des sculpteurs et des mouleurs, contre tout ce qui ressemble à de la peinture ;

---

1. Eugène Appert (1814-1867) fut l'élève d'Ingres. « L'Assomption » est actuellement dans l'église Notre-Dame de Beaupréau (Maine-et-Loire). **2.** Auguste Bigand (1803-1868), élève d'Hersent, exposa de 1834 à 1868 des sujets historiques et religieux. **3.** Louis de Planet (1814-1875) vint à Paris en 1836 et entra dans l'atelier que Delacroix ouvrit en 1838 ; il fut le principal aide et exécutant de Delacroix pour les décorations du palais Bourbon et du Luxembourg.

mais comment se fait-il que des artistes ne voient pas tout ce qu'il y a dans ce tableau, et d'originalité dans la composition, et de simplicité même dans la couleur ?

Il y a là je ne sais quel aspect de peinture espagnole et galante, qui nous a séduit tout d'abord. M. Planet a fait ce que font tous les coloristes de premier ordre, à savoir, de la couleur avec un petit nombre de tons — du rouge, du blanc, du brun, et c'est délicat et caressant pour les yeux. La sainte Thérèse, telle que le peintre l'a représentée, s'affaissant, tombant, palpitant, à l'attente du dard dont l'amour divin va la percer, est une des plus heureuses trouvailles de la peinture moderne. — Les mains sont charmantes. — L'attitude, naturelle pourtant, est aussi poétique que possible. — Ce tableau respire une volupté excessive, et montre dans l'auteur un homme capable de très bien comprendre un sujet — *car sainte Thérèse était brûlante d'un si grand amour de Dieu, que la violence de ce feu lui faisait jeter des cris... Et cette douleur n'était pas corporelle, mais spirituelle, quoique le corps ne laissât pas d'y avoir beaucoup de part* [1].

Parlerons-nous du petit Cupidon mystique suspendu en l'air, et qui va la percer de son javelot ? — Non. — À quoi bon ? M. Planet a évidemment assez de talent pour faire une autre fois un tableau complet.

DUGASSEAU

Jésus-Christ entouré des principaux fondateurs du christianisme

Peinture sérieuse, mais pédante — ressemble à un Lehmann [2] très solide.

Sa *Sapho* faisant le saut de Leucade est une jolie composition.

---

1. Le passage cité est emprunté au livret du Salon, et est extrait de la *Vie de sainte Thérèse*, traduite par Arnaud d'Andilly (1588-1674). **2.** Charles Dugasseau, élève d'Ingres ; Henri Lehmann fut lui aussi élève d'Ingres, et non des moindres.

GLEYRE

Il avait volé le cœur du public sentimental avec le tableau du *Soir*[1]. — Tant qu'il ne s'agissait que de peindre des femmes solfiant de la musique romantique dans un bateau, ça allait ; — de même qu'un pauvre opéra triomphe de sa musique à l'aide des objets décolletés ou plutôt déculottés et agréables à voir ; — mais cette année, M. Gleyre, voulant peindre des apôtres[2], — des apôtres, M. Gleyre ! — n'a pas pu triompher de sa propre peinture.

PILLIARD[3]

est évidemment un artiste érudit ; il vise à imiter les anciens maîtres et leurs sérieuses allures — ses tableaux de chaque année se valent — c'est toujours le même mérite, froid, consciencieux et tenace.

AUGUSTE HESSE

L'Évanouissement de la Vierge[4]

Voilà un tableau évidemment choquant par la couleur — c'est d'une couleur dure, malheureuse et amère — mais ce tableau plaît, à mesure qu'on s'y attache, par des qualités d'un autre genre. — Il a d'abord un mérite singulier — c'est de ne rappeler, en aucune manière, les

---

1. « Le Soir » ou « Les Illusions perdues » de Gleyre (Musée du Louvre) avait eu un certain succès au Salon de 1843. **2.** Charles Gleyre (1806-1874) fut élève de Bonnefond à Lyon, d'Hersent et de Bonington à Paris. Il est un bon exemple des tendances classicisantes pendant les années 1840. Le tableau obtint une médaille de première classe et est, de nos jours, au Musée Girodet à Montargis. **3.** Jacques Pilliard (1811-1845), élève d'Orsel et Bonnefond (école de Lyon), exposait en 1845 une « Peste » conservée aujourd'hui au Musée de Grenoble. **4.** Nicolas-Auguste Hesse (1795-1869), élève de Gros et premier prix de Rome en 1818 ; l'emplacement de l'œuvre est ignoré de nos jours.

motifs convenus de la peinture actuelle, et les poncifs qui traînent dans tous les jeunes ateliers ; — au contraire, il ressemble au *Passé* ; trop peut-être. — M. Auguste Hesse connaît évidemment tous les grands morceaux de la peinture italienne, et a vu une quantité innombrable de dessins et de gravures. — La composition est du reste belle et habile, et a quelques-unes des qualités traditionnelles des grandes écoles — la dignité, la pompe, et une harmonie ondoyante de lignes.

JOSEPH FAY [1]

M. Joseph Fay n'a envoyé que des dessins, comme M. Decamps — c'est pour cela que nous le classons dans les peintres d'histoire ; il ne s'agit pas ici de la matière avec laquelle on fait, mais de la manière dont on fait.

M. Joseph Fay a envoyé six dessins représentant la vie des anciens Germains ; — ce sont les cartons d'une frise exécutée à fresque à la grande salle des réunions du conseil municipal de l'hôtel de ville d'Ebersfeld, en Prusse.

Et, en effet, cela nous paraissait bien un peu allemand, et, les regardant curieusement, et avec le plaisir qu'on a à voir toute œuvre de bonne foi, nous songions à toutes ces célébrités modernes d'outre-Rhin qu'éditent les marchands du boulevard des Italiens.

Ces dessins, dont les uns représentent la grande lutte entre Arminius [2] et l'invasion romaine, d'autres, les jeux sérieux et toujours militaires de la Paix, ont un noble air de famille avec les bonnes compositions de Pierre

---

1. Joseph Fay (1813-1875) est un peintre allemand qui séjourna à Paris en 1844-1845, et fut alors élève de Delaroche.   **2.** Arminius, chef des Chérusques, est demeuré populaire en Allemagne, sous le nom de « Hermann » ; en 9 après J.-C., il vainquit les légions de Varus.

de Cornélius [1]. — Le dessin est curieux, savant, et visant un peu au néo-Michel-Angelisme. — Tous les mouvements sont heureusement trouvés — et accusent un esprit sincèrement amateur de la forme, si ce n'est amoureux. — Ces dessins nous ont attiré parce qu'ils sont beaux, nous plaisent parce qu'ils sont beaux ; — mais au total, devant un si beau déploiement des forces de l'esprit, nous regrettons toujours, et nous réclamons à grands cris l'originalité. Nous voudrions voir déployer ce même talent au profit d'idées plus modernes, — disons mieux, au profit d'une nouvelle manière de voir et d'entendre les arts — nous ne voulons pas parler ici du choix des sujets ; en ceci les artistes ne sont pas toujours libres, — mais de la manière de les comprendre et de les dessiner.

En deux mots — à quoi bon tant d'érudition, quand on a du talent ?

JOLLIVET [2]

Le *Massacre des Innocents*, de M. Jollivet, dénote un esprit sérieux et appliqué. — Son tableau est, il est vrai, d'un aspect froid et laiteux. — Le dessin n'est pas très original ; mais ses femmes sont d'une belle forme, grasse, résistante et solide.

LAVIRON [3]

JÉSUS CHEZ MARTHE ET MARIE

Tableau sérieux plein d'inexpériences pratiques. — Voilà ce que c'est que de trop s'y connaître, — de trop penser et de ne pas assez peindre.

---

1. Pierre de Cornélius, forme francisée pour Peter von Cornelius (1783-1867), qui fit partie à Rome, de 1811 à 1819, du groupe des Nazaréens (voir la note 2 p. 568 de « L'art philosophique »). 2. Pierre-Jules Jollivet (1803-1871) fut élève de Gros. L'œuvre est au Musée de Rouen. 3. Gabriel Laviron (1806-1849), peintre et critique d'art. Le tableau exposé aurait été détruit en 1938.

MATOUT[1]

a donné trois sujets antiques, où l'on devine un esprit sincèrement épris de la forme, et qui repousse les tentations de la couleur pour ne pas obscurcir les intentions de sa pensée et de son dessin.

De ces trois tableaux c'est le plus grand qui nous plaît le plus, à cause de la beauté intelligente des lignes, de leur harmonie sérieuse, et surtout à cause du parti pris de la manière, parti pris qu'on ne retrouve pas dans *Daphnis et Naïs*.

Que M. Matout songe à M. Haussoullier, et qu'il voie tout ce que l'on gagne ici-bas, en art, en littérature, en politique, à être radical et absolu, et à ne jamais faire de concessions.

Bref, il nous semble que M. Matout connaît trop bien son affaire, et qu'il a trop *ça* dans la main — *Indè* une impression moins forte.

D'une œuvre laborieusement faite il reste toujours quelque chose.

JANMOT[2]

Nous n'avons pu trouver qu'une seule figure de M. Janmot, c'est une femme assise avec des fleurs sur les genoux[3]. — Cette simple figure, sérieuse et mélancolique, et dont le dessin fin et la couleur un peu crue rappellent les anciens maîtres allemands, ce gracieux Albert Dürer, nous avait donné une excessive curiosité de trouver le reste. Mais nous n'avons pu y réussir. C'est certainement là une belle peinture. — Outre que le modèle est très beau et très bien choisi, et très bien ajusté, il y a, dans la couleur même et l'alliance de ces tons verts, roses et rouges, un peu douloureux à l'œil,

---

1. Louis Matout (1811-1888). **2.** Louis Janmot (1814-1892) fut un représentant de l'école lyonnaise qui, pour Baudelaire, est « le bagne de la peinture ». **3.** Ce tableau est au Musée des Beaux-Arts de Lyon.

une certaine mysticité qui s'accorde avec le reste. — Il y a harmonie naturelle entre cette couleur et ce dessin.

Il nous suffit, pour compléter l'idée qu'on doit se faire du talent de M. Janmot, de lire dans le livret le sujet d'un autre tableau :

Assomption de la Vierge — partie supérieure : — la sainte Vierge est entourée d'anges dont les deux principaux représentent la *Chasteté* et l'*Harmonie*. Partie inférieure : *Réhabilitation de la femme ; un ange brise ses chaînes* [1].

ÉTEX

Ô sculpteur, qui fîtes quelquefois de bonnes statues, vous ignorez donc qu'il y a une grande différence entre dessiner sur une toile et modeler avec de la terre, — et que la couleur est une science mélodieuse dont la triture du marbre n'enseigne pas les secrets ? — Nous comprendrions plutôt qu'un musicien voulût singer Delacroix, — mais un sculpteur, jamais ! — *Ô grand tailleur de pierre !* pourquoi voulez-vous jouer du violon [2] ?

---

1. Cette œuvre est au Musée d'Art et d'Industrie de Saint-Étienne.
2. Antoine Étex (1808-1888) était sculpteur ; lorsqu'on sait qu'Ingres avait pour passe-temps le violon, d'où est sortie l'expression « violon d'Ingres », la remarque prend toute sa saveur. « La Délivrance » était le titre de l'œuvre exposée, qui se trouve au Musée des Beaux-Arts de Lyon. Voir la note 3 p. 117. Il est intéressant de noter enfin l'amorce de correspondance établie par Baudelaire entre la musique et la peinture : « science mélodieuse ».

III

PORTRAITS

LÉON COGNIET

Un très beau portrait de femme, dans le Salon carré.

M. Léon Cogniet est un artiste d'un rang très élevé dans les régions moyennes du goût et de l'esprit[1]. — S'il ne se hausse pas jusqu'au génie, il a un de ces talents complets dans leur modération qui défient la critique. M. Cogniet ignore les caprices hardis de la fantaisie et le parti pris des absolutistes. Fondre, mêler, réunir tout en choisissant, a toujours été son rôle et son but ; il l'a parfaitement bien atteint. Tout dans cet excellent portrait, les chairs, les ajustements, le fond, est traité avec le même bonheur.

DUBUFE

M. Dubufe est depuis plusieurs années la victime de tous les feuilletonistes *artistiques*[2]. Si M. Dubufe est bien loin de sir Thomas Lawrence, au moins n'est-ce pas sans une certaine justice qu'il a hérité de sa gracieuse popularité. — Nous trouvons, quant à nous, que le *Bourgeois* a bien raison de chérir l'homme qui lui a créé de si jolies femmes, presque toujours bien ajustées.

---

1. Léon Cogniet (1794-1880) fut élève de Guérin et jouissait d'une certaine popularité. **2.** Claude Dubufe, le père (1790-1864), élève de David, hormis quelques compositions mythologiques, se fit une réputation en pratiquant le portrait mondain ; la comparaison avec sir Thomas Lawrence (1769-1830), en défaveur de Dubufe, tient par cette même vogue que connurent les deux peintres. Il est vrai que ce genre de peinture n'était guère apprécié de la critique « artiste » dont Gautier fut peut-être le représentant exemplaire ; c'était le type même, pour celui-ci, d'un art qui n'en était pas un, une fausse réputation reposant sur l'habile imitation des tissus !

M. Dubufe a un fils qui n'a pas voulu marcher sur les traces de son père, et qui s'est fourvoyé dans la peinture sérieuse.

Mlle EUGÉNIE GAUTIER [1]

Beau coloris, — dessin ferme et élégant. — Cette femme a l'intelligence des maîtres ; — elle a du Van Dyck ; — elle peint comme un homme. — Tous ceux qui se connaissent en peinture se rappellent le modelé de deux bras nus dans un portrait exposé au dernier Salon. La peinture de Mlle Eugénie Gautier n'a aucun rapport avec la peinture de femme, qui, en général, nous fait songer aux préceptes du bonhomme Chrysale.

BELLOC

M. Belloc a envoyé plusieurs portraits. — Celui de M. Michelet nous a frappé par son excellente couleur [2]. — M. Belloc, qui n'est pas assez connu, est un des hommes d'aujourd'hui les plus savants dans leur art. — Il a fait des élèves remarquables, — Mlle Eugénie Gautier, par exemple, à ce que nous croyons. — L'an passé, nous avons vu de lui, aux galeries du boulevard Bonne-Nouvelle, une tête d'enfant qui nous a rappelé les meilleurs morceaux de Lawrence.

TISSIER [3]

est vraiment coloriste, mais n'est peut-être que cela ; — c'est pourquoi son portrait de femme, qui est d'une

---

1. Eugénie Gautier (1833-1875 ?) fut élève de Belloc (voir note suivante) et n'est guère mentionnée par les critiques de l'époque. 2. Jean-Hilaire Belloc (1785-1866), élève de Regnault et de Gros, avait envoyé trois portraits au Salon. Celui de Michelet est de nos jours à la Bibliothèque historique de la ville de Paris. 3. Ange Tissier (1814-1876) fut l'élève d'Ary Scheffer et de Delaroche.

couleur distinguée et dans une gamme de ton très grise, est supérieur à son tableau de religion.

RIESENER [1]

est avec M. Planet un des hommes qui font honneur à M. Delacroix. — Le portrait du docteur H. de Saint-A... est d'une franche couleur et d'une franche facture.

DUPONT

Nous avons rencontré un pauvre petit portrait de demoiselle avec un petit chien, qui se cache si bien qu'il est fort difficile à trouver ; mais il est d'une grâce exquise. — C'est une peinture d'une grande innocence, — apparente, du moins, mais très bien composée, — et d'un très joli aspect ; — un peu anglais.

HAFFNER [2]

Encore un nouveau nom, pour nous, du moins. M. Haffner a, dans la petite galerie, à une très mauvaise place, un portrait de femme du plus bel effet. Il est diffi-cile à trouver, et vraiment c'est dommage. Ce portrait dénote un coloriste de première force. Ce n'est point de la couleur éclatante, pompeuse ni commune, mais excessivement distinguée, et d'une harmonie remar-quable. La chose est exécutée dans une gamme de ton très grise. L'effet est très savamment combiné, doux et frappant à la fois. La tête, romantique et doucement pâle, se détache sur un fond gris, encore plus pâle autour d'elle, et qui, se rembrunissant vers les coins, a l'air de

---

1. Léon Riesener (1808-1878) fut, avec Planet, un des plus proches disciples de Delacroix. On peut voir au Musée Delacroix, à Paris, quelques œuvres de celui-ci.   2. Félix Haffner (1818-1875) avait débuté en 1844.

lui servir d'auréole. — M. Haffner a, de plus, fait un paysage d'une couleur très hardie — un chariot avec un homme et des chevaux, faisant presque silhouette sur la clarté équivoque d'un crépuscule. — Encore un chercheur consciencieux... que c'est rare !...

PÉRIGNON

a envoyé neuf portraits, dont six de femmes. — Les têtes de M. Pérignon sont dures et lisses comme des objets inanimés. — Un vrai musée de Curtius [1].

HORACE VERNET

M. Horace Vernet, comme portraitiste, est inférieur à M. Horace Vernet, peintre héroïque. Sa couleur surpasse en crudité la couleur de M. Court.

HIPPOLYTE FLANDRIN

M. Flandrin n'a-t-il pas fait autrefois un gracieux portrait de femme appuyée sur le devant d'une loge, avec un bouquet de violettes au sein [2] ? Mais il a échoué dans le portrait de M. Chaix d'Est-Ange. Ce n'est qu'un semblant de peinture sérieuse ; ce n'est pas là le caractère si connu de cette figure fine, mordante, ironique. — C'est lourd et terne.

Nous venons de trouver, ce qui nous a fait le plus vif plaisir, un portrait de femme de M. Flandrin, une simple tête qui nous a rappelé ses bons ouvrages. L'aspect en est un peu trop doux et a le tort de ne pas appeler les

---

1. Le Musée Curtius était un musée de figures de cire, métaphore qui donne à penser ce que pouvait être aux yeux de Baudelaire la peinture de M. Alexis Pérignon (1806-1882). 2. Hippolyte Flandrin (1809-1869) fut un élève d'Ingres. L'œuvre en question pourrait être le portrait de Mme Oudiné, exposé au Salon de 1840 (Lyon, Musée des Beaux-Arts).

yeux comme le portrait de la princesse Belg..., de
M. Lehmann[1]. Comme ce morceau est petit, M. Flandrin l'a parfaitement réussi. Le modelé en est beau, et
cette peinture a le mérite, rare chez ces messieurs, de
paraître faite tout d'une haleine et du premier coup.

RICHARDOT

a peint une jeune dame vêtue d'une robe noire et verte,
— coiffée avec une afféterie de keepsake. — Elle a un
certain air de famille avec les saintes de Zurbaran[2], et
se promène gravement derrière un grand mur d'un assez
bon effet. C'est bon — il y a là-dedans du courage, de
l'esprit, de la jeunesse.

VERDIER

a fait un portrait de Mlle Garrique, dans *Le Barbier de
Séville*[3]. Cela est d'une meilleure facture que le portrait
précédent, mais manque de délicatesse.

HENRI SCHEFFER[4]

Nous n'osons pas supposer, pour l'honneur de
M. Henri Scheffer, que le portrait de Sa Majesté ait été
fait d'après nature. — Il y a dans l'histoire contempo-

---

1. Ce portrait d'Henri Lehmann fut exposé au Salon de 1844 ; la
localisation actuelle est inconnue. La princesse Belgiojoso d'Este fut
une ardente nationaliste italienne, ce qui lui valut l'exil. Elle vint
donc à Paris, où elle continua son œuvre pour la libération de l'Italie
de l'occupation étrangère.   2. Francisco de Zurbaran (1598-1664),
peintre espagnol, fut un des représentants du caravagisme en
Espagne. Baudelaire a pu voir ses œuvres au musée espagnol.
3. Marcel Verdier (1817-1856) fut élève d'Ingres. Mlle Garricque
appartenait à la Comédie-Française.   4. Henri Scheffer (1798-
1862) était le frère d'Ary Scheffer, appelé en 1846 par Baudelaire
un « singe du sentiment » !

raine peu de têtes aussi accentuées que celle de Louis-Philippe. — La fatigue et le travail y ont imprimé de belles rides, que l'artiste ne connaît pas. — Nous regrettons qu'il n'y ait pas en France un seul portrait du Roi. — Un seul homme est digne de cette œuvre : c'est M. Ingres.

Tous les portraits de Henri Scheffer sont faits avec la même probité, minutieuse et aveugle ; la même conscience, patiente et monotone.

LEIENDECKER

En passant devant le portrait de Mlle Brohan nous avons regretté de ne pas voir au Salon un autre portrait, — qui aurait donné au public une idée plus juste de cette charmante actrice, — par M. Ravergie, à qui le portrait de Mme Guyon avait fait une place importante parmi les portraitistes [1].

DIAZ [2]

M. Diaz fait d'habitude de petits tableaux dont la couleur magique surpasse les fantaisies du kaléidoscope. — Cette année, il a envoyé de petits portraits en pied. Un portrait est fait, non seulement de couleur, mais de lignes et de modelé. — *C'est l'erreur d'un peintre de genre qui prendra sa revanche.*

---

1. Hippolyte Ravergie était élève d'Ingres et avait exposé au Salon précédent un portrait de Mme Guyon, actrice qui joua sur la scène du Français, mais aussi à la Porte-Saint-Martin et à l'Ambigu ; Mlle Brohan, quant à elle, était sociétaire au Français. 2. Narcisse Virgile Diaz de La Pegna (1808-1876) jouissait dans les années 1840 d'une très grande réputation ; ses sujets agréables, peints avec agrément, offraient un aspect chatoyant et séduisant (multiplicité de la couleur, diversité de la touche).

IV

TABLEAUX DE GENRE

BARON[1]

a donné *Les Oies du frère Philippe*, un conte de La Fontaine.

C'est un prétexte à jolies femmes, à ombrages, et à tons variés quand même.

C'est d'un aspect fort attirant, mais c'est le rococo du romantisme. — Il y a là-dedans du Couture, un peu du faire de Célestin Nanteuil, beaucoup de tons de Roqueplan et de C. Boulanger. — Réfléchir devant ce tableau combien une peinture excessivement savante et brillante de couleur peut rester froide quand elle manque d'un tempérament particulier.

ISABEY

Un intérieur d'alchimiste

Il y a toujours là-dedans des crocodiles, des oiseaux empaillés, de gros livres de maroquin, du feu dans des fourneaux, et un vieux en robe de chambre, — c'est-à-dire une grande quantité de tons divers. C'est ce qui explique la prédilection de certains coloristes pour un sujet si commun.

M. Isabey est un vrai coloriste — toujours brillant, — souvent délicat. Ç'a été un des hommes les plus justement heureux du mouvement rénovateur[2].

---

1. Henri Baron (1816-1885), élève de Jean Gigoux, avait débuté au Salon de 1840. **2.** Eugène Isabey (1803-1886), lié à Bonington et à Delacroix, est un maître estimable et brillant du paysage, en France, pour la période romantique. Il s'est beaucoup intéressé à l'école anglaise du paysage, dont il s'inspira et à partir de laquelle il créa un style original et pittoresque.

LÉCURIEUX

SALOMON DE CAUS À BICÊTRE [1]

Nous sommes à un théâtre du boulevard qui s'est mis en frais de littérature ; on vient de lever le rideau, tous les acteurs regardent le public.

Un seigneur, avec Marion Delorme onduleusement appuyée à son bras, *n'écoute pas* la complainte du Salomon qui gesticule comme un forcené dans le fond.

La mise en scène est bonne ; tous les fous sont pittoresques, aimables, et savent parfaitement leur rôle.

Nous ne comprenons pas l'effroi de Marion Delorme à l'aspect de ces aimables fous.

Ce tableau a un aspect uniforme de café au lait. La couleur en est roussâtre comme un vilain temps plein de poussière.

Le dessin, — dessin de vignette et d'illustration. À quoi bon faire de la peinture dite sérieuse, quand on n'est pas coloriste et qu'on n'est pas dessinateur ?

Mme CÉLESTE PENSOTTI

Le tableau de Mme Céleste Pensotti s'appelle *Rêverie du soir*. Ce tableau, un peu maniéré comme son titre, mais joli comme le nom de l'auteur, est d'un sentiment fort distingué. — Ce sont deux jeunes femmes, l'une appuyée sur l'épaule de l'autre, qui regardent à travers une fenêtre ouverte. — Le vert et le rose, ou plutôt le verdâtre et le rosâtre y sont doucement combinés. Cette jolie composition, malgré ou peut-être à cause de son afféterie naïve d'album romantique, ne nous déplaît pas ; — cela a une qualité trop oubliée aujourd'hui. C'est élégant, — cela sent bon.

---

1. Salomon de Caus eut le premier le pressentiment de l'utilisation de la vapeur ; il fut enfermé comme aliéné à Bicêtre. Ce sujet est assez symptomatique des goûts romantiques : le génie ignoré et incompris, victime du vulgaire. Il suffit de penser au « Tasse chez les fous » de Delacroix !

TASSAERT

Un petit tableau de religion presque galante. — La Vierge allaite l'enfant Jésus — sous une couronne de fleurs et de petits amours. L'année passée nous avions déjà remarqué M. Tassaert[1]. Il y a là une bonne couleur, modérément gaie, unie à beaucoup de goût.

LELEUX FRÈRES[2]

Tous leurs tableaux sont très bien faits, très bien peints, et très monotones comme manière et choix de sujets.

LE POITTEVIN

Sujets à la Henri Berthoud[3] (voyez le livret). — Tableaux de genre, vrais tableaux de genre trop bien peints. Du reste, tout le monde aujourd'hui peint trop bien.

GUILLEMIN

M. Guillemin, qui a certainement du mérite dans l'exécution, dépense trop de talent à soutenir une mauvaise cause ; — la cause de l'*esprit en peinture*. — J'entends par là envoyer à l'imprimeur du livret des légendes pour le public du dimanche[4].

---

1. Nicolas Tassaert (1807-1874) exposait « La Sainte Vierge allaitant l'enfant Jésus ». Il s'illustra surtout dans la veine sentimentale et fut un des « pré-réalistes » intéressants de la Monarchie de Juillet. **2.** Adolphe (1812-1891) et Armand (1818-1865) Leleux s'étaient rendus célèbres en prenant pour sujets des scènes rustiques, voire folkloriques. **3.** Henri Berthoud était l'élève d'Eugène Le Poittevin (1806-1870). **4.** Alexandre Guillemin (1817-1882) exposait « Le Dernier Blanc » ; le livret citait des vers de Challamel qui décrivent un enfant assis près du cadavre de son père, sujet favorable à la pitié et à l'attendrissement sentimental.

MÜLLER

M. Müller croit-il plaire au public du samedi en choisissant ses sujets dans Shakespeare et Victor Hugo [1] ?
— De gros amours *Empire* sous prétexte de sylphes.
— Il ne suffit donc pas d'être coloriste pour avoir du goût. — Sa *Fanny* est mieux.

DUVAL-LECAMUS père

« ... Sait d'une voix légère
Passer du grave au doux, du plaisant au sévère [2]. »

DUVAL-LECAMUS jules

a été imprudent d'aborder un sujet traité déjà par M. Roqueplan [3].

GIGOUX

M. Gigoux nous a procuré le plaisir de relire dans le livret le récit de la *Mort de Manon Lescaut*. Le tableau est mauvais ; pas de style ; mauvaise composition, mauvaise couleur. Il manque de caractère, il manque de son sujet. Quel est ce Des Grieux ? je ne le connais pas.

Je ne reconnais pas non plus là M. Gigoux, que la faveur publique faisait, il y a quelques années, marcher de pair avec les plus sérieux novateurs.

M. Gigoux, l'auteur du *Comte de Cominges*, de *François Ier assistant Léonard de Vinci à ses derniers*

---

1. Charles Müller (1815-1882), élève de Gros, faisait citer par le livret les *Odes et Ballades* de Hugo et *Le Songe d'une nuit d'été* de Shakespeare.   **2.** Citation tirée de Boileau, *Art poétique*, I, v. 75-76.   **3.** Jules Duval-Lecamus (1814-1878), fils de Pierre (1790-1854), reprenait un sujet de Nestor Roqueplan traité dans les années 1830 : épisode de la vie de Jean-Jacques Rousseau.

moments, M. Gigoux du *Gil Blas* [1], M. Gigoux est une réputation que chacun a joyeusement soulevée sur ses épaules. Serait-il donc aujourd'hui embarrassé de sa réputation de peintre ?

RUDOLPHE LEHMANN [2]

Ses Italiennes de cette année nous font regretter celles de l'année passée.

DE LA FOULHOUZE

a peint un parc plein de belles dames et d'élégants messieurs, au temps jadis. C'est certainement fort joli, fort élégant, et d'une très bonne couleur. Le paysage est bien composé. Le tout rappelle beaucoup Diaz ; mais c'est peut-être plus solide.

PÉRÈSE

La Saison des roses. — C'est un sujet analogue, — une peinture galante et d'un aspect agréable, qui malheureusement fait songer à Wattier, comme Wattier fait songer à Watteau.

DE DREUX

est un peintre de la vie élégante, *high life*. — Sa *Châtelaine* est jolie ; mais les Anglais font mieux dans le

---

1. Jean-François Gigoux (1806-1894), aux beaux temps du romantisme, avec « Le Comte de Comminges » (Salon de 1833) et « La Mort de Léonard de Vinci » (Salon de 1835, Musée de Besançon), avait acquis une certaine notoriété. Ses illustrations du *Gil Blas* de Lesage, chez Paulin, en 1835, y avaient aussi contribué.
2. Frère d'Henri Lehmann.

genre paradoxal [1]. — Ses scènes d'animaux sont bien
peintes ; mais les Anglais sont plus spirituels dans ce
genre animal et intime.

Mme CALAMATTA

a peint une *Femme nue à sa toilette*, vue de face, la tête
de profil — fond de décoration romaine. L'attitude est
belle et bien choisie. En somme, cela est bien fait.
Mme Calamatta a fait des progrès. Cela ne manque pas
de style, ou plutôt d'une certaine prétention au style.

PAPETY

promettait beaucoup, dit-on. Son retour d'Italie fut précédé par des éloges imprudents. Dans une toile énorme,
où se voyaient trop clairement les habitudes récentes
de l'Académie de peinture, M. Papety avait néanmoins
trouvé des poses heureuses et quelques motifs de
composition ; et malgré sa couleur d'éventail, il y avait
tout lieu d'espérer pour l'auteur un avenir sérieux.
Depuis lors, il est resté dans la classe secondaire des
hommes qui peignent bien et ont des cartons pleins de
motifs tout prêts. La couleur de ses deux tableaux
(*Memphis*. — *Un assaut* [2]) est commune. Du reste, ils
sont d'un aspect tout différent, ce qui induit à croire que
M. Papety n'a pas encore trouvé sa manière.

---

    1. Alfred de Dreux (1810-1860) peignait des scènes de la vie élé-
gante et des chevaux.   **2.** Dominique Papety (1815-1849) fut,
comme Mme Calamatta, élève d'Ingres. « L'Assaut », de son vrai
titre « Guillaume de Clermont défendant Ptolémaïs », est au Musée
de Versailles.

ADRIEN GUIGNET

M. Adrien Guignet a certainement du talent ; il sait composer et arranger. Mais pourquoi donc ce doute perpétuel ? Tantôt Decamps, tantôt Salvator. Cette année, on dirait qu'il a colorié sur papyrus des motifs de sculpture égyptienne ou d'anciennes mosaïques (*Les Pharaons*[1]). Cependant Salvator et Decamps, s'ils faisaient Psammenit ou Pharaon, les feraient à la Salvator et à la Decamps. Pourquoi donc M. Guignet... ?

MEISSONIER[2]

Trois tableaux : *Soldats jouant aux dés — Jeune homme feuilletant un carton — Deux buveurs jouant aux cartes.*

Autre temps, autres mœurs ; autres modes, autres écoles. M. Meissonier nous fait songer malgré nous à M. Martin Drolling. Il y a dans toutes les réputations, même les plus méritées, une foule de petits secrets. — Quand on demandait au célèbre M. X*** ce qu'il avait vu au Salon, il disait n'avoir vu qu'un Meissonier, pour éviter de parler du célèbre M. Y***, qui en disait autant de son côté. Il est donc bon de servir de massue à des rivaux.

En somme, M. Meissonier exécute admirablement ses petites figures. C'est un Flamand moins la fantaisie, le charme, la couleur et la naïveté — et la pipe !

---

1. Cette œuvre est au Musée de Rouen. **2.** Ernest Meissonier (1815-1891) : ce peintre connut une vogue et un succès étonnants au XIXe siècle ; ses petits tableaux, le plus souvent des scènes de genre, peints minutieusement, avaient pour sujets des actes de la vie quotidienne ou militaire, à des époques historiques précises : XVIIIe siècle, Empire...

JACQUAND

fabrique toujours du Delaroche, vingtième qualité.

ROEHN

Peinture *aimable* (argot de marchand de tableaux).

RÉMOND

Jeune école de dix-huit cent vingt.

HENRI SCHEFFER

Auprès de *Madame Roland allant au supplice*, la *Charlotte Corday* est une œuvre pleine de témérité. (Voir aux portraits [1].)

HORNUNG

« Le plus têtu des trois n'est pas celui qu'on pense. »

BARD

Voir le précédent.

GEFFROY

Voir le précédent [2].

---

1. Le tableau intitulé « Charlotte Corday » fut exposé au Salon de 1831 et se trouve au Musée de Grenoble.   2. La façon dont Baude-laire expédie tous ces artistes, en citant le vers 37 du « Meunier, son Fils et l'Âne » de La Fontaine, tient du trait d'esprit et de la désinvolture impertinente, tout en se voulant le signe d'une originalité superlative.

V

PAYSAGES

COROT[1]

À la tête de l'école moderne du paysage, se place M. Corot. — Si M. Théodore Rousseau voulait exposer[2], la suprématie serait douteuse, M. Théodore Rousseau unissant à une naïveté, à une originalité au moins égales, un plus grand charme et une plus grande sûreté d'exécution. — En effet, ce sont la naïveté et l'originalité qui constituent le mérite de M. Corot. — Évidemment cet artiste aime sincèrement la nature, et sait la regarder avec autant d'intelligence que d'amour. — Les qualités par lesquelles il brille sont tellement fortes, — parce qu'elles sont des qualités d'âme et de fond — que l'influence de M. Corot est actuellement visible dans presque toutes les œuvres des jeunes paysagistes — surtout de quelques-uns qui avaient déjà le bon esprit de l'imiter et de tirer parti de sa manière avant qu'il fût célèbre et sa réputation ne dépassant pas encore le monde des artistes. M. Corot, du fond de sa modestie, a agi sur une foule d'esprits. — Les uns se sont appliqués à choisir dans la nature les motifs, les sites, les couleurs qu'il affectionne, à choyer les mêmes sujets ; d'autres ont essayé même de pasticher sa gaucherie. — Or, à propos de cette prétendue gaucherie de

---

1. Jean-Baptiste-Camille Corot (1786-1876) est une figure majeure de la peinture de paysage au XIXᵉ siècle ; il en fut un des « promoteurs » les plus remarquables. Il eut une formation plutôt néo-classique. Son séjour à Rome le mit en contact avec la lumière méditerranéenne et orienta sensiblement son art vers les notations de la lumière. Cependant, les œuvres présentées au Salon étaient plus composées que ses études, où l'on voit aujourd'hui l'aspect le plus neuf de l'art de Corot.   2. Théodore Rousseau (1812-1876), qui avait débuté au Salon de 1831, se vit refuser au Salon de 1835 « La Descente des vaches » et fut depuis systématiquement refusé par le jury.

Camille Corot. *Homère chez les bergers*. 1845.

Saint-Lô, musée municipal des Beaux-Arts.

M. Corot, il nous semble qu'il y a ici un petit préjugé à relever. — Tous les demi-savants, après avoir consciencieusement admiré un tableau de Corot, et lui avoir loyalement payé leur tribut d'éloges, trouvent que cela pèche par l'exécution, et s'accordent en ceci, que définitivement M. Corot ne sait pas peindre. — Braves gens ! qui ignorent d'abord qu'une œuvre de génie — ou si l'on veut une œuvre d'âme — où tout est bien vu, bien observé, bien compris, bien imaginé — est toujours très bien exécutée, quand elle l'est suffisamment. — Ensuite — qu'il y a une grande différence entre un morceau *fait* et un morceau *fini* — qu'en général ce qui est *fait* n'est pas *fini*, et qu'une chose très *finie* peut n'être pas *faite* du tout — que la valeur d'une touche spirituelle, importante et bien placée est énorme... etc... etc. [1]... d'où il suit que M. Corot peint comme les grands

1. La distinction qu'établit Baudelaire entre le « fait » et le « fini » est tout à fait intéressante, car elle va alimenter toute la polémique autour de la peinture moderne. Le « fini » est une notion classique qui se rapporte à des critères tels que le dessin, le volume, la lumière, la perspective échelonnée des plans : une image qui privilégie le représenté par rapport au pictural. Le « fait » renvoie, lui, à des qua-

maîtres. — Nous n'en voulons d'autre exemple que son tableau de l'année dernière — dont l'impression était encore plus tendre et mélancolique que d'habitude. — Cette verte campagne où était assise une femme jouant du violon — cette nappe de soleil au second plan, éclairant le gazon et le colorant d'une manière différente que le premier, était certainement une audace et une audace très réussie. — M. Corot est tout aussi fort cette année que les précédentes ; — mais l'œil du public a été tellement accoutumé aux morceaux luisants, propres et industrieusement *astiqués*, qu'on lui fait toujours le même reproche.

Ce qui prouve encore la puissance de M. Corot, ne fût-ce que dans le métier, c'est qu'il sait être coloriste avec une gamme de tons peu variée — et qu'il est toujours harmoniste même avec des tons assez crus et assez vifs. — Il compose toujours parfaitement bien. — Ainsi dans *Homère et les Bergers* [1], rien n'est inutile, rien n'est à retrancher ; pas même les deux petites figures qui s'en vont causant dans le sentier. — Les trois petits bergers avec leur chien sont ravissants, comme ces bouts d'excellents bas-reliefs qu'on retrouve dans certains piédestaux des statues antiques. — Homère ressemble peut-être trop à Bélisaire [2]. — Un autre tableau plein de charme est *Daphnis et Chloé* — et dont la composition a comme toutes les bonnes compositions — c'est une remarque que nous avons souvent faite — le mérite de l'inattendu.

FRANÇAIS [3]

est aussi un paysagiste de premier mérite — d'un mérite analogue à Corot, et que nous appellerions volontiers

---

lités plus spécifiquement picturales, à l'originalité créatrice et à la vision de l'artiste.

1. Œuvre conservée au Musée de Saint-Lô.   2. Il s'agit du « Bélisaire » de David, au Musée de Lille.   3. Louis Français (1814-1897), autre paysagiste qui participa à l'éclosion du paysage en France.

l'amour de la nature — mais c'est déjà moins naïf, plus rusé — cela sent beaucoup plus son peintre — aussi est-ce plus facile à comprendre. — *Le Soir* est d'une belle couleur.

PAUL HUET [1]

Un vieux château sur des rochers. — Est-ce que par hasard M. Paul Huet voudrait modifier sa manière ? — Elle était pourtant excellente.

HAFFNER

Prodigieusement original — surtout par la couleur. C'est la première fois que nous voyons des tableaux de M. Haffner — nous ignorons donc s'il est paysagiste ou portraitiste de son état — d'autant plus qu'il est excellent dans les deux genres.

TROYON [2]

fait toujours de beaux et de verdoyants paysages, les fait en coloriste et même en observateur, mais fatigue toujours les yeux par l'aplomb imperturbable de sa manière et le papillotage de ses touches. — On n'aime pas voir un homme si sûr de lui-même.

CURZON

a peint un site très original appelé *Les Houblons.* — C'est tout simplement un horizon auquel les feuilles et les branchages des premiers plans servent de cadre.

---

1. Paul Huet (1803-1869) fut un des paysagistes romantiques les plus illustres. **2.** Constant Troyon (1810-1865).

— Du reste, M. Curzon a fait aussi un très beau dessin dont nous aurons tout à l'heure occasion de parler.

FLERS

> Je vais revoir ma Normandie,
> C'est le pays [1]...

Voilà ce qu'ont chanté longtemps toutes les toiles de M. Flers. — Qu'on ne prenne pas ceci pour une moquerie. — C'est qu'en effet tous ces paysages étaient poétiques, et donnaient l'envie de connaître ces éternelles et grasses verdures qu'ils exprimaient si bien — mais cette année l'application ne serait pas juste, car nous ne croyons pas que M. Flers, soit dans ses dessins, soit dans ses tableaux, ait placé une seule Normandie. — M. Flers est toujours resté un artiste éminent.

WICKENBERG

peint toujours très bien ses *Effets d'hiver* ; mais nous croyons que les bons Flamands dont il semble préoccupé ont une manière plus large.

CALAME ET DIDAY

Pendant longtemps on a cru que c'était le même artiste atteint de *dualisme chronique* ; mais depuis l'on s'est aperçu qu'il affectionnait le nom de Calame les jours qu'il peignait bien [2]...

---

1. Premiers vers d'une chanson de Frédéric Bérat. Camille Flers (1802-1868) s'était rendu célèbre par ses paysages de Normandie ; il fut le maître de Cabat. **2.** Alexandre Calame (1810-1864) et François Diday (1802-1877) appartiennent tous deux à l'école genevoise de paysage.

DAUZATS

Toujours de l'Orient et de l'Algérie — c'est toujours d'une ferme exécution[1] !

FRÈRE

(Voyez le précédent.)

CHACATON

en revanche a quitté l'Orient ; mais il y a perdu[2].

LOUBON

fait toujours des paysages d'une couleur assez fine : ses *Bergers des Landes* sont une heureuse composition.

GARNEREY

Toujours des beffrois et des cathédrales très adroitement peints.

JOYANT

Un *Palais des papes d'Avignon*, et encore *Une vue de Venise*. — Rien n'est embarrassant comme de rendre

---

1. Adrien Dauzats (1804-1868) fut avec Prosper Marilhat un des premiers orientalistes ; un certain souci d'exactitude et respect de la couleur locale caractérise ses œuvres. **2.** Charles Frère (1814-1888) et Henri de Chacaton furent eux aussi des orientalistes.

compte d'œuvres que chaque année ramène avec leurs mêmes désespérantes perfections [1].

BORGET

Toujours des vues indiennes ou chinoises. — Sans doute c'est très bien fait ; mais ce sont trop des articles de voyages ou de mœurs ; — il y a des gens qui regrettent ce qu'ils n'ont jamais vu, le boulevard du Temple ou les galeries de Bois [2] ! — Les tableaux de M. Borget nous font regretter cette Chine où le vent lui-même, dit H. Heine, prend un son comique en passant par les clochettes, — et où la nature et l'homme ne peuvent pas se regarder sans rire.

PAUL FLANDRIN

Qu'on éteigne les reflets dans une tête pour mieux faire voir le modelé, cela se comprend, surtout quand on s'appelle Ingres. — Mais quel est donc l'extravagant et le fanatique qui s'est avisé le premier d'*ingriser* la campagne [3] ?

BLANCHARD

Ceci est autre chose, — c'est plus sérieux, ou moins *sérieux*, comme on voudra. — C'est un compromis assez adroit entre les purs coloristes et les exagérations précédentes.

---

1. Les trois peintres en question, rapidement évoqués, semblent finalement se ressembler : habileté du métier, pauvreté du sujet, absence de tempérament.   2. Les galeries de Bois, alors disparues, se trouvaient à l'emplacement de la galerie d'Orléans ; elles abritaient des libraires, des écrivains, des journalistes, mais étaient aussi le quartier de la prostitution. Elles furent détruites en 1829.   3. Paul Flandrin (1811-1902) était un élève d'Ingres et le frère d'Hippolyte. Il était connu pour ses paysages historiques.

LAPIERRE ET LAVIEILLE

sont deux bons et sérieux élèves de M. Corot.
— M. Lapierre a fait aussi un tableau de *Daphnis et Chloé*, qui a bien son mérite.

BRASCASSAT[1]

Certainement, l'on parle trop de M. Brascassat, qui, homme d'esprit et de talent comme il est, ne doit pas ignorer que dans la galerie des Flamands il y a beaucoup de tableaux du même genre, tout aussi *faits* que les siens, et plus largement peints, — et d'une meilleure couleur. — L'on parle trop aussi de

SAINT-JEAN

qui est de l'école de Lyon, le bagne de la peinture[2], — l'endroit du monde connu où l'on travaille le mieux les infiniment petits. — Nous préférons les fleurs et les fruits de Rubens, et les trouvons plus naturels. — Du reste, le tableau de M. Saint-Jean est d'un fort vilain aspect, — c'est monotonement jaune. — Au total, quelque bien faits qu'ils soient, les tableaux de M. Saint-Jean sont des tableaux de salle à manger, — mais non des peintures de cabinet et de galerie ; de vrais tableaux de salle à manger.

---

1. Jacques Brascassat (1804-1867) était un peintre animalier fort en vogue alors.   **2.** L'expression plutôt dure de Baudelaire sur l'école lyonnaise, dont Simon Saint-Jean (1803-1860) est le prétexte, fait référence au côté minutieux, au caractère fini des peintures de cette école.

KIÖRBÖE

Des tableaux de chasse, — à la bonne heure ! Voilà qui est beau, voilà qui est de la peinture et de la vraie peinture ; c'est large, — c'est vrai, — et la couleur en est belle. — Ces tableaux ont une grande tournure commune aux anciens tableaux de chasse ou de nature morte que faisaient les grands peintres, — et ils sont tous habilement composés.

PHILIPPE ROUSSEAU

LE RAT DE VILLE ET LE RAT DES CHAMPS

est un tableau très coquet et d'un aspect charmant. — Tous les tons sont à la fois d'une grande fraîcheur et d'une grande richesse. — C'est réellement faire des natures mortes, librement, en paysagiste, en peintre de genre, en homme d'esprit, et non pas en ouvrier, comme MM. de Lyon. — Les petits rats sont fort jolis.

BÉRANGER

Les petits tableaux de M. Béranger sont charmants — comme des Meissonier [1].

ARONDEL

Un grand entassement de gibier de toute espèce. — Ce tableau, mal composé, et dont la composition a l'air bousculé, comme si elle visait à la quantité, a néanmoins une qualité très rare par le temps qui court — il est peint avec une grande naïveté — sans aucune prétention d'école ni aucune pédantisme d'atelier. — D'où il

---

1. Manière fort habile de la part du critique d'exprimer par antiphrases son opinion : « exécution admirable, moins la fantaisie ».

suit qu'il y a des parties fort bien peintes. — Certaines autres sont malheureusement d'une couleur brune et rousse, qui donne au tableau je ne sais quel aspect obscur — mais tous les tons clairs ou riches sont bien réussis. — Ce qui nous a donc frappé dans ce tableau est la maladresse mêlée à l'habileté — des inexpériences comme d'un homme qui n'aurait pas peint depuis longtemps, et de l'aplomb comme d'un homme qui aurait beaucoup peint.

CHAZAL

a peint le *Yucca gloriosa*[1], fleuri en 1844 dans le parc de Neuilly. Il serait bon que tous les gens qui se cramponnent à la vérité microscopique et se croient des peintres, vissent ce petit tableau, et qu'on leur insufflât dans l'oreille avec un cornet les petites réflexions que voici : ce tableau est très bien, non parce que tout y est et que l'on peut compter les feuilles, mais parce qu'il rend en même temps le caractère général de la nature — parce qu'il exprime bien l'aspect vert cru d'un parc au bord de la Seine et de notre soleil froid ; bref, parce qu'il est fait avec une profonde naïveté — tandis que vous autres, vous êtes trop... artistes. — *(Sic.)*

VI

DESSINS — GRAVURES

BRILLOUIN

M. Brillouin a envoyé cinq dessins au crayon noir qui ressemblent un peu à ceux de M. de Lemud ; mais ceux-

---

1. Cette œuvre était une commande de la Maison du Roi et fut détruite lors de l'invasion de 1871.

ci sont plus fermes et ont peut-être plus de caractère. — En général, ils sont bien composés. — *Le Tintoret donnant une leçon de dessin à sa fille*, est certainement une très bonne chose. — Ce qui distingue surtout ces dessins est leur noble tournure, leur sérieux et le choix des têtes.

CURZON

Une sérénade dans un bateau, — est une des choses les plus distinguées du Salon. — L'arrangement de toutes ces figures est très heureusement conçu ; le vieillard au bout de la barque, étendu au milieu de ses guirlandes, est une très jolie idée. — Les compositions de M. Brillouin et celle de M. Curzon ont quelque analogie ; elles ont surtout ceci de commun, qu'elles sont bien dessinées — et dessinées avec esprit[1].

DE RUDDER

Nous croyons que M. de Rudder a eu le premier l'heureuse idée des dessins sérieux et *serrés* ; des cartons, comme on disait autrefois. — Il faut lui en savoir gré. — Mais quoique ses dessins soient toujours estimables et gravement conçus, combien néanmoins ils nous paraissent inférieurs à ce qu'ils veulent être ! Que l'on compare, par exemple, *Le Berger et l'Enfant* aux dessins nouveaux dont nous venons de parler.

MARÉCHAL

La Grappe est sans doute un beau pastel, et d'une bonne couleur ; mais nous reprocherons à tous ces mes-

---

1. Louis-Georges Brillouin, né en 1817, et Alfred de Curzon (1820-1895) furent tous deux élèves de Cabat.

sieurs de l'école de Metz[1] de n'arriver en général qu'à un *sérieux* de convention et qu'à la singerie de la *maestria*, — ceci soit dit sans vouloir le moins du monde diminuer l'honneur de leurs efforts. — Il en est de même de

TOURNEUX

dont, malgré tout son talent et tout son goût, l'exécution n'est jamais à la hauteur de l'intention.

POLLET

a fait deux fort bonnes aquarelles, d'après le Titien, où brille réellement l'intelligence du modèle.

CHABAL

Des fleurs à la gouache, — consciencieusement étudiées et d'un aspect agréable.

ALPHONSE MASSON

Les portraits de M. Masson sont bien dessinés. — Ils doivent être très ressemblants ; car le dessin de l'artiste indique une volonté ferme et laborieuse ; mais aussi il est un peu dur et sec, et ressemble peu au dessin d'un peintre.

---

1. L'école de Metz naquit officiellement avec la fondation en 1834 de la Société des Amis des Arts ; Charles Maréchal (1801-1887) fut un des fondateurs et le maître d'Eugène Tourneux (1809-1867).

ANTONIN MOINE [1]

Toutes ces *fantaisies* ne peuvent être que celles d'un sculpteur. — Voilà pourtant où le romantisme a conduit quelques-uns !

VIDAL

C'est l'an passé, à ce que nous croyons, qu'a commencé le préjugé des dessins Vidal. — Il serait bon d'en finir tout de suite. — On veut à toute force nous présenter M. Vidal comme un dessinateur sérieux. — Ce sont des dessins *très finis*, mais non *faits* ; néanmoins cela, il faut l'avouer, est plus élégant que les Maurin et les Jules David. — Qu'on nous pardonne d'insister si fort à ce sujet ; — mais nous connaissons un critique qui, à propos de M. Vidal, s'est avisé de parler de Watteau.

Mme DE MIRBEL [2]

est ce qu'elle a toujours été ; — ses portraits sont parfaitement bien exécutés, et Mme de Mirbel a le grand mérite d'avoir apporté la première, dans le genre si ingrat de la miniature, les intentions viriles de la peinture sérieuse.

HENRIQUEL DUPONT

nous a procuré le plaisir de contempler une seconde fois le magnifique portrait de M. Bertin, par M. Ingres, le seul homme en France qui fasse vraiment des portraits.

---

1. Antonin Moine (1796-1849) fut l'élève de Gros. Il fut un des sculpteurs de l'époque romantique. On lui doit les bénitiers de la Madeleine.   2. Mme de Mirbel (1796-1849) exécutait surtout des miniatures et des aquarelles. Elle était liée à la famille de Baudelaire.

— Celui-ci est sans contredit le plus beau qu'il ait fait, sans en excepter le Cherubini. — Peut-être la fière tournure et la majesté du modèle a-t-elle doublé l'audace de M. Ingres, l'homme audacieux par excellence. — Quant à la gravure, quelque consciencieuse qu'elle soit, nous craignons qu'elle ne rende pas tout le parti pris de la peinture. — Nous n'oserions pas affirmer, mais nous craignons que le graveur n'ait omis certain petit détail dans le nez ou dans les yeux.

JACQUE [1]

M. Jacque est une réputation nouvelle qui ira toujours grandissant, espérons-le. — Son *eau-forte* est très hardie, et son sujet très bien conçu. — Tout ce que fait M. Jacque sur le cuivre est plein d'une liberté et d'une franchise qui rappelle les vieux maîtres. On sait d'ailleurs qu'il s'est chargé d'une reproduction remarquable des eaux-fortes de Rembrandt.

VII

SCULPTURES

BARTOLINI [2]

Nous avons le droit de nous défier à Paris des réputations étrangères. — Nos voisins nous ont si souvent pipé notre estime crédule avec des chefs-d'œuvre qu'ils ne

---

1. Charles Jacque (1813-1894) exposait pour la première fois au Salon ; il fut un des animateurs de la renaissance de l'eau-forte originale. **2.** Lorenzo Bartolini (1777-1850) fut élève de Canova, le grand sculpteur néo-classique ; ce sculpteur italien poursuivit les tendances esthétiques de son maître, avec une certaine inflexion vers la grâce et une observation attentive de la nature.

R.M.N./R.G. Ojeda

Lorenzo Bartolini. *Nymphe au scorpion.*
Paris, musée du Louvre.

montraient jamais, ou qui, s'ils consentaient enfin à les faire voir, étaient un objet de confusion pour eux et pour nous, que nous nous tenons toujours en garde contre de nouveaux pièges. Ce n'est donc qu'avec une excessive défiance que nous nous sommes approchés de la *Nymphe au scorpion*[1]. — Mais cette fois il nous a été réellement impossible de refuser notre admiration à l'artiste étranger. — Certes nos sculpteurs sont plus adroits, et cette préoccupation excessive du métier absorbe aujourd'hui nos sculpteurs comme nos peintres ; — or, c'est justement à cause des qualités un peu mises en oubli chez les nôtres, à savoir : le goût, la noblesse, la grâce — que nous regardons l'œuvre de M. Bartolini

---

1. La Gipsoteca Bartoliniana de Florence conserve le plâtre de la *Nymphe au scorpion*, datant d'avant 1837. Le Musée du Louvre conserve, par ailleurs, un exemplaire en marbre (1837) de cette œuvre.

comme le morceau capital du salon de sculpture.
— Nous savons que quelques-uns des *sculptiers* [1], dont
nous allons parler sont très aptes à relever les quelques
défauts d'exécution de ce marbre, un peu trop de mollesse, une absence de fermeté ; bref, certaines parties
veules et des bras un peu grêles ; — mais aucun d'eux
n'a su trouver un aussi joli motif ; aucun d'eux n'a ce
grand goût et cette pureté d'intentions, cette chasteté de
lignes qui n'exclut pas du tout l'originalité. — Les
jambes sont charmantes ; la tête est d'un caractère mutin
et gracieux ; il est probable que c'est tout simplement
un modèle bien choisi [*]. — Moins l'ouvrier se laisse
voir dans une œuvre et plus l'intention en est pure et
claire, plus nous sommes charmés.

DAVID [2]

Ce n'est pas là, par exemple, le cas de M. David,
dont les ouvrages nous font toujours penser à Ribera.
— Et encore, il y a ceci de faux dans notre comparaison,
que Ribera n'est homme de métier que par-dessus le
marché — qu'il est en outre plein de fougue, d'originalité, de colère et d'ironie.

Certainement il est difficile de mieux modeler et de

---

[*] Nous sommes d'autant plus fier de notre avis que nous le
savons partagé par un des grands peintres de l'école moderne.

---

1. Ce néologisme, à forte implication péjorative, a été formé sur
un mot inventé par Diderot dans son Salon de 1767 : « sculpterie ».
2. Pierre-Jean David (1788-1856), dit David d'Angers, fut premier
prix de Rome en 1811 et débuta au Salon en 1817. Il a su mêler
dans ses œuvres la leçon de la statuaire antique à un esprit tout à fait
romantique, en particulier par la mission dont il a investi la sculpture : célébrer la mémoire des grands hommes et délivrer par là
même un message à la postérité. Comme Pradier, il a introduit dans
la sculpture un nouveau sentiment naturaliste, inspiré par la découverte et la vue des marbres du Parthénon, rapportés à Londres par
lord Elgin, mais aussi certaines déformations expressives afin de rendre visible l'âme ou l'esprit de son sujet, en accentuant, par exemple,
les traits de la physionomie.

Roger Viollet

David d'Angers. *L'Enfant à la grappe*. 1845.

Paris, musée du Louvre.

mieux faire le morceau que M. David. Cet enfant qui se pend à une grappe, et qui était déjà connu par quelques charmants vers de Sainte-Beuve[1], est une chose curieuse à examiner ; c'est de la chair, il est vrai ; mais c'est bête comme la nature, et c'est pourtant une vérité incontestée que le but de la sculpture n'est pas de rivali-

---

1. « À David, statuaire, sur une statue d'enfant », de Sainte-Beuve ; cette pièce de vers fut incluse dans les *Pensées d'août*. La statue en marbre (*L'Enfant à la grappe*) est conservée au Musée du Louvre.

ser avec des moulages. — Ceci conclu, admirons la
beauté du travail tout à notre aise.

BOSIO

au contraire se rapproche de Bartolini par les hautes
qualités qui séparent le grand goût d'avec le goût du
trop vrai. — Sa *Jeune Indienne* est certainement une
jolie chose — mais cela manque un peu d'originalité [1].
— Il est fâcheux que M. Bosio ne nous montre pas à
chaque fois des morceaux aussi complets que celui qui
est au Musée du Luxembourg [2], et que son magnifique
buste de la reine.

PRADIER

On dirait que M. Pradier a voulu sortir de lui-même
et s'élever, d'un seul coup, vers les régions hautes. Nous
ne savons comment louer sa statue [3] — elle est incompa-
rablement habile — elle est jolie sous tous les aspects
— on pourrait sans doute en retrouver quelques parties
au musée des Antiques ; car c'est un mélange prodigieux de dissimulations. — L'ancien Pradier vit encore

---

1. François Joseph, baron Bosio (1768-1845), fut un des cham-
pions de l'esthétique « néo-canovienne » mais aussi, par certains
côtés, un précurseur des romantiques (le choix des sujets). La statue
est conservée au Musée Calvet, à Avignon ; le marbre fut acquis par
l'État en 1845. Cette œuvre s'inspirait fortement du « Tireur d'épi-
ne » antique et cette référence explique certainement la remarque de
Baudelaire.   **2.** Il doit s'agir de la « Nymphe Salmacis » du Salon
de 1837 conservée au Louvre.   **3.** Jean-Jacques, dit James Pradier
(1792-1852) ; ce Genevois vint à Paris en 1809 et fut prix de Rome
en 1810. Il fut le représentant du courant « helléniste », qualifié par
Gautier de « résurrection de l'art grec ». La « Phryné » (un plâtre est
au Musée des Beaux-Arts de Troyes) est bien représentative : sujet
antique (Phryné fut, dit-on, le modèle de Praxitèle pour ses statues
de Vénus et fut acquittée de l'accusation d'impiété par les héliastes
en considération de sa beauté), célébration de la beauté plastique et
de la sensualité.

sous cette peau nouvelle, pour donner un charme exquis à cette figure ; — c'est là certainement un noble tour de force ; mais la nymphe de M. Bartolini, avec ses imperfections, nous paraît plus originale.

FEUCHÈRE

Encore un habile — mais quoi ! n'ira-t-on jamais plus loin ?

Ce jeune artiste a déjà eu de beaux salons — sa statue est évidemment destinée à un succès ; outre que son sujet est heureux, car les pucelles ont en général un public, comme tout ce qui touche aux affections publiques, cette Jeanne d'Arc [1] que nous avions déjà vue en plâtre gagne beaucoup à des proportions plus grandes. Les draperies tombent bien, et non pas comme tombent en général les draperies des sculpteurs — les bras et les pieds sont d'un très beau travail — la tête est peut-être un peu commune.

DAUMAS

M. Daumas est, dit-on, un chercheur. — En effet, il y a des intentions d'énergie et d'élégance dans son *Génie maritime* [2] ; mais c'est bien grêle.

ÉTEX [3]

M. Étex n'a jamais rien pu faire de complet. Sa conception est souvent heureuse — il y a chez lui une

---

1. Jean-Jacques Feuchère (1807-1852) exposait « Jeanne d'Arc sur le bûcher », marbre à l'Hôtel de Ville de Rouen.   **2.** Louis-Joseph Daumas (1810-1867) fut l'élève de David d'Angers ; il exposait un plâtre, « Génie de la navigation ».   **3.** Antoine Étex, qui avait été l'élève de Bosio, Dupaty, Pradier, Ingres et Duban, était sculpteur et peintre (voir la note 2 p. 84). Il s'était fait connaître par un *Caïn et sa race après être maudits de Dieu*, groupe en plâtre

certaine fécondité de pensée qui se fait jour assez vite et qui nous plaît ; mais des morceaux assez considérables déparent toujours son œuvre. Ainsi, vu par-derrière, son groupe d'Héro et Léandre a l'air lourd et les lignes ne se détachent pas harmonieusement. Les épaules et le dos de la femme ne sont pas dignes de ses hanches et de ses jambes.

GARRAUD [1]

avait fait autrefois une assez belle bacchante dont on a gardé le souvenir — c'était de la chair — son groupe de la *Première famille humaine* contient certainement des morceaux d'une exécution très remarquable ; mais l'ensemble en est désagréable et rustique, surtout par-devant. — La tête d'Adam, quoiqu'elle ressemble à celle du Jupiter olympien, est affreuse. — Le petit Caïn est le mieux réussi.

DE BAY

est un peintre qui a fait un groupe charmant, le *Berceau primitif* — Ève tient ses deux enfants sur un genou et leur fait une espèce de panier avec ses deux bras. — La femme est belle, les enfants jolis — c'est surtout la composition de ceci qui nous plaît ; car il est malheureux que M. De Bay n'ait pu mettre au service d'une

---

(Salon de 1833, Paris, chapelle de la Salpêtrière) dont on salua alors la force, l'énergie et la vérité. Il fit évoluer par la suite son art vers un certain hellénisme, combinant une libre interprétation de la statuaire antique et une étude attentive du modèle vivant. On ignore la localisation actuelle du groupe de *Héro et Léandre*, connu seulement par une gravure publiée dans *L'Illustration* (6 décembre 1856, p. 365).

1. Joseph Garraud, sculpteur bourguignon, avait été élève de Rude.

idée aussi originale qu'une exécution qui ne l'est pas assez[1].

CUMBERWORTH

La Lesbie de Catulle pleurant sur le moineau

C'est de la belle et bonne sculpture. — De belles lignes, de belles draperies, — c'est un peu trop de l'antique, dont

SIMART

s'est néanmoins encore plus abreuvé, ainsi que

FORCEVILLE-DUVETTE

qui a évidemment du talent, mais qui s'est trop souvenu de la *Polymnie*[2].

MILLET

a fait une jolie bacchante — d'un bon mouvement ; mais n'est-ce pas un peu trop connu, et n'avons-nous pas vu ce motif-là bien souvent[3] ?

---

1. Auguste (1804-1865) est le fils de Jean-Baptiste de Bay (1779-1863). Il fut élève de Gros et de son père. Le Musée des Beaux-Arts de Bruxelles conserve le marbre ; le plâtre est au Musée des Beaux-Arts d'Angers. **2.** Charles Cumberworth (1811-1852), Pierre Charles Simart (1806-1858) et Gédéon-Adolphe-Casimir de Forceville-Duvette (1799-1886) sont tous trois à classer dans les antiquisants. **3.** Là encore, Baudelaire reproche à Aimé Millet (1819-1891) son manque d'imagination et d'invention.

DANTAN

a fait quelques bons bustes, nobles, et évidemment ressemblants, ainsi que

CLÉSINGER

qui a mis beaucoup de distinction et d'élégance dans les
portraits du duc de Nemours et de Mme Marie de M... [1]

CAMAGNI [2]

A fait un buste romantique de Cordelia, dont le type
est assez original pour être un portrait. ....
....
....
....

Nous ne croyons pas avoir fait d'omissions graves.
— Le Salon, en somme, ressemble à tous les salons
précédents, sauf l'arrivée soudaine, inattendue, éclatante
de M. William Haussoullier — et quelques très belles
choses des Delacroix et des Decamps. Du reste, constat-
tons que tout le monde peint de mieux en mieux, ce qui
nous paraît désolant ; — mais d'invention, d'idées, de
tempérament, pas davantage qu'avant. — Au vent qui
soufflera demain nul ne tend l'oreille ; et pourtant l'héroïsme *de la vie moderne* nous entoure et nous presse.
— Nos sentiments vrais nous étouffent assez pour que
nous les connaissions. — Ce ne sont ni les sujets ni
les couleurs qui manquent aux épopées. Celui-là sera le
peintre, le vrai peintre, qui saura arracher à la vie
actuelle son côté épique, et nous faire voir et

---

1. Jean-Pierre Dantan, dit le Jeune (1800-1869), et Auguste Clésinger (1814-1883) ; comme pour le paysage, on sent chez Baudelaire comme un désintérêt pour ce qui a trait au rendu du réel, à la
« mimésis » pure et simple, sans sentiments ni subjectivité ; la copie
conforme ne l'intéresse pas.   **2.** Hubert-Noël Camagni (1804-
1849).

comprendre, avec de la couleur ou du dessin, combien nous sommes grands et poétiques dans nos cravates et nos bottes vernies. — Puissent les vrais chercheurs nous donner l'année prochaine cette joie singulière de célébrer l'avènement du *neuf*[1] !

The Poetry of modern life, the search for something new, were to be recurrent themes in his prose and in his poetry.

---

1. La conclusion de ce Salon est intéressante à plus d'un titre ; elle annonce l'avenir de Baudelaire et de l'art : l'héroïsme de la vie moderne va être un leitmotiv baudelairien. C'est au peintre, mais aussi au poète, d'arracher à un monde qui ne cesse d'évoluer, l'essence de l'œuvre dont le vrai sujet est de transfigurer en définitive ce qui nous entoure. Les *Petits Poèmes en prose* vont réaliser cela. En demandant « de célébrer du "neuf" », Baudelaire fait la critique implicite de l'état des arts dans les années 40 : chercher du nouveau par le sujet ou dans l'ancien, et non dans ce qui se trouve à portée de vue. Et l'on comprend peut-être mieux pourquoi Baudelaire s'est intéressé, par la suite, à des artistes comme Courbet et Manet. Il a cherché en eux les peintres-poètes de cet héroïsme moderne, sans jamais vraiment les trouver.

LE MUSÉE CLASSIQUE
DU BAZAR BONNE-NOUVELLE [1]

Tous les mille ans, il paraît une spirituelle idée. Estimons-nous donc heureux d'avoir eu l'année 1846 dans le lot de notre existence ; car l'année 1846 a donné aux sincères enthousiastes des beaux-arts la jouissance de dix tableaux de David et onze de Ingres. Nos expositions annuelles, turbulentes, criardes, violentes, bousculées, ne peuvent pas donner une idée de celle-ci, calme, douce et sérieuse comme un cabinet de travail. Sans compter les deux illustres que nous venons de nommer, vous pourrez encore y apprécier de nobles ouvrages de Guérin et de Girodet, ces maîtres hautains et délicats, ces fiers continuateurs de David, le fier Cimabué [2] du

---

1. Cet article parut en feuilleton le 21 janvier 1846 et était signé Baudelaire-Dufays. Le Bazar Bonne-Nouvelle se trouvait sur le boulevard du même nom, non loin de la porte Saint-Denis, et offrait des locaux pour des expositions commerciales ou des expositions artistiques. Le 11 janvier 1846 s'ouvrit une exposition au profit de la Caisse de secours et pensions de la Société des Artistes peintres, graveurs, sculpteurs... fondée par le baron Taylor. Si Baudelaire se félicite ici du mariage de l'art et du commerce, de l'art et du bourgeois, moteur économique, cette attitude ne va pas durer très longtemps, puisque, passant à l'opposé, il écrivit plus tard que ce même commerce était « satanique ».   2. Cenni di Pepi, dit Cimabue (v. 1240-apr. 1302), qui fut, dit-on, le maître de Giotto, est présenté comme le premier qui voulut renouer avec l'héritage de la fin de l'Antiquité. L'analogie baudelairienne est assez étonnante pour être relevée et souligne le rôle majeur de David, non pas dans l'invention du style néo-classique, mais dans ce qu'il en fit et dans l'école qui en découla.

genre dit classique, et de ravissants morceaux de Prud'hon, ce frère en romantisme d'André Chénier[1].

Avant d'exposer à nos lecteurs un catalogue et une appréciation des principaux de ces ouvrages, constatons un fait assez curieux qui pourra leur fournir matière à de tristes réflexions. Cette exposition est faite au profit de la caisse de secours de la société des artistes, c'est-à-dire en faveur d'une certaine classe de pauvres, les plus nobles et les plus méritants, puisqu'ils travaillent au plaisir le plus noble de la société. Les pauvres — les autres — sont venus immédiatement prélever leurs droits. En vain leur a-t-on offert un traité à forfait ; nos rusés *malingreux*, en gens qui connaissent les affaires, présumant que celle-ci était excellente, ont préféré les droits proportionnels. Ne serait-il pas temps de se garder un peu de cette rage d'humanité maladroite, qui nous fait tous les jours, pauvres aussi que nous sommes, les victimes des pauvres ? Sans doute la charité est une belle chose ; mais ne pourrait-elle pas opérer ses bienfaits, sans autoriser ces *razzias* redoutables dans la bourse des travailleurs ?

— Un jour, un musicien qui crevait de faim organise un modeste concert ; les pauvres de s'abattre sur le concert ; l'affaire étant douteuse, traité à forfait, deux cents francs ; les pauvres s'envolent, les ailes chargées de butin ; le concert fait cinquante francs, et le violoniste affamé implore une place de *sabouleux*[2] surnuméraire à la cour des Miracles ? — Nous rapportons des faits ; lecteur, à vous les réflexions.

La classique exposition n'a d'abord obtenu qu'un succès de fou rire parmi nos jeunes artistes. La plupart de ces messieurs présomptueux, — nous ne voulons pas les nommer, — qui représentent assez bien dans l'art les adeptes de la fausse école romantique en poésie, — nous ne voulons pas non plus les nommer, — ne peu-

---

1. André Chénier (1762-1794), poète français, précurseur des romantiques ; il mourut sur l'échafaud. Baudelaire établit une fois de plus une « correspondance » entre deux arts.   **2.** Mot d'argot désignant des mendiants professionnels qui simulent l'épilepsie.

vent rien comprendre à ces sévères leçons de la peinture révolutionnaire, cette peinture qui se prive volontairement du charme et du ragoût malsains, et qui vit surtout par la pensée et par l'âme, — amère et despotique comme la révolution dont elle est née. Pour s'élever si haut, nos rapins sont gens trop habiles, et savent trop bien peindre. La couleur les a aveuglés, et ils ne peuvent plus voir et suivre en arrière l'austère filiation du romantisme, cette expression de la société moderne[1]. Laissons donc rire et baguenauder à l'aise ces jeunes vieillards, et occupons-nous de nos maîtres.

Parmi les dix ouvrages de David, les principaux sont *Marat, La Mort de Socrate, Bonaparte au mont Saint-Bernard, Télémaque et Eucharis*[2].

Le *divin* Marat, un bras pendant hors de la baignoire et retenant mollement sa dernière plume, la poitrine percée de la blessure *sacrilège*, vient de rendre le dernier soupir. Sur le pupitre vert placé devant lui sa main tient encore la lettre perfide : « Citoyen, il suffit que je sois bien malheureuse pour avoir droit à votre bienveillance. » L'eau de la baignoire est rougie de sang, le papier est sanglant ; à terre gît un grand couteau de cuisine trempé de sang ; sur un misérable support de planches qui composait le mobilier de travail de l'infatigable journaliste, on lit : « À Marat, David. » Tous ces détails sont historiques et réels, comme un roman de Balzac ; le drame est là, vivant dans toute sa lamentable horreur, et par un tour de force étrange qui fait de cette peinture le chef-d'œuvre de David et une des grandes curiosités de l'art moderne[3], elle n'a rien de trivial ni d'ignoble.

---

1. Baudelaire exprime ici une idée qui va lui être chère sa vie durant : le romantisme est l'« expression de la société moderne ». **2.** Jacques-Louis David (1748-1825) débuta dans le climat rocaille du XVIIIᵉ siècle. Il partit en 1775 pour Rome, ayant remporté le prix de Rome. Son séjour va être décisif puisque le choc de l'antique, les idées néo-antiques locales vont influer sur son style et l'amener à créer les œuvres phares du néo-classicisme, puis à devenir le chef de file des arts en France. **3.** « Marat assassiné » date de 1793 et est conservé au Musée de Bruxelles. Baudelaire exprime un jugement très juste ; David créa là une icône révolutionnaire mais aussi

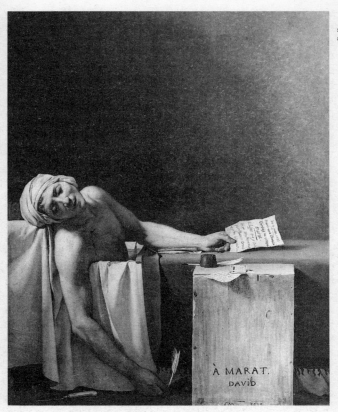

Bulloz

Jacques-Louis David. *Marat assassiné*. 1793.
Bruxelles, musées royaux des Beaux-Arts de Belgique.

Ce qu'il y a de plus étonnant dans ce poème[1] inaccoutumé, c'est qu'il est peint avec une rapidité extrême, et quand on songe à la beauté du dessin, il y a là de quoi

a jeté les fondements de l'héroïsme de la vie moderne : un fait divers élevé au rang de la peinture d'histoire.

1. Gautier parlait de page à propos d'une œuvre aboutie ; pour Baudelaire, c'est un poème.

confondre l'esprit. Ceci est le pain des forts et le triomphe du spiritualisme ; cruel comme la nature, ce tableau a tout le parfum de l'idéal. Quelle était donc cette laideur que la sainte Mort a si vite effacée du bout de son aile ? Marat peut désormais défier l'Apollon, la Mort vient de le baiser de ses lèvres amoureuses, et il repose dans le calme de sa métamorphose. Il y a dans cette œuvre quelque chose de tendre et de poignant à la fois ; dans l'air froid de cette chambre, sur ces murs froids, autour de cette froide et funèbre baignoire, une âme voltige. Nous permettrez-vous, politiques de tous les partis, et vous-mêmes, farouches libéraux de 1845, de nous attendrir devant le chef-d'œuvre de David ? Cette peinture était un don à la patrie éplorée, et nos larmes ne sont pas dangereuses.

Ce tableau avait pour pendant à la Convention la *Mort de Le Peletier de Saint-Fargeau*[1]. Quant à celui-là, il a disparu d'une manière mystérieuse ; la famille du conventionnel l'a, dit-on, payé 40 000 francs aux héritiers de David ; nous n'en disons pas davantage, de peur de calomnier des gens qu'il faut croire innocents[*].

La Mort de Socrate est une admirable composition que tout le monde connaît, mais dont l'aspect a quelque chose de commun qui fait songer à M. Duval-Lecamus (père)[2]. Que l'ombre de David nous pardonne !

Le *Bonaparte au mont Saint-Bernard* est peut-être,

---

[*] Ce tableau était peut-être encore plus étonnant que le *Marat*. Le Peletier de Saint-Fargeau était étendu tout de son long sur un matelas. Au-dessus, une épée mystérieuse, descendant du plafond, menaçait perpendiculairement sa tête. Sur l'épée, on lisait : « Pâris, garde du corps. »

---

1. On ne connaît cette œuvre que par un dessin au crayon noir d'Alexandre Devosges (1770-1850) conservé au Musée des Beaux-Arts de Dijon. Fait en 1793, avant le « Marat » qui lui servait de pendant, il avait été placé dans la salle des séances à la Convention. Dans ces deux tableaux, David s'était servi de schémas compositionnels issus de la peinture religieuse : pietà et Christ mort. 2. « La Mort de Socrate » (1787) est au Metropolitan Museum of Art à New York. Duval-Lecamus père avait été l'élève de David.

— avec celui de Gros, dans la *Bataille d'Eylau*[1], — le seul Bonaparte poétique et grandiose que possède la France.

Télémaque et Eucharis a été fait en Belgique, pendant l'exil du grand maître[2]. C'est un charmant tableau qui a l'air, comme *Hélène et Pâris*[3], de vouloir jalouser les peintures délicates et rêveuses de Guérin.

Des deux personnages, c'est Télémaque qui est le plus séduisant. Il est présumable que l'artiste s'est servi pour le dessiner d'un modèle féminin.

Guérin est représenté par deux esquisses, dont l'une, *La Mort de Priam*, est une chose superbe. On y retrouve toutes les qualités dramatiques et quasi fantasmago-riques de l'auteur de *Thésée et Hippolyte*[4].

Il est certain que Guérin est toujours beaucoup préoc-cupé du mélodrame.

Cette esquisse est faite d'après les vers de Virgile. On y voit la Cassandre, les mains liées, et arrachée du temple de Minerve, et le cruel Pyrrhus traînant par les cheveux la vieillesse tremblante de Priam et l'égorgeant au pied des autels. — Pourquoi a-t-on si bien caché cette esquisse ? M. Cogniet, l'un des ordonnateurs de cette fête, en veut-il donc à son vénérable maître ?

Hippocrate refusant les présents d'Artaxerce, de Girodet, est revenu de l'École de médecine faire admi-rer sa superbe ordonnance, son fini excellent et ses détails spirituels. Il y a dans ce tableau, chose curieuse, des qualités particulières et une multiplicité d'intentions

---

1. Le « Bonaparte » est au Musée de la Malmaison et date de 1800. David, après les tourmentes révolutionnaires, fut comme fas-ciné par la personnalité de Bonaparte dont il devint le « peintre ordi-naire ». « La Bataille d'Eylau » de Gros (1807) est au Louvre. 2. Il existe deux versions des « Adieux de Télémaque et Eucharis » ; la version dont parle Baudelaire date de 1822 et se trouve dans une collection privée. David avait été conventionnel et avait voté la mort du roi ; cela lui valut l'exil à la Restauration, puisqu'il ne sollicita pas sa grâce de Louis XVIII.   3. « Hélène et Pâris » (1789) est au Musée du Louvre.   4. Pierre Guérin (1774-1833), élève de David, fut à son tour le maître de Géricault et de Delacroix. « La Mort de Priam » est au Musée Turpin de Crissé, à Angers. « Phèdre accusant Hippolyte devant Thésée » se trouve au Musée du Louvre.

qui rappellent, dans un autre système d'exécution, les très bonnes toiles de M. Robert-Fleury. Nous eussions aimé voir à l'exposition Bonne-Nouvelle quelques compositions de Girodet, qui eussent bien exprimé le côté essentiellement poétique de son talent. (Voir l'*Endymion* et l'*Atala*.) Girodet a traduit Anacréon[1], et son pinceau a toujours trempé aux sources les plus littéraires.

Le baron Gérard[2] fut dans les arts ce qu'il était dans son salon, l'amphitryon qui veut plaire à tout le monde, et c'est cet éclectisme courtisanesque qui l'a perdu. David, Guérin et Girodet sont restés, débris inébranlables et invulnérables de cette grande école, et Gérard n'a laissé que la réputation d'un homme aimable et très spirituel. Du reste, c'est lui qui a annoncé la venue d'Eugène Delacroix et qui a dit : « Un peintre nous est né ! C'est un homme qui court sur les toits. »

Gros et Géricault, sans posséder la finesse, la délicatesse, la raison souveraine ou l'âpreté sévère de leurs devanciers, furent de généreux tempéraments. Il y a là une esquisse de Gros, *Le Roi Lear et ses filles*, qui est d'un aspect fort saisissant et fort étrange ; c'est d'une belle imagination.

Voici venir l'aimable Prud'hon, que quelques-uns osent déjà préférer à Corrège[3] ; Prud'hon, cet étonnant mélange, Prud'hon, ce poète et ce peintre, qui, devant les David, rêvait la couleur ! Ce dessin gras, invisible et sournois, qui serpente sous la couleur, est, surtout si l'on considère l'époque, un légitime sujet d'étonnement. — De longtemps, les artistes n'auront pas l'âme assez

---

1. Anne-Louis Girodet-Trionson (1767-1824) fut lui aussi élève de David et le maître de Robert-Fleury. « Endymion » et « Atala » sont au Louvre. Girodet a, en effet, traduit Anacréon. En 1825 parut un recueil d'odes traduites du grec par Girodet-Trionson et de compositions tirées d'Anacréon et gravées par un de ses élèves. **2.** François Gérard (1770-1837) fut lui aussi élève de David. **3.** Comparer Pierre Paul Prud'hon (1758-1823) au Corrège (1489 ?-1534) est presque une lapalissade puisque, par le biais du Corrège, c'est une méditation sur le « sfumato » léonardesque qui, dans les deux cas, est à la base de leur art.

bien trempée pour attaquer les jouissances amères de David et de Girodet. Les délicieuses flatteries de Prud'hon seront donc une préparation. Nous avons surtout remarqué un petit tableau, *Vénus et Adonis*, qui fera sans doute réfléchir M. Diaz[1].

M. Ingres étale fièrement dans un salon spécial onze tableaux, c'est-à-dire sa vie entière, ou du moins des échantillons de chaque époque, — bref, toute la Genèse de son génie. M. Ingres refuse depuis longtemps d'exposer au Salon, et il a, selon nous, raison. Son admirable talent est toujours plus ou moins culbuté au milieu de ces cohues, où le public, étourdi et fatigué, subit la loi de celui qui crie le plus haut. Il faut que M. Delacroix ait un courage surhumain pour affronter annuellement tant d'éclaboussures. Quant à M. Ingres, doué d'une patience non moins grande, sinon d'une audace aussi généreuse, il attendait l'occasion sous sa tente. L'occasion est venue et il en a superbement usé. — La place nous manque, et peut-être la langue, pour louer dignement la *Stratonice*, qui eût étonné Poussin, la *grande Odalisque* dont Raphaël eût été tourmenté, la *petite Odalisque*, cette délicieuse et bizarre fantaisie qui n'a point de précédents dans l'art ancien, et les portraits de M. Bertin, de M. Molé et de Mme d'Haussonville[2] — de vrais portraits, c'est-à-dire la reconstruction idéale des individus ; seulement nous croyons utile de redresser quelques préjugés singuliers qui ont cours sur le compte de M. Ingres parmi un certain monde, dont l'oreille a plus de mémoire que les yeux. Il est entendu et reconnu que la peinture de M. Ingres est grise. — Ouvrez l'œil, nation nigaude, et dites si vous vîtes jamais de la peinture plus éclatante et plus voyante, et même une plus grande recherche de tons ? Dans la

---

1. Exposé au Salon de 1812, le tableau est dans la Wallace Collection à Londres. 2. La « Stratonice » (1840) est au Musée Condé à Chantilly, la « Grande Odalisque » est au Louvre tandis que la « petite », ou « Odalisque à l'esclave », est au Fogg Art Museum, Cambridge (Massachusetts). Le portrait de Bertin est au Louvre, celui de M. de Molé était dans la collection de Noailles à Paris et celui de Mme d'Haussonville à la Frick Collection, New York.

Jean Auguste Dominique Ingres. *Antiochus et Stratonice*. 1840.

Chantilly, musée Condé.

seconde Odalisque, cette recherche est excessive, et, malgré leur multiplicité, ils sont tous doués d'une distinction particulière. — Il est entendu aussi que M. Ingres est un grand dessinateur maladroit qui ignore la perspective aérienne, et que sa peinture est plate comme une mosaïque chinoise ; à quoi nous n'avons rien à dire, si ce n'est de comparer la *Stratonice*, où une complication énorme de tons et d'effets lumineux n'empêche pas l'harmonie, avec la *Thamar*[1], où M. H. Vernet a résolu un problème incroyable : faire la peinture à la fois la plus criarde et la plus obscure, la plus embrouillée ! Nous n'avons jamais rien vu de si en désordre. Une des choses, selon nous, qui distingue surtout le talent de M. Ingres, est l'amour de la femme. Son libertinage est sérieux et plein de conviction. M. Ingres n'est jamais si heureux ni si puissant que lorsque son génie se trouve aux prises avec les appas d'une jeune beauté. Les muscles, les plis de la chair, les

---

1. « Judas et Thamar » d'Horace Vernet avait figuré au Salon de 1843 et à nouveau au Bazar Bonne-Nouvelle. Cette œuvre est dans la Wallace Collection, à Londres.

ombres des fossettes, les ondulations montueuses de la
peau, rien n'y manque. Si l'île de Cythère commandait
un tableau à M. Ingres, à coup sûr il ne serait pas folâtre
et riant comme celui de Watteau, mais robuste et nour-
rissant comme l'amour antique *.

Nous avons revu avec plaisir les trois petits tableaux
de M. Delaroche, *Richelieu, Mazarin* et l'*Assassinat du
duc de Guise*[1]. Ce sont des œuvres charmantes dans les
régions moyennes du talent et du bon goût. Pourquoi
donc M. Delaroche a-t-il la maladie des grands
tableaux ? Hélas ! c'en est toujours des petits ; — une
goutte d'essence dans un tonneau.

M. Cogniet a pris la meilleure place de la salle ; il y
a mis son *Tintoret*[2]. — M. Ary Scheffer est un homme
d'un talent éminent, ou plutôt une heureuse imagination,
mais qui a trop varié sa manière pour en avoir une bonne ; c'est un poète sentimental qui salit des toiles[3].

Nous n'avons rien vu de M. Delacroix, et nous
croyons que c'est une raison de plus pour en parler.
— Nous, cœur d'honnête homme, nous croyions naïvement que si MM. les commissaires n'avaient pas associé
le chef de l'école actuelle à cette fête artistique, c'est
que ne comprenant pas la parenté mystérieuse qui l'unit
à l'école révolutionnaire dont il sort, ils voulaient surtout de l'unité et un aspect uniforme dans leur œuvre ;

---

* Il y a dans le dessin de M. Ingres des recherches d'un goût
particulier, des finesses extrêmes, dues peut-être à des moyens singuliers. Par exemple, nous ne serions pas étonné qu'il se fût servi d'une
négresse pour accuser plus vigoureusement dans l'*Odalisque* certains
développements et certaines sveltesses.

---

1. Ces deux œuvres de Paul Delaroche : « La Mort de Mazarin »
et « Le Cardinal de Richelieu » furent exposées au Salon de 1831 et
sont à Londres, dans la Wallace Collection ; « La Mort du duc de
Guise » (Salon de 1835) est au Musée Condé de Chantilly.
2. « Le Tintoret peignant sa fille morte » avait été un des succès du
Salon de 1843 (Bordeaux, Musée des Beaux-Arts).   **3.** Baudelaire
rejoint ici l'opinion de Gautier qui, dès les années 1830, avait
dénoncé Scheffer comme ne recevant pas « directement l'impression
de la nature... » (31 mars 1839, *La Presse*) et comme tirant des
compositions non picturales de sujets littéraires.

et nous jugions cela, sinon louable, du moins excusable. Mais point. — Il n'y a pas de Delacroix, parce que M. Delacroix n'est pas un peintre, mais un journaliste ; c'est du moins ce qui a été répondu à un de nos amis, qui s'était chargé de leur demander une petite explication à ce sujet. Nous ne voulons pas nommer l'auteur de ce bon mot, soutenu et appuyé par une foule de quolibets indécents, que ces messieurs se sont permis à l'endroit de notre grand peintre. — Il y a là-dedans plus à pleurer qu'à rire. — M. Cogniet, qui a si bien dissimulé son illustre maître, a-t-il donc craint de soutenir son illustre condisciple [1] ? M. Dubufe se serait mieux conduit. Sans doute ces messieurs seraient fort respectables à cause de leur faiblesse, s'ils n'étaient en même temps méchants et envieux.

Nous avons entendu maintes fois de jeunes artistes se plaindre du bourgeois, et le représenter comme l'ennemi de toute chose grande et belle. — Il y a là une idée fausse qu'il est temps de relever. Il est une chose mille fois plus dangereuse que le bourgeois, c'est l'artiste-bourgeois, qui a été créé pour s'interposer entre le public et le génie ; il les cache l'un à l'autre. Le bourgeois qui a peu de notions scientifiques va où le pousse la grande voix de l'artiste-bourgeois. — Si on supprimait celui-ci, l'épicier porterait E. Delacroix en triomphe. L'épicier [2] est une grande chose, un homme céleste qu'il faut respecter, *homo bonæ voluntatis* ! Ne le raillez point de vouloir sortir de sa sphère, et aspirer, l'excellente créature, aux régions hautes. Il veut être ému, il veut sentir, connaître, rêver comme il aime ; il veut être complet ; il vous demande tous les jours son morceau d'art et de poésie, et vous le volez. Il mange du Cogniet, et cela prouve que sa bonne volonté est grande comme l'infini. Servez-lui un chef-d'œuvre, il le digérera et ne s'en portera que mieux !

---

1. Cogniet, comme le rappelle Baudelaire, avait été l'élève de Guérin et, par conséquent, plus ou moins le condisciple de Delacroix, élève lui aussi de Guérin.   2. L'épicier, dans l'argot artiste, comme le philistin, désignait le bourgeois et tout ce qu'il pouvait contenir d'anti-artistique.

SALON DE 1846 [1]

1. Ce Salon signé Baudelaire-Dufays parut chez Michel Levy frères, libraires-éditeurs, et fut enregistré par la *Bibliographie de la France* le 23 mai 1846. Ce Salon, par rapport au précédent, est plus qu'un guide pour le visiteur : c'est une profession de foi en matière d'esthétique et une prise de position. La « folie Baudelaire » de Sainte-Beuve existe dès lors en tant que telle. « ESTHÉTIQUE, n. f. (du grec, sentiment, dérivé du v. sentir ; proprement la science du sentiment) : Science qui a pour objet de rechercher et de déterminer les caractères du beau dans les productions de la nature ou de l'art... Les plus célèbres écrivains qui se sont occupés d'esthétique sont Lessing, Kant, Winckelmann, Schlegel, Solger, Tieck, Novalis, Schiller. » (*Dictionnaire national* de Bescherelle aîné, Paris, Simon & Garnier frères, 1847.) Baudelaire pourrait se situer dans la lignée kantienne, selon le résumé qu'en donne Bescherelle : il y a, pour Kant, deux genres de beauté dans la poésie et les arts. Le premier se rapporte au temps actuel et à la vie contemporaine, le second à l'éternel et l'infini ! Quelles qu'aient pu être les lectures de Baudelaire, il est certain qu'une réflexion personnelle est à l'origine des exposés théoriques qui composent le Salon.

AUX BOURGEOIS

Vous êtes la majorité, — nombre et intelligence ; — donc vous êtes la force, — qui est la justice.

Les uns savants, les autres propriétaires ; — un jour radieux viendra où les savants seront propriétaires, et les propriétaires savants. Alors votre puissance sera complète, et nul ne protestera contre elle.

En attendant cette harmonie suprême, il est juste que ceux qui ne sont que propriétaires[1] aspirent à devenir savants ; car la science est une jouissance non moins grande que la propriété.

Vous possédez le gouvernement de la cité, et cela est juste, car vous êtes la force. Mais il faut que vous soyez aptes à sentir la beauté ; car comme aucun d'entre vous ne peut aujourd'hui se passer de puissance, nul n'a le droit de se passer de poésie.

Vous pouvez vivre trois jours sans pain ; — sans poésie, jamais ; et ceux d'entre vous qui disent le contraire se trompent : ils ne se connaissent pas.

Les aristocrates de la pensée, les distributeurs de l'éloge et du blâme, les accapareurs des choses spirituelles, vous ont dit que vous n'aviez pas le droit de sentir et de jouir : — ce sont des pharisiens[2].

Car vous possédez le gouvernement d'une cité où est

---

1. À cette époque, Baudelaire s'intéressait aux idées saint-simoniennes qui postulaient : « À chacun selon sa capacité, à chaque capacité suivant ses œuvres. » Ainsi, la société se trouvait harmonieusement hiérarchisée et l'antagonisme social aboli par l'association universelle ! 2. Baudelaire oppose subtilement le philistin (= le bourgeois) à son prétendu antagoniste le pharisien, le gardien des rites et de l'orthodoxie, et ruine du même coup la première notion.

le public de l'univers, et il faut que vous soyez dignes de cette tâche.

Jouir est une science, et l'exercice des cinq sens veut une initiation particulière, qui ne se fait que par la bonne volonté et le besoin.

Or vous avez besoin d'art.

L'art est un bien infiniment précieux, un breuvage rafraîchissant et réchauffant, qui rétablit l'estomac et l'esprit dans l'équilibre naturel de l'idéal.

Vous en concevez l'utilité, ô bourgeois, — législateurs, ou commerçants, — quand la septième ou la huitième heure sonnée incline votre tête fatiguée vers les braises du foyer et les oreillards du fauteuil [1].

Un désir plus brûlant, une rêverie plus active, vous délasseraient alors de l'action quotidienne.

Mais les accapareurs ont voulu vous éloigner des pommes de la science, parce que la science est leur comptoir et leur boutique, dont ils sont infiniment jaloux. S'ils vous avaient nié la puissance de fabriquer des œuvres d'art ou de comprendre les procédés d'après lesquels on les fabrique, ils eussent affirmé une vérité dont vous ne vous seriez pas offensés, parce que les affaires publiques et le commerce absorbent les trois quarts de votre journée. Quant aux loisirs, ils doivent donc être employés à la jouissance et à la volupté.

Mais les accapareurs vous ont défendu de jouir, parce que vous n'avez pas l'intelligence de la technique des arts, comme des lois et des affaires.

Cependant il est juste, si les deux tiers de votre temps sont remplis par la science, que le troisième soit occupé par le sentiment, et c'est par le sentiment seul que vous devez comprendre l'art ; — et c'est ainsi que l'équilibre des forces de votre âme sera constitué.

La vérité, pour être multiple, n'est pas double ; et

---

1. Pour convaincre son public, Baudelaire se sert d'images et de mots quotidiens, voire prosaïques. Il est raisonnable de voir en ce procédé l'expression de l'idéalisme du jeune poète, non encore éprouvé par la vie et n'ayant pas encore vécu la Révolution de 1848, février et juin !

comme vous avez dans votre politique élargi les droits et les bienfaits, vous avez établi dans les arts une plus grande et plus abondante communion.

Bourgeois, vous avez — roi, législateur ou négociant, — institué des collections, des musées, des galeries. Quelques-unes de celles qui n'étaient ouvertes il y a seize ans qu'aux accapareurs ont élargi leurs portes pour la multitude.

Vous vous êtes associés, vous avez formé des compagnies et fait des emprunts pour réaliser l'idée de l'avenir avec toutes ses formes diverses, formes politique, industrielle et artistique. Vous n'avez jamais en aucune noble entreprise laissé l'initiative à la minorité protestante et souffrante, qui est d'ailleurs l'ennemie naturelle de l'art.

Car se laisser devancer en art et en politique, c'est se suicider, et une majorité ne peut pas se suicider.

Ce que vous avez fait pour la France, vous l'avez fait pour d'autres pays. Le musée espagnol est venu augmenter le volume des idées générales que vous devez posséder sur l'art ; car vous savez parfaitement que, comme un musée national est une communion dont la douce influence attendrit les cœurs et assouplit les volontés, de même un musée étranger est une communion internationale, où deux peuples, s'observant et s'étudiant plus à l'aise, se pénètrent mutuellement, et fraternisent sans discussion.

Vous êtes les amis naturels des arts, parce que vous êtes, les uns riches, les autres savants.

Quand vous avez donné à la société votre science, votre industrie, votre travail, votre argent, vous réclamez votre payement en jouissances du corps, de la raison et de l'imagination. Si vous récupérez la quantité de jouissances nécessaire pour rétablir l'équilibre de toutes les parties de votre être, vous êtes heureux, repus et bienveillants, comme la société sera repue, heureuse et bienveillante, quand elle aura trouvé son équilibre général et absolu.

C'est donc à vous, bourgeois, que ce livre est naturellement dédié ; car tout livre qui ne s'adresse pas à la majorité, — nombre et intelligence, — est un sot livre.

1er mai 1846.

I

negative.

À QUOI BON LA CRITIQUE ?

À quoi bon ? — Vaste et terrible point d'interrogation, qui saisit la critique au collet dès le premier pas qu'elle veut faire dans son premier chapitre.

L'artiste reproche tout d'abord à la critique de ne pouvoir rien enseigner au bourgeois, qui ne veut ni peindre ni rimer, — ni à l'art, puisque c'est de ses entrailles que la critique est sortie.

Et pourtant que d'artistes de ce temps-ci doivent à elle seule leur pauvre renommée ! C'est peut-être là le vrai reproche à lui faire.

Vous avez vu un Gavarni [1] représentant un peintre courbé sur sa toile ; derrière lui un monsieur, grave, sec, roide et cravaté de blanc, tenant à la main son dernier feuilleton. « Si l'art est noble, la critique est sainte. » — « Qui dit cela ? » — « La critique ! » Si l'artiste joue si facilement le beau rôle, c'est que le critique est sans doute un critique comme il y en a tant.

En fait de moyens et procédés — des ouvrages eux-mêmes *, le public et l'artiste n'ont rien à apprendre ici.

---

* Je sais bien que la critique actuelle a d'autres prétentions ; c'est ainsi qu'elle recommandera toujours le dessin aux coloristes et la

---

1. Sulpice-Guillaume Chevalier, dit Paul Gavarni (1804-1866), fut un peintre et un caricaturiste assez respecté.

Ces choses-là s'apprennent à l'atelier, et le public ne s'inquiète que du résultat.

Je crois sincèrement que la meilleure critique est celle qui est amusante et poétique ; non pas celle-ci, froide et algébrique, qui, sous prétexte de tout expliquer, n'a ni haine ni amour, et se dépouille volontairement de toute espèce de tempérament ; mais, — un beau tableau étant la nature réfléchie par un artiste, — celle qui sera ce tableau réfléchi par un esprit intelligent et sensible. Ainsi le meilleur compte rendu d'un tableau pourra être un sonnet ou une élégie.

Mais ce genre de critique est destiné aux recueils de poésie et aux lecteurs poétiques. Quant à la critique proprement dite, j'espère que les philosophes comprendront ce que je vais dire : pour être juste, c'est-à-dire pour avoir sa raison d'être, la critique doit être partiale, passionnée, politique, c'est-à-dire faite à un point de vue exclusif, mais au point de vue qui ouvre le plus d'horizons [1].

Exalter la ligne au détriment de la couleur, ou la couleur aux dépens de la ligne, sans doute c'est un point de vue ; mais ce n'est ni très large ni très juste, et cela accuse une grande ignorance des destinées particulières.

Vous ignorez à quelle dose la nature a mêlé dans chaque esprit le goût de la ligne et le goût de la couleur, et par quels mystérieux procédés elle opère cette fusion, dont le résultat est un tableau [2].

Ainsi un point de vue plus large sera l'individualisme

---

couleur aux dessinateurs. C'est d'un goût très raisonnable et très sublime !

---

1. Baudelaire prend cause et parti pour une critique « subjective » et certainement pas impartiale, voire scientifique, donc inexpressive. Pour Baudelaire, une critique véritable est engagée, engagée par le désir de louer ou de condamner, engagée par le désir d'imposer sa propre perception. **2.** La querelle du coloris et de la couleur est une vieille querelle qui, de l'Antiquité à nos jours, divise encore les amateurs. Baudelaire déplace le problème en démontrant que l'essentiel de l'art ne gît pas dans l'apparence que prend l'œuvre mais dans ce qui fait que l'œuvre prend justement cette apparence.

bien entendu : commander à l'artiste la naïveté et l'expression sincère de son tempérament, aidée par tous les moyens que lui fournit son métier*. Qui n'a pas de tempérament n'est pas digne de faire des tableaux, et, — comme nous sommes las des imitateurs, et surtout des éclectiques, — doit entrer comme ouvrier au service d'un peintre à tempérament. C'est ce que je démontrerai dans un des derniers chapitres.

Désormais muni d'un critérium certain, critérium tiré de la nature, le critique doit accomplir son devoir avec passion ; car pour être critique on n'est pas moins homme, et la passion rapproche les tempéraments analogues et soulève la raison à des hauteurs nouvelles.

Stendhal a dit quelque part : « La peinture n'est que de la morale construite[1] ! » — Que vous entendiez ce mot de morale dans un sens plus ou moins libéral, on en peut dire autant de tous les arts. Comme ils sont toujours le beau exprimé par le sentiment, la passion et la rêverie de chacun, c'est-à-dire la variété dans l'unité, ou les faces diverses de l'absolu[2], — la critique touche à chaque instant à la métaphysique.

Chaque siècle, chaque peuple ayant possédé l'expression de sa beauté et de sa morale, — si l'on veut entendre par romantisme l'expression la plus récente et

---

* À propos de l'individualisme bien entendu, voir dans le *Salon de 1845* l'article sur William Haussoulier. Malgré tous les reproches qui m'ont été faits à ce sujet, je persiste dans mon sentiment ; mais il faut comprendre l'article.

---

1. Cette phrase est au chap. CLVI de l'*Histoire de la peinture en Italie*. **2.** Cette façon de définir les arts n'est pas sans similitude avec ce que le philosophe Victor Cousin en avait dit en 1845 : « La plus vraie théorie du beau est celle qui le compose de deux éléments contraires et également nécessaires, l'unité et la variété. Voyez une belle fleur : sans doute l'unité, l'ordre, la proportion, la symétrie même, y sont, car, sans ces qualités, la raison en serait absente, et toutes choses sont faites avec une merveilleuse raison ; mais en même temps que de diversité ! combien de nuances dans la couleur ! quelles richesses dans les moindres détails ! » (V. Cousin, Du Beau et de l'Art, in *La Revue des Deux Mondes*, tome XI, 1er septembre 1845, p. 785).

la plus moderne de la beauté, — le grand artiste sera donc, — pour le critique raisonnable et passionné, — celui qui unira à la condition demandée ci-dessus, la naïveté, — le plus de romantisme possible.

II

QU'EST-CE QUE LE ROMANTISME ?

Peu de gens aujourd'hui voudront donner à ce mot un sens réel et positif ; oseront-ils cependant affirmer qu'une génération consent à livrer une bataille de plusieurs années pour un drapeau qui n'est pas un symbole ?

Qu'on se rappelle les troubles de ces derniers temps [1], et l'on verra que, s'il est resté peu de romantiques, c'est que peu d'entre eux ont trouvé le romantisme ; mais tous l'ont cherché sincèrement et loyalement.

Quelques-uns ne se sont appliqués qu'au choix des sujets ; ils n'avaient pas le tempérament de leurs sujets. — D'autres, croyant encore à une société catholique, ont cherché à refléter le catholicisme dans leurs œuvres. — S'appeler romantique et regarder systématiquement le passé, c'est se contredire. — Ceux-ci, au nom du romantisme, ont blasphémé les Grecs et les Romains : or on peut faire des Romains et des Grecs romantiques, quand on l'est soi-même [2]. — La vérité dans l'art et la couleur locale en ont égaré beaucoup d'autres. Le réalisme avait existé longtemps avant cette grande bataille, et d'ailleurs, composer une tragédie ou un tableau pour

---

1. En 1843, on vit la chute des *Burgraves* de Hugo et le succès de la *Lucrèce* de Ponsard. On présenta ces événements comme la mort du romantisme. **2.** Baudelaire doit penser à Delacroix et à des œuvres comme « La Justice de Trajan », aux toiles du précédent Salon.

M. Raoul Rochette[1], c'est s'exposer à recevoir un démenti du premier venu, s'il est plus savant que M. Raoul Rochette.

Le romantisme n'est précisément ni dans le choix des sujets ni dans la vérité exacte, mais dans la manière de sentir.

Ils l'ont cherché en dehors, et c'est en dedans qu'il était seulement possible de le trouver[2].

Pour moi, le romantisme est l'expression la plus récente, la plus actuelle du beau.   *moderne.*

Il y a autant de beautés qu'il y a de manières habituelles de chercher le bonheur*[3].

La philosophie du progrès explique ceci clairement ; ainsi, comme il y a eu autant d'idéals qu'il y a eu pour les peuples de façons de comprendre la morale, l'amour, la religion, etc., le romantisme ne consistera pas dans une exécution parfaite, mais dans une conception analogue à la morale du siècle[4].

C'est parce que quelques-uns l'ont placé dans la perfection du métier[5], que nous avons eu le rococo du romantisme, le plus insupportable de tous sans contredit.

Il faut donc, avant tout, connaître les aspects de la

---

* Stendhal.

---

1. Raoul Rochette (1789-1854), archéologue français ; il fut le chef de l'expédition scientifique de Morée ; ses recherches et ouvrages ne firent pas toujours l'unanimité.   2. Baudelaire analyse ici d'une façon étonnamment pertinente l'art de son temps mais aussi l'art à venir : un art fait par un individu pour des individus, qui est l'image d'une manière de sentir, d'« une nécessité intérieure » !   3. Baudelaire, par cette réminiscence de Stendhal, reconnaît l'existence d'un lien entre le bonheur et la beauté, et peut-être la recherche de l'un par l'autre ; il est intéressant de noter l'ouverture laissée par cette phrase : s'il est un bonheur, les voies qui y conduisent sont multiples. Finalement, il reprend la vieille idée de la relativité de toutes les idées.   4. Qu'on se rappelle les idées d'Hegel : la philosophie, fille de son temps ! Ainsi le romantisme est un moment de la sensibilité, une des expressions de l'idéal, conforme au siècle dans lequel il est apparu.   5. Le métier s'apprend, c'est un savoir-faire. Un savoir-faire non soutenu par un idéal n'exprime rien.

nature et les situations de l'homme, que les artistes du passé ont dédaignés ou n'ont pas connus.

Qui dit romantisme dit art moderne, — c'est-à-dire intimité, spiritualité, couleur, aspiration vers l'infini, exprimées par tous les moyens que contiennent les arts [1].

Il suit de là qu'il y a une contradiction évidente entre le romantisme et les œuvres de ses principaux sectaires.

Que la couleur joue un rôle très important dans l'art moderne, quoi d'étonnant ? Le romantisme est fils du Nord, et le Nord est coloriste ; les rêves et les féeries sont enfants de la brume. L'Angleterre, cette patrie des coloristes exaspérés, la Flandre, la moitié de la France, sont plongées dans les brouillards ; Venise elle-même trempe dans les lagunes. Quant aux peintres espagnols, ils sont plutôt contrastés que coloristes.

En revanche le Midi est naturaliste, car la nature y est si belle et si claire, que l'homme, n'ayant rien à désirer, ne trouve rien de plus beau à inventer que ce qu'il voit : ici, l'art en plein air, et quelques centaines de lieues plus haut, les rêves profonds de l'atelier et les regards de la fantaisie noyés dans les horizons gris.

Le Midi est brutal et positif comme un sculpteur dans ses compositions les plus délicates ; le Nord souffrant et inquiet se console avec l'imagination, et s'il fait de la sculpture, elle sera plus souvent pittoresque que classique [2].

Raphaël, quelque pur qu'il soit, n'est qu'un esprit matériel sans cesse à la recherche du solide ; mais cette

---

1. Cette définition contient l'essentiel du « moderne » pour Baudelaire, qui est un déplacement de la sensibilité à la recherche du nouveau. Le romantisme, défini par des notions abstraites, est applicable à tous les arts ; cela permet la communication entre eux, la correspondance, l'harmonie.   2. La sculpture qui s'attaque à la matière, qui prend possession de l'espace, peut être considérée comme positive. En définissant le Nord et le Midi, en en faisant des contraires géographiques, Baudelaire actualise la théorie des climats de Montesquieu, par le relais, peut-être, de Mme de Staël.

canaille [1] de Rembrandt est un puissant idéaliste qui fait rêver et deviner au-delà. L'un compose des créatures à l'état neuf et virginal, — Adam et Ève ; — mais l'autre secoue des haillons devant nos yeux et nous raconte les souffrances humaines.

Cependant Rembrandt n'est pas un pur coloriste, mais un harmoniste ; combien l'effet sera donc nouveau et le romantisme adorable, si un puissant coloriste nous rend nos sentiments et nos rêves les plus chers avec une couleur appropriée aux sujets !

Avant de passer à l'examen de l'homme qui est jusqu'à présent le plus digne représentant du romantisme, je veux écrire sur la couleur une série de réflexions qui ne seront pas inutiles pour l'intelligence complète de ce petit livre.

III

DE LA COULEUR [2]

Supposons un bel espace de nature où tout verdoie, rougeoie, poudroie et chatoie en pleine liberté, où toutes choses, diversement colorées suivant leur constitution moléculaire, changées de seconde en seconde par le déplacement de l'ombre et de la lumière, et agitées par le travail intérieur du calorique, se trouvent en perpé-

---

1. Rembrandt est un des grands enthousiasmes de Baudelaire : il y a peut-être dans l'adjectif « canaille » une charge ironique de la part de Baudelaire pour les admirateurs du « divin Raphaël » ; l'opposition des deux peintres est plus significative qu'il n'y paraît. **2.** Baudelaire développe ici ce qu'il avait esquissé dans le « Salon de 1845 » à propos de Delacroix ; sur Chevreul, voir la note 1 p. 57 du « Salon de 1845 » ; ce chapitre, si poétique dans sa forme et lyrique dans son évocation, repose malgré tout sur les théories scientifiques de Chevreul. Mais le rapport entre art et nature est inchangé. On peut avancer que la nature, pour Baudelaire, doit être décomposée par le prisme de l'art, comme la lumière blanche, si on en veut révéler les couleurs.

tuelle vibration, laquelle fait trembler les lignes et complète la loi du mouvement éternel et universel. — Une immensité, bleue quelquefois et verte souvent, s'étend jusqu'aux confins du ciel : c'est la mer. Les arbres sont verts, les gazons verts, les mousses vertes ; le vert serpente dans les troncs, les tiges non mûres sont vertes ; le vert est le fond de la nature, parce que le vert se marie facilement à tous les autres tons*. Ce qui me frappe d'abord, c'est que partout, — coquelicots dans les gazons, pavots, perroquets, etc., — le rouge chante la gloire du vert ; le noir, — quand il y en a, — zéro solitaire et insignifiant, intercède le secours du bleu ou du rouge. Le bleu, c'est-à-dire le ciel, est coupé de légers flocons blancs ou de masses grises qui trempent heureusement sa morne crudité, — et, comme la vapeur de la saison, — hiver ou été, — baigne, adoucit, ou engloutit les contours, la nature ressemble à un toton qui, mû par une vitesse accélérée, nous apparaît gris, bien qu'il résume en lui toutes les couleurs[1]. La sève monte et, mélange de principes, elle s'épanouit en *tons mélangés* ; les arbres, les rochers, les granits se mirent dans les eaux et y déposent leurs *reflets* ; tous les objets transparents accrochent au passage lumières et couleurs voisines et lointaines. À mesure que l'astre du jour se dérange, les tons changent de valeur, mais, respectant toujours leurs sympathies et leurs haines naturelles, continuent à vivre en harmonie par des concessions réciproques. Les ombres se déplacent lentement, et font fuir devant elles ou éteignent les tons à mesure que la lumière, déplacée elle-même, en

---

* Excepté à ses générateurs, le jaune et le bleu ; cependant je ne parle ici que des tons purs. Car cette règle n'est pas applicable aux coloristes transcendants qui connaissent à fond la science du contre-point.

---

1. L'image du toton est fondée sur la décomposition du spectre lumineux et sur la perception visuelle. Mais cette idée que la nature est un spectacle sans cesse changeant est appelée à un très grand avenir ; le monde est mouvement, écoulement et l'art fixe une perception singulière de cet ensemble.

veut faire résonner de nouveau. Ceux-ci se renvoient leurs reflets, et, modifiant leurs qualités en les *glaçant* de qualités transparentes et empruntées, multiplient à l'infini leurs mariages mélodieux et les rendent plus faciles. Quand le grand foyer descend dans les eaux, de rouges fanfares s'élancent de tous côtés ; une sanglante harmonie éclate à l'horizon, et le vert s'empourpre richement. Mais bientôt de vastes ombres bleues chassent en cadence devant elles la foule des tons orangés et rose tendre qui sont comme l'écho lointain et affaibli de la lumière. Cette grande symphonie du jour, qui est l'éternelle variation de la symphonie d'hier, cette succession de mélodies, où la variété sort toujours de l'infini, cet hymne compliqué s'appelle la couleur.

On trouve dans la couleur l'harmonie, la mélodie et le contrepoint.

Si l'on veut examiner le détail dans le détail, sur un objet de médiocre dimension, — par exemple, la main d'une femme un peu sanguine, un peu maigre et d'une peau très fine, on verra qu'il y a harmonie parfaite entre le vert des fortes veines qui la sillonnent et les tons sanguinolents qui marquent les jointures ; les ongles roses tranchent sur la première phalange qui possède quelques tons gris et bruns. Quant à la paume, les lignes de vie, plus roses et plus vineuses, sont séparées les unes des autres par le système des veines vertes ou bleues qui les traversent. L'étude du même objet, faite avec une loupe, fournira dans n'importe quel espace, si petit qu'il soit, une harmonie parfaite de tons gris, bleus, bruns, verts, orangés et blancs réchauffés par un peu de jaune ; — harmonie qui, combinée avec les ombres, produit le modelé des coloristes, essentiellement différent du modelé des dessinateurs, dont les difficultés se réduisent à peu près à copier un plâtre.

La couleur est donc l'accord de deux tons. Le ton chaud et le ton froid, dans l'opposition desquels consiste toute la théorie, ne peuvent se définir d'une manière absolue : ils n'existent que relativement.

La loupe, c'est l'œil du coloriste.

Je ne veux pas en conclure qu'un coloriste doit procéder par l'étude minutieuse des tons confondus dans un espace très limité. Car en admettant que chaque molécule soit douée d'un ton particulier, il faudrait que la matière fût divisible à l'infini ; et d'ailleurs, l'art n'étant qu'une abstraction et un sacrifice du détail à l'ensemble, il est important de s'occuper surtout des masses. Mais je voulais prouver que, si le cas était possible, les tons, quelque nombreux qu'ils fussent, mais logiquement juxtaposés, se fondraient naturellement par la loi qui les régit.

Les affinités chimiques sont la raison pour laquelle la nature ne peut pas commettre de fautes dans l'arrangement de ces tons ; car, pour elle, forme et couleur sont un.

Le vrai coloriste ne peut pas en commettre non plus ; et tout lui est permis, parce qu'il connaît de naissance la gamme des tons, la force du ton, les résultats des mélanges, et toute la science du contrepoint, et qu'il peut ainsi faire une harmonie de vingt rouges différents.

Cela est si vrai que, si un propriétaire anticoloriste s'avisait de repeindre sa campagne d'une manière absurde et dans un système de couleurs charivariques, le vernis épais et transparent de l'atmosphère et l'œil savant de Véronèse redresseraient le tout et produiraient sur une toile un ensemble satisfaisant, conventionnel sans doute, mais logique.

Cela explique comment un coloriste peut être paradoxal dans sa manière d'exprimer la couleur, et comment l'étude de la nature conduit souvent à un résultat tout différent de la nature[1].

L'art joue un si grand rôle dans la théorie de la couleur, que, si un paysagiste peignait les feuilles des arbres telles qu'il les voit, il obtiendrait un ton faux ; attendu

---

1. Malgré ce qui précède, Baudelaire conseille à l'artiste l'étude de la nature, pour, non pas la copier, mais l'exprimer (*i.e.* : « rendre un sentiment »). Nous sommes ici au cœur du débat sur la finalité de l'art et de la nature. L'art est là pour produire du nouveau, la nature pour se reproduire.

qu'il y a un espace d'air bien moindre entre le spectateur et le tableau qu'entre le spectateur et la nature.

Les mensonges sont continuellement nécessaires,
même pour arriver au trompe-l'œil.

L'harmonie est la base de la théorie de la couleur.

La mélodie est l'unité dans la couleur, ou la couleur
générale.

La mélodie veut une conclusion ; c'est un ensemble
où tous les effets concourent à un effet général.

Ainsi la mélodie laisse dans l'esprit un souvenir
profond.

La plupart de nos jeunes coloristes manquent de
mélodie [1].

La bonne manière de savoir si un tableau est mélodieux est de le regarder d'assez loin pour n'en
comprendre ni le sujet ni les lignes. S'il est mélodieux,
il a déjà un sens, et il a déjà pris sa place dans le répertoire des souvenirs.

Le style et le sentiment dans la couleur viennent du
choix, et le choix vient du tempérament.

Il y a des tons gais et folâtres, folâtres et tristes, riches
et gais, riches et tristes, de communs et d'originaux.

Ainsi la couleur de Véronèse est calme et gaie. La
couleur de Delacroix est souvent plaintive, et la couleur
de M. Catlin souvent terrible.

J'ai eu longtemps devant ma fenêtre un cabaret mi-
parti de vert et de rouge crus, qui étaient pour mes yeux
une douleur délicieuse.

---

1. La métaphore musicale employée ici par Baudelaire n'est pas
sans rappeler, par certains côtés, ce que Théophile Thoré avait écrit
en 1844 sur les moyens de la peinture : « Demandez encore à ces
peintres quel est le moyen spécial de leur art. N'est-ce pas la couleur
ou l'harmonie ? Ils n'en savent rien. Dans quel ton jouent-ils ?
Quelle est la note dominante de l'harmonie de leur tableau ? Vélas-
quez aurait répondu : "Je suis dans le ton gris argenté." Decamps
répondrait : "Grenat ou feuille morte." Delacroix dirait, à la façon
de Beethoven : "Ma symphonie commence en pourpre majeur et
continue en vert mineur." Le Titien, Rembrandt, Rubens et Murillo
n'étaient point embarrassés par cette divine musique, dont le secret
n'est plus même soupçonné par la majorité des exposants. » (Th.
Thoré. *Salon de 1844*. Paris : Alliance des Arts, 1844, pp. 3-4.)

J'ignore si quelque analogiste a établi solidement une gamme complète des couleurs et des sentiments, mais je me rappelle un passage d'Hoffmann[1] qui exprime parfaitement mon idée, et qui plaira à tous ceux qui aiment sincèrement la nature : « Ce n'est pas seulement en rêve, et dans le léger délire qui précède le sommeil, c'est encore éveillé, lorsque j'entends de la musique, que je trouve une analogie et une réunion intime entre les couleurs, les sons et les parfums. Il me semble que toutes ces choses ont été engendrées par un même rayon de lumière, et qu'elles doivent se réunir dans un merveilleux concert. L'odeur des soucis bruns et rouges produit surtout un effet magique sur ma personne. Elle me fait tomber dans une profonde rêverie, et j'entends alors comme dans le lointain les sons graves et profonds du hautbois[*][2]. »

On demande souvent si le même homme peut être à la fois grand coloriste et grand dessinateur.

Oui et non ; car il y a différentes sortes de dessins.

La qualité d'un pur dessinateur consiste surtout dans la finesse, et cette finesse exclut la touche : or il y a des touches heureuses, et le coloriste chargé d'exprimer la nature par la couleur perdrait souvent plus à supprimer des touches heureuses qu'à rechercher une plus grande austérité de dessin[3].

La couleur n'exclut certainement pas le grand dessin, celui de Véronèse, par exemple, qui procède surtout par l'ensemble et les masses ; mais bien le dessin du détail,

---

* *Kreisleriana.*

1. Ernest Theodor Wilhelm Amadeus Hoffmann (1776-1822), écrivain et musicien allemand. Ses nouvelles et récits fantastiques furent traduits en français par Loève-Veimars dans les années 1830 et eurent une influence considérable dans le milieu littéraire. 2. Ce passage est extrait des observations groupées sous le titre « Höchst Zerstreute Gedanken » des *Kreisleriana*. 3. Baudelaire revient une fois de plus sur le problème de la couleur et du dessin et le résout à sa manière en établissant les pouvoirs émotionnels et expressifs de l'un et de l'autre : le dessinateur cherche le contour, le coloriste les masses lumineuses en mouvement ; l'un est philosophe, l'autre poète épique ; l'un est raison, l'autre passion.

le contour du petit morceau, où la touche mangera toujours la ligne.

L'amour de l'air, le choix des sujets à mouvement, veulent l'usage des lignes flottantes et noyées.

Les dessinateurs exclusifs agissent selon un procédé inverse et pourtant analogue. Attentifs à suivre et à surprendre la ligne dans ses ondulations les plus secrètes, ils n'ont pas le temps de voir l'air et la lumière, c'est-à-dire leurs effets, et s'efforcent même de ne pas les voir, pour ne pas nuire au principe de leur école.

On peut donc être à la fois coloriste et dessinateur, mais dans un certain sens. De même qu'un dessinateur peut être coloriste par les grandes masses, de même un coloriste peut être dessinateur par une logique complète de l'ensemble des lignes ; mais l'une de ces qualités absorbe toujours le détail de l'autre.

Les coloristes dessinent comme la nature ; leurs figures sont naturellement délimitées par la lutte harmonieuse des masses colorées.

Les purs dessinateurs sont des philosophes et des abstracteurs de quintessence.

Les coloristes sont des poètes épiques.

IV

EUGÈNE DELACROIX

Le romantisme et la couleur me conduisent droit à Eugène Delacroix. J'ignore s'il est fier de sa qualité de romantique ; mais sa place est ici, parce que la majorité du public l'a depuis longtemps, et même dès sa première œuvre, constitué le chef de l'école *moderne*.

En entrant dans cette partie, mon cœur est plein d'une joie sereine, et je choisis à dessein mes plumes les plus neuves, tant je veux être clair et limpide, et tant je me sens aise d'aborder mon sujet le plus cher et le plus sympathique. Il faut, pour faire bien comprendre les conclusions de ce chapitre, que je remonte un peu haut dans l'histoire de ce temps-ci, et que je remette sous les yeux du public quelques pièces du procès déjà citées par les critiques et les historiens précédents, mais nécessaires pour l'ensemble de la démonstration. Du reste, ce n'est pas sans un vif plaisir que les purs enthousiastes d'Eugène Delacroix reliront un article du *Constitutionnel* de 1822, tiré du Salon de M. Thiers, journaliste [1].

« Aucun tableau ne révèle mieux, à mon avis, l'avenir d'un grand peintre que celui de M. Delacroix, représentant *Le Dante et Virgile aux enfers*. C'est là surtout qu'on peut remarquer ce jet de talent, cet élan de la supériorité naissante qui ranime les espérances un peu découragées par le mérite trop modéré de tout le reste.

« Le Dante et Virgile, conduits par Caron, traversent le fleuve infernal et fendent avec peine la foule qui se presse autour de la barque pour y pénétrer. Le Dante, supposé vivant, a l'horrible teint des lieux ; Virgile, couronné d'un sombre laurier, a les couleurs de la mort. Les malheureux, condamnés éternellement à désirer la rive opposée, s'attachent à la barque : l'un la saisit en vain, et, renversé par son mouvement trop rapide, est replongé dans les eaux ; un autre l'embrasse et repousse avec les pieds ceux qui veulent aborder comme lui ; deux autres serrent avec les dents le bois qui leur échappe. Il y a là l'égoïsme de la détresse, le désespoir de l'enfer. Dans le sujet si voisin de l'exagération, on trouve cependant une sévérité de goût, une convenance locale, en quelque sorte, qui relève le dessin, auquel des juges sévères, *mais peu avisés ici*, pourraient reprocher de manquer de noblesse. Le pinceau est large et ferme, la couleur simple et vigoureuse, quoique un peu crue.

« L'auteur a, outre cette imagination poétique qui est commune au peintre comme à l'écrivain, cette imagination de l'art, qu'on pourrait appeler en quelque sorte l'imagination du dessin, et qui est tout autre que la pré-

---

1. Adolphe Thiers (1797-1877) était en 1822 nouvellement arrivé à Paris ; il avait alors vingt-cinq ans et cet article sur Delacroix inaugurait sa carrière de journaliste.

cédente. Il jette ses figures, les groupes et les plie à
volonté avec la hardiesse de Michel-Ange et la fécondité de Rubens. Je ne sais quel souvenir des grands
artistes me saisit à l'aspect de ce tableau ; je retrouve
cette puissance sauvage, ardente, mais naturelle, qui
cède sans effort à son propre entraînement.

....

« Je ne crois pas m'y tromper, M. Delacroix a reçu
le génie ; qu'il avance avec assurance, qu'il se livre aux
immenses travaux, condition indispensable du talent ; et
ce qui doit lui donner plus de confiance encore, c'est
que l'opinion que j'exprime ici sur son compte est celle
de l'un des grands maîtres de l'école. »

                                        A.T... RS.

Ces lignes enthousiastes sont véritablement stupé-
fiantes autant par leur précocité que par leur hardiesse.
Si le rédacteur en chef du journal avait, comme il est
présumable, des prétentions à se connaître en peinture,
le jeune Thiers dut lui paraître un peu fou.

Pour se bien faire une idée du trouble profond que le
tableau de *Dante et Virgile*[1] dut jeter dans les esprits
d'alors, de l'étonnement, de l'abasourdissement, de la
colère, du hourra, des injures, de l'enthousiasme et des
éclats de rire insolents qui entourèrent ce beau tableau,
vrai signal d'une révolution, il faut se rappeler que dans
l'atelier de M. Guérin, homme d'un grand mérite, mais
despote et exclusif comme son maître David, il n'y avait
qu'un petit nombre de parias qui se préoccupaient des
vieux maîtres à l'écart et osaient timidement conspirer
à l'ombre de Raphaël et de Michel-Ange. Il n'est pas
encore question de Rubens.

M. Guérin, rude et sévère envers son jeune élève, ne
regarda le tableau qu'à cause du bruit qui se faisait
autour.

Géricault, qui revenait d'Italie, et avait, dit-on, devant

_____

1. « Dante et Virgile » est au Musée du Louvre. L'œuvre fut ache-
tée au Salon par Louis XVIII pour le Musée Royal du Luxembourg,
musée créé par ce roi pour exposer les œuvres des artistes vivants.

les grandes fresques romaines et florentines, abdiqué plusieurs de ses qualités presque originales, complimenta si fort le nouveau peintre, encore timide, que celui-ci en était presque confus.

Ce fut devant cette peinture, ou quelque temps après, devant *Les Pestiférés de Scio* [*][1], que Gérard lui-même, qui, à ce qu'il semble, était plus homme d'esprit que peintre, s'écria : « Un peintre vient de nous être révélé, mais c'est un homme qui court sur les toits ! » — Pour courir sur les toits, il faut avoir le pied solide et l'œil illuminé par la lumière intérieure.

Gloire et justice soient rendues à MM. Thiers et Gérard !

Depuis le tableau de *Dante et Virgile* jusqu'aux peintures de la chambre des pairs et des députés, l'espace est grand sans doute ; mais la biographie d'Eugène Delacroix est peu accidentée. Pour un pareil homme, doué d'un tel courage et d'une telle passion, les luttes les plus intéressantes sont celles qu'il a à soutenir contre lui-même ; les horizons n'ont pas besoin d'être grands pour que les batailles soient importantes ; les révolutions et les événements les plus curieux se passent sous le ciel du crâne, dans le laboratoire étroit et mystérieux du cerveau.

L'homme étant donc bien dûment révélé et se révélant de plus en plus (tableau allégorique de *La Grèce*, le *Sardanapale, La Liberté*[2], etc.), la contagion du nouvel évangile empirant de jour en jour, le dédain académique se vit contraint lui-même de s'inquiéter de ce nouveau génie. M. Sosthènes de La Rochefoucauld, alors directeur des beaux-arts, fit un beau jour mander E. Delacroix, et lui dit, après maint compliment, qu'il était

---

[*] Je mets *pestiférés* au lieu de *massacre*, pour expliquer aux critiques étourdis les tons des chairs si souvent reprochés.

---

1. Exposé au Salon de 1824, « Les Massacres de Scio » est conservé au Louvre.   **2.** « La Grèce expirant sur les ruines de Missolonghi » est au Musée des Beaux-Arts de Bordeaux ; « Sardanapale » et « La Liberté » au Musée du Louvre.

affligeant qu'un homme d'une si riche imagination et d'un si beau talent, auquel le gouvernement voulait du bien, ne voulût pas mettre un peu d'eau dans son vin ; il lui demanda définitivement s'il ne lui serait pas possible de modifier sa manière. Eugène Delacroix, prodigieusement étonné de cette condition bizarre et de ces conseils ministériels, répondit avec une colère presque comique qu'apparemment s'il peignait ainsi, c'est qu'il le fallait et qu'il ne pouvait pas peindre autrement. Il tomba dans une disgrâce complète, et fut pendant sept ans sevré de toute espèce de travaux. Il fallut attendre 1830. M. Thiers avait fait dans *Le Globe* un nouvel et très pompeux article.

Un voyage à Maroc [1] laissa dans son esprit, à ce qu'il semble, une impression profonde ; là il put à loisir étudier l'homme et la femme dans l'indépendance et l'originalité native de leurs mouvements, et comprendre la beauté antique par l'aspect d'une race pure de toute mésalliance et ornée de sa santé et du libre développement de ses muscles. C'est probablement de cette époque que datent la composition des *Femmes d'Alger* et une foule d'esquisses.

Jusqu'à présent on a été injuste envers Eugène Delacroix. La critique a été pour lui amère et ignorante ; sauf quelques nobles exceptions, la louange elle-même a dû souvent lui paraître choquante. En général, et pour la plupart des gens, nommer Eugène Delacroix, c'est jeter dans leur esprit je ne sais quelles idées vagues de fougue mal dirigée, de turbulence, d'inspiration aventurière, de désordre même ; et pour ces messieurs qui font la majorité du public, le hasard, honnête et complaisant serviteur du génie, joue un grand rôle dans ses plus heureuses compositions. Dans la malheureuse époque de révolution dont je parlais tout à l'heure, et dont j'ai enregistré les nombreuses méprises, on a souvent comparé Eugène Delacroix à Victor Hugo. On avait le poète romantique, il fallait le peintre. Cette nécessité de

---

1. De janvier à juin 1832, Delacroix accompagna le comte de Mornay dans sa mission extraordinaire auprès du sultan du Maroc.

trouver à tout prix des pendants et des analogues dans les différents arts amène souvent d'étranges bévues, et celle-ci prouve encore combien l'on s'entendait peu. À coup sûr la comparaison dut paraître pénible à Eugène Delacroix, peut-être à tous deux ; car si ma définition du romantisme (intimité, spiritualité, etc.) place Delacroix à la tête du romantisme, elle en exclut naturellement M. Victor Hugo[1]. Le parallèle est resté dans le domaine banal des idées convenues, et ces deux préjugés encombrent encore beaucoup de têtes faibles. Il faut en finir une fois pour toutes avec ces niaiseries de rhétoricien. Je prie tous ceux qui ont éprouvé le besoin de créer à leur propre usage une certaine esthétique, et de déduire les causes des résultats, de comparer attentivement les produits de ces deux artistes.

M. Victor Hugo, dont je ne veux certainement pas diminuer la noblesse et la majesté, est un ouvrier beaucoup plus adroit qu'inventif, un travailleur bien plus correct que créateur. Delacroix est quelquefois maladroit, mais essentiellement créateur. M. Victor Hugo laisse voir dans tous ses tableaux, lyriques et dramatiques, un système d'alignement et de contrastes uniformes. L'excentricité elle-même prend chez lui des formes symétriques. Il possède à fond et emploie froidement tous les tons de la rime, toutes les ressources de l'antithèse, toutes les tricheries de l'apposition. C'est un compositeur de décadence ou de transition, qui se sert de ses outils avec une dextérité véritablement admirable et curieuse. M. Hugo était naturellement académicien avant que de naître, et si nous étions encore au temps des merveilles fabuleuses, je croirais volontiers que les lions verts de l'Institut, quand il passait devant le sanctuaire courroucé, lui ont souvent murmuré d'une voix prophétique : « Tu seras de l'Académie[2] ! »

---

1. En comparant Delacroix à Hugo, Baudelaire se montre à la fois audacieux et pertinent. En dissociant les deux, au profit du peintre « essentiellement créateur », Baudelaire ne fait que suivre la définition qu'il donna du romantisme.   **2.** Hugo fut élu à l'Académie en 1841.

Pour Delacroix, la justice est plus tardive. Ses œuvres, au contraire, sont des poèmes, et de grands poèmes naïvement conçus*, exécutés avec l'insolence[1] accoutumée du génie. — Dans ceux du premier, il n'y a rien à deviner ; car il prend tant de plaisir à montrer son adresse, qu'il n'omet pas un brin d'herbe ni un reflet de réverbère. — Le second ouvre dans les siens de profondes avenues à l'imagination la plus voyageuse. — Le premier jouit d'une certaine tranquillité, disons mieux, d'un certain égoïsme de spectateur, qui fait planer sur toute sa poésie je ne sais quelle froideur et quelle modération, — que la passion tenace et bilieuse du second, aux prises avec les patiences du métier, ne lui permet pas toujours de garder. — L'un commence par le détail, l'autre par l'intelligence intime du sujet ; d'où il arrive que celui-ci n'en prend que la peau, et que l'autre en arrache les entrailles. Trop matériel, trop attentif aux superficies de la nature, M. Victor Hugo est devenu un peintre en poésie ; Delacroix, toujours respectueux de son idéal, est souvent, à son insu, un poète en peinture[2].

Quant au second préjugé, le préjugé du hasard, il n'a pas plus de valeur que le premier. — Rien n'est plus impertinent ni plus bête que de parler à un grand artiste, érudit et penseur comme Delacroix, des obligations qu'il peut avoir au dieu du hasard. Cela fait tout simplement hausser les épaules de pitié. Il n'y a pas de hasard dans

---

* Il faut entendre par la naïveté du génie la science du métier combinée avec le *gnôti séauton*[3], mais science modeste laissant le beau rôle au tempérament.

1. Il faut prendre « insolence » au sens latin « inaccoutumé », « insolite », mais aussi dans son sens moderne. Ce que Baudelaire reproche à Hugo, c'est curieusement son côté paysagiste ; tout a été rendu avec brio et technique, mais sans laisser d'espace à l'imagination.   **2.** Baudelaire manie ici l'*Ut pictura poesis* d'Horace de façon dialectique, en opérant son renversement. Hugo applique le conseil d'Horace à la lettre, tandis que Delacroix représente le contraire, soit le contresens courant : la peinture, comme une poésie, poésie au sens d'œuvre d'art réussie.   **3.** Cette maxime : « Connais-toi toi-même » était gravée sur le fronton du temple d'Apollon à Delphes.

l'art, non plus qu'en mécanique. Une chose heureusement trouvée est la simple conséquence d'un bon raisonnement, dont on a quelquefois sauté les déductions intermédiaires, comme une faute est la conséquence d'un faux principe. Un tableau est une machine dont tous les systèmes sont intelligibles pour un œil exercé ; où tout a sa raison d'être, si le tableau est bon ; où un ton est toujours destiné à en faire valoir un autre ; où une faute occasionnelle de dessin est quelquefois nécessaire pour ne pas sacrifier quelque chose de plus important.

Cette intervention du hasard dans les affaires de peinture de Delacroix est d'autant plus invraisemblable qu'il est un des rares hommes qui restent originaux après avoir puisé à toutes les vraies sources, et dont l'individualité indomptable a passé alternativement sous le joug secoué de tous les grands maîtres. — Plus d'un serait assez étonné de voir une étude de lui d'après Raphaël, chef-d'œuvre patient et laborieux d'imitation, et peu de personnes se souviennent aujourd'hui des lithographies qu'il a faites d'après des médailles et des pierres gravées [1].

Voici quelques lignes de M. Henri Heine [2] qui expliquent assez bien la méthode de Delacroix, méthode qui est, comme chez tous les hommes vigoureusement constitués, le résultat de son tempérament : « En fait d'art, je suis surnaturaliste. Je crois que l'artiste ne peut trouver dans la nature tous ses types, mais que les plus remarquables lui sont révélés dans son âme, comme la symbolique innée d'idées innées, et au même instant. Un moderne professeur d'esthétique [3], qui a écrit des *Recherches sur l'Italie*, a voulu remettre en honneur le vieux principe de l'*imitation de la nature*, et soutenir que l'artiste plastique devait trouver dans la nature tous ses types. Ce professeur, en étalant ainsi son principe

---

1. En 1825, Delacroix exécuta des lithographies de ce genre. **2.** Heinrich Heine (1797-1856), poète lyrique allemand, est venu s'installer en France en 1831 ; il fut l'ami de Théophile Gautier ; sensible, passionné, paradoxal, il eut une carrière littéraire controversée. **3.** Carl Friedrich von Romohr (1745-1843) fit paraître entre 1827 et 1831 *Italienische Forschungen* ; Heine fait allusion à cet ouvrage.

suprême des arts plastiques, avait seulement oublié un de ces arts, l'un des plus primitifs, je veux dire l'architecture, dont on a essayé de retrouver après coup les types dans les feuillages des forêts, dans les grottes des rochers : ces types n'étaient point dans la nature extérieure, mais bien dans l'âme humaine[1]. »

Delacroix part donc de ce principe, qu'un tableau doit avant tout reproduire la pensée intime de l'artiste, qui domine le modèle, comme le créateur la création ; et de ce principe il en sort un second qui semble le contredire à première vue, — à savoir, qu'il faut être très soigneux des moyens matériels d'exécution. — Il professe une estime fanatique pour la propreté des outils et la préparation des éléments de l'œuvre. — En effet, la peinture étant un art d'un raisonnement profond et qui demande la concurrence immédiate d'une foule de qualités, il est important que la main rencontre, quand elle se met à la besogne, le moins d'obstacles possible, et accomplisse avec une rapidité servile les ordres divins du cerveau : autrement l'idéal s'envole.

Aussi lente, sérieuse, consciencieuse est la conception du grand artiste, aussi preste est son exécution. C'est du reste une qualité qu'il partage avec celui dont l'opinion publique a fait son antipode, M. Ingres. L'accouchement n'est point l'enfantement, et ces grands seigneurs de la peinture, doués d'une paresse apparente, déploient une agilité merveilleuse à couvrir une toile. Le *Saint Symphorien* a été refait entièrement plusieurs fois, et dans le principe il contenait beaucoup moins de figures.

Pour E. Delacroix, la nature est un vaste dictionnaire[2]

---

1. Ce passage est tiré du « Salon de 1831 » de Heine. Baudelaire cite la traduction parue dans *De la France* en 1833. **2.** Baudelaire tiendrait cette idée de Delacroix lui-même ; Gautier s'en servit lui aussi ; l'un en fait le ressort de l'imagination créatrice, l'autre un vocabulaire pour faire de belles formes. L'idée n'a rien de neuf ni d'original en soi puisqu'elle est déjà contenue dans l'histoire de Zeuxis et les filles de Crotone, rapportée par Pline. Zeuxis, ayant à peindre l'image d'Hélène, rassembla les plus belles filles de Crotone ; il prit à chacune ce qu'elle avait de plus beau pour parvenir à créer son œuvre. Cette anecdote qui justifia toutes les théories visant

dont il roule et consulte les feuillets avec un œil sûr et profond ; et cette peinture, qui procède surtout du souvenir, parle surtout au souvenir. L'effet produit sur l'âme du spectateur est analogue aux moyens de l'artiste. Un tableau de Delacroix, *Dante et Virgile*, par exemple, laisse toujours une impression profonde, dont l'intensité s'accroît par la distance. Sacrifiant sans cesse le détail à l'ensemble, et craignant d'affaiblir la vitalité de sa pensée par la fatigue d'une exécution plus nette et plus calligraphique, il jouit pleinement d'une originalité insaisissable, qui est l'intimité du sujet[1].

L'exercice d'une dominante n'a légitimement lieu qu'au détriment du reste. Un goût excessif nécessite les sacrifices, et les chefs-d'œuvre ne sont jamais que des extraits divers de la nature. C'est pourquoi il faut subir les conséquences d'une grande passion, quelle qu'elle soit, accepter la fatalité d'un talent, et ne pas marchander avec le génie. C'est à quoi n'ont pas songé les gens qui ont tant raillé le dessin de Delacroix ; en particulier les sculpteurs, gens partiaux et borgnes plus qu'il n'est permis, et dont le jugement vaut tout au plus la moitié d'un jugement d'architecte. — La sculpture, à qui la couleur est impossible et le mouvement difficile, n'a rien à démêler avec un artiste que préoccupent surtout le mouvement, la couleur et l'atmosphère. Ces trois éléments demandent nécessairement un contour un peu indécis, des lignes légères et flottantes, et l'audace de la touche. — Delacroix est le seul aujourd'hui dont l'originalité n'ait pas été envahie par le système des lignes droites ; ses personnages sont toujours agités, et ses draperies voltigeantes. Au point de vue de Delacroix, la ligne n'est pas ; car, si ténue qu'elle soit, un géomètre taquin peut toujours la supposer assez épaisse pour en contenir mille autres ; et pour les coloristes, qui veulent imiter les palpitations éternelles de la

---

à défendre le Beau idéal, et connue de tous, a pu servir de point de départ à cette idée du dictionnaire de la nature.

1. Cette intimité du sujet est source de vitalité suggestive ; l'artiste en livre une compréhension personnelle et par là originale.

nature, les lignes ne sont jamais, comme dans l'arc-en-ciel, que la fusion intime de deux couleurs.

D'ailleurs il y a plusieurs dessins, comme plusieurs couleurs : — exacts ou bêtes, physionomiques et imaginés.

Le premier est négatif, incorrect à force de réalité, naturel, mais saugrenu ; le second est un dessin naturaliste, mais idéalisé, dessin d'un génie qui sait choisir, arranger, corriger, deviner, gourmander la nature ; enfin le troisième, qui est le plus noble et le plus étrange, peut négliger la nature ; il en représente une autre, analogue à l'esprit et au tempérament de l'auteur.

Le dessin physionomique appartient généralement aux passionnés, comme M. Ingres ; le dessin de création est le privilège du génie *.

La grande qualité du dessin des artistes suprêmes est la vérité du mouvement, et Delacroix ne viole jamais cette loi naturelle.

Passons à l'examen de qualités plus générales encore. — Un des caractères principaux du grand peintre est l'universalité. — Ainsi le poète épique, Homère ou Dante, sait faire également bien une idylle, un récit, un discours, une description, une ode, etc.

De même, Rubens, s'il peint des fruits, peindra des fruits plus beaux qu'un spécialiste quelconque.

E. Delacroix est universel ; il a fait des tableaux de genre pleins d'intimité, des tableaux d'histoire pleins de grandeur. Lui seul, peut-être, dans notre siècle incrédule, a conçu des tableaux de religion qui n'étaient ni vides et froids comme des œuvres de concours, ni pédants, mystiques ou néo-chrétiens, comme ceux de tous ces philosophes de l'art qui font de la religion une science d'archaïsme, et croient nécessaire de posséder avant tout la symbolique et les traditions primitives pour remuer et faire chanter la corde religieuse [1].

---

* C'est ce que M. Thiers appelait l'imagination du dessin.

---

1. Baudelaire pense très certainement à des gens comme Flandrin, Lehman, qui s'inspirèrent des primitifs pour leurs compositions religieuses.

Cela se comprend facilement, si l'on veut considérer que Delacroix est, comme tous les grands maîtres, un mélange admirable de science, — c'est-à-dire un peintre complet, — et de naïveté, c'est-à-dire un homme complet. Allez voir à Saint-Louis au Marais cette *Pietà* [1], où la majestueuse reine des douleurs tient sur ses genoux le corps de son enfant mort, les deux bras étendus horizontalement dans un accès de désespoir, une attaque de nerfs maternelle. L'un des deux personnages qui soutient et modère sa douleur est éploré comme les figures les plus lamentables de l'*Hamlet* [2], avec laquelle œuvre celle-ci a du reste plus d'un rapport. — Des deux saintes femmes, la première rampe convulsivement à terre, encore revêtue des bijoux et des insignes du luxe, l'autre, blonde et dorée, s'affaisse plus mollement sous le poids énorme de son désespoir.

Le groupe est échelonné et disposé tout entier sur un fond d'un vert sombre et uniforme, qui ressemble autant à des amas de rochers qu'à une mer bouleversée par l'orage. Ce fond est d'une simplicité fantastique, et E. Delacroix a sans doute, comme Michel-Ange, supprimé l'accessoire pour ne pas nuire à la clarté de son idée. Ce chef-d'œuvre laisse dans l'esprit un sillon profond de mélancolie. — Ce n'était pas, du reste, la première fois qu'il attaquait les sujets religieux. Le *Christ aux Oliviers, le Saint Sébastien* [3], avaient déjà témoigné de la gravité et de la sincérité profonde dont il sait les empreindre.

Mais pour expliquer ce que j'affirmais tout à l'heure, — que Delacroix seul sait faire de la religion, — je ferai remarquer à l'observateur que, si ses tableaux les plus intéressants sont presque toujours ceux dont il choisit les sujets, c'est-à-dire ceux de fantaisie, — néanmoins la tristesse sérieuse de son talent convient parfaitement

---

1. Cette « Pietà » se trouve en fait dans l'église Saint-Denis-du-Saint-Sacrement (Paris). Elle date de 1843-1844.   2. De quel « Hamlet » s'agit-il ? Delacroix l'a traité tant en peinture qu'en lithographie.   3. Le « Christ aux Oliviers » (Salon de 1827) est à Saint-Paul-Saint-Louis à Paris, le « Saint Sébastien » (Salon de 1836) est à Nantua, dans l'église paroissiale.

à notre religion, religion profondément triste, religion
de la douleur universelle, et qui, à cause de sa catholi-
cité même, laisse une pleine liberté à l'individu et ne
demande pas mieux que d'être célébrée dans le langage
de chacun, — s'il connaît la douleur et s'il est peintre.

Je me rappelle qu'un de mes amis, garçon de mérite
d'ailleurs, coloriste déjà en vogue, — un de ces jeunes
hommes précoces qui donnent des espérances toute leur
vie, et beaucoup plus académique qu'il ne le croit lui-
même, — appelait cette peinture : peinture de canni-
bale !

À coup sûr, ce n'est point dans les curiosités d'une
palette encombrée, ni dans le dictionnaire des règles,
que notre jeune ami saura trouver cette sanglante et
farouche désolation, à peine compensée par le vert
sombre de l'espérance !

Cet hymne terrible à la douleur faisait sur sa classique
imagination l'effet des vins redoutables de l'Anjou, de
l'Auvergne ou du Rhin, sur un estomac accoutumé aux
pâles violettes du Médoc.

Ainsi, universalité de sentiment, — et maintenant
universalité de science !

Depuis longtemps les peintres avaient, pour ainsi
dire, désappris le genre *dit* de décoration. L'hémicycle
des Beaux-Arts[1] est une œuvre puérile et maladroite, où
les intentions se contredisent, et qui ressemble à une
collection de portraits historiques. Le *Plafond d'Homère*[2] est un beau tableau qui plafonne mal. La plupart des
chapelles exécutées dans ces derniers temps, et distri-
buées aux élèves de M. Ingres, sont faites dans le système des Italiens primitifs, c'est-à-dire qu'elles veulent
arriver à l'unité par la suppression des effets lumineux
et par un vaste système de coloriages mitigés. Ce système, plus raisonnable sans doute, esquive les difficul-

_____

1. Cet hémicycle fut décoré par Paul Delaroche de 1838 à 1841,
et représentait une sorte de manifeste esthétique par le biais d'un
choix d'artistes du passé.   2. Ce plafond d'Ingres était destiné au
Musée Charles X au Louvre, où il est toujours conservé, mais sous
forme de tableau et non plus de plafond. Une copie le remplace.

tés. Sous Louis XIV, Louis XV et Louis XVI, les peintres firent des décorations à grand fracas, mais qui manquaient d'unité dans la couleur et dans la composition.

E. Delacroix eut des décorations à faire, et il résolut le grand problème. Il trouva l'unité dans l'aspect sans nuire à son métier de coloriste.

La Chambre des députés [1] est là qui témoigne de ce singulier tour de force. La lumière, économiquement dispensée, circule à travers toutes ces figures, sans intriguer l'œil d'une manière tyrannique.

Le plafond circulaire de la bibliothèque du Luxembourg [2] est une œuvre plus étonnante encore, où le peintre est arrivé, — non seulement à un effet encore plus doux et plus uni, sans rien supprimer des qualités de couleur et de lumière, qui sont le propre de tous ses tableaux, — mais encore s'est révélé sous un aspect tout nouveau : Delacroix paysagiste !

Au lieu de peindre Apollon et les Muses, décoration invariable des bibliothèques, E. Delacroix a cédé à son goût irrésistible pour Dante, que Shakespeare seul balance peut-être dans son esprit, et il a choisi le passage où Dante et Virgile rencontrent dans un lieu mystérieux les principaux poètes de l'antiquité :

« Nous ne laissions pas d'aller, tandis qu'il parlait ; mais nous traversions toujours la forêt, épaisse forêt d'esprits, veux-je dire. Nous n'étions pas bien éloignés de l'entrée de l'abîme, quand je vis un feu qui perçait un hémisphère de ténèbres. Quelques pas nous en séparaient encore, mais je pouvais déjà entrevoir que des esprits glorieux habitaient ce séjour.

« "Ô toi, qui honores toute science et tout art, quels sont ces esprits auxquels on fait tant d'honneur qu'on les sépare du sort des autres ?"

---

1. Delacroix exécuta deux cycles décoratifs au Palais Bourbon : dans le Salon du Roi (1833-1838) et dans la bibliothèque (1838-1847), toujours en place.   **2.** Delacroix fut chargé de la décoration de la nouvelle bibliothèque du Sénat au Palais du Luxembourg, en septembre 1840. On peut dater l'exécution de 1842 à 1846.

« Il me répondit : "Leur belle renommée, qui retentit
là-haut dans votre monde, trouve grâce dans le ciel, qui
les distingue des autres."

« Cependant une voix se fit entendre : "Honorez le
sublime poète ; son ombre, qui était partie, nous
revient."

« La voix se tut, et je vis venir à nous quatre grandes
ombres ; leur aspect n'était ni triste ni joyeux.

« Le bon maître me dit : "Regarde celui qui marche,
une épée à la main, en avant des trois autres, comme un
roi : c'est Homère, poète souverain ; l'autre qui le suit
est Horace le satirique ; Ovide est le troisième, et le
dernier est Lucain. Comme chacun d'eux partage avec
moi le nom qu'a fait retentir la voix unanime, ils me
font honneur et ils font bien !"

« Ainsi je vis se réunir la belle école de ce maître du
chant sublime, qui plane sur les autres comme l'aigle.
Dès qu'ils eurent devisé ensemble quelque peu, ils se
tournèrent vers moi avec un geste de salut, ce qui fit
sourire mon guide. Et ils me firent encore plus d'honneur, car ils me reçurent dans leur troupe, de sorte que
je fus le sixième parmi tant de génies[*]. ....
....
.... »

Je ne ferai pas à E. Delacroix l'injure d'un éloge exagéré pour avoir si bien vaincu la concavité de sa toile
et y avoir placé des figures droites. Son talent est au-
dessus de ces choses-là. Je m'attache surtout à l'esprit
de cette peinture. Il est impossible d'exprimer avec de
la prose[1] tout le calme bienheureux qu'elle respire, et
la profonde harmonie qui nage dans cette atmosphère.
Cela fait penser aux pages les plus verdoyantes du *Télémaque*, et rend tous les souvenirs que l'esprit a emportés

---

[*] *L'Enfer*, de Dante, chant IV, traduction de Pier Angelo Fio-
rentino.

---

1. À l'inverse de Gautier qui fonde son système critique sur la
description des œuvres, Baudelaire postule que le meilleur compte
rendu d'un tableau est un sonnet ou une élégie.

des récits élyséens. Le paysage, qui néanmoins n'est qu'un accessoire, est, au point de vue où je me plaçais tout à l'heure, — l'universalité des grands maîtres, — une chose des plus importantes. Ce paysage circulaire, qui embrasse un espace énorme, est peint avec l'aplomb d'un peintre d'histoire, et la finesse et l'amour d'un paysagiste. Des bouquets de lauriers, des ombrages considérables le coupent harmonieusement ; des nappes de soleil doux et uniforme dorment sur les gazons ; des montagnes bleues ou ceintes de bois font un horizon à souhait *pour le plaisir des yeux*. Quant au ciel, il est bleu et blanc, chose étonnante chez Delacroix ; les nuages, délayés et tirés en sens divers comme une gaze qui se déchire, sont d'une grande légèreté ; et cette voûte d'azur, profonde et lumineuse, fuit à une prodigieuse hauteur. Les aquarelles de Bonington[1] sont moins transparentes.

Ce chef-d'œuvre, qui, selon moi, est supérieur aux meilleurs Véronèse, a besoin, pour être bien compris, d'une grande quiétude d'esprit et d'un jour très doux. Malheureusement, le jour éclatant qui se précipitera par la grande fenêtre de la façade, sitôt qu'elle sera délivrée des toiles et des échafauds, rendra ce travail plus difficile.

Cette année-ci, les tableaux de Delacroix sont *L'Enlèvement de Rébecca*, tiré d'*Ivanhoé*, les *Adieux de Roméo et de Juliette, Marguerite à l'église*, et *Un lion*, à l'aquarelle.

Ce qu'il y a d'admirable dans *L'Enlèvement de Rébecca*[2], c'est une parfaite ordonnance de tons, tons intenses, pressés, serrés et logiques, d'où résulte un aspect saisissant. Dans presque tous les peintres qui ne sont pas coloristes, on remarque toujours des vides, c'est-à-dire de grands trous produits par des tons qui ne

---

1. Richard Parkes Bonington (1802-1828) est un des paysagistes majeurs de la première moitié du XIXᵉ siècle. Venu en France à l'âge de quinze ans, il étudia chez Gros et devint l'ami de Delacroix.
2. L'œuvre, inspirée par l'*Ivanhoé* de Walter Scott, est au Metropolitan Museum de New York.

sont pas de niveau, pour ainsi dire ; la peinture de Delacroix est comme la nature, elle a horreur du vide.

Roméo et Juliette[1], — sur le balcon, — dans les
froides clartés du matin, se tiennent religieusement
embrassés par le milieu du corps. Dans cette étreinte
violente de l'adieu, Juliette, les mains posées sur les
épaules de son amant, rejette la tête en arrière, comme
pour respirer, ou par un mouvement d'orgueil et de passion joyeuse. Cette attitude insolite, — car presque tous
les peintres collent les bouches des amoureux l'une
contre l'autre, — est néanmoins fort naturelle ; — ce
mouvement vigoureux de la nuque est particulier aux
chiens et aux chats heureux d'être caressés. — Les
vapeurs violacées du crépuscule enveloppent cette scène
et le paysage romantique qui la complète[2].

Le succès général qu'obtient ce tableau et la curiosité
qu'il inspire prouvent bien ce que j'ai déjà dit ailleurs
— que Delacroix est populaire, quoi qu'en disent les
peintres, et qu'il suffira de ne pas éloigner le public de
ses œuvres, pour qu'il le soit autant que les peintres
inférieurs.

Marguerite à l'église[3] appartient à cette classe déjà
nombreuse de charmants tableaux de genre, par lesquels
Delacroix semble vouloir expliquer au public ses lithographies si amèrement critiquées.

Ce lion peint à l'aquarelle[4] a pour moi un grand
mérite, outre la beauté du dessin et de l'attitude : c'est
qu'il est fait avec une grande bonhomie. L'aquarelle est

---

1. « Les Adieux de Roméo et Juliette » est à Bâle, dans la collection Robert von Hirsch.　**2.** On découvre un « compte rendu »
poétique du tableau qui réunit plusieurs caractéristiques de l'art baudelairien : la fusion entre les sentiments amoureux et religieux, un
certain orgueil qui accompagne la passion, le geste insolite et lascif
(le rapprochement de la grâce physique des amants de celle des animaux) et le crépuscule, lumineuse heure du suggestif.　**3.** Cette
toile était autrefois à Paris, dans la collection Cassirer, et reprend
une lithographie du *Faust* de 1827 du même Delacroix.　**4.** Ce
« Lion » est peut-être « La Tête de lion », aquarelle conservée au
Cabinet des dessins au Louvre.

réduite à son rôle modeste, et ne veut pas se faire aussi grosse que l'huile.

Il me reste, pour compléter cette analyse, à noter une dernière qualité chez Delacroix, la plus remarquable de toutes, et qui fait de lui le vrai peintre du XIXe siècle : c'est cette mélancolie singulière et opiniâtre qui s'exhale de toutes ses œuvres, et qui s'exprime et par le choix des sujets, et par l'expression des figures, et par le geste, et par le style de la couleur. Delacroix affectionne Dante et Shakespeare, deux autres grands peintres de la douleur humaine ; il les connaît à fond, et il sait les traduire librement. En contemplant la série de ses tableaux, on dirait qu'on assiste à la célébration de quelque mystère douloureux : *Dante et Virgile, Le Massacre de Scio*, le *Sardanapale, Le Christ aux Oliviers*, le *Saint Sébastien*, la *Médée, Les Naufragés*, et l'*Hamlet*[1] si raillé et si peu compris. Dans plusieurs on trouve, par je ne sais quel constant hasard, une figure plus désolée, plus affaissée que les autres, en qui se résument toutes les douleurs environnantes ; ainsi la femme agenouillée, à la chevelure pendante, sur le premier plan des *Croisés à Constantinople*[2] ; la vieille, si morne et si ridée, dans *Le Massacre de Scio*. Cette mélancolie respire jusque dans les *Femmes d'Alger*, son tableau le plus coquet et le plus fleuri. Ce petit poème d'intérieur, plein de repos et de silence, encombré de riches étoffes et de brimborions de toilette, exhale je ne sais quel haut parfum de mauvais lieu qui nous guide assez vite vers les limbes insondés de la tristesse[3]. En général, il ne peint

1. La « Médée » (Salon de 1838) est au Musée des Beaux-Arts de Lille, « Les Naufragés » ou « Naufrage de Don Juan » (Salon de 1840) est au Louvre, de même que « Hamlet et les fossoyeurs » (Salon de 1839). 2. Cette toile était une commande de Louis-Philippe pour le Musée de Versailles ; elle est aujourd'hui au Louvre. 3. C'est autant la voix du critique que du poète qui se fait entendre ici ; un des premiers titres envisagés par Baudelaire pour son recueil était *Les Limbes*. Ces mots suggèrent un état d'âme contemplatif, l'ouverture à toutes sortes de sensations mais aussi la réflexion, la recherche de soi-même par le biais de la tristesse. Ce terme a une résonance saint-simonienne.

Eugène Delacroix. *Hamlet et Horatio*. 1839.
Paris, musée du Louvre.

pas de jolies femmes, au point de vue des gens du
monde toutefois. Presque toutes sont malades, et res-
plendissent d'une certaine beauté intérieure. Il n'exprime point la force par la grosseur des muscles, mais
par la tension des nerfs. C'est non seulement la douleur
qu'il sait le mieux exprimer, mais surtout, — prodigieux
mystère de sa peinture, — la douleur morale ! Cette

haute et sérieuse mélancolie brille d'un éclat morne, même dans sa couleur, large, simple, abondante en masses harmoniques, comme celle de tous les grands coloristes, mais plaintive et profonde comme une mélodie de Weber.

Chacun des anciens maîtres a son royaume, son apanage, — qu'il est souvent contraint de partager avec des rivaux illustres. Raphaël a la forme, Rubens et Véronèse la couleur, Rubens et Michel-Ange l'imagination du dessin. Une portion de l'empire restait, où Rembrandt seul avait fait quelques excursions, — le drame, — le drame naturel et vivant, le drame terrible et mélancolique, exprimé souvent par la couleur, mais toujours par le geste.

En fait de gestes sublimes, Delacroix n'a de rivaux qu'en dehors de son art. Je ne connais guère que Frédérick Lemaître et Macready[1]. *les acteurs.*

C'est à cause de cette qualité toute moderne et toute nouvelle que Delacroix est la dernière expression du progrès dans l'art. Héritier de la grande tradition, c'est-à-dire de l'ampleur, de la noblesse et de la pompe dans la composition, et digne successeur des vieux maîtres, il a de plus qu'eux la maîtrise de la douleur, la passion, le geste ! C'est vraiment là ce qui fait l'importance de sa grandeur. — En effet, supposez que le bagage d'un des vieux illustres se perde, il aura presque toujours son analogue qui pourra l'expliquer et le faire deviner à la pensée de l'historien. Ôtez Delacroix, la grande chaîne de l'histoire est rompue et s'écoule à terre.

Dans un article qui a plutôt l'air d'une prophétie que d'une critique, à quoi bon relever des fautes de détail et des taches microscopiques ? L'ensemble est si beau, que je n'en ai pas le courage. D'ailleurs la chose est si facile, et tant d'autres l'ont faite ! — N'est-il pas plus nouveau

---

1. Frédérick Lemaître (1800-1876) s'était illustré dans le rôle de Robert Macaire, dans *L'Auberge des Adrets* (1823), et fut en 1839 le créateur de *Ruy Blas*. William Charles Macready (1793-1873) fut avec Kean le grand représentant du théâtre britannique ; connu du public parisien en 1823, il s'était produit à Paris à nouveau en 1844.

de voir les gens par leur beau côté ? Les défauts de
M. Delacroix sont parfois si visibles qu'ils sautent à
l'œil le moins exercé. On peut ouvrir au hasard la première feuille venue, où pendant longtemps l'on s'est
obstiné, à l'inverse de mon système, à ne pas voir les
qualités radieuses qui constituent son originalité. On sait
que les grands génies ne se trompent jamais à demi, et
qu'ils ont le privilège de l'énormité dans tous les sens.

*

Parmi les élèves de Delacroix, quelques-uns se sont
heureusement approprié ce qui peut se prendre de son
talent, c'est-à-dire quelques parties de sa méthode, et se
sont déjà fait une certaine réputation. Cependant leur
couleur a, en général, ce défaut qu'elle ne vise guère
qu'au pittoresque et à l'effet ; l'idéal n'est point leur
domaine, bien qu'ils se passent volontiers de la nature,
sans en avoir acquis le droit par les études courageuses
du maître.

On a remarqué cette année l'absence de M. PLANET,
dont la *Sainte Thérèse* avait au dernier Salon attiré les
yeux des connaisseurs, — et de M. RIESENER [1], qui a
souvent fait des tableaux d'une large couleur, et dont
on peut voir avec plaisir quelques bons plafonds à la
Chambre des pairs, malgré le voisinage terrible de Delacroix.

M. LÉGER CHÉRELLE a envoyé *Le Martyre de sainte
Irène* [2]. Le tableau est composé d'une seule figure et
d'une pique qui est d'un effet assez désagréable. Du
reste, la couleur et le modelé du torse sont généralement
bons. Mais il me semble que M. Léger Chérelle a déjà
montré au public ce tableau avec de légères variantes.

Ce qu'il y a d'assez singulier dans *La Mort de Cléo-*

---

1. Sur Planet, voir la note 3 p. 78 du « Salon de 1845 », sur Riesener, voir la note 1 p. 87 du même « Salon ».   2. Léger-Chérelle,
né en 1816, fut un élève sans grand éclat de Delacroix.

pâtre, par M. Lassalle-Bordes[1], c'est qu'on n'y trouve pas une préoccupation unique de la couleur, et c'est peut-être un mérite. Les tons sont, pour ainsi dire, équivoques, et cette amertume n'est pas dénuée de charmes.

Cléopâtre expire sur son trône, et l'envoyé d'Octave se penche pour la contempler. Une de ses servantes vient de mourir à ses pieds. La composition ne manque pas de majesté, et la peinture est accomplie avec une bonhomie assez audacieuse ; la tête de Cléopâtre est belle, et l'ajustement vert et rose de la négresse tranche heureusement avec la couleur de sa peau. Il y a certainement dans cette grande toile menée à bonne fin, sans souci aucun d'imitation, quelque chose qui plaît et attire le flâneur désintéressé.

V

DES SUJETS AMOUREUX
ET DE M. TASSAERT[2]

Vous est-il arrivé, comme à moi, de tomber dans de grandes mélancolies, après avoir passé de longues heures à *feuilleter* des estampes libertines ? Vous êtes-vous demandé la raison du charme qu'on trouve parfois à fouiller ces annales de la luxure, enfouies dans les bibliothèques ou perdues dans les cartons des marchands, et parfois aussi de la mauvaise humeur qu'elles vous donnent ? Plaisir et douleur mêlés, amertume dont

---

1. Gustave Lassalle-Bordes (1814-1848) fut avec Planet et Riesener l'un des collaborateurs-exécutants de Delacroix pour ses décorations au Luxembourg et au Palais Bourbon. « La Mort de Cléopâtre » est au Musée Rollin à Autun. **2.** Sur Nicolas-François-Octave Tassaert, voir note 1 p. 93 du « Salon de 1845 ». Il débuta par des sujets allégoriques, historiques et religieux, puis, déçu dans ses espoirs, il glissa vers une peinture sentimentale et érotique. On peut voir de lui au Musée d'Orsay « Une famille malheureuse ».

la lèvre a toujours soif ! — Le plaisir est de voir représenté sous toutes ses formes le sentiment le plus important de la nature, — et la colère, de le trouver souvent si mal imité ou si sottement calomnié. Soit dans les interminables soirées d'hiver au coin du feu, soit dans les lourds loisirs de la canicule, au coin des boutiques de vitrier, la vue de ces dessins m'a mis sur des pentes de rêveries immenses, à peu près comme un livre obscène nous précipite vers les océans mystiques du bleu. Bien des fois je me suis pris à désirer, devant ces innombrables échantillons du sentiment de chacun, que le poète, le curieux, le philosophe, pussent se donner la jouissance d'un musée de l'amour, où tout aurait sa place, depuis la tendresse inappliquée de sainte Thérèse jusqu'aux débauches sérieuses des siècles ennuyés. Sans doute la distance est immense qui sépare *Le Départ pour l'île de Cythère* [1] des misérables coloriages suspendus dans les chambres des filles, au-dessus d'un pot fêlé et d'une console branlante ; mais dans un sujet aussi important rien n'est à négliger. Et puis le génie sanctifie toutes choses, et si ces sujets étaient traités avec le soin et le recueillement nécessaires, ils ne seraient point souillés par cette obscénité révoltante, qui est plutôt une fanfaronnade qu'une vérité.

Que le moraliste ne s'effraye pas trop ; je saurai garder les justes mesures, et mon rêve d'ailleurs se bornait à désirer ce poème immense de l'amour crayonné par les mains les plus pures, par Ingres, par Watteau, par Rubens, par Delacroix ! Les folâtres et élégantes princesses de Watteau, à côté des Vénus sérieuses et reposées de M. Ingres ; les splendides blancheurs de Rubens et de Jordaens, et les mornes beautés de Delacroix, telles qu'on peut se les figurer : de grandes femmes pâles, noyées dans le satin * !

* On m'a dit que Delacroix avait fait autrefois pour son *Sardanapale* une foule d'études merveilleuses de femmes, dans les attitudes les plus voluptueuses.

1. « Le Pèlerinage à l'île de Cythère » (1717) d'Antoine Watteau était au Musée du Louvre.

Ainsi pour rassurer complètement la chasteté effarouchée du lecteur, je dirai que je rangerais dans les sujets amoureux, non seulement tous les tableaux qui traitent spécialement de l'amour, mais encore tout tableau qui respire l'amour, fût-ce un portrait*.

Dans cette immense exposition, je me figure la beauté et l'amour de tous les climats exprimés par les premiers artistes ; depuis les folles, évaporées et merveilleuses créatures que nous a laissées Watteau fils dans ses gravures de mode, jusqu'à ces Vénus de Rembrandt qui se font faire les ongles, comme de simples mortelles, et peigner avec un gros peigne de buis[1].

Les sujets de cette nature sont chose si importante, qu'il n'est point d'artiste, petit ou grand, qui ne s'y soit appliqué, secrètement ou publiquement, depuis Jules Romain jusqu'à Devéria et Gavarni.

Leur grand défaut, en général, est de manquer de naïveté et de sincérité. Je me rappelle pourtant une lithographie qui exprime, — sans trop de délicatesse malheureusement, — une des grandes vérités de l'amour libertin. Un jeune homme déguisé en femme et sa maîtresse habillée en homme sont assis à côté l'un de l'autre, sur un *sopha*, — le sopha que vous savez, le sopha de l'hôtel garni et du cabinet particulier. La jeune femme veut relever les jupes de son amant**. — Cette

---

* Deux tableaux essentiellement amoureux, et admirables du reste, composés dans ce temps-ci, sont la *grande Odalisque* et la *petite Odalisque* de M. Ingres.   ** Sedebant in fornicibus pueri puellaeve sub titulis et lychnis, illi femineo compti mundo sub stola, hae parum comptae sub puerorum veste, ore ad puerilem formam composito. Alter veniebat sexus sub altero sexu. *Corruperat omnis caro viam suam.* — Meursius[2].

---

1. Allusion à la *Bethsabée au bain* de Rembrandt, conservée au Louvre.   **2.** Citation extraite de l'*Aloisiae Sigaeae, Toletana, satyrae soladica de arcanis Amoris et Veneris* de Nicolas Chorier (1612-1692) ; sous le masque de Joannes Meursius, *curiosa* souvent réimprimée au XVIIIᵉ et au XIXᵉ siècle : « Des jeunes garçons et des jeunes filles se tenaient assis dans les bordels sous l'écriteau et sous la lampe, les uns parés sous la toge d'ajustements féminins, les unes en costume masculin sous la tunique. Un sexe se trouvait sous l'apparence de l'autre. Toute chair avait corrompu sa voie. »

page luxurieuse serait, dans le musée idéal dont je parlais, compensée par bien d'autres où l'amour n'apparaîtrait que sous sa forme la plus délicate.

Ces réflexions me sont revenues à propos de deux tableaux de M. TASSAERT, *Érigone* et *Le Marchand d'esclaves*.

M. Tassaert, dont j'ai eu le tort grave de ne pas assez parler l'an passé, est un peintre du plus grand mérite, et dont le talent s'appliquerait le plus heureusement aux sujets amoureux.

Érigone[1] est à moitié couchée sur un tertre ombragé de vignes, — dans une pose provocante, une jambe presque repliée, l'autre tendue et le corps chassé en avant ; le dessin est fin, les lignes onduleuses et combinées d'une manière savante. Je reprocherai cependant à M. Tassaert, qui est coloriste, d'avoir peint ce torse avec un ton trop uniforme.

L'autre tableau représente un marché de femmes qui attendent des acheteurs. Ce sont de vraies femmes, des femmes civilisées, aux pieds rougis par la chaussure, un peu communes, un peu trop roses, qu'un Turc bête et sensuel va acheter pour des beautés superfines. Celle qui est vue de dos, et dont les fesses sont enveloppées dans une gaze transparente, a encore sur la tête un bonnet de modiste, un bonnet acheté rue Vivienne ou au Temple. La pauvre fille a sans doute été enlevée par les pirates.

La couleur de ce tableau est extrêmement remarquable par la finesse et par la transparence des tons. On dirait que M. Tassaert s'est préoccupé de la manière de Delacroix ; néanmoins il a su garder une couleur originale.

C'est un artiste éminent que les flâneurs seuls apprécient et que le public ne connaît pas assez ; son talent a toujours été grandissant, et quand on songe d'où il est parti et où il est arrivé, il y a lieu d'attendre de lui de ravissantes compositions.

---

1. Amante de Bacchus, qui prit la forme d'une grappe de raisin pour la séduire.

VI

DE QUELQUES COLORISTES

Il y a au Salon deux curiosités assez importantes ; ce sont les portraits de *Petit Loup* et de *Graisse du dos de buffle*, peints par M. Catlin, le cornac des sauvages. Quand M. Catlin vint à Paris, avec ses Ioways et son musée [1], le bruit se répandit que c'était un brave homme qui ne savait ni peindre ni dessiner, et que s'il avait fait quelques ébauches passables, c'était grâce à son courage et à sa patience. Était-ce ruse innocente de M. Catlin ou bêtise des journalistes ? — Il est aujourd'hui avéré que M. Catlin sait fort bien peindre et fort bien dessiner. Ces deux portraits suffiraient pour me le prouver, si ma mémoire ne me rappelait beaucoup d'autres morceaux également beaux. Ses ciels surtout m'avaient frappé à cause de leur transparence et de leur légèreté.

M. Catlin a supérieurement rendu le caractère fier et libre, et l'expression noble de ces braves gens ; la construction de leur tête est parfaitement bien comprise. Par leurs belles attitudes et l'aisance de leurs mouvements, ces sauvages font comprendre la sculpture antique. Quant à la couleur, elle a quelque chose de mystérieux qui me plaît plus que je ne saurais dire. Le rouge, la couleur du sang, la couleur de la vie, abondait tellement dans ce sombre musée, que c'était une ivresse ; quant aux paysages, — montagnes boisées, savanes immenses, rivières désertes, — ils étaient monotonement, éternellement verts ; le rouge, cette couleur si obscure, si épaisse, plus difficile à pénétrer que les yeux d'un serpent, — le vert, cette couleur calme et gaie et

---

1. Georges Catlin (1796-1872), peintre américain, consacra à partir de 1832 son art à dépeindre les Indiens. Il composa ainsi, après un séjour dans l'Ouest, un « Musée indien », qu'il exposa à partir de 1837 aux États-Unis, puis en Europe : à Londres, en 1840, à Paris, en 1845. Ces deux œuvres (*Little Wolf, a famous warrior*, 1844 et *Buffalo bull's back fat, head chief*, 1832) sont conservées à Washington, au Musée national d'Art américain.

souriante de la nature, je les retrouve chantant leur antithèse mélodique jusque sur le visage de ces deux héros.
— Ce qu'il y a de certain, c'est que tous leurs tatouages
et coloriages étaient faits selon les gammes naturelles et
harmoniques.

Je crois que ce qui a induit en erreur le public et les
journalistes à l'endroit de M. Catlin, c'est qu'il ne fait
pas de peinture *crâne*, à laquelle tous nos jeunes gens
les ont si bien accoutumés, que c'est maintenant la peinture *classique*.

L'an passé j'ai déjà protesté contre le *De profundis*
unanime, contre la conspiration des ingrats, à propos de
MM. Devéria[1]. Cette année-ci m'a donné raison. Bien
des réputations précoces qui leur ont été substituées ne
valent pas encore la leur. M. ACHILLE DEVÉRIA surtout
s'est fait remarquer au Salon de 1846 par un tableau, *Le
Repos de la sainte famille*, qui non seulement conserve
toute la grâce particulière à ces charmants et fraternels
génies, mais encore rappelle les sérieuses qualités des
anciennes écoles ; — des écoles secondaires peut-être,
qui ne l'emportent précisément ni par le dessin ni par
la couleur, mais que l'ordonnance et la belle tradition
placent néanmoins bien au-dessus des dévergondages
propres aux époques de transition. Dans la grande
bataille romantique, MM. DEVÉRIA firent partie du
bataillon sacré des coloristes ; leur place était donc marquée ici. — Le tableau de M. Achille Devéria, dont la
composition est excellente, frappe en outre l'esprit par
un aspect doux et harmonieux.

M. BOISSARD, dont les débuts furent brillants aussi et
pleins de promesses, est un de ces esprits excellents
nourris des anciens maîtres ; sa *Madeleine au désert* est
une peinture d'une bonne et saine couleur, — sauf les
tons des chairs un peu tristes. La pose est heureusement
trouvée.

Dans cet interminable Salon, où plus que jamais les
différences sont effacées, où chacun dessine et peint un
peu, mais pas assez pour mériter même d'être classé,

---

1. Voir notes 1 p. 71 et 1 p. 72 du « Salon de 1845 ».

— c'est une grande joie de rencontrer un franc et vrai peintre, comme M. DEBON. Peut-être son *Concert dans l'atelier* est-il un tableau un peu trop *artistique*, Valentin, Jordaens et quelques autres y faisant leur partie ; mais au moins c'est de la belle et bien portante peinture, et qui indique dans l'auteur un homme parfaitement sûr de lui-même.

M. DUVEAU[1] a fait *Le Lendemain d'une tempête*. J'ignore s'il peut devenir un franc coloriste, mais quelques parties de son tableau le font espérer. — Au premier aspect, l'on cherche dans sa mémoire quelle scène historique il peut représenter. En effet, il n'y a guère que les Anglais qui osent donner de si vastes proportions au tableau de genre. — Du reste, il est bien ordonné, et paraît généralement bien dessiné. — Le ton un peu trop uniforme, qui choque d'abord l'œil, est sans doute un effet de la nature, dont toutes les parties paraissent singulièrement crues, après qu'elles ont été lavées par les pluies.

La Charité de M. LAEMLEIN[2] est une charmante femme qui tient par la main, et porte suspendus à son sein, des marmots de tous les climats, blancs, jaunes, noirs, etc. Certainement, M. Laemlein a le sentiment de la bonne couleur ; mais il y a dans ce tableau un grand défaut, c'est que le petit Chinois est si joli, et sa robe d'un effet si agréable, qu'il occupe presque uniquement l'œil du spectateur. Ce petit mandarin trotte toujours dans la mémoire, et fera oublier le reste à beaucoup de gens.

M. DECAMPS est un de ceux qui, depuis de nombreuses années, ont occupé despotiquement la curiosité du public, et rien n'était plus légitime.

Cet artiste, doué d'une merveilleuse faculté d'analyse, arrivait souvent, par une heureuse concurrence de

---

1. Louis-Jean-Noël Duveau (1818-1867) fut l'élève de Léon Cogniet et débuta au Salon de 1842. 2. Alexandre Laemlein (1813-1871), élève de Picot et de Regnault, subit aussi l'influence de l'école de Düsseldorf. L'œuvre se trouverait dans la préfecture de la Dordogne.

petits moyens, à des résultats d'un effet puissant. — S'il esquivait trop le détail de la ligne, et se contentait souvent du mouvement ou du contour général, si parfois ce dessin frisait le chic, — le goût minutieux de la nature, étudiée surtout dans ses effets lumineux, l'avait toujours sauvé et maintenu dans une région supérieure.

Si M. Decamps n'était pas précisément un dessinateur, dans le sens du mot généralement accepté, néanmoins il l'était à sa manière et d'une façon particulière. Personne n'a vu de grandes figures dessinées par lui ; mais certainement le dessin, c'est-à-dire la tournure de ses petits bonshommes, était accusé et trouvé avec une hardiesse et un bonheur remarquables. Le caractère et les habitudes de leurs corps étaient toujours visibles ; car M. Decamps sait faire comprendre un personnage avec quelques lignes. Ses croquis étaient amusants et profondément plaisants. C'était un dessin d'homme d'esprit, presque de caricaturiste ; car il possédait je ne sais quelle bonne humeur ou fantaisie moqueuse, qui s'attaquait parfaitement aux ironies de la nature : aussi ses personnages étaient-ils toujours posés, drapés ou habillés selon la vérité et les convenances et coutumes éternelles de leur individu. Seulement il y avait dans ce dessin une certaine immobilité, mais qui n'était pas déplaisante et complétait son orientalisme. Il prenait d'habitude ses modèles au repos, et quand ils couraient, ils ressemblaient souvent à des ombres suspendues ou à des silhouettes arrêtées subitement dans leur course ; ils couraient comme dans un bas-relief. — Mais la couleur était son beau côté, sa grande et unique affaire. Sans doute M. Delacroix est un grand coloriste, mais non pas enragé. Il a bien d'autres préoccupations, et la dimension de ses toiles le veut ; pour M. Decamps, la couleur était la grande chose, c'était pour ainsi dire sa pensée favorite. Sa couleur splendide et rayonnante avait de plus un style très particulier. Elle était, pour me servir de mots empruntés à l'ordre moral, sanguinaire et mordante. Les mets les plus appétissants, les drôleries cuisinées avec le plus de réflexion, les produits culinaires le plus âprement assaisonnés avaient moins de ragoût et

de montant, exhalaient moins de volupté sauvage pour
le nez et le palais d'un gourmand, que les tableaux de
M. Decamps pour un amateur de peinture. L'étrangeté
de leur aspect vous arrêtait, vous enchaînait et vous inspirait une invincible curiosité. Cela tenait peut-être aux
procédés singuliers et minutieux dont use souvent l'artiste, qui élucubre, dit-on, sa peinture avec la volonté
infatigable d'un alchimiste. L'impression qu'elle produisait alors sur l'âme du spectateur était si soudaine et
si nouvelle, qu'il était difficile de se figurer de qui elle
est fille, quel avait été le parrain de ce singulier artiste,
et de quel atelier était sorti ce talent solitaire et original.
— Certes, dans cent ans, les historiens auront du mal à
découvrir le maître de M. Decamps. — Tantôt il relevait
des anciens maîtres les plus hardiment colorés de
l'École flamande ; mais il avait plus de style qu'eux et
il groupait ses figures avec plus d'harmonie ; tantôt la
pompe et la trivialité de Rembrandt le préoccupaient
vivement ; d'autres fois on retrouvait dans ses ciels un
souvenir amoureux des ciels du Lorrain. Car
M. Decamps était paysagiste aussi, et paysagiste du plus
grand mérite : ses paysages et ses figures ne faisaient
qu'un et se servaient réciproquement. Les uns n'avaient
pas plus d'importance que les autres, et rien chez lui
n'était accessoire ; tant chaque partie de la toile était
travaillée avec curiosité, tant chaque détail destiné à
concourir à l'effet de l'ensemble ! — Rien n'était inutile, ni le rat qui traversait un bassin à la nage dans je ne
sais quel tableau turc, plein de paresse et de fatalisme, ni
les oiseaux de proie qui planaient dans le fond de ce
chef-d'œuvre intitulé : *Le Supplice des crochets*[1].

Le soleil et la lumière jouaient alors un grand rôle
dans la peinture de M. Decamps. Nul n'étudiait avec
autant de soin les effets de l'atmosphère. Les jeux les
plus bizarres et les plus invraisemblables de l'ombre
et de la lumière lui plaisaient avant tout. Dans un
tableau de M. Decamps, le soleil brûlait véritablement
les murs blancs et les sables crayeux ; tous les objets

---

1. Salon de 1839, à Londres dans la Wallace Collection.

colorés avaient une transparence vive et animée. Les
eaux étaient d'une profondeur inouïe ; les grandes
ombres qui coupent les pans des maisons et dorment
étirées sur le sol ou sur l'eau avaient une indolence
et un farniente d'ombres indéfinissables. Au milieu
de cette nature saisissante, s'agitaient ou rêvaient de
petites gens, tout un petit monde avec sa vérité native
et comique.

Les tableaux de M. Decamps étaient donc pleins
de poésie, et souvent de rêverie ; mais là où d'autres,
comme Delacroix, arriveraient par un grand dessin,
un choix de modèle original ou une large et facile
couleur, M. Decamps arrivait par l'intimité du détail.
Le seul reproche, en effet, qu'on lui pouvait faire,
était de trop s'occuper de l'exécution matérielle des
objets ; ses maisons étaient en vrai plâtre, en vrai
bois, ses murs en vrai mortier de chaux ; et devant
ces chefs-d'œuvre l'esprit était souvent attristé par
l'idée douloureuse du temps et de la peine consacrés
à les faire. Combien n'eussent-ils pas été plus beaux,
exécutés avec plus de bonhomie !

L'an passé, quand M. Decamps, armé d'un crayon,
voulut lutter avec Raphaël et Poussin, — les flâneurs
enthousiastes de la plaine et de la montagne, ceux-là qui
ont un cœur grand comme le monde, mais qui ne veulent pas prendre les citrouilles aux branches des chênes,
et qui adoraient tous M. Decamps comme un des produits les plus curieux de la création, se dirent entre eux :
« Si Raphaël empêche Decamps de dormir, adieu nos
Decamps ! Qui les fera désormais ? — Hélas !
MM. Guignet et Chacaton [1]. »

Et cependant M. Decamps a reparu cette année avec
des choses turques, des paysages, des tableaux de genre

---

1. Sur Guignet, voir la note 1 p. 67 du « Salon de 1845 » ; Henri
de Chacaton fut l'élève de Marilhat, un des premiers orientalistes,
qu'il imita ainsi que Decamps.

et un *Effet de pluie*[1] ; mais il a fallu les chercher : ils ne sautaient plus aux yeux.

M. Decamps, qui sait si bien faire le soleil, n'a pas su faire la pluie ; puis il a fait nager des canards dans de la pierre, etc. *L'École turque*[2], néanmoins, ressemble à ses bons tableaux ; ce sont bien là ces beaux enfants que nous connaissons, et cette atmosphère lumineuse et poussièreuse d'une chambre où le soleil veut entrer tout entier.

Il me paraît si facile de nous consoler avec les magnifiques Decamps qui ornent les galeries, que je ne veux pas analyser les défauts de ceux-ci. Ce serait une besogne puérile, que tout le monde fera du reste très bien.

Parmi les tableaux de M. PENGUILLY-L'HARIDON, qui sont tous d'une bonne facture, — petits tableaux largement peints, et néanmoins avec finesse, — un surtout se fait voir et attire les yeux : *Pierrot présente à l'assemblée ses compagnons Arlequin et Polichinelle*[3].

Pierrot, un œil ouvert et l'autre fermé, avec cet air matois qui est de tradition, montre au public Arlequin qui s'avance en faisant les ronds de bras obligés, une jambe crânement posée en avant. Polichinelle le suit, — tête un peu avinée, œil plein de fatuité, pauvres petites jambes dans de grands sabots. Une figure ridicule, grand nez, grandes lunettes, grandes moustaches en croc, apparaît entre deux rideaux. — Tout cela d'une jolie couleur, fine et simple, et ces trois personnages se détachent parfaitement sur un fond gris. Ce qu'il y a de saisissant dans ce tableau vient moins encore de l'aspect que de la composition, qui est d'une simplicité excessive. — Le Polichinelle, qui est essentiellement comique, rappelle celui du *Charivari* anglais[4], qui pose l'index sur le bout de son nez, pour exprimer combien il en est fier ou combien il en est gêné. Je reprocherai à

---

1. Au Stedelijk Museum d'Amsterdam.   **2.** *Idem.*   **3.** Sur Penguilly l'Haridon, voir la note 2 p. 407 du « Salon de 1859 ». Cette œuvre est conservée au Musée de Poitiers.   **4.** Il s'agit du « Punch, the London Charivari ».

M. Penguilly de n'avoir pas pris le type de Deburau, qui est le vrai pierrot actuel, le pierrot de l'histoire moderne, et qui doit avoir sa place dans tous les tableaux de parade.

Voici maintenant une autre fantaisie beaucoup moins habile et moins savante, et qui est d'autant plus belle qu'elle est peut-être involontaire : *La Rixe des mendiants*, par M. MANZONI[1]. Je n'ai jamais rien vu d'aussi poétiquement brutal, même dans les orgies les plus flamandes. — Voici en six points les différentes impressions du passant devant ce tableau : 1° vive curiosité, 2° quelle horreur ! 3° c'est mal peint, mais c'est une composition singulière et qui ne manque pas de charme ; 4° ce n'est pas aussi mal peint qu'on le croirait d'abord ; 5° revoyons donc ce tableau ; 6° souvenir durable.

Il y a là-dedans une férocité et une brutalité de manière assez bien appropriées au sujet, et qui rappellent les violentes ébauches de Goya. — Ce sont bien du reste les faces les plus patibulaires qui se puissent voir ; c'est un mélange singulier de chapeaux défoncés, de jambes de bois, de verres cassés, de buveurs vaincus ; la luxure, la férocité et l'ivrognerie agitant leurs haillons.

La beauté rougeaude qui allume les désirs de ces messieurs est d'une *bonne touche*, et bien faite pour plaire aux connaisseurs. J'ai rarement vu quelque chose d'aussi comique que ce malheureux collé sur le mur, et que son voisin a victorieusement cloué avec une fourche.

Quant au second tableau, *L'Assassinat nocturne*, il est d'un aspect moins étrange. La couleur en est terne et vulgaire, et le fantastique ne gît que dans la manière dont la scène est représentée. Un mendiant tient un couteau levé sur un malheureux qu'on fouille et qui se meurt de peur. Ces demi-masques blancs, qui consistent en des nez gigantesques, sont fort drôles, et donnent à cette scène d'épouvante un cachet des plus singuliers.

---

1. Ignacio Manzoni (1799-1880), né à Milan, alla se fixer à Buenos Aires.

M. VILLA-AMIL [1] a peint la *Salle du trône* à Madrid. On dirait au premier abord que c'est fait avec une grande bonhomie ; mais en regardant plus attentivement, on reconnaît une grande habileté dans l'ordonnance et la couleur générale de cette peinture décorative. C'est d'un ton moins fin peut-être, mais d'une couleur plus ferme que les tableaux du même genre qu'affectionne M. ROBERTS. Il y a cependant ce défaut que le plafond a moins l'air d'un plafond que d'un ciel véritable.

MM. WATTIER et PÉRÈSE traitent d'habitude des sujets presque semblables, de belles dames en costumes anciens dans des parcs, sous de vieux ombrages ; mais M. Pérèse a cela pour lui qu'il peint avec beaucoup plus de bonhomie, et que son nom ne lui commande pas la singerie de Watteau. Malgré la finesse étudiée des figures de M. Wattier, M. Pérèse lui est supérieur par l'invention. Il y a du reste entre leurs compositions la même différence qu'entre la galanterie sucrée du temps de Louis XV et la galanterie loyale du siècle de Louis XIII.

L'école Couture, — puisqu'il faut l'appeler par son nom, — a beaucoup trop donné cette année.

M. DIAZ DE LA PENA [2], qui est en petit l'expression hyperbolique de cette petite école, part de ce principe qu'une palette est un tableau. Quant à l'harmonie générale, M. Diaz pense qu'on la rencontre toujours. Pour le dessin, — le dessin du mouvement, le dessin des coloristes, — il n'en est pas question ; les membres de toutes ces petites figures se tiennent à peu près comme des paquets de chiffons ou comme des bras et des jambes dispersés par l'explosion d'une locomotive. — Je préfère le kaléidoscope, parce qu'il ne fait pas *Les Délaissées* ou *Le Jardin des Amours* ; il fournit des dessins de châle ou de tapis, et son rôle est modeste. — M. DIAZ

---

1. Jenaro Perez Villa-Amil (1807-1854), peintre espagnol, peignit surtout des marines et des paysages ; il fut le directeur de *L'Espagne artistique et monumentale*, publié à Paris de 1842 à 1845.
2. Voir la note 2 p. 90 du « Salon de 1845 ».

est coloriste, il est vrai ; mais élargissez le cadre d'un pied, et les forces lui manquent, parce qu'il ne connaît pas la nécessité d'une couleur générale. C'est pourquoi ses tableaux ne laissent pas de souvenir.

Chacun a son rôle, dites-vous. La grande peinture n'est point faite pour tout le monde. Un beau dîner contient des pièces de résistance et des hors-d'œuvre. Oserez-vous être ingrat envers les saucissons d'Arles, les piments, les anchois, l'aïoli, etc. ? — Hors-d'œuvre appétissants, dites-vous ? — Non pas, mais bonbons et sucreries écœurantes. — Qui voudrait se nourrir de dessert ? C'est à peine si on l'effleure, quand on est content de son dîner.

M. CÉLESTIN NANTEUIL sait poser une touche, mais ne sait pas établir les proportions et l'harmonie d'un tableau[1].

M. VERDIER peint raisonnablement, mais je le crois foncièrement ennemi de la pensée.

M. MÜLLER, l'homme aux *Sylphes*, le grand amateur des sujets poétiques, — des sujets ruisselants de poésie, — a fait un tableau qui s'appelle *Primavera*. Les gens qui ne savent pas l'italien croiront que cela veut dire *Décaméron*[2].

La couleur de M. FAUSTIN BESSON perd beaucoup à n'être plus troublée et miroitée par les vitres de la boutique Deforge[3].

Quant à M. FONTAINE, c'est évidemment un homme sérieux ; il nous a fait M. de Béranger entouré de marmots des deux sexes, et initiant la jeunesse aux mystères de la peinture Couture.

Grands mystères, ma foi ! — Une lumière rose ou couleur de pêche et une ombre verte, c'est là que gît toute la difficulté. — Ce qu'il y a de terrible dans cette

---

1. Célestin Nanteuil (1813-1873) fut l'élève d'Ingres (Verdier aussi) et un des « mousquetaires » du romantisme. Son œuvre de graveur est loin d'être négligeable.   2. Voir note 1 p. 94 du « Salon de 1845 ». Quant au « Décaméron », il peut s'agir du tableau de Winterhalter exposé au Salon de 1837.   3. Marchand de couleur et de curiosités, 8, boulevard Montmartre.

peinture, c'est qu'elle se fait voir ; on l'aperçoit de très loin.

De tous ces messieurs, le plus malheureux sans doute est M. Couture[1], qui joue en tout ceci le rôle intéressant d'une victime. — Un imitateur est un indiscret qui vend une surprise.

Dans les différentes spécialités des sujets bas-bretons, catalans, suisses, normands, etc., MM. Armand et Adolphe Leleux sont dépassés par M. Guillemin, qui est inférieur à M. Hédouin, qui lui-même le cède à M. Haffner[2].

J'ai entendu plusieurs fois faire à MM. Leleux ce singulier reproche, que, Suisses, Espagnols ou Bretons, tous leurs personnages avaient l'air breton.

M. Hédouin est certainement un peintre de mérite, qui possède une touche ferme et qui entend la couleur ; il parviendra sans doute à se constituer une originalité particulière.

Quant à M. Haffner, je lui en veux d'avoir fait une fois un portrait dans une manière romantique et superbe[3], et de n'en avoir point fait d'autres ; je croyais que c'était un grand artiste plein de poésie et surtout d'invention, un portraitiste de premier ordre, qui lâchait quelques *rapinades* à ses heures perdues ; mais il paraît que ce n'est qu'un peintre.

---

1. Thomas Couture (1815-1879) fut l'élève de Gros et de Delaroche et le maître de Manet. Son œuvre la plus célèbre fut exposée en 1847 au Salon : « Les Romains de la Décadence » (Musée d'Orsay). **2.** Voir « Salon de 1845 », la note 2 p. 93 sur les Leleux, la note 4 p. 93 sur Guillemin, la note 2 p. 87 sur Haffner. Hédouin (1820-1899) exposait une « Halte (Basses-Pyrénées) ». Lié à Adolphe Leleux, il fut vite associé à « l'école pré-réaliste » de celui-ci. **3.** Voir le « Salon de 1846 », Du portrait, pp. 200-204.

VII

DE L'IDÉAL ET DU MODÈLE

La couleur étant la chose la plus naturelle et la plus visible, le parti des coloristes est le plus nombreux et le plus important. L'analyse, qui facilite les moyens d'exécution, a dédoublé la nature en couleur et ligne, et avant de procéder à l'examen des hommes qui composent le second parti, je crois utile d'expliquer ici quelques-uns des principes qui les dirigent, parfois même à leur insu.

Le titre de ce chapitre est une contradiction, ou plutôt un accord de contraires ; car le dessin du grand dessinateur doit résumer l'idéal et le modèle [1].

La couleur est composée de masses colorées qui sont faites d'une infinité de tons, dont l'harmonie fait l'unité : ainsi la ligne, qui a ses masses et ses généralités, se subdivise en une foule de lignes particulières, dont chacune est un caractère du modèle.

La circonférence, idéal de la ligne courbe, est comparable à une figure analogue composée d'une infinité de lignes droites, qui doit se confondre avec elle, les angles intérieurs s'obtusant de plus en plus.

Mais comme il n'y a pas de circonférence parfaite, l'idéal absolu est une bêtise. Le goût exclusif du simple conduit l'artiste nigaud à l'imitation du même type. Les poètes, les artistes et toute la race humaine seraient bien

----

1. Le modèle est ce que propose la nature, l'idéal ce que l'artiste porte en lui-même : son idée du beau. Ainsi l'artiste se trouve être le démiurge entre les deux ; l'œuvre forme un univers, une unité où les contraires s'affrontent et se réconcilient. Cette pensée elliptique semble avoir été inspirée par V. Cousin : « Deux grandes extrémités également dangereuses : un idéal mort, ou l'absence d'idéal. Ou bien on copie le modèle, et on manque la vraie beauté ; ou bien on travaille de tête et on tombe dans une idéalité sans caractère. Le génie est une perception prompte et sûre de la juste proportion dans laquelle l'idéal et le naturel, la forme et la pensée, doivent s'unir. Cette union est la perfection de l'art : les chefs-d'œuvre sont à ce prix » (V. Cousin, *Du Beau et de l'Art*, in *La Revue des Deux Mondes*, op. cit., p. 794).

malheureux, si l'idéal, cette absurdité, cette impossibilité, était trouvé. Qu'est-ce que chacun ferait désormais de son pauvre *moi*, — de sa ligne brisée ?

J'ai déjà remarqué que le souvenir était le grand critérium de l'art ; l'art est une mnémotechnie du beau [1] : or, l'imitation exacte gâte le souvenir. Il y a de ces misérables peintres, pour qui la moindre verrue est une bonne fortune ; non seulement ils n'ont garde de l'oublier, mais il est nécessaire qu'ils la fassent quatre fois plus grosse : aussi font-ils le désespoir des amants, et un peuple qui fait faire le portrait de son roi est un amant.

Trop particulariser ou trop généraliser empêchent également le souvenir ; à l'Apollon du Belvédère et au Gladiateur je préfère l'Antinoüs, car l'Antinoüs est l'idéal du charmant Antinoüs [2].

Quoique le principe universel soit un, la nature ne donne rien d'absolu, ni même de complet [*] ; je ne vois que des individus. Tout animal, dans une espèce semblable, diffère en quelque chose de son voisin, et parmi les milliers de fruits que peut donner un même arbre, il est impossible d'en trouver deux identiques, car ils seraient le même ; et la dualité, qui est la contradiction de l'unité, en est aussi la conséquence [**]. C'est surtout dans la race humaine que l'infini de la variété se mani-

---

[*] Rien d'absolu : — ainsi, l'idéal du compas est la pire des sottises ; — ni de complet : — ainsi il faut tout compléter, et retrouver chaque idéal.   [**] Je dis la contradiction, et non le contraire ; car la contradiction est une invention humaine.

---

1. De toute évidence, par un biais ou par un autre, Baudelaire a eu connaissance de Platon et de : « Savoir c'est se souvenir. » Bien sûr, le concept platonicien a été assimilé par le poète et profondément remanié ; le mot « empreinte » serait aussi juste, l'œil et l'esprit reçoivent une impression dont on se souvient lorsqu'on est confronté à la beauté qui s'approche le plus de l'idée que l'on a du beau, de son idéal propre.   2. Antiques célèbres et regardés comme des modèles exemplaires. Antinoüs fut le favori *(éroménos)* d'Adrien. Après sa mort, l'empereur instaura en sa mémoire un culte, qui fut le dernier culte païen institué par l'Antiquité. Cet exemple contient le modèle et l'idéal qui est contenu en lui.

feste d'une manière effrayante. Sans compter les grands
types que la nature a distribués sous les différents climats, je vois chaque jour passer sous ma fenêtre un certain nombre de Kalmouks, d'Osages, d'Indiens, de
Chinois et de Grecs antiques, tous plus ou moins pari-
sianisés. Chaque individu est une harmonie ; car il vous
est maintes fois arrivé de vous retourner à un son de
voix connu, et d'être frappé d'étonnement devant une
créature inconnue, souvenir vivant d'une autre créature
douée de gestes et d'une voix analogues. Cela est si vrai
que Lavater [1] a dressé une nomenclature des nez et des
bouches qui jurent de *figurer* ensemble, et constaté plusieurs erreurs de ce genre dans les anciens artistes, qui
ont revêtu quelquefois des personnages religieux ou historiques de formes contraires à leur caractère. Que
Lavater se soit trompé dans le détail, c'est possible ;
mais il avait l'idée du principe. Telle main veut tel
pied ; chaque épiderme engendre son poil. Chaque individu a donc son idéal.

Je n'affirme pas qu'il y ait autant d'idéals primitifs
que d'individus, car un moule donne plusieurs épreuves ; mais il y a dans l'âme du peintre autant d'idéals
que d'individus, parce qu'un portrait est un modèle
compliqué d'un artiste.

Ainsi l'idéal n'est pas cette chose vague, ce rêve
ennuyeux et impalpable qui nage au plafond des académies ; un idéal, c'est l'individu redressé par l'individu,
reconstruit et rendu par le pinceau ou le ciseau à l'éclatante vérité de son harmonie native [2].

La première qualité d'un dessinateur est donc l'étude
lente et sincère de son modèle. Il faut non seulement
que l'artiste ait une intuition profonde du caractère du
modèle, mais encore qu'il le généralise quelque peu,

---

1. Lavater avait commis, en 1820, un ouvrage sur *L'Art de
connaître les hommes par la physionomie*.   **2.** Quoi de plus académique, au XIXᵉ siècle, que le mot « idéal » ! Et pourtant Baudelaire
parvient à en faire une notion romantique, donc moderne à ses yeux.
L'idéal n'est pas un universel abstrait mais quasi un microcosme,
harmonieux et individuel, porté et montré par l'individu : l'artiste
créateur.

qu'il exagère volontairement quelques détails, pour augmenter la physionomie et rendre son expression plus claire.

Il est curieux de remarquer que, guidé par ce principe, — que le sublime doit fuir les détails, — l'art pour se perfectionner revient vers son enfance. — Les premiers artistes aussi n'exprimaient pas les détails. Toute la différence, c'est qu'en faisant tout d'une venue les bras et les jambes de leurs figures, ce n'étaient pas eux qui fuyaient les détails, mais les détails qui les fuyaient ; car pour choisir il faut posséder.

Le dessin est une lutte entre la nature et l'artiste, où l'artiste triomphera d'autant plus facilement qu'il comprendra mieux les intentions de la nature. Il ne s'agit pas pour lui de copier, mais d'interpréter dans une langue plus simple et plus lumineuse [1].

---

1. Il est intéressant de comparer le texte de Baudelaire à ce que Cousin a dit de son côté des liens qui unissent l'idéal à la nature (le modèle) : « Tout objet naturel, si beau qu'il soit, est défectueux par quelque côté. Tout ce qui est réel est imparfait. Ici l'horrible et le hideux se mêlent au sublime ; là l'élégance et la grâce sont séparées de la grandeur et de la force. Les traits de la beauté sont épars et divisés. Les réunir arbitrairement, emprunter à tel visage une bouche, à tel autre des yeux, sans une règle qui préside à ce choix et dirige ces emprunts, c'est composer des monstres ; c'est admettre déjà un idéal différent de tous les individus. C'est cet idéal que le véritable artiste se forme en étudiant la nature. Sans elle, il n'eût jamais conçu cet idéal ; mais, avec cet idéal, il la juge elle-même, il la rectifie et entreprend de se mesurer avec elle. L'idéal est l'objet de la contemplation passionnée de l'artiste. Assidûment et silencieusement médité, sans cesse épuré par la réflexion et vivifié par le sentiment, il échauffe le génie et lui inspire l'irrésistible besoin de le voir réalisé et vivant. Pour cela, le génie prend dans la nature tous les matériaux qui le peuvent servir, et leur appliquant sa main puissante, comme Michel-Ange imprimait son ciseau sur le marbre docile, il en tire des œuvres qui n'ont pas de modèle dans la nature, qui n'imitent pas autre chose que l'idéal rêvé ou conçu, qui sont en quelque sorte une seconde création inférieure à la première par l'individualité et la vie, mais bien supérieure à la beauté intellectuelle et morale dont elles sont empreintes » (V. Cousin, *Du Beau et de l'Art*, in *La Revue des Deux Mondes*, op. cit., pp. 793-794). Il faut remarquer que, partant tous deux d'une idée de l'artiste qui redresse la nature selon un modèle intérieur, ils aboutissent cependant à deux visions différentes des produits de l'art.

L'introduction du portrait, c'est-à-dire du modèle idéalisé, dans les sujets d'histoire, de religion, ou de fantaisie, nécessite d'abord un choix exquis du modèle, et peut certainement rajeunir et revivifier la peinture moderne, trop encline, comme tous nos arts, à se contenter de l'imitation des anciens.

Tout ce que je pourrais dire de plus sur les idéals me paraît inclus dans un chapitre de Stendhal, dont le titre est aussi clair qu'insolent :

« COMMENT L'EMPORTER SUR RAPHAËL[1] ?

« Dans les scènes touchantes produites par les passions, le grand peintre des temps modernes, si jamais il paraît, donnera à chacune de ses personnes *la beauté idéale tirée du tempérament* fait pour sentir le plus vivement l'effet de cette passion.

« Werther ne sera pas indifféremment sanguin ou mélancolique ; Lovelace, flegmatique ou bilieux. Le bon curé Primerose, l'aimable Cassio n'auront pas le tempérament bilieux ; mais le juif Shylock, mais le sombre Iago, mais lady Macbeth, mais Richard III ; l'aimable et pure Imogène sera un peu flegmatique.

« D'après ses premières observations, l'artiste a fait l'Apollon du Belvédère. Mais se réduira-t-il à donner froidement des copies de l'Apollon toutes les fois qu'il voudra présenter un dieu jeune et beau ? Non, il mettra un rapport entre l'action et le genre de beauté. Apollon, délivrant la terre du serpent Python, sera plus fort ; Apollon, cherchant à plaire à Daphné, aura des traits plus délicats[*]. »

---

[*] *Histoire de la peinture en Italie*, chap. CI. Cela s'imprimait en 1817 !

---

1. Rafaello Sanzio, dit Raphaël (1483-1520), fut l'artiste de référence des Académies, représentant du style classique, du grand genre, considéré comme un des sommets de l'art européen. La question que pose Baudelaire est un titre emprunté à l'*Histoire de la peinture en Italie* de Stendhal, titre de chapitre significatif.

VIII

DE QUELQUES DESSINATEURS

Dans le chapitre précédent, je n'ai point parlé du dessin imaginatif ou de création, parce qu'il est en général le privilège des coloristes. Michel-Ange, qui est à un certain point de vue l'inventeur de l'idéal chez les modernes [1], seul a possédé au suprême degré l'imagination du dessin sans être coloriste. Les purs dessinateurs sont des naturalistes doués d'un sens excellent ; mais ils dessinent par raison, tandis que les coloristes, les grands coloristes, dessinent par tempérament, presque à leur insu. Leur méthode est analogue à la nature : ils dessinent parce qu'ils colorent, et les purs dessinateurs, s'ils voulaient être logiques et fidèles à leur profession de foi, se contenteraient du crayon noir. Néanmoins ils s'appliquent à la couleur avec une ardeur inconcevable, et ne s'aperçoivent point de leurs contradictions. Ils commencent par délimiter les formes d'une manière cruelle et absolue, et veulent ensuite remplir ces espaces. Cette méthode double contrarie sans cesse leurs efforts, et donne à toutes leurs productions je ne sais quoi d'amer, de pénible et de contentieux. Elles sont un procès éternel, une dualité fatigante. Un dessinateur est un coloriste manqué.

Cela est si vrai, que M. INGRES, le représentant le plus illustre de l'école naturaliste dans le dessin, est toujours au pourchas de la couleur. Admirable et malheureuse opiniâtreté ! C'est l'éternelle histoire des gens qui vendraient la réputation qu'ils méritent pour celles qu'ils ne peuvent obtenir. M. Ingres adore la couleur, comme une marchande de modes. C'est peine et plaisir

---

1. Michel-Ange (1475-1564), peintre, sculpteur, architecte et poète, dont on pouvait voir à l'École des Beaux-Arts des copies de ses œuvres, au Louvre des dessins et des sculptures, est présenté comme l'initiateur des modernes, certainement pour le mouvement qu'il s'attache à rendre et l'aspect tourmenté de ses œuvres.

à la fois que de contempler les efforts qu'il fait pour choisir et accoupler ses tons. Le résultat, non pas toujours discordant, mais amer et violent, plaît souvent aux poètes corrompus ; encore quand leur esprit fatigué s'est longtemps réjoui dans ces luttes dangereuses, il veut absolument se reposer sur un Velasquez ou un Lawrence.

Si M. Ingres occupe après E. Delacroix la place la plus importante, c'est à cause de ce dessin tout particulier, dont j'analysais tout à l'heure les mystères, et qui résume le mieux jusqu'à présent l'idéal et le modèle. M. Ingres dessine admirablement bien, et il dessine vite. Dans ses croquis il fait naturellement de l'idéal ; son dessin, souvent peu chargé, ne contient pas beaucoup de traits ; mais chacun rend un contour important. Voyez à côté les dessins de tous ces ouvriers en peinture, — souvent ses élèves ; — ils rendent d'abord les minuties, et c'est pour cela qu'ils enchantent le vulgaire, dont l'œil dans tous les genres ne s'ouvre que pour ce qui est petit.

Dans un certain sens, M. Ingres dessine mieux que Raphaël, le roi populaire des dessinateurs. Raphaël a décoré des murs immenses ; mais il n'eût pas fait si bien que lui le portrait de votre mère, de votre ami, de votre maîtresse. L'audace de celui-ci est toute particulière, et combinée avec une telle ruse, qu'il ne recule devant aucune laideur et aucune bizarrerie : il a fait la redingote de M. Molé ; il a fait le carrick de Cherubini [1] ; il a mis dans le plafond d'Homère, — œuvre qui vise à l'idéal plus qu'aucune autre, — un aveugle, un borgne, un manchot et un bossu. La nature le récompense largement de cette adoration païenne. Il pourrait faire de Mayeux [2] une chose sublime.

La belle Muse de Cherubini est encore un portrait. Il est juste de dire que si M. Ingres, privé de l'imagination du dessin, ne sait pas faire de tableaux, au moins dans

---

1. Le portrait de Cherubini est au Musée du Louvre.
2. Mayeux est un personnage de bossu créé par le caricaturiste Traviès.

de grandes proportions, ses portraits sont presque des tableaux, c'est-à-dire des poèmes intimes.

Talent avare, cruel, coléreux et souffrant, mélange singulier de qualités contraires, toutes mises au profit de la nature, et dont l'étrangeté n'est pas un des moindres charmes ; — flamand dans l'exécution, individualiste et naturaliste dans le dessin, antique par ses sympathies et idéaliste par raison.

Accorder tant de contraires n'est pas une mince besogne : aussi n'est-ce pas sans raison qu'il a choisi pour étaler les mystères religieux de son dessin un jour artificiel et qui sert à rendre sa pensée plus claire, — semblable à ce crépuscule où la nature mal éveillée nous apparaît blafarde et crue, où la campagne se révèle sous un aspect fantastique et saisissant.

Un fait assez particulier et que je crois inobservé dans le talent de M. Ingres, c'est qu'il s'applique plus volontiers aux femmes ; il les fait telles qu'il les voit, car on dirait qu'il les aime trop pour les vouloir changer ; il s'attache à leurs moindres beautés avec une âpreté de chirurgien ; il suit les plus légères ondulations de leurs lignes avec une servilité d'amoureux. L'*Angélique*[1], les deux *Odalisques*, le portrait de Mme d'Haussonville, sont des œuvres d'une volupté profonde. Mais toutes ces choses ne nous apparaissent que dans un jour presque effrayant ; car ce n'est ni l'atmosphère dorée qui baigne les champs de l'idéal, ni la lumière tranquille et mesurée des régions sublunaires.

Les œuvres de M. Ingres, qui sont le résultat d'une attention excessive, veulent une attention égale pour être comprises. Filles de la douleur, elles engendrent la douleur. Cela tient, comme je l'ai expliqué plus haut, à ce que sa méthode n'est pas une et simple, mais bien plutôt l'emploi de méthodes successives.

Autour de M. Ingres, dont l'enseignement a je ne sais quelle austérité fanatisante, se sont groupés quelques

---

1. « Roger délivrant Angélique » est au Musée du Louvre et était exposé au Musée du Luxembourg.

hommes dont les plus connus sont MM. Flandrin, Lehmann et Amaury-Duval[1].

Mais quelle distance immense du maître aux élèves ! M. Ingres est encore seul de son école. Sa méthode est le résultat de sa nature, et, quelque bizarre et obstinée qu'elle soit, elle est franche et pour ainsi dire involontaire. Amoureux passionné de l'antique et de son modèle, respectueux serviteur de la nature, il fait des portraits qui rivalisent avec les meilleures sculptures romaines. Ces messieurs ont traduit en système, froidement, de parti pris, pédantesquement, la partie déplaisante et impopulaire de son génie ; car ce qui les distingue avant tout, c'est la pédanterie. Ce qu'ils ont vu et étudié dans le maître, c'est la curiosité et l'érudition. De là, ces recherches de maigreur, de pâleur et toutes ces conventions ridicules, adoptées sans examen et sans bonne foi. Ils sont allés dans le passé, loin, bien loin, copier avec une puérilité servile de déplorables erreurs, et se sont volontairement privés de tous les moyens d'exécution et de succès que leur avait préparés l'expérience des siècles. On se rappelle encore *La Fille de Jephté pleurant sa virginité*[2] ; — ces longueurs excessives de mains et de pieds, ces ovales de têtes exagérés, ces afféteries ridicules, — conventions et habitudes du pinceau qui ressemblent passablement à du chic, sont des défauts singuliers chez un adorateur fervent de la forme. Depuis le portrait de la princesse Belgiojoso, M. Lehmann ne fait plus que des yeux trop grands, où la prunelle nage comme une huître dans une soupière. — Cette année, il a envoyé des portraits et des tableaux. Les tableaux sont *Les Océanides, Hamlet* et

---

1. Voir les notes 2 p. 88 et 1 p. 89 du « Salon de 1845 ». Ces trois peintres sont, en effet, les principaux représentants de l'ingrisme.　　**2.** *La Fille de Jephté pleurant sa virginité*, de Lehmann (1814-1882), élève d'Ingres, avait été exposé au Salon de 1836. On considérait l'œuvre comme perdue ; on ne la connaissait que par une esquisse (France, collection particulière). Elle a été retrouvée depuis et se trouve actuellement dans une collection privée. La chapelle du Saint-Esprit à Saint-Merri (Paris) donne une idée assez exacte du primitivisme de ce peintre.

Ophélie. Les Océanides sont une espèce de Flaxman[1], dont l'aspect est si laid, qu'il ôte l'envie d'examiner le dessin. Dans les portraits d'*Hamlet* et d'*Ophélie*, il y a une prétention visible à la couleur, — le grand *dada* de l'école ! Cette malheureuse imitation de la couleur m'attriste et me désole comme un Véronèse ou un Rubens copiés par un habitant de la lune. Quant à leur tournure et à leur esprit, ces deux figures me rappellent l'emphase des acteurs de l'ancien Bobino, du temps qu'on y jouait des mélodrames[2]. Sans doute la main d'Hamlet est belle ; mais une main bien exécutée ne fait pas un dessinateur, et c'est vraiment trop abuser du morceau, même pour un ingriste.

Je crois que Mme CALAMATTA est aussi du parti des ennemis du soleil ; mais elle compose parfois ses tableaux assez heureusement, et ils ont un peu de cet air magistral que les femmes, même les plus littéraires et les plus *artistes*, empruntent aux hommes moins facilement que leurs ridicules.

M. JANMOT a fait une *Station*, — *Le Christ portant sa croix*, — dont la composition a du caractère et du sérieux, mais dont la couleur, non plus mystérieuse ou plutôt mystique, comme dans ses dernières œuvres, rappelle malheureusement la couleur de toutes les *stations* possibles. On devine trop, en regardant ce tableau cru et luisant, que M. Janmot est de Lyon. En effet, c'est bien là la peinture qui convient à cette ville de comptoirs, ville bigote et méticuleuse, où tout, jusqu'à la religion, doit avoir la netteté calligraphique d'un registre.

L'esprit du public a déjà associé souvent les noms de M. CURZON et de M. BRILLOUIN : seulement, leurs débuts promettaient plus d'originalité. Cette année, M. Brillouin, — *À quoi rêvent les jeunes filles*, — a été différent de lui-même, et M. CURZON s'est contenté de faire des Brillouin. Leur façon rappelle l'école de Metz, école littéraire, mystique et allemande. M. Curzon, qui

---

1. Sculpteur et graveur anglais (1755-1826), néo-classique.
2. La troupe de Saix, dit Bobino, représenta après 1830 des vaudevilles et des mélodrames.

fait souvent de beaux paysages d'une généreuse couleur, pourrait exprimer Hoffmann d'une manière moins érudite, — moins convenue. Bien qu'il soit évidemment un homme d'esprit, — le choix de ses sujets suffit pour le prouver, — on sent que le souffle hoffmannesque n'a point passé par là. L'ancienne façon des artistes allemands ne ressemble nullement à la façon de ce grand poète, dont les compositions ont un caractère bien plus moderne et bien plus romantique. C'est en vain que l'artiste, pour obvier à ce défaut capital, a choisi parmi les contes le moins fantastique de tous, *Maître Martin et ses apprentis*, dont Hoffmann lui-même disait : « C'est le plus médiocre de mes ouvrages ; il n'y a ni terrible ni grotesque, qui sont les deux choses par où je vaux le plus ! » Et malgré cela, jusque dans *Maître Martin*, les lignes sont plus flottantes et l'atmosphère plus chargée d'esprits que ne les a faites M. Curzon [1].

À proprement parler, la place de M. VIDAL n'est point ici, car ce n'est pas un vrai dessinateur. Cependant elle n'est pas trop mal choisie, car il a quelques-uns des travers et des ridicules de MM. les ingristes, c'est-à-dire le fanatisme du petit et du joli, et l'enthousiasme du beau papier et des toiles fines. Ce n'est point là l'ordre qui règne et circule autour d'un esprit fort et vigoureux, ni la propreté suffisante d'un homme de bon sens ; c'est la folie de la propreté.

Le préjugé Vidal a commencé, je crois, il y a trois ou quatre ans. À cette époque toutefois ses dessins étaient moins pédants et moins maniérés qu'aujourd'hui.

Je lisais ce matin un feuilleton de M. Théophile Gautier, où il fait à M. Vidal un grand éloge de savoir rendre la beauté moderne. — Je ne sais pourquoi M. Théophile Gautier a endossé cette année le carrick et la pèlerine de l'*homme bienfaisant* ; car il a loué tout le monde [2],

---

1. Ces dessins sont conservés au Musée de Poitiers.   **2.** Baudelaire, ici, devance le jugement de la postérité en notant l'indulgence de Gautier critique d'art et en la regrettant. Pour Gautier, le journalisme était une activité alimentaire ; après avoir jeté dans les années 1830 et 1840 son énergie pour la cause romantique, une certaine fatigue commençait à se faire sensible.

et il n'est si malheureux barbouilleur dont il n'ait catalogué les tableaux. Est-ce que par hasard l'heure de l'Académie, heure solennelle et soporifique, aurait sonné pour lui, qu'il est déjà si bon homme ? et la prospérité littéraire a-t-elle de si funestes conséquences qu'elle contraigne le public à nous rappeler à l'ordre et à nous remettre sous les yeux nos anciens certificats de romantisme ? La nature a doué M. Gautier d'un esprit excellent, large et poétique. Tout le monde sait quelle sauvage admiration il a toujours témoignée pour les œuvres franches et abondantes. Quel breuvage MM. les peintres ont-ils versé cette année dans son vin, ou quelle lorgnette a-t-il choisie pour aller à sa tâche ?

M. Vidal connaît la beauté moderne ! Allons donc ! Grâce à la nature, nos femmes n'ont pas tant d'esprit et ne sont pas si précieuses ; mais elles sont bien autrement romantiques. — Regardez la nature, monsieur ; ce n'est pas avec de l'esprit et des crayons minutieusement appointés qu'on fait de la peinture ; car quelques-uns vous rangent, je ne sais trop pourquoi, dans la noble famille des peintres. Vous avez beau appeler vos femmes Fatinitza, Stella, Vanessa, Saison des roses, — un tas de noms de pommades ! — tout cela ne fait pas des femmes poétiques. Une fois vous avez voulu faire *L'Amour de soi-même*, — une grande et belle idée, une idée souverainement féminine, — vous n'avez pas su rendre cette âpreté gourmande et ce magnifique égoïsme. Vous n'avez été que puéril et obscur.

Du reste, toutes ces afféteries passeront comme des onguents rancis. Il suffit d'un rayon de soleil pour en développer toute la puanteur. J'aime mieux laisser le temps faire son affaire que de perdre le mien à vous expliquer toutes les mesquineries de ce pauvre genre.

IX

DU PORTRAIT

Il y a deux manières de comprendre le portrait, — l'histoire et le roman.

L'une est de rendre fidèlement, sévèrement, minutieusement, le contour et le modelé du modèle, ce qui n'exclut pas l'idéalisation, qui consistera pour les naturalistes éclairés à choisir l'attitude la plus caractéristique, celle qui exprime le mieux les habitudes de l'esprit ; en outre, de savoir donner à chaque détail important une exagération raisonnable, de mettre en lumière tout ce qui est naturellement saillant, accentué et principal, et de négliger ou de fondre dans l'ensemble tout ce qui est insignifiant, ou qui est l'effet d'une dégradation accidentelle.

Les chefs de l'école historique sont David et Ingres ; les meilleurs exemples sont les portraits de David qu'on a pu voir à l'exposition Bonne-Nouvelle, et ceux de M. Ingres, comme M. Bertin et Cherubini.

La seconde méthode, celle particulière aux coloristes, est de faire du portrait un tableau, un poème avec ses accessoires, plein d'espace et de rêverie. Ici l'art est plus difficile, parce qu'il est plus ambitieux. Il faut savoir baigner une tête dans les molles vapeurs d'une chaude atmosphère, ou la faire sortir des profondeurs d'un crépuscule. Ici, l'imagination a une plus grande part, et cependant, comme il arrive souvent que le roman est plus vrai que l'histoire, il arrive aussi qu'un modèle est plus clairement exprimé par le pinceau abondant et facile d'un coloriste que par le crayon d'un dessinateur.

Les chefs de l'école romantique sont Rembrandt, Reynolds, Lawrence. Les exemples connus sont *La Dame au chapeau de paille* et le jeune *Lambton* [1].

---

1. Plusieurs portraits de Reynolds (1723-1792) conviendraient à ce titre. « Master Lambton », de Lawrence, fit sensation à Paris au Salon de 1827 et se trouve à la National Gallery à Londres.

En général, MM. FLANDRIN, AMAURY-DUVAL et LEH-MANN ont cette excellente qualité, que leur modelé est vrai et fin. Le morceau y est bien conçu, exécuté facilement et tout d'une haleine ; mais leurs portraits sont souvent entachés d'une afféterie prétentieuse et maladroite. Leur goût immodéré pour la distinction leur joue à chaque instant de mauvais tours. On sait avec quelle admirable bonhomie ils recherchent les tons *distingués*, c'est-à-dire des tons qui, s'ils étaient intenses, hurleraient comme le diable et l'eau bénite, comme le marbre et le vinaigre ; mais comme ils sont excessivement pâlis et pris à une dose homéopathique, l'effet en est plutôt surprenant que douloureux : c'est là le grand triomphe !

La *distinction* dans le dessin consiste à partager les préjugés de certaines mijaurées, frottées de littératures malsaines, qui ont en horreur les petits yeux, les grands pieds, les grandes mains, les petits fronts et les joues allumées par la joie et la santé, — toutes choses qui peuvent être fort belles.

Cette pédanterie dans la couleur et le dessin nuit toujours aux œuvres de ces messieurs, quelque recommandables qu'elles soient d'ailleurs. Ainsi, devant le portrait *bleu* de M. Amaury-Duval et bien d'autres portraits de femmes ingristes ou ingrisées, j'ai senti passer dans mon esprit, amenées par je ne sais quelle association d'idées, ces sages paroles du chien Berganza, qui fuyait les bas-*bleus* aussi ardemment que ces messieurs les recherchent : « Corinne ne t'a-t-elle jamais paru insupportable [1] ?... À l'idée de la voir s'approcher de moi, animée d'une vie véritable, je me sentais comme oppressé par une sensation pénible, et incapable de conserver auprès d'elle ma sérénité et ma liberté d'esprit. ....
.... Quelque beaux que pussent être son bras ou sa main, jamais je n'aurais pu supporter ses caresses sans une certaine répugnance, un certain

---

1. Le chien Berganza est un personnage d'Hoffmann dans *Fantaisies à la manière de Callot* (1836) et déclare ne pas pouvoir supporter les bas-bleus, surtout Mme de Staël, auteur de *Corinne ou l'Italie*.

frémissement intérieur qui m'ôte ordinairement l'appétit. — Je ne parle ici qu'en ma qualité de chien ! »

J'ai éprouvé la même sensation que le spirituel Berganza devant presque tous les portraits de femmes,
anciens ou présents, de MM. Flandrin, Lehmann et
Amaury-Duval, malgré les belles mains, réellement bien
peintes, qu'ils savent leur faire, et la galanterie de certains détails. Dulcinée de Toboso [1] elle-même, en passant par l'atelier de ces messieurs, en sortirait diaphane
et bégueule comme une élégie, et amaigrie par le thé et
le beurre esthétiques.

Ce n'est pourtant pas ainsi, — il faut le répéter sans
cesse, — que M. Ingres comprend les choses, le grand
maître !

Dans le portrait compris suivant la seconde méthode,
MM. DUBUFE père, WINTERHALTER [2], LÉPAULLE et
Mme FRÉDÉRIQUE O'CONNELL, avec un goût plus sincère de la nature et une couleur plus sérieuse, auraient
pu acquérir une gloire légitime.

M. Dubufe aura longtemps encore le privilège des
portraits élégants ; son goût naturel et quasi poétique
sert à cacher ses innombrables défauts.

Il est à remarquer que les gens qui crient tant haro sur
le *bourgeois*, à propos de M. Dubufe, sont les mêmes qui
se sont laissé charmer par les têtes de bois de M. PÉRI-
GNON. Qu'on aurait pardonné de choses à M. Delaroche,
si l'on avait pu prévoir la fabrique Pérignon !

M. Winterhalter est réellement en décadence.
— M. Lépaulle est toujours le même, un excellent
peintre parfois, toujours dénué de goût et de bon sens.
— Des yeux et des bouches charmantes, des bras réussis, — avec des toilettes à faire fuir les honnêtes gens !

Mme O'Connell sait peindre librement et vivement ;
mais sa couleur manque de consistance. C'est le mal-

---

1. Personnage du *Quichotte* de Cervantès, paysanne dont est
amoureux don Quichotte et qui lui sert de dame à qui dédier ses
exploits.   **2.** François Xavier Winterhalter (1805-1873) avait
débuté par des compositions italianisantes remarquées par Gautier,
puis il devint très vite un portraitiste mondain très en vogue, à tel
point qu'on put le surnommer « le peintre des têtes couronnées ».

heureux défaut de la peinture anglaise, transparente à l'excès, et toujours douée d'une trop grande fluidité.

Un excellent exemple du genre de portraits dont je voulais tout à l'heure caractériser l'esprit est ce portrait de femme, par M. HAFFNER, — noyé dans le gris et resplendissant de mystère, — qui, au Salon dernier, avait fait concevoir de si hautes espérances à tous les connaisseurs. Mais M. Haffner n'était pas encore un peintre de genre, cherchant à réunir et à fondre Diaz, Decamps et Troyon.

On dirait que Mme E. GAUTIER cherche à amollir un peu sa manière. Elle a tort.

MM. TISSIER et J. GUIGNET ont conservé leur touche et leur couleur sûres et solides. En général, leurs portraits ont cela d'excellent qu'ils plaisent surtout par l'aspect, qui est la première impression et la plus importante.

M. VICTOR ROBERT, l'auteur d'une immense allégorie de l'Europe[1], est certainement un bon peintre, doué d'une main ferme ; mais l'artiste qui fait le portrait d'un homme célèbre ne doit pas se contenter d'une pâte heureuse et superficielle ; car il fait aussi le portrait d'un esprit. M. Granier de Cassagnac est beaucoup plus laid, ou, si l'on veut, beaucoup plus beau. D'abord le nez est plus large, et la bouche, mobile et irritable, est d'une malice et d'une finesse que le peintre a oubliées. M. Granier de Cassagnac a l'air plus petit et plus athlétique, — jusque dans le front. Cette pose est plutôt emphatique que respirant la force véritable, qui est son caractère. Ce n'est point là cette tournure martiale et provocante avec laquelle il aborde la vie et toutes ses questions. Il suffit de l'avoir vu fulminer à la hâte ses colères, avec des soubresauts de plume et de chaise, ou simplement de les avoir lues, pour comprendre qu'il n'est pas là tout entier. *Le Globe*, qui fuit dans la demiteinte, est un enfantillage, — ou bien il fallait qu'il fût en pleine lumière !

J'ai toujours eu l'idée que M. L. BOULANGER eût fait

---

1. Voir la note 2 p. 75 du « Salon de 1845 ».

un excellent graveur ; c'est un ouvrier naïf et dénué d'invention qui gagne beaucoup à travailler sur autrui. Ses tableaux romantiques sont mauvais, ses portraits sont bons, — clairs, solides, facilement et simplement peints ; et, chose singulière, ils ont souvent l'aspect des bonnes gravures faites d'après les portraits de Van Dyck. Ils ont ces ombres denses et ces lumières blanches des eaux-fortes vigoureuses. Chaque fois que M. L. Boulanger a voulu s'élever plus haut, il a fait du pathos. Je crois que c'est une intelligence honnête, calme et ferme, que les louanges exagérées des poètes ont seules pu égarer.

Que dirai-je de M. L. COGNIET, cet aimable éclectique, ce peintre de tant de bonne volonté et d'une intelligence si inquiète que, pour bien rendre le portrait de M. Granet, il a imaginé d'employer la couleur propre aux tableaux de M. Granet, — laquelle est généralement noire, comme chacun sait depuis longtemps.

Mme DE MIRBEL est le seul artiste qui sache se tirer d'affaire dans ce difficile problème du goût et de la vérité. C'est à cause de cette sincérité particulière, et aussi de leur aspect séduisant, que ses miniatures ont toute l'importance de la peinture.

X

DU CHIC ET DU PONCIF [1]

Le *chic*, mot affreux et bizarre et de moderne fabrique, dont j'ignore même l'orthographe*, mais que

---

* H. de Balzac a écrit quelque part : *le chique.*

---

1. Les mots « chic » et « poncif » sont de l'argot d'atelier, exprimant tous deux des qualités de pastiche ou de « bricolage », excluant toute imagination, toute création et donc toute originalité. Le poncif était un procédé technique qui consistait à piquer le dessin définitif

je suis obligé d'employer, parce qu'il est consacré par les artistes pour exprimer une monstruosité moderne, signifie : absence de modèle et de nature. Le *chic* est l'abus de la mémoire ; encore le *chic* est-il plutôt une mémoire de la main qu'une mémoire du cerveau ; car il est des artistes doués d'une mémoire profonde des caractères et des formes, — Delacroix ou Daumier, — et qui n'ont rien à démêler avec le *chic*.

Le *chic* peut se comparer au travail de ces maîtres d'écriture, doués d'une belle main et d'une bonne plume taillée pour l'anglaise ou la coulée, et qui savent tracer hardiment, les yeux fermés, en manière de paraphe, une tête de Christ ou le chapeau de l'empereur.

La signification du mot *poncif* a beaucoup d'analogie avec celle du mot *chic*. Néanmoins, il s'applique plus particulièrement aux expressions de tête et aux attitudes.

Il y a des colères *poncif*, des étonnements *poncif*, par exemple l'étonnement exprimé par un bras horizontal avec le pouce écarquillé.

Il y a dans la vie et dans la nature des choses et des êtres *poncif*, c'est-à-dire qui sont le résumé des idées vulgaires et banales qu'on se fait de ces choses et de ces êtres : aussi les grands artistes en ont horreur.

Tout ce qui est conventionnel et traditionnel relève du *chic* et du *poncif*.

Quand un chanteur met la main sur son cœur, cela veut dire d'ordinaire : je l'aimerai toujours ! — Serre-t-il les poings en regardant le souffleur ou les planches, cela signifie : il mourra, le traître ! — Voilà le *poncif*.

afin de le reporter sur la toile, en faisant passer par les trous une substance colorée.

XI

DE M. HORACE VERNET

Tels sont les principes sévères qui conduisent dans la recherche du beau cet artiste éminemment national, dont les compositions décorent la chaumière du pauvre villageois et la mansarde du joyeux étudiant, le salon des maisons de tolérance les plus misérables et les palais de nos rois. Je sais bien que cet homme est un Français, et qu'un Français en France est une chose sainte et sacrée, — et même à l'étranger, à ce qu'on dit ; mais c'est pour cela même que je le hais.

Dans le sens le plus généralement adopté, Français veut dire vaudevilliste, et vaudevilliste un homme à qui Michel-Ange donne le vertige et que Delacroix remplit d'une stupeur bestiale, comme le tonnerre certains animaux. Tout ce qui est abîme, soit en haut, soit en bas, le fait fuir prudemment. Le sublime lui fait toujours l'effet d'une émeute, et il n'aborde même son Molière qu'en tremblant et parce qu'on lui a persuadé que c'était un auteur gai.

Aussi tous les honnêtes gens de France, excepté M. Horace Vernet, haïssent le Français. Ce ne sont pas des idées qu'il faut à ce peuple remuant, mais des faits, des récits historiques, des couplets et *Le Moniteur*[1] ! Voilà tout : jamais d'abstractions. Il a fait de grandes choses, mais il n'y pensait pas. On les lui a fait faire.

M. Horace Vernet est un militaire qui fait de la peinture. — Je hais cet art improvisé au roulement du tambour, ces toiles badigeonnées au galop, cette peinture fabriquée à coups de pistolet, comme je hais l'armée, la force armée, et tout ce qui traîne des armes bruyantes dans un lieu pacifique. Cette immense popularité, qui ne durera d'ailleurs pas plus longtemps que la guerre, et qui diminuera à mesure que les peuples se feront

1. Ou *Journal officiel de la Nation.*

d'autres joies, — cette popularité, dis-je, cette *vox populi, vox Dei*, est pour moi une oppression.

Je hais cet homme parce que ses tableaux ne sont point de la peinture, mais une masturbation agile et fréquente, une irritation de l'épiderme français : — comme je hais tel autre grand homme dont l'austère hypocrisie a rêvé le consulat et qui n'a récompensé le peuple de son amour que par de mauvais vers, — des vers qui ne sont pas de la poésie, des vers bistournés et mal construits, pleins de barbarismes et de solécismes, mais aussi de civisme et de patriotisme.

Je le hais parce qu'il est né *coiffé*[*], et que l'art est pour lui chose claire et facile. — Mais il vous raconte votre gloire, et c'est la grande affaire. — Eh ! qu'importe au voyageur enthousiaste, à l'esprit cosmopolite qui préfère le beau à la gloire ?

Pour définir M. Horace Vernet d'une manière claire, il est l'antithèse absolue de l'artiste ; il substitue le *chic* au dessin, le charivari à la couleur et les épisodes à l'unité ; il fait des Meissonier grands comme le monde [1].

Du reste, pour remplir sa mission officielle, M. Horace Vernet est doué de deux qualités éminentes, l'une en moins, l'autre en plus : nulle passion et une mémoire d'almanach[**] ! Qui sait mieux que lui

---

[*] Expression de M. Marc Fournier, qui peut s'appliquer à presque tous les romanciers et les historiens en vogue, qui ne sont guère que des feuilletonistes, comme M. Horace Vernet.   [**] La véritable mémoire, considérée sous un point de vue philosophique, ne consiste, je pense, que dans une imagination très vive facile à émouvoir, et par conséquent susceptible d'évoquer à l'appui de chaque sensation les scènes du passé, en les dotant, comme par enchantement, de la vie et du caractère propres à chacune d'elles [2] ; du moins

---

1. Meissonier était passé maître dans les petits tableaux où ne manquait pas un détail : cela donne la mesure de la comparaison baudelairienne.   **2.** De nos jours, cette idée est entrée dans le lexicon de la phénoménologie sous le nom de « mémoire eidétique » (du grec *eidos* : image). L'eidétisme est la faculté de rappeler les images perçues dans le passé, même longtemps après. Pour Baudelaire, comme pour Hoffmann, ceci est la matière première de tout poème et de tout art. Il faut cependant le distinguer du simple rappel des faits, comme le souligne le texte cité.

combien il y a de boutons dans chaque uniforme, quelle tournure prend une guêtre ou une chaussure avachie par des étapes nombreuses ; à quel endroit des buffleteries le cuivre des armes dépose son ton vert-de-gris ? Aussi, quel immense public et quelle joie ! Autant de publics qu'il faut de métiers différents pour fabriquer des habits, des shakos, des sabres, des fusils et des canons ! Et toutes ces corporations réunies devant un Horace Vernet par l'amour commun de la gloire ! Quel spectacle !

Comme je reprochais un jour à quelques Allemands leur goût pour Scribe et Horace Vernet, ils me répondirent : « Nous admirons profondément Horace Vernet comme le représentant le plus complet de son siècle. » — À la bonne heure !

On dit qu'un jour M. Horace Vernet alla voir Pierre de Cornélius, et qu'il l'accabla de compliments. Mais il attendit longtemps la réciprocité ; car Pierre de Cornélius ne le félicita qu'une seule fois pendant toute l'entrevue, — sur la quantité de champagne qu'il pouvait absorber sans en être incommodé. — Vraie ou fausse, l'histoire a toute la vraisemblance poétique.

Qu'on dise encore que les Allemands sont un peuple naïf !

Bien des gens, partisans de la ligne courbe en matière d'éreintage, et qui n'aiment pas mieux que moi M. Horace Vernet, me reprocheront d'être maladroit. Cependant il n'est pas imprudent d'être brutal et d'aller droit au fait, quand à chaque phrase le *je* couvre un *nous, nous* immense, *nous* silencieux et invisible, — *nous*, toute une génération nouvelle, ennemie de la guerre et des sottises nationales ; une génération pleine de santé, parce qu'elle est jeune, et qui pousse déjà à la

---

j'ai entendu soutenir cette thèse par l'un de mes anciens maîtres, qui avait une mémoire prodigieuse, quoiqu'il ne pût retenir une date, ni un nom propre. — Le maître avait raison, et il en est sans doute autrement des paroles et des discours qui ont pénétré profondément dans l'âme et dont on a pu saisir le sens intime et mystérieux, que de mots appris par cœur. — HOFFMANN.

queue, coudoie et fait ses trous, — sérieuse, railleuse et menaçante* !

*

Deux autres faiseurs de vignettes et grands adorateurs du *chic* sont MM. GRANET et ALFRED DEDREUX ; mais ils appliquent leur faculté d'improvisateur à des genres bien différents : M. Granet à la religion, M. Dedreux à la vie fashionable. L'un fait le moine, l'autre le cheval ; mais l'un est noir, l'autre clair et brillant. M. Alfred Dedreux a cela pour lui qu'il sait peindre, et que ses peintures ont l'aspect vif et frais des décorations de théâtre. Il faut supposer qu'il s'occupe davantage de la nature dans les sujets qui font sa spécialité ; car ses études de chiens courants sont plus réelles et plus solides. Quant à ses *Chasses*, elles ont cela de comique que les chiens y jouent le grand rôle et pourraient manger chacun quatre chevaux. Ils rappellent les célèbres moutons dans *Les Vendeurs du Temple*, de Jouvenet[1], qui absorbent Jésus-Christ.

XII

DE L'ÉCLECTISME ET DU DOUTE[2]

Nous sommes, comme on le voit, dans l'hôpital de la peinture. Nous touchons aux plaies et aux maladies ; et

---

* Ainsi l'on peut chanter devant toutes les toiles de M. Horace Vernet : « Vous n'avez qu'un temps à vivre / Amis, passez-le gaiement[3]. » Gaieté essentiellement française.

---

1. Ce tableau était autrefois à Saint-Martin-des-Champs et se trouve actuellement au Musée des Beaux-Arts de Lyon.   2. Le doute d'où sort l'éclectisme est le fait d'hommes faibles qui vont chercher dans le passé et non en eux-mêmes de quoi nourrir leur œuvre. L'éclectisme, au XIXe siècle, et surtout dans la deuxième moitié, fut on ne peut plus florissant.   3. Vers du comte de Bonneval (1675-1747).

celle-ci n'est pas une des moins étranges et des moins contagieuses.

Dans le siècle présent comme dans les anciens, aujourd'hui comme autrefois, les hommes forts et bien portants se partagent, chacun suivant son goût et son tempérament, les divers territoires de l'art, et s'y exercent en pleine liberté suivant la loi fatale du travail attrayant. Les uns vendangent facilement et à pleines mains dans les vignes dorées et automnales de la couleur ; les autres labourent avec patience et creusent péniblement le sillon profond du dessin. Chacun de ces hommes a compris que sa royauté était un sacrifice, et qu'à cette condition seule il pouvait régner avec sécurité jusqu'aux frontières qui la limitent. Chacun d'eux a une enseigne à sa couronne ; et les mots écrits sur l'enseigne sont lisibles pour tout le monde. Nul d'entre eux ne doute de sa royauté, et c'est dans cette imperturbable conviction qu'est leur gloire et leur sérénité.

M. Horace Vernet lui-même, cet odieux représentant du *chic*, a le mérite de n'être pas un douteur. C'est un homme d'une humeur heureuse et folâtre, qui habite un pays artificiel dont les acteurs et les coulisses sont faits du même carton ; mais il règne en maître dans son royaume de parade et de divertissements.

Le doute, qui est aujourd'hui dans le monde moral la cause principale de toutes les affections morbides, et dont les ravages sont plus grands que jamais, dépend de causes majeures que j'analyserai dans l'avant-dernier chapitre, intitulé : *Des écoles et des ouvriers*. Le doute a engendré l'éclectisme, car les douteurs avaient la bonne volonté du salut.

L'éclectisme, aux différentes époques, s'est toujours cru plus grand que les doctrines anciennes, parce que arrivé le dernier il pouvait parcourir les horizons les plus reculés. Mais cette impartialité prouve l'impuissance des éclectiques. Des gens qui se donnent si largement le temps de la réflexion ne sont pas des hommes complets ; il leur manque une passion.

Les éclectiques n'ont pas songé que l'attention humaine est d'autant plus intense qu'elle est bornée et qu'elle limite elle-même son champ d'observations. Qui trop embrasse mal étreint.

C'est surtout dans les arts que l'éclectisme a eu les conséquences les plus visibles et les plus palpables, parce que l'art, pour être profond, veut une idéalisation perpétuelle qui ne s'obtient qu'en vertu du sacrifice, — sacrifice involontaire.

Quelque habile que soit un éclectique, c'est un homme faible ; car c'est un homme sans amour. Il n'a donc pas d'idéal, il n'a pas de parti pris ; — ni étoile ni boussole.

Il mêle quatre procédés différents qui ne produisent qu'un effet noir, une négation.

Un éclectique est un navire qui voudrait marcher avec quatre vents.

Une œuvre faite à un point de vue exclusif, quelque grands que soient ses défauts, a toujours un grand charme pour les tempéraments analogues à celui de l'artiste.

L'œuvre d'un éclectique ne laisse pas de souvenir.

Un éclectique ignore que la première affaire d'un artiste est de substituer l'homme à la nature et de protester contre elle. Cette protestation ne se fait pas de parti pris, froidement, comme un code ou une rhétorique ; elle est emportée et naïve, comme le vice, comme la passion, comme l'appétit. Un éclectique n'est donc pas un homme.

Le doute a conduit certains artistes à implorer le secours de tous les autres arts. Les essais de moyens contradictoires, l'empiétement d'un art sur un autre, l'importation de la poésie, de l'esprit et du sentiment dans la peinture, toutes ces misères modernes sont des vices particuliers aux éclectiques[1].

---

1. Baudelaire, une fois encore, s'attaque à l'*Ut pictura poesis* et à la confusion opérée entre littérature et art plastique.

XIII

DE M. ARY SCHEFFER [1]
ET DES SINGES DU SENTIMENT

Un exemple désastreux de cette méthode, si l'on peut appeler ainsi l'absence de méthode, est M. ARY SCHEFFER.

Après avoir imité Delacroix, après avoir singé les coloristes, les dessinateurs français et l'école néo-chrétienne d'Overbeck, M. Ary Scheffer s'est aperçu, — un peu tard sans doute, — qu'il n'était pas né peintre. Dès lors il fallut recourir à d'autres moyens ; et il demanda aide et protection à la poésie.

Faute ridicule pour deux raisons : d'abord la poésie n'est pas le but immédiat du peintre ; quand elle se trouve mêlée à la peinture, l'œuvre n'en vaut que mieux, mais elle ne peut pas en déguiser les faiblesses. Chercher la poésie de parti pris dans la conception d'un tableau est le plus sûr moyen de ne pas la trouver. Elle doit venir à l'insu de l'artiste. Elle est le résultat de la peinture elle-même ; car elle gît dans l'âme du spectateur, et le génie consiste à l'y réveiller. La peinture n'est intéressante que par la couleur et par la forme ; elle ne ressemble à la poésie qu'autant que celle-ci éveille dans le lecteur des idées de peinture.

En second lieu, et ceci est une conséquence de ces dernières lignes, il est à remarquer que les grands artistes, que leur instinct, conduit toujours bien, n'ont pris dans les poètes que des sujets très colorés et très visibles. Ainsi ils préfèrent Shakespeare à Arioste.

Or, pour choisir un exemple éclatant de la sottise de M. Ary Scheffer, examinons le sujet du tableau intitulé

---

1. Ary Scheffer (1795-1859) se rendit célèbre par ses compositions sentimentales et les variations de son style. On le prit tout d'abord pour un romantique, puis pour un suiveur de l'ingrisme, oscillant de l'un à l'autre mais jouissant d'une grande popularité par ses toiles aisément compréhensibles.

Ary Scheffer. *Saint Augustin et sainte Monique*. 1855.

Paris, musée du Louvre.

Saint Augustin et sainte Monique[1]. Un brave peintre espagnol eût naïvement, avec la double piété de l'art et de la religion, peint de son mieux l'idée générale qu'il se faisait de saint Augustin et de sainte Monique. Mais

1. L'œuvre est à la National Gallery de Londres.

il ne s'agit pas de cela ; il faut surtout exprimer le passage suivant, — avec des pinceaux et de la couleur :
« Nous cherchions entre nous quelle sera cette vie éternelle *que l'œil n'a pas vue, que l'oreille n'a pas entendue, et où n'atteint pas le cœur de l'homme* » ! C'est le comble de l'absurdité. Il me semble voir un danseur exécutant un pas de mathématiques !

Autrefois le public était bienveillant pour M. Ary Scheffer ; il retrouvait devant ces tableaux *poétiques* les plus chers souvenirs des grands poètes, et cela lui suffisait. La vogue passagère de M. Ary Scheffer fut un hommage à la mémoire de Goethe. Mais les artistes, même ceux qui n'ont qu'une originalité médiocre, ont montré depuis longtemps au public de la vraie peinture, exécutée avec une main sûre et d'après les règles les plus simples de l'art : aussi s'est-il dégoûté peu à peu de la peinture invisible, et il est aujourd'hui, à l'endroit de M. Ary Scheffer, cruel et ingrat, comme tous les publics. Ma foi ! il fait bien.

Du reste, cette peinture est si malheureuse, si triste, si indécise et si sale, que beaucoup de gens ont pris les tableaux de M. Ary Scheffer pour ceux de M. HENRI SCHEFFER, un autre Girondin de l'art. Pour moi, ils me font l'effet de tableaux de M. Delaroche, lavés par les grandes pluies.

Une méthode simple pour connaître la portée d'un artiste est d'examiner son public. E. Delacroix a pour lui les peintres et les poètes ; M. Decamps, les peintres ; M. Horace Vernet, les garnisons, et M. Ary Scheffer, les femmes esthétiques qui se vengent de leurs fleuers blanches en faisant de la musique religieuse[*].

*

---

[*] Je recommande à ceux que mes pieuses colères ont dû parfois scandaliser la lecture des *Salons* de Diderot. Entre autres exemples de charité bien entendue, ils y verront que ce grand philosophe, à propos d'un peintre qu'on lui avait recommandé, parce qu'il avait du monde à nourrir, dit qu'il faut abolir les tableaux ou la famille.

Les singes du sentiment sont, en général, de mauvais artistes. S'il en était autrement, ils feraient autre chose que du sentiment.

Les plus forts d'entre eux sont ceux qui ne comprennent que le joli.

Comme le sentiment est une chose infiniment variable et multiple, comme la mode, il y a des singes de sentiment de différents ordres.

Le singe du sentiment compte surtout sur le livret. Il est à remarquer que le titre du tableau n'en dit jamais le sujet, surtout chez ceux qui, par un agréable mélange d'horreurs, mêlent le sentiment à l'esprit. On pourra ainsi, en élargissant la méthode, arriver au rébus sentimental.

Par exemple, vous trouvez dans le livret : *Pauvre fileuse !* Eh bien, il se peut que le tableau représente un ver à soie femelle ou une chenille écrasée par un enfant. Cet âge est sans pitié.

Aujourd'hui et demain. — Qu'est-ce que cela ? Peut-être le drapeau blanc et le drapeau tricolore ; peut-être aussi un député triomphant, et le même dégommé. Non, — c'est une jeune vierge promue à la dignité de lorette, jouant avec les bijoux et les roses, et maintenant, flétrie et creusée, subissant sur la paille les conséquences de sa légèreté.

L'Indiscret. — Cherchez, je vous prie. — Cela représente un monsieur surprenant un album libertin dans les mains de deux jeunes filles rougissantes.

Celui-ci rentre dans la classe des tableaux de sentiment Louis XV, qui se sont, je crois, glissés au Salon à la suite de *La Permission de dix heures*. C'est, comme on le voit, un tout autre ordre de sentiments : ceux-ci sont moins mystiques.

En général, les tableaux de sentiment sont tirés des dernières poésies d'un bas-bleu quelconque, genre mélancolique et voilé ; ou bien ils sont une traduction picturale des criailleries du pauvre contre le riche, genre protestant ; ou bien empruntés à la sagesse des nations, genre spirituel ; quelquefois aux œuvres de M. Bouilly ou de Bernardin de Saint-Pierre, genre moraliste.

Voici encore quelques exemples de tableaux de sentiment : *L'Amour à la campagne*, bonheur, calme, repos,
et *L'Amour à la ville*, cris, désordre, chaises et livres
renversés : c'est une métaphysique à la portée des
simples.

La Vie d'une jeune fille en quatre compartiments [1].
— Avis à celles qui ont du penchant à la maternité.

L'Aumône d'une vierge folle. — Elle donne un sou
gagné à la sueur de son front à l'éternel Savoyard qui
monte la garde à la porte de Félix [2]. Au-dedans, les
riches du jour se gorgent de friandises. — Celui-là nous
vient évidemment de la littérature *Marion de Lorme* [3],
qui consiste à prêcher les vertus des assassins et des
filles publiques [4].

Que les Français ont d'esprit et qu'ils se donnent de
mal pour se tromper ! Livres, tableaux, romances, rien
n'est inutile, aucun moyen n'est négligé par ce peuple
charmant, quand il s'agit pour lui de *se monter un coup*.

XIV

DE QUELQUES DOUTEURS

Le doute revêt une foule de formes ; c'est un Protée
qui souvent s'ignore lui-même. Ainsi les douteurs
varient à l'infini, et je suis obligé de mettre en paquet

---

1. Tous ces titres, comme le remarque Baudelaire, parlent à l'esprit par ce qu'ils évoquent en eux-mêmes ; « Pauvre Fileuse » était
de Mme C. Pensotti, « Aujourd'hui » et « Demain » de Charles Lan-
delle, « L'Indiscret » de H.-G. Schlésinger, « La Permission de dix
heures » d'Eugène Giraud, « L'Amour au château » et « L'Amour à
la chaumière » (et non « à la ville » et « à la campagne »), de F.-C.
Compte-Calix, « La Vie d'une jeune fille en quatre compartiments »
de   Charles   Richard.   **2.** Pâtissier   de   la   rue   Vivienne.
3. Pièce de Victor Hugo (1831) qui célèbre une courtisane réputée.
4. Pour Baudelaire, la sentimentalité d'une pièce de théâtre ou d'un
tableau n'est là que pour masquer des fins commerciales de vente,
que pour assurer la prospérité de ceux qui les produisent.

plusieurs individus qui n'ont de commun que l'absence d'une individualité bien constituée.

Il y en a de sérieux et pleins d'une grande bonne volonté ; ceux-là, plaignons-les.

Ainsi M. PAPETY [1], que quelques-uns, ses amis surtout, avaient pris pour un coloriste lors de son retour de Rome, a fait un tableau d'un aspect affreusement désagréable, — *Solon dictant ses lois* ; — et qui rappelle, — peut-être parce qu'il est placé trop haut pour qu'on en puisse étudier les détails, — la queue ridicule de l'école impériale.

Voilà deux ans de suite que M. Papety donne, dans le même Salon, des tableaux d'un aspect tout différent.

M. GLAIZE compromet ses débuts par des œuvres d'un style commun et d'une composition embrouillée. Toutes les fois qu'il lui faut faire autre chose qu'une étude de femme, il se perd. M. Glaize croit qu'on devient coloriste par le choix exclusif de certains tons. Les commis étalagistes et les habilleurs de théâtre ont aussi le goût des tons riches ; mais cela ne fait pas le goût de l'harmonie.

Dans *Le Sang de Vénus* [2], la Vénus est jolie, délicate et dans un bon mouvement ; mais la nymphe accroupie en face d'elle est d'un *poncif* affreux.

On peut faire à M. MATOUT les mêmes reproches à l'endroit de la couleur. De plus, un artiste qui s'est présenté autrefois comme dessinateur, et dont l'esprit s'appliquait surtout à l'harmonie combinée des lignes, doit éviter de donner à une figure des mouvements de cou et de bras improbables. Si la nature le veut, l'artiste idéaliste, qui veut être fidèle à ses principes, n'y doit pas consentir.

M. CHENAVARD est un artiste éminemment savant et piocheur, dont on a remarqué, il y a quelques années,

---

1. Voir la note 2 p. 96 du « Salon de 1845 ».   2. Voir même « Salon », la note 3 p. 76. La toile est au Musée Fabre, à Montpellier.

Le Martyre de saint Polycarpe[1], fait en collaboration
avec M. Comairas. Ce tableau dénotait une science
réelle de composition, et une connaissance approfondie
de tous les maîtres italiens. Cette année, M. Chenavard
a encore fait preuve de goût dans le choix de son sujet et
d'habileté dans son dessin[2] ; mais quand on lutte contre
Michel-Ange, ne serait-il pas convenable de l'emporter
au moins par la couleur ?

M. A. Guignet porte toujours deux hommes dans
son cerveau, Salvator et M. Decamps. M. Salvator Guignet peint avec de la sépia. M. Guignet Decamps est
une entité diminuée par la dualité. — *Les Condottières
après un pillage* sont faits dans la première manière ;
Xerxès se rapproche de la seconde. — Du reste, ce
tableau est assez bien composé, n'était le goût de l'érudition et de la curiosité, qui intrigue et amuse le spectateur et le détourne de la pensée principale ; c'était aussi
le défaut des *Pharaons*.

MM. Brune et Gigoux sont déjà de vieilles réputations. Même dans son bon temps, M. Gigoux n'a guère
fait que de vastes vignettes. Après de nombreux échecs,
il nous a montré enfin un tableau qui, s'il n'est pas très
original, a du moins une assez belle tournure. *Le
Mariage de la sainte Vierge* semble être l'œuvre d'un
de ces maîtres nombreux de la décadence florentine, que
la couleur aurait subitement préoccupé.

M. Brune rappelle les Carrache et les peintres éclectiques de la seconde époque : manière solide, mais
d'âme peu ou point ; — nulle grande faute, mais nulle
grande qualité.

S'il est des douteurs qui inspirent de l'intérêt, il en
est de grotesques que le public revoit tous les ans avec
cette joie méchante, particulière aux flâneurs ennuyés

---

1. L'œuvre, exposée au Salon de 1841, est dans l'église Saint-
Étienne d'Argenton-sur-Creuse (Indre). Philippe Comairas (1803-
1875) fut à nouveau son collaborateur pour les décorations du Panthéon, « Palingénésie universelle », jamais mises en place.
2. Chenavard exposait « L'Enfer de Dante » (Musée Fabre, Montpellier).

à qui la laideur excessive procure quelques instants de distraction.

M. BARD, l'homme aux folies froides, semble décidément succomber sous le fardeau qu'il s'était imposé. Il revient de temps à autre à sa manière naturelle, qui est celle de tout le monde. On m'a dit que l'auteur de *La Barque de Caron* était élève de M. Horace Vernet.

M. BIARD est un homme universel. Cela semblerait indiquer qu'il ne doute pas le moins du monde, et que nul plus que lui n'est sûr de son fait ; mais remarquez bien que parmi cet effroyable bagage, — tableaux d'histoire, tableaux de voyages, tableaux de sentiment, tableaux spirituels, — il est un genre négligé. M. Biard a reculé devant le tableau de religion. Il n'est pas encore assez convaincu de son mérite.

XV

DU PAYSAGE

Dans le paysage, comme dans le portrait et le tableau d'histoire, on peut établir des classifications basées sur les méthodes différentes : ainsi il y a des paysagistes coloristes, des paysagistes dessinateurs et des imaginatifs ; des naturalistes idéalisant à leur insu, et des sectaires du *poncif*, qui s'adonnent à un genre particulier et étrange, qui s'appelle le Paysage *historique*.

Lors de la révolution romantique, les paysagistes, à l'exemple des plus célèbres Flamands, s'adonnèrent exclusivement à l'étude de la nature ; ce fut ce qui les sauva et donna un éclat particulier à l'école du paysage moderne. Leur talent consista surtout dans une adoration éternelle de l'œuvre visible, sous tous ses aspects et dans tous ses détails.

D'autres, plus philosophes et plus raisonneurs, s'occupèrent surtout du style, c'est-à-dire de l'harmonie des lignes principales, de l'architecture de la nature.

Quant au paysage de fantaisie, qui est l'expression de la rêverie humaine, l'égoïsme humain substitué à la nature, il fut peu cultivé. Ce genre singulier, dont Rembrandt, Rubens, Watteau, et quelques livres d'étrennes anglais offrent les meilleurs exemples, et qui est en petit l'analogue des belles décorations de l'Opéra, représente le besoin naturel du merveilleux. C'est l'imagination du dessin importée dans le paysage : jardins fabuleux, horizons immenses, cours d'eau plus limpides qu'il n'est naturel, et coulant en dépit des lois de la topographie, rochers gigantesques construits dans des proportions idéales, brumes flottantes comme un rêve. Le paysage de fantaisie a eu chez nous peu d'enthousiastes, soit qu'il fût un fruit peu français, soit que l'école eût avant tout besoin de se retremper dans les sources purement naturelles [1].

Quant au paysage historique, dont je veux dire quelques mots en manière d'office pour les morts, il n'est ni la libre fantaisie, ni l'admirable servilisme des naturalistes : c'est la morale appliquée à la nature.

Quelle contradiction et quelle monstruosité ! La nature n'a d'autre morale que le fait, parce qu'elle est la morale elle-même ; et néanmoins il s'agit de la reconstruire et de l'ordonner d'après des règles plus saines et plus pures, règles qui ne se trouvent pas dans le pur enthousiasme de l'idéal, mais dans des codes bizarres que les adeptes ne montrent à personne [2].

Ainsi la tragédie, — ce genre oublié des hommes, et dont on ne retrouve quelques échantillons qu'à la Comédie-Française, le théâtre le plus désert de l'univers, — la tragédie consiste à découper certains patrons éternels, qui sont l'amour, la haine, l'amour filial, l'ambition,

---

1. Le critique ne croit pas si bien dire : le paysage romantique s'attacha à l'étude de la nature, pour réagir contre le côté artificiel du paysage néo-classique.   2. Les sources du paysage classique sont à chercher chez Annibal Carrache et le Dominiquin dans l'Italie du xviie siècle, mais aussi chez Poussin et chez les Vénitiens du xvie siècle, sans oublier les écoles flamandes. Il y avait, en effet, une manière pour faire un paysage : un premier plan dans l'ombre, pour faire ressortir le second dans la lumière, et ainsi de suite.

etc., et, suspendus à des fils, à les faire marcher, saluer, s'asseoir et parler d'après une étiquette mystérieuse et sacrée. Jamais, même à grand renfort de coins et de maillets, vous ne ferez entrer dans la cervelle d'un poète tragique l'idée de l'infinie variété, et même en le frappant ou en le tuant, vous ne lui persuaderez pas qu'il faut différentes morales. Avez-vous jamais vu boire et manger des personnes tragiques ? Il est évident que ces gens-là se sont fait la morale à l'endroit des besoins naturels et qu'ils ont créé leur tempérament, au lieu que la plupart des hommes subissent le leur. J'ai entendu dire à un poète ordinaire de la Comédie-Française que les romans de Balzac lui serraient le cœur et lui inspiraient du dégoût ; que, pour son compte, il ne concevait pas que des amoureux vécussent d'autre chose que du parfum des fleurs et des pleurs de l'aurore. Il serait temps, ce me semble, que le gouvernement s'en mêlât ; car si les hommes de lettres, qui ont chacun leur rêve et leur labeur, et pour qui le dimanche n'existe pas, échappent naturellement à la tragédie, il est un certain nombre de gens à qui l'on a persuadé que la Comédie-Française était le sanctuaire de l'art, et dont l'admirable bonne volonté est filoutée un jour sur sept. Est-il raisonnable de permettre à quelques citoyens de s'abrutir et de contracter des idées fausses ? Mais il paraît que la tragédie et le paysage historique sont plus forts que les Dieux [1].

Vous comprenez maintenant ce que c'est qu'un bon paysage tragique. C'est un arrangement de patrons d'arbres, de fontaines, de tombeaux et d'urnes cinéraires. Les chiens sont taillés sur un certain patron de chien historique ; un berger historique ne peut pas, sous peine du déshonneur, s'en permettre d'autres. Tout arbre immoral qui s'est permis de pousser tout seul et

---

1. En tant qu'expressions « dépassées », la tragédie et le paysage historique sont des impostures, des mensonges, sont porteurs d'idées fausses. Ce qui est souligné ici, c'est la survivance de formes réactionnaires. On peut dire que Baudelaire a parfaitement saisi ce qui se passait alors, soit la fin des archétypes universels et l'avènement du type singulier, individuel.

B.N.F.

Théodore Caruelle d'Aligny. *L'Acropole d'Athènes*, eau-forte.
Paris, Bibliothèque nationale de France.

à sa manière est nécessairement abattu ; toute mare à
crapauds ou à têtards est impitoyablement enterrée. Les
paysagistes historiques qui ont des remords par suite de
quelques peccadilles naturelles, se figurent l'enfer sous
l'aspect d'un vrai paysage, d'un ciel pur et d'une nature
libre et riche : par exemple une savane ou une forêt
vierge.

MM. PAUL FLANDRIN, DESGOFFE, CHEVANDIER et
TEYTAUD [1] sont les hommes qui se sont imposé la gloire
de lutter contre le goût d'une nation.

J'ignore quelle est l'origine du paysage historique. À
coup sûr, ce n'est pas dans Poussin qu'il a pris naissance ; car auprès de ces messieurs, c'est un esprit perverti
et débauché.

MM. ALIGNY [2], COROT et CABAT se préoccupent
beaucoup du style. Mais ce qui, chez M. Aligny, est un

---

1. Alexandre Desgoffe (1805-1882), élève d'Ingres et gendre de
Paul Flandrin ; Paul Chevandier de Valdrome (1817-1877), élève de
Marilhat et de Picon ; Alphonse Teytaud, né vers 1815, exposa au
Salon entre 1839 et 1850.   **2.** Claude-Félix-Théodore Caruelle
d'Aligny (1798-1871), élève de Régnault et de Watelet, était un des

parti pris violent et philosophique, est chez M. Corot une habitude naïve et une tournure d'esprit naturel. Il n'a malheureusement donné cette année qu'un seul paysage : ce sont des vaches qui viennent boire à une mare dans la forêt de Fontainebleau [1]. M. Corot est plutôt un harmoniste qu'un coloriste, et ses compositions, toujours dénuées de pédanterie, ont un aspect séduisant par la simplicité même de la couleur. Presque toutes ses œuvres ont le don particulier de l'unité, qui est un des besoins de la mémoire.

M. Aligny a fait à l'eau-forte de très belles vues de Corinthe et d'Athènes ; elles expriment parfaitement bien l'idée préconçue de ces choses. Du reste, ces harmonieux poèmes de pierre allaient très bien au talent sérieux et idéaliste de M. Aligny, ainsi que la méthode employée pour les traduire.

M. CABAT a complètement abandonné la voie dans laquelle il s'était fait une si grande réputation. Sans être complice des fanfaronnades particulières à certains paysagistes naturalistes, il était autrefois bien plus brillant et bien plus naïf. Il a véritablement tort de ne plus se fier à la nature, comme jadis. C'est un homme d'un trop grand talent pour que toutes ses compositions n'aient pas un caractère spécial ; mais ce jansénisme de nouvelle date, cette diminution de moyens, cette privation volontaire, ne peuvent pas ajouter à sa gloire.

En général, l'influence ingriste ne peut pas produire de résultats satisfaisants dans le paysage. La ligne et le style ne remplacent pas la lumière, l'ombre, les reflets et l'atmosphère colorante, — toutes choses qui jouent un trop grand rôle dans la poésie de la nature pour qu'elle se soumette à cette méthode.

Les partisans contraires, les naturalistes et les coloristes, sont bien plus populaires et ont jeté bien plus d'éclat. Une couleur riche et abondante, des ciels transparents et lumineux, une sincérité particulière qui leur

---

représentants de la tendance classicisante et linéaire.
1. La « Vue prise dans la forêt de Fontainebleau », de Corot, est au Museum of Fine Arts de Boston.

fait accepter tout ce que donne la nature, sont leurs principales qualités : seulement, quelques-uns d'entre eux, comme M. Troyon, se réjouissent trop dans les jeux et les voltiges de leur pinceau. Ces moyens, sus d'avance, appris à grand-peine et monotonement triomphants, intéressent le spectateur quelquefois plus que le paysage lui-même. Il arrive même, en ces cas-là, qu'un élève inattendu, comme M. Charles Le Roux, pousse encore plus loin la sécurité et l'audace ; car il n'est qu'une chose inimitable, qui est la bonhomie.

M. Coignard a fait un grand paysage d'une assez belle tournure, et qui a fort attiré les yeux du public ; — au premier plan, des vaches nombreuses, et dans le fond, la lisière d'une forêt. Les vaches sont belles et bien peintes, l'ensemble du tableau a un bon aspect ; mais je ne crois pas que ces arbres soient assez vigoureux pour supporter un pareil ciel. Cela fait supposer que si on enlevait les vaches, le paysage deviendrait fort laid.

M. Français est un des paysagistes les plus distingués. Il sait étudier la nature et y mêler un parfum romantique de bon aloi. Son *Étude de Saint-Cloud* est une chose charmante et pleine de goût, sauf les puces de M. Meissonier qui sont une faute de goût. Elles attirent trop l'attention et elles amusent les nigauds. Du reste elles sont faites avec la perfection particulière que cet artiste met dans toutes ces petites choses [*].

M. Flers n'a malheureusement envoyé que des pastels. Le public et lui y perdent également.

M. Héroult est de ceux que préoccupent surtout la lumière et l'atmosphère. Il sait fort bien exprimer les

---

[*] J'ai enfin trouvé un homme qui a su exprimer son admiration pour les Meissonier de la façon la plus judicieuse, et avec un enthousiasme qui ressemble tout à fait au mien. C'est M. Hippolyte Babou. Je pense comme lui qu'il faudrait les pendre tous dans les frises du Gymnase. — « *Geneviève ou la Jalousie paternelle* est un ravissant petit Meissonier que M. Scribe a accroché dans les frises du Gymnase. » — *Courrier français*, feuilleton du 6 avril. — Cela m'a paru tellement sublime, que j'ai présumé que MM. Scribe, Meissonier et Babou ne pouvaient que gagner également à cette citation.

ciels clairs et souriants et les brumes flottantes, traversées par un rayon de soleil. Il connaît toute cette poésie particulière aux pays du Nord. Mais sa couleur, un peu molle et fluide, sent les habitudes de l'aquarelle, et, s'il a su éviter les crâneries des autres paysagistes, il ne possède pas toujours une fermeté de touche suffisante.

MM. JOYANT, CHACATON, LOTTIER et BORGET vont, en général, chercher leurs sujets dans les pays lointains, et leurs tableaux ont le charme des lectures de voyages.

Je ne désapprouve pas les spécialités ; mais je ne voudrais pourtant pas qu'on en abusât autant que M. Joyant, qui n'est jamais sorti de la place Saint-Marc et n'a jamais franchi le Lido. Si la spécialité de M. Joyant attire les yeux plus qu'une autre, c'est sans doute à cause de la perfection monotone qu'il y met, et qui est toujours due aux mêmes moyens. Il me semble que M. Joyant n'a jamais pu faire de progrès.

M. Borget a franchi les frontières de la Chine, et nous a montré des paysages mexicains, péruviens et indiens. Sans être un peintre de premier ordre, il a une couleur brillante et facile. Ses tons sont frais et purs. Avec moins d'art, en se préoccupant moins des paysagistes et ne peignant plus en voyageur, M. Borget obtiendrait peut-être des résultats plus intéressants.

M. Chacaton, qui s'est voué exclusivement à l'Orient, est depuis longtemps un peintre des plus habiles ; ses tableaux sont gais et souriants. Malheureusement on dirait presque toujours des Decamps et des Marilhat diminués et pâlis.

M. Lottier, au lieu de chercher le gris et la brume des climats chauds, aime à en accuser la crudité et le papillotage ardent. Ces panoramas inondés de soleil sont d'une vérité merveilleusement cruelle. On les dirait faits avec le daguerréotype de la couleur[1].

---

1. C'est la première mention par Baudelaire de la photographie ; la nuance péjorative est très nette et va s'amplifier avec le temps (voir le « Salon de 1859 ») ; il faut la relier au réalisme, autre monstre haï par Baudelaire, les deux n'étant que copie servile de la nature.

Il est un homme qui, plus que tous ceux-là, et même que les plus célèbres absents, remplit, à mon sens, les conditions du beau dans le paysage, un homme peu connu de la foule, et que d'anciens échecs et de sourdes tracasseries ont éloigné du Salon. Il serait temps, ce me semble, que M. ROUSSEAU, — on a déjà deviné que c'était de lui que je voulais parler, — se présentât de nouveau devant le public, que d'autres paysagistes ont habitué peu à peu à des aspects nouveaux.

Il est aussi difficile de faire comprendre avec des mots le talent de M. Rousseau que celui de Delacroix, avec lequel il a, du reste, quelques rapports. M. Rousseau est un paysagiste du Nord. Sa peinture respire une grande mélancolie. Il aime les natures bleuâtres, les crépuscules, les couchers de soleil singuliers et trempés d'eau, les gros ombrages où circulent les brises, les grands jeux d'ombres et de lumière. Sa couleur est magnifique, mais non pas éclatante. Ses ciels sont incomparables, pour leur mollesse floconneuse. Qu'on se rappelle quelques paysages de Rubens et de Rembrandt, qu'on y mêle quelques souvenirs de peinture anglaise, et qu'on suppose, dominant et réglant tout cela, un amour profond et sérieux de la nature, on pourra peut-être se faire une idée de la magie de ses tableaux. Il y mêle beaucoup de son âme, comme Delacroix ; c'est un naturaliste entraîné sans cesse vers l'idéal.

*

M. GUDIN [1] compromet de plus en plus sa réputation. À mesure que le public voit de la bonne peinture, il se détache des artistes les plus populaires, s'ils ne peuvent plus lui donner la même quantité de plaisir. M. Gudin rentre pour moi dans la classe des gens qui bouchent leurs plaies avec une chair artificielle, des mauvais

---

1. Théodore Gudin (1802-1880), peintre de marines, exposait, entre autres, une « Bataille de la Martinique » conservée au Musée de Versailles.

chanteurs dont on dit qu'ils sont de grands acteurs, et
des peintres poétiques.

M. JULES NOËL a fait une fort belle marine, d'une
belle et claire couleur, rayonnante et gaie. Une grande
felouque, aux couleurs et aux formes singulières, se
repose dans un grand port, où circule et nage toute la
lumière de l'Orient. — Peut-être un peu trop de coloriage et pas assez d'unité. — Mais M. Jules Noël a certainement trop de talent pour n'en pas avoir davantage,
et il est sans doute de ceux qui s'imposent le progrès
journalier. — Du reste, le succès qu'obtient cette toile
prouve que, dans tous les genres, le public aujourd'hui
est prêt à faire un aimable accueil à tous les noms nouveaux.

*

M. KIORBOË est un de ces anciens et fastueux peintres
qui savaient si bien décorer ces nobles salles à manger,
qu'on se figure pleines de chasseurs affamés et glorieux.
La peinture de M. Kiorboë est joyeuse et puissante, sa
couleur facile et harmonieuse. — Le drame du *Piège à
loup* ne se comprend pas assez facilement, peut-être
parce que le piège n'est pas tout à fait dans la lumière.
Le derrière du chien qui recule en aboyant n'est pas
assez vigoureusement peint.

M. SAINT-JEAN, qui fait, dit-on, les délices et la gloire
de la ville de Lyon, n'obtiendra jamais qu'un médiocre
succès dans un pays de peintres. Cette minutie excessive
est d'une pédanterie insupportable. — Toutes les fois
qu'on vous parlera de la naïveté d'un peintre de Lyon,
n'y croyez pas. — Depuis longtemps la couleur générale des tableaux de M. Saint-Jean est jaune et pisseuse.
On dirait que M. Saint-Jean n'a jamais vu de fruits véritables, et qu'il ne s'en soucie pas, parce qu'il les fait
très bien à la mécanique : non seulement les fruits de la
nature ont un autre aspect, mais encore ils sont moins
finis et moins travaillés que ceux-là.

Il n'en est pas de même de M. ARONDEL, dont le
mérite principal est une bonhomie réelle. Aussi sa pein-

ture contient-elle quelques défauts évidents ; mais les parties heureuses sont tout à fait bien réussies ; quelques autres sont trop noires, et l'on dirait que l'auteur ne se rend pas compte en peignant de tous les accidents nécessaires du Salon, de la peinture environnante, de l'éloignement du spectateur, et de la modification dans l'effet réciproque des tons causée par la distance. En outre, il ne suffit pas de bien peindre. Tous ces Flamands si célèbres savaient disposer le gibier et le tourmenter longtemps comme on tourmente un modèle ; il fallait trouver des lignes heureuses et des harmonies de tons riches et claires.

M. P. ROUSSEAU, dont chacun a souvent remarqué les tableaux pleins de couleur et d'éclat, est dans un progrès sérieux. C'était un excellent peintre, il est vrai ; mais maintenant il regarde la nature avec plus d'attention, et il s'applique à rendre les physionomies. J'ai vu dernièrement, chez Durand-Ruel, des canards de M. Rousseau qui étaient d'une beauté merveilleuse, et qui avaient bien les mœurs et les gestes des canards.

XVI

POURQUOI
LA SCULPTURE EST ENNUYEUSE

L'origine de la sculpture se perd dans la nuit des temps ; c'est donc un art de Caraïbes [1].

En effet, nous voyons tous les peuples tailler fort adroitement des fétiches longtemps avant d'aborder la peinture, qui est un art de raisonnement profond, et dont la jouissance même demande une initiation particulière.

La sculpture se rapproche bien plus de la nature, et c'est pourquoi nos paysans eux-mêmes, que réjouit la

---

1. Art religieux, servant de fétiche, immédiat et de peu de subtilité.

vue d'un morceau de bois ou de pierre industrieusement tourné, restent stupides à l'aspect de la plus belle peinture. Il y a là un mystère singulier qui ne se touche pas avec les doigts.

La sculpture a plusieurs inconvénients qui sont la conséquence nécessaire de ses moyens. Brutale et positive comme la nature, elle est en même temps vague et insaisissable, parce qu'elle montre trop de faces à la fois. C'est en vain que le sculpteur s'efforce de se mettre à un point de vue unique ; le spectateur, qui tourne autour de la figure, peut choisir cent points de vue différents, excepté le bon, et il arrive souvent, ce qui est humiliant pour l'artiste, qu'un hasard de lumière, un effet de lampe, découvrent une beauté qui n'est pas celle à laquelle il avait songé. Un tableau n'est que ce qu'il veut ; il n'y a pas moyen de le regarder autrement que dans son jour. La peinture n'a qu'un point de vue ; elle est exclusive et despotique : aussi l'expression du peintre est-elle bien plus forte [1].

C'est pourquoi il est aussi difficile de se connaître en sculpture que d'en faire de mauvaise. J'ai entendu dire au sculpteur PRÉAULT [2] : « Je me connais en Michel-Ange, en Jean Goujon, en Germain Pilon ; mais en sculpture je ne m'y connais pas. » — Il est évident qu'il voulait parler de la sculpture des *sculptiers* [3], autrement dite des Caraïbes.

Sortie de l'époque sauvage, la sculpture, dans son plus magnifique développement, n'est autre chose qu'un art complémentaire. Il ne s'agit plus de tailler indus-

---

1. Baudelaire établit ici une hiérarchie de valeur intéressante en donnant le pas à la peinture sur la sculpture. La sculpture est un art positif, physique, matériel, en trois dimensions, avec « cent points de vue », qui ne permet pas une approche contemplative, ni l'illusion ni le rêve : il faut tourner autour, établir une relation physique avec elle.   **2.** Antoine-Augustin Préault (1810-1879) fut peut-être le sculpteur romantique par excellence et fort peu compris de son temps. Son style tourmenté, qui sort de la méditation de Michel-Ange, était soutenu par une imagination vigoureuse. Baudelaire le connaissait personnellement, aimait sa conversation, émule en cela de Théophile Gautier qui fut un des premiers à le défendre. **3.** Terme dérivé, dit-on, du « Salon de 1767 » de Diderot.

trieusement des figures portatives, mais de s'associer humblement à la peinture et à l'architecture, et de servir leurs intentions. Les cathédrales montent vers le ciel, et comblent les mille profondeurs de leurs abîmes avec des sculptures qui ne font qu'une chair et qu'un corps avec le monument ; — sculptures peintes, — notez bien ceci, — et dont les couleurs pures et simples, mais disposées dans une gamme particulière, s'harmonisent avec le reste et complètent l'effet poétique de la grande œuvre. Versailles abrite son peuple de statues sous des ombrages qui leur servent de fond, ou sous des bosquets d'eaux vives qui déversent sur elles les mille diamants de la lumière. A toutes les grandes époques, la sculpture est un complément ; au commencement et à la fin, c'est un art isolé [1].

Sitôt que la sculpture consent à être vue de près, il n'est pas de minuties et de puérilités que n'ose le sculpteur, et qui dépassent victorieusement tous les calumets et les fétiches. Quand elle est devenue un art de salon ou de chambre à coucher, on voit apparaître les Caraïbes de la dentelle, comme M. GAYRARD, et les Caraïbes de la ride, du poil et de la verrue, comme M. DAVID [2].

Puis les Caraïbes du chenet, de la pendule, de l'écritoire, etc., comme M. CUMBERWORTH, dont la *Marie* est une femme *à tout faire*, au Louvre et chez Susse, statue ou candélabre ; — comme M. FEUCHÈRE [3], qui possède le don d'une universalité désespérante : figures colossales, porte-allumettes, motifs d'orfèvrerie, bustes et bas-reliefs, il est capable de tout. — Le buste qu'il a

---

1. L'analyse de Baudelaire est, une fois de plus, d'une grande pertinence : la sculpture sert soit à orner monuments, jardins, soit à se faire valoir par elle-même, isolée sur son socle.　　2. Deux Gayrard exposaient en 1846, Raymond le père (1777-1858) et Paul-Joseph Raymond le fils (1807-1855), le père montrant surtout des compositions religieuses, il est possible que ce soit lui qui soit visé par le critique. David d'Angers (voir le « Salon de 1845 », note 2 p. 114) fut un portraitiste d'une grande renommée pour ses médaillons et ses bustes.　　3. Charles Cumberworth (1811-1852) et Jean-Jacques Feuchères (1807-1852) sont présentés comme les suppôts de la sculpture d'édition et commerciale ; les frères Susse, fondeurs, ne sont-ils pas cités ?

fait cette année d'après un comédien fort connu [1] n'est pas plus ressemblant que celui de l'an passé ; ce ne sont jamais que des à-peu-près. Celui-là ressemblait à Jésus-Christ, et celui-ci, sec et mesquin, ne rend pas du tout la physionomie originale, anguleuse, moqueuse et flottante du modèle. — Du reste, il ne faut pas croire que ces gens-là manquent de science. Ils sont érudits comme des vaudevillistes et des académiciens ; ils mettent à contribution toutes les époques et tous les genres ; ils ont approfondi toutes les écoles. Ils transformeraient volontiers les tombeaux de Saint-Denis en boîtes à cigares ou à cachemires, et tous les bronzes florentins en pièces de deux sous. Pour avoir de plus amples renseignements sur les principes de cette école folâtre et papillonnante, il faudrait s'adresser à M. KLAGMANN, qui est, je crois, le maître de cet immense atelier [2].

Ce qui prouve bien l'état pitoyable de la sculpture, c'est que M. PRADIER en est le roi. Au moins celui-ci sait faire de la chair, et il a des délicatesses particulières de ciseau ; mais il ne possède ni l'imagination nécessaire aux grandes compositions, ni l'imagination du dessin. C'est un talent froid et académique. Il a passé sa vie à engraisser quelques torses antiques, et à ajuster sur leurs cous des coiffures de filles entretenues. *La Poésie légère* [3] paraît d'autant plus froide qu'elle est plus maniérée ; l'exécution n'en est pas aussi grasse que dans les anciennes œuvres de M. Pradier, et, vue de dos, l'aspect en est affreux. Il a de plus fait deux figures de bronze, — *Anacréon* et la *Sagesse*, — qui sont des imitations impudentes de l'antique, et qui prouvent bien que sans cette noble béquille M. Pradier chancellerait à chaque pas.

Le buste est un genre qui demande moins d'imagination et des facultés moins hautes que la grande sculpture, mais non moins délicates. C'est un art plus intime

---

1. Le buste de Provost est au Musée de la Comédie-Française. **2.** Jules Klagmann (1810-1869), élève de Feuchères, sert à Baudelaire d'exemple de démonstration : ce n'est pas un artiste, c'est un artisan, un faiseur ! **3.** Cette œuvre est au Musée de Nîmes.

et plus resserré dont les succès sont moins publics. Il faut, comme dans le portrait fait à la manière des naturalistes, parfaitement bien comprendre le caractère principal du modèle et en exprimer la poésie ; car il est peu de modèles complètement dénués de poésie. Presque tous les bustes de M. DANTAN [1] sont faits selon les meilleures doctrines. Ils ont tous un cachet particulier, et le détail n'en exclut pas une exécution large et facile.

Le défaut principal de M. LENGLET [2], au contraire, est une certaine timidité, puérilité, sincérité excessive dans le travail, qui donne à son œuvre une apparence de sécheresse ; mais, en revanche, il est impossible de donner un caractère plus vrai et plus authentique à une figure humaine. Ce petit buste, ramassé, sérieux et froncé, a le magnifique caractère des bonnes œuvres romaines, qui est l'idéalisation trouvée dans la nature elle-même. Je remarque, en outre, dans le buste de M. Lenglet un autre signe particulier aux figures antiques, qui est une attention profonde.

XVII

DES ÉCOLES ET DES OUVRIERS [3]

Avez-vous éprouvé, vous tous que la curiosité du flâneur a souvent fourrés dans une émeute, la même joie

---

1. Les frères Dantan étaient célèbres pour leurs bustes et les charges des célébrités parisiennes.   2. Charles-Antoine-Amand Lenglet (1791-1855) exposait deux bustes en 1846 ; modeleur, orfèvre, il sculptait à ses heures.   3. L'art, pour Baudelaire, n'a d'utilité ni matérielle, ni politique, ni sociale, ni didactique. Le ton polémique de ce chapitre est des plus réjouissants, mais, ici encore, le passage d'un art collectif à un art individuel, des écoles aux singes, des Temps modernes à la période contemporaine est clairement senti, et nous pensons que cette conscience a permis au critique de saluer l'avènement de la modernité et de formuler sa « théorie » des phares, thème de son poème « Les Phares » (*Les Fleurs du mal*, 1857).

que moi à voir un gardien du sommeil public, — sergent de ville ou municipal, la véritable armée, — crosser un républicain ? Et comme moi, vous avez dit dans votre cœur : « Crosse, crosse un peu plus fort, crosse encore, municipal de mon cœur ; car en ce crossement suprême, je t'adore, et te juge semblable à Jupiter, le grand justicier. L'homme que tu crosses est un ennemi des roses et des parfums, un fanatique des ustensiles ; c'est un ennemi de Watteau, un ennemi de Raphaël, un ennemi acharné du luxe, des beaux-arts et des belles-lettres, iconoclaste juré, bourreau de Vénus et d'Apollon ! Il ne veut plus travailler, humble et anonyme ouvrier, aux roses et aux parfums publics ; il veut être libre, l'ignorant, et il est incapable de fonder un atelier de fleurs et de parfumeries nouvelles. Crosse religieusement les omoplates de l'anarchiste* ! »

Ainsi, les philosophes et les critiques doivent-ils impitoyablement crosser les singes *artistiques*, ouvriers émancipés, qui haïssent la force et la souveraineté du génie.

Comparez l'époque présente aux époques passées ; au sortir du salon ou d'une église nouvellement décorée, allez reposer vos yeux dans un musée ancien, et analysez les différences.

Dans l'un, turbulence, tohu-bohu de styles et de couleurs, cacophonie de tons, trivialités énormes, prosaïsme de gestes et d'attitudes, noblesse de convention, *poncifs* de toutes sortes, et tout cela visible et clair, non seulement dans les tableaux juxtaposés, mais encore dans le même tableau : bref, — absence complète d'unité, dont le résultat est une fatigue effroyable pour l'esprit et pour les yeux.

Dans l'autre, ce respect qui fait ôter leurs chapeaux aux enfants, et vous saisit l'âme, comme la poussière

---

* J'entends souvent les gens se plaindre du théâtre moderne ; il manque d'originalité, dit-on, parce qu'il n'y a plus de types. Et le républicain ! qu'en faites-vous donc ? N'est-ce pas une chose nécessaire à toute comédie qui veut être gaie, et n'est-ce pas là un personnage passé à l'état de marquis ?

des tombes et des caveaux saisit la gorge, est l'effet, non point du vernis jaune et de la crasse des temps, mais de l'unité, de l'unité profonde. Car une grande peinture vénitienne jure moins à côté d'un Jules Romain[1], que quelques-uns de nos tableaux, non pas des plus mauvais, à côté les uns des autres.

Cette magnificence de costumes, cette noblesse de mouvements, noblesse souvent maniérée, mais grande et hautaine, cette absence des petits moyens et des procédés contradictoires, sont des qualités toutes impliquées dans ce mot : la grande tradition.

Là des écoles, et ici des ouvriers émancipés.

Il y avait encore des écoles sous Louis XV, il y en avait une sous l'Empire, — une école, c'est-à-dire une foi, c'est-à-dire l'impossibilité du doute. Il y avait des élèves unis par des principes communs, obéissant à la règle d'un chef puissant, et l'aidant dans tous ses travaux.

Le doute, ou l'absence de foi et de naïveté, est un vice particulier à ce siècle, car personne n'obéit ; et la naïveté, qui est la domination du tempérament dans la manière, est un privilège divin dont presque tous sont privés.

Peu d'hommes ont le droit de régner, car peu d'hommes ont une grande passion.

Et comme aujourd'hui chacun veut régner, personne ne sait se gouverner.

Un maître, aujourd'hui que chacun est abandonné à soi-même, a beaucoup d'élèves inconnus dont il n'est pas responsable, et sa domination, sourde et involontaire, s'étend bien au-delà de son atelier, jusqu'en des régions où sa pensée ne peut être comprise.

Ceux qui sont plus près de la parole et du verbe magistral gardent la pureté de la doctrine, et font, par

---

1. Jules Romain (1492 ?-1546), peintre et architecte italien, élève de Raphaël, dont il fut un des exécutants pour les Stanze du Vatican avant de devenir lui-même chef d'une équipe pour la réalisation du Palais du Té à Mantoue. Pour les grands Vénitiens, il faut avoir présents à l'esprit des noms comme Giorgone, Titien, Tintoret, Véronèse.

obéissance et par tradition, ce que le maître fait par la fatalité de son organisation.

Mais, en dehors de ce cercle de famille, il est une vaste population de médiocrités, singes de races diverses et croisées, nation flottante de métis qui passent chaque jour d'un pays dans un autre, emportent de chacun les usages qui leur conviennent, et cherchent à se faire un caractère par un système d'emprunts contradictoires.

Il y a des gens qui voleront un morceau dans un tableau de Rembrandt, le mêleront à une œuvre composée dans un sens différent sans le modifier, sans le digérer et sans trouver la colle pour le coller.

Il y en a qui changent en un jour du blanc au noir : hier, coloristes de *chic*, coloristes sans amour ni originalité ; demain, imitateurs sacrilèges de M. Ingres, sans y trouver plus de goût ni de foi.

Tel qui rentre aujourd'hui dans la classe des singes, même des plus habiles, n'est et ne sera jamais qu'un peintre médiocre ; autrefois, il eût fait un excellent ouvrier. Il est donc perdu pour lui et pour tous.

C'est pourquoi il eût mieux valu dans l'intérêt de leur salut, et même de leur bonheur, que les tièdes eussent été soumis à la férule d'une foi vigoureuse ; car les forts sont rares, et il faut être aujourd'hui Delacroix ou Ingres pour surnager et paraître dans le chaos d'une liberté épuisante et stérile.

Les singes sont les républicains de l'art, et l'état actuel de la peinture est le résultat d'une liberté anarchique qui glorifie l'individu, quelque faible qu'il soit, au détriment des associations, c'est-à-dire des écoles.

Dans les écoles, qui ne sont autre chose que la force d'invention organisée, les individus vraiment dignes de ce nom absorbent les faibles ; et c'est justice, car une large production n'est qu'une pensée à mille bras.

Cette glorification de l'individu a nécessité la division infinie du territoire de l'art. La liberté absolue et divergente de chacun, la division des efforts et le fractionnement de la volonté humaine ont amené cette faiblesse, ce doute et cette pauvreté d'invention ; quelques

excentriques, sublimes et souffrants, compensent mal ce
désordre fourmillant de médiocrités. L'individualité,
— cette petite propriété, — a mangé l'originalité collec-
tive ; et, comme il a été démontré dans un chapitre
fameux d'un roman romantique[1], que le livre a tué le
monument, on peut dire que pour le présent c'est le
peintre qui a tué la peinture[2].

XVIII

DE L'HÉROÏSME DE LA VIE MODERNE[3]

Beaucoup de gens attribueront la décadence de la
peinture à la décadence des mœurs[*]. Ce préjugé d'atelier, qui a circulé dans le public, est une mauvaise
excuse des artistes. Car ils étaient intéressés à représenter sans cesse le passé ; la tâche est plus facile, et la
paresse y trouvait son compte.

---

[*] Il ne faut pas confondre cette décadence avec la précédente :
l'une concerne le public et ses sentiments, et l'autre ne regarde que
les ateliers.

---

1. Il s'agit du chapitre II du Livre V de *Notre-Dame de Paris* de
Victor Hugo : « Ceci tuera cela ».   2. L'époque est à l'individualité, à la liberté, mais aussi à la médiocrité (d'où la charge contre le
républicain en début de chapitre), conséquence des deux premières.
Baudelaire demeure à la fois tributaire du mythe de la Renaissance
et de la pratique des ateliers : le génie ayant sous ses ordres une
foule d'ouvriers et d'exécutants. Baudelaire analyse, dissèque une
situation, il cite le passé en soulignant ce qui a été perdu, mais il ne
propose rien. Après tout, les forts sont rares et peut-être la conscience
d'en être est-elle déjà présente chez Baudelaire.   3. Si l'héroïsme
exige des héros, il n'en sera qu'un : le dandy, dont l'attitude, éthique
et esthétique, face au monde moderne, est la seule imaginable. Le
dandy deviendra une œuvre d'art vivante ; ainsi, il sera, comme
« tout vrai poète », une incarnation.

Il est vrai que la grande tradition s'est perdue, et que la nouvelle n'est pas faite [1].

Qu'était-ce que cette grande tradition, si ce n'est l'idéalisation ordinaire et accoutumée de la vie ancienne ; vie robuste et guerrière, état de défensive de chaque individu qui lui donnait l'habitude des mouvements sérieux, des attitudes majestueuses ou violentes. Ajoutez à cela la pompe publique qui se réfléchissait dans la vie privée. La vie ancienne *représentait* beaucoup ; elle était faite surtout pour le plaisir des yeux, et ce paganisme journalier a merveilleusement servi les arts.

Avant de rechercher quel peut être le côté épique de la vie moderne, et de prouver par des exemples que notre époque n'est pas moins féconde que les anciennes en motifs sublimes, on peut affirmer que puisque tous les siècles et tous les peuples ont eu leur beauté, nous avons inévitablement la nôtre. Cela est dans l'ordre.

Toutes les beautés contiennent, comme tous les phénomènes possibles, quelque chose d'éternel et quelque chose de transitoire, — d'absolu et de particulier. La beauté absolue et éternelle n'existe pas, ou plutôt elle n'est qu'une abstraction écrémée à la surface générale des beautés diverses. L'élément particulier de chaque beauté vient des passions, et comme nous avons nos passions particulières, nous avons notre beauté.

Excepté Hercule au mont Œta, Caton d'Utique et Cléopâtre, dont les suicides ne sont pas des suicides *modernes**[2], quels suicides voyez-vous dans les

---

* Celui-ci se tue parce que les brûlures de sa robe deviennent intolérables ; celui-là parce qu'il ne peut plus rien faire pour la liberté, et cette reine voluptueuse parce qu'elle perd son trône et son amant ; mais aucun ne se détruit pour changer de peau en vue de la métempsycose.

---

1. On ne sait à quand remonte exactement l'amitié entre Baudelaire et Courbet, mais il revient au maître d'Ornans d'avoir le premier montré la vérité de cette assertion, et qui sait si Baudelaire n'en prit pas conscience à son contact ! En l'absence de preuves, cette idée ne peut être qu'hypothétique.   2. Si on suit la logique du texte, le suicide moderne serait la volonté de voir son âme transmigrer en un autre corps : acte volontaire et effort d'accéder au « nouveau ».

tableaux anciens ? Dans toutes les existences païennes, vouées à l'appétit, vous ne trouverez pas le suicide de Jean-Jacques, ou même le suicide étrange et merveilleux de Raphaël de Valentin[1].

Quant à l'habit, la pelure du héros moderne, — bien que le temps soit passé où les rapins s'habillaient en mamamouchis et fumaient dans des canardières, — les ateliers et le monde sont encore pleins de gens qui voudraient poétiser Antony[2] avec un manteau grec ou un vêtement mi-parti.

Et cependant, n'a-t-il pas sa beauté et son charme indigène, cet habit tant victimé ? N'est-il pas l'habit nécessaire de notre époque, souffrante et portant jusque sur ses épaules noires et maigres le symbole d'un deuil perpétuel ? Remarquez bien que l'habit noir et la redingote ont non seulement leur beauté politique, qui est l'expression de l'égalité universelle, mais encore leur beauté poétique, qui est l'expression de l'âme publique ; — une immense défilade de croque-morts, croque-morts politiques, croque-morts amoureux, croque-morts bourgeois. Nous célébrons tous quelque enterrement[3].

Une livrée uniforme de désolation témoigne de l'égalité ; et quant aux excentriques que les couleurs tranchées et violentes dénonçaient facilement aux yeux, ils se contentent aujourd'hui des nuances dans le dessin, dans la coupe, plus encore que dans la couleur. Ces plis grimaçants, et jouant comme des serpents autour d'une chair mortifiée, n'ont-ils pas leur grâce mystérieuse ?

M. Eugène Lami et M. Gavarni, qui ne sont pourtant pas des génies supérieurs, l'ont bien compris : — celui-ci, le poète du dandysme officiel ; celui-là, le poète du dandysme hasardeux et d'occasion ! En reli-

---

1. Le suicide de Jean-Jacques Rousseau est sans doute une légende ; le bruit s'en répandit après sa mort. Raphaël de Valentin est le héros de *La Peau de chagrin* d'Honoré de Balzac.   **2.** Personnage principal et titre d'un drame (1831) d'Alexandre Dumas père, se passant à l'époque moderne.   **3.** Gautier passa sa jeunesse à déplorer la laideur intrinsèque de l'habit noir. Baudelaire prend le contre-pied de cette opinion et en fait le symbole du siècle et du noir la couleur expressive de celui-ci.

sant le livre *du Dandysme*, par M. Jules Barbey d'Aure-
villy [1], le lecteur verra clairement que le dandysme est
une chose moderne et qui tient à des causes tout à fait
nouvelles.

Que le peuple des coloristes ne se révolte pas trop ;
car, pour être plus difficile, la tâche n'en est que plus
glorieuse. Les grands coloristes savent faire de la couleur avec un habit noir, une cravate blanche et un fond
gris.

Pour rentrer dans la question principale et essentielle,
qui est de savoir si nous possédons une beauté particulière, inhérente à des passions nouvelles, je remarque
que la plupart des artistes qui ont abordé les sujets
modernes se sont contentés des sujets publics et officiels, de nos victoires et de notre héroïsme politique.
Encore les font-ils en rechignant, et parce qu'ils sont
commandés par le gouvernement qui les paye. Cependant il y a des sujets privés, qui sont bien autrement
héroïques.

Le spectacle de la vie élégante et des milliers d'existences flottantes qui circulent dans les souterrains d'une
grande ville, — criminels et filles entretenues, — la
Gazette des tribunaux et le *Moniteur* nous prouvent que
nous n'avons qu'à ouvrir les yeux pour connaître notre
héroïsme [2].

Un ministre, harcelé par la curiosité impertinente de
l'opposition, a-t-il, avec cette hautaine et souveraine
éloquence qui lui est propre, témoigné, — une fois pour
toutes, — de son mépris et de son dégoût pour toutes
les oppositions ignorantes et tracassières, — vous entendez le soir, sur le boulevard des Italiens, circuler autour
de vous ces paroles : « Étais-tu à la Chambre aujour-

---

1. *Du Dandysme* avait paru en 1845. Jules Amédée Barbey d'Au-
revilly (1808-1889) était admiré par Baudelaire pour son attitude
engagée tant dans ses livres que dans sa vie.   **2.** Baudelaire voit
dans la grande ville le lieu de manifestation du beau moderne ; du
sommet aux bas-fonds de la société, tout peut être héroïsme, à condition de savoir le voir, loisir superlatif que seul un flâneur désintéressé
comme Baudelaire pouvait se permettre.

d'hui ? as-tu vu le ministre ? N... de D... ! qu'il était beau ! je n'ai jamais rien vu de si fier ! »

Il y a donc une beauté et un héroïsme moderne !

Et plus loin : « C'est K. — ou F. — qui est chargé de faire une médaille à ce sujet ; mais il ne saura pas la faire ; il ne peut pas comprendre ces choses-là ! »

Il y a donc des artistes plus ou moins propres à comprendre la beauté moderne.

Ou bien : « Le sublime B..... ! Les pirates de Byron sont moins grands et moins dédaigneux. Croirais-tu qu'il a bousculé l'abbé Montès, et qu'il a couru sus à la guillotine en s'écriant : "Laissez-moi tout mon courage[1] !" »

Cette phrase fait allusion à la funèbre fanfaronnade d'un criminel, d'un grand protestant, bien portant, bien organisé, et dont la féroce vaillance n'a pas baissé la tête devant la suprême machine !

Toutes ces paroles, qui échappent à votre langue, témoignent que vous croyez à une beauté nouvelle et particulière, qui n'est celle, ni d'Achille, ni d'Agamemnon[2].

---

1. Allusion probable, selon Claude Pichois, à deux événements parisiens survenus en 1844. Guizot, attaqué avec véhémence par ses ennemis à la Chambre des Députés, répondit avec tant de noblesse que ses amis voulurent faire frapper une médaille commémorative de l'événement. Quant au « sublime B. », il s'agirait de Pierre-Joseph Poulmann, assassin d'un vieillard ; il refusa à deux reprises les secours de la religion, au pied de l'échafaud et sur celui-ci. Baudelaire exécute sa propre médaille exemplaire, mêlant deux hommes contraires, tous deux réunis par leur force d'âme, leur courage au moment du péril. **2.** En abordant la sculpture dans son compte rendu du Salon, Théophile Thoré, en 1844, avait esquissé l'idée suivante. Il fallait que les modes de conception et de représentation artistiques reflètent la réalité contemporaine, l'expriment et soient, par conséquent actuels. On est en droit de se demander si Baudelaire n'a pas lu les lignes qui suivent : « ... le sentiment du monde moderne est à l'antipode de l'antiquité. Nos idées et nos systèmes, notre civilisation ayant changé, la faculté poétique, cette *seconde vue* qui est la plus perspicace et la plus lucide, ne saurait envisager la vie comme l'envisageaient les Grecs, et la forme doit changer avec l'idée. Par exemple, il y a un sentiment qui est au fond de tous nos arts modernes, qui inspire la poésie, le roman, le drame, la musique,

La vie parisienne est féconde en sujets poétiques et merveilleux. Le merveilleux nous enveloppe et nous abreuve comme l'atmosphère ; mais nous ne le voyons pas[1].

Le *nu*, cette chose si chère aux artistes, cet élément nécessaire de succès, est aussi fréquent et aussi nécessaire que dans la vie ancienne : — au lit, au bain, à l'amphithéâtre. Les moyens et les motifs de la peinture sont également abondants et variés ; mais il y a un élément nouveau, qui est la beauté moderne.

Car les héros de l'*Iliade* ne vont qu'à votre cheville, ô Vautrin, ô Rastignac, ô Birotteau, — et vous, ô Fontanarès[2], qui n'avez pas osé raconter au public vos douleurs sous le frac funèbre et convulsionné que nous endossons tous ; — et vous, ô Honoré de Balzac, vous le plus héroïque, le plus singulier, le plus roman-

c'est l'amour. Eh bien ! considérons de nouveau l'amour dans la société grecque et dans la mythologie : Jupiter, qui est sans doute le type de la perfection et le suprême modèle de l'homme antique, quand il veut séduire les femmes, est-ce qu'il prend forme humaine ? Il se fait cygne pour Léda, pluie d'or pour Danaé, taureau pour Pasiphaé : c'est-à-dire que la beauté, l'or ou la force, en dehors de toutes les qualités spirituelles, sont des charmes irrésistibles auprès de la femme. Et lorsqu'en vertu de la morale formulée par Plutarque sur les ruines de la société païenne, le père des dieux et des hommes veut installer Ganymède au ciel, il le ravit dans les serres d'un aigle. C'est le courage qui attaque l'homme, de même que la corruption, la force ou la beauté attaquent la femme. [...] Le monde physique lui-même proteste contre l'imitation plastique de l'art grec ou romain. La forme humaine s'est modifiée sensiblement depuis le paganisme, et parallèlement aux révolutions de l'esprit. C'est la phrénologie surtout, qui, en étudiant la conformation de la tête, a signalé ces différences » (Th. Thoré. *Salon de 1844*, Paris, Vve Renouard, 1870, pp. 125-127). Le critique ajoute un peu plus loin : « La forme humaine s'est renouvelée avec la civilisation. Si le fond des sentiments et la forme plastique ont changé, comment pourrait-on donc copier une société fossile ? » (*Ibid.*, p. 135).
1. La jonction du moderne et du merveilleux fait retrouver le sens perdu du mystère. On voit poindre ici une des composantes poétiques de l'art de Baudelaire (voir *Les Tableaux parisiens*). 2. Fontanarès est le héros des *Ressources de Quinola* (1842), pièce de Balzac. L'action se déroule au XVIe siècle : un inventeur se fait voler son invention.

tique et le plus poétique parmi tous les personnages
que vous avez tirés de votre sein[1] !

---

1. Non seulement Balzac fut le créateur de la beauté moderne,
mais aussi son héros : Baudelaire annonce ici ce qu'il va dire dans
L'Art philosophique : « Qu'est-ce que l'art pur suivant la conception
moderne ? C'est créer une magie suggestive contenant à la fois l'objet et le sujet, le monde extérieur à l'artiste et l'artiste lui-même. »
Mais, par ailleurs, Baudelaire, par exemple dans *Comment on paie
ses dettes quand on a du génie*, montre sous un autre jour « la plus
forte tête commerciale et littéraire du XIXe siècle (...), l'homme aux
faillites mythologiques ».

MORALE DU JOUJOU[1]

Il y a bien des années, — combien ? je n'en sais rien ; cela remonte aux temps nébuleux de la première enfance, — je fus emmené par ma mère, en visite chez une dame Panckoucke. Était-ce la mère, la femme, la belle-sœur du Panckoucke actuel[2] ? Je l'ignore. Je me souviens que c'était dans un hôtel très calme, un de ces hôtels où l'herbe verdit les coins de la cour, dans une rue silencieuse, la rue des Poitevins. Cette maison passait pour très hospitalière, et à de certains jours elle devenait lumineuse et bruyante. J'ai beaucoup entendu parler d'un bal masqué où M. Alexandre Dumas, qu'on appelait alors le jeune auteur d'*Henri III*, produisit un

1. Cet article parut pour la première fois le 17 avril 1853, dans *Le Monde littéraire*. Ces quelques pages résolvent, en quelque sorte, le problème suivant : où trouver la beauté de l'actuel ? Il faut faire comme l'enfant qui tente de s'approprier le plus beau des jouets : l'empoigner instinctivement ! L'enfant devient une sorte d'allégorie (voire de paradigme) ; son acte n'est le produit ni de l'hypocrisie sociale ni de l'intérêt économique. Aussi peut-il représenter « l'artiste absolu » par le biais de son désir du beau jouet : naïf et impératif, de l'exercice continu de son imagination, de sa spiritualité... On voit combien est sous-jacente à ce texte la définition donnée en 1846 du romantisme : intimité, spiritualité, couleur, aspiration vers l'infini. Cet enfant face à son joujou est en dehors des conditions matérielles de la vie humaine, de toute moralité humaine. S'il y a une morale du joujou, elle est analogue, voire égale, à celle de la beauté : au-delà des contingences ! 2. La famille Panckouke, bien connue depuis le XVIIIe siècle dans le monde des libraires-éditeurs, entretenait des rapports avec le père de Baudelaire.

grand effet, avec Mlle Élisa Mercœur[1] à son bras, déguisée en page.

Je me rappelle très distinctement que cette dame était habillée de velours et de fourrure. Au bout de quelque temps, elle dit : « Voici un petit garçon à qui je veux donner quelque chose, afin qu'il se souvienne de moi. » Elle me prit par la main, et nous traversâmes plusieurs pièces ; puis elle ouvrit la porte d'une chambre où s'offrait un spectacle extraordinaire et vraiment féerique. Les murs ne se voyaient pas, tellement ils étaient revêtus de joujoux. Le plafond disparaissait sous une floraison de joujoux qui pendaient comme des stalactites merveilleuses. Le plancher offrait à peine un étroit sentier où poser les pieds. Il y avait là un monde de jouets de toute espèce, depuis les plus chers jusqu'aux plus modestes, depuis les plus simples jusqu'aux plus compliqués.

« Voici, dit-elle, le trésor des enfants. J'ai un petit budget qui leur est consacré, et quand un gentil petit garçon vient me voir, je l'amène ici, afin qu'il emporte un souvenir de moi. Choisissez. »

Avec cette admirable et lumineuse promptitude qui caractérise les enfants, chez qui le désir, la délibération et l'action ne font, pour ainsi dire, qu'une seule faculté, par laquelle ils se distinguent des hommes dégénérés, en qui, au contraire, la délibération mange presque tout le temps, — je m'emparai immédiatement du plus beau, du plus cher, du plus voyant, du plus frais, du plus bizarre des joujoux. Ma mère se récria sur mon indiscrétion et s'opposa obstinément à ce que je l'emportasse. Elle voulait que je me contentasse d'un objet infiniment médiocre. Mais je ne pouvais y consentir, et pour tout accorder, je me résignai à un *juste-milieu*[2].

Il m'a souvent pris la fantaisie de connaître tous les

---

1. Élisa Mercœur (1809-1835), poétesse et dramaturge, avait été affublée du surnom de « muse armoricaine ». Sa présence en travesti, au bras du célèbre Dumas, à l'une de ces non moins célèbres fêtes romantiques, fait d'elle une sorte de jouet incroyable, le plus séduisant qui soit.   **2.** Tendance politique pendant la Monarchie de Juillet, qui fut la ligne de conduite du régime. Ce terme prend le sens ici de « ce qui est raisonnable » ; désir et fantaisie ont été bridés.

gentils petits garçons qui, ayant actuellement traversé une bonne partie de la cruelle vie, manient depuis longtemps autre chose que des joujoux, et dont l'insoucieuse enfance a puisé autrefois un souvenir dans le trésor de Mme Panckoucke.

Cette aventure est cause que je ne puis m'arrêter devant un magasin de jouets et promener mes yeux dans l'inextricable fouillis de leurs formes bizarres et de leurs couleurs disparates, sans penser à la dame habillée de velours et de fourrure, qui m'apparaît comme la Fée du joujou.

J'ai gardé d'ailleurs une affection durable et une admiration raisonnée pour cette statuaire singulière, qui, par la propreté lustrée, l'éclat aveuglant des couleurs, la violence dans le geste et la décision dans le galbe, représente si bien les idées de l'enfance sur la beauté. Il y a dans un grand magasin de joujoux une gaieté extraordinaire qui le rend préférable à un bel appartement bourgeois. Toute la vie en miniature ne s'y trouve-t-elle pas, et beaucoup plus colorée, nettoyée et luisante que la vie réelle ? On y voit des jardins, des théâtres, de belles toilettes, des yeux purs comme le diamant, des joues allumées par le fard, des dentelles charmantes, des voitures, des écuries, des étables, des ivrognes, des charlatans, des banquiers, des comédiens, des polichinelles qui ressemblent à des feux d'artifice, des cuisines, et des armées entières, bien disciplinées, avec de la cavalerie et de l'artillerie.

Tous les enfants parlent à leurs joujoux ; les joujoux deviennent acteurs dans le grand drame de la vie, réduit par la chambre noire de leur petit cerveau. Les enfants témoignent par leurs jeux de leur grande faculté d'abstraction et de leur haute puissance imaginative. Ils jouent sans joujoux. Je ne veux pas parler de ces petites filles qui jouent à la madame, se rendent des visites, se présentent leurs enfants imaginaires et parlent de leurs toilettes. Les pauvres petites imitent leurs mamans : elles préludent déjà à leur immortelle puérilité future, et aucune d'elles, à coup sûr, ne deviendra ma femme.

— Mais la diligence, l'éternel drame de la diligence

joué avec des chaises : la diligence-chaise, les chevaux-chaises, les voyageurs-chaises ; il n'y a que le postillon de vivant ! L'attelage reste immobile, et cependant il dévore avec une rapidité brûlante des espaces fictifs. Quelle simplicité de mise en scène ! et n'y a-t-il pas de quoi faire rougir de son impuissante imagination ce public blasé qui exige des théâtres une perfection physique et mécanique, et ne conçoit pas que les pièces de Shakespeare puissent rester belles avec un appareil d'une simplicité barbare ?

Et les enfants qui jouent à la guerre ! non pas dans les Tuileries avec de vrais fusils et de vrais sabres, je parle de l'enfant solitaire qui gouverne et mène à lui seul au combat deux armées. Les soldats peuvent être des bouchons, des dominos, des pions, des osselets ; les fortifications seront des planches, des livres, etc., les projectiles, des billes ou toute autre chose ; il y aura des morts, des traités de paix, des otages, des prisonniers, des impôts. J'ai remarqué chez plusieurs enfants la croyance que ce qui constituait une défaite ou une victoire à la guerre, c'était le plus ou moins grand nombre de morts. Plus tard, mêlés à la vie universelle, obligés eux-mêmes de battre pour n'être pas battus, ils sauront qu'une victoire est souvent incertaine, et qu'elle n'est une vraie victoire que si elle est pour ainsi dire le sommet d'un plan incliné, où l'armée glissera désormais avec une vitesse miraculeuse, ou bien le premier terme d'une progression infiniment croissante.

Cette facilité à contenter son imagination témoigne de la spiritualité de l'enfance dans ses conceptions artistiques. Le joujou est la première initiation de l'enfant à l'art, ou plutôt c'en est pour lui la première réalisation, et, l'âge mûr venu, les réalisations perfectionnées ne donneront pas à son esprit les mêmes chaleurs, ni les mêmes enthousiasmes, ni la même croyance.

Et même, analysez cet immense *mundus* enfantin, considérez le joujou barbare, le joujou primitif, où pour le fabricant le problème consistait à construire une image aussi approximative que possible avec des éléments aussi simples, aussi peu coûteux que possible :

par exemple, le polichinelle plat, mû par un seul fil ; les forgerons qui battent l'enclume ; le cheval et son cavalier en trois morceaux, quatre chevilles pour les jambes, la queue du cheval formant un sifflet et quelquefois le cavalier portant une petite plume, ce qui est un grand luxe ; — c'est le joujou à cinq sous, à deux sous, à un sou. — Croyez-vous que ces images simples créent une moindre réalité dans l'esprit de l'enfant que ces merveilles du jour de l'an, qui sont plutôt un hommage de la servilité parasitique à la richesse des parents qu'un cadeau à la poésie enfantine ?

Tel est le joujou du pauvre. Quand vous sortirez le matin avec l'intention décidée de flâner solitairement sur les grandes routes, remplissez vos poches de ces petites inventions, et le long des cabarets, au pied des arbres, faites-en hommage aux enfants inconnus et pauvres que vous rencontrerez. Vous verrez leurs yeux s'agrandir démesurément. D'abord ils n'oseront pas prendre, ils douteront de leur bonheur ; puis leurs mains happeront avidement le cadeau, et ils s'enfuiront comme font les chats qui vont manger loin de vous le morceau que vous leur avez donné, ayant appris à se défier de l'homme. C'est là certainement un grand divertissement.

À propos du joujou du pauvre, j'ai vu quelque chose de plus simple encore, mais de plus triste que le joujou à un sou, — c'est le joujou vivant. Sur une route, derrière la grille d'un beau jardin, au bout duquel apparaissait un joli château, se tenait un enfant beau et frais, habillé de ces vêtements de campagne pleins de coquetterie. Le luxe, l'insouciance et le spectacle habituel de la richesse rendent ces enfants-là si jolis qu'on ne les croirait pas faits de la même pâte que les enfants de la médiocrité ou de la pauvreté. À côté de lui gisait sur l'herbe un joujou splendide aussi frais que son maître, verni, doré, avec une belle robe, et couvert de plumets et de verroterie. Mais l'enfant ne s'occupait pas de son joujou, et voici ce qu'il regardait : de l'autre côté de la grille, sur la route, entre les chardons et les orties, il y avait un autre enfant, sale, assez chétif, un de ces marmots sur lesquels la morve se fraye lentement un chemin dans la crasse et la poussière. À travers ces barreaux de fer symboliques, l'enfant pauvre montrait à l'enfant riche son joujou, que celui-ci examinait avidement comme un objet rare et inconnu. Or ce joujou que le petit souillon agaçait, agitait et secouait dans une boîte grillée, était un rat vivant ! Les parents, par économie, avaient tiré le joujou de la vie elle-même [1].

Je crois que généralement les enfants agissent sur leurs joujoux, en d'autres termes, que leur choix est dirigé par des dispositions et des désirs, vagues, il est vrai, non pas formulés, mais très réels. Cependant je n'affirmerais pas que le contraire n'ait pas lieu, c'est-à-dire que les joujoux n'agissent pas sur l'enfant, surtout dans le cas de prédestination littéraire ou artistique. Il ne serait pas étonnant qu'un enfant de cette sorte, à qui ses parents donneraient principalement des théâtres, pour qu'il pût continuer seul le plaisir du spectacle et des marionnettes, s'accoutumât déjà à considérer le théâtre comme la forme la plus délicieuse du beau.

Il est une espèce de joujou qui tend à se multiplier depuis quelque temps, et dont je n'ai à dire ni bien ni mal. Je veux parler du joujou scientifique. Le principal défaut de ces joujoux est d'être chers. Mais ils peuvent amuser longtemps, et développer dans le cerveau de l'enfant le goût des effets merveilleux et surprenants. Le stéréoscope, qui donne en ronde bosse une image plane, est de ce nombre. Il date maintenant de quelques années. Le phénakisticope [2], plus ancien, est moins connu. Supposez un mouvement quelconque, par exemple un exercice de danseur ou de jongleur, divisé et décomposé en un certain nombre de mouvements ; supposez que chacun de ces mouvements, — au nombre de vingt, si vous voulez, — soit représenté par une figure entière du jongleur ou du danseur, et qu'ils soient tous dessinés autour d'un cercle de carton. Ajustez ce cercle, ainsi qu'un autre cercle troué, à distances égales, de

---

1. Cette partie de l'article a été reprise par Baudelaire pour son son poème en prose : « Le joujou du pauvre ». **2.** Baudelaire avait, enfant, reçu en cadeau un phénakisticope.

vingt petites fenêtres, à un pivot au bout d'un manche que vous tenez comme on tient un écran devant le feu. Les vingt petites figures, représentant le mouvement décomposé d'une seule figure, se reflètent dans une glace située en face de vous. Appliquez votre œil à la hauteur des petites fenêtres, et faites tourner rapidement les cercles. La rapidité de la rotation transforme les vingt ouvertures en une seule circulaire, à travers laquelle vous voyez se réfléchir dans la glace vingt figures dansantes, exactement semblables et exécutant les mêmes mouvements avec une précision fantastique. Chaque petite figure a bénéficié des dix-neuf autres. Sur le cercle, elle tourne, et sa rapidité la rend invisible ; dans la glace, vue à travers la fenêtre tournante, elle est immobile, exécutant en place tous les mouvements distribués entre les vingt figures. Le nombre des tableaux qu'on peut créer ainsi est infini.

Je voudrais bien dire quelques mots des mœurs des enfants relativement à leurs joujoux, et des idées des parents dans cette émouvante question. — Il y a des parents qui n'en veulent jamais donner. Ce sont des personnes graves, excessivement graves, qui n'ont pas étudié la nature, et qui rendent généralement malheureux tous les gens qui les entourent. Je ne sais pourquoi je me figure qu'elles puent le protestantisme. Elles ne connaissent pas et ne permettent pas les moyens poétiques de passer le temps. Ce sont les mêmes gens qui donneraient volontiers un franc à un pauvre, à condition qu'il s'étouffât avec du pain, et lui refuseront toujours deux sous pour se désaltérer au cabaret. Quand je pense à une certaine classe de personnes ultra-raisonnables et antipoétiques par qui j'ai tant souffert, je sens toujours la haine pincer et agiter mes nerfs.

Il y a d'autres parents qui considèrent les joujoux comme des objets d'adoration muette ; il y a des habits qu'il est au moins permis de mettre le dimanche ; mais les joujoux doivent se ménager bien autrement ! Aussi à peine l'ami de la maison a-t-il déposé son offrande dans le tablier de l'enfant, que la mère féroce et écono-me se précipite dessus, le met dans une armoire, et dit : C'est trop beau pour ton âge ; *tu t'en serviras quand tu seras grand !* Un de mes amis m'avoua qu'il n'avait jamais pu jouir de ses joujoux. — Et quand je suis devenu grand, ajoutait-il, j'avais autre chose à faire. — Du reste, il y a des enfants qui font d'eux-mêmes la même chose : ils n'usent pas de leurs joujoux, ils les économisent, ils les mettent en ordre, en font des bibliothèques et des musées, et les montrent de temps à autre à leurs petits amis en les priant *de ne pas toucher*. Je me défierais volontiers de ces *enfants-hommes*.

La plupart des marmots veulent surtout *voir l'âme*, les uns au bout de quelque temps d'exercice, les autres *tout de suite*. C'est la plus ou moins rapide invasion de ce désir qui fait la plus ou moins grande longévité du joujou. Je ne me sens pas le courage de blâmer cette manie enfantine : c'est une première tendance métaphysique. Quand ce désir s'est fiché dans la moelle cérébrale de l'enfant, il remplit ses doigts et ses ongles d'une agilité et d'une force singulières. L'enfant tourne, retourne son joujou, il le gratte, il le secoue, le cogne contre les murs, le jette par terre. De temps en temps il lui fait recommencer ses mouvements mécaniques, quelquefois en sens inverse. La vie merveilleuse s'arrête. L'enfant, comme le peuple qui assiège les Tuileries, fait un suprême effort ; enfin il l'entrouvre, il est le plus fort. Mais *où est l'âme* ? C'est ici que commencent l'hébétement et la tristesse.

Il y en a d'autres qui cassent tout de suite le joujou à peine mis dans leurs mains, à peine examiné ; et quant à ceux-là, j'avoue que j'ignore le sentiment mystérieux qui les fait agir. Sont-ils pris d'une colère superstitieuse contre ces menus objets qui imitent l'humanité, ou bien leur font-ils subir une espèce d'épreuve maçonnique avant de les introduire dans la vie enfantine ? — *Puzzling question* [1] !

---

1. On pourrait traduire par « question embarrassante ». Ni l'analyse ni la destruction ne donnent réponse à ces questions. Elles expliquent un fonctionnement, mais l'âme, ce principe vital, ne peut être saisie par celles-ci. Baudelaire fait de cette question une sorte d'acte de passage.

EXPOSITION UNIVERSELLE
— 1855 —
BEAUX-ARTS [1]

1. La première partie parut le 26 mai 1855 dans *Le Pays* ainsi que la troisième le 3 juin. La deuxième, refusée par ce journal, fut publiée par *Le Portefeuille* le 12 août 1855. Le modèle de celle-ci était l'Exposition universelle de 1851, à Londres. Vitrine de l'industrie, du progrès, de la richesse économique et artistique, cette exposition universelle (il y en eut une autre en 1867) se voulait le miroir non seulement du monde entier, mais aussi du Second Empire. Le Palais des Beaux-Arts, fait de métal et de verre, épigone du Crytal Palace de J. Paxton (Londres, 1851), avait l'ambition de présenter un demi-siècle d'art en Europe, tout en donnant la prééminence à la France. Moderniste et cosmopolite, cette exposition fournit à Baudelaire l'occasion d'affirmer ses convictions esthétiques.

I

MÉTHODE DE CRITIQUE.
DE L'IDÉE MODERNE DU PROGRÈS
APPLIQUÉE AUX BEAUX-ARTS.
DÉPLACEMENT DE LA VITALITÉ

Il est peu d'occupations aussi intéressantes, aussi attachantes, aussi pleines de surprises et de révélations pour un critique, pour un rêveur dont l'esprit est tourné à la généralisation aussi bien qu'à l'étude des détails, et, pour mieux dire encore, à l'idée d'ordre et de hiérarchie universelle, que la comparaison des nations et de leurs produits respectifs. Quand je dis hiérarchie, je ne veux pas affirmer la suprématie de telle nation sur telle autre. Quoiqu'il y ait dans la nature des plantes plus ou moins saintes, des formes plus ou moins spirituelles, des animaux plus ou moins sacrés, et qu'il soit légitime de conclure, d'après les instigations de l'immense analogie universelle, que certaines nations — vastes animaux dont l'organisme est adéquat à leur milieu, — aient été préparées et éduquées par la Providence pour un but déterminé, but plus ou moins élevé, plus ou moins rapproché du ciel, — je ne veux pas faire ici autre chose qu'affirmer leur *égale* utilité aux yeux de CELUI qui est indéfinissable, et le miraculeux secours qu'elles se prêtent dans l'harmonie de l'univers.

Un lecteur, quelque peu familiarisé par la solitude (bien mieux que par les livres) à ces vastes contemplations, peut déjà deviner où j'en veux venir ; — et, pour trancher court aux ambages et aux hésitations du style par une question presque équivalente à une for-

mule, — je le demande à tout homme de bonne foi,
pourvu qu'il ait un peu pensé et un peu voyagé, — que
ferait, que dirait un Winckelmann[1] moderne (nous en
sommes pleins, la nation en regorge, les paresseux en
raffolent), que dirait-il en face d'un produit chinois, produit étrange, bizarre, contourné dans sa forme, intense
par sa couleur, et quelquefois délicat jusqu'à l'évanouis-
sement ? Cependant c'est un échantillon de la beauté
universelle[2] ; mais il faut, pour qu'il soit compris, que
le critique, le spectateur opère en lui-même une trans-
formation qui tient du mystère, et que, par un phénomène de la volonté agissant sur l'imagination, il
apprenne de lui-même à participer au milieu qui a donné
naissance à cette floraison insolite. Peu d'hommes ont,
— au complet, — cette grâce divine du cosmopolitis-
me ; mais tous peuvent l'acquérir à des degrés divers.
Les mieux doués à cet égard sont ces voyageurs solitaires qui ont vécu pendant des années au fond des bois,
au milieu des vertigineuses prairies, sans autre compagnon que leur fusil, contemplant, disséquant, écrivant.
Aucun voile scolaire, aucun paradoxe universitaire,
aucune utopie pédagogique, ne se sont interposés entre
eux et la complexe vérité. Ils savent l'admirable, l'immortel, l'inévitable rapport entre la forme et la fonction.
Ils ne critiquent pas, ceux-là : ils contemplent, ils étu-
dient.

Si, au lieu d'un pédagogue, je prends un homme du
monde, un intelligent, et si je le transporte dans une
contrée lointaine, je suis sûr que, si les étonnements du
débarquement sont grands, si l'accoutumance est plus

---

1. Johan Joachim Winckelmann (1717-1778). Cet Allemand fut
le théoricien du néo-classicisme et un des fondateurs de l'analyse
historique du style des œuvres d'art. Son esthétique prônait l'imitation des Anciens qui, seuls, avaient atteint la perfection du Beau
idéal dans leurs chefs-d'œuvre. **2.** Si Baudelaire pose qu'il existe
une beauté universelle, il ne la pose pas en tant que type éternel,
donc modèle unique. La beauté est partout : la volonté assistée de
l'imagination et de la sympathie peut parvenir à en déceler un
« échantillon » ; la beauté est relative non seulement dans le temps
mais aussi dans l'espace.

ou moins longue, plus ou moins laborieuse, la sympathie sera tôt ou tard si vive, si pénétrante, qu'elle créera en lui un monde nouveau d'idées, monde qui fera partie intégrante de lui-même, et qui l'accompagnera, sous la forme de souvenirs, jusqu'à la mort. Ces formes de bâtiments, qui contrariaient d'abord son œil académique (tout peuple est académique en jugeant les autres, tout peuple est barbare quand il est jugé), ces végétaux inquiétants pour sa mémoire chargée des souvenirs natals, ces femmes et ces hommes dont les muscles ne vibrent pas suivant l'allure classique de son pays, dont la démarche n'est pas cadencée selon le rythme accoutumé, dont le regard n'est pas projeté avec le même magnétisme, ces odeurs qui ne sont plus celles du boudoir maternel, ces fleurs mystérieuses dont la couleur profonde entre dans l'œil despotiquement, pendant que leur forme taquine le regard, ces fruits dont le goût trompe et déplace les sens, et révèle au palais des idées qui appartiennent à l'odorat, tout ce monde d'harmonies nouvelles entrera lentement en lui, le pénétrera patiemment, comme la vapeur d'une étuve aromatisée ; toute cette vitalité inconnue sera ajoutée à sa vitalité propre ; quelques milliers d'idées et de sensations enrichiront son dictionnaire de mortel [1], et même il est possible que, dépassant la mesure et transformant la justice en révolte, il fasse comme le Sicambre converti, qu'il brûle ce qu'il avait adoré, et qu'il adore ce qu'il avait brûlé.

Que dirait, qu'écrirait, — je le répète, — en face de phénomènes insolites, un de ces *modernes professeurs-jurés* d'esthétique [2], comme les appelle Henri Heine, ce charmant esprit, qui serait un génie s'il se tournait plus souvent vers le divin ? L'insensé doctrinaire du Beau déraisonnerait, sans doute ; enfermé dans l'aveuglante forteresse de son système, il blasphémerait la vie et la

---

1. En 1841-1842, Baudelaire fit un voyage qui s'arrêta à l'île de la Réunion ; ainsi s'est enrichi « son dictionnaire de mortel ».
2. Idée tirée du « Salon de 1831 » d'Henri Heine, qui permet au critique non seulement d'anathémiser ces modernes professeurs mais aussi de conserver une structure intellectuelle ouverte, non entravée par un système rigide de modèles types et de catégories de jugement.

nature, et son fanatisme grec, italien ou parisien, lui per-
suaderait de défendre à ce peuple insolent de jouir, de
rêver ou de penser par d'autres procédés que les siens
propres ; — science barbouillée d'encre, goût bâtard,
plus barbare que les barbares, qui a oublié la couleur du
ciel, la forme du végétal, le mouvement et l'odeur de
l'animalité, et dont les doigts crispés, paralysés par la
plume, ne peuvent plus courir avec agilité sur l'immense clavier des *correspondances*[1] !

J'ai essayé plus d'une fois, comme tous mes amis, de
m'enfermer dans un système pour y prêcher à mon aise.
Mais un système est une espèce de damnation qui nous
pousse à une abjuration perpétuelle ; il en faut toujours
inventer un autre, et cette fatigue est un cruel châtiment.
Et toujours mon système était beau, vaste, spacieux,
commode, propre et lisse surtout ; du moins il me
paraissait tel. Et toujours un produit spontané, inattendu,
de la vitalité universelle venait donner un démenti à ma
science enfantine et vieillotte, fille déplorable de l'utopie. J'avais beau déplacer ou étendre le critérium, il était
toujours en retard sur l'homme universel, et courait sans
cesse après le beau multiforme et versicolore, qui se
meut dans les spirales infinies de la vie. Condamné sans
cesse à l'humiliation d'une conversion nouvelle, j'ai
pris un grand parti. Pour échapper à l'horreur de ces
apostasies philosophiques, je me suis orgueilleusement
résigné à la modestie : je me suis contenté de sentir ; je
suis revenu chercher un asile dans l'impeccable naïveté[2]. J'en demande humblement pardon aux esprits académiques de tout genre qui habitent les différents
ateliers de notre fabrique artistique. C'est là que ma

---

1. Toute définition dogmatique, réductrice de la beauté ne produit
que des prisons. Si on veut systématiser la beauté perceptible, l'essentiel de cette beauté se fait insaisissable. Cet essentiel est constitué
par les correspondances ; celles-ci établissent les rapports existant
entre les êtres et les choses. Elles ne les cataloguent ni ne les analy-
sent. Leur connaissance est de l'ordre de la sensation, de la perception, de l'intuition ; c'est un au-delà ou un en deçà de la raison.
2. Cette naïveté, qui est aussi une qualité de l'enfant, est la clef de
l'ouverture d'esprit, aussi bien face au neuf que face à l'inconnu.

conscience philosophique a trouvé le repos ; et, au moins, je puis affirmer, autant qu'un homme peut répondre de ses vertus, que mon esprit jouit maintenant d'une plus abondante impartialité.

Tout le monde conçoit sans peine que, si les hommes chargés d'exprimer le beau se conformaient aux règles des professeurs-jurés, le beau lui-même disparaîtrait de la terre, puisque tous les types, toutes les idées, toutes les sensations se confondraient dans une vaste unité, monotone et impersonnelle, immense comme l'ennui et le néant. La variété, condition *sine qua non* de la vie, serait effacée de la vie. Tant il est vrai qu'il y a dans les productions multiples de l'art quelque chose de toujours nouveau qui échappera éternellement à la règle et aux analyses de l'école ! L'étonnement, qui est une des grandes jouissances causées par l'art et la littérature, tient à cette variété même des types et des sensations. — Le *professeur-juré*, espèce de tyran-mandarin, me fait toujours l'effet d'un impie qui se substitue à Dieu.

J'irai encore plus loin, n'en déplaise aux sophistes trop fiers qui ont pris leur science dans les livres, et, quelque délicate et difficile à exprimer que soit mon idée, je ne désespère pas d'y réussir. *Le beau est toujours bizarre.* Je ne veux pas dire qu'il soit volontairement, froidement bizarre, car dans ce cas il serait un monstre sorti des rails de la vie. Je dis qu'il contient toujours un peu de bizarrerie, de bizarrerie naïve, non voulue, inconsciente, et que c'est cette bizarrerie qui le fait être particulièrement le Beau. C'est son immatriculation, sa caractéristique. Renversez la proposition, et tâchez de concevoir un *beau banal* ! Or, comment cette bizarrerie, nécessaire, incompressible, variée à l'infini, dépendante des milieux, des climats, des mœurs, de la race, de la religion et du tempérament de l'artiste, pourra-t-elle jamais être gouvernée, amendée, redressée, par les règles utopiques conçues dans un petit temple scientifique quelconque de la planète sans danger de mort pour l'art lui-même ? Cette dose de bizarrerie qui constitue et définit l'individualité, sans laquelle il n'y a pas de beau, joue dans l'art (que l'exactitude de cette comparaison en fasse pardonner la trivialité) le rôle du goût ou de l'assaisonnement dans les mets, les mets ne différant les uns des autres, abstraction faite de leur utilité ou de la quantité de substance nutritive qu'ils contiennent, que par l'*idée*[1] qu'ils révèlent à la langue.

Je m'appliquerai donc, dans la glorieuse analyse de cette belle Exposition, si variée dans ses éléments, si inquiétante par sa variété, si déroutante pour la pédagogie, à me dégager de toute espèce de pédanterie. Assez d'autres parleront le jargon de l'atelier et se feront valoir au détriment des artistes. L'érudition me paraît dans beaucoup de cas puérile et peu démonstrative de sa nature. Il me serait trop facile de disserter subtilement sur la composition symétrique ou équilibrée, sur la pondération des tons, sur le ton chaud et le ton froid, etc. Ô vanité ! je préfère parler au nom du sentiment, de la morale et du plaisir. J'espère que quelques personnes, savantes sans pédantisme, trouveront mon *ignorance* de bon goût.

On raconte que Balzac (qui n'écouterait avec respect toutes les anecdotes, si petites qu'elles soient, qui se rapportent à ce grand génie ?), se trouvant un jour en face d'un beau tableau, un tableau d'hiver, tout mélancolique et chargé de frimas, clairsemé de cabanes et de paysans chétifs, — après avoir contemplé une maisonnette d'où montait une maigre fumée, s'écria : « Que c'est beau ! Mais que font-ils dans cette cabane ? à quoi pensent-ils, quels sont leurs chagrins ? les récoltes ont-elles été bonnes ? *ils ont sans doute des échéances à payer* ? »

Rira qui voudra de M. de Balzac. J'ignore quel est le peintre qui a eu l'honneur de faire vibrer, conjecturer et s'inquiéter l'âme du grand romancier, mais je pense qu'il nous a donné ainsi, avec son adorable naïveté, une excellente leçon de critique. Il m'arrivera souvent d'ap-

---

1. Il faut prendre ici le mot « idée » au sens étymologique : quelque chose que l'on voit, que l'on contemple, qui agit sur les sens.

précier un tableau uniquement par la somme d'idées ou
de rêveries qu'il apportera dans mon esprit.

La peinture est une évocation, une opération magique
(si nous pouvions consulter là-dessus l'âme des
enfants !), et quand le personnage évoqué, quand l'idée
ressuscitée, se sont dressés et nous ont regardés face à
face, nous n'avons pas le droit, — du moins ce serait
le comble de la puérilité, — de discuter les formules
évocatoires du sorcier. Je ne connais pas de problème
plus confondant pour le pédantisme et le philosophisme,
que de savoir en vertu de quelle loi les artistes les plus
opposés par leur méthode évoquent les mêmes idées et
agitent en nous des sentiments analogues[1].

Il est encore une erreur fort à la mode, de laquelle je
veux me garder comme de l'enfer. — Je veux parler de
l'idée du progrès. Ce fanal obscur, invention du philosophisme actuel, breveté sans garantie de la Nature ou de
la Divinité, cette lanterne moderne jette des ténèbres sur
tous les objets de la connaissance ; la liberté s'évanouit,
le châtiment disparaît. Qui veut y voir clair dans l'histoire doit avant tout éteindre ce fanal perfide. Cette idée
grotesque, qui a fleuri sur le terrain pourri de la fatuité
moderne, a déchargé chacun de son devoir, délivré toute
âme de sa responsabilité, dégagé la volonté de tous les
liens que lui imposait l'amour du beau : et les races
amoindries, si cette navrante folie dure longtemps, s'en-
dormiront sur l'oreiller de la fatalité dans le sommeil
radoteur de la décrépitude. Cette infatuation est le diagnostic d'une décadence déjà trop visible[2].

Demandez à tout bon Français qui lit tous les jours
son journal dans son estaminet, ce qu'il entend par progrès, il répondra que c'est la vapeur, l'électricité et

---

1. L'esthétique, si esthétique il y a, ne consiste pas dans la généralisation ; elle est approche sensible de cette « évocation » qu'est la
peinture, et de sa capacité de susciter en nous des sentiments analogues lorsque nous sommes mis en présence de ses produits, aussi
différents et opposés soient-ils.   2. Baudelaire prépare sa proposition paradoxale : « progrès = décadence ». Mais cette notion est celle
du progrès technique, industriel ; elle ne peut s'appliquer en aucun
cas à l'art qui « ne relève que de lui-même ».

l'éclairage au gaz, miracles inconnus aux Romains, et que ces découvertes témoignent pleinement de notre supériorité sur les anciens ; tant il s'est fait de ténèbres dans ce malheureux cerveau et tant les choses de l'ordre matériel et de l'ordre spirituel s'y sont si bizarrement confondues ! Le pauvre homme est tellement américanisé par ses philosophes zoocrates et industriels, qu'il a perdu la notion des différences qui caractérisent les phénomènes du monde physique et du monde moral, du naturel et du surnaturel.

Si une nation entend aujourd'hui la question morale dans un sens plus délicat qu'on ne l'entendait dans le siècle précédent, il y a progrès ; cela est clair. Si un artiste produit cette année une œuvre qui témoigne de plus de savoir ou de force imaginative qu'il n'en a montré l'année dernière, il est certain qu'il a progressé. Si les denrées sont aujourd'hui de meilleure qualité et à meilleur marché qu'elles n'étaient hier, c'est dans l'ordre matériel un progrès incontestable. Mais où est, je vous prie, la garantie du progrès pour le lendemain ? Car les disciples des philosophes de la vapeur et des allumettes chimiques l'entendent ainsi : le progrès ne leur apparaît que sous la forme d'une série indéfinie. Où est cette garantie ? Elle n'existe, dis-je, que dans votre crédulité et votre fatuité.

Je laisse de côté la question de savoir si, délicatisant l'humanité en proportion des jouissances nouvelles qu'il lui apporte, le progrès indéfini ne serait pas sa plus ingénieuse et sa plus cruelle torture ; si, procédant par une opiniâtre négation de lui-même, il ne serait pas un mode de suicide incessamment renouvelé, et si, enfermé dans le cercle de feu de la logique divine, il ne ressemblerait pas au scorpion qui se perce lui-même avec sa terrible queue, cet éternel *desideratum* qui fait son éternel désespoir ?

Transportée dans l'ordre de l'imagination, l'idée du progrès (il y a eu des audacieux et des enragés de logique qui ont tenté de le faire) se dresse avec une absurdité gigantesque, une grotesquerie qui monte jusqu'à l'épouvantable. La thèse n'est plus soutenable. Les faits sont trop palpables, trop connus. Ils se raillent du sophisme et l'affrontent avec imperturbabilité. Dans l'ordre poétique et artistique, tout révélateur a rarement un précurseur. Toute floraison est spontanée, individuelle. Signorelli était-il vraiment le générateur de Michel-Ange ? Est-ce que Pérugin contenait Raphaël[1] ? L'artiste ne relève que de lui-même. Il ne promet aux siècles à venir que ses propres œuvres. Il ne cautionne que lui-même. Il meurt sans enfants. Il a été *son roi, son prêtre et son Dieu*[2]. C'est dans de tels phénomènes que la célèbre et orageuse formule de Pierre Leroux trouve sa véritable application[3].

Il en est de même des nations qui cultivent les arts de l'imagination avec joie et succès. La prospérité actuelle n'est garantie que pour un temps, hélas ! bien court. L'aurore fut jadis à l'orient, la lumière a marché vers le sud, et maintenant elle jaillit de l'occident. La France, il est vrai, par sa situation centrale dans le monde civilisé, semble être appelée à recueillir toutes les notions et toutes les poésies environnantes, et à les rendre aux autres peuples merveilleusement ouvrées et façonnées. Mais il ne faut jamais oublier que les nations, vastes êtres collectifs, sont soumises aux mêmes lois que les individus. Comme l'enfance, elles vagissent, balbutient, grossissent, grandissent. Comme la jeunesse et la maturité, elles produisent des œuvres sages et hardies. Comme la vieillesse, elles s'endorment sur une richesse acquise. Souvent il arrive que c'est le principe même qui a fait leur force et leur développement qui amène leur décadence, surtout quand ce principe, vivifié jadis par une ardeur conquérante, est

---

1. Cette question, soulevée par Baudelaire, ne trouve pas de réponse. On considère de nos jours que Signorelli (1455-1523) développa des qualités qui annoncent les développements de l'art de Michel-Ange et rien ne prouve vraiment qu'il y ait eu une filiation directe entre les deux. Pérugin (1455-1523) eut dans son atelier Raphaël, à la fin du XVe siècle. **2.** La phrase suivante manque dans le texte donné le 26 mai 1855 dans *Le Pays*. **3.** Pierre Leroux (1797-1871), publiciste, homme politique et philosophe du saint-simonisme. Il pourrait s'agir de *La Grève de Samarez* (1863).

devenu pour la majorité une espèce de routine. Alors, comme je le faisais entrevoir tout à l'heure, la vitalité se déplace, elle va visiter d'autres territoires et d'autres races ; et il ne faut pas croire que les nouveaux venus héritent intégralement des anciens, et qu'ils reçoivent d'eux une doctrine toute faite. Il arrive souvent (cela est arrivé au Moyen Âge) que, tout étant perdu, tout est à refaire.

Celui qui visiterait l'Exposition universelle avec l'idée préconçue de trouver en Italie les enfants de Vinci, de Raphaël et de Michel-Ange, en Allemagne l'esprit d'Albert Dürer, en Espagne l'âme de Zurbaran et de Velasquez, se préparerait un inutile étonnement. Je n'ai ni le temps, ni la science suffisante peut-être, pour rechercher quelles sont les lois qui déplacent la vitalité artistique, et pourquoi Dieu dépouille les nations quelquefois pour un temps, quelquefois pour toujours ; je me contente de constater un fait très fréquent dans l'histoire. Nous vivons dans un siècle où il faut répéter certaines banalités, dans un siècle orgueilleux qui se croit au-dessus des mésaventures de la Grèce et de Rome.

*

L'Exposition des peintres anglais est très belle, très singulièrement belle, et digne d'une longue et patiente étude. Je voulais commencer par la glorification de nos voisins, de ce peuple si admirablement riche en poètes et en romanciers, du peuple de Shakespeare, de Crabbe et de Byron, de Maturin et de Godwin ; des concitoyens de Reynolds, de Hogarth et de Gainsborough. Mais je veux les étudier encore ; mon excuse est excellente ; c'est par une politesse extrême que je renvoie cette besogne si agréable. Je retarde pour mieux faire [1].

Je commence donc par une tâche plus facile : je vais étudier rapidement les principaux maîtres de l'école

---

1. Baudelaire ne donna jamais suite à ce projet.

française, et analyser les éléments de progrès ou les fer-
ments de ruine qu'elle contient en elle.

II

INGRES

Cette Exposition française est à la fois si vaste et
généralement composée de morceaux si connus, déjà
suffisamment déflorés par la curiosité parisienne, que la
critique doit chercher plutôt à pénétrer intimement le
tempérament de chaque artiste et les mobiles qui le font
agir qu'à analyser, à raconter chaque œuvre minutieusement.

Quand David, cet astre froid, et Guérin et Girodet[1],
ses satellites historiques, espèces d'abstracteurs de quintessence dans leur genre, se levèrent sur l'horizon de
l'art, il se fit une grande révolution. Sans analyser ici le
but qu'ils poursuivirent, sans en vérifier la légitimité,
sans examiner s'ils ne l'ont pas outrepassé, constatons
simplement qu'ils avaient un but, un grand but de réaction contre de trop vives et de trop aimables frivolités
que je ne veux pas non plus apprécier ni caractériser ;
— que ce but ils le visèrent avec persévérance, et qu'ils
marchèrent à la lumière de leur soleil artificiel avec une
franchise, une décision et un ensemble dignes de véritables hommes de parti. Quand l'âpre idée s'adoucit et
se fit caressante sous le pinceau de Gros, elle était déjà
perdue.

Je me rappelle fort distinctement le respect prodigieux qui environnait au temps de notre enfance toutes
ces figures, fantastiques sans le vouloir, tous ces
spectres académiques ; et moi-même je ne pouvais
contempler sans une espèce de terreur religieuse tous

---

1. Voir « Le Musée classique du Bazar Bonne-Nouvelle », les
notes 2 p. 125 et 4 p. 128.

ces grands flandrins hétéroclites, tous ces *beaux
hommes* minces et solennels, toutes ces femmes bégueu-
lement chastes, classiquement voluptueuses, les uns
sauvant leur pudeur sous des sabres antiques, les autres
derrière des draperies pédantesquement transparentes.
Tout ce monde, véritablement hors nature, s'agitait, ou
plutôt posait sous une lumière verdâtre, traduction
bizarre du vrai soleil. Mais ces maîtres, trop célébrés
jadis, trop méprisés aujourd'hui, eurent le grand mérite,
si l'on ne veut pas trop se préoccuper de leurs procédés
et de leurs systèmes bizarres, de ramener le caractère
français vers le goût de l'héroïsme. Cette contemplation
perpétuelle de l'histoire grecque et romaine ne pouvait,
après tout, qu'avoir une influence stoïcienne salutaire ;
mais ils ne furent pas toujours aussi Grecs et Romains
qu'ils voulurent le paraître. David, il est vrai, ne cessa
jamais d'être l'héroïque, l'inflexible David, le révélateur despote. Quant à Guérin et Girodet, il ne serait pas
difficile de découvrir en eux, d'ailleurs très préoccupés,
comme le prophète, de l'esprit de mélodrame, quelques
légers grains corrupteurs, quelques sinistres et amusants
symptômes du futur Romantisme. Ne vous semble-t-il
pas que cette *Didon*[1], avec sa toilette si précieuse et
si théâtrale, langoureusement étalée au soleil couchant,
comme une créole aux nerfs détendus, a plus de parenté
avec les premières visions de Chateaubriand qu'avec les
conceptions de Virgile, et que son œil humide, noyé
dans les vapeurs du keepsake, annonce presque certaines Parisiennes de Balzac ? L'*Atala* de Girodet[2] est,
quoi qu'en pensent certains farceurs qui seront tout à
l'heure bien vieux, un drame de beaucoup supérieur à
une foule de fadaises modernes innommables.

Mais aujourd'hui nous sommes en face d'un homme
d'une immense, d'une incontestable renommée, et dont
l'œuvre est bien autrement difficile à comprendre et à
expliquer. J'ai osé tout à l'heure, à propos de ces malheureux peintres illustres, prononcer irrespectueusement

---

1. « Didon et Énée », de Guérin, est au Musée du Louvre.
2. « Les Funérailles d'Atala » sont au Musée du Louvre.

le mot : *hétéroclites*. On ne peut donc pas trouver mauvais que, pour expliquer la sensation de certains tempéraments artistiques mis en contact avec les œuvres de M. Ingres, je dise qu'ils se sentent en face d'un *hétéroclitisme* bien plus mystérieux et complexe que celui des maîtres de l'école républicaine et impériale, où cependant il a pris son point de départ.

Avant d'entrer plus décidément en matière, je tiens à constater une impression première sentie par beaucoup de personnes, et qu'elles se rappelleront inévitablement, sitôt qu'elles seront entrées dans le sanctuaire attribué aux œuvres de M. Ingres[1]. Cette impression, difficile à caractériser, qui tient, dans des proportions inconnues, du malaise, de l'ennui et de la peur, fait penser vaguement, involontairement, aux défaillances causées par l'air raréfié, par l'atmosphère d'un laboratoire de chimie, ou par la conscience d'un milieu fantasmatique, je dirai plutôt d'un milieu qui imite le fantasmatique ; d'une population automatique et qui troublerait nos sens par sa trop visible et palpable extranéité. Ce n'est plus là ce respect enfantin dont je parlais tout à l'heure, qui nous saisit devant les *Sabines*, devant le *Marat* dans sa baignoire, devant *Le Déluge*, devant le mélodramatique *Brutus*[2]. C'est une sensation puissante, il est vrai, — pourquoi nier la puissance de M. Ingres ? — mais d'un ordre inférieur, d'un ordre quasi maladif. C'est presque une sensation négative, si cela pouvait se dire. En effet, il faut l'avouer tout de suite, le célèbre peintre, révolutionnaire à sa manière, a des mérites, des charmes même tellement incontestables et dont j'analyserai tout à l'heure la source, qu'il serait puéril de ne pas constater ici une lacune, une privation, un amoindrissement dans le jeu des facultés spirituelles. L'imagination qui soutenait ces grands maîtres, dévoyés dans leur gymnastique

---

1. Dans la mesure où Ingres est issu du néo-classicisme, son art se ressent de ces origines ; ceci va permettre à Baudelaire de réfuter ce que peut avoir de « systématique » la peinture de cet artiste.
2. « L'Enlèvement des Sabines », « Les Licteurs rapportant à Brutus les corps de ses fils suppliciés », de David, sont au Louvre ainsi que « Le Déluge » de Girodet.

académique, l'imagination, cette reine des facultés, a disparu.

Plus d'imagination, partant plus de mouvement[1]. Je ne pousserai pas l'irrévérence et la mauvaise volonté jusqu'à dire que c'est chez M. Ingres une résignation ; je devine assez son caractère pour croire plutôt que c'est de sa part une immolation héroïque, un sacrifice sur l'autel des facultés qu'il considère sincèrement comme plus grandioses et plus importantes.

C'est en quoi il se rapproche, quelque énorme que paraisse ce paradoxe, d'un jeune peintre dont les débuts remarquables se sont produits récemment avec l'allure d'une insurrection. M. Courbet[2], lui aussi, est un puissant ouvrier, une sauvage et patiente volonté ; et les résultats qu'il a obtenus, résultats qui ont déjà pour quelques esprits plus de charme que ceux du grand maître de la tradition raphaélesque, à cause sans doute de leur solidité positive et de leur amoureux cynisme, ont, comme ces derniers, ceci de singulier qu'ils manifestent un esprit de sectaire, un massacreur de facultés. La politique, la littérature produisent, elles aussi, de ces vigoureux tempéraments, de ces protestants, de ces anti-surnaturalistes, dont la seule légitimation est un esprit de réaction quelquefois salutaire. La providence qui préside aux affaires de la peinture leur donne pour complices tous ceux que l'idée adverse prédominante avait lassés ou opprimés. Mais la différence est que le sacrifice héroïque que M. Ingres fait en l'honneur de la tradition et de l'idée du beau raphaélesque, M. Courbet l'accomplit au profit de la nature extérieure, positive, immédiate. Dans leur guerre à l'imagination, ils obéis-

---

1. Baudelaire présente Ingres comme un rejeton maladif du néo-classicisme qui a perdu toute sève, tout principe vital ; son absence d'imagination entraîne l'immobilité de son art.   2. Gustave Courbet (1819-1877) fut un des proches de Baudelaire. Voir la note 1 p. 237 du « Salon de 1846 ». Cette relative condamnation du réalisme (il faut noter le ton précautionneux de Baudelaire !) et de Courbet, par le biais de l'analogie, pourrait s'expliquer ainsi : les tableaux de Courbet n'évoquent que ce qu'ils montrent, des scènes de la vie moderne, où l'imagination ne peut avoir aucune part.

sent à des mobiles différents ; et deux fanatismes inverses les conduisent à la même immolation.

Maintenant, pour reprendre le cours régulier de notre analyse, quel est le but de M. Ingres ? Ce n'est pas, à coup sûr, la traduction des sentiments, des passions, des variantes de ces passions et de ces sentiments ; ce n'est pas non plus la représentation de grandes scènes historiques (malgré ses beautés italiennes, trop italiennes, le tableau du *Saint Symphorien*, italianisé jusqu'à l'empilement des figures, ne révèle certainement pas la sublimité d'une victime chrétienne, ni la bestialité féroce et indifférente à la fois des païens conservateurs). Que cherche donc, que rêve donc M. Ingres ? Qu'est-il venu dire en ce monde ? Quel appendice nouveau apporte-t-il à l'évangile de la peinture ?

Je croirais volontiers que son idéal est une espèce d'idéal fait moitié de santé, moitié de calme, presque d'indifférence, quelque chose d'analogue à l'idéal antique, auquel il a ajouté les curiosités et les minuties de l'art moderne. C'est cet accouplement qui donne souvent à ses œuvres leur charme bizarre. Épris ainsi d'un idéal qui mêle dans un adultère agaçant la solidité calme de Raphaël avec les recherches de la petite-maîtresse, M. Ingres devait surtout réussir dans les portraits ; et c'est en effet dans ce genre qu'il a trouvé ses plus grands, ses plus légitimes succès. Mais il n'est point un de ces peintres à l'heure, un de ces fabricants banals de portraits auxquels un homme vulgaire peut aller, la bourse à la main, demander la reproduction de sa malséante personne. M. Ingres choisit ses modèles, et il choisit, il faut le reconnaître, avec un tact merveilleux, les modèles les plus propres à faire valoir son genre de talent. Les belles femmes, les natures riches, les santés calmes et florissantes, voilà son triomphe et sa joie !

Ici cependant se présente une question discutée cent fois, et sur laquelle il est toujours bon de revenir. Quelle est la qualité du dessin de M. Ingres ? Est-il d'une qualité supérieure ? Est-il absolument intelligent ? Je serai compris de tous les gens qui ont comparé entre elles les manières de dessiner des principaux maîtres en disant

que le dessin de M. Ingres est le dessin d'un homme à
système. Il croit que la nature doit être corrigée, amendée ; que la tricherie heureuse, agréable, faite en vue du
plaisir des yeux, est non seulement un droit, mais un
devoir. On avait dit jusqu'ici que la nature devait être
interprétée, traduite dans son ensemble et avec toute sa
logique ; mais dans les œuvres du maître en question il
y a souvent dol, ruse, violence, quelquefois tricherie et
croc-en-jambe. Voici une armée de doigts trop uniform-
mément allongés en fuseaux et dont les extrémités
étroites oppriment les ongles, que Lavater, à l'inspec-
tion de cette poitrine large, de cet avant-bras musculeux,
de cet ensemble un peu viril, aurait jugés devoir être
carrés, symptôme d'un esprit porté aux occupations
masculines, à la symétrie et aux ordonnances de l'art.
Voici des figures délicates et des épaules simplement
élégantes associées à des bras trop robustes, trop pleins
d'une succulence raphaélique. Mais Raphaël aimait les
gros bras, il fallait avant tout obéir et plaire au maître.
Ici nous trouverons un nombril qui s'égare vers les
côtes, là un sein qui pointe trop vers l'aisselle ; ici,
— chose moins excusable (car généralement ces différentes tricheries ont une excuse plus ou moins plausible
et toujours facilement devinable dans le goût immodéré
du *style*), — ici, dis-je, nous sommes tout à fait décon-
certés par une jambe sans nom, toute maigre, sans
muscles, sans formes, et sans pli au jarret (*Jupiter et
Antiope*[1]).

Remarquons aussi qu'emporté par cette préoccupation presque maladive du style, le peintre supprime souvent le modelé ou l'amoindrit jusqu'à l'invisible,
espérant ainsi donner plus de valeur au contour, si bien
que ses figures ont l'air de patrons d'une forme très
correcte, gonflés d'une matière molle et non vivante,
étrangère à l'organisme humain. Il arrive quelquefois
que l'œil tombe sur des morceaux charmants, irrépro-
chablement vivants ; mais cette méchante pensée tra-
verse alors l'esprit, que ce n'est pas M. Ingres qui a

---

1. Le « Jupiter et Antiope » est conservé au Musée du Louvre.

cherché la nature, mais la nature qui a violé le peintre, et que cette haute et puissante dame l'a dompté par son ascendant irrésistible.

D'après tout ce qui précède, on comprendra facilement que M. Ingres peut être considéré comme un homme doué de hautes qualités, un amateur éloquent de la beauté, mais dénué de ce tempérament énergique qui fait la fatalité du génie. Ses préoccupations dominantes sont le goût de l'antique et le respect de l'école. Il a, en somme, l'admiration assez facile, le caractère assez éclectique, comme tous les hommes qui manquent de fatalité. Aussi le voyons-nous errer d'archaïsme en archaïsme ; Titien (*Pie VII tenant chapelle*), les émailleurs de la Renaissance (*Vénus Anadyomène*[1]), Poussin et Carrache (*Vénus et Antiope*[2]), Raphaël (*Saint Symphorien*), les primitifs Allemands (tous les petits tableaux du genre imagier et anecdotique), les curiosités et le bariolage persan et chinois (la petite *Odalisque*), se disputent ses préférences. L'amour et l'influence de l'antiquité se sentent partout ; mais M. Ingres me paraît souvent être à l'antiquité ce que le bon ton, dans ses caprices transitoires, est aux bonnes manières naturelles qui viennent de la dignité et de la charité de l'individu[3].

C'est surtout dans l'*Apothéose de l'Empereur Napoléon Ier*[4], tableau venu de l'Hôtel de Ville, que M. Ingres a laissé voir son goût pour les Étrusques. Cependant les Étrusques, grands simplificateurs, n'ont pas poussé la simplification jusqu'à ne pas atteler les chevaux aux chariots. Ces chevaux surnaturels (en quoi sont-ils, ces

---

1. « Pie VII tenant chapelle » est au Musée du Louvre, la « Vénus anadyomène » au Musée Condé, à Chantilly.   2. Aucune œuvre connue d'Ingres ne porte ce titre. Aussi doit-il s'agir d'une coquille à l'impression et il faut certainement lire « Jupiter et Antiope ». 3. Toutes ces remarques de Baudelaire sur le dessin, sur le style, sur l'archaïsme indiquent clairement qu'il a compris l'art d'Ingres, jusque dans ses contradictions internes, mais qu'il a refusé de se laisser séduire. Il faut noter combien le ton a changé depuis les années 1840 ; l'éclectisme d'Ingres, soit son absence d'imagination, est ce qui le condamne.   4. L'œuvre a été détruite en 1871 lors de l'incendie de l'Hôtel de Ville de Paris. Elle est connue par une ébauche conservée au Musée Carnavalet.

Bulloz

Jean Auguste Dominique Ingres.
Apothéose de Napoléon Ier, vers 1853.

Esquisse pour le plafond de l'Hôtel de Ville de Paris.

chevaux qui semblent d'une matière polie, solide, comme le cheval de bois qui prit la ville de Troie?) possèdent-ils donc la force de l'aimant pour entraîner le char derrière eux sans traits et sans harnais? De l'empereur Napoléon j'aurais bien envie de dire que je n'ai point retrouvé en lui cette beauté épique et destinale dont le dotent généralement ses contemporains et ses historiens ; qu'il m'est pénible de ne pas voir conserver le caractère extérieur et légendaire des grands hommes, et que le peuple, d'accord avec moi en ceci, ne conçoit guère son héros de prédilection que dans les costumes officiels des cérémonies ou sous cette historique capote gris de fer, qui, n'en déplaise aux amateurs forcenés du style, ne déparerait nullement une apothéose moderne[1].

Mais on pourrait faire à cette œuvre un reproche plus grave. Le caractère principal d'une apothéose doit être le sentiment surnaturel, la puissance d'ascension vers les régions supérieures, un entraînement, un vol irrésistible vers le ciel, but de toutes les aspirations humaines et habitacle classique de tous les grands hommes. Or, cette apothéose ou plutôt cet attelage tombe, tombe avec une vitesse proportionnée à sa pesanteur. Les chevaux entraînent le char vers la terre. Le tout, comme un ballon sans gaz, qui aurait gardé tout son lest, va inévitablement se briser sur la surface de la planète.

Quant à la *Jeanne d'Arc*[2] qui se dénonce par une pédanterie outrée de moyens, je n'ose en parler. Quelque peu de sympathie que j'aie montré pour M. Ingres au gré de ses fanatiques, je préfère croire que le talent le plus élevé conserve toujours des droits à l'erreur. Ici, comme dans l'*Apothéose*, absence totale de sentiment et de surnaturalisme. Où donc est-elle, cette noble pucelle, qui, selon la promesse de ce bon M. Delécluze, devait se venger et nous venger des polissonneries de Voltaire ? Pour me résumer, je crois qu'abstraction faite de son érudition, de son goût intolérant et presque libertin de la beauté, la faculté qui a fait de M. Ingres ce qu'il est, le puissant, l'indiscutable, l'incontrôlable dominateur, c'est la volonté, ou plutôt un immense abus de la volonté. En somme, ce qu'il est, il le fut dès le principe. Grâce à cette énergie qui est en lui, il restera tel jusqu'à la fin. Comme il n'a pas progressé, il ne vieillira pas. Ses admirateurs trop passionnés seront toujours ce qu'ils furent, amoureux jusqu'à l'aveuglement ; et rien ne sera changé en France, pas même la manie de prendre à un grand artiste des qualités bizarres qui ne peuvent être qu'à lui, et d'imiter l'inimitable.

Mille circonstances, heureuses d'ailleurs, ont

1. Voir la conclusion du « Salon de 1846 ».   2. La « Jeanne d'Arc » est au Musée du Louvre.

concouru à la solidification de cette puissante renommée. Aux gens du monde M. Ingres s'imposait par un emphatique amour de l'antiquité et de la tradition. Aux excentriques, aux blasés, à mille esprits délicats toujours en quête de nouveautés, même de nouveautés amères, il plaisait par la bizarrerie. Mais ce qui fut bon, ou tout au moins séduisant, en lui eut un effet déplorable dans la foule des imitateurs ; c'est ce que j'aurai plus d'une fois l'occasion de démontrer.

III

EUGÈNE DELACROIX

MM. Eugène Delacroix et Ingres se partagent la faveur et la haine publiques. Depuis longtemps l'opinion a fait un cercle autour d'eux comme autour de deux lutteurs. Sans donner notre acquiescement à cet amour commun et puéril de l'antithèse, il nous faut commencer par l'examen de ces deux maîtres français, puisque autour d'eux, au-dessous d'eux, se sont groupées et échelonnées presque toutes les individualités qui composent notre personnel artistique.

En face des trente-cinq tableaux de M. Delacroix, la première idée qui s'empare du spectateur est l'idée d'une vie bien remplie, d'un amour opiniâtre, incessant de l'art. Quel est le meilleur tableau ? on ne saurait le trouver ; le plus intéressant ? on hésite. On croit découvrir par-ci par-là des échantillons de progrès ; mais si de certains tableaux plus récents témoignent que certaines importantes qualités ont été poussées à outrance, l'esprit impartial perçoit avec confusion que dès ses premières productions, dès sa jeunesse (*Dante et Virgile aux enfers* est de 1822), M. Delacroix fut grand. Quelquefois il a été plus délicat, quelquefois plus singulier, quelquefois plus peintre, mais toujours il a été grand.

Devant une destinée si noblement, si heureusement

remplie, une destinée bénie par la nature et menée à bonne fin par la plus admirable volonté, je sens flotter incessamment dans mon esprit les vers du grand poète :

Il naît sous le soleil de nobles créatures
Unissant ici-bas tout ce qu'on peut rêver :
Corps de fer, cœurs de flamme ; admirables natures !

Dieu semble les produire afin de se prouver ;
Il prend pour les pétrir une argile plus douce,
Et souvent passe un siècle à les parachever.

Il met, comme un sculpteur, l'empreinte de son pouce
Sur leurs fronts rayonnants de la gloire des cieux,
Et l'ardente auréole en gerbes d'or y pousse.

Ces hommes-là s'en vont, calmes et radieux,
Sans quitter un instant leur pose solennelle,
Avec l'œil immobile et le maintien des dieux.

....

Ne leur donnez qu'un jour, ou donnez-leur cent ans,
L'orage ou le repos, la palette ou le glaive :
Ils mèneront à bout leurs dessins[1] éclatants.

Leur existence étrange est le réel du rêve !
Ils exécuteront votre plan idéal,
Comme un maître savant le croquis d'un élève.

Vos désirs inconnus sous l'arceau triomphal,
Dont votre esprit en songe arrondissait la voûte,
Passent assis en croupe au dos de leur cheval.

....

De ceux-là chaque peuple en compte cinq ou six,
Cinq ou six tout au plus, dans les siècles prospères,
Types toujours vivants dont on fait des récits.

---

1. Selon Gautier il faut dire *destins*.

Théophile Gautier appelle cela une *Compensation* [1]. M. Delacroix ne pouvait-il pas, à lui seul, combler les vides d'un siècle ?

Jamais artiste ne fut plus attaqué, plus ridiculisé, plus entravé. Mais que nous font les hésitations des gouvernements (je parle d'autrefois), les criailleries de quelques salons bourgeois, les dissertations haineuses de quelques académies d'estaminet et le pédantisme des joueurs de dominos ? La preuve est faite, la question est à jamais vidée, le résultat est là, visible, immense, flamboyant.

M. Delacroix a traité tous les genres ; son imagination et son savoir se sont promenés dans toutes les parties du domaine pittoresque. Il a fait (avec quel amour, avec quelle délicatesse !) de charmants petits tableaux, pleins d'intimité et de profondeur ; il a *illustré* les murailles de nos palais, il a rempli nos musées de vastes compositions.

Cette année, il a profité très légitimement de l'occasion de montrer une partie assez considérable du travail de sa vie, et de nous faire, pour ainsi dire, reviser les pièces du procès. Cette collection a été choisie avec beaucoup de tact, de manière à nous fournir des échantillons concluants et variés de son esprit et de son talent.

Voici *Dante et Virgile*, ce tableau d'un jeune homme, qui fut une révolution, et dont on a longtemps attribué faussement une figure à Géricault (le torse de l'homme renversé). Parmi les grands tableaux, il est permis d'hésiter entre *La Justice de Trajan* et la *Prise de Constantinople par les Croisés*. *La Justice de Trajan* est un tableau si prodigieusement lumineux, si aéré, si rempli de tumulte et de pompe ! L'empereur est si beau, la foule, tortillée autour des colonnes ou circulant avec le cortège, si tumultueuse, la veuve éplorée, si dramatique ! Ce tableau est celui qui fut *illustré* jadis par les petites plaisanteries de M. Karr, l'homme au bon sens de travers, sur le cheval rose ; comme s'il n'existait pas

---

1. Citation de *La Comédie de la Mort* de Théophile Gautier, publiée en 1838.

des chevaux légèrement rosés, et comme si, en tout cas,
le peintre n'avait pas le droit d'en faire.

Mais le tableau des *Croisés* est si profondément pénétrant, abstraction faite du sujet, par son harmonie orageuse et lugubre ! Quel ciel et quelle mer ! Tout y est
tumultueux et tranquille, comme la suite d'un grand
événement. La ville, échelonnée derrière les *Croisés* qui
viennent de la traverser, s'allonge avec une prestigieuse
vérité. Et toujours ces drapeaux miroitants, ondoyants,
faisant se dérouler et claquer leurs plis lumineux dans
l'atmosphère transparente ! Toujours la foule agissante,
inquiète, le tumulte des armes, la pompe des vêtements,
la vérité emphatique du geste dans les grandes circonstances de la vie ! Ces deux tableaux sont d'une beauté
essentiellement shakespearienne. Car nul, après Shakespeare, n'excelle comme Delacroix à fondre dans une
unité mystérieuse le drame et la rêverie.

Le public retrouvera tous ces tableaux d'orageuse
mémoire qui furent des insurrections, des luttes et des
triomphes : le *Doge Marino Faliero* (Salon de 1827.
— Il est curieux de remarquer que *Justinien composant
ses lois* et *Le Christ au jardin des Oliviers* sont de la
même année[1]), l'*Évêque de Liège*[2], cette admirable traduction de Walter Scott, pleine de foule, d'agitation et
de lumière, les *Massacres de Scio, Le Prisonnier de
Chillon, Le Tasse en prison, La Noce juive*, les *Convulsionnaires de Tanger*[3], etc., etc. Mais comment définir
cet ordre de tableaux charmants, tels que *Hamlet*, dans
la scène du crâne, et les *Adieux de Roméo et Juliette*, si
profondément pénétrants et attachants, que l'œil qui a

---

1. « Le Doge Marino Faliero » est conservé dans la Wallace Collection à Londres, « Le Christ au jardin des Oliviers » est à Saint-
Paul-Saint-Louis à Paris. Le « Justinien composant ses lois » se trou-
vait au Conseil d'État à Paris, et a brûlé en 1871.   2. Cette œuvre
(Salon de 1841) est au Louvre.   3. « Le Prisonnier de Chillon »
(Salon de 1835) est au Louvre, « Le Tasse en prison » (Salon de
1839) est dans la collection Oscar Reinhart à Winterthur ; « La Noce
juive » (Salon de 1841) est au Louvre et « Les Convulsionnaires de
Tanger » (Salon de 1838) est à l'Institute of Arts de Minneapolis
(Minnesota).

trempé son regard dans leurs petits mondes mélanco-
liques ne peut plus les fuir, que l'esprit ne peut plus les
éviter ?

Et le tableau quitté *nous* tourmente et *nous* suit[1].

Ce n'est pas là le *Hamlet* tel que nous l'a fait voir
Rouvière[2], tout récemment encore et avec tant d'éclat,
âcre, malheureux et violent, poussant l'inquiétude jusqu'à la turbulence. C'est bien la bizarrerie romantique
du grand tragédien ; mais Delacroix, plus fidèle peut-
être, nous a montré un *Hamlet* tout délicat et pâlot, aux
mains blanches et féminines, une nature exquise, mais
molle, légèrement indécise, avec un œil presque atone.

Voici la fameuse tête de la *Madeleine* renversée, au
sourire bizarre et mystérieux, et si surnaturellement
belle qu'on ne sait si elle est auréolée par la mort, ou
embellie par les pâmoisons de l'amour divin.

À propos des *Adieux de Roméo et Juliette*[3], j'ai une
remarque à faire que je crois fort importante. J'ai tant
entendu plaisanter de la laideur des femmes de Delacroix, sans pouvoir comprendre ce genre de plaisanterie,
que je saisis l'occasion pour protester contre ce préjugé.
Mais Victor Hugo le partageait, à ce qu'on m'a dit. Il
déplorait, — c'était dans les beaux temps du Romantisme, — que celui à qui l'opinion publique faisait une
gloire parallèle à la sienne commît de si monstrueuses
erreurs à l'endroit de la beauté. Il lui est arrivé d'appeler
les femmes de Delacroix des grenouilles. Mais
M. Victor Hugo est un grand poète sculptural qui a l'œil
fermé à la spiritualité.

Je suis fâché que le *Sardanapale* n'ait pas reparu
cette année. On y aurait vu de très belles femmes,

---

1. Vers de Théophile Gautier, tirés de *Terza rima* ; dans l'original,
au lieu du « nous », Gautier avait écrit « les ».   2. Philibert Rouvière joua en 1847 le rôle d'Hamlet dans l'adaptation de Dumas et
Meurice.   3. Ces deux œuvres avaient été exposées au Salon de
1845.

claires, lumineuses, roses, autant qu'il m'en souvient du moins. Sardanapale lui-même était beau comme une femme. Généralement les femmes de Delacroix peuvent se diviser en deux classes : les unes, faciles à comprendre, souvent mythologiques, sont nécessairement belles (la Nymphe couchée et vue de dos, dans le plafond de la galerie d'Apollon). Elles sont riches, très fortes, plantureuses, abondantes, et jouissent d'une transparence de chair merveilleuse et de chevelures admirables.

Quant aux autres, quelquefois des femmes historiques (la *Cléopâtre*[1] regardant l'aspic), plus souvent des femmes de caprice, de tableaux de genre, tantôt des Marguerite, tantôt des Ophélia, des Desdémone, des Sainte Vierge même, des Madeleine, je les appellerais volontiers des femmes d'intimité. On dirait qu'elles portent dans les yeux un secret douloureux, impossible à enfouir dans les profondeurs de la dissimulation. Leur pâleur est comme une révélation des batailles intérieures. Qu'elles se distinguent par le charme du crime ou par l'odeur de la sainteté, que leurs gestes soient alanguis ou violents, ces femmes malades du cœur ou de l'esprit ont dans les yeux le plombé de la fièvre ou la nitescence anormale et bizarre de leur mal, dans le regard, l'intensité du surnaturalisme.

Mais toujours, et quand même, ce sont des femmes *distinguées*, essentiellement *distinguées* ; et enfin, pour tout dire en un seul mot, M. Delacroix me paraît être l'artiste le mieux doué pour exprimer la femme moderne, surtout la femme moderne dans sa manifestation héroïque, dans le sens infernal ou divin. Ces femmes ont même la beauté physique moderne, l'air de rêverie, mais la gorge abondante, avec une poitrine un peu étroite, le bassin ample, et des bras et des jambes charmants.

Les tableaux nouveaux et inconnus du public sont *Les Deux Foscari*, la *Famille arabe*, la *Chasse aux lions*,

---

1. « Cléopâtre » (Salon de 1839) est au William Ackland Memorial Art Center de Chapel Hill (Caroline du Nord).

une *Tête de vieille femme*[1] (un portrait par M. Delacroix
est une rareté). Ces différentes peintures servent à
constater la prodigieuse certitude à laquelle le maître est
arrivé. La *Chasse aux lions* est une véritable explosion
de couleur (que ce mot soit pris dans le bon sens).
Jamais couleurs plus belles, plus intenses, ne pénétrè-
rent jusqu'à l'âme par le canal des yeux.

Par le premier et rapide coup d'œil jeté sur l'ensemble de ces tableaux, et par leur examen minutieux
et attentif, sont constatées plusieurs vérités irréfutables.
D'abord il faut remarquer, et c'est très important, que,
vu à une distance trop grande pour analyser ou même
comprendre le sujet, un tableau de Delacroix a déjà produit sur l'âme une impression riche, heureuse ou mélancolique. On dirait que cette peinture, comme les sorciers
et les magnétiseurs, projette sa pensée à distance. Ce
singulier phénomène tient à la puissance du coloriste, à
l'accord parfait des tons, et à l'harmonie (préétablie
dans le cerveau du peintre) entre la couleur et le sujet.
Il semble que cette couleur, qu'on me pardonne ces sub-
terfuges de langage pour exprimer des idées fort délicates, pense par elle-même, indépendamment des objets
qu'elle habille. Puis ces admirables accords de sa couleur font souvent rêver d'harmonie et de mélodie, et
l'impression qu'on emporte de ses tableaux est souvent
quasi musicale. Un poète a essayé d'exprimer ces sensations subtiles dans des vers dont la sincérité peut faire
passer la bizarrerie :

Delacroix, lac de sang, hanté des mauvais anges,
Ombragé par un bois de sapins toujours vert,
Où, sous un ciel chagrin, des fanfares étranges
Passent comme un soupir étouffé de Weber[2].

---

1. « Les Deux Foscari » est au Musée Condé de Chantilly, la
« Famille arabe » à Paris, dans la collection David-Weill, la « Chasse
aux lions » au Musée de Bordeaux, la « Tête de vieille femme »
en France, dans une collection particulière.   2. Strophe tirée des
« Phares » (*Les Fleurs du mal*, 1857).

Lac de sang : le rouge ; — *hanté des mauvais anges* : surnaturalisme ; — *un bois toujours vert* : le vert, complémentaire du rouge ; — *un ciel chagrin* : les fonds tumultueux et orageux de ses tableaux ; — *les fanfares* et *Weber* : idées de musique romantique que réveillent les harmonies de sa couleur.

Du dessin de Delacroix, si absurdement, si niaisement critiqué, que faut-il dire, si ce n'est qu'il est des vérités élémentaires complètement méconnues ; qu'un bon dessin n'est pas une ligne dure, cruelle, despotique, immobile, enfermant une figure comme une camisole de force ; que le dessin doit être comme la nature, vivant et agité ; que la simplification dans le dessin est une monstruosité, comme la tragédie dans le monde dramatique ; que la nature nous présente une série infinie de lignes courbes, fuyantes, brisées, suivant une loi de génération impeccable, où le parallélisme est toujours indécis et sinueux, où les concavités et les convexités se correspondent et se poursuivent ; que M. Delacroix satisfait admirablement à toutes ces conditions et que, quand même son dessin laisserait percer quelquefois des défaillances ou des outrances, il a au moins cet immense mérite d'être une protestation perpétuelle et efficace contre la barbare invasion de la ligne droite, cette ligne tragique et systématique, dont actuellement les ravages sont déjà immenses dans la peinture et dans la sculpture ?

Une autre qualité, très grande, très vaste, du talent de M. Delacroix, et qui fait de lui le peintre aimé des poètes, c'est qu'il est essentiellement littéraire. Non seulement sa peinture a parcouru, toujours avec succès, le champ des hautes littératures, non seulement elle a traduit, elle a fréquenté Arioste, Byron, Dante, Walter Scott, Shakespeare, mais elle sait révéler des idées d'un ordre plus élevé, plus fines, plus profondes que la plupart des peintures modernes. Et remarquez bien que ce n'est jamais par la grimace, par la minutie, par la tricherie de moyens, que M. Delacroix arrive à ce prodigieux résultat ; mais par l'ensemble, par l'accord profond, complet, entre sa couleur, son sujet, son dessin, et par la dramatique gesticulation de ses figures.

Edgar Poe dit, je ne sais plus où[1], que le résultat de l'opium pour les sens est de revêtir la nature entière d'un intérêt surnaturel qui donne à chaque objet un sens plus profond, plus volontaire, plus despotique. Sans avoir recours à l'opium, qui n'a connu ces admirables heures, véritables fêtes du cerveau, où les sens plus attentifs perçoivent des sensations plus retentissantes, où le ciel d'un azur plus transparent s'enfonce comme un abîme plus infini, où les sons tintent musicalement, où les couleurs parlent, où les parfums racontent des mondes d'idées ? Eh bien, la peinture de Delacroix me paraît la traduction de ces beaux jours de l'esprit. Elle est revêtue d'intensité et sa splendeur est privilégiée. Comme la nature perçue par des nerfs ultra-sensibles, elle révèle le surnaturalisme[2].

Que sera M. Delacroix pour la postérité ? Que dira de lui cette redresseuse de torts ? Il est déjà facile, au point de sa carrière où il est parvenu, de l'affirmer sans trouver trop de contradicteurs. Elle dira, comme nous, qu'il fut un accord unique des facultés les plus étonnantes ; qu'il eut comme Rembrandt le sens de l'intimité et la magie profonde, l'esprit de combinaison et de décoration comme Rubens et Lebrun, la couleur féerique comme Véronèse, etc. ; mais qu'il eut aussi une qualité *sui generis*, indéfinissable et définissant la partie mélancolique et ardente du siècle, quelque chose de tout à fait nouveau, qui a fait de lui un artiste unique, sans générateur, sans précédent, probablement sans successeur, un anneau si précieux qu'il n'en est point de rechange, et qu'en le supprimant, si une pareille chose était possible, on supprimerait un monde d'idées et de sensations, on ferait une lacune trop grande dans la chaîne historique.

---

1. Dans *A Tale of the Ragged Mountains* (*Souvenirs de M. Auguste Bedloe*). **2.** C'est ce surnaturalisme, évocateur et spirituel, cet appel de l'infini qui fait l'excellence de Delacroix aux yeux de Baudelaire, en plus de ses qualités plus proprement picturales. Dans un tableau de Courbet ou d'Ingres, il n'y aurait à voir que ce qui est représenté, il n'y aurait pas d'appel à la rêverie. Entre Baudelaire et Delacroix, on peut vraiment parler d'affinité élective, au sens goethéen du terme.

DE L'ESSENCE DU RIRE

ET GÉNÉRALEMENT

DU COMIQUE
DANS LES ARTS PLASTIQUES [1]

I

Je ne veux pas écrire un traité de la caricature ; je veux simplement faire part au lecteur de quelques réflexions qui me sont venues souvent au sujet de ce genre singulier. Ces réflexions étaient devenues pour moi une espèce d'obsession ; j'ai voulu me soulager. J'ai fait, du reste, tous mes efforts pour y mettre un certain ordre et en rendre ainsi la digestion plus facile. Ceci est donc purement un article de philosophe et d'artiste. Sans doute une histoire générale de la caricature dans ses rapports avec tous les faits politiques et religieux, graves ou frivoles, relatifs à l'esprit national ou à la mode, qui ont agité l'humanité, est une œuvre glorieuse et importante. Le travail est encore à faire, car les essais publiés jusqu'à présent ne sont guère que matériaux ; mais j'ai pensé qu'il fallait diviser le travail. Il est clair qu'un ouvrage sur la caricature, ainsi

---

1. Cet article parut le 8 juillet 1855. L'idée en est assez ancienne, puisque la couverture du « Salon de 1845 » annonçait « De la caricature ». Baudelaire en 1855 le présente comme un extrait d'un livre à paraître : *Peintres, statuaires et caricaturistes*.

compris, est une histoire de faits, une immense galerie
anecdotique. Dans la caricature, bien plus que dans les
autres branches de l'art, il existe deux sortes d'œuvres
précieuses et recommandables à des titres différents et
presque contraires[1]. Celles-ci ne valent que par le fait
qu'elles représentent. Elles ont droit sans doute à l'attention de l'historien, de l'archéologue et même du philosophe ; elles doivent prendre leur rang dans les
archives nationales, dans les registres biographiques de
la pensée humaine. Comme les feuilles volantes du journalisme, elles disparaissent emportées par le souffle
incessant qui en amène de nouvelle ; mais les autres,
et ce sont celles dont je veux spécialement m'occuper,
contiennent un élément mystérieux, durable, éternel, qui
les recommande à l'attention des artistes. Chose
curieuse et vraiment digne d'attention que l'introduction
de cet élément insaisissable du beau jusque dans les
œuvres destinées à représenter à l'homme sa propre laideur morale et physique ! Et, chose non moins mystérieuse, ce spectacle lamentable excite en lui une hilarité
immortelle et incorrigible. Voilà donc le véritable sujet
de cet article.

Un scrupule me prend. Faut-il répondre par une
démonstration en règle à une espèce de question préa-
lable que voudraient sans doute malicieusement soulever certains professeurs jurés de sérieux, charlatans de
la gravité, cadavres pédantesques sortis des froids hypo-
gées de l'Institut, et revenus sur la terre des vivants,
comme certains fantômes avares, pour arracher
quelques sous à de complaisants ministères ? D'abord,
diraient-ils, la caricature est-elle un genre ? Non, répon-
draient leurs compères, la caricature n'est pas un genre.
J'ai entendu résonner à mes oreilles de pareilles hérésies
dans des dîners d'académiciens. Ces braves gens lais-

---

1. Si Baudelaire reste fidèle à sa conception de la beauté, faite
d'un élément éternel et d'un élément transitoire, il n'en distingue pas
moins dans la caricature deux branches : une qui ne vaut que par ce
qu'elle représente et une autre qui exprime le beau. On retrouve une
fois de plus le schéma antithétique cher à Baudelaire.

saient passer à côté d'eux la comédie de Robert Macaire[1] sans y apercevoir de grands symptômes moraux et littéraires. Contemporains de Rabelais, ils l'eussent traité de vil et de grossier bouffon. En vérité, faut-il donc démontrer que rien de ce qui sort de l'homme n'est frivole aux yeux du philosophe ? À coup sûr ce sera, moins que tout autre, cet élément profond et mystérieux qu'aucune philosophie n'a jusqu'ici analysé à fond.

Nous allons donc nous occuper de l'essence du rire et des éléments constitutifs de la caricature. Plus tard, nous examinerons peut-être quelques-unes des œuvres les plus remarquables produites en ce genre.

II

Le Sage ne rit qu'en tremblant. De quelles lèvres pleines d'autorité, de quelle plume parfaitement orthodoxe est tombée cette étrange et saisissante maxime[2] ? Nous vient-elle du roi philosophe de la Judée ? Faut-il l'attribuer à Joseph de Maistre, ce soldat animé de l'Esprit-Saint ? J'ai un vague souvenir de l'avoir lue dans un de ses livres, mais donnée comme citation, sans doute. Cette sévérité de pensée et de style va bien à la sainteté majestueuse de Bossuet ; mais la tournure elliptique de la pensée et la finesse quintessenciée me porteraient plutôt à en attribuer l'honneur à Bourdaloue, l'impitoyable psychologue chrétien. Cette singulière maxime me revient sans cesse à l'esprit depuis que j'ai

---

1. Robert Macaire fut créé par l'acteur Frédérick Lemaître ; en 1834, Antier écrivit en collaboration (déjà en 1823 *L'Auberge des Adrets*) un *Robert Macaire* ; cette pièce fut interdite. Ce que Baudelaire souligne, c'est le jeu extraordinaire de l'acteur qui sut animer et faire vivre de façon saisissante le personnage de la pièce, malgré le peu de qualités littéraires de celle-ci.   2. Baudelaire cite de mémoire. Deux origines ont été proposées à cette maxime. James S. Patty dit qu'elle fut empruntée à Bossuet (*Maximes et réflexions sur la comédie*). H. Lemaître dit qu'elle est issue de Lavater (*Souvenirs pour des voyageurs chéris*). La citation exacte serait : « Le Sage sourit souvent et rit rarement. »

conçu le projet de cet article, et j'ai voulu m'en débarrasser tout d'abord.

Analysons, en effet, cette curieuse proposition :

Le Sage, c'est-à-dire celui qui est animé de l'esprit du Seigneur, celui qui possède la pratique du formulaire divin, ne rit, ne s'abandonne au rire qu'en tremblant. Le Sage tremble d'avoir ri ; le Sage craint le rire, comme il craint les spectacles mondains, la concupiscence. Il s'arrête au bord du rire comme au bord de la tentation. Il y a donc, suivant le Sage, une certaine contradiction secrète entre son caractère de sage et le caractère primordial du rire. En effet, pour n'effleurer qu'en passant des souvenirs plus que solennels, je ferai remarquer, — ce qui corrobore parfaitement le caractère officiellement chrétien de cette maxime, — que le Sage par excellence, le Verbe Incarné, n'a jamais ri [1]. Aux yeux de Celui qui sait tout et qui peut tout, le comique n'est pas. Et pourtant le Verbe Incarné a connu la colère, il a même connu les pleurs.

Ainsi, notons bien ceci : en premier lieu, voici un auteur, — un chrétien, sans doute, — qui considère comme certain que le Sage y regarde de bien près avant de se permettre de rire, comme s'il devait lui en rester je ne sais quel malaise et quelle inquiétude, et, en second lieu, le comique disparaît au point de vue de la science et de la puissance absolues. Or, en inversant les deux propositions, il en résulterait que le rire est généralement l'apanage des fous, et qu'il implique toujours plus ou moins d'ignorance et de faiblesse. Je ne veux point m'embarquer aventureusement sur une mer théologique, pour laquelle je ne serais sans doute pas muni de boussole ni de voiles suffisantes ; je me contente d'indiquer au lecteur et de lui montrer du doigt ces singuliers horizons.

Il est certain, si l'on veut se mettre au point de vue de l'esprit orthodoxe, que le rire humain est intimement lié à l'accident d'une chute ancienne, d'une dégradation

---

1. Le Verbe Incarné est Jésus-Christ. Le Sage, au sens biblique du terme, est celui qui est habité par la crainte de Dieu.

physique *et morale*. Le rire et la douleur s'expriment par les organes où résident le commandement et la science du bien ou du mal : les yeux et la bouche. Dans le paradis terrestre (qu'on le suppose passé ou à venir, souvenir ou prophétie, comme les théologiens ou comme les socialistes), dans le paradis terrestre, c'est-à-dire dans le milieu où il semblait à l'homme que toutes les choses créées étaient bonnes, la joie n'était pas dans le rire. Aucune peine ne l'affligeant, son visage était simple et uni, et le rire qui agite maintenant les nations ne déformait point les traits de sa face. Le rire et les larmes ne peuvent pas se faire voir dans le paradis de délices. Ils sont également les enfants de la peine, et ils sont venus parce que le corps de l'homme énervé manquait de force pour les contraindre*. Au point de vue de mon philosophe chrétien, le rire de ses lèvres est signe d'une aussi grande misère que les larmes de ses yeux. L'Être qui voulut multiplier son image n'a point mis dans la bouche de l'homme les dents du lion, mais l'homme mord avec le rire ; ni dans ses yeux toute la ruse fascinatrice du serpent, mais il séduit avec les larmes. Et remarquez que c'est aussi avec les larmes que l'homme lave les peines de l'homme, que c'est avec le rire qu'il adoucit quelquefois son cœur et l'attire ; car les phénomènes engendrés par la chute deviendront les moyens du rachat[1].

Qu'on me permette une supposition poétique qui me servira à vérifier la justesse de ces assertions, que beaucoup de personnes trouveront sans doute entachées de l'*a priori* du mysticisme. Essayons, puisque le comique est un élément damnable et d'origine diabolique, de mettre en face une âme absolument primitive et sortant, pour ainsi dire, des mains de la nature. Prenons pour exemple la grande et typique figure de Virginie, qui symbolise parfaitement la pureté et la naïveté absolues.

---

* Philippe de Chennevières.

---

1. Tout ce passage est emprunté à P. de Chennevières et a été adapté d'après les *Contes normands* (1842) de ce dernier.

Virginie arrive à Paris encore toute trempée des brumes de la mer et dorée par le soleil des tropiques, les yeux pleins des grandes images primitives des vagues, des montagnes et des forêts. Elle tombe ici en pleine civilisation turbulente, débordante et méphitique, elle, tout imprégnée des pures et riches senteurs de l'Inde ; elle se rattache à l'humanité par la famille et par l'amour, par sa mère et par son amant, son Paul, angélique comme elle, et dont le sexe ne se distingue pour ainsi dire pas du sien dans les ardeurs inassouvies d'un amour qui s'ignore. Dieu, elle l'a connu dans l'église des Pamplemousses, une petite église toute modeste et toute chétive, et dans l'immensité de l'indescriptible azur tropical, et dans la musique immortelle des forêts et des torrents. Certes, Virginie est une grande intelligence ; mais peu d'images et peu de souvenirs lui suffisent, comme au Sage peu de livres. Or, un jour, Virginie rencontre par hasard, innocemment, au Palais-Royal, aux carreaux d'un vitrier, sur une table, dans un lieu public, une caricature ! une caricature bien appétissante pour nous, grosse de fiel et de rancune, comme sait les faire une civilisation perspicace et ennuyée. Supposons quelque bonne farce de boxeurs, quelque énormité britannique, pleine de sang caillé et assaisonnée de quelques monstrueux *goddam* ; ou, si cela sourit davantage à votre imagination curieuse, supposons devant l'œil de notre virginale Virginie quelque charmante et agaçante impureté, un Gavarni de ce temps-là, et des meilleurs, quelque satire insultante contre des folies royales, quelque diatribe plastique contre le Parc-aux-Cerfs, ou les précédents fangeux d'une grande favorite, ou les escapades nocturnes de la proverbiale Autrichienne. La caricature est double : le dessin et l'idée : le dessin violent, l'idée mordante et voilée ; complication d'éléments pénibles pour un esprit naïf, accoutumé à comprendre d'intuition des choses simples comme lui. Virginie a vu ; maintenant elle regarde. Pourquoi ? Elle regarde l'inconnu. Du reste, elle ne comprend guère ni ce que cela veut dire ni à quoi cela sert. Et pourtant, voyez-vous ce reploiement d'ailes subit, ce frémisse-

ment d'une âme qui se voile et veut se retirer ? L'ange
a senti que le scandale était là. Et, en vérité, je vous le
dis, qu'elle ait compris ou qu'elle n'ait pas compris, il
lui restera de cette impression je ne sais quel malaise,
quelque chose qui ressemble à la peur. Sans doute, que
Virginie reste à Paris et que la science lui vienne, le
rire lui viendra ; nous verrons pourquoi. Mais, pour le
moment, nous, analyste et critique, qui n'oserions certes
pas affirmer que notre intelligence est supérieure à celle
de Virginie, constatons la crainte et la souffrance de
l'ange immaculé devant la caricature.

III

Ce qui suffirait pour démontrer que le comique est
un des plus clairs signes sataniques de l'homme et un
des nombreux pépins contenus dans la pomme symbolique, est l'accord unanime des physiologistes du rire
sur la raison première de ce monstrueux phénomène. Du
reste, leur découverte n'est pas très profonde et ne va
guère loin. Le rire, disent-ils, vient de la supériorité.
Je ne serais pas étonné que devant cette découverte le
physiologiste se fût mis à rire en pensant à sa propre
supériorité. Aussi, il fallait dire : Le rire vient de l'idée
de sa propre supériorité. Idée satanique s'il en fut
jamais ! Orgueil et aberration ! Or, il est notoire que
tous les fous des hôpitaux ont l'idée de leur propre supériorité développée outre mesure. Je ne connais guère
de fous d'humilité. Remarquez que le rire est une des
expressions les plus fréquentes et les plus nombreuses
de la folie. Et voyez comme tout s'accorde : quand Virginie, déchue, aura baissé d'un degré en pureté, elle
commencera à avoir l'idée de sa propre supériorité, elle
sera plus savante au point de vue du monde, et elle rira.

J'ai dit qu'il y avait symptôme de faiblesse dans le
rire ; et, en effet, quel signe plus marquant de débilité
qu'une convulsion nerveuse, un spasme involontaire
comparable à l'éternuement, et causé par la vue du malheur d'autrui ? Ce malheur est presque toujours une fai-

blesse d'esprit. Est-il un phénomène plus déplorable que
la faiblesse se réjouissant de la faiblesse ? Mais il y a
pis. Ce malheur est quelquefois d'une espèce très inférieure, une infirmité dans l'ordre physique. Pour prendre
un des exemples les plus vulgaires de la vie, qu'y a-t-il
de si réjouissant dans le spectacle d'un homme qui
tombe sur la glace ou sur le pavé, qui trébuche au bout
d'un trottoir, pour que la face de son frère en Jésus-
Christ se contracte d'une façon désordonnée, pour que
les muscles de son visage se mettent à jouer subitement
comme une horloge à midi ou un joujou à ressorts ? Ce
pauvre diable s'est au moins défiguré, peut-être s'est-il
fracturé un membre essentiel. Cependant, le rire est
parti, irrésistible et subit. Il est certain que si l'on veut
creuser cette situation, on trouvera au fond de la pensée
du rieur un certain orgueil inconscient. C'est là le point
de départ : *moi*, je ne tombe pas ; *moi*, je marche droit ;
moi, mon pied est ferme et assuré. Ce n'est pas *moi* qui
commettrais la sottise de ne pas voir un trottoir inter-
rompu ou un pavé qui barre le chemin.

L'école romantique, ou, pour mieux dire, une des
subdivisions de l'école romantique, l'école satanique, a
bien compris cette loi primordiale du rire ; ou du moins,
si tous ne l'ont pas comprise, tous, même dans leurs
plus grossières extravagances et exagérations, l'ont sentie et appliquée juste. Tous les mécréants de mélodrame,
maudits, damnés, fatalement marqués d'un rictus qui
court jusqu'aux oreilles, sont dans l'orthodoxie pure du
rire. Du reste, ils sont presque tous des petits-fils légitimes ou illégitimes du célèbre voyageur Melmoth, la
grande création satanique du révérend Maturin[1]. Quoi
de plus grand, quoi de plus puissant relativement à la
pauvre humanité que ce pâle et ennuyé Melmoth ? Et
pourtant, il y a en lui un côté faible, abject, antidivin

---

1. *Melmoth the Wanderer*, du Révérend C.R. Maturin, parut en
1820 à Édimbourg et fut traduit en français dès l'année suivante.
Melmoth, dans ce roman noir, a vendu son âme au Diable ; il erre à
la recherche d'un être qui accepterait de *partager* son sort mais ne
le trouve jamais.

et antilumineux. Aussi comme il rit, comme il rit, se comparant sans cesse aux chenilles humaines, lui si fort, si intelligent, lui pour qui une partie des lois condition-nelles de l'humanité, physiques et intellectuelles, n'existent plus ! Et ce rire est l'explosion perpétuelle de sa colère et de sa souffrance. Il est, qu'on me comprenne bien, la résultante nécessaire de sa double nature contradictoire, qui est infiniment grande relative-ment à l'homme, infiniment vile et basse relativement au Vrai et au Juste absolu. Melmoth est une contradic-tion vivante. Il est sorti des conditions fondamentales de la vie ; ses organes ne supportent plus sa pensée. C'est pourquoi ce rire glace et tord les entrailles. C'est un rire qui ne dort jamais, comme une maladie qui va toujours son chemin et exécute un ordre providentiel. Et ainsi le rire de Melmoth, qui est l'expression la plus haute de l'orgueil, accomplit perpétuellement sa fonc-tion, en déchirant et en brûlant les lèvres du rieur irré-missible.

IV

Maintenant, résumons un peu, et établissons plus visi-blement les propositions principales, qui sont comme une espèce de théorie du rire. Le rire est satanique, il est donc profondément humain. Il est dans l'homme la conséquence de l'idée de sa propre supériorité ; et, en effet, comme le rire est essentiellement humain, il est essentiellement contradictoire, c'est-à-dire qu'il est à la fois signe d'une grandeur infinie et d'une misère infinie, misère infinie relativement à l'Être absolu dont il pos-sède la conception, grandeur infinie relativement aux animaux. C'est du choc perpétuel de ces deux infinis que se dégage le rire. Le comique, la puissance du rire est dans le rieur et nullement dans l'objet du rire. Ce n'est point l'homme qui tombe qui rit de sa propre chute, à moins qu'il ne soit un philosophe, un homme qui ait acquis, par habitude, la force de se dédoubler rapidement et d'assister comme spectateur désintéressé aux phénomènes de son *moi*. Mais le cas est rare. Les animaux les plus comiques sont les plus sérieux ; ainsi les singes et les perroquets. D'ailleurs, supposez l'homme ôté de la création, il n'y aura plus de comique, car les animaux ne se croient pas supérieurs aux végétaux, ni les végétaux aux minéraux. Signe de supériorité relativement aux bêtes, et je comprends sous cette dénomination les parias nombreux de l'intelligence, le rire est signe d'infériorité relativement aux sages, qui par l'innocence contemplative de leur esprit se rapprochent de l'enfance. Comparant, ainsi que nous en avons le droit, l'humanité à l'homme, nous voyons que les nations primitives, ainsi que Virginie, ne conçoivent pas la caricature et n'ont pas de comédies (les livres sacrés, à quelques nations qu'ils appartiennent, ne rient jamais), et que, s'avançant peu à peu vers les pics nébuleux de l'intelligence, ou se penchant sur les fournaises ténébreuses de la métaphysique, les nations se mettent à rire diaboliquement du rire de Melmoth ; et, enfin, que si dans ces mêmes nations ultra-civilisées, une intelligence, poussée par une ambition supérieure, veut franchir les limites de l'orgueil mondain et s'élancer hardiment vers la poésie pure, dans cette poésie, limpide et profonde comme la nature, le rire fera défaut comme dans l'âme du Sage.

Comme le comique est signe de supériorité ou de croyance à sa propre supériorité, il est naturel de croire qu'avant qu'elles aient atteint la purification absolue promise par certains prophètes mystiques, les nations verront s'augmenter en elles les motifs de comique à mesure que s'accroîtra leur supériorité. Mais aussi le comique change de nature. Ainsi l'élément angélique et l'élément diabolique fonctionnent parallèlement. L'humanité s'élève, et elle gagne pour le mal et l'intelligence du mal une force proportionnelle à celle qu'elle a gagnée pour le bien. C'est pourquoi je ne trouve pas étonnant que nous, enfants d'une loi meilleure que les lois religieuses antiques, nous, disciples favorisés de Jésus, nous possédions plus d'éléments comiques que la païenne antiquité. Cela même est une condition de notre force intellectuelle générale. Permis aux contradicteurs jurés de citer la classique historiette du philosophe qui mourut de rire en voyant un âne qui mangeait des figues[1], et même les comédies d'Aristophane et celles de Plaute. Je répondrai qu'outre que ces époques sont essentiellement civilisées, et que la croyance s'était déjà bien retirée, ce comique n'est pas tout à fait le nôtre. Il a même quelque chose de sauvage, et nous ne pouvons guère nous l'approprier que par un effort d'esprit à reculons, dont le résultat s'appelle pastiche. Quant aux figures grotesques que nous a laissées l'antiquité, les masques, les figurines de bronze, les Hercules tout en muscles, les petits Priapes à la langue recourbée en l'air, aux oreilles pointues, tout en cervelet et en phallus, — quant à ces phallus prodigieux sur lesquels les blanches filles de Romulus montent innocemment à cheval, ces monstrueux appareils de la génération armés de sonnettes et d'ailes, je crois que toutes ces choses sont pleines de sérieux. Vénus, Pan, Hercule, n'étaient pas des personnages risibles. On en a ri après la venue de Jésus, Platon et Sénèque aidant. Je crois que l'antiquité était pleine de respect pour les tambours-majors et les faiseurs de tours de force en tout genre, et que tous les fétiches extravagants que je citais ne sont que des signes d'adoration, ou tout au plus des symboles de force, et nullement des émanations de l'esprit intentionnellement comiques. Les idoles indiennes et chinoises ignorent qu'elles sont ridicules ; c'est en nous, chrétiens, qu'est le comique.

V

Il ne faut pas croire que nous soyons débarrassés de toute difficulté. L'esprit le moins accoutumé à ces subtilités esthétiques saurait bien vite m'opposer cette objec-

---

1. L'anecdote, rapportée par différents auteurs anciens tels Valère Maxime, Lucien, se trouve aussi dans Érasme et dans le *Gargantua* de Rabelais.

tion insidieuse : Le rire est divers. On ne se réjouit pas
toujours d'un malheur, d'une faiblesse, d'une infériorité. Bien des spectacles qui excitent en nous le rire sont
fort innocents, et non seulement les amusements de
l'enfance, mais encore bien des choses qui servent au
divertissement des artistes, n'ont rien à démêler avec
l'esprit de Satan.

Il y a bien là quelque apparence de vérité. Mais il
faut d'abord bien distinguer la joie d'avec le rire. La
joie existe par elle-même, mais elle a des manifestations
diverses. Quelquefois elle est presque invisible ;
d'autres fois, elle s'exprime par les pleurs. Le rire n'est
qu'une expression, un symptôme, un diagnostic. Symptôme de quoi ? Voilà la question. La joie est *une*. Le
rire est l'expression d'un sentiment double, ou contradictoire ; et c'est pour cela qu'il y a convulsion. Aussi
le rire des enfants, qu'on voudrait en vain m'objecter,
est-il tout à fait différent, même comme expression physique, comme forme, du rire de l'homme qui assiste à
une comédie, regarde une caricature, ou du rire terrible
de Melmoth ; de Melmoth, l'être déclassé, l'individu
situé entre les dernières limites de la patrie humaine et
les frontières de la vie supérieure ; de Melmoth se
croyant toujours près de se débarrasser de son pacte
infernal, espérant sans cesse troquer ce pouvoir surhumain, qui fait son malheur, contre la conscience pure
d'un ignorant qui lui fait envie. — Le rire des enfants
est comme un épanouissement de fleur. C'est la joie de
recevoir, la joie de respirer, la joie de s'ouvrir, la joie
de contempler, de vivre, de grandir. C'est une joie de
plante. Aussi, généralement, est-ce plutôt le sourire,
quelque chose d'analogue au balancement de queue des
chiens ou au ronron des chats. Et pourtant, remarquez
bien que si le rire des enfants diffère encore des expressions du contentement animal, c'est que ce rire n'est pas
tout à fait exempt d'ambition, ainsi qu'il convient à des
bouts d'hommes, c'est-à-dire à des Satans en herbe.

Il y a un cas où la question est plus compliquée. C'est
le rire de l'homme, mais rire vrai, rire violent, à l'aspect
d'objets qui ne sont pas un signe de faiblesse ou de

malheur chez ses semblables. Il est facile de deviner que je veux parler du rire causé par le grotesque. Les créations fabuleuses, les êtres dont la raison, la légitimation ne peut pas être tirée du code du sens commun, excitent souvent en nous une hilarité folle, excessive, et qui se traduit en des déchirements et des pâmoisons interminables. Il est évident qu'il faut distinguer, et qu'il y a là un degré de plus. Le comique est, au point de vue artistique, une imitation ; le grotesque, une création. Le comique est une imitation mêlée d'une certaine faculté créatrice, c'est-à-dire d'une idéalité artistique. Or, l'orgueil humain, qui prend toujours le dessus, et qui est la cause naturelle du rire dans le cas du comique, devient aussi cause naturelle du rire dans le cas du grotesque, qui est une création mêlée d'une certaine faculté imitatrice d'éléments préexistants dans la nature. Je veux dire que dans ce cas-là le rire est l'expression de l'idée de supériorité, non plus de l'homme sur l'homme, mais de l'homme sur la nature. Il ne faut pas trouver cette idée trop subtile ; ce ne serait pas une raison suffisante pour la repousser. Il s'agit de trouver une autre explication plausible. Si celle-ci paraît tirée de loin et quelque peu difficile à admettre, c'est que le rire causé par le grotesque a en soi quelque chose de profond, d'axiomatique et de primitif qui se rapproche beaucoup plus de la vie innocente et de la joie absolue que le rire causé par le comique de mœurs. Il y a entre ces deux rires, abstraction faite de la question d'utilité, la même différence qu'entre l'école littéraire intéressée et l'école de l'art pour l'art. Ainsi le grotesque domine le comique d'une hauteur proportionnelle.

J'appellerai désormais le grotesque comique absolu[1], comme antithèse au comique ordinaire, que j'appellerai comique significatif. Le comique significatif est un lan-

---

1. L'équation « grotesque = école de l'art pour l'art » définit de façon essentielle le rôle de l'art, et partant de l'artiste pour Baudelaire, à savoir gratuité (non intéressé) et création. On s'aperçoit peu à peu combien Baudelaire, au fil de son texte, met en place un système esthétique, qui va contenir et absorber le rire sous la forme du comique absolu, soit le grotesque.

gage plus clair, plus facile à comprendre pour le vulgaire, et surtout plus facile à analyser, son élément étant
visiblement double : l'art et l'idée morale ; mais le
comique absolu, se rapprochant beaucoup plus de la
nature, se présente sous une espèce *une*, et qui veut être
saisie par intuition. Il n'y a qu'une vérification du grotesque, c'est le rire, et le rire subit ; en face du comique
significatif, il n'est pas défendu de rire après coup ; cela
n'arguë pas contre sa valeur ; c'est une question de rapidité d'analyse.

J'ai dit : comique absolu ; il faut toutefois prendre
garde. Au point de vue de l'absolu définitif, il n'y a
plus que la joie. Le comique ne peut être absolu que
relativement à l'humanité déchue, et c'est ainsi que je
l'entends[1].

VI

L'essence très relevée du comique absolu en fait
l'apanage des artistes supérieurs qui ont en eux la récep-
tibilité suffisante de toute idée absolue. Ainsi l'homme
qui a jusqu'à présent le mieux senti ces idées, et qui en
a mis en œuvre une partie dans des travaux de pure
esthétique et aussi de création, est Théodore Hoffmann.
Il a toujours bien distingué le comique ordinaire du
comique qu'il appelle *comique innocent*. Il a cherché
souvent à résoudre en œuvres artistiques les théories
savantes qu'il avait émises didactiquement, ou jetées
sous la forme de conversations inspirées et de dialogues
critiques ; et c'est dans ces mêmes œuvres que je puise-
rai tout à l'heure les exemples les plus éclatants, quand
j'en viendrai à donner une série d'applications des prin-

---

1. La perspective chrétienne dans laquelle Baudelaire inscrit le
rire et le comique a quelque chose d'étonnant pour un lecteur
moderne. Que la connaissance du bien et du mal, que le péché originel soient la source de ceux-ci n'est pas sans évoquer ce que
Nietzsche va écrire plus tard sur le rôle du christianisme dans la
complication de l'âme et de la conscience humaines.

cipes ci-dessus énoncés et à coller un échantillon sous chaque titre de catégorie.

D'ailleurs, nous trouvons dans le comique absolu et le comique significatif des genres, des sous-genres et des familles. La division peut avoir lieu sur différentes bases. On peut la construire d'abord d'après une loi philosophique pure, ainsi que j'ai commencé à le faire, puis d'après la loi artistique de création. La première est créée par la séparation primitive du comique absolu d'avec le comique significatif ; la seconde est basée sur le genre de facultés spéciales de chaque artiste. Et, enfin, on peut aussi établir une classification de comiques suivant les climats et les diverses aptitudes nationales. Il faut remarquer que chaque terme de chaque classification peut se compléter et se nuancer par l'adjonction d'un terme d'une autre, comme la loi grammaticale nous enseigne à modifier le substantif par l'adjectif. Ainsi, tel artiste allemand ou anglais est plus ou moins propre au comique absolu, et en même temps il est plus ou moins idéalisateur. Je vais essayer de donner des exemples choisis de comique absolu et significatif, et de caractériser brièvement l'esprit comique propre à quelques nations principalement artistes, avant d'arriver à la partie où je veux discuter et analyser plus longuement le talent des hommes qui en ont fait leur étude et leur existence.

En exagérant et poussant aux dernières limites les conséquences du comique significatif, on obtient le comique féroce, de même que l'expression synonymique du comique innocent, avec un degré de plus, est le comique absolu[1].

En France, pays de pensée et de démonstration claires, où l'art vise naturellement et directement à l'utilité, le comique est généralement significatif. Molière

---

1. Ce rire désespéré, provoqué par le comique absolu, exprime la nostalgie du paradis perdu. Non seulement il a quelque chose de satanique, mais surtout il est l'expression d'un certain héroïsme. On retrouve encore la dualité qui peut être considérée comme un des fondements essentiels de la pensée baudelairienne.

fut dans ce genre la meilleure expression française ; mais comme le fond de notre caractère est un éloignement de toute chose extrême, comme un des diagnostics particuliers de toute passion française, de toute science, de tout art français est de fuir l'excessif, l'absolu et le profond, il y a conséquemment ici peu de comique féroce ; de même notre grotesque s'élève rarement à l'absolu.

Rabelais, qui est le grand maître français en grotesque, garde au milieu de ses plus énormes fantaisies quelque chose d'utile et de raisonnable. Il est directement symbolique. Son comique a presque toujours la transparence d'un apologue. Dans la caricature française, dans l'expression plastique du comique, nous retrouverons cet esprit dominant. Il faut l'avouer, la prodigieuse bonne humeur poétique nécessaire au vrai grotesque se trouve rarement chez nous à une dose égale et continue. De loin en loin, on voit réapparaître le filon ; mais il n'est pas essentiellement national. Il faut mentionner dans ce genre quelques intermèdes de Molière, malheureusement trop peu lus et trop peu joués, entre autres ceux du *Malade imaginaire* et du *Bourgeois gentilhomme*, et les figures carnavalesques de Callot. Quant au comique des *Contes* de Voltaire, essentiellement français, il tire toujours sa raison d'être de l'idée de supériorité ; il est tout à fait significatif.

La rêveuse Germanie nous donnera d'excellents échantillons de comique absolu. Là tout est grave, profond, excessif. Pour trouver du comique féroce et très féroce, il faut passer la Manche et visiter les royaumes brumeux du spleen. La joyeuse, bruyante et oublieuse Italie abonde en comique innocent. C'est en pleine Italie, au cœur du carnaval méridional, au milieu du turbulent Corso, que Théodore Hoffmann a judicieusement placé le drame excentrique de *La Princesse Brambilla*. Les Espagnols sont très bien doués en fait de comique. Ils arrivent vite au cruel, et leurs fantaisies les plus grotesques contiennent souvent quelque chose de sombre.

Je garderai longtemps le souvenir de la première pantomime anglaise que j'aie vu jouer. C'était au théâtre des Variétés, il y a quelques années. Peu de gens s'en souviendront sans doute, car bien peu ont paru goûter ce genre de divertissement, et ces pauvres mimes anglais reçurent chez nous un triste accueil. Le public français n'aime guère être dépaysé. Il n'a pas le goût très cosmopolite, et les déplacements d'horizon lui troublent la vue. Pour mon compte, je fus excessivement frappé de cette manière de comprendre le comique. On disait, et c'étaient les indulgents, pour expliquer l'insuccès, que c'étaient des artistes vulgaires et médiocres, des doublures ; mais ce n'était pas là la question. Ils étaient anglais, c'est là l'important.

Il m'a semblé que le signe distinctif de ce genre de comique était la violence. Je vais en donner la preuve par quelques échantillons de mes souvenirs.

D'abord, le Pierrot n'était pas ce personnage pâle comme la lune, mystérieux comme le silence, souple et muet comme le serpent, droit et long comme une potence, cet homme artificiel, mû par des ressorts singuliers, auquel nous avait accoutumés le regrettable Deburau. Le Pierrot anglais arrivait comme la tempête, tombait comme un ballot, et quand il riait, son rire faisait trembler la salle ; ce rire ressemblait à un joyeux tonnerre. C'était un homme court et gros, ayant augmenté sa prestance par un costume chargé de rubans, qui faisaient autour de sa jubilante personne l'office des plumes et du duvet autour des oiseaux, ou de la fourrure autour des angoras. Par-dessus la farine de son visage, il avait collé crûment, sans gradation, sans transition, deux énormes plaques de rouge pur. La bouche était agrandie par une prolongation simulée des lèvres au moyen de deux bandes de carmin, de sorte que, quand il riait, la gueule avait l'air de courir jusqu'aux oreilles.

Quant au moral, le fond était le même que celui du Pierrot que tout le monde connaît : insouciance et neutralité, et partant accomplissement de toutes les fantaisies gourmandes et rapaces, au détriment, tantôt de Harlequin, tantôt de Cassandre ou de Léandre. Seulement, là où Deburau eût trempé le bout du doigt pour le lécher, il y plongeait les deux poings et les deux pieds.

Et toutes choses s'exprimaient ainsi dans cette singulière pièce, avec emportement ; c'était le vertige de l'hyperbole.

Pierrot passe devant une femme qui lave le carreau de sa porte : après lui avoir dévalisé les poches, il veut faire passer dans les siennes l'éponge, le balai, le baquet et l'eau elle-même. — Quant à la manière dont il essayait de lui exprimer son amour, chacun peut se le figurer par les souvenirs qu'il a gardés de la contemplation des mœurs phanérogamiques[1] des singes, dans la célèbre cage du Jardin des Plantes. Il faut ajouter que le rôle de la femme était rempli par un homme très long et très maigre, dont la pudeur violée jetait les hauts cris. C'était vraiment une ivresse de rire, quelque chose de terrible et d'irrésistible.

Pour je ne sais quel méfait, Pierrot devait être finalement guillotiné. Pourquoi la guillotine au lieu de la pendaison, en pays anglais ?... Je l'ignore ; sans doute pour amener ce qu'on va voir. L'instrument funèbre était donc là dressé sur des planches françaises, fort étonnées de cette romantique nouveauté. Après avoir lutté et beuglé comme un bœuf qui flaire l'abattoir, Pierrot subissait enfin son destin. La tête se détachait du cou, une grosse tête blanche et rouge, et roulait avec bruit devant le trou du souffleur, montrant le disque saignant du cou, la vertèbre scindée, et tous les détails d'une viande de boucherie récemment taillée pour l'étalage. Mais voilà que, subitement, le torse raccourci, mû par la monomanie irrésistible du vol, se dressait, escamotait victorieusement sa propre tête comme un jambon ou une bouteille de vin, et, bien plus avisé que le grand saint Denis, la fourrait dans sa poche !

Avec une plume tout cela est pâle et glacé. Comment la plume pourrait-elle rivaliser avec la pantomime ? La pantomime est l'épuration de la comédie ; c'en est la quintessence ; c'est l'élément comique pur, dégagé et concentré. Aussi, avec le talent spécial des acteurs

---

1. À savoir l'acte sexuel visible par tous.

anglais pour l'hyperbole, toutes ces monstrueuses farces prenaient-elles une réalité singulièrement saisissante.

Une des choses les plus remarquables comme comique absolu, et, pour ainsi dire, comme métaphysique du comique absolu, était certainement le début de cette belle pièce, un prologue plein d'une haute esthétique. Les principaux personnages de la pièce, Pierrot, Cassandre, Harlequin, Colombine, Léandre, sont devant le public, bien doux et bien tranquilles. Ils sont à peu près raisonnables et ne diffèrent pas beaucoup des braves gens qui sont dans la salle. Le souffle merveilleux qui va les faire se mouvoir extraordinairement n'a pas encore soufflé sur leurs cervelles. Quelques jovialités de Pierrot ne peuvent donner qu'une pâle idée de ce qu'il fera tout à l'heure. La rivalité de Harlequin et de Léandre vient de se déclarer. Une fée s'intéresse à Harlequin : c'est l'éternelle protectrice des mortels amoureux et pauvres. Elle lui promet sa protection, et, pour lui en donner une preuve immédiate, elle promène avec un geste mystérieux et plein d'autorité sa baguette dans les airs.

Aussitôt le vertige est entré, le vertige circule dans l'air ; on respire le vertige ; c'est le vertige qui remplit les poumons et renouvelle le sang dans le ventricule.

Qu'est-ce que ce vertige ? C'est le comique absolu ; il s'est emparé de chaque être. Léandre, Pierrot, Cassandre, font des gestes extraordinaires, qui démontrent clairement qu'ils se sentent introduits de force dans une existence nouvelle. Ils n'en ont pas l'air fâché. Ils s'exercent aux grands désastres et à la destinée tumultueuse qui les attend, comme quelqu'un qui crache dans ses mains et les frotte l'une contre l'autre avant de faire une action d'éclat. Ils font le moulinet avec leurs bras, ils ressemblent à des moulins à vent tourmentés par la tempête. C'est sans doute pour assouplir leurs jointures, ils en auront besoin. Tout cela s'opère avec de gros éclats de rire, pleins d'un vaste contentement ; puis ils sautent les uns par-dessus les autres, et leur agilité et leur aptitude étant bien dûment constatées, suit un éblouissant bouquet de coups de pied, de coups de poing et de soufflets qui font le tapage et la lumière d'une artillerie ; mais tout cela est sans rancune. Tous leurs gestes, tous leurs cris, toutes leurs mines disent : La fée l'a voulu, la destinée nous précipite, je ne m'en afflige pas ; allons ! courons ! élançons-nous ! Et ils s'élancent à travers l'œuvre fantastique, qui, à proprement parler, ne commence que là, c'est-à-dire sur la frontière du merveilleux.

Harlequin et Colombine, à la faveur de ce délire, se sont enfuis en dansant, et d'un pied léger ils vont courir les aventures.

Encore un exemple : celui-là est tiré d'un auteur singulier, esprit très général, quoi qu'on en dise, et qui unit à la raillerie significative française la gaieté folle, mousseuse et légère des pays du soleil, en même temps que le profond comique germanique. Je veux encore parler d'Hoffmann.

Dans le conte intitulé : *Daucus Carota, Le Roi des Carottes*, et par quelques traducteurs *La Fiancée du roi*, quand la grande troupe des Carottes arrive dans la cour de la ferme où demeure la fiancée, rien n'est plus beau à voir. Tous ces petits personnages d'un rouge écarlate comme un régiment anglais, avec un vaste plumet vert sur la tête comme les chasseurs de carrosse, exécutent des cabrioles et des voltiges merveilleuses sur de petits chevaux. Tout cela se meut avec une agilité surprenante. Ils sont d'autant plus adroits et il leur est d'autant plus facile de retomber sur la tête, qu'elle est plus grosse et plus lourde que le reste du corps, comme les soldats en moelle de sureau qui ont un peu de plomb dans leur shako.

La malheureuse jeune fille, entichée de rêves de grandeur, est fascinée par ce déploiement de forces militaires. Mais qu'une armée à la parade est différente d'une armée dans ses casernes, fourbissant ses armes, astiquant son fourniment, ou, pis encore, ronflant ignoblement sur ses lits de camp puants et sales ! Voilà le revers de la médaille ; car tout ceci n'était que sortilège, appareil de séduction. Son père, homme prudent et bien instruit dans la sorcellerie, veut lui montrer l'envers de toutes ces splendeurs. Ainsi, à l'heure où les légumes dorment d'un sommeil brutal, ne soupçonnant pas qu'ils peuvent être surpris par l'œil d'un espion, le père entrouvre une des tentes de cette magnifique armée ; et alors la pauvre rêveuse voit cette masse de soldats rouges et verts dans leur épouvantable déshabillé, nageant et dormant dans la fange terreuse d'où elle est sortie. Toute cette splendeur militaire en bonnet de nuit n'est plus qu'un marécage infect.

Je pourrais tirer de l'admirable Hoffmann bien d'autres exemples de comique absolu. Si l'on veut bien comprendre mon idée, il faut lire avec soin *Daucus Carota, Peregrinus Tyss, Le Pot d'or*, et surtout, avant tout, *La Princesse Brambilla*, qui est comme un catéchisme de haute esthétique.

Ce qui distingue très particulièrement Hoffmann est le mélange involontaire, et quelquefois très volontaire, d'une certaine dose de comique significatif avec le comique le plus absolu. Ses conceptions comiques les plus supra-naturelles, les plus fugitives, et qui ressemblent souvent à des visions de l'ivresse, ont un sens moral très visible : c'est à croire qu'on a affaire à un physiologiste ou à un médecin de fous des plus profonds, et qui s'amuserait à revêtir cette profonde science de formes poétiques, comme un savant qui parlerait par apologues et paraboles.

Prenez, si vous voulez, pour exemple, le personnage de Giglio Fava, le comédien atteint de dualisme chronique, dans *La Princesse Brambilla*. Ce personnage *un* change de temps en temps de personnalité, et, sous le nom de Giglio Fava, il se déclare l'ennemi du prince assyrien Cornelio Chiapperi ; et quand il est prince assyrien, il déverse le plus profond et le plus royal mépris sur son rival auprès de la princesse, sur un misérable histrion qui s'appelle, à ce qu'on dit, Giglio Fava.

Il faut ajouter qu'un des signes très particuliers du comique absolu est de s'ignorer lui-même. Cela est visible, non seulement dans certains animaux du comique desquels la gravité fait partie essentielle,

comme les singes, et dans certaines caricatures sculptu-
rales antiques dont j'ai déjà parlé, mais encore dans les
monstruosités chinoises qui nous réjouissent si fort, et
qui ont beaucoup moins d'intentions comiques qu'on le
croit généralement. Une idole chinoise, quoiqu'elle soit
un objet de vénération, ne diffère guère d'un poussah
ou d'un magot de cheminée.

Ainsi, pour en finir avec toutes ces subtilités et
toutes ces définitions, et pour conclure, je ferai remarquer une dernière fois qu'on retrouve l'idée dominante
de supériorité dans le comique absolu comme dans le
comique significatif, ainsi que je l'ai, trop longuement
peut-être, expliqué ; — que, pour qu'il y ait comique,
c'est-à-dire émanation, explosion, dégagement de
comique, il faut qu'il y ait deux êtres en présence ;
— que c'est spécialement dans le rieur, dans le spectateur, que gît le comique ; — que cependant, relativement à cette loi d'ignorance, il faut faire une
exception pour les hommes qui ont fait métier de
développer en eux le sentiment du comique et de
le tirer d'eux-mêmes pour le divertissement de leurs
semblables [1], lequel phénomène rentre dans la classe
de tous les phénomènes artistiques qui dénotent dans
l'être humain l'existence d'une dualité permanente, la
puissance d'être à la fois soi et un autre.

Et pour en revenir à mes primitives définitions et
m'exprimer plus clairement, je dis que quand Hoffmann
engendre le comique absolu, il est bien vrai qu'il le sait ;
mais il sait aussi que l'essence de ce comique est de
paraître s'ignorer lui-même et de développer chez le
spectateur, ou plutôt chez le lecteur, la joie de sa propre
supériorité de l'homme sur la nature. Les artistes créent
le comique ; ayant étudié et rassemblé les éléments du
comique, ils savent que tel être est comique, et qu'il ne

---

1. Il s'agit, bien entendu, des acteurs, parmi lesquels il faut inclure
les mimes. Finalement, le rire baudelairien est issu de la distance ;
ses pouvoirs cathartiques sont évidents ; on peut avancer cependant
que ce comique a quelque chose d'un peu douloureux et amer (*cf.* la
pantomime anglaise dont il rend compte dans ce texte et dont le
signe distinctif était la violence), de convulsif et de nerveux.

l'est qu'à la condition d'ignorer sa nature ; de même que, par une loi inverse, l'artiste n'est artiste qu'à la condition d'être double et de n'ignorer aucun phénomène de sa double nature.

QUELQUES CARICATURISTES
FRANÇAIS [1]

CARLE VERNET — PIGAL — CHARLET
DAUMIER — MONNIER — GRANDVILLE
GAVARNI — TRIMOLET — TRAVIÈS — JACQUE

Un homme étonnant fut ce Carle Vernet [2]. Son œuvre
est un monde, une petite *Comédie humaine* ; car les
images triviales, les croquis de la foule et de la rue, les
caricatures, sont souvent le miroir le plus fidèle de la
vie. Souvent même les caricatures, comme les gravures
de modes, deviennent plus caricaturales à mesure
qu'elles sont plus démodées. Ainsi le roide, le dégin-
gandé des figures de ce temps-là nous surprend et nous
blesse étrangement ; cependant tout ce monde est beaucoup moins volontairement étrange qu'on ne le croit
d'ordinaire. Telle était la mode, tel était l'être humain :
les hommes ressemblaient aux peintures ; le monde
s'était moulé dans l'art. Chacun était roide, droit, et
avec son frac étriqué, ses bottes à revers et ses cheveux
pleurant sur le front, chaque citoyen avait l'air d'une
académie [3] qui aurait passé chez le fripier. Ce n'est pas
seulement pour avoir gardé profondément l'empreinte

---

1. *Le Présent* publia ce texte le 1er octobre 1857 ; *L'Artiste* le
reproduisit les 24 et 31 octobre 1858. **2.** Carle Vernet (1758-
1836), fils de Joseph et père d'Horace, fut aussi peintre de chevaux
et eut pour élève Géricault. Il fut un des premiers artistes français à
pratiquer la lithographie. **3.** Une académie était une étude dessinée ou peinte d'après un modèle vivant, nu et de sexe masculin.

sculpturale et la prétention au style de cette époque, ce
n'est pas seulement, dis-je, au point de vue historique
que les caricatures de Carle Vernet ont une grande
valeur, elles ont aussi un prix artistique certain. Les
poses, les gestes ont un accent véridique ; les têtes et
les physionomies sont d'un style que beaucoup d'entre
nous peuvent vérifier en pensant aux gens qui fréquen-
taient le salon paternel aux années de notre enfance. Ses
caricatures de modes sont superbes. Chacun se rappelle
cette grande planche qui représente une maison de jeu.
Autour d'une vaste table ovale sont réunis des joueurs
de différents caractères et de différents âges. Il n'y
manque pas les filles indispensables, avides et épiant les
chances, courtisanes éternelles des joueurs en veine. Il
y a là des joies et des désespoirs violents ; de jeunes
joueurs fougueux et brûlant la chance ; des joueurs
froids, sérieux et tenaces ; des vieillards qui ont perdu
leurs rares cheveux au vent furieux des anciens équi-
noxes. Sans doute, cette composition, comme tout ce
qui sort de Carle Vernet et de l'école, manque de liberté ; mais, en revanche, elle a beaucoup de sérieux, une
dureté qui plaît, une sécheresse de manière qui convient
assez bien au sujet, le jeu étant une passion à la fois
violente et contenue.

Un de ceux qui, plus tard, marquèrent le plus, fut
Pigal[1]. Les premières œuvres de Pigal remontent assez
haut, et Carle Vernet vécut très longtemps. Mais l'on
peut dire souvent que deux contemporains représentent
deux époques distinctes, fussent-ils même assez rap-
prochés par l'âge. Cet amusant et doux caricaturiste
n'envoie-t-il pas encore à nos expositions annuelles de
petits tableaux d'un comique innocent que M. Biard[2]
doit trouver bien faible ? C'est le caractère et non l'âge
qui décide. Ainsi Pigal est-il tout autre chose que Carle
Vernet. Sa manière sert de transition entre la caricature

---

1. Edme-Jean Pigal (1798-1872).   2. François Biard (1798-
1882), élève de Révoil à Lyon ; il eut la faveur du public bourgeois,
en peignant des scènes anecdotiques, soit comiques soit mélodrama-
tiques.

Scènes populaires N° 34. B.N.F.

À mon tour !

chez Gihaut et Martinet B.N. Lith de Langlumé

Pigal. *À mon tour !*, lithographie.
Paris, Bibliothèque nationale de France.

telle que la concevait celui-ci et la caricature plus
moderne de Charlet, par exemple, dont j'aurai à parler
tout à l'heure. Charlet, qui est de la même époque que
Pigal, est l'objet d'une observation analogue : le mot
moderne s'applique à la manière et non au temps. Les
scènes populaires de Pigal sont bonnes. Ce n'est pas
que l'originalité en soit très vive, ni même le dessin très
comique. Pigal est un comique modéré, mais le senti-

ment de ses compositions est bon et juste. Ce sont des
vérités vulgaires, mais des vérités. La plupart de ses
tableaux ont été pris sur nature. Il s'est servi d'un procédé simple et modeste : il a regardé, il a écouté, puis
il a raconté. Généralement il y a une grande bonhomie
et une certaine innocence dans toutes ses compositions :
presque toujours des hommes du peuple, des dictons
populaires, des ivrognes, des scènes de ménage, et particulièrement une prédilection involontaire pour les types
vieux. Aussi, ressemblant en cela à beaucoup d'autres
caricaturistes, Pigal ne sait pas très bien exprimer la
jeunesse ; il arrive souvent que ses jeunes gens ont l'air
grimé. Le dessin, généralement facile, est plus riche et
plus *bonhomme* que celui de Carle Vernet. Presque tout
le mérite de Pigal se résume donc dans une habitude
d'observation sûre, une bonne mémoire et une certitude
suffisante d'exécution ; peu ou pas d'imagination, mais
du bon sens. Ce n'est ni l'emportement carnavalesque
de la gaieté italienne, ni l'âpreté forcenée des Anglais.
Pigal est un caricaturiste essentiellement raisonnable.

Je suis assez embarrassé pour exprimer d'une
manière convenable mon opinion sur Charlet[1]. C'est
une grande réputation, une réputation essentiellement
française, une des gloires de la France. Il a réjoui,
amusé, attendri aussi, dit-on, toute une génération
d'hommes vivant encore. J'ai connu des gens qui s'indi-
gnaient de bonne foi de ne pas voir Charlet à l'Institut.
C'était pour eux un scandale aussi grand que l'absence
de Molière à l'Académie. Je sais que c'est jouer un
assez vilain rôle que de venir déclarer aux gens qu'ils
ont eu tort de s'amuser ou de s'attendrir d'une certaine
façon ; il est bien douloureux d'avoir maille à partir
avec le suffrage universel. Cependant il faut avoir le
courage de dire que Charlet n'appartient pas à la classe
des hommes éternels et des génies cosmopolites. Ce
n'est pas un caricaturiste citoyen de l'univers ; et, si l'on

---

1. Nicolas Charlet (1792-1845) fut avec Béranger un de ceux qui
lancèrent la légende napoléonienne et connut un immense succès
populaire.

me répond qu'un caricaturiste ne peut jamais être cela, je dirai qu'il peut l'être plus ou moins. C'est un artiste de circonstance et un patriote exclusif, deux empêchements au génie. Il a cela de commun avec un autre homme célèbre, que je ne veux pas nommer parce que les temps ne sont pas encore mûrs *, qu'il a tiré sa gloire exclusivement de la France et surtout de l'aristocratie du soldat. Je dis que cela est mauvais et dénote un petit esprit. Comme l'autre grand homme, il a beaucoup insulté les calotins : cela est mauvais, dis-je, mauvais symptôme ; ces gens-là sont inintelligibles au-delà du détroit, au-delà du Rhin et des Pyrénées. Tout à l'heure nous parlerons de l'artiste, c'est-à-dire du talent, de l'exécution, du dessin, du style : nous viderons la question. À présent je ne parle que de l'esprit.

Charlet a toujours fait sa cour au peuple. Ce n'est pas un homme libre, c'est un esclave : ne cherchez pas en lui un artiste désintéressé. Un dessin de Charlet est rarement une vérité ; c'est presque toujours une câlinerie adressée à la caste préférée. Il n'y a de beau, de bon, de noble, d'aimable, de spirituel, que le soldat. Les quelques milliards d'animalcules qui broutent cette planète n'ont été créés par Dieu et doués d'organes et de sens, que pour contempler le soldat et les dessins de Charlet dans toute leur gloire. Charlet affirme que le tourlourou et le grenadier sont la cause finale de la création. À coup sûr, ce ne sont pas là des caricatures, mais des dithyrambes et des panégyriques, tant cet homme prenait singulièrement son métier à rebours. Les grossières naïvetés que Charlet prête à ses conscrits sont tournées avec une certaine gentillesse qui leur fait honneur et les rend intéressants. Cela sent les vaudevilles où les paysans font les *pataqu'est-ce* les plus touchants et les plus spirituels. Ce sont des cœurs d'ange avec l'esprit d'une académie, sauf les liaisons. Montrer le paysan tel qu'il est, c'est une fantaisie inutile de Bal-

---

* Ce fragment est tiré d'un livre resté inachevé et commencé il y a plusieurs années. M. de Béranger vivait encore.

zac [1] ; peindre rigoureusement les abominations du cœur de l'homme, cela est bon pour Hogarth, esprit taquin et hypocondriaque ; montrer au naturel les vices du soldat, ah ! quelle cruauté ! cela pourrait le décourager. C'est ainsi que le célèbre Charlet entend la caricature.

Relativement au *calotin*, c'est le même sentiment qui dirige notre partial artiste. Il ne s'agit pas de peindre, de dessiner d'une manière originale les laideurs morales de la sacristie ; il faut plaire au soldat-laboureur : le soldat-laboureur mangeait du jésuite. Dans les arts, *il ne s'agit que de plaire*, comme disent les bourgeois.

Goya, lui aussi, s'est attaqué à la gent monastique. Je présume qu'il n'aimait pas les moines, car il les a faits bien laids ; mais qu'ils sont beaux dans leur laideur et triomphants dans leur crasse et leur crapule monacales ! Ici l'art domine, l'art purificateur comme le feu ; là, la servilité qui corrompt l'art. Comparez maintenant l'artiste avec le courtisan : ici de superbes dessins, là un prêche voltairien.

On a beaucoup parlé des gamins de Charlet, ces chers petits anges qui feront de si jolis soldats, qui aiment tant les vieux militaires, et qui jouent à la guerre avec des sabres de bois. Toujours ronds et frais comme des pommes d'api, le cœur sur la main, l'œil clair et souriant à la nature. Mais les *enfants terribles*, mais le *pâle voyou* du grand poète, *à la voix rauque, au teint jaune comme un vieux sou* [2], Charlet a le cœur trop pur pour voir ces choses-là.

Il avait quelquefois, il faut l'avouer, de bonnes intentions. — Dans une forêt, des brigands et leurs femmes mangent et se reposent auprès d'un chêne, où un pendu, déjà long et maigre, prend le frais de haut et respire la rosée, le nez incliné vers la terre et les pointes des pieds correctement alignées comme celles d'un danseur. Un

---

1. *Les Paysans*, de Balzac. La première partie de ce roman parut en décembre 1844 dans *La Presse* ; il ne fut publié en volume qu'après la mort de l'auteur.   **2.** Citation des *Iambes* (X) d'Auguste Barbier : « La race de Paris, c'est le pâle voyou / Au corps chétif, au teint jaune comme un vieux sou. »

des brigands dit en le montrant du doigt : *Voilà peut-être comme nous serons dimanche*[1].

Hélas ! il nous fournit peu de croquis de cette espèce. Encore si l'idée est bonne, le dessin est insuffisant ; les têtes n'ont pas un caractère bien écrit. Cela pourrait être beaucoup plus beau, et, à coup sûr, ne vaut pas les vers de Villon soupant avec ses camarades sous le gibet, dans la plaine ténébreuse.

Le dessin de Charlet n'est guère que du chic, toujours des ronds et des ovales. Les sentiments, il les prenait tout faits dans les vaudevilles. C'est un homme très artificiel qui s'est mis à imiter les idées du temps. Il a décalqué l'opinion, il a découpé son intelligence sur la mode. Le public était vraiment son *patron*.

Il avait cependant fait une fois une assez bonne chose. C'est une galerie de costumes de la jeune et de la vieille garde[2], qu'il ne faut pas confondre avec une œuvre analogue publiée dans ces derniers temps, et qui, je crois, est même une œuvre posthume. Les personnages ont un caractère réel. Ils doivent être très ressemblants. L'allure, le geste, les airs de tête sont excellents. Alors Charlet était jeune, il ne se croyait pas un grand homme, et sa popularité ne le dispensait pas encore de dessiner ses figures correctement et de les poser d'aplomb. Il a toujours été se négligeant de plus en plus, et il a fini par faire et recommencer sans cesse un vulgaire crayonnage que ne voudrait pas avouer le plus jeune des rapins, s'il avait un peu d'orgueil. Il est bon de faire remarquer que l'œuvre dont je parle est d'un genre simple et sérieux, et qu'elle ne demande aucune des qualités qu'on a attribuées plus tard gratuitement à un artiste aussi incomplet dans le comique. Si j'avais suivi ma pensée droite, ayant à m'occuper des caricaturistes, je n'aurais pas introduit Charlet dans le catalogue, non plus que Pinelli ; mais on m'aurait accusé, de commettre des oublis graves.

En résumé : fabricant de niaiseries nationales,

---

1. « Album lithographique » (1832), planche 4.   2. « Uniformes de la Garde impériale », suite de lithographies parues en 1819-1820 ; une autre suite, posthume, parut en 1845.

commerçant patenté de proverbes politiques, idole qui
n'a pas, en somme, la vie plus dure que toute autre
idole, il connaîtra prochainement la force de l'oubli, et il
ira, avec le *grand* peintre et le *grand* poète [1], ses cousins
germains en ignorance et en sottise, dormir dans le
panier de l'indifférence, comme ce papier inutilement
profané qui n'est plus bon qu'à faire du papier neuf.

Je veux parler maintenant de l'un des hommes les
plus importants, je ne dirai pas seulement de la caricature, mais encore de l'art moderne, d'un homme qui,
tous les matins, divertit la population parisienne, qui,
chaque jour, satisfait aux besoins de la gaieté publique
et lui donne sa pâture. Le bourgeois, l'homme d'affaires, le gamin, la femme, rient et passent souvent, les
ingrats ! sans regarder le nom. Jusqu'à présent les
artistes seuls ont compris tout ce qu'il y a de sérieux là-
dedans, et que c'est vraiment matière à une étude. On
devine qu'il s'agit de Daumier.

Les commencements d'Honoré Daumier [2] ne furent
pas très éclatants ; il dessina, parce qu'il avait besoin de
dessiner, vocation inéluctable. Il mit d'abord quelques
croquis dans un petit journal créé par William Duc-
kett [3] ; puis Achille Ricourt, qui faisait alors le
commerce des estampes, lui en acheta quelques autres.
La révolution de 1830 causa, comme toutes les révolutions, une fièvre caricaturale. Ce fut vraiment pour les
caricaturistes une belle époque. Dans cette guerre acharnée contre le gouvernement, et particulièrement contre
le roi, on était tout cœur, tout feu. C'est véritablement
une œuvre curieuse à contempler aujourd'hui que cette
vaste série de bouffonneries historiques qu'on appelait
la *Caricature*, grandes archives comiques, où tous les
artistes de quelque valeur apportèrent leur contingent.
C'est un tohu-bohu, un capharnaüm, une prodigieuse
comédie satanique, tantôt bouffonne, tantôt sanglante,
où défilent, affublées de costumes variés et grotesques,

---

1. Horace Vernet et Béranger, à ce qu'il semble.   2. Honoré
Daumier (1808-1879), peintre et caricaturiste ; voir le « Salon de
1845 », la note 1 p. 59.   3. Il s'agit de *La Silhouette* (1826-1831).

toutes les honorabilités politiques. Parmi tous ces grands hommes de la monarchie naissante, que de noms déjà oubliés ! Cette fantastique épopée est dominée, couronnée par la pyramidale et olympienne *Poire* de processive mémoire[1]. On se rappelle que Philipon, qui avait à chaque instant maille à partir avec la justice royale, voulant une fois prouver au tribunal que rien n'était plus innocent que cette irritante et malencontreuse poire, dessina à l'audience même une série de croquis dont le premier représentait exactement la figure royale, et dont chacun, s'éloignant de plus en plus du type primitif, se rapprochait davantage du terme fatal : la poire. « Voyez, disait-il, quel rapport trouvez-vous entre ce dernier croquis et le premier[2] ? » On a fait des expériences analogues sur la tête de Jésus et sur celle de l'Apollon, et je crois qu'on est parvenu à ramener l'une des deux à la ressemblance d'un crapaud. Cela ne prouvait absolument rien. Le symbole avait été trouvé par une analogie complaisante. Le symbole dès lors suffisait. Avec cette espèce d'argot plastique, on était le maître de dire et de faire comprendre au peuple tout ce qu'on voulait. Ce fut donc autour de cette poire tyrannique et maudite que se rassembla la grande bande des hurleurs patriotes. Le fait est qu'on y mettait un acharnement et un ensemble merveilleux, et avec quelque opiniâtreté que ripostât la justice, c'est aujourd'hui un sujet d'énorme étonnement, quand on feuillette ces bouffonnes archives, qu'une guerre si furieuse ait pu se continuer pendant des années.

Tout à l'heure, je crois, j'ai dit : bouffonnerie sanglante. En effet, ces dessins sont souvent pleins de sang et de fureur. Massacres, emprisonnements, arrestations, perquisitions, procès, assommades de la police, tous ces

---

1. Cette caricature est demeurée célèbre et valut à Charles Philipon des procès pour lèse-majesté.   **2.** Charles Philipon (1800-1862) fonda en 1830 *La Caricature* qui vécut jusqu'en 1835, date où l'on supprima la liberté de la presse. Le procès en question eut lieu en 1834.

épisodes des premiers temps du gouvernement de 1830 reparaissent à chaque instant ; qu'on en juge :

La Liberté, jeune et belle, assoupie dans un dangereux sommeil, coiffée de son bonnet phrygien, ne pense guère au danger qui la menace. *Un homme* s'avance vers elle avec précaution, plein d'un mauvais dessein. Il a l'encolure épaisse des hommes de la halle ou des gros propriétaires. Sa tête piriforme est surmontée d'un toupet très proéminent et flanquée de larges favoris. Le monstre est vu de dos, et le plaisir de deviner son nom n'ajoutait pas peu de prix à l'estampe. Il s'avance vers la jeune personne. Il s'apprête à la violer.

— *Avez-vous fait vos prières ce soir, Madame ?*
— C'est Othello-Philippe qui étouffe l'innocente Liberté, malgré ses cris et sa résistance[1].

Le long d'une maison plus que suspecte passe une toute jeune fille, coiffée de son petit bonnet phrygien ; elle le porte avec l'innocente coquetterie d'une grisette démocrate. MM. un tel et un tel (visages connus, — des ministres, à coup sûr, des plus honorables) font ici un singulier métier. Ils circonviennent la pauvre enfant, lui disent à l'oreille des câlineries ou des saletés, et la poussent doucement vers l'étroit corridor. Derrière une porte, l'*Homme* se devine. Son profil est perdu, mais c'est bien lui ! Voilà le toupet et les favoris. Il attend, il est impatient[2] !

Voici la Liberté traînée devant une cour prévôtale ou tout autre tribunal gothique : grande galerie de portraits actuels avec costumes anciens[3].

Voici la Liberté amenée dans la chambre des tourmenteurs. On va lui broyer ses chevilles délicates, on va lui ballonner le ventre avec des torrents d'eau, ou accomplir sur elle toute autre abomination. Ces athlètes aux bras nus, aux formes robustes, affamés de tortures,

---

1. Lithographie non retrouvée. **2.** *Idem.* Comme Baudelaire en parle de mémoire, il est très possible qu'il ait confondu ces caricatures avec celles de Daumier. **3.** *Idem.* Une planche représentant cette scène parut le 27 juin 1831 dans *La Caricature* et était signée Decamps !

sont faciles à reconnaître. C'est M. un tel, M. un tel et M. un tel, — les bêtes noires de l'opinion[*1].

Dans tous ces dessins, dont la plupart sont faits avec un sérieux et une conscience remarquables, le roi joue toujours un rôle d'ogre, d'assassin, de Gargantua inassouvi[2], pis encore quelquefois. Depuis la révolution de février, je n'ai vu qu'une seule caricature dont la férocité me rappelât le temps des grandes fureurs politiques ; car tous les plaidoyers politiques étalés aux carreaux, lors de la grande élection présidentielle, n'offraient que des choses pâles au prix des produits de l'époque dont je viens de parler. C'était peu après les malheureux massacres de Rouen. — Sur le premier plan, un cadavre, troué de balles, couché sur une civière ; derrière lui tous les gros bonnets de la ville, en uniforme, bien frisés, bien sanglés, bien attifés, les moustaches en croc et gonflés d'orgueil ; il doit y avoir là-dedans des dandys bourgeois qui vont monter leur garde ou réprimer l'émeute avec un bouquet de violettes à la boutonnière de leur tunique ; enfin, un idéal de *garde bourgeoise*, comme disait le plus célèbre de nos démagogues[3]. À genoux devant la civière, enveloppé dans sa robe de juge, la bouche ouverte et montrant comme un requin la double rangée de ses dents taillées en scie, F. C.[4] promène lentement sa griffe sur la chair du cadavre qu'il égratigne avec délices. — Ah ! le Normand ! dit-il, il fait le mort pour ne pas répondre à la Justice !

C'était avec cette même fureur que *La Caricature* faisait la guerre au gouvernement. Daumier joua un rôle important dans cette escarmouche permanente. On avait inventé un moyen de subvenir aux amendes dont *Le*

---

* Je n'ai plus les pièces sous les yeux, il se pourrait que l'une de ces dernières fût de Traviès.

---

1. *Idem.*   2. Louis-Philippe-Gargantua dévorant des budgets — *La Caricature*, décembre 1831 — valut à Daumier six mois de prison.   3. La Fayette, sans doute.   4. Il s'agit peut-être de Frank Carré, premier président à la Cour de Rouen lors de la répression qui suivit les émeutes d'avril 1848 (Claude Pichois).

Charivari était accablé ; c'était de publier dans *La Caricature* des dessins supplémentaires dont la vente était
affectée au payement des amendes. À propos du lamentable massacre ·de la rue Transnonain[1], Daumier se
montra vraiment grand artiste ; le dessin est devenu
assez rare, car il fut saisi et détruit. Ce n'est pas précisément de la caricature, c'est de l'histoire, de la triviale
et terrible réalité. — Dans une chambre pauvre et triste,
la chambre traditionnelle du prolétaire, aux meubles
banals et indispensables, le corps d'un ouvrier nu, en
chemise et en bonnet de coton, gît sur le dos, tout de
son long, les jambes et les bras écartés. Il y a eu sans
doute dans la chambre une grande lutte et un grand
tapage, car les chaises sont renversées, ainsi que la table
de nuit et le pot de chambre. Sous le poids de son
cadavre, le père écrase entre son dos et le carreau le
cadavre de son petit enfant. Dans cette mansarde froide
il n'y a rien que le silence et la mort.

Ce fut aussi à cette époque que Daumier entreprit une
galerie satirique de portraits de personnages politiques.
Il y en eut deux, l'une en pied, l'autre en buste. Celle-
ci, je crois, est postérieure[2] et ne contenait que des pairs
de France. L'artiste y révéla une intelligence merveilleuse du portrait ; tout en chargeant et en exagérant les
traits originaux, il est si sincèrement resté dans la
nature, que ces morceaux peuvent servir de modèle à
tous les portraitistes. Toutes les pauvretés de l'esprit,
tous les ridicules, toutes les manies de l'intelligence,
tous les vices du cœur se lisent et se font voir clairement
sur ces visages animalisés ; et en même temps, tout est
dessiné et accentué largement. Daumier fut à la fois
souple comme un artiste et exact comme Lavater. Du
reste, celles de ses œuvres datées de ce temps-là diffèrent beaucoup de ce qu'il fait aujourd'hui. Ce n'est pas

---

1. Cette planche parut en juillet 1834 ; elle appartient à une série
de 24 lithographies publiées dans *L'Association mensuelle*, pour
compenser les amendes imposées à *La Caricature*.   2. Ces deux
séries sont à peu près contemporaines ; elles parurent dans *La Caricature*, entre avril 1832 et août 1834. La plupart des portraits en
buste furent publiés dans *Le Charivari* en 1833.

Bulloz

Honoré Daumier. *La Liberté de la presse. Ne vous y frottez pas*,
lithographie.

Paris, bibliothèque de l'École nationale supérieure des Beaux-Arts.

la même facilité d'improvisation, le lâché et la légèreté
de crayon qu'il a acquis plus tard. C'est quelquefois un
peu lourd, rarement cependant, mais toujours très fini,
très consciencieux et très sévère.

Je me rappelle encore un fort beau dessin qui appartient à la même classe : *La Liberté de la presse*. Au
milieu de ses instruments émancipateurs, de son matériel d'imprimerie, un ouvrier typographe, coiffé sur
l'oreille du sacramentel bonnet de papier, les manches
de chemise retroussées, carrément campé, établi solidement sur ses grands pieds, ferme les deux poings et
fronce les sourcils. Tout cet homme est musclé et char-
penté comme les figures des grands maîtres. Dans le
fond, l'éternel *Philippe* et ses sergents de ville. Ils
n'osent pas venir s'y frotter[1].

Mais notre grand artiste a fait des choses bien

---

1. *La Caricature*, octobre 1833.

diverses. Je vais décrire quelques-unes des planches les plus frappantes, empruntées à des genres différents. J'analyserai ensuite la valeur philosophique et artistique de ce singulier homme, et à la fin, avant de me séparer de lui, je donnerai la liste des différentes séries et catégories de son œuvre ou du moins je ferai pour le mieux, car actuellement son œuvre est un labyrinthe, une forêt d'une abondance inextricable.

Le Dernier Bain, caricature sérieuse et lamentable[1]. — Sur le parapet d'un quai, debout et déjà penché, faisant un angle aigu avec la base d'où il se détache comme une statue qui perd son équilibre, un homme se laisse tomber roide dans la rivière. Il faut qu'il soit bien décidé ; ses bras sont tranquillement croisés ; un fort gros pavé est attaché à son cou avec une corde. Il a bien juré de n'en pas réchapper. Ce n'est pas un suicide de poète qui veut être repêché et faire parler de lui. C'est la redingote chétive et grimaçante qu'il faut voir, sous laquelle tous les os font saillie ! Et la cravate maladive et tortillée comme un serpent, et la pomme d'Adam, osseuse et pointue ! Décidément, on n'a pas le courage d'en vouloir à ce pauvre diable d'aller fuir sous l'eau le spectacle de la civilisation. Dans le fond, de l'autre côté de la rivière, un bourgeois contemplatif, au ventre rondelet, se livre aux délices innocentes de la pêche.

Figurez-vous un coin très retiré d'une barrière inconnue et peu passante, accablée d'un soleil de plomb. Un homme d'une tournure assez funèbre, un croque-mort ou un médecin, trinque et boit chopine sous un bosquet sans feuilles, un treillis de lattes poussiéreuses, en tête-à-tête avec un hideux squelette. À côté est posé le sablier et la faux. Je ne me rappelle pas le titre de cette planche. Ces deux vaniteux personnages font sans doute un pari homicide ou une savante dissertation sur la mortalité[2].

---

1. *Le Charivari*, mai 1840 : « Sentiments et passions », planche 2. 2. *Le Charivari*, 26 mai 1840 : « Association en commandite pour l'exploitation de l'humanité ». L'art de Daumier est celui de la petite chose vue, qui en suggère une plus grande. À la même époque, Baudelaire cultivait le poème en prose, aux effets parfois analogues.

Daumier a éparpillé son talent en mille endroits différents. Chargé d'illustrer une assez mauvaise publication médico-poétique, la *Némésis médicale* [1], il fit des dessins merveilleux. L'un d'eux, qui a trait au choléra, représente une place publique inondée, criblée de lumière et de chaleur. Le ciel parisien, fidèle à son habitude ironique dans les grands fléaux et les grands remue-ménage politiques, le ciel est splendide ; il est blanc, incandescent d'ardeur. Les ombres sont noires et nettes. Un cadavre est posé en travers d'une porte. Une femme rentre précipitamment en se bouchant le nez et la bouche. La place est déserte et brûlante, plus désolée qu'une place populeuse dont l'émeute a fait une solitude. Dans le fond, se profilent tristement deux ou trois petits corbillards attelés de haridelles comiques, et au milieu de ce forum de la désolation, un pauvre chien désorienté, sans but et sans pensée, maigre jusqu'aux os, flaire le pavé desséché, la queue serrée entre les jambes.

Voici maintenant le bagne. Un monsieur très docte, habit noir et cravate blanche, un philanthrope, un redresseur de torts, est assis extatiquement entre deux forçats d'une figure épouvantable, stupides comme des crétins, féroces comme des bouledogues, usés comme des loques. L'un d'eux lui raconte qu'il a assassiné son père, violé sa sœur, ou fait toute autre action d'éclat. — Ah ! mon ami, quelle riche organisation vous possédiez ! s'écrie le savant extasié [2].

Ces échantillons suffisent pour montrer combien sérieuse est souvent la pensée de Daumier, et comme il attaque vivement son sujet. Feuilletez son œuvre, et vous verrez défiler devant vos yeux, dans sa réalité fantastique et saisissante, tout ce qu'une grande ville contient de vivantes monstruosités. Tout ce qu'elle renferme de trésors effrayants, grotesques, sinistres et bouffons, Daumier le connaît. Le cadavre vivant et affamé,

---

1. *Némésis médicale illustrée*, par François Fabre, 1840, avec 30 bois de Daumier.   **2.** *Le Charivari*, 19 octobre 1844 : « Les Philanthropes du jour », planche 12.

le cadavre gras et repu, les misères ridicules du ménage, toutes les sottises, tous les orgueils, tous les enthousiasmes, tous les désespoirs du bourgeois, rien n'y manque. Nul comme celui-là n'a connu et aimé (à la manière des artistes) le bourgeois, ce dernier vestige du Moyen Âge, cette ruine gothique qui a la vie si dure, ce type à la fois si banal et si excentrique. Daumier a vécu intimement avec lui, il l'a épié le jour et la nuit, il a appris les mystères de son alcôve, il s'est lié avec sa femme et ses enfants, il sait la forme de son nez et la construction de sa tête, il sait quel esprit fait vivre la maison du haut en bas.

Faire une analyse complète de l'œuvre de Daumier serait chose impossible ; je vais donner les titres de ses principales séries, sans trop d'appréciations ni de commentaires. Il y a dans toutes des fragments merveilleux.

Robert Macaire, Mœurs conjugales, Types parisiens, Profils et silhouettes, Les Baigneurs, Les Baigneuses, Les Canotiers parisiens, Les Bas-bleus, Pastorales, Histoire ancienne, Les Bons Bourgeois, Les Gens de Justice, La Journée de M. Coquelet, Les Philanthropes du jour, Actualités, Tout ce qu'on voudra, Les Représentants représentés. Ajoutez à cela les deux galeries de portraits dont j'ai parlé*.

J'ai deux remarques importantes à faire à propos de deux de ces séries, *Robert Macaire* et l'*Histoire ancienne*. — *Robert Macaire*[1] fut l'inauguration décisive de la caricature de mœurs. La grande guerre politique s'était un peu calmée. L'opiniâtreté des poursuites, l'attitude du gouvernement qui s'était affermi, et une certaine lassitude naturelle à l'esprit humain avaient jeté

---

* Une production incessante et régulière a rendu cette liste plus qu'incomplète. Une fois j'ai voulu, avec Daumier, faire le catalogue complet de son œuvre. À nous deux, nous n'avons pu y réussir.

---

1. *Le Charivari*, août 1836-novembre 1838 ; cette série comporte 100 planches et rendit Daumier célèbre. Entre octobre 1840 et septembre 1842, vingt autres planches parurent.

beaucoup d'eau sur tout ce feu. Il fallait trouver du nouveau. Le pamphlet fit place à la comédie. La *Satire
Ménippée* céda le terrain à Molière, et la grande épopée
de Robert Macaire, racontée par Daumier d'une manière
flambante, succéda aux colères révolutionnaires et aux
dessins allusionnels. La caricature, dès lors, prit une
allure nouvelle, elle ne fut plus spécialement politique.
Elle fut la satire générale des citoyens. Elle entra dans
le domaine du roman.

L'*Histoire ancienne* [1] me paraît une chose importante,
parce que c'est pour ainsi dire la meilleure paraphrase
du vers célèbre : *Qui nous délivrera des Grecs et des
Romains* [2] *?* Daumier s'est abattu brutalement sur l'antiquité, sur la fausse antiquité, — car nul ne sent mieux
que lui les grandeurs anciennes, — il a craché dessus ;
et le bouillant Achille, et le prudent Ulysse, et la sage
Pénélope, et Télémaque, ce grand dadais, et la belle
Hélène qui perdit Troie et tous enfin nous apparaissent
dans une laideur bouffonne qui rappelle ces vieilles car-
casses d'acteurs tragiques prenant une prise de tabac
dans les coulisses. Ce fut un blasphème très amusant, et
qui eut son utilité. Je me rappelle qu'un poète lyrique
et païen de mes amis en était fort indigné. Il appelait
cela une impiété et parlait de la belle Hélène comme
d'autres parlent de la Vierge Marie. Mais ceux-là qui
n'ont pas un grand respect pour l'Olympe et pour la
tragédie furent naturellement portés à s'en réjouir.

Pour conclure, Daumier a poussé son art très loin, il
en a fait un art sérieux ; c'est un *grand* caricaturiste.
Pour l'apprécier dignement, il faut l'analyser au point
de vue de l'artiste et au point de vue moral. — Comme
artiste, ce qui distingue Daumier, c'est la certitude. Il
dessine comme les grands maîtres. Son dessin est abondant, facile, c'est une improvisation suivie ; et pourtant
ce n'est jamais du *chic*. Il a une mémoire merveilleuse
et quasi divine qui lui tient lieu de modèle. Toutes ses

---

1. *Le Charivari*, décembre 1841-janvier 1843 ; 50 planches.
2. Vers attribué à Joseph Berchoux. Baudelaire a substitué « nous »
à « me ».

figures sont bien d'aplomb, toujours dans un mouvement vrai. Il a un talent d'observation tellement sûr
qu'on ne trouve pas chez lui une seule tête qui jure avec
le corps qui la supporte. Tel nez, tel front, tel œil, tel
pied, telle main. C'est la logique du savant transportée
dans un art léger, fugace, qui a contre lui la mobilité
même de la vie.

Quant au moral, Daumier a quelques rapports avec
Molière. Comme lui, il va droit au but. L'idée se dégage
d'emblée. On regarde, on a compris. Les légendes qu'on
écrit au bas de ses dessins ne servent pas à grand-chose,
car ils pourraient généralement s'en passer. Son
comique est, pour ainsi dire, involontaire. L'artiste ne
cherche pas, on dirait plutôt que l'idée lui échappe. Sa
caricature est formidable d'ampleur, mais sans rancune
et sans fiel. Il y a dans toute son œuvre un fonds d'hon-
nêteté et de bonhomie. Il a, remarquez bien ce trait,
souvent refusé de traiter certains motifs satiriques très
beaux et très violents, parce que cela, disait-il, dépassait
les limites du comique et pouvait blesser la conscience
du genre humain. Aussi quand il est navrant ou terrible,
c'est presque sans l'avoir voulu. Il a dépeint ce qu'il
a vu, et le résultat s'est produit. Comme il aime très
passionnément et très naturellement la nature, il s'élève-
rait difficilement au comique absolu. Il évite même avec
soin tout ce qui ne serait pas pour un public français
l'objet d'une perception claire et immédiate.

Encore un mot. Ce qui complète le caractère remarquable de Daumier, et en fait un artiste spécial appartenant à l'illustre famille des maîtres, c'est que son dessin
est naturellement coloré. Ses lithographies et ses dessins
sur bois éveillent des idées de couleur. Son crayon
contient autre chose que du noir bon à délimiter des
contours. Il fait deviner la couleur comme la pensée ; or
c'est le signe d'un art supérieur, et que tous les artistes
intelligents ont clairement vu dans ses ouvrages.

Henri Monnier[1] a fait beaucoup de bruit il y a

---

1. Henri Monnier (1805-1877), caricaturiste et écrivain satirique.
On lui doit les *Scènes de la ville et de la campagne*.

quelques années ; il a eu un grand succès dans le monde bourgeois et dans le monde des ateliers, deux espèces de villages. Deux raisons à cela. La première est qu'il remplissait trois fonctions à la fois, comme Jules César : comédien, écrivain, caricaturiste. La seconde est qu'il a un talent essentiellement bourgeois. Comédien, il était exact et froid ; écrivain, vétilleux ; artiste, il avait trouvé le moyen de faire du chic d'après nature.

Il est juste la contrepartie de l'homme dont nous venons de parler. Au lieu de saisir entièrement et d'emblée tout l'ensemble d'une figure ou d'un sujet, Henri Monnier procédait par un lent et successif examen des détails. Il n'a jamais connu le grand art. Ainsi Monsieur Prudhomme, ce type monstrueusement vrai, Monsieur Prudhomme n'a pas été conçu en grand. Henri Monnier l'a étudié, le Prudhomme vivant, réel ; il l'a étudié jour à jour, pendant un très long espace de temps. Combien de tasses de café a dû avaler Henri Monnier, combien de parties de dominos, pour arriver à ce prodigieux résultat, je l'ignore. Après l'avoir étudié, il l'a traduit ; je me trompe, il l'a décalqué. À première vue, le produit apparaît comme extraordinaire ; mais quand tout Monsieur Prudhomme a été dit, Henri Monnier n'avait plus rien à dire. Plusieurs de ses *Scènes populaires* sont certainement agréables ; autrement il faudrait nier le charme cruel et surprenant du daguerréotype ; mais Monnier ne sait rien créer, rien idéaliser, rien arranger. Pour en revenir à ses dessins, qui sont ici l'objet important, ils sont généralement froids et durs, et, chose singulière ! il reste une chose vague dans la pensée, malgré la précision pointue du crayon. Monnier a une faculté étrange, mais il n'en a qu'une. C'est la froideur, la limpidité du miroir, d'un miroir qui ne pense pas et qui se contente de réfléchir les passants.

Quant à Grandville, c'est tout autre chose. Grandville est un esprit maladivement littéraire, toujours en quête de moyens bâtards pour faire entrer sa pensée dans le domaine des arts plastiques ; aussi l'avons-nous vu souvent user du vieux procédé qui consiste à attacher aux bouches de ses personnages des banderoles parlantes.

Un philosophe ou un médecin aurait à faire une bien belle étude psychologique et physiologique sur Grandville. Il a passé sa vie à chercher des idées, les trouvant quelquefois. Mais comme il était artiste par métier et homme de lettres par la tête, il n'a jamais pu les bien exprimer. Il a touché naturellement à plusieurs grandes questions, et il a fini par tomber dans le vide, n'étant tout à fait ni philosophe ni artiste. Grandville a roulé pendant une grande partie de son existence sur l'idée générale de l'Analogie. C'est même par là qu'il a commencé : *Métamorphoses du jour* [1]. Mais il ne savait pas en tirer des conséquences justes ; il cahotait comme une locomotive déraillée. Cet homme, avec un courage surhumain, a passé sa vie à refaire la création. Il la prenait dans ses mains, la tordait, la rarrangeait, l'expliquait, la commentait ; et la nature se transformait en apocalypse. Il a mis le monde sens dessus dessous. Au fait, n'a-t-il pas composé un livre d'images qui s'appelle *Le Monde à l'envers* [2] ? Il y a des gens superficiels que Grandville divertit ; quant à moi, il m'effraye. Car c'est à l'artiste malheureusement que je m'intéresse et non à ses dessins. Quand j'entre dans l'œuvre de Grandville, j'éprouve un certain malaise, comme dans un appartement où le désordre serait systématiquement organisé, où des corniches saugrenues s'appuieraient sur le plancher, où les tableaux se présenteraient déformés par des procédés d'opticien, où les objets se blesseraient obliquement par les angles, où les meubles se tiendraient les pieds en l'air, et où les tiroirs s'enfonceraient au lieu de sortir.

Sans doute Grandville a fait de belles et bonnes choses, ses habitudes têtues et minutieuses le servant beaucoup ; mais il n'avait pas de souplesse, et aussi n'a-t-il jamais su dessiner une femme. Or c'est par le côté fou de son talent que Grandville est important. Avant

---

1. Grandville (1803-1847) publia en 1828 *Les Métamorphoses du jour*. L'imagination fantastique de cet artiste se servit souvent des animaux pour ridiculiser les travers de la société.   **2.** *Un autre monde* (1844), probablement.

de mourir, il appliquait sa volonté, toujours opiniâtre, à noter sous une forme plastique la succession des rêves et des cauchemars, avec la précision d'un sténographe qui écrit le discours d'un orateur. L'artiste-Grandville voulait, oui, il voulait que le crayon expliquât la loi d'association des idées. Grandville est très comique ; mais il est souvent un comique sans le savoir.

Voici maintenant un artiste, bizarre dans sa grâce, mais bien autrement important. Gavarni[1] commença cependant par faire des dessins de machines, puis des dessins de modes, et il me semble qu'il lui en est resté longtemps un stigmate ; cependant il est juste de dire que Gavarni a toujours été en progrès. Il n'est pas tout à fait un caricaturiste, ni même uniquement un artiste, il est aussi un littérateur. Il effleure, il fait deviner. Le caractère particulier de son comique est une grande finesse d'observation, qui va quelquefois jusqu'à la ténuité. Il connaît, comme Marivaux, toute la puissance de la réticence, qui est à la fois une amorce et une flatterie à l'intelligence du public. Il fait lui-même les légendes de ses dessins, et quelquefois très entortillées. Beaucoup de gens préfèrent Gavarni à Daumier, et cela n'a rien d'étonnant. Comme Gavarni est moins artiste, il est plus facile à comprendre pour eux. Daumier est un génie franc et direct. Ôtez-lui la légende, le dessin reste une belle et claire chose. Il n'en est pas ainsi de Gavarni ; celui-ci est double : il y a le dessin, plus la légende. En second lieu, Gavarni n'est pas essentiellement satirique ; il flatte souvent au lieu de mordre ; il ne blâme pas, il encourage. Comme tous les hommes de lettres, homme de lettres lui-même, il est légèrement teinté de corruption. Grâce à l'hypocrisie charmante de sa pensée et à la puissance tactique des demi-mots, il ose tout. D'autres fois, quand sa pensée cynique se dévoile franchement, elle endosse un vêtement gracieux, elle caresse les préjugés et fait du monde son complice. Que de raisons de popularité ! Un échantillon

---

1. Gavarni (1804-1866) commença à pratiquer la lithographie à partir de 1824 ; il connut une grande vogue.

entre mille : vous rappelez-vous cette grande et belle
fille qui regarde avec une moue dédaigneuse un jeune
homme joignant devant elle les mains dans une attitude
suppliante ? « Un petit baiser, ma bonne dame charitable, pour l'amour de Dieu ! s'il vous plaît.
— Repassez ce soir, on a déjà donné à votre père ce
matin [1]. » On dirait vraiment que la dame est un portrait.
Ces coquins-là sont si jolis que la jeunesse aura fatalement envie de les imiter. Remarquez, en outre, que le
plus beau est dans la légende, le dessin étant impuissant
à dire tant de choses.

Gavarni a créé la Lorette [2]. Elle existait bien un peu
avant lui, mais il l'a complété. Je crois même que c'est
lui qui a inventé le mot. La Lorette, on l'a déjà dit,
n'est pas la fille entretenue, cette chose de l'Empire,
condamnée à vivre en tête-à-tête funèbre avec le
cadavre métallique dont elle vivait, général ou banquier.
La Lorette est une personne libre. Elle va et elle vient.
Elle tient maison ouverte. Elle n'a pas de maître ; elle
fréquente les artistes et les journalistes. Elle fait ce
qu'elle peut pour avoir de l'esprit. J'ai dit que Gavarni
l'avait complétée ; et, en effet, entraîné par son imagination littéraire, il invente au moins autant qu'il voit, et,
pour cette raison, il a beaucoup agi sur les mœurs. Paul
de Kock a créé la Grisette, et Gavarni la Lorette ; et
quelques-unes de ces filles se sont perfectionnées en se
l'assimilant, comme la jeunesse du quartier Latin avait
subi l'influence de ses *étudiants*, comme beaucoup de
gens s'efforcent de ressembler aux gravures de mode.

Tel qu'il est, Gavarni est un artiste plus qu'intéressant, dont il restera beaucoup. Il faudra feuilleter ces
œuvres-là pour comprendre l'histoire des dernières
années de la monarchie. La république a un peu effacé
Gavarni ; loi cruelle, mais naturelle. Il était né avec
l'apaisement, il s'éclipse avec la tempête. — La véri-

---

1. Planche des *Baliverneries parisiennes*.　　**2.** Le nom fut lancé
par Nestor Roqueplan vers 1840. La suite des « Lorettes » de
Gavarni, comportant 79 pièces, parut dans *Le Charivari* de 1839 à
1846.

table gloire et la vraie mission de Gavarni et de Daumier ont été de compléter Balzac, qui d'ailleurs le savait bien, et les estimait comme des auxiliaires et des commentateurs.

Les principales créations de Gavarni sont : *La Boîte aux lettres, Les Étudiants, Les Lorettes, Les Actrices, Les Coulisses, Les Enfants terribles, Hommes et femmes de plume*, et une immense série de sujets détachés.

Il me reste à parler de Trimolet, de Traviès et de Jacque. — Trimolet[1] fut une destinée mélancolique ; on ne se douterait guère, à voir la bouffonnerie gracieuse et enfantine qui souffle à travers ses compositions, que tant de douleurs graves et de chagrins cuisants aient assailli sa pauvre vie. Il a gravé lui-même à l'eau-forte, pour la collection des *Chansons populaires de la France* et pour les almanachs comiques d'Aubert, de fort beaux dessins, ou plutôt des croquis, où règne la plus folle et la plus innocente gaieté. Trimolet dessinait librement sur la planche, sans dessin préparatoire, des compositions très compliquées, procédé dont il résulte bien, il faut l'avouer, un peu de fouillis. Évidemment l'artiste avait été très frappé par les œuvres de Cruikshank ; mais, malgré tout, il garde son originalité ; c'est un humoriste qui mérite une place à part ; il y a là une saveur *sui generis*, un goût fin qui se distingue de tous autres pour les gens qui ont le palais fin.

Un jour, Trimolet fit un tableau[2] ; c'était bien conçu et c'était une grande pensée : dans une nuit sombre et mouillée, un de ces vieux hommes qui ont l'air d'une ruine ambulante et d'un paquet de guenilles vivantes s'est étendu au pied d'un mur décrépi. Il lève ses yeux reconnaissants vers le ciel sans étoiles, et s'écrie : « Je vous bénis, mon Dieu, qui m'avez donné ce mur pour m'abriter et cette natte pour me couvrir ! » Comme tous les déshérités harcelés par la douleur, ce brave homme n'est pas difficile, et il fait volontiers crédit du reste au Tout-Puissant. Quoi qu'en dise la race des optimistes

---

1. Trimolet (1812-1843) ; les *Chants et chansons populaires...* parurent en 1843.   **2.** Serait-ce « La Prière » du Salon de 1841 ?

qui, selon Désaugiers, se laissent quelquefois choir
après boire, au risque d'écraser *un pauvre homme qui
n'a pas dîné*, il y a des génies qui ont passé de ces nuits-
là ! Trimolet est mort ; il est mort au moment où l'aurore éclaircissait son horizon, et où la fortune plus clé-
mente avait envie de lui sourire. Son talent grandissait,
sa machine intellectuelle était bonne et fonctionnait activement ; mais sa machine physique était gravement ava-
riée et endommagée par des tempêtes anciennes.

Traviès[1], lui aussi, fut une fortune malencontreuse.
Selon moi, c'est un artiste éminent et qui ne fut pas
dans son temps délicatement apprécié. Il a beaucoup
produit, mais il manque de certitude. Il veut être plaisant, et il ne l'est pas, à coup sûr. D'autres fois, il trouve
une belle chose et il l'ignore. Il s'amende, il se corrige
sans cesse ; il se tourne, il se retourne et poursuit un
idéal intangible. Il est le prince du guignon. Sa muse est
une nymphe de faubourg, pâlotte et mélancolique. À
travers toutes ses tergiversations, on suit partout un filon
souterrain aux couleurs et au caractère assez notables.
Traviès a un profond sentiment des joies et des douleurs
du peuple ; il connaît la canaille à fond, et nous pouvons
dire qu'il l'a aimée avec une tendre charité. C'est la
raison pour laquelle ses *Scènes bachiques*[2] resteront une
œuvre remarquable ; ses *Scènes bachiques* resteront une
œuvre remarquable ; ses chiffonniers d'ailleurs sont
généralement très ressemblants, et toutes ces guenilles
ont l'ampleur et la noblesse presque insaisissable du
style tout fait, tel que l'offre la nature dans ses caprices.
Il ne faut pas oublier que Traviès est le créateur de
Mayeux, ce type excentrique et vrai qui a tant amusé
Paris. Mayeux est à lui comme *Robert Macaire* est à
Daumier, comme *M. Prudhomme* est à Monnier. — En
ce temps déjà lointain, il y avait à Paris une espèce de
bouffon physionomane, nommé Léclaire, qui courait les

---

1. Charles-Joseph Traviès de Villers (1804-1859) est l'inventeur
de Mayeux, un bossu, et produisit 160 planches sur ce sujet, pour
la plupart publiées dans *La Caricature*, à partir de 1835.   **2.** *Le
Charivari*, 1839-1840 ; 19 lithographies.

Garçon ! des truffes ! nom de D ! ...... comme s'il en pleuvait !

Charles Joseph Traviès. *Garçon ! des truffes !* lithographie.
Paris, Bibliothèque nationale de France.

guinguettes, les caveaux et les petits théâtres. Il faisait
des *têtes d'expression*, et entre deux bougies il illumi-
nait successivement sa figure de toutes les passions.
C'était le cahier des *Caractères des passions de
M. Lebrun, peintre du roi*[1]. Cet homme, accident bouf-

---

1. Cette méthode pour apprendre à dessiner de Charles Lebrun
parut au XVIIe siècle et servit longtemps de sorte de répertoire « aca-

fon plus commun qu'on ne le suppose dans les castes excentriques, était très mélancolique et possédé de la rage de l'amitié. En dehors de ses études et de ses représentations grotesques, il passait son temps à chercher un ami, et quand il avait bu, ses yeux pleuvaient abondamment les larmes de la solitude. Cet infortuné possédait une telle puissance objective et une si grande aptitude à se grimer, qu'il imitait à s'y méprendre la bosse, le front plissé d'un bossu, ses grandes pattes simiesques et son parler criard et baveux. Traviès le vit ; on était encore en plein dans la grande ardeur patriotique de Juillet ; une idée lumineuse s'abattit dans son cerveau ; Mayeux fut créé, et pendant longtemps le turbulent Mayeux parla, cria, pérora, gesticula dans la mémoire du peuple parisien. Depuis lors on a reconnu que Mayeux existait, et l'on a cru que Traviès l'avait connu et copié. Il en a été ainsi de plusieurs autres créations populaires.

Depuis quelque temps Traviès a disparu de la scène, on ne sait trop pourquoi, car il y a aujourd'hui, comme toujours, de solides entreprises d'albums et de journaux comiques. C'est un malheur réel, car il est très observateur, et, malgré ses hésitations et ses défaillances, son talent a quelque chose de sérieux et de tendre qui le rend singulièrement attachant.

Il est bon d'avertir les collectionneurs que, dans les caricatures relatives à Mayeux, les femmes qui, comme on sait, ont joué un grand rôle dans l'épopée de ce Ragotin[1] galant et patriotique, ne sont pas de Traviès : elles sont de Philipon, qui avait l'idée excessivement *comique* et qui dessinait les femmes d'une manière séduisante, de sorte qu'il se réservait le plaisir de faire les femmes dans les *Mayeux* de Traviès, et qu'ainsi chaque dessin se trouvait doublé d'un style qui ne *doublait* vraiment pas l'intention comique.

Jacque, l'excellent artiste, à l'intelligence multiple, a été aussi occasionnellement un recommandable carica-

---

démique » pour l'expression des passions. Quant à Leclercq (et non Leclaire), il se disait le premier physionomane de France.

1. Personnage grotesque du *Roman comique* de Scarron.

turiste. En dehors de ses peintures et de ses gravures à l'eau-forte, où il s'est montré toujours grave et poétique, il a fait de fort bons dessins grotesques, où l'idée d'ordinaire se projette bien et d'emblée. Voir *Militairiana* et *Malades et Médecins* [1]. Il dessine richement et spirituellement, et sa caricature a, comme tout ce qu'il fait, le mordant et la soudaineté du poète observateur.

---

1. Les « Militairiana » furent publiées chez Aubert vers 1840 dans le *Musée Philipon* ; « Les Malades et les médecins » parurent dans *Le Charivari* de mars à novembre 1843.

QUELQUES CARICATURISTES
ÉTRANGERS [1]

HOGARTH — CRUIKSHANK
GOYA — PINELLI — BRUEGHEL

I

Un nom tout à fait populaire, non seulement chez les artistes, mais aussi chez les gens du monde, un artiste des plus éminents en matière de comique, et qui remplit la mémoire comme un proverbe, est Hogarth [2]. J'ai souvent entendu dire de Hogarth : « C'est l'enterrement du comique. » Je le veux bien ; le mot peut être pris pour spirituel, mais je désire qu'il soit entendu comme éloge ; je tire de cette formule malveillante le symptôme, le diagnostic d'un mérite tout particulier. En effet, qu'on y fasse attention, le talent de Hogarth comporte en soi quelque chose de froid, d'astringent, de funèbre. Cela serre le cœur. Brutal et violent, mais toujours préoccupé

---

1. *Le Présent* fit paraître cet article le 15 octobre 1857 ; il fut repris dans *L'Artiste* le 26 septembre 1858. **2.** William Hogarth (1697-1764) ; ce peintre et graveur anglais fut aussi théoricien ; on lui doit *The Analysis of Beauty, written with a View of fixing the fluctuating Ideas of Taste* (London, 1753), qui fut traduit en français en 1805. Ce fut un des artistes majeurs du XVIIIᵉ siècle anglais ; la liberté de sa touche, la légèreté de sa facture en font un des peintres essentiels pour le siècle à venir.

William Hogarth. *Leçon d'anatomie*. 1751.

Paris, Bibliothèque nationale de France.

du sens moral de ses compositions, moraliste avant tout, il les charge, comme notre Grandville, de détails allégoriques et allusionnels, dont la fonction, selon lui, est de compléter et d'élucider sa pensée. Pour le spectateur, j'allais, je crois, dire pour le lecteur, il arrive quelquefois, au rebours de son désir, qu'elles retardent l'intelligence et l'embrouillent.

D'ailleurs Hogarth a, comme tous les artistes très chercheurs, des manières et des morceaux assez variés. Son procédé n'est pas toujours aussi dur, aussi écrit, aussi tatillon. Par exemple, que l'on compare les planches du *Mariage à la mode* avec celles qui représentent *Les Dangers et les Suites de l'incontinence*[1], *Le Palais du Gin, Le Supplice du Musicien, Le Poète dans son ménage*[2], on reconnaîtra dans ces dernières beaucoup plus d'aisance et d'abandon. Une des plus curieuses est certainement celle qui nous montre un cadavre aplati, roide et allongé sur la table de dissection[3]. Sur une poulie ou toute autre mécanique scellée au plafond se dévident les intestins du mort débauché. Ce mort est horrible, et rien ne peut faire un contraste plus singulier avec ce cadavre, cadavérique entre tous, que les hautes, longues, maigres ou rotondes figures, grotesquement graves, de tous ces docteurs britanniques, chargées de monstrueuses perruques à rouleaux. Dans un coin, un chien plonge goulûment son museau dans un seau et y pille quelques débris humains. Hogarth, l'enterrement du comique ! j'aimerais mieux dire que c'est le comique dans l'enterrement. Ce chien anthropophage m'a toujours fait rêver au cochon historique qui se soûlait impudemment du sang de l'infortuné Fualdès, pendant qu'un orgue de Barbarie exécutait, pour ainsi dire, le service funèbre de l'agonisant[4].

---

1. Ces planches étaient destinées à faire connaître des peintures à l'huile. La gravure alors était un des moyens de communication privilégiés pour répandre les idées, les solutions et pour se faire une réputation. Hogarth exécuta dans les années 1730 ses deux premiers cycles satiriques, aux sujets modernes et moraux (« La Carrière d'une prostituée » en 1732 et « La Carrière d'un roué » en 1735). « Le Mariage à la mode » date de 1745 (National Gallery, Londres) ; « The Rake's Progress » de 1735 (Saone Museum, Londres).
2. Titres anglais : « Gin Lane », « The Enrag'd Musician », « The Distress'd Poet » : planches célèbres et maintes fois reproduites.
3. Cette planche, décrite de mémoire par Baudelaire, a pour titre « The Reward of Cruelty » et appartient à la série « The Four Stages of Cruelty » (1750-1751).   **4.** Allusion à l'assassinat du magistrat Fualdès à Rodez (1817) et à l'affaire judiciaire qui le suivit ; la « Complainte de Fualdès » qui s'en inspira fut des plus populaires ; l'orgue de Barbarie devait couvrir les cris de la victime ; quant au

J'affirmais tout à l'heure que le bon mot d'atelier devait être pris comme un éloge. En effet, je retrouve bien dans Hogarth ce je ne sais quoi de sinistre, de violent et de résolu, qui respire dans presque toutes les œuvres du pays du spleen. Dans *Le Palais du Gin*, à côté des mésaventures innombrables et des accidents grotesques dont est semée la vie et la route des ivrognes, on trouve des cas terribles qui sont peu comiques à notre point de vue français : presque toujours des cas de mort violente. Je ne veux pas faire ici une analyse détaillée des œuvres de Hogarth ; de nombreuses appréciations ont déjà été faites du singulier et minutieux moraliste, et je veux me borner à constater le caractère général qui domine les œuvres de chaque artiste important.

Il serait injuste, en parlant de l'Angleterre, de ne pas mentionner Seymour, dont tout le monde a vu les admirables charges sur la pêche et la chasse, double épopée de maniaques. C'est à lui que primitivement fut empruntée cette merveilleuse allégorie de l'araignée qui a filé sa toile entre la ligne et le bras de ce pêcheur que l'impatience ne fait jamais trembler.

Dans Seymour, comme dans les autres Anglais, violence et amour de l'excessif ; manière simple, archibrutale et directe, de poser le sujet. En matière de caricature, les Anglais sont des ultra. — *Oh ! the deep, deep sea*[1] *!* s'écrie dans une béate contemplation, tranquillement assis sur le banc d'un canot, un gros Londonien, à un quart de lieue du port. Je crois même qu'on aperçoit encore quelques toitures dans le fond. L'extase de cet imbécile est extrême ; aussi il ne voit pas les deux grosses jambes de sa chère épouse, qui dépassent l'eau et se tiennent droites, les pointes en l'air. Il paraît que cette grasse personne s'est laissée choir, la tête la pre-

---

cochon, il faut se reporter au seizième couplet de la complainte : « Voilà le sang qui s'épanche / Mais la Bancal aux aguets, / Le reçoit dans un baquet, / Disant : "En place d'eau blanche, / Y mettant un peu de son, / Ce sera pour mon cochon !" »

1. Robert Seymour (1798-1836) ; la planche appartient aux *Sketches by Seymour* (1867) qui avaient paru séparément de 1834 à 1836.

B.N.F.

The Blue Devils —!!

George Cruikshank. *The Blue Devils*.
Paris, Bibliothèque nationale de France.

mière, dans le liquide élément dont l'aspect enthousiasme cet épais cerveau. De cette malheureuse créature les jambes sont tout ce qu'on voit. Tout à l'heure ce puissant amant de la nature cherchera flegmatiquement sa femme et ne la trouvera plus.

Le mérite spécial de George Cruikshank [1] (je fais abstraction de tous ses autres mérites, finesse d'expression, intelligence du fantastique, etc.) est une abondance inépuisable dans le grotesque. Cette verve est inconcevable, et elle serait réputée impossible, si les preuves n'étaient pas là, sous forme d'une œuvre immense, collection innombrable de vignettes, longue série d'albums

---

1. George Cruikshank (1792-1878), fécond caricaturiste anglais, était le fils d'Isaac (1756-1810). Fondateur du dessin humoristique. Ses dessins furent publiés dans la plupart des journaux et revues du XIXᵉ siècle, en particulier dans *Punch*.

comiques, enfin d'une telle quantité de personnages, de situations, de physionomies, de tableaux grotesques, que la mémoire de l'observateur s'y perd ; le grotesque coule incessamment et inévitablement de la pointe de Cruikshank, comme les rimes riches de la plume des poètes naturels. Le grotesque est son habitude.

Si l'on pouvait analyser sûrement une chose aussi fugitive et impalpable que le sentiment en art, ce je ne sais quoi qui distingue toujours un artiste d'un autre, quelque intime que soit en apparence leur parenté, je dirais que ce qui constitue surtout le grotesque de Cruikshank, c'est la violence extravagante du geste et du mouvement, et l'explosion dans l'expression. Tous ses petits personnages miment avec fureur et turbulence comme des acteurs de pantomime. Le seul défaut qu'on puisse lui reprocher est d'être souvent plus homme d'esprit, plus crayonneur qu'artiste, enfin de ne pas toujours dessiner d'une manière assez consciencieuse. On dirait que, dans le plaisir qu'il éprouve à s'abandonner à sa prodigieuse verve, l'auteur oublie de douer ses personnages d'une vitalité suffisante. Il dessine un peu trop comme les hommes de lettres qui s'amusent à barbouiller des croquis. Ces prestigieuses petites créatures ne sont pas toujours nées viables. Tout ce monde minuscule se culbute, s'agite et se mêle avec une pétulance indicible, sans trop s'inquiéter si tous ses membres sont bien à leur place naturelle. Ce ne sont trop souvent que des hypothèses humaines qui se démènent comme elles peuvent. Enfin, tel qu'il est, Cruikshank est un artiste doué de riches facultés comiques, et qui restera dans toutes les collections. Mais que dire de ces plagiaires français modernes, impertinents jusqu'à prendre non seulement des sujets et des canevas, mais même la manière et le style ? Heureusement la naïveté ne se vole pas. Ils ont réussi à être de glace dans leur enfantillage affecté, et ils dessinent d'une façon encore plus insuffisante.

II

En Espagne, un homme singulier a ouvert dans le comique de nouveaux horizons.

À propos de Goya[1], je dois d'abord renvoyer mes lecteurs à l'excellent article que Théophile Gautier a écrit sur lui dans *Le Cabinet de l'Amateur*[2], et qui fut depuis reproduit dans un volume de mélanges. Théophile Gautier est parfaitement doué pour comprendre de semblables natures. D'ailleurs, relativement aux procédés de Goya, — aquatinte et eau-forte mêlées, avec retouches à la pointe sèche, — l'article en question contient tout ce qu'il faut. Je veux seulement ajouter quelques mots sur l'élément très rare que Goya a introduit dans le comique : je veux parler du fantastique. Goya n'est précisément rien de spécial, de particulier, ni comique absolu, ni comique purement significatif, à la manière française. Sans doute il plonge souvent dans le comique féroce et s'élève jusqu'au comique absolu ; mais l'aspect général sous lequel il voit les choses est surtout fantastique, ou plutôt le regard qu'il jette sur les choses est un traducteur naturellement fantastique. *Los*

---

1. Francisco de Goya y Lucientes (1746-1828) ; son œuvre gravée, au XIXe siècle, fut plus connue que ses peintures ; portraitiste de talent, peintre historique, religieux, peintre visionnaire, fantastique : les facettes du talent de Goya, sensibles dans ses gravures et ses peintures, ont quelque chose de déroutant, de bizarre et de contradictoire ; cette diversité a séduit, sans aucun doute, l'esprit curieux de Baudelaire.   2. Cet article parut en 1842 dans *Le Cabinet de l'amateur et de l'antiquaire*. Repris dans *Le Voyage en Espagne* (Charpentier, 1845). Gautier, avant son voyage en Espagne (1840), avait rédigé un article dans *La Presse* sur les gravures de Goya (5 juillet 1838) : « ... L'individualité de cet artiste est si forte et si tranchée, qu'il nous est difficile d'en donner une idée même approximative... Les compositions de Goya sont des nuits profondes où quelque brusque rayon de lumière ébauche de pâles silhouettes et d'étranges fantômes. C'est un composé de Rembrandt, de Watteau et des songes drolatiques de Rabelais ; singulier mélange ! Ajoutez à cela une haute saveur espagnole, une forte dose de l'esprit picaresque de Cervantès... »

Caprichos[1] sont une œuvre merveilleuse, non seulement par l'originalité des conceptions, mais encore par l'exécution. J'imagine devant *Les Caprices* un homme, un curieux, un amateur, n'ayant aucune notion des faits historiques auxquels plusieurs de ces planches font allusion, un simple esprit d'artiste qui ne sache ce que c'est ni que Godoï, ni le roi Charles, ni la reine[2] ; il éprouvera toutefois au fond de son cerveau une commotion vive, à cause de la manière originale, de la plénitude et de la certitude des moyens de l'artiste, et aussi de cette atmosphère fantastique qui baigne tous ses sujets. Du reste, il y a dans les œuvres issues des profondes individualités quelque chose qui ressemble à ces rêves périodiques ou chroniques qui assiègent régulièrement notre sommeil. C'est là ce qui marque le véritable artiste, toujours durable et vivace même dans ces œuvres fugitives, pour ainsi dire suspendues aux événements, qu'on appelle *caricatures* ; c'est là, dis-je, ce qui distingue les caricaturistes historiques d'avec les caricaturistes artistiques, le comique fugitif d'avec le comique éternel.

Goya est toujours un grand artiste, souvent effrayant. Il unit à la gaieté, à la jovialité, à la satire espagnole du bon temps de Cervantes, un esprit beaucoup plus moderne, ou du moins qui a été beaucoup plus cherché dans les temps modernes, l'amour de l'insaisissable, le sentiment des contrastes violents, des épouvantements de la nature et des physionomies humaines étrangement animalisées par les circonstances. C'est chose curieuse à remarquer que cet esprit qui vient après le grand mouvement satirique et démolisseur du XVIIIe siècle, et auquel Voltaire aurait su gré, pour l'idée seulement (car le pauvre grand homme ne s'y connaissait guère quant au reste), de toutes ces caricatures monacales, — moines bâillants, moines goinfrants, têtes carrées

---

1. Gravés en 1793, ils furent publiés en 1797.   **2.** Godoy ou Godoï, duc de Alcudia, prince de la Paz (1767-1851), fut le favori de la reine Marie-Louise, épouse de Charles IV ; premier ministre en 1792, il s'opposa à la Révolution française mais s'associa à Napoléon, ce qui lui valut un certain nombre de vicissitudes dignes d'un roman d'aventures.

d'assassins se préparant à matines, têtes rusées, hypo-
crites, fines et méchantes comme des profils d'oiseaux
de proie ; — il est curieux, dis-je, que ce haïsseur de
moines ait tant rêvé sorcières, sabbat, diableries, enfants
qu'on fait cuire à la broche, que sais-je ? toutes les
débauches du rêve, toutes les hyperboles de l'hallucination, et puis toutes ces blanches et sveltes Espagnoles
que de vieilles sempiternelles lavent et préparent soit
pour le sabbat, soit pour la prostitution du soir, sabbat
de la civilisation ! La lumière et les ténèbres se jouent à
travers toutes ces grotesques horreurs. Quelle singulière
jovialité ! Je me rappelle surtout deux planches extraordinaires : — l'une représente un paysage fantastique, un
mélange de nuées et de rochers. Est-ce un coin de Sierra
inconnue et infréquentée ? un échantillon du chaos ? Là,
au sein de ce théâtre abominable, a lieu une bataille
acharnée entre deux sorcières suspendues au milieu des
airs. L'une est à cheval sur l'autre ; elle la rosse, elle la
dompte. Ces deux monstres roulent à travers l'air téné-
breux. Toute la hideur, toutes les saletés morales, tous
les vices que l'esprit humain peut concevoir sont écrits
sur ces deux faces, qui, suivant une habitude fréquente
et un procédé inexplicable de l'artiste, tiennent le milieu
entre l'homme et la bête [1].

L'autre planche représente un être, un malheureux,
une monade solitaire et désespérée, qui veut à toute
force sortir de son tombeau. Des démons malfaisants,
une myriade de vilains gnomes lilliputiens pèsent de
tous leurs efforts réunis sur le couvercle de la tombe
entrebâillée. Ces gardiens vigilants de la mort se sont
coalisés contre l'âme récalcitrante qui se consume dans
une lutte impossible. Ce cauchemar s'agite dans l'horreur du vague et de l'indéfini [2].

À la fin de sa carrière, les yeux de Goya étaient affai-

---

1. *Caprichos*, planche 62 : « Quien lo creyera ! » (Qui le croirait !)
2. Planche difficilement identifiable ; on a pensé à la planche 59 :
« Y aun no se van » (Et pourtant ils ne s'en vont pas), ou à la planche
« Nada » des *Désastres de la guerre* décrite par Gautier. Comme
Baudelaire décrit de mémoire, il a pu mêler inconsciemment les
deux.

blis au point qu'il fallait, dit-on, lui tailler ses crayons. Pourtant il a, même à cette époque, fait de grandes lithographies[1] très importantes, entre autres des courses de taureaux pleines de foule et de fourmillement, planches admirables, vastes tableaux en miniature, — preuves nouvelles à l'appui de cette loi singulière qui préside à la destinée des grands artistes, et qui veut que, la vie se gouvernant à l'inverse de l'intelligence, ils gagnent d'un côté ce qu'ils perdent de l'autre, et qu'ils aillent ainsi, suivant une jeunesse progressive, se renforçant, se ragaillardissant, et croissant en audace jusqu'au bord de la tombe.

Au premier plan d'une de ces images, où règnent un tumulte et un tohu-bohu admirables, un taureau furieux, un de ces rancuniers qui s'acharnent sur les morts, a déculotté la partie postérieure d'un des combattants. Celui-ci, qui n'est que blessé, se traîne lourdement sur les genoux. La formidable bête a soulevé avec ses cornes la chemise lacérée et mis à l'air les deux fesses du malheureux, et elle abaisse de nouveau son mufle menaçant ; mais cette indécence dans le carnage n'émeut guère l'assemblée.

Le grand mérite de Goya consiste à créer le monstrueux vraisemblable. Ses monstres sont nés viables, harmoniques[2]. Nul n'a osé plus que lui dans le sens de l'absurde possible. Toutes ces contorsions, ces faces bestiales, ces grimaces diaboliques sont pénétrées d'*humanité*. Même au point de vue particulier de l'histoire naturelle, il serait difficile de les condamner, tant il y a analogie et harmonie dans toutes les parties de leur être ;

---

1. Goya acheva sa vie à Bordeaux en exil ; en 1823, Ferdinand VII, malgré la Constitution acceptée en 1820, rétablit son pouvoir, soutenu par l'expédition d'Angoulême ; les libéraux furent persécutés. Goya s'exila volontairement. Il s'agit des quatre lithographies intitulées « Toros de Burdeos » (Taureaux de Bordeaux). La planche décrite dans le paragraphe suivant est intitulée « Diberson de España » (Le Divertissement d'Espagne). **2.** Cette faculté de remplacer la nature, à savoir l'imagination de Goya, a retenu l'attention de Baudelaire ; il rend hommage à la puissance créatrice de l'artiste, qui sait créer au lieu d'esthétiser.

en un mot, la ligne de suture, le point de jonction entre le réel et le fantastique est impossible à saisir ; c'est une frontière vague que l'analyste le plus subtil ne saurait pas tracer, tant l'art est à la fois transcendant et naturel[*].

III

Le climat de l'Italie, pour méridional qu'il soit, n'est pas celui de l'Espagne, et la fermentation du comique n'y donne pas les mêmes résultats. Le pédantisme italien (je me sers de ce terme à défaut d'un terme absent) a trouvé son expression dans les caricatures de Léonard de Vinci et dans les scènes de mœurs de Pinelli. Tous les artistes connaissent les caricatures de Léonard de Vinci, véritables portraits. Hideuses et froides, ces caricatures ne manquent pas de cruauté, mais elles manquent de comique ; pas d'expansion, pas d'abandon ; le grand artiste ne s'amusait pas en les dessinant, il les a faites en savant, en géomètre, en professeur d'histoire naturelle. Il n'a eu garde d'omettre la moindre verrue, le plus petit poil. Peut-être, en somme, n'avait-il pas la prétention de faire des caricatures. Il a cherché autour de lui des types de laideur excentriques, et il les a copiés.

Cependant, tel n'est pas, en général, le caractère italien. La plaisanterie en est basse, mais elle est franche. Les tableaux de Bassan qui représentent le carnaval de Venise[1] nous en donnent une juste idée. Cette gaieté regorge de saucissons, de jambons et de macaroni. Une

---

[*] Nous possédions, il y a quelques années, plusieurs précieuses peintures de Goya, reléguées malheureusement dans des coins obscurs de la galerie ; elles ont disparu avec le Musée espagnol[2].

---

[1]. Jacopo da Ponte, dit il Bassano (1515-1592), relevait plus du Titien et du Tintoret. Sa présence est plutôt inattendue ; qui plus est, il y eut quatre Bassan dans l'histoire de la peinture !   [2]. Le Musée Espagnol fut rendu aux Orléans qui le réclamèrent après 1848. La collection avait été constituée par Louis-Philippe, qui l'avait rendue publique.

fois par an, le comique italien fait explosion au Corso et il y atteint les limites de la fureur. Tout le monde a de l'esprit, chacun devient artiste comique ; Marseille et Bordeaux pourraient peut-être nous donner des échantillons de ces tempéraments. — Il faut voir, dans *La Princesse Brambilla*, comme Hoffmann a bien compris le caractère italien, et comme les artistes allemands qui boivent au café Greco en parlent délicatement. Les artistes italiens sont plutôt bouffons que comiques. Ils manquent de profondeur, mais ils subissent tous la franche ivresse de la gaieté nationale. Matérialiste, comme est généralement le Midi, leur plaisanterie sent toujours la cuisine et le mauvais lieu. Au total, c'est un artiste français, c'est Callot, qui, par la concentration d'esprit et la fermeté de volonté propres à notre pays, a donné à ce genre de comique sa plus belle expression. C'est un Français qui est resté le meilleur bouffon italien.

J'ai parlé tout à l'heure de Pinelli, du classique Pinelli [1], qui est maintenant une gloire bien diminuée. Nous ne dirons pas de lui qu'il est précisément un caricaturiste ; c'est plutôt un *croqueur* de scènes pittoresques. Je ne le mentionne que parce que ma jeunesse a été fatiguée de l'entendre louer comme le type du *caricaturiste noble*. En vérité, le comique n'entre là-dedans que pour une quantité infinitésimale. Dans toutes les études de cet artiste nous trouvons une préoccupation constante de la ligne et des compositions antiques, une aspiration systématique au style.

Mais Pinelli, — ce qui sans doute n'a pas peu contribué à sa réputation, — eut une existence beaucoup plus romantique que son talent. Son originalité se manifesta

---

1. Bartolomeo Pinelli (1781-1835), formé par le milieu néo-classique italien. Pinelli n'est pas à franchement parler un caricaturiste. Il représenta beaucoup des scènes de la vie dans la campagne romaine, scènes paysannes, scènes avec des brigands. Le rapprochement avec Léopold Robert, fait plus loin par Baudelaire, est tout à fait juste : tous deux lancèrent les sujets ethnographiques italiens (paysans, carnaval, pèlerinages...) qui connurent une vogue européenne dans le premier tiers du XIXe siècle.

bien plus dans son caractère que dans ses ouvrages ; car il fut un des types les plus complets de l'*artiste*, tel que se le figurent les bons bourgeois, c'est-à-dire du désordre classique, de l'inspiration s'exprimant par l'inconduite et les habitudes violentes. Pinelli possédait tout le charlatanisme de certains artistes : ses deux énormes chiens qui le suivaient partout comme des confidents et des camarades, son gros bâton noueux, ses cheveux en cadenette qui coulaient le long de ses joues, le cabaret, la mauvaise compagnie, le parti pris de détruire fastueusement les œuvres dont on ne lui offrait pas un prix satisfaisant, tout cela faisait partie de sa réputation. Le ménage de Pinelli n'était guère mieux ordonné que la conduite du chef de la maison. Quelquefois, en rentrant chez lui, il trouvait sa femme et sa fille se prenant aux cheveux, les yeux hors de la tête, dans toute l'excitation et la furie italiennes. Pinelli trouvait cela superbe : « Arrêtez ! leur criait-il, — ne bougez pas, restez ainsi ! » Et le drame se métamorphosait en un dessin. On voit que Pinelli était de la race des artistes qui se promènent à travers la nature matérielle pour qu'elle vienne en aide à la paresse de leur esprit, toujours prêts *à saisir leurs pinceaux*. Il se rapproche ainsi par un côté du malheureux Léopold Robert qui prétendait, lui aussi, trouver dans la nature, et seulement dans la nature, de ces sujets tout faits, qui, pour des artistes plus imaginatifs, n'ont qu'une valeur de notes. Encore ces sujets, même les plus nationalement comiques et pittoresques, sont-ils toujours par Pinelli, comme par Léopold Robert, passés au crible, au tamis implacable du goût.

Pinelli a-t-il été calomnié ? Je l'ignore, mais telle est sa légende. Or tout cela me paraît signe de faiblesse. Je voudrais que l'on créât un néologisme, que l'on fabriquât un mot destiné à flétrir ce genre de poncif, le poncif dans l'allure et la conduite, qui s'introduit dans la vie des artistes comme dans leurs œuvres. D'ailleurs, je remarque que le contraire se présente fréquemment dans l'histoire, et que les artistes les plus inventifs, les plus étonnants, les plus excentriques dans leurs conceptions, sont souvent des hommes dont la vie est calme et minu-

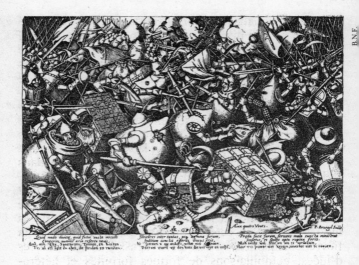

Pieter Bruegel. *Combat des tirelires et des coffres-forts.*

Paris, Bibliothèque nationale de France.

tieusement rangée. Plusieurs d'entre ceux-là ont eu les vertus de ménage très développées. N'avez-vous pas remarqué souvent que rien ne ressemble plus au parfait bourgeois que l'artiste de génie concentré ?

IV

Les Flamands et les Hollandais ont, dès le principe, fait de très belles choses, d'un caractère vraiment spécial et indigène. Tout le monde connaît les anciennes et singulières productions de Brueghel le Drôle[1], qu'il ne faut pas confondre, ainsi que l'ont fait plusieurs écrivains, avec Brueghel d'Enfer. Qu'il y ait là-dedans une

---

1. Bruegel l'Ancien ou le Drôle (1525/1530-1569), père de Brueghel d'Enfer (1554-1638). Baudelaire ne semble connaître que l'œuvre gravée de cet artiste, maintes fois rééditée. Cependant, elle suit de près l'iconographie et les thèmes de ses peintures.

certaine systématisation, un parti pris d'excentricité, une méthode dans le bizarre, cela n'est pas douteux. Mais il est bien certain aussi que cet étrange talent a une origine plus haute qu'une espèce de gageure artistique. Dans les tableaux fantastiques de Brueghel le Drôle se montre toute la puissance de l'hallucination. Quel artiste pourrait composer des œuvres aussi monstrueusement paradoxales, s'il n'y était poussé dès le principe par quelque force inconnue ? En art, c'est une chose qui n'est pas assez remarquée, la part laissée à la volonté de l'homme est bien moins grande qu'on ne le croit. Il y a dans l'idéal baroque que Brueghel paraît avoir poursuivi, beaucoup de rapports avec celui de Grandville, surtout si l'on veut bien examiner les tendances que l'artiste français a manifestées dans les dernières années de sa vie : visions d'un cerveau malade, hallucinations de la fièvre, changements à vue du rêve, associations bizarres d'idées, combinaisons de formes fortuites et hétéroclites.

Les œuvres de Brueghel le Drôle peuvent se diviser en deux classes : l'une contient des allégories politiques presque indéchiffrables aujourd'hui ; c'est dans cette série qu'on trouve des maisons dont les fenêtres sont des yeux, des moulins dont les ailes sont des bras, et mille compositions effrayantes où la nature est incessamment transformée en logogriphe. Encore, bien souvent, est-il impossible de démêler si ce genre de composition appartient à la classe des dessins politiques et allégoriques, ou à la seconde classe, qui est évidemment la plus curieuse. Celle-ci, que notre siècle, pour qui rien n'est difficile à expliquer, grâce à son double caractère d'incrédulité et d'ignorance, qualifierait simplement de fantaisies et de caprices, contient, ce me semble, une espèce de *mystère*. Les derniers travaux de quelques médecins, qui ont enfin entrevu la nécessité d'expliquer une foule de faits historiques et miraculeux autrement que par les moyens commodes de l'école voltairienne, laquelle ne voyait partout que l'habileté dans l'imposture, n'ont pas encore débrouillé tous les arcanes psychiques. Or, je défie qu'on explique le capharnaüm diabolique et drolatique de Brueghel le Drôle autrement que par une espèce de grâce spéciale et satanique. Au mot grâce spéciale substituez, si vous voulez, le mot folie, ou hallucination ; mais le mystère restera presque aussi noir. La collection de toutes ces pièces répand une contagion ; les cocasseries de Brueghel le Drôle donnent le vertige. Comment une intelligence humaine a-t-elle pu contenir tant de diableries et de merveilles, engendrer et décrire tant d'effrayantes absurdités ? Je ne puis le comprendre ni en déterminer positivement la raison ; mais souvent nous trouvons dans l'histoire, et même dans plus d'une partie moderne de l'histoire, la preuve de l'immense puissance des contagions, de l'empoisonnement par l'atmosphère morale, et je ne puis m'empêcher de remarquer (mais sans affectation, sans pédantisme, sans visée positive, comme de prouver que Brueghel a pu voir le diable en personne) que cette prodigieuse floraison de monstruosités coïncide de la manière la plus singulière avec la fameuse et historique *épidémie de sorciers*.

SALON DE 1859

LETTRES À M. LE DIRECTEUR
DE LA « REVUE FRANÇAISE [1] »

---

1. Ce Salon, le dernier rédigé par Baudelaire, parut dans la *Revue française* sous la forme de feuilletons : le 10 juin, le 20 juin, le 1er juillet et le 20 juillet 1859.

I

L'ARTISTE MODERNE

Mon cher M****[1], quand vous m'avez fait l'honneur de me demander l'analyse du *Salon*, vous m'avez dit : « Soyez bref ; ne faites pas un catalogue, mais un aperçu général, quelque chose comme le récit d'une rapide promenade philosophique à travers les peintures. » Eh bien, vous serez servi à souhait ; non pas parce que votre programme s'accorde (et il s'accorde en effet) avec ma manière de concevoir ce genre d'article si ennuyeux qu'on appelle le *Salon* ; non pas que cette méthode soit plus facile que l'autre, la brièveté réclamant toujours plus d'efforts que la prolixité ; mais simplement parce que, surtout dans le cas présent, il n'y en a pas d'autre possible. Certes, mon embarras eût été plus grave si je m'étais trouvé perdu dans une forêt d'originalités, si le tempérament français moderne, soudainement modifié, purifié et rajeuni, avait donné des fleurs si vigoureuses et d'un parfum si varié qu'elles eussent créé des étonnements irrépressibles, provoqué des éloges abondants, une admiration bavarde, et nécessité dans la langue critique des catégories nouvelles. Mais rien de tout cela, heureusement (pour moi). Nulle explosion ; pas de génies inconnus. Les pensées suggérées par l'aspect de

---

1. Jean Morel était le directeur de la *Revue française*. La forme épistolaire de ce Salon peut s'expliquer de la sorte : Baudelaire séjournait à Honfleur lorsqu'il l'écrivit et, de là, envoya à Morel ses articles les uns après les autres. D'après la correspondance de Baudelaire, le critique n'aurait fait qu'une seule visite au Salon et se serait servi du livret et de sa mémoire.

ce Salon sont d'un ordre si simple, si ancien, si classique, que peu de pages me suffiront sans doute pour les développer. Ne vous étonnez donc pas que la banalité dans le peintre ait engendré le *lieu commun* dans l'écrivain. D'ailleurs, vous n'y perdrez rien ; car existe-t-il (je me plais à constater que vous êtes en cela de mon avis) quelque chose de plus charmant, de plus fertile et d'une nature plus positivement *excitante* que le lieu commun ?

Avant de commencer, permettez-moi d'exprimer un regret, qui ne sera, je le crois, que rarement exprimé. On nous avait annoncé que nous aurions des hôtes à recevoir, non pas précisément des hôtes inconnus ; car l'exposition de l'avenue Montaigne[1] a déjà fait connaître au public parisien quelques-uns de ces charmants artistes qu'il avait trop longtemps ignorés. Je m'étais donc fait une fête de renouer connaissance avec Leslie[2], ce riche, naïf et noble *humourist*, expression des plus accentuées de l'esprit britannique ; avec les deux Hunt[3], l'un naturaliste opiniâtre, l'autre ardent et volontaire créateur du préraphaélisme ; avec Maclise[4], l'audacieux compositeur, aussi fougueux que sûr de lui-même ; avec Millais[5], ce poète si minutieux ; avec

---

1. Il s'agit de celle de 1855. Le Palais des Beaux-Arts, construit pour l'Exposition Universelle, servait de lieu d'exposition aux Salons. Le Salon de 1859 fut le dernier à avoir lieu en cet endroit. **2.** Charles-Robert Leslie (1794-1859), qui avait exposé quelques œuvres à l'Exposition de 1855, pratiquait un art qui mettait en situation, avec pittoresque, l'homme en société. **3.** William Henry Hunt (1790-1864) d'après H. Lemaître, ou William Morris Hunt (1824-1879), élève de Couture et influencé par l'école de Barbizon : l'épithète de naturaliste pourrait s'appliquer au second, mais il est difficile de trancher. Le second est l'Anglais William Holman Hunt (1827-1910), qui en 1848, avec Millais et Rossetti, avait fondé la Confrérie des Préraphaélites, dont le but était de régénérer l'art occidental en s'inspirant des primitifs et des artistes avant Raphaël. **4.** Daniel Maclise (1806-1870) : peintre de portraits et d'histoire, illustrateur fécond. **5.** John Everett Millais (1829-1896), autre préraphaélite ; en 1855, il avait exposé son « Ophélia » (Tate Gallery, Londres).

J. Chalon[1], ce Claude mêlé de Watteau, historien des belles fêtes d'après-midi dans les grands parcs italiens ; avec Grant, cet héritier naturel de Reynolds ; avec Hook, qui sait inonder d'une lumière magique ses *Rêves vénitiens* ; avec cet étrange Paton[2], qui ramène l'esprit vers Fuseli[3] et brode avec une patience d'un autre âge de gracieux chaos panthéistiques ; avec Cattermole, l'aquarelliste *peintre d'histoire*[4], et avec cet autre, si étonnant, dont le nom m'échappe, un architecte songeur, qui bâtit sur le papier des villes dont les ponts ont des éléphants pour piliers, et laissent passer entre leurs nombreuses jambes de colosses, toutes voiles dehors, des trois-mâts gigantesques[5] ! On avait même préparé le logement pour ces amis de l'imagination et de la couleur singulière, pour ces favoris de la muse bizarre ; mais, hélas ! pour des raisons que j'ignore, et dont l'exposé ne peut pas, je crois, prendre place dans votre journal, mon espérance a été déçue. Ainsi, ardeurs tragiques, gesticulations à la Kean et à la Macready[6], intimes gentillesses du *home*, splendeurs orientales réfléchies dans le poétique miroir de l'esprit anglais, verdures écossaises, fraîcheurs enchanteresses, profondeurs fuyantes des aquarelles grandes comme des décors, quoique si petites, nous ne vous contemplerons pas, cette fois du moins. Représentants enthousiastes de l'imagination et des facultés les plus précieuses de l'âme, fûtes-vous

---

1. John James Chalon (1778-1854), paysagiste d'origine genevoise, avait exposé « Jour d'été ».   2. Francis Grant (1803-1878), James Clarke Hook (1819-1907), Joseph Noël Paton (1821-1901) ; l'« Obéron et Titania » de Paton (National Gallery of Scotland, Edimbourg), exposé en 1855, ne pouvait que retenir Baudelaire : ce tableau, d'un réalisme minutieux, n'en aboutit que mieux à une forme qu'on ne peut qu'appeler « surnaturaliste ».   3. Henry Fuseli ou Füssli (1741-1825), cet artiste zurichois qui s'installa en Angleterre, d'un point de vue formel appartient au néo-classicisme, mais par ses sujets, le fantastique qu'il met en scène, l'étrangeté de ses œuvres, est un représentant du romantisme fantastique et de l'étrangeté inquiétante.   4. George Cattermole (1800-1868), aquarelliste et illustrateur anglais, dans la lignée de Bonington.   5. On a pensé à H. E. Kendall Junior.   6. Deux des plus grands acteurs anglais du XIXe siècle.

donc si mal reçus la première fois, et nous jugez-vous
indignes de vous comprendre ?

Ainsi, mon cher M***, nous nous en tiendrons à la
France, forcément ; et croyez que j'éprouverais une
immense jouissance à prendre le ton lyrique pour parler
des artistes de mon pays ; mais malheureusement, dans
un esprit critique tant soit peu exercé, le patriotisme ne
joue pas un rôle absolument tyrannique, et nous avons
à faire quelques aveux humiliants. La première fois que
je mis les pieds au Salon, je fis, dans l'escalier même,
la rencontre d'un de nos critiques les plus subtils et les
plus estimés, et, à la première question, à la question
naturelle que je devais lui adresser, il répondit : « Plat,
médiocre ; j'ai rarement vu un *Salon* aussi maussade. »
Il avait à la fois tort et raison. Une exposition qui possède de nombreux ouvrages de Delacroix, de Penguilly,
de Fromentin, ne peut pas être maussade ; mais, par un
examen général, je vis qu'il était dans le vrai. Que dans
tous les temps, la médiocrité ait dominé, cela est indubi-
table ; mais qu'elle règne plus que jamais, qu'elle
devienne absolument triomphante et encombrante, c'est
ce qui est aussi vrai qu'affligeant. Après avoir quelque
temps promené mes yeux sur tant de platitudes menées
à bonne fin, tant de niaiseries soigneusement léchées,
tant de bêtises ou de faussetés habilement construites,
je fus naturellement conduit par le cours de mes
réflexions à considérer l'artiste dans le passé, et à le
mettre en regard avec l'artiste dans le présent ; et puis le
terrible, l'éternel pourquoi se dressa, comme d'habitude,
inévitablement au bout de ces décourageantes
réflexions. On dirait que la petitesse, la puérilité, l'incu-
riosité, le calme plat de la fatuité ont succédé à l'ardeur,
à la noblesse et à la turbulente ambition, aussi bien dans
les beaux-arts que dans la littérature ; et que rien, pour
le moment, ne nous donne lieu d'espérer des floraisons
spirituelles aussi abondantes que celles de la Restauration. Et je ne suis pas le seul qu'oppriment ces amères
réflexions, croyez-le bien ; et je vous le prouverai tout
à l'heure. Je me disais donc : Jadis, qu'était l'artiste
(Lebrun ou David, par exemple) ? Lebrun, érudition,

imagination, connaissance du passé, amour du grand.
David, ce colosse injurié par des mirmidons, n'était-il
pas aussi l'amour du passé, l'amour du grand uni à
l'érudition ? Et aujourd'hui, qu'est-il, l'artiste, ce frère
antique du poète ? Pour bien répondre à cette question,
mon cher M***, il ne faut pas craindre d'être trop dur.
Un scandaleux favoritisme appelle quelquefois une
réaction équivalente. L'artiste, aujourd'hui et depuis de
nombreuses années, est, malgré son absence de mérite,
un simple *enfant gâté*. Que d'honneurs, que d'argent
prodigués à des hommes sans âme et sans instruction !
Certes, je ne suis pas partisan de l'introduction dans un
art de moyens qui lui sont étrangers ; cependant, pour
citer un exemple, je ne puis pas m'empêcher d'éprouver
de la sympathie pour un artiste tel que Chenavard [1], toujours aimable, aimable comme les livres, et gracieux
jusque dans ses lourdeurs. Au moins avec celui-là (qu'il
soit la cible des plaisanteries du rapin, que m'importe ?)
je suis sûr de pouvoir causer de Virgile ou de Platon.
Préault a un don charmant, c'est un goût instinctif qui
le jette sur le beau comme l'animal chasseur sur sa proie
naturelle. Daumier est doué d'un bon sens lumineux qui
colore toute sa conversation. Ricard [2], malgré le papillotage et le bondissement de son discours, laisse voir à
chaque instant qu'il sait beaucoup et qu'il a beaucoup
comparé. Il est inutile, je pense, de parler de la conversation d'Eugène Delacroix, qui est un mélange admirable de solidité philosophique, de légèreté spirituelle et
d'enthousiasme brûlant. Et après ceux-là, je ne me rappelle plus personne qui soit digne de converser avec un
philosophe ou un poète. En dehors, vous ne trouverez
guère que l'*enfant gâté*. Je vous en supplie, je vous en
conjure, dites-moi dans quel salon, dans quel cabaret,
dans quelle réunion mondaine ou intime vous avez

---

1. Paul-Marc-Joseph Chenavard (1807-1895), peintre lyonnais,
voulut donner à l'art une mission humanitaire et didactique, lui faire
exprimer des idées philosophiques et civilisatrices. Voir : *L'Art philosophique*.   2. Gustave Ricard (1822-1873), ami de Mme Sabatier et connu personnellement de Baudelaire, fut un portraitiste
estimable.

entendu un mot spirituel prononcé par l'*enfant gâté*, un mot profond, brillant, concentré, qui fasse penser ou rêver, un mot suggestif enfin ! Si un tel mot a été lancé, ce n'a peut-être pas été par un politique ou un philosophe, mais bien par quelque homme de profession bizarre, un chasseur, un marin, un empailleur ; par un artiste, un *enfant gâté*, jamais.

L'*enfant gâté* a hérité du privilège, légitime alors, de ses devanciers. L'enthousiasme qui a salué David, Guérin, Girodet, Gros, Delacroix, Bonington, illumine encore d'une lumière charitable sa chétive personne ; et, pendant que de bons poètes, de vigoureux historiens gagnent laborieusement leur vie, le financier abêti paye magnifiquement les indécentes petites sottises de l'*enfant gâté*. Remarquez bien que, si cette faveur s'appliquait à des hommes méritants, je ne me plaindrais pas. Je ne suis pas de ceux qui envient à une chanteuse ou à une danseuse, parvenue au sommet de son art, une fortune acquise par un labeur et un danger quotidiens. Je craindrais de tomber dans le vice de feu Girardin, de sophistique mémoire, qui reprochait un jour à Théophile Gautier de faire payer son imagination beaucoup plus cher que les services d'un sous-préfet. C'était, si vous vous en souvenez bien, dans ces jours néfastes où le public épouvanté l'entendit parler latin ; *pecudesque locutæ*[1] ! Non, je ne suis pas injuste à ce point ; mais il est bon de hausser la voix et de crier haro sur la bêtise contemporaine, quand, à la même époque où un ravissant tableau de Delacroix trouvait difficilement acheteur à mille francs, les figures imperceptibles de Meissonier se faisaient payer dix et vingt fois plus. Mais ces *beaux* temps sont passés ; nous sommes tombés plus bas, et M. Meissonier, qui, malgré tous ses mérites, eut le malheur d'introduire et de populariser le goût du petit, est un véritable géant auprès des faiseurs de babioles actuelles.

Discrédit de l'imagination, mépris du grand, amour (non, ce mot est trop beau), pratique exclusive du

---

1. Mot à mot : « et les animaux ayant parlé ».

métier, telles sont, je crois, quant à l'artiste, les raisons
principales de son abaissement. Plus on possède d'imagination, mieux il faut posséder le métier pour accompagner celle-ci dans ses aventures et surmonter les
difficultés qu'elle recherche avidement. Et mieux on
possède son métier, moins il faut s'en prévaloir et le
montrer, pour laisser l'imagination briller de tout son
éclat. Voilà ce que dit la sagesse ; et la sagesse dit
encore : Celui qui ne possède que de l'habileté est une
bête, et l'imagination qui veut s'en passer est une folle.
Mais si simples que soient ces choses, elles sont au-
dessus ou au-dessous de l'artiste moderne. Une fille de
concierge se dit : « J'irai au Conservatoire, je débuterai
à la Comédie-Française, et je réciterai les vers de Cor-
neille jusqu'à ce que j'obtienne les droits de ceux qui
les ont récités très longtemps. » Et elle le fait comme
elle l'a dit. Elle est très classiquement monotone et très
classiquement ennuyeuse et ignorante ; mais elle a
réussi à ce qui était très facile, c'est-à-dire à obtenir par
sa patience les privilèges de sociétaire. Et l'*enfant gâté*,
le peintre moderne se dit : « Qu'est-ce que l'imagination ? Un danger et une fatigue. Qu'est-ce que la lecture
et la contemplation du passé ? Du temps perdu. Je serai
classique, non pas comme Bertin[1] (car le classique
change de place et de nom), mais comme... Troyon, par
exemple. » Et il le fait comme il l'a dit. Il peint, il peint ;
et il bouche son âme, et il peint encore, jusqu'à ce qu'il
ressemble enfin à l'artiste à la mode, et que par sa bêtise
et son habileté il mérite le suffrage et l'argent du public.
L'imitateur de l'imitateur trouve ses imitateurs, et chacun poursuit ainsi son rêve de grandeur, bouchant de
mieux en mieux son âme, et surtout ne *lisant rien*[2], pas
même *Le Parfait Cuisinier*, qui pourtant aurait pu lui
ouvrir une carrière moins lucrative, mais plus glorieuse.

---

1. Jean-Victor Bertin (1775-1845), élève de Valenciennes et
maître de Corot, fut un représentant du paysage classique.
2. Rien ne développe plus la mémoire et l'imagination que la lecture, or ce sont ces deux qualités qui font l'artiste. Baudelaire prépare
le terrain à son attaque du réalisme et de tout art qui ne dépasse pas
l'imitation (*cf.* Troyon).

Quand il possède bien l'art des sauces, des patines, des
glacis, des frottis, des jus, des ragoûts (je parle peinture), l'*enfant gâté* prend de fières attitudes, et se répète
avec plus de conviction que jamais que tout le reste est
inutile.

Il y avait un paysan allemand qui vint trouver un
peintre et qui lui dit : « — Monsieur le peintre, je veux
que vous fassiez *mon portrait*. Vous me représenterez
assis à l'entrée principale de ma ferme, dans le grand
fauteuil qui me vient de mon père. À côté de moi, vous
peindrez ma femme avec sa quenouille ; derrière nous,
allant et venant, mes filles qui préparent notre souper
de famille. Par la grande avenue à gauche débouchent
ceux de mes fils qui reviennent des champs, après avoir
ramené les bœufs à l'étable ; d'autres, avec mes petits-
fils, font rentrer les charrettes remplies de foin. Pendant
que je contemple ce spectacle, n'oubliez pas, je vous
prie, les bouffées de ma pipe qui sont nuancées par le
soleil couchant. Je veux aussi *qu'on entende* les sons de
l'Angelus qui sonne au clocher voisin. C'est là que nous
nous sommes tous mariés, les pères et les fils. Il est
important que vous peigniez *l'air de satisfaction* dont
je jouis à cet instant de la journée, en contemplant à la
fois *ma famille et ma richesse augmentée du labeur
d'une journée*[1] ! »

Vive ce paysan ! Sans s'en douter, il comprenait la
peinture. L'amour de sa profession avait élevé son *imagination*. Quel est celui de nos artistes à la mode qui
serait digne d'exécuter ce portrait, et dont l'imagination
peut se dire au niveau de celle-là ?

---

1. J. Crépet a avancé que ce passage était probablement inspiré
des *Essais sur la peinture* de Diderot, chap. III.

II

LE PUBLIC MODERNE ET LA PHOTOGRAPHIE

Mon cher M***, si j'avais le temps de vous égayer, j'y réussirais facilement en feuilletant le catalogue et en faisant un extrait de tous les titres ridicules et de tous les sujets cocasses qui ont l'ambition d'attirer les yeux. C'est là l'esprit français. Chercher à étonner par des moyens d'étonnement étrangers à l'art en question est la grande ressource des gens qui ne sont pas *naturellement* peintres. Quelquefois même, mais toujours en France, ce vice entre dans des hommes qui ne sont pas dénués de talent et qui le déshonorent ainsi par un mélange adultère. Je pourrais faire défiler sous vos yeux le titre comique à la manière des vaudevillistes, le titre sentimental auquel il ne manque que le point d'exclamation, le titre-calembour, le titre profond et philosophique, le titre trompeur, ou titre à piège, dans le genre de *Brutus, lâche César*[1] *!* « Ô race incrédule et dépravée ! dit Notre-Seigneur, jusques à quand serai-je avec vous ? jusques à quand souffrirai-je[2] ? » Cette race, en effet, artistes et public, a si peu foi dans la peinture, qu'elle cherche sans cesse à la déguiser et à l'envelopper comme une médecine désagréable dans des capsules de sucre ; et quel sucre, grand Dieu ! Je vous signalerai deux titres de tableaux que d'ailleurs je n'ai pas vus : *Amour et Gibelotte !* Comme la curiosité se trouve tout de suite en *appétit*, n'est-ce pas ? Je cherche à combiner intimement ces deux idées, l'idée de l'amour et l'idée d'un lapin dépouillé et arrangé en ragoût. Je ne puis vraiment pas supposer que l'imagination du peintre soit allée jusqu'à adapter un carquois, des ailes et un bandeau sur le cadavre d'un animal domestique ; l'allégorie

---

1. Titre-calembour d'une comédie en un acte de Joseph Bernard Rosier, jouée en 1849. L'action est située sous le Directoire ; elle moque la vogue antique qui sévissait alors : Brutus est le nom du portier, César celui du chien.   **2.** Matthieu, XVII, 17.

serait vraiment trop obscure. Je crois plutôt que le titre
a été composé suivant la recette de *Misanthropie et
Repentir*[1]. Le vrai titre serait donc : *Personnes amoureuses mangeant une gibelotte.* Maintenant, sont-ils
jeunes ou vieux, un ouvrier et une grisette, ou bien un
invalide et une vagabonde sous une tonnelle poudreu-
se ? Il faudrait avoir vu le tableau. — *Monarchique,
catholique et soldat !* Celui-ci est dans le genre noble,
le genre *paladin, Itinéraire de Paris à Jérusalem* (Chateaubriand, pardon ! les choses les plus nobles peuvent
devenir des moyens de caricature, et les paroles politiques d'un chef d'empire des pétards de rapin). Ce
tableau ne peut représenter qu'un personnage qui fait
trois choses *à la fois*, se bat, communie et assiste au
petit lever de Louis XIV. Peut-être est-ce un guerrier
tatoué de fleurs de lys et d'images de dévotion. Mais à
quoi bon s'égarer ? Disons simplement que c'est un
moyen, perfide et stérile, d'étonnement. Ce qu'il y a de
plus déplorable, c'est que le tableau, si singulier que
cela puisse paraître, est peut-être bon. *Amour et Gibelotte* aussi. N'ai-je pas remarqué un excellent petit
groupe de sculpture dont malheureusement je n'avais
pas noté le numéro, et quand j'ai voulu connaître le
sujet, j'ai, à quatre reprises et infructueusement, relu le
catalogue. Enfin vous m'avez charitablement instruit
que cela s'appelait *Toujours et Jamais*[2]. Je me suis senti
sincèrement affligé de voir qu'un homme d'un vrai
talent cultivât inutilement le rébus.

Je vous demande pardon de m'être diverti quelques
instants à la manière des petits journaux. Mais, quelque
frivole que vous paraisse la matière, vous y trouverez
cependant, en l'examinant bien, un symptôme déplorable. Pour me résumer d'une manière paradoxale, je
vous demanderai, à vous et à ceux de mes amis qui sont

---

1. Titre français du drame de Kotzebue : *Menschenhass und Rue*
(1789), célèbre en France pendant la Restauration et la Monarchie
de Juillet. **2.** « Amour et Gibelotte », tableau d'Ernest Seigneur-
gens ; « Monarchique, catholique et soldat », tableau de Joseph
Gouezou ; « Toujours et jamais », groupe en plâtre d'Émile Hébert.

plus instruits que moi dans l'histoire de l'art, si le goût
du bête, le goût du spirituel (qui est la même chose) ont
existé de tout temps, si *Appartement à louer*[1] et autres
conceptions alambiquées ont paru dans tous les âges
pour soulever le même enthousiasme, si la Venise de
Véronèse et de Bassan a été affligée par ces logo-
griphes, si les yeux de Jules Romain, de Michel-Ange,
de Bandinelli, ont été effarés par de semblables monstruosités ; je demande, en un mot, si M. Biard est éternel
et omniprésent, comme Dieu. Je ne le crois pas, et je
considère ces horreurs comme une grâce spéciale attri-
buée à la race française. Que ses artistes lui en inoculent
le goût, cela est vrai ; qu'elle exige d'eux qu'ils satisfas-
sent à ce besoin, cela est non moins vrai ; car si l'artiste
abêtit le public, celui-ci le lui rend bien. Ils sont deux
termes corrélatifs qui agissent l'un sur l'autre avec une
égale puissance. Aussi admirons avec quelle rapidité
nous nous enfonçons dans la voie du progrès (j'entends
par progrès la domination progressive de la matière), et
quelle diffusion merveilleuse se fait tous les jours de
l'habileté commune, de celle qui peut s'acquérir par la
patience.

Chez nous le peintre naturel, comme le poète naturel,
est presque un monstre. Le goût exclusif du Vrai (si
noble quand il est limité à ses véritables applications)
opprime ici et étouffe le goût du Beau. Où il faudrait
ne voir que le Beau (je suppose une belle peinture, et
l'on peut aisément deviner celle que je me figure), notre
public ne cherche que le Vrai. Il n'est pas artiste, naturellement artiste ; philosophe peut-être, moraliste, ingé-
nieur, amateur d'anecdotes instructives, tout ce qu'on
voudra, mais jamais spontanément artiste. Il sent ou plutôt il juge successivement, analytiquement. D'autres
peuples, plus favorisés, sentent tout de suite, tout à la
fois, synthétiquement.

Je parlais tout à l'heure des artistes qui cherchent à
étonner le public. Le désir d'étonner et d'être étonné est

1. Tableau de Biard, qui connut un grand succès au Salon de
1844.

très légitime. *It is a happiness to wonder*, « c'est un bonheur d'être étonné » ; mais aussi, *it is a happiness to dream*, « c'est un bonheur de rêver [1] ». Toute la question, si vous exigez que je vous confère le titre d'artiste ou d'amateur des beaux-arts, est donc de savoir par quels procédés vous voulez créer ou sentir l'étonnement. Parce que le Beau est *toujours* étonnant, il serait absurde de supposer que ce qui est étonnant est *toujours* beau. Or notre public, qui est singulièrement impuissant à sentir le bonheur de la rêverie ou de l'admiration (signe des petites âmes), veut être étonné par des moyens étrangers à l'art, et ses artistes obéissants se conforment à son goût ; ils veulent le frapper, le surprendre, le stupéfier par des stratagèmes indignes, parce qu'ils le savent incapable de s'extasier devant la tactique naturelle de l'art véritable.

Dans ces jours déplorables, une industrie nouvelle se produisit [2], qui ne contribua pas peu à confirmer la sottise dans sa foi et à ruiner ce qui pouvait rester de divin dans l'esprit français. Cette foule idolâtre postulait un idéal digne d'elle et approprié à sa nature, cela est bien entendu. En matière de peinture et de statuaire, le *Credo* actuel des gens du monde, surtout en France (et je ne crois pas que qui que ce soit ose affirmer le contraire), est celui-ci : « Je crois à la nature et je ne crois qu'à la nature (il y a de bonnes raisons pour cela). Je crois que

---

1. Citation tirée de *Morella* d'Edgar Poe.   2. La photographie fut officiellement inventée en France par Nicéphore Niepce, auquel Daguerre s'associa et qui recueillit toute la gloire de l'invention en 1839. Le daguerréotype était tiré sur métal. Vers les années 1850-1860, on était en train de passer aux procédés sur verre et sur papier. Il faut savoir que la photographie fut découverte en même temps par l'Anglais William Henry Fox Talbot, qui utilisait du papier pour ses tirages, et par le Français Hippolyte Bayard, ce qui donna lieu à quelques polémiques sur la paternité de l'invention. Baudelaire, dans le débat art/industrie, se situe du côté de l'art, bien entendu, et ne veut voir dans la photographie qu'un procédé mécanique qui enregistre la réalité ; de là découle qu'elle ne peut en aucun cas être de l'art. Mais il faut se rappeler que sous le Second Empire la photographie est devenue un commerce, avec des gens comme Disdéri ou Reutlinger, spécialisés dans le portrait.

l'art est et ne peut être que la reproduction exacte de la nature (une secte timide et dissidente veut que les objets de nature répugnante soient écartés, ainsi un pot de chambre ou un squelette). Ainsi l'industrie qui nous donnerait un résultat identique à la nature serait l'art absolu. » Un Dieu vengeur a exaucé les vœux de cette multitude. Daguerre fut son messie. Et alors elle se dit : « Puisque la photographie nous donne toutes les garanties désirables d'exactitude (ils croient cela, les insensés !), l'art, c'est la photographie. » À partir de ce moment, la société immonde se rua, comme un seul Narcisse, pour contempler sa triviale image sur le métal. Une folie, un fanatisme extraordinaire s'empara de tous ces nouveaux adorateurs du soleil. D'étranges abominations se produisirent. En associant et en groupant des drôles et des drôlesses, attifés comme les bouchers et les blanchisseuses dans le carnaval, en priant ces *héros* de vouloir bien continuer, pour le temps nécessaire à l'opération, leur grimace de circonstance, on se flatta de rendre les scènes, tragiques ou gracieuses, de l'histoire ancienne. Quelque écrivain démocrate a dû voir là le moyen, à bon marché, de répandre dans le peuple le dégoût de l'histoire et de la peinture, commettant ainsi un double sacrilège et insultant à la fois la divine peinture et l'art sublime du comédien. Peu de temps après, des milliers d'yeux avides se penchaient sur les trous du stéréoscope comme sur les lucarnes de l'infini. L'amour de l'obscénité, qui est aussi vivace dans le cœur naturel de l'homme que l'amour de soi-même, ne laissa pas échapper une si belle occasion de se satisfaire. Et qu'on ne dise pas que les enfants qui reviennent de l'école prenaient seuls plaisir à ces sottises ; elles furent l'engouement du monde. J'ai entendu une belle dame, une dame du beau monde, non pas du mien, répondre à ceux qui lui cachaient discrètement de pareilles images, se chargeant ainsi d'avoir de la pudeur pour elle : « Donnez toujours ; il n'y a rien de trop fort pour moi. » Je jure que j'ai entendu cela ; mais qui me croira ? « Vous voyez bien que ce sont de grandes dames ! » dit

Alexandre Dumas. « Il y en a de plus grandes encore ! »
dit Cazotte[1].

Comme l'industrie photographique était le refuge de
tous les peintres manqués, trop mal doués ou trop paresseux pour achever leurs études, cet universel engouement portait non seulement le caractère de
l'aveuglement et de l'imbécillité, mais avait aussi la
couleur d'une vengeance. Qu'une si stupide conspiration, dans laquelle on trouve, comme dans toutes les
autres, les méchants et les dupes, puisse réussir d'une
manière absolue, je ne le crois pas, ou du moins je ne
veux pas le croire ; mais je suis convaincu que les progrès mal appliqués de la photographie ont beaucoup
contribué, comme d'ailleurs tous les progrès purement
matériels, à l'appauvrissement du génie artistique français, déjà si rare. La Fatuité moderne aura beau rugir,
éructer tous les borborygmes de sa ronde personnalité,
vomir tous les sophismes indigestes dont une philosophie récente l'a bourrée à gueule-que-veux-tu, cela
tombe sous le sens que l'industrie, faisant irruption dans
l'art, en devient la plus mortelle ennemie, et que la
confusion des fonctions empêche qu'aucune soit bien
remplie. La poésie et le progrès sont deux ambitieux
qui se haïssent d'une haine instinctive, et, quand ils se
rencontrent dans le même chemin, il faut que l'un des
deux serve l'autre. S'il est permis à la photographie de
suppléer l'art dans quelques-unes de ses fonctions, elle
l'aura bientôt supplanté ou corrompu tout à fait, grâce
à l'alliance naturelle qu'elle trouvera dans la sottise de
la multitude. Il faut donc qu'elle rentre dans son véritable devoir, qui est d'être la servante des sciences et
des arts, mais la très humble servante, comme l'imprimerie et la sténographie, qui n'ont ni créé ni suppléé

---

1. Citation tirée de *La Tour de Nesle* (I, 5) de Dumas père ; les
grandes dames en question sont la reine et ses sœurs. La seconde
citation est tirée des *Illuminés* de Gérard de Nerval. Cazotte, d'après
la légende, aurait, au cours d'une soirée, peu avant la Révolution,
prédit la mort à différents amis aristocrates ; à une duchesse qui
badinait, qu'elle irait à l'échafaud en charrette et que de plus grandes
dames qu'elle, les princesses de sang, iraient aussi.

la littérature. Qu'elle enrichisse rapidement l'album du voyageur et rende à ses yeux la précision qui manquerait à sa mémoire, qu'elle orne la bibliothèque du naturaliste, exagère les animaux microscopiques, fortifie même de quelques renseignements les hypothèses de l'astronome ; qu'elle soit enfin le secrétaire et le garde-note de quiconque a besoin dans sa profession d'une absolue exactitude matérielle, jusque-là rien de mieux. Qu'elle sauve de l'oubli les ruines pendantes, les livres, les estampes et les manuscrits que le temps dévore, les choses précieuses dont la forme va disparaître et qui demandent une place dans les archives de notre mémoire, elle sera remerciée et applaudie. Mais s'il lui est permis d'empiéter sur le domaine de l'impalpable et de l'imaginaire, sur tout ce qui ne vaut que parce que l'homme y ajoute de son âme, alors malheur à nous !

Je sais bien que plusieurs me diront : « La maladie que vous venez d'expliquer est celle des imbéciles. Quel homme, digne du nom d'artiste, et quel amateur véritable a jamais confondu l'art avec l'industrie ? » Je le sais, et cependant je leur demanderai à mon tour s'ils croient à la contagion du bien et du mal, à l'action des foules sur les individus et à l'obéissance involontaire, forcée, de l'individu à la foule. Que l'artiste agisse sur le public, et que le public réagisse sur l'artiste, c'est une loi incontestable et irrésistible ; d'ailleurs les faits, terribles témoins, sont faciles à étudier ; on peut constater le désastre. De jour en jour l'art diminue le respect de lui-même, se prosterne devant la réalité extérieure, et le peintre devient de plus en plus enclin à peindre, non pas ce qu'il rêve, mais ce qu'il voit. Cependant *c'est un bonheur de rêver*, et c'était une gloire d'exprimer ce qu'on rêvait ; mais, que dis-je ! connaît-il encore ce bonheur ?

L'observateur de bonne foi affirmera-t-il que l'invasion de la photographie et la grande folie industrielle sont tout à fait étrangères à ce résultat déplorable ? Est-il permis de supposer qu'un peuple dont les yeux s'accoutument à considérer les résultats d'une science matérielle comme les produits du beau n'a pas singulièrement, au bout d'un certain temps, diminué la faculté de juger et de sentir, ce qu'il y a de plus éthéré et de plus immatériel [1] ?

III

LA REINE DES FACULTÉS [2]

Dans ces derniers temps nous avons entendu dire de mille manières différentes : « Copiez la nature ; ne copiez que la nature. Il n'y a pas de plus grande jouissance ni de plus beau triomphe qu'une copie excellente de la nature. » Et cette doctrine, ennemie de l'art, prétendait être appliquée non seulement à la peinture, mais à tous les arts, même au roman, même à la poésie. À ces doctrinaires si satisfaits de la nature un homme imaginatif aurait certainement eu le droit de répondre : « Je trouve inutile et fastidieux de représenter ce qui est, parce que rien de ce qui est ne me satisfait. La nature est laide, et je préfère les monstres de ma fantaisie à la trivialité positive. » Cependant il eût été plus philosophique de demander aux doctrinaires en question, d'abord s'ils sont bien certains de l'existence de la nature extérieure, ou, si cette question eût paru trop bien faite pour réjouir leur causticité, s'ils sont bien sûrs de connaître *toute la nature*, tout ce qui est contenu dans la nature. Un oui eût été la plus fanfaronne et la plus extravagante des réponses. Autant que j'ai pu comprendre ces singulières et avilissantes divagations, la doctrine voulait dire, je lui fais l'honneur de croire

---

1. En 1859, la photographie avait obtenu pour la première fois le droit d'être exposée au Salon, d'où le paragraphe de Baudelaire.
2. Ce troisième chapitre peut être regardé comme une sorte de couronnement de l'esthétique baudelairienne ; il est l'aboutissement logique des Salons de 1845, 1846 et 1855. C'est l'imagination qui fait la force de toute création ; elle est réellement l'âme de celle-ci et son principe.

qu'elle voulait dire : L'artiste, le vrai artiste, le vrai poète, ne doit peindre que selon qu'il voit et qu'il sent. Il doit être *réellement* fidèle à sa propre nature. Il doit éviter comme la mort d'emprunter les yeux et les sentiments d'un autre homme, si grand qu'il soit ; car alors les productions qu'il nous donnerait seraient, relativement à lui, des mensonges, et non des *réalités*. Or, si les pédants dont je parle (il y a de la pédanterie même dans la bassesse), et qui ont des représentants partout, cette théorie flattant également l'impuissance et la paresse, ne voulaient pas que la chose fût entendue ainsi, croyons simplement qu'ils voulaient dire : « Nous n'avons pas d'imagination, et nous décrétons que personne n'en aura. »

Mystérieuse faculté que cette reine des facultés ! Elle touche à toutes les autres ; elle les excite, elle les envoie au combat. Elle leur ressemble quelquefois au point de se confondre avec elles, et cependant elle est toujours bien elle-même, et les hommes qu'elle n'agite pas sont facilement reconnaissables à je ne sais quelle malédiction qui dessèche leurs productions comme le figuier de l'Évangile.

Elle est l'analyse, elle est la synthèse ; et cependant des hommes habiles dans l'analyse et suffisamment aptes à faire un résumé peuvent être privés d'imagination. Elle est cela, et elle n'est pas tout à fait cela. Elle est la sensibilité, et pourtant il y a des personnes très sensibles, trop sensibles peut-être, qui en sont privées. C'est l'imagination qui a enseigné à l'homme le sens moral de la couleur, du contour, du son et du parfum[1]. Elle a créé, au commencement du monde, l'analogie et la métaphore. Elle décompose toute la création, et, avec les matériaux amassés et disposés suivant des règles dont on ne peut trouver l'origine que dans le plus pro-

---

1. Nous touchons ici au domaine des correspondances, aux pouvoirs expressifs des moyens artistiques et naturels. La théorie des pouvoirs de la couleur, de la ligne, ce qu'elles suggèrent dans l'esprit du spectateur, va occuper toute la fin du XIXe siècle et une partie du XXe, il est bon de se le rappeler.

fond de l'âme, elle crée un monde nouveau, elle produit
la sensation du neuf. Comme elle a créé le monde (on
peut bien dire cela, je crois, même dans un sens religieux), il est juste qu'elle le gouverne. Que dit-on d'un
guerrier sans imagination ? Qu'il peut faire un excellent
soldat, mais que, s'il commande des armées, il ne fera
pas de conquêtes. Le cas peut se comparer à celui d'un
poète ou d'un romancier qui enlèverait à l'imagination
le commandement des facultés pour le donner, par
exemple, à la connaissance de la langue ou à l'observation des faits. Que dit-on d'un diplomate sans imagination ? Qu'il peut très bien connaître l'histoire des traités
et des alliances dans le passé, mais qu'il ne devinera
pas les traités et les alliances contenus dans l'avenir.
D'un savant sans imagination ? Qu'il a appris tout ce
qui, ayant été enseigné, pouvait être appris, mais qu'il
ne trouvera pas les lois non encore devinées. L'imagination est la reine du vrai, et le *possible* est une des pro-
vinces du vrai. Elle est positivement apparentée avec
l'infini.

Sans elle, toutes les facultés, si solides ou si aiguisées
qu'elles soient, sont comme si elles n'étaient pas, tandis
que la faiblesse de quelques facultés secondaires, exci-
tées par une imagination vigoureuse, est un malheur
secondaire. Aucune ne peut se passer d'elle, et elle peut
suppléer quelques-unes. Souvent ce que celles-ci cherchent et ne trouvent qu'après les essais successifs de
plusieurs méthodes non adaptées à la nature des choses,
fièrement et simplement elle le devine. Enfin elle joue
un rôle puissant même dans la morale ; car, permettez-
moi d'aller jusque-là, qu'est-ce que la vertu sans imagination ? Autant dire la vertu sans la pitié, la vertu sans
le ciel ; quelque chose de dur, de cruel, de stérilisant,
qui, dans certains pays, est devenu la bigoterie, et dans
certains autres le protestantisme [1].

1. Ce n'était pas la première fois que Baudelaire utilisait ce terme
dans un sens défavorable. Traducteur d'Edgar Poe, il avait vu en cet
écrivain protestant, américain et démocratique, l'antithèse même de
l'esprit d'entreprise. Le protestantisme, religion dépouillée et sans
pompe, ne parle guère à l'imagination : comment Baudelaire aurait-

Malgré tous les magnifiques privilèges que j'attribue à l'imagination, je ne ferai pas à vos lecteurs l'injure de leur expliquer que mieux elle est secourue et plus elle est puissante, et que ce qu'il y a de plus fort dans les batailles avec l'idéal, c'est une belle imagination disposant d'un immense magasin d'observations. Cependant, pour revenir à ce que je disais tout à l'heure relativement à cette permission de suppléer que doit l'imagination à son origine divine, je veux vous citer un exemple, un tout petit exemple, dont vous ne ferez pas mépris, je l'espère. Croyez-vous que l'auteur d'*Antony*, du *Comte Hermann*, de *Monte-Cristo*, soit un savant ? Non, n'est-ce pas ? Croyez-vous qu'il soit versé dans la pratique des arts, qu'il en ait fait une étude patiente ? Pas davantage. Cela serait même, je crois, antipathique à sa nature. Eh bien, il est un exemple qui prouve que l'imagination, quoique non servie par la pratique et la connaissance des termes techniques, ne peut pas proférer de sottises hérétiques en une matière qui est, pour la plus grande partie, de son ressort. Récemment je me trouvais dans un wagon, et je rêvais à l'article que j'écris présentement ; je rêvais surtout à ce singulier renversement des choses qui a permis, dans un siècle, il est vrai, où, pour le châtiment de l'homme, tout lui a été permis, de mépriser la plus honorable et la plus utile des facultés morales, quand je vis, traînant sur un coussin voisin, un numéro égaré de *L'Indépendance belge*. Alexandre Dumas s'était chargé d'y faire le compte rendu des ouvrages du Salon[1]. La circonstance me commandait la curiosité. Vous pouvez deviner quelle fut ma joie quand je vis mes rêveries pleinement vérifiées par un exemple que me fournissait le hasard. Que

_____

il pu y retrouver le mystère exprimé dans le catholicisme par des images ?

1. Alexandre Dumas, en effet, livra à *L'Indépendance belge* des articles sur le Salon de 1859 (23 avril, 4, 6, 9 et 19 mai). Mais Dumas fait l'éloge de Troyon qu'il égale à Delacroix... On peut penser que Baudelaire en fut informé ; il est fort possible qu'il n'ait pas lu cet article du 23 avril, par trop en opposition avec ce que lui-même pensait.

cet homme, qui a l'air de représenter la vitalité universelle, louât magnifiquement une époque qui fut pleine
de vie, que le créateur du drame romantique chantât, sur
un ton qui ne manquait pas de grandeur, je vous assure,
le temps heureux où, à côté de la nouvelle école littéraire, florissait la nouvelle école de peinture : Delacroix,
les Devéria, Boulanger, Poterlet[1], Bonington, etc., le
beau sujet d'étonnement ! direz-vous. C'est bien là son
affaire ! *Laudator temporis acti !* Mais qu'il louât spirituellement Delacroix, qu'il expliquât nettement le genre
de folie de ses adversaires, et qu'il allât plus loin même,
jusqu'à montrer en quoi péchaient les plus forts parmi
les peintres de plus récente célébrité ; que lui, Alexandre
Dumas, si abandonné, si coulant, montrât si bien, par
exemple, que Troyon n'a pas de génie et ce qui lui
manque même pour simuler le génie, dites-moi, mon
cher ami, trouvez-vous cela aussi simple ? Tout cela,
sans doute, était écrit avec ce *lâché* dramatique dont
il a pris l'habitude en causant avec son innombrable
auditoire ; mais cependant que de grâce et de soudaineté
dans l'expression du vrai ! Vous avez fait déjà ma
conclusion : Si Alexandre Dumas, qui n'est pas un
savant, ne possédait pas heureusement une riche imagination, il n'aurait dit que des sottises ; il a dit des choses
sensées et les a bien dites, parce que... (il faut bien achever) parce que l'imagination, grâce à sa nature sup-
pléante, contient l'esprit critique.

Il reste, cependant, à mes contradicteurs une ressource, c'est d'affirmer qu'Alexandre Dumas n'est pas
l'auteur de son *Salon*. Mais cette insulte est si vieille et
cette ressource si banale, qu'il faut l'abandonner aux
amateurs de friperie, aux faiseurs de *courriers* et de
chroniques. S'ils ne l'ont pas déjà ramassée, ils la
ramasseront.

Nous allons entrer plus intimement dans l'examen
des fonctions de cette faculté *cardinale* (sa richesse ne

---

1. Hippolyte Poterlet (1804-1835) fut tenu en haute estime par
Delacroix, avec qui il alla à Londres en 1825. En 1829, il tenta de
se suicider avec une forte dose d'opium, mais ne mourut qu'en 1835.

rappelle-t-elle pas des idées de pourpre ?). Je vous raconterai simplement ce que j'ai appris de la bouche d'un maître homme [1], et, de même qu'à cette époque je vérifiais, avec la joie d'un homme qui s'instruit, ses préceptes si simples sur toutes les peintures qui tombaient sous mon regard, nous pourrons les appliquer successivement, comme une pierre de touche, sur quelques-uns de nos peintres.

IV

LE GOUVERNEMENT DE L'IMAGINATION

Hier soir, après vous avoir envoyé les dernières pages de ma lettre, où j'avais écrit, mais non sans une certaine timidité : *Comme l'imagination a créé le monde, elle le gouverne*, je feuilletais *La Face nocturne de la Nature* [2] et je tombai sur ces lignes, que je cite uniquement parce qu'elles sont la paraphrase justificative de la ligne qui m'inquiétait : « *By imagination, I do not simply mean to convey the common notion implied by that much abused word, which is only* fancy, *but the constructive imagination, which is a much higher function, and which, in as much as man is made in the likeness of God, bears a distant relation to that sublime power by which the Creator projects, creates, and upholds his universe.* » — « Par imagination, je ne veux pas seulement exprimer l'idée commune impliquée dans ce mot dont on fait si grand abus, laquelle est simplement *fantaisie*, mais bien l'imagination *créatrice*, qui est une fonction beaucoup plus élevée, et qui, en tant que l'homme est fait à la ressemblance de Dieu, garde un rapport éloigné avec cette puissance sublime par laquelle le Créateur conçoit,

---

1. Delacroix, très certainement. **2.** *The Night Side of Nature* de Mme Crowe (Londres, 1848) est cité par Baudelaire non comme la source de ses idées mais comme une autorité qui les appuie.

crée et entretient son univers. » Je ne suis pas du tout
honteux, mais au contraire très heureux de m'être rencontré avec cette excellente Mme Crowe, de qui j'ai
toujours admiré et envié la faculté de croire, aussi développée en elle que chez d'autres la défiance.

Je disais que j'avais entendu, il y a longtemps déjà,
un homme vraiment savant et profond dans son art
exprimer sur ce sujet les idées les plus vastes et cependant les plus simples. Quand je le vis pour la première
fois, je n'avais pas d'autre expérience que celle que
donne un amour excessif ni d'autre raisonnement que
l'instinct. Il est vrai que cet amour et cet instinct étaient
passablement vifs ; car, très jeunes, mes yeux remplis
d'images peintes ou gravées n'avaient jamais pu se rassasier, et je crois que les mondes pourraient finir, *impa-
vidum ferient*[1], avant que je devienne iconoclaste.
Évidemment il voulut être plein d'indulgence et de
complaisance ; car nous causâmes tout d'abord de lieux
communs, c'est-à-dire des questions les plus vastes et
les plus profondes. Ainsi, de la nature, par exemple.
« La nature n'est qu'un dictionnaire », répétait-il fréquemment. Pour bien comprendre l'étendue du sens
impliqué dans cette phrase, il faut se figurer les usages
nombreux et ordinaires du dictionnaire. On y cherche le
sens des mots, la génération des mots, l'étymologie des
mots ; enfin on en extrait tous les éléments qui composent une phrase et un récit ; mais personne n'a jamais
considéré le dictionnaire comme une composition dans
le sens poétique du mot. Les peintres qui obéissent à
l'imagination cherchent dans leur dictionnaire les éléments qui s'accordent à leur conception ; encore, en les
ajustant avec un certain art, leur donnent-ils une physionomie toute nouvelle. Ceux qui n'ont pas d'imagination
copient le dictionnaire. Il en résulte un très grand vice,
le vice de la banalité, qui est plus particulièrement
propre à ceux d'entre les peintres que leur spécialité
rapproche davantage de la nature extérieure, par exem-

---

1. Citation tirée d'Horace — *Odes*, III, 3, v. 8 : « Les ruines (du
monde) le frapperont sans l'effrayer. »

ple les paysagistes, qui généralement considèrent comme un triomphe de ne pas montrer leur personnalité. À force de contempler, ils oublient de sentir et de penser.

Pour ce grand peintre, toutes les parties de l'art, dont l'un prend celle-ci et l'autre celle-là pour la principale, n'étaient, ne sont, veux-je dire, que les très humbles servantes d'une faculté unique et supérieure.

Si une exécution très nette est nécessaire, c'est pour que le langage du rêve soit très nettement traduit ; qu'elle soit très rapide, c'est pour que rien ne se perde de l'impression extraordinaire qui accompagnait la conception ; que l'attention de l'artiste se porte même sur la propreté matérielle des outils, cela se conçoit sans peine, toutes les précautions devant être prises pour rendre l'exécution agile et décisive.

Dans une pareille méthode, qui est essentiellement logique, tous les personnages, leur disposition relative, le paysage ou l'intérieur qui leur sert de fond ou d'horizon, leurs vêtements, tout enfin doit servir à illuminer l'idée génératrice et porter encore sa couleur originelle, sa livrée, pour ainsi dire. Comme un rêve est placé dans une atmosphère qui lui est propre, de même une conception, devenue composition, a besoin de se mouvoir dans un milieu coloré qui lui soit particulier. Il y a évidemment un ton particulier attribué à une partie quelconque du tableau qui devient clef et qui gouverne les autres. Tout le monde sait que le jaune, l'orangé, le rouge, inspirent et représentent des idées de joie, de richesse, de gloire et d'amour ; mais il y a des milliers d'atmosphères jaunes ou rouges, et toutes les autres couleurs seront affectées logiquement et dans une quantité proportionnelle par l'atmosphère dominante. L'art du coloriste tient évidemment par de certains côtés aux mathématiques et à la musique. Cependant ses opérations les plus délicates se font par un sentiment auquel un long exercice a donné une sûreté inqualifiable. On voit que cette grande loi d'harmonie générale condamne bien des papillotages et bien des crudités, même chez les peintres les plus illustres. Il y a des tableaux de

Rubens qui non seulement font penser à un feu d'artifice coloré, mais même à plusieurs feux d'artifice tirés
sur le même emplacement. Plus un tableau est grand,
plus la touche doit être large, cela va sans dire ; mais il
est bon que les touches ne soient pas matériellement
fondues ; elles se fondent naturellement à une distance
voulue par la loi sympathique qui les a associées. La
couleur obtient ainsi plus d'énergie et de fraîcheur [1].

Un bon tableau, fidèle et égal au rêve qui l'a enfanté,
doit être produit comme un monde. De même que la
création, telle que nous la voyons, est le résultat de plusieurs créations dont les précédentes sont toujours
complétées par la suivante [2] ; ainsi un tableau conduit
harmoniquement consiste en une série de tableaux
superposés, chaque nouvelle couche donnant au rêve
plus de réalité et le faisant monter d'un degré vers la
perfection. Tout au contraire, je me rappelle avoir vu
dans les ateliers de Paul Delaroche et d'Horace Vernet
de vastes tableaux, non pas ébauchés, mais commencés,
c'est-à-dire absolument finis dans de certaines parties,
pendant que certaines autres n'étaient encore indiquées
que par un contour noir ou blanc. On pourrait comparer
ce genre d'ouvrage à un travail purement manuel qui
doit couvrir une certaine quantité d'espace en un temps
déterminé, ou à une longue route divisée en un grand
nombre d'étapes. Quand une étape est faite, elle n'est
plus à faire, et quand toute la route est parcourue, l'artiste est délivré de son tableau.

Tous ces préceptes sont évidemment modifiés plus ou
moins par le tempérament varié des artistes. Cependant
je suis convaincu que c'est là la méthode la plus sûre
pour les imaginations riches. Conséquemment, de trop
grands écarts faits hors de la méthode en question
témoignent d'une importance anormale et injuste donnée à quelque partie secondaire de l'art.

Je ne crains pas qu'on dise qu'il y a absurdité à suppo-

---

1. Reprise des idées émises dans le chapitre III du « Salon de
1846 », « De la couleur ». **2.** Ce passage est une sorte d'écho
indirect des idées évolutionnistes de Darwin.

ser une même éducation appliquée à une foule d'individus différents. Car il est évident que les rhétoriques et les
prosodies ne sont pas des tyrannies inventées arbitrairement, mais une collection de règles réclamées par l'organisation même de l'être spirituel. Et jamais les prosodies
et les rhétoriques n'ont empêché l'originalité de se produire distinctement. Le contraire, à savoir qu'elles ont
aidé l'éclosion de l'originalité, serait infiniment plus vrai.

Pour être bref, je suis obligé d'omettre une foule de
corollaires résultant de la formule principale, où est, pour
ainsi dire, contenu tout le formulaire de la véritable esthétique, et qui peut être exprimée ainsi : Tout l'univers
visible n'est qu'un magasin d'images et de signes auxquels l'imagination donnera une place et une valeur relative ; c'est une espèce de pâture que l'imagination doit
digérer et transformer. Toutes les facultés de l'âme
humaine doivent être subordonnées à l'imagination, qui
les met en réquisition toutes à la fois. De même que bien
connaître le dictionnaire n'implique pas nécessairement
la connaissance de l'art de la composition, et que l'art de
la composition lui-même n'implique pas l'imagination
universelle, ainsi un bon peintre peut n'être pas un grand
peintre. Mais un grand peintre est forcément un bon
peintre, parce que l'imagination universelle renferme
l'intelligence de tous les moyens et le désir de les
acquérir.

Il est évident que, d'après les notions que je viens
d'élucider tant bien que mal (il y aurait encore tant de
choses à dire, particulièrement sur les parties concordantes de tous les arts et les ressemblances dans leurs
méthodes !), l'immense classe des artistes, c'est-à-dire
des hommes qui se sont voués à l'expression de l'art,
peut se diviser en deux camps bien distincts : celui-ci,
qui s'appelle lui-même *réaliste*, mot à double entente
et dont le sens n'est pas bien déterminé, et que nous
appellerons, pour mieux caractériser son erreur, un *positiviste*[1], dit : « Je veux représenter les choses telles

---

1. L'adjectif est emprunté à Auguste Comte (1789-1857), mais il
a une fonction nettement ironique sous la plume de Baudelaire. Le

qu'elles sont, ou bien qu'elles seraient, en supposant que je n'existe pas. » L'univers sans l'homme. Et celui-là, l'imaginatif, dit : « Je veux illuminer les choses avec mon esprit et en projeter le reflet sur les autres esprits. » Bien que ces deux méthodes absolument contraires puissent agrandir ou amoindrir tous les sujets, depuis la scène religieuse jusqu'au plus modeste paysage, toutefois l'homme d'imagination a dû généralement se produire dans la peinture religieuse et dans la fantaisie, tandis que la peinture dite de genre et le paysage devaient offrir en apparence de vastes ressources aux esprits paresseux et difficilement excitables.

Outre les imaginatifs et les soi-disant réalistes, il y a encore une classe d'hommes, timides et obéissants, qui mettent tout leur orgueil à obéir à un code de fausse dignité. Pendant que ceux-ci croient représenter la nature et que ceux-là veulent peindre leur âme, d'autres se conforment à des règles de pure convention, tout à fait arbitraires, non tirées de l'âme humaine, et simplement imposées par la routine d'un atelier célèbre. Dans cette classe très nombreuse, mais si peu intéressante, sont compris les faux amateurs de l'antique, les faux amateurs du style, et en un mot tous les hommes qui par leur impuissance ont élevé le poncif aux honneurs du style.

V

RELIGION, HISTOIRE, FANTAISIE

À chaque nouvelle exposition, les critiques remarquent que les peintures religieuses font de plus en plus défaut.

---

positivisme prétend amener à une sorte de situation idéale stable, d'un point de vue politique ; du point de vue de la connaissance, il prétend que l'on ne peut connaître avec exactitude que les vérités constatées par l'observation ou l'expérience.

Je ne sais s'ils ont raison quant au nombre ; mais certainement ils ne se trompent pas quant à la qualité. Plus d'un
écrivain religieux, naturellement enclin, comme les écrivains démocrates, à suspendre le beau à la croyance, n'a
pas manqué d'attribuer à l'absence de foi cette difficulté
d'exprimer les choses de la foi. Erreur qui pourrait être
philosophiquement démontrée, si les faits ne nous prou-
vaient pas suffisamment le contraire, et si l'histoire de la
peinture ne nous offrait pas des artistes impies et athées
produisant d'excellentes œuvres religieuses. Disons donc
simplement que la religion étant la plus haute *fiction* de
l'esprit humain (je parle exprès comme parlerait un athée
professeur de beaux-arts, et rien n'en doit être conclu
contre ma foi), elle réclame de ceux qui se vouent à l'expression de ses actes et de ses sentiments l'imagination
la plus vigoureuse et les efforts les plus tendus. Ainsi le
personnage de Polyeucte exige du poète et du comédien
une ascension spirituelle et un enthousiasme beaucoup
plus vif que tel personnage vulgaire épris d'une vulgaire
créature de la terre, ou même qu'un héros purement politique. La seule concession qu'on puisse raisonnablement
faire aux partisans de la théorie qui considère la foi
comme l'unique source d'inspiration religieuse, est que le
poète, le comédien et l'artiste, au moment où ils exécutent
l'ouvrage en question, croient à la réalité de ce qu'ils
représentent, échauffés qu'ils sont par la nécessité. Ainsi
l'art est le seul domaine spirituel où l'homme puisse dire :
« Je croirai si je veux, et si je ne veux pas, je ne croirai
pas. » La cruelle et humiliante maxime : *Spiritus flat ubi
vult*, perd ses droits en matière d'art.

   J'ignore si MM. Legros et Amand Gautier possèdent
la foi comme l'entend l'Église, mais très certainement
ils ont eu, en composant chacun un excellent ouvrage
de piété, la foi suffisante pour l'objet en vue[1]. Ils ont

---

1. Alphonse Legros (1837-1911) exposait en 1859 « L'Angelus »,
dont la localisation actuelle est inconnue. Amand Gautier (1825-
1894) exposait les « Sœurs de charité », aujourd'hui au Musée de
Lille. Ces deux artistes peuvent être qualifiés de réalistes ; leurs
œuvres s'inspirent du réel mais ne s'arrêtent pas à sa seule description, du moins pour Baudelaire : ils sont porteurs de spiritualité.

prouvé que, même au XIXᵉ siècle, l'artiste peut produire un bon tableau de religion, pourvu que son imagination soit apte à s'élever jusque-là. Bien que les peintures plus importantes d'Eugène Delacroix nous attirent et nous réclament, j'ai trouvé bon, mon cher M***, de citer tout d'abord deux noms inconnus ou peu connus. La fleur oubliée ou ignorée ajoute à son parfum naturel le parfum paradoxal de son obscurité, et sa valeur positive est augmentée par la joie de l'avoir découverte. J'ai peut-être tort d'ignorer entièrement M. Legros, mais j'avouerai que je n'avais encore vu aucune production signée de son nom. La première fois que j'aperçus son tableau, j'étais avec notre ami commun, M. C..., dont j'attirai les yeux sur cette production si humble et si pénétrante. Il n'en pouvait pas nier les singuliers mérites ; mais cet aspect *villageois*, tout ce petit monde vêtu de velours, de coton, d'indienne et de cotonnade que l'*Angelus* rassemble le soir sous la voûte de l'église de nos grandes villes, avec ses sabots et ses parapluies, tout voûté par le travail, tout ridé par l'âge, tout parcheminé par la brûlure du chagrin, troublait un peu ses yeux, amoureux, comme ceux d'un bon connaisseur, des beautés élégantes et mondaines. Il obéissait évidemment à cette humeur française qui craint surtout d'être dupe, et qu'a si cruellement raillée l'écrivain français qui en était le plus singulièrement obsédé. Cependant l'esprit du vrai critique, comme l'esprit du vrai poète, doit être ouvert à toutes les beautés ; avec la même facilité il jouit de la grandeur éblouissante de César triomphant et de la grandeur du pauvre habitant des faubourgs incliné sous le regard de son Dieu. Comme les voilà bien *revenues* et retrouvées les sensations de rafraîchissement qui habitent les voûtes de l'église catholique, et l'humilité qui jouit d'elle-même, et la confiance du pauvre dans le Dieu juste, et l'espérance du secours, si ce n'est l'oubli des infortunes présentes ! Ce qui prouve que M. Legros est un esprit vigoureux, c'est que l'accoutrement vulgaire de son sujet ne nuit pas du tout à la grandeur morale du même sujet, mais qu'au contraire la trivialité est ici comme un assaisonnement dans la charité et la tendresse. Par une association mystérieuse que les esprits délicats comprendront, l'enfant grotesquement habillé qui tortille avec gaucherie sa casquette dans le temple de Dieu, m'a fait penser à l'âne de Sterne et à ses macarons. Que l'âne soit comique en mangeant un gâteau, cela ne diminue rien de la sensation d'attendrissement qu'on éprouve en voyant le misérable esclave de la ferme cueillir quelques douceurs dans la main d'un philosophe. Ainsi l'enfant du pauvre, tout embarrassé de sa contenance, goûte, en tremblant, aux confitures célestes. J'oubliais de dire que l'exécution de cette œuvre pieuse est d'une remarquable solidité ; la couleur un peu triste et la minutie des détails s'harmonisent avec le caractère éternellement *précieux* de la dévotion. M. C... me fit remarquer que les fonds ne fuyaient pas assez loin et que les personnages semblaient un peu plaqués sur la décoration qui les entoure. Mais ce défaut, je l'avoue, en me rappelant l'ardente naïveté des vieux tableaux, fut pour moi comme un charme de plus. Dans une œuvre moins intime et moins pénétrante, il n'eût pas été tolérable.

M. Amand Gautier est l'auteur d'un ouvrage qui avait déjà, il y a quelques années, frappé les yeux de la critique, ouvrage remarquable à bien des égards, refusé, je crois, par le jury, mais qu'on put étudier aux vitres d'un des principaux marchands du boulevard : je veux parler d'une cour d'un *Hôpital de folles* ; sujet qu'il avait traité, non pas selon la méthode philosophique et germanique, celle de Kaulbach [1], par exemple, qui fait penser aux catégories d'Aristote, mais avec le sentiment dramatique français, uni à une observation fidèle et intelligente. Les amis de l'auteur disent que *tout* dans l'ouvrage était minutieusement exact : têtes, gestes, physionomies, et copié d'après la nature. Je ne le crois pas, d'abord parce que j'ai surpris dans l'arrangement du tableau des symptômes du contraire, et ensuite parce que ce qui est positivement et universellement exact

---

1. Wilhelm von Kaulbach (1805-1874), directeur de l'Académie de Munich, auteur de grandes compositions symboliques.

n'est jamais admirable. Cette année-ci, M. Amand Gautier a exposé un unique ouvrage qui porte simplement pour titre les *Sœurs de charité*. Il faut une véritable puissance pour dégager la poésie sensible contenue dans ces longs vêtements uniformes, dans ces coiffures rigides et dans ces attitudes modestes et sérieuses comme la vie des personnes de religion. Tout dans le tableau de M. Gautier concourt au développement de la pensée principale : ces longs murs blancs, ces arbres correctement alignés, cette façade simple jusqu'à la pauvreté, les attitudes droites et sans coquetterie féminine, tout ce sexe réduit à la discipline comme le soldat, et dont le visage brille tristement des pâleurs rosées de la virginité consacrée, donnent la sensation de l'éternel, de l'invariable, du devoir agréable dans sa monotonie. J'ai éprouvé, en étudiant cette toile peinte avec une touche large et simple comme le sujet, ce je ne sais quoi que jettent dans l'âme certains Lesueur et les meilleurs Philippe de Champagne, ceux qui expriment les habitudes monastiques. Si, parmi les personnes qui me lisent, quelques-unes voulaient chercher ces tableaux, je crois bon de les avertir qu'elles les trouveront au bout de la galerie, dans la partie gauche du bâtiment, au fond d'un vaste salon carré où l'on a interné une multitude de toiles innommables, soi-disant religieuses pour la plupart. L'aspect de ce salon est si froid, que les promeneurs y sont plus rares, comme dans un coin de jardin que le soleil ne visite pas. C'est dans ce capharnaüm de faux *ex-voto*, dans cette immense voie lactée de plâtreuses sottises, qu'ont été reléguées ces deux modestes toiles.

L'imagination de Delacroix ! Celle-là n'a jamais craint d'escalader les hauteurs difficiles de la religion ; le ciel lui appartient, comme l'enfer, comme la guerre, comme l'Olympe, comme la volupté. Voilà bien le type du peintre-poète ! Il est bien un des rares élus, et l'étendue de son esprit comprend la religion dans son domaine. Son imagination, ardente comme les chapelles ardentes, brille de toutes les flammes et de toutes les pourpres. Tout ce qu'il y a de douleur dans la *passion* le passionne ; tout ce qu'il y a de splendeur dans l'Église l'illumine. Il verse tour à tour sur ses toiles inspirées le sang, la lumière et les ténèbres. Je crois qu'il ajouterait volontiers, comme surcroît, son faste naturel aux majestés de l'Évangile. J'ai vu une petite *Annonciation* [1], de Delacroix, où l'ange visitant Marie n'était pas seul, mais conduit en cérémonie par deux autres anges, et l'effet de cette cour céleste était puissant et charmant. Un de ses tableaux de jeunesse, le *Christ aux Oliviers* (« Seigneur, détournez de moi ce calice », à Saint-Paul, rue Saint-Antoine), ruisselle de tendresse féminine et d'onction poétique. La douleur et la pompe, qui éclatent si haut dans la religion, font toujours écho dans son esprit.

Eh bien, mon cher ami, cet homme extraordinaire qui a lutté avec Scott, Byron, Goethe, Shakespeare, Arioste, Tasse, Dante et l'Évangile, qui a illuminé l'histoire des rayons de sa palette et versé sa fantaisie à flots dans nos yeux éblouis, cet homme, avancé dans le nombre de ses jours, mais marqué d'une opiniâtre jeunesse, qui depuis l'adolescence a consacré tout son temps à exercer sa main, sa mémoire et ses yeux pour préparer des armes plus sûres à son imagination, ce génie a trouvé récemment un professeur pour lui enseigner son art, dans un jeune *chroniqueur* dont le sacerdoce s'était jusque-là borné à rendre compte de la robe de madame une telle au dernier bal de l'Hôtel de Ville. Ah ! les chevaux *roses*, ah ! les paysans *lilas*, ah ! les fumées *rouges* (quelle audace, une fumée rouge !), ont été traités d'une *verte* façon. L'œuvre de Delacroix a été mis en poudre et jeté aux quatre vents du ciel. Ce genre d'articles, parlé d'ailleurs dans tous les salons bourgeois, commence invariablement par ces mots : « Je dois dire que je n'ai pas la prétention d'être un connaisseur, les mystères de la peinture me sont lettre close, *mais cependant*, etc... » (en ce cas, pourquoi en parler ?) et finit généralement par une phrase pleine d'aigreur qui équi-

1. Cette « Annonciation », peinte vers 1841, n'a toujours pas été localisée.

vaut à un regard d'envie jeté sur les bienheureux qui comprennent l'incompréhensible.

Qu'importe, me direz-vous, qu'importe la sottise, si le génie triomphe ? Mais, mon cher, il n'est pas superflu de mesurer la force de résistance à laquelle se heurte le génie, et toute l'importance de ce jeune chroniqueur se réduit, mais c'est bien suffisant, à représenter l'esprit moyen de la bourgeoisie. Songez donc que cette comédie se joue contre Delacroix depuis 1822, et que depuis cette époque, toujours exact au rendez-vous, notre peintre nous a donné à chaque exposition plusieurs tableaux parmi lesquels il y avait au moins un chef-d'œuvre, montrant infatigablement, pour me servir de l'expression polie et indulgente de M. Thiers, « cet élan de la supériorité qui ranime les espérances un peu découragées *par le mérite trop modéré de tout le reste* ». Et il ajoutait plus loin : « Je ne sais quel souvenir des grands artistes me *saisit* à l'aspect de ce tableau *(Dante et Virgile)*. Je retrouve cette puissance sauvage, ardente, mais naturelle, qui cède sans effort à son propre entraînement... Je ne crois pas m'y tromper, M. Delacroix *a reçu le génie* ; qu'il avance avec assurance, qu'il se livre aux *immenses* travaux, condition *indispensable* du talent... [1] » Je ne sais pas combien de fois dans sa vie M. Thiers a été prophète, mais il le fut ce jour-là. Delacroix s'est livré aux *immenses travaux*, et il n'a pas désarmé l'opinion. À voir cet épanchement majestueux, intarissable, de peinture, il serait facile de deviner l'homme à qui j'entendais dire un soir : « Comme tous ceux de mon âge, j'ai connu plusieurs passions ; mais ce n'est que dans le travail que je me suis senti parfaitement heureux. » Pascal dit que les toges, la pourpre et les panaches ont été très heureusement inventés pour imposer au vulgaire, pour marquer d'une étiquette ce qui est vraiment respectable [2] ; et cependant les distinctions officielles dont Delacroix a été l'objet n'ont pas

────────────

1. Baudelaire utilise à nouveau le texte de Thiers, qu'il a déjà cité en 1846. Les mots en italique ont été soulignés par Baudelaire lui-même. **2.** Voir les *Pensées*, n° 82 (édition de Brunschvicg).

fait taire l'ignorance. Mais à bien regarder la chose, pour les gens qui, comme moi, veulent que les affaires d'art ne se traitent qu'entre aristocrates et qui croient que c'est la rareté des élus qui fait le paradis, tout est ainsi pour le mieux. Homme privilégié ! la Providence lui garde des ennemis en réserve. Homme heureux parmi les heureux ! non seulement son talent triomphe des obstacles, mais il en fait naître de nouveaux pour en triompher encore ! Il est aussi grand que les anciens, dans un siècle et dans un pays où les anciens n'auraient pas pu vivre. Car, lorsque j'entends porter jusqu'aux étoiles des hommes comme Raphaël et Véronèse, avec une intention visible de diminuer le mérite qui s'est produit après eux, tout en accordant mon enthousiasme à ces grandes ombres qui n'en ont pas besoin, je me demande si un mérite, qui est *au moins* l'égal du leur (admettons un instant, par pure complaisance, qu'il lui soit inférieur), n'est pas infiniment plus *méritant*, puisqu'il s'est victorieusement développé dans une atmosphère et un terroir hostiles ? Les nobles artistes de la Renaissance eussent été bien coupables de n'être pas grands, féconds et sublimes, encouragés et excités qu'ils étaient par une compagnie illustre de seigneurs et de prélats, que dis-je ? par la multitude elle-même qui était artiste en ces âges d'or ! Mais l'artiste moderne qui s'est élevé très haut *malgré* son siècle, qu'en dirons-nous, si ce n'est de certaines choses que ce siècle n'acceptera pas, et qu'il faut laisser dire aux âges futurs [1] ?

Pour revenir aux peintures religieuses, dites-moi si vous vîtes jamais mieux exprimée la solennité nécessaire de la *Mise au tombeau*. Croyez-vous sincèrement que Titien eût inventé cela ? Il eût conçu, il a conçu la chose autrement ; mais je préfère cette manière-ci. Le décor, c'est le caveau lui-même, emblème de la vie souterraine que doit mener longtemps la religion nouvelle ! Au-dehors, l'air et la lumière qui glisse en rampant dans

---

1. *Cf.* Stendhal, qui disait qu'il avait pris un billet de loterie quant à sa réputation littéraire, billet dont le tirage aurait lieu un siècle plus tard.

la spirale. La *Mère* va s'évanouir, elle se soutient à peine ! Remarquons en passant qu'Eugène Delacroix, au lieu de faire de la très sainte Mère une femmelette d'album, lui donne toujours un geste et une ampleur tragiques qui conviennent parfaitement à cette reine des mères. Il est impossible qu'un amateur un peu poète ne sente pas son imagination frappée, non pas d'une impression historique, mais d'une impression poétique, religieuse, universelle, en contemplant ces quelques hommes qui descendent soigneusement le cadavre de leur Dieu au fond d'une crypte, dans ce sépulcre que le monde adorera, « le seul, dit superbement René, qui n'aura rien à rendre à la fin des siècles [1] ! ».

Le *Saint Sébastien* est une merveille non pas seulement comme peinture, c'est aussi un délice de tristesse. *La Montée au Calvaire* [2] est une composition compliquée, ardente et savante. « *Elle devait*, nous dit l'artiste qui connaît son monde, *être exécutée dans de grandes proportions* à Saint-Sulpice, dans la chapelle des fonts baptismaux, dont la destination a été changée. » Bien qu'il eût pris toutes ses précautions, disant clairement au public : « Je veux vous montrer le projet, en petit, d'un très grand travail qui m'avait été confié », les critiques n'ont pas manqué, comme à l'ordinaire, pour lui reprocher de ne savoir peindre que des esquisses !

Le voilà couché sur des verdures sauvages, avec une mollesse et une tristesse féminines, le poète illustre qui enseigna l'*art d'aimer* [3]. Ses grands amis de Rome sauront-ils vaincre la rancune impériale ? Retrouvera-t-il un jour les somptueuses voluptés de la prodigieuse cité ? Non, de ces pays sans gloire s'épanchera vainement le long et mélancolique fleuve des *Tristes* ; ici il vivra, ici il mourra. « Un jour, ayant passé l'Ister vers son embouchure et étant un peu écarté de la troupe des chas-

---

1. Pour souligner la qualité romantique, c'est-à-dire moderne, de ce tableau, Baudelaire cite Chateaubriand : *René*. « Le Christ descendu au tombeau » est dans la collection A. Santamarina, à Buenos Aires. 2. La « Montée au Calvaire » est au Musée de Metz. 3. « Ovide exilé parmi les Scythes » est à la National Gallery, à Londres.

seurs, je me trouvai à la vue des flots du Pont-Euxin. Je découvris un tombeau de pierre, sur lequel croissait un laurier. J'arrachai les herbes qui couvraient quelques lettres latines, et bientôt je parvins à lire ce premier vers des élégies d'un poète infortuné :

"Mon livre, vous irez à Rome, et vous irez à Rome sans moi."

« Je ne saurais vous peindre ce que j'éprouvai en retrouvant au fond de ce désert le tombeau d'Ovide. Quelles tristes réflexions ne fis-je point sur les peines de l'exil, qui étaient aussi les miennes, et sur l'inutilité des talents pour le bonheur ! Rome, qui jouit aujourd'hui des tableaux du plus ingénieux de ses poètes, Rome a vu couler vingt ans, d'un œil sec, les larmes d'Ovide. Ah ! moins ingrats que les peuples d'Ausonie, les sauvages habitants des bords de l'Ister se souviennent encore de l'Orphée qui parut dans leurs forêts ! Ils viennent danser autour de ses cendres ; ils ont même retenu quelque chose de son langage : tant leur est douce la mémoire de ce Romain qui s'accusait d'être le barbare, parce qu'il n'était pas entendu du Sarmate [1] ! »

Ce n'est pas sans motif que j'ai cité, à propos d'Ovide, ces réflexions d'Eudore. Le ton mélancolique du poète des *Martyrs* s'adapte à ce tableau, et la tristesse languissante du prisonnier chrétien s'y réfléchit heureusement. Il y a là l'ampleur de touche et de sentiments qui caractérisait la plume qui a écrit *Les Natchez* ; et je reconnais, dans la sauvage idylle d'Eugène Delacroix, une *histoire parfaitement belle* parce qu'il y a mis la *fleur du désert, la grâce de la cabane et une simplicité à conter la douleur que je ne me flatte pas d'avoir conservées* [2]. Certes je n'essayerai pas de traduire avec ma plume la volupté si triste qui s'exhale de ce verdoyant *exil*. Le catalogue, parlant ici la langue si nette et si brève des notices de Delacroix, nous dit simplement, et cela vaut mieux : « Les uns l'examinent avec

---

1. La citation est tirée des *Martyrs* de Chateaubriand. **2.** Ces mots en italique sont tirés de l'épilogue d'*Atala* du même Chateaubriand.

curiosité, les autres lui font accueil à leur manière, et lui offrent des fruits sauvages et du lait de jument. » Si triste qu'il soit, le poète des élégances n'est pas insensible à cette grâce barbare, au charme de cette hospitalité rustique. Tout ce qu'il y a dans Ovide de délicatesse et de fertilité a passé dans la peinture de Delacroix ; et, comme l'exil a donné au brillant poète la tristesse qui lui manquait, la mélancolie a revêtu de son vernis enchanteur le plantureux paysage du peintre. Il m'est impossible de dire : Tel tableau de Delacroix est le meilleur de ses tableaux ; car c'est toujours le vin du même tonneau, capiteux, exquis, *sui generis* ; mais on peut dire qu'*Ovide chez les Scythes* est une de ces étonnantes œuvres comme Delacroix seul sait les concevoir et les peindre. L'artiste qui a produit cela peut se dire un homme heureux, et heureux aussi se dira celui qui pourra tous les jours en rassasier son regard. L'esprit s'y enfonce avec une lente et gourmande volupté, comme dans le ciel, dans l'horizon de la mer, dans des yeux pleins de pensées, dans une tendance féconde et grosse de rêverie. Je suis convaincu que ce tableau a un charme tout particulier pour les esprits délicats ; je jurerais presque qu'il a dû plaire plus que d'autres, peut-être, aux tempéraments nerveux et poétiques, à M. Fromentin, par exemple, dont j'aurai le plaisir de vous entretenir tout à l'heure.

Je tourmente mon esprit pour en arracher quelque formule qui exprime bien la *spécialité* d'Eugène Delacroix. Excellent dessinateur, prodigieux coloriste, compositeur ardent et fécond, tout cela est évident, tout cela a été dit. Mais d'où vient qu'il produit la sensation de nouveauté ? Que nous donne-t-il de plus que le passé ? Aussi grand que les grands, aussi habile que les habiles, pourquoi nous plaît-il davantage ? On pourrait dire que, doué d'une plus riche imagination, il exprime surtout l'intime du cerveau, l'aspect étonnant des choses, tant son ouvrage garde fidèlement la marque et l'humeur de sa conception. C'est l'infini dans le fini. C'est le rêve ! et je n'entends pas par ce mot les capharnaüms de la nuit, mais la vision produite par une intense méditation,

ou, dans les cerveaux moins fertiles, par un excitant artificiel. En un mot, Eugène Delacroix peint surtout l'*âme*
dans ses belles heures. Ah ! mon cher ami, cet homme
me donne quelquefois l'envie de durer autant qu'un
patriarche, ou, malgré tout ce qu'il faudrait de courage
à un mort pour consentir à revivre (« Rendez-moi aux
enfers ! » disait l'infortuné ressuscité par la sorcière
thessalienne[1]), d'être ranimé à temps pour assister aux
enchantements et aux louanges qu'il excitera dans l'âge
futur. Mais à quoi bon ? Et quand ce vœu puéril serait
exaucé, de voir une prophétie réalisée, quel bénéfice en
tirerai-je, si ce n'est la honte de reconnaître que j'étais
une âme faible et possédée du besoin de voir approuver
ses convictions ?

L'esprit français épigrammatique, combiné avec un
élément de pédanterie, destiné à relever d'un peu de
sérieux sa légèreté naturelle, devait engendrer une école
que Théophile Gautier, dans sa bénignité, appelle poli-
ment l'école néo-grecque, et que je nommerai, si vous le
voulez bien, l'école des *pointus*[2]. Ici l'érudition a pour
but de déguiser l'absence d'imagination. La plupart du
temps, il ne s'agit dès lors que de transporter la vie
commune et vulgaire dans un cadre grec ou romain.
Dezobry et Barthélemy[3] seront ici d'un grand secours, et
des pastiches des fresques d'Herculanum, avec leurs
teintes pâles obtenues par des frottis impalpables, permet-
tront au peintre d'esquiver toutes les difficultés d'une
peinture riche et solide. Ainsi d'un côté le bric-à-brac
(élément sérieux), de l'autre la transposition des vulga-
rités de la vie dans le régime antique (élément de surprise
et de succès), suppléeront désormais à toutes les conditions requises pour la bonne peinture. Nous verrons donc

---

1. Erictho, personnage de *La Pharsale* de Lucain, saigne des
cadavres sur le champ de bataille, afin de ressusciter un mort.
2. Le terme aurait le sens de « pédants ».   3. Dezobry est l'auteur
de *Rome au siècle d'Auguste*, ouvrage pédagogique. Quant à Barthélemy, il commit le *Voyage du jeune Anacharsis* (1788) en 7 volumes.
Ces deux ouvrages furent plutôt populaires.

des moutards antiques jouer à la balle antique et au cerceau antique, avec d'antiques poupées et d'antiques joujoux ; des bambins idylliques jouer à la madame et au monsieur (*Ma sœur n'y est pas*[1]) ; des amours enfourchant des bêtes aquatiques (*Décoration pour une salle de bains*) et des *Marchandes d'amour* à foison[2], qui offriront leur marchandise suspendue par les ailes, comme un lapin par les oreilles, et qu'on devrait renvoyer à la place de la Morgue, qui est le lieu où se fait un abondant commerce d'oiseaux plus naturels. L'Amour, l'inévitable Amour, l'immortel Cupidon des confiseurs, joue dans cette école un rôle dominateur et universel. Il est le président de cette république galante et minaudière. C'est un poisson qui s'accommode à toutes les sauces. Ne sommes-nous pas cependant bien las de voir la couleur et le marbre prodigués en faveur de ce vieux polisson, ailé comme un insecte, ou comme un canard, que Thomas Hood[3] nous montre accroupi, et, comme un impotent, écrasant de sa molle obésité le nuage qui lui sert de coussin ? De sa main gauche il tient en manière de sabre son arc appuyé contre sa cuisse ; de la droite il exécute avec sa flèche le commandement : Portez armes ! sa chevelure est frisée dru comme une perruque de cocher ; ses joues rebondissantes oppriment ses narines et ses yeux ; sa chair, ou plutôt sa viande, capitonnée, tubuleuse et soufflée, comme les graisses suspendues aux crochets des bouchers, est sans doute distendue par les soupirs de l'idylle universelle ; à son dos montagneux sont accrochées deux ailes de papillon.

---

1. Ce tableau de Hamon, exposé au Salon de 1853, fut acheté par Napoléon III et détruit dans l'incendie des Tuileries en 1871. 2. « Les Saisons » d'Étex, désignées comme « panneaux décoratifs d'un salon de bains », ont été rapprochées du titre en italique de Baudelaire. Quant aux « Marchandes d'amour », le Salon en contenait un certain nombre. 3. Thomas Hood (1799-1845), poète anglais dont Baudelaire traduit ici un passage des *Whims and Oddities* (1826) qui a pour titre « On the popular Cupid » et qui était accompagné, dans l'édition anglaise, d'une illustration de l'auteur portant pour légende : « Dites-moi, mon cœur, est-ce bien là l'amour ? », au caractère évidemment burlesque.

« Est-ce bien là l'incube qui oppresse le sein des belles ?... Ce personnage est-il le partenaire disproportionné pour lequel soupire Pastorella, dans la plus étroite des couchettes virginales ? La platonique Amanda (qui est tout âme) fait-elle donc, quand elle disserte sur l'Amour, allusion à cet être trop palpable, qui est tout corps ? Et Bélinda croit-elle, en vérité, que ce Sagittaire ultra-substantiel puisse être embusqué dans son dangereux œil bleu ?

« La légende raconte qu'une fille de Provence s'amouracha de la statue d'Apollon et en mourut. Mais demoiselle passionnée délira-t-elle jamais et se desséchca-t-elle devant le piédestal de cette monstrueuse figure ? ou plutôt ne serait-ce pas un emblème indécent qui servirait à expliquer la timidité et la résistance proverbiale des filles à l'approche de l'Amour ?

« Je crois facilement qu'il lui faut *tout un cœur* pour lui tout seul ; car il doit le bourrer jusqu'à la réplétion. Je crois à sa *confiance* ; car il a l'air sédentaire et peu propre à la marche. Qu'il soit prompt à *fondre*, cela tient à sa graisse, et s'il brûle avec *flamme*, il en est de même de tous les corps gras. Il a des *langueurs* comme tous les corps d'un pareil tonnage, et il est naturel qu'un si gros soufflet *soupire*.

« Je ne nie pas qu'il *s'agenouille* aux pieds des dames, puisque c'est la posture des éléphants ; qu'il *jure* que cet hommage sera *éternel* ; certes il serait malaisé de concevoir qu'il en fût autrement. Qu'il *meure*, je n'en fais aucun doute, avec une pareille corpulence et un cou si court ! S'il est *aveugle*, c'est l'enflure de sa joue de cochon qui lui bouche la vue. Mais qu'il loge dans l'œil bleu de Bélinda, ah ! je me sens hérétique, je ne le croirai jamais ; car elle n'a jamais eu une étable* dans l'œil ! »

Cela est doux à lire, n'est-ce pas ? et cela nous venge

---

* Une étable contient *plusieurs* cochons, et, de plus, il y a calembour ; on peut deviner quel est le sens du mot *sty* au figuré[1].

---

1. Le mot anglais « sty » a deux sens : « porcherie » et « orgelet » et peut se prêter au calembour.

un peu de ce gros poupard troué de fossettes qui représente l'idée populaire de l'Amour. Pour moi, si j'étais
invité à représenter l'Amour, il me semble que je le
peindrais sous la forme d'un cheval enragé qui dévore
son maître, ou bien d'un démon aux yeux cernés par la
débauche et l'insomnie, traînant, comme un spectre ou
un galérien, des chaînes bruyantes à ses chevilles, et
secouant d'une main une fiole de poison, de l'autre le
poignard sanglant du crime.

L'école en question dont le principal caractère (à mes
yeux) est un perpétuel agacement, touche à la fois au
proverbe, au rébus et au vieux-neuf. Comme rébus, elle
est, jusqu'à présent, restée inférieure à *L'Amour fait
passer le Temps* et *Le Temps fait passer l'Amour*[1], qui
ont le mérite d'un rébus sans pudeur, exact et irréprochable. Par sa manie d'habiller à l'antique la vie triviale
moderne, elle commet sans cesse ce que j'appellerais
volontiers une caricature à l'inverse. Je crois lui rendre
un grand service en lui indiquant, si elle veut devenir
plus agaçante encore, le petit livre de M. Édouard Fournier[2] comme une source inépuisable de sujets. Revêtir
des costumes du passé toute l'histoire, toutes les professions et toutes les industries modernes, voilà, je pense,
pour la peinture, un infaillible et infini moyen d'étonnement. L'honorable érudit y prendra lui-même quelque
plaisir[3].

Il est impossible de méconnaître chez M. Gérome de
nobles qualités, dont les premières sont la recherche du
nouveau et le goût des grands sujets ; mais son originalité (si toutefois il y a originalité) est souvent d'une
nature laborieuse et à peine visible. Froidement il
réchauffe les sujets par de petits ingrédients et par des

---

1. « L'Amour et le Temps » : chanson du comte de Ségur.
2. On peut penser à deux ouvrages d'Édouard Fournier : *L'Esprit
dans l'histoire, recherches et curiosités sur les mots historiques*
(Paris, 1857) ou *Le Vieux-Neuf*, 2 vol. (Dentu, 1859,
Paris).   3. *Cf.* « Salon de 1846 » ; « Qu'est-ce que le romantisme ? » sur la question du sujet.

expédients puérils. L'idée d'un combat de coqs [1] appelle naturellement le souvenir de Manille ou de l'Angleterre. M. Gérome [2] essayera de surprendre notre curiosité en transportant ce jeu dans une espèce de pastorale antique. Malgré de grands et nobles efforts, *Le Siècle d'Auguste* [3], par exemple, — qui est encore une preuve de cette tendance française de M. Gérome à chercher le succès ailleurs que dans la seule peinture, — il n'a été jusqu'à présent, et ne sera, ou du moins cela est fort à craindre, que le premier des esprits pointus. Que ces jeux romains soient exactement représentés [4], que la couleur locale soit scrupuleusement observée, je n'en veux point douter ; je n'élèverai pas à ce sujet le moindre soupçon (cependant, puisque voici le rétiaire, où est le mirmillon ?) ; mais baser un succès sur de pareils éléments, n'est-ce pas jouer un jeu, sinon déloyal, au moins dangereux, et susciter une résistance méfiante chez beaucoup de gens qui s'en iront hochant la tête et se demandant s'il est bien certain que les choses se passassent absolument ainsi ? En supposant même qu'une pareille critique soit injuste (car on reconnaît généralement chez M. Gérome un esprit curieux du passé et avide d'instruction), elle est la punition méritée d'un artiste qui substitue l'amusement d'une page érudite aux jouissances de la pure peinture. La facture de M. Gérome, il faut bien le dire, n'a jamais été forte ni originale. Indécise, au contraire, et faiblement caractérisée, elle a toujours oscillé entre Ingres et Delaroche.

---

1. Au Salon de 1847, Gérome exposait le « Combat de coqs » (Musée d'Orsay, Paris) qui fut l'acte de naissance, d'une certaine manière, de l'école des néo-grecs.   2. Jean-Léon Gérome (1824-1904) est assez représentatif de ce qui pouvait plaire au goût bourgeois : ses sujets, tirés de l'antiquité quotidienne ou de l'Orient, exploitant un discret érotisme de convention (la nudité cautionnée par l'histoire ou le lieu), étaient traités dans une facture lisse, « classique », et ne pouvaient déranger comme « Les Baigneuses » de Courbet ou l'« Olympia » de Manet.   3. « Le Siècle d'Auguste » avait été exposé en 1855. Autrefois au Musée d'Amiens, il se trouve conservé à présent au Musée d'Orsay.   4. « Ave, Caesar imperator, morituri te salutant », tableau exposé en 1859 (Yale University Art Gallery, New Haven, Connecticut).

J'ai d'ailleurs à faire un reproche plus vif au tableau en question. Même pour montrer l'endurcissement dans le crime et dans la débauche, même pour nous faire soupçonner les bassesses secrètes de la goinfrerie, il n'est pas nécessaire de faire alliance avec la caricature, et je crois que l'habitude du commandement, surtout quand il s'agit de commander au monde, donne, à défaut de vertus, une certaine noblesse d'attitude dont s'éloigne beaucoup trop ce soi-disant César, ce boucher, ce marchand de vins obèse, qui tout au plus pourrait, comme le suggère sa pose satisfaite et provocante, aspirer au rôle de directeur du journal des *Ventrus* et des satisfaits[1].

Le Roi Candaule[2] est encore un piège et une distraction. Beaucoup de gens s'extasient devant le mobilier et la décoration du lit royal ; voilà donc une chambre à coucher asiatique ! quel triomphe ! Mais est-il bien vrai que la terrible reine, si jalouse d'elle-même, qui se sentait autant souillée par le regard que par la main, ressemblât à cette plate marionnette ? Il y a, d'ailleurs, un grand danger dans un tel sujet, situé à égale distance du tragique et du comique. Si l'anecdote asiatique n'est pas traitée d'une manière asiatique, funeste, sanglante[3], elle suscitera toujours le comique ; elle appellera invariablement dans l'esprit les polissonneries de Baudouin et des Biard du XVIIIe siècle, où une porte entrebâillée permet à deux yeux écarquillés de surveiller le jeu d'une seringue entre les appas exagérés d'une marquise.

Jules César[4] ! quelle splendeur de soleil couché le nom de cet homme jette dans l'imagination ! Si jamais homme sur la terre a ressemblé à la Divinité, ce fut César. Puissant et séduisant ! brave, savant et généreux ! Toutes les forces, toutes les gloires et toutes les élégances ! Celui

---

1. Les « Ventrus », sous la Monarchie de Juillet, étaient les députés du Juste-Milieu, rassasiés de prébendes par le gouvernement.   2. Cette œuvre, exposée au Salon de 1859, est au Museo de Arte à Ponce (Porto Rico).   3. Derrière cette remarque se cache peut-être une comparaison tacite avec la « Mort de Sardanapale » de Delacroix.   4. « La Mort de César », Salon de 1859 : la localisation actuelle de l'œuvre est inconnue.

dont la grandeur dépassait toujours la victoire, et qui a
grandi jusque dans la mort ; celui dont la poitrine, traversée par le couteau, ne donnait passage qu'au cri de
l'amour paternel, et qui trouvait la blessure du fer moins
cruelle que la blessure de l'ingratitude ! Certainement,
cette fois, l'imagination de M. Gérome a été enlevée ; elle
subissait une crise heureuse quand elle a conçu son César
seul, étendu devant son trône culbuté, et ce cadavre de
Romain qui fut pontife, guerrier, orateur, historien et
maître du monde, remplissant une salle immense et
déserte. On a critiqué cette manière de montrer le sujet ;
on ne saurait trop la louer. L'effet en est vraiment grand.
Ce terrible résumé suffit. Nous savons tous assez l'histoire romaine pour nous figurer tout ce qui est sous-
entendu, le désordre qui a précédé et le tumulte qui a
suivi. Nous devinons Rome derrière cette muraille, et
nous entendons les cris de ce peuple stupide et délivré, à
la fois ingrat envers la victime et envers l'assassin : « Fai-
sons Brutus César ! » Reste à expliquer, relativement à la
peinture elle-même, quelque chose d'inexplicable. César
ne peut pas être un maugrabin ; il avait la peau très blanche ; il n'est pas puéril, d'ailleurs, de rappeler que le dic-
tateur avait autant de soin de sa personne qu'un dandy
raffiné. Pourquoi donc cette couleur terreuse dont la face
et le bras sont revêtus ? J'ai entendu alléguer le ton cada-
véreux dont la mort frappe les visages. Depuis combien
de temps, en ce cas, faut-il supposer que le vivant est
devenu cadavre ? Les promoteurs d'une pareille excuse
doivent regretter la putréfaction. D'autres se contentent
de faire remarquer que le bras et la tête sont enveloppés
par l'ombre. Mais cette excuse impliquerait que
M. Gérome est incapable de représenter une chair blanche
dans une pénombre, et cela n'est pas croyable. J'abandonne donc forcément la recherche de ce mystère. Telle
qu'elle est, et avec tous ses défauts, cette toile est la meilleure et incontestablement la plus frappante qu'il nous ait
montrée depuis longtemps.

Les victoires françaises [1] engendrent sans cesse un

---

1. La campagne d'Italie et la guerre de Crimée.

grand nombre de peintures militaires. J'ignore ce que
vous pensez, mon cher M***, de la peinture militaire
considérée comme métier et spécialité. Pour moi, je ne
crois pas que le patriotisme commande le goût du faux
ou de l'insignifiant. Ce genre de peinture, si l'on y veut
bien réfléchir, exige la fausseté ou la nullité. Une
bataille *vraie* n'est pas un tableau ; car, pour être intelligible et conséquemment intéressante comme *bataille*,
elle ne peut être représentée que par des lignes blanches,
bleues ou noires, simulant les bataillons en ligne. Le
terrain devient, dans une composition de ce genre
comme dans la réalité, plus important que les hommes.
Mais, dans de pareilles conditions, il n'y a plus de
tableau, ou du moins il n'y a qu'un tableau de tactique
et de topographie. M. Horace Vernet crut une fois, plusieurs fois même, résoudre la difficulté par une série
d'épisodes accumulés et juxtaposés. Dès lors, le tableau,
privé d'unité, ressemble à ces mauvais drames où une
surcharge d'incidents parasites empêche d'apercevoir
l'idée mère, la conception génératrice. Donc, en dehors
du tableau fait pour les tacticiens et les topographes,
que nous devons exclure de l'art pur, un tableau militaire n'est intelligible et intéressant qu'à la condition
d'être *un simple épisode de la vie militaire*. Ainsi l'a
très bien compris M. Pils[1], par exemple, dont nous
avons souvent admiré les spirituelles et solides compositions ; ainsi, autrefois, Charlet et Raffet. Mais même
dans le simple épisode, dans la simple représentation
d'une mêlée d'hommes sur un petit espace déterminé,
que de faussetés, que d'exagérations et quelle monotonie l'œil du spectateur a souvent à souffrir ! J'avoue que
ce qui m'afflige le plus en ces sortes de spectacles, ce
n'est pas cette abondance de blessures, cette prodigalité
hideuse de membres écharpés, mais bien l'immobilité
dans la violence et l'épouvantable et froide grimace
d'une fureur stationnaire. Que de justes critiques ne

---

1. Isidore Pils (1813-1875), élève de Lethière et de Picot, prix de
Rome en 1838, exposait un « Défilé de Zouaves dans la tranchée »
(siège de Sébastopol) et « L'École de feu à Vincennes » (aquarelle).

pourrait-on pas faire encore ! D'abord ces longues
bandes de troupes monochromes, telles que les habillent
les gouvernements modernes, supportent difficilement
le pittoresque, et les artistes, à leurs heures belliqueuses,
cherchent plutôt dans le passé, comme l'a fait M. Penguilly dans le *Combat des Trente*[1], un prétexte plausible
pour développer une belle variété d'armes et de costumes. Il y a ensuite dans le cœur de l'homme un certain
amour de la victoire exagéré jusqu'au mensonge, qui
donne souvent à ces toiles un faux air de plaidoiries.
Cela n'est pas peu propre à refroidir, dans un esprit raisonnable, un enthousiasme d'ailleurs tout prêt à éclore.
Alexandre Dumas, pour avoir à ce sujet rappelé récemment la fable : *Ah ! si les lions savaient peindre*[2] ! s'est
attiré une verte remontrance d'un de ses confrères. Il est
juste de dire que le moment n'était pas très bien choisi,
et qu'il aurait dû ajouter que tous les peuples étalent
naïvement le même défaut sur leurs théâtres et dans
leurs musées. Voyez, mon cher, jusqu'à quelle folie une
passion exclusive et étrangère aux arts peut entraîner un
écrivain patriote : je feuilletais un jour un recueil
célèbre représentant les victoires françaises accompa-
gnées d'un texte[3]. Une de ces estampes figurait la
conclusion d'un traité de paix. Les personnages français, bottés, éperonnés, hautains, insultaient presque du
regard des diplomates humbles et embarrassés ; et le
texte louait l'artiste d'avoir su exprimer chez les uns la
vigueur morale par l'énergie des muscles, et chez les
autres la lâcheté et la faiblesse par une rondeur de
formes toute féminine ! Mais laissons de côté ces puérilités, dont l'analyse trop longue est un hors-d'œuvre, et
n'en tirons que cette morale, à savoir, qu'on peut manquer de pudeur même dans l'expression des sentiments
les plus nobles et les plus magnifiques.

---

1. L'œuvre est au Musée des Beaux-Arts de Quimper.   **2.** « Le
Lion abattu par l'homme » de La Fontaine ; *Fables*, III, 10.   **3.** Il
s'agirait des *Victoires, conquêtes, désastres, revers et guerres civiles
des Français de 1792 à 1815*, C.L.F. Panckoucke, 1815 (1854,
5e édition), Paris.

Il y a un tableau militaire que nous devons louer, et avec tout notre zèle ; mais ce n'est point une bataille ; au contraire, c'est presque une pastorale. Vous avez déjà deviné que je veux parler du tableau de M. Tabar. Le livret dit simplement : *Guerre de Crimée, Fourrageurs*. Que de verdure, et quelle belle verdure, doucement ondulée suivant le mouvement des collines ! L'âme respire ici un parfum compliqué ; c'est la fraîcheur végétale, c'est la beauté tranquille d'une nature qui fait rêver plutôt que penser, et en même temps c'est la contemplation de cette vie ardente, aventureuse, où chaque journée appelle un labeur différent. C'est une idylle traversée par la guerre. Les gerbes sont empilées ; la moisson nécessaire est faite et l'ouvrage est sans doute fini, car le clairon jette au milieu des airs un rappel retentissant. Les soldats reviennent par bandes, montant et descendant les ondulations du terrain avec une désinvolture nonchalante et régulière. Il est difficile de tirer un meilleur parti d'un sujet aussi simple ; tout y est poétique, la nature et l'homme ; tout y est vrai et pittoresque, jusqu'à la ficelle ou à la bretelle unique qui soutient çà et là le pantalon rouge. L'uniforme égaye ici, avec l'ardeur du coquelicot ou du pavot, un vaste océan de verdure. Le sujet, d'ailleurs, est d'une nature suggestive ; et, bien que la scène se passe en Crimée, avant d'avoir ouvert le catalogue, ma pensée, devant cette armée de moissonneurs, se porta d'abord vers nos troupes d'Afrique, que l'imagination se figure toujours si prêtes à tout, si industrieuses, si véritablement *romaines* [1].

Ne vous étonnez pas de voir un désordre apparent succéder pendant quelques pages à la méthodique allure de mon compte rendu. J'ai dans le triple titre de ce chapitre adopté le mot *fantaisie* non sans quelque raison. *Peinture de genre* implique un certain prosaïsme, et

---

1. Allusion au rôle civilisateur, après la conquête, des légions romaines ; apporter les bienfaits de la civilisation aux peuples qui ne l'avaient pas, fut le mot d'ordre de la colonisation au xixᵉ siècle ; l'idée morale masquait les aspects plus économiques et moins philanthropiques de l'entreprise.

peinture romanesque, qui remplissait un peu mieux mon idée, exclut l'idée du fantastique. C'est dans ce genre surtout qu'il faut choisir avec sévérité ; car la fantaisie est d'autant plus dangereuse qu'elle est plus facile et plus ouverte ; dangereuse comme la poésie en prose, comme le roman, elle ressemble à l'amour qu'inspire une prostituée et qui tombe bien vite dans la puérilité ou dans la bassesse ; dangereuse comme toute liberté absolue. Mais la fantaisie est vaste comme l'univers multiplié par tous les êtres pensants qui l'habitent. Elle est la première chose venue interprétée par le premier venu ; et, si celui-là n'a pas l'âme qui jette une lumière magique et surnaturelle sur l'obscurité naturelle des choses, elle est une inutilité horrible, elle est la première venue souillée par le premier venu. Ici donc, plus d'analogie, sinon de hasard ; mais au contraire trouble et contraste, un champ bariolé par l'absence d'une culture régulière.

En passant, nous pouvons jeter un regard d'admiration et presque de regret sur les charmantes productions de quelques hommes qui, dans l'époque de noble renaissance dont j'ai parlé au début de ce travail, représentaient le joli, le précieux, le délicieux, Eugène Lami [1] qui, à travers ses paradoxaux petits personnages, nous fait voir un monde et un goût disparus, et Wattier [2], ce savant qui a tant aimé Watteau. Cette époque était si belle et si féconde, que les artistes en ce temps-là n'oubliaient aucun besoin de l'esprit. Pendant qu'Eugène Delacroix et Devéria créaient le grand et le pittoresque, d'autres, spirituels et nobles dans la petitesse, peintres du boudoir et de la beauté légère, augmentaient incessamment l'album actuel de l'élégance idéale. Cette renaissance était grande en tout, dans l'héroïque et dans la vignette. Dans de plus fortes proportions aujourd'hui,

---

1. Eugène Lami (1800-1890) fut un peintre de genre estimable ; ses aquarelles sur la vie urbaine en font un témoin intéressant de la vie sous la Monarchie de Juillet. **2.** Charles-Émile Wattier (1800-1869), admirateur et pasticheur du XVIIIe siècle.

M. Chaplin [1], excellent peintre d'ailleurs, continue quelquefois mais avec un peu de lourdeur, ce culte du joli ; cela sent moins le monde et un peu plus l'atelier. M. Nanteuil [2] est un des plus nobles, des plus assidus producteurs qui honorent la seconde phase de cette époque. Il a mis un doigt d'eau dans son vin ; mais il peint et il compose toujours avec énergie et imagination. Il y a une fatalité dans les enfants de cette école victorieuse. Le romantisme est une grâce, céleste ou infernale, à qui nous devons des stigmates éternels. Je ne puis jamais contempler la collection des ténébreuses et blanches vignettes dont Nanteuil illustrait les ouvrages des auteurs, ses amis, sans sentir comme un petit vent frais qui fait se hérisser le souvenir. Et M. Baron, n'est-ce pas là aussi un homme curieusement doué, et, sans exagérer son mérite outre mesure, n'est-il pas délicieux de voir tant de facultés employées dans de capricieux et modestes ouvrages ? Il compose admirablement, groupe avec esprit, colore avec ardeur, et jette une flamme amusante dans tous ses drames ; drames, car il a la composition dramatique et quelque chose qui ressemble au génie de l'opéra. Si j'oubliais de le remercier, je serais bien ingrat ; je lui dois une sensation délicieuse. Quand, au sortir d'un taudis, sale et mal éclairé, un homme se trouve tout d'un coup transporté dans un appartement propre, orné de meubles ingénieux et revêtu de couleurs caressantes, il sent son esprit s'illuminer et ses fibres s'apprêter aux choses du bonheur. Tel le plaisir physique que m'a causé l'*Hôtellerie de Saint-Luc*. Je venais de considérer avec tristesse tout un chaos, plâtreux et terreux, d'horreur et de vulgarité, et, quand je m'approchai de cette riche et lumineuse peinture, je sentis mes entrailles crier : Enfin, nous voici dans la belle société ! Comme elles sont fraîches, ces

---

1. Charles Chaplin (1825-1891) avait débuté comme portraitiste et paysagiste, puis il se tourna vers le portrait mondain, non sans faire quelques excursions vers le naturalisme.   **2.** Célèbre illustrateur romantique et graveur à l'eau-forte. Il fut l'ami de Dumas, Nerval, Gautier.

eaux qui amènent par troupes ces convives distingués
sous ce portique ruisselant de lierre et de roses ! Comme
elles sont splendides, toutes ces femmes avec leurs
compagnons, ces maîtres peintres qui se connaissent en
beauté, s'engouffrant dans ce repaire de la joie pour
célébrer leur patron ! Cette composition, si riche, si
gaie, et en même temps si noble et si élégante d'attitude,
est un des meilleurs rêves de bonheur parmi ceux que
la peinture a jusqu'à présent essayé d'exprimer.

Par ses dimensions, l'*Ève* de M. Clésinger [1] fait une
antithèse naturelle avec toutes les charmantes et
mignonnes créatures dont nous venons de parler. Avant
l'ouverture du Salon, j'avais entendu beaucoup jaser de
cette *Ève* prodigieuse, et, quand j'ai pu la voir, j'étais si
prévenu contre elle, que j'ai trouvé tout d'abord qu'on
en avait beaucoup trop ri. Réaction toute naturelle, mais
qui était, de plus, favorisée par mon amour incorrigible
du *grand*. Car il faut, mon cher, que je vous fasse un
aveu qui vous fera peut-être sourire : dans la nature et
dans l'art, je préfère, en supposant l'égalité de mérite,
les choses *grandes* à toutes les autres, les grands animaux, les grands paysages, les grands navires, les
grands hommes, les grandes femmes, les grandes
églises, et, transformant, comme tant d'autres, mes
goûts en principes, je crois que la dimension n'est pas
une considération sans importance aux yeux de la
Muse [2]. D'ailleurs, pour revenir à l'*Ève* de M. Clésinger,
cette figure possède d'autres mérites : un mouvement
heureux, l'élégance tourmentée du goût florentin, un
modelé soigné, surtout dans les parties inférieures du
corps, les genoux, les cuisses et le ventre, tel enfin
qu'on devait l'attendre d'un sculpteur, un fort bon
ouvrage qui méritait mieux que ce qui en a été dit.

---

1. Clésinger (1814-1883) était surtout connu comme sculpteur. Sa
« Femme piquée par un serpent » (Musée d'Orsay) avait, en 1847,
connu un certain succès. Le modèle en aurait été Mme Sabatier,
courtisée par Baudelaire.   **2.** Des « Correspondances » au
« Voyage », tout ce qui peut suggérer l'expansion, le monumental
même, est un facteur de plaisir chez Baudelaire.

Vous rappelez-vous les débuts de M. Hébert[1], des débuts heureux et presque tapageurs ? Son second tableau attira surtout les yeux ; c'était, si je ne me trompe, le portrait d'une femme onduleuse et plus qu'opaline, presque douée de transparence, et se tordant, maniérée, mais exquise, dans une atmosphère d'enchantement. Certainement le succès était mérité, et M. Hébert s'annonçait de manière à être toujours le bienvenu, comme un homme plein de distinction. Malheureusement ce qui fit sa juste notoriété fera peut-être un jour sa décadence. Cette *distinction* se limite trop volontiers aux charmes de la morbidesse et aux langueurs monotones de l'album et du keepsake. Il est incontestable qu'il peint fort bien, mais non pas avec assez d'autorité et d'énergie pour cacher une faiblesse de conception. Je cherche à creuser sous tout ce que je vois d'aimable en lui, et j'y trouve je ne sais quelle ambition mondaine, le parti pris de plaire par des moyens acceptés d'avance par le public, et enfin un certain défaut, horriblement difficile à définir, que j'appellerai, faute de mieux, le défaut de tous les *littératisants*. Je désire qu'un artiste soit lettré, mais je souffre quand je le vois cherchant à capter l'imagination par des ressources situées aux extrêmes limites, sinon même au-delà de son art.

M. Baudry[2], bien que sa peinture ne soit pas toujours suffisamment solide, est plus naturellement artiste. Dans ses ouvrages on devine les bonnes et amoureuses études italiennes, et cette figure de petite fille, qui s'appelle, je crois, *Guillemette*, a eu l'honneur de faire penser plus

---

1. Ernest Hébert (1817-1908) avait débuté en 1839 avec un « Tasse en prison » (Musée de Grenoble). Le second tableau dont parle Baudelaire est « L'Almée » (Salon de 1849). En 1859, cet ancien prix de Rome exposait, entre autres, « Les Cervarolles » (Musée d'Orsay). **2.** Paul Baudry (1828-1886) ; ce peintre assez éclectique, prix de Rome lui aussi et décorateur de l'Opéra, exposait la « Madeleine pénitente » (Musée des Beaux-Arts de Nantes), la « Toilette de Vénus » (Musée des Beaux-Arts de Bordeaux) et des portraits ; la « Guillemette » n'a pas été retrouvée. La « Vestale » fut exposée en 1857 et est conservée au Musée de Lille.

d'un critique aux spirituels et vivants portraits de Velasquez. Mais enfin il est à craindre que M. Baudry ne reste qu'un homme distingué. Sa *Madeleine pénitente* est bien un peu frivole et lestement peinte, et, somme toute, à ses toiles de cette année je préfère son ambitieux, son compliqué et courageux tableau de la *Vestale*.

M. Diaz[1] est un exemple curieux d'une fortune facile obtenue par une faculté unique. Les temps ne sont pas encore loin de nous où il était un engouement. La gaieté de sa couleur, plutôt scintillante que riche, rappelait les heureux bariolages des étoffes orientales. Les yeux s'y amusaient si sincèrement, qu'ils oubliaient volontiers d'y chercher le contour et le modelé. Après avoir usé en vrai prodigue de cette faculté unique dont la nature l'avait prodigalement doué, M. Diaz a senti s'éveiller en lui une ambition plus difficile. Ces premières velléités s'exprimèrent par des tableaux d'une dimension plus grande que ceux où nous avions généralement pris tant de plaisir. Ambition qui fut sa perte. Tout le monde a remarqué l'époque où son esprit fut travaillé de jalousie à l'endroit de Corrège et de Prud'hon. Mais on eût dit que son œil, accoutumé à noter le scintillement d'un petit monde, ne voyait plus de couleurs vives dans un grand espace. Son coloris pétillant tournait au plâtre et à la craie ; ou peut-être, ambitieux désormais de modeler avec soin, oubliait-il volontairement les qualités qui jusque-là avaient fait sa gloire. Il est difficile de déterminer les causes qui ont si rapidement diminué la vive personnalité de M. Diaz ; mais il est permis de supposer que ces louables désirs lui sont venus trop tard. Il y a de certaines réformes impossibles à un certain âge, et rien n'est plus dangereux, dans la pratique des arts, que de renvoyer toujours au lendemain les études indispensables. Pendant de longues années on se fie à un instinct généralement heureux, et quand on veut enfin corriger une éducation de hasard et acquérir les principes négligés jusqu'alors, il n'est plus temps. Le cerveau a pris des habitudes incorrigibles, et la main, réfractaire

---

1. Voir le « Salon de 1845 », note 2 p. 90.

et troublée, ne sait pas plus exprimer ce qu'elle exprimait si bien autrefois que les nouveautés dont maintenant on la charge. Il est vraiment bien désagréable de dire de pareilles choses à propos d'un homme d'une aussi notoire valeur que M. Diaz. Mais je ne suis qu'un écho ; tout haut ou tout bas, avec malice ou avec tristesse, chacun a déjà prononcé ce que j'écris aujourd'hui.

Tel n'est pas M. Bida[1] : on dirait, au contraire, qu'il a stoïquement répudié la couleur et toutes ses pompes pour donner plus de valeur et de lumière aux caractères que son crayon se charge d'exprimer. Et il les exprime avec une intensité et une profondeur remarquables. Quelquefois une teinte légère et transparente appliquée dans une partie lumineuse, rehausse agréablement le dessin sans en rompre la sévère unité. Ce qui marque surtout les ouvrages de M. Bida, c'est l'intime expression des figures. Il est impossible de les attribuer indifféremment à telle ou telle race, ou de supposer que ces personnages sont d'une religion qui n'est pas la leur. À défaut des explications du livret (*Prédication maronite dans le Liban, Corps de garde d'Arnautes au Caire*), tout esprit exercé devinerait aisément les différences.

M. Chifflart[2] est un grand prix de Rome, et, miracle ! il a une originalité. Le séjour dans la ville éternelle n'a pas éteint les forces de son esprit ; ce qui, après tout, ne prouve qu'une chose, c'est que ceux-là seuls y meurent qui sont trop faibles pour y vivre, et que l'école n'humilie que ceux qui sont voués à l'humilité. Tout le monde,

---

1. Alexandre Bida (1823-1895) fut élève de Delacroix. L'éloge dispensé par Baudelaire s'explique peut-être par la « filiation » entre ces deux artistes. **2.** François-Nicolas Chifflart (1825-1901), peintre d'histoire et graveur, fut prix de Rome en 1851. Bien qu'il ait joui d'une certaine renommée dans les années 1860, Chifflart ne fit cependant pas carrière. Ses compositions historiques ou allégoriques allient un savoir-faire technique à un caractère « surnaturaliste » et fantastique, incontestablement original, qui a dû séduire Baudelaire. Les deux fusains mentionnés ici appartenaient aux collections de la Ville de Paris mais semblent avoir disparu durant la dernière guerre. Sur cet artiste, voir Valérie Sueur, « François Chifflart, graveur et illustrateur » in *Les Dossiers du Musée d'Orsay*, n° 51, 1993.

avec raison, reproche aux deux dessins de M. Chifflart (*Faust au combat, Faust au sabbat*) trop de noirceur et de ténèbres, surtout pour des dessins aussi compliqués. Mais le style en est vraiment beau et grandiose. Quel rêve chaotique ! Méphisto et son ami Faust, invincibles et invulnérables, traversent au galop, l'épée haute, tout l'orage de la guerre. Ici la Marguerite, longue, sinistre, inoubliable, est suspendue et se détache comme un remords sur le disque de la lune, immense et pâle. Je sais le plus grand gré à M. Chifflart d'avoir traité ces poétiques sujets héroïquement et dramatiquement, et d'avoir rejeté bien loin toutes les fadaises de la mélancolie apprise. Le bon Ary Scheffer [1], qui refaisait sans cesse un Christ semblable à son Faust et un Faust semblable à son Christ, tous deux semblables à un pianiste prêt à épancher sur les touches d'ivoire ses tristesses incomprises, aurait eu besoin de voir ces deux vigoureux dessins pour comprendre qu'il n'est permis de traduire les poètes que quand on sent en soi une énergie égale à la leur. Je ne crois pas que le solide crayon qui a dessiné ce sabbat et cette tuerie s'abandonne jamais à la niaise mélancolie des demoiselles.

Parmi les jeunes célébrités, l'une des plus solidement établies est celle de M. Fromentin [2]. Il n'est précisément ni un paysagiste ni un peintre de genre. Ces deux terrains sont trop restreints pour contenir sa large et souple fantaisie. Si je disais de lui qu'il est un conteur de voyages, je ne dirais pas assez ; car il y a beaucoup de voyageurs sans poésie et sans âme, et son âme est une des plus poétiques et des plus précieuses que je connaisse. Sa peinture proprement dite, sage, puissante, bien gouvernée, procède évidemment d'Eugène Delacroix. Chez lui aussi on retrouve cette savante et naturelle intelligence de la couleur, si rare parmi nous. Mais

---

1. Ary était mort en 1858.   **2.** Eugène Fromentin (1820-1876) fut à la fois peintre et écrivain. Il appartient à la seconde génération des orientalistes, qui font preuve d'une volonté d'exactitude plus grande que des gens comme Decamps ou Marilhat. « Une rue à El Aghouat » (Salon de 1859) est au Musée de Douai.

Eugène Fromentin. *Une rue à El Aghouat, Algérie.*

Douai, musée de la Chartreuse.

la lumière et la chaleur, qui jettent dans quelques cerveaux une espèce de folie tropicale, les agitent d'une fureur inapaisable et les poussent à des danses inconnues, ne versent dans son âme qu'une contemplation douce et reposée. C'est l'extase plutôt que le fanatisme. Il est présumable que je suis moi-même atteint quelque peu d'une nostalgie qui m'entraîne vers le soleil ; car de ces toiles lumineuses s'élève pour moi une vapeur enivrante, qui se condense bientôt en désirs et en regrets. Je me surprends à envier le sort de ces hommes étendus sous ces ombres bleues, et dont les yeux, qui ne sont ni éveillés ni endormis, n'expriment, si toutefois ils expriment quelque chose, que l'amour du repos et le

sentiment du bonheur qu'inspire une immense lumière.
L'esprit de M. Fromentin tient un peu de la femme,
juste autant qu'il faut pour ajouter une grâce à la force.
Mais une faculté qui n'est certes pas féminine, et qu'il
possède à un degré éminent, est de saisir les parcelles
du beau égarées sur la terre, de suivre le beau à la piste
partout où il a pu se glisser à travers les trivialités de la
nature déchue. Aussi il n'est pas difficile de comprendre
de quel amour il aime les noblesses de la vie patriarcale,
et avec quel intérêt il contemple ces hommes en qui
subsiste encore quelque chose de l'antique héroïsme. Ce
n'est pas seulement des étoffes éclatantes et des armes
curieusement ouvragées que ses yeux sont épris, mais
surtout de cette gravité et de ce dandysme patricien qui
caractérisent les chefs des tribus puissantes. Tels nous
apparurent, il y a quatorze ans à peu près, ces sauvages
du Nord-Amérique, conduits par le peintre Catlin, qui,
même dans leur état de déchéance, nous faisaient rêver
à l'art de Phidias et aux grandeurs homériques. Mais à
quoi bon m'étendre sur ce sujet ? Pourquoi expliquer ce
que M. Fromentin a si bien expliqué lui-même dans ses
deux charmants livres : *Un été dans le Sahara* et le
Sahel[1] ? Tout le monde sait que M. Fromentin raconte
ses voyages d'une manière double, et qu'il les écrit
aussi bien qu'il les peint, avec un style qui n'est pas
celui d'un autre. Les peintres anciens aimaient aussi à
avoir le pied dans deux domaines et à se servir de deux
outils pour exprimer leur pensée. M. Fromentin a réussi
comme écrivain et comme artiste, et ses œuvres écrites
ou peintes sont si charmantes, que s'il était permis
d'abattre et de couper l'une des tiges pour donner à
l'autre plus de solidité, plus de *robur*[2], il serait vraiment
bien difficile de choisir. Car pour gagner peut-être, il
faudrait se résigner à perdre beaucoup.

---

1. *Un été dans le Sahara* parut en 1857 chez Michel Levy, de
même qu'en 1859, *Une année dans le Sahel*. On doit encore à Fromentin un roman qui est demeuré un classique : *Dominique* (1863)
et une étude fondamentale sur les peintres nordiques : *Les Maîtres
d'autrefois* (1867).   **2.** « Robur » : force, résistance, vigueur, partie la plus solide d'une chose ou d'un groupe.

On se souvient d'avoir vu, à l'Exposition de 1855, d'excellents petits tableaux, d'une couleur riche et intense, mais d'un fini précieux, où dans les costumes et les figures se reflétait un curieux amour du passé ; ces charmantes toiles étaient signées du nom de Liès. Non loin d'eux, des tableaux exquis, non moins précieusement travaillés, marqués des mêmes qualités et de la même passion rétrospective, portaient le nom de Leys. Presque le même peintre, presque le même nom. Cette lettre déplacée ressemble à un de ces jeux intelligents du hasard, qui a quelquefois l'esprit pointu comme un homme. L'un est élève de l'autre ; on dit qu'une vive amitié les unit. Mais MM. Leys et Liès sont-ils donc élevés à la dignité de Dioscures [1] ? Faut-il, pour jouir de l'un, que nous soyons privés de l'autre ? M. Liès s'est présenté, cette année, sans son Pollux ; M. Leys nous refera-t-il visite sans Castor ? Cette comparaison est d'autant plus légitime, que M. Leys a été, je crois, le maître de son ami, et que c'est aussi Pollux qui voulut céder à son frère la moitié de son immortalité. *Les Maux de la guerre* [2] ! quel titre ! Le prisonnier vaincu, lanciné par le brutal vainqueur qui le suit, les paquets de butin en désordre, les filles insultées, tout un monde ensanglanté, malheureux et abattu, le reître puissant, roux et velu, la gouge qui, je crois, n'est pas là, mais qui pouvait y être, cette *fille peinte* du Moyen Âge, qui suivait les soldats avec l'autorisation du prince et de l'Église, comme la courtisane du Canada accompagnait les guerriers au manteau de castor, les charrettes qui cahotent durement les faibles, les petits et les infirmes, tout cela devait nécessairement produire un tableau saisissant, vraiment poétique. L'esprit se porte tout d'abord

---

1. Joseph Liès (1821-1865), élève de Leys (1814-1869) ; il est difficile de démêler vraiment si la comparaison de ces deux peintres est ironique ou non.   **2.** « Les Maux de la guerre » sont aux Musées Royaux de Bruxelles. Ces deux peintres sont par ailleurs assez importants par leur désir de rénover la tradition flamande en Belgique.

vers Callot [1] ; mais je crois n'avoir rien vu, dans la
longue série de ses œuvres, qui soit plus dramatiquement composé. J'ai cependant deux reproches à faire à
M. Liès : la lumière est trop généralement répandue,
ou plutôt éparpillée ; la couleur, monotonement claire,
papillote. En second lieu, la première impression que
l'œil reçoit fatalement en tombant sur ce tableau est
l'impression désagréable, inquiétante d'un treillage.
M. Liès a cerclé de noir, non seulement le contour général de ses figures, mais encore toutes les parties de leur
accoutrement, si bien que chacun des personnages apparaît comme un morceau de vitrail monté sur une armature de plomb. Notez que cette apparence contrariante
est encore renforcée par la clarté générale des tons.

M. Penguilly [2] est aussi un amoureux du passé. Esprit
ingénieux, curieux, laborieux. Ajoutez, si vous voulez,
toutes les épithètes les plus honorables et les plus gracieuses qui peuvent s'appliquer à la poésie de second
ordre, à ce qui n'est pas absolument le grand, nu et
simple. Il a la minutie, la patience ardente et la propreté
d'un bibliomane. Ses ouvrages sont travaillés comme
les armes et les meubles des temps anciens. Sa peinture
a le poli du métal et le tranchant du rasoir. Pour son
imagination, je ne dirai pas qu'elle est positivement
grande, mais elle est singulièrement active, impression-
nable et curieuse. J'ai été ravi par cette *Petite Danse
macabre*, qui ressemble à une bande d'ivrognes
attardés, qui va moitié se traînant et moitié dansant et
qu'entraîne son capitaine décharné. Examinez, je vous
prie, toutes les petites grisailles qui servent de cadre et
de commentaire à la composition principale. Il n'y en a
pas une qui ne soit un excellent petit tableau. Les
artistes modernes négligent beaucoup trop ces magni-

---

1. Baudelaire doit penser à la série d'eaux-fortes de Callot : « Les
Misères de la guerre ».   2. Octave Penguilly l'Haridon (1811-
1870), après avoir reçu une formation d'officier, à l'école Polytechnique, mena de front une carrière de militaire et de peintre.

fiques allégories du Moyen Âge[1], où l'immortel grotesque s'enlaçait en folâtrant, comme il fait encore, à
l'immortel horrible. Peut-être nos nerfs trop délicats ne
peuvent-ils plus supporter un symbole trop clairement
redoutable. Peut-être aussi, mais c'est bien douteux, est-
ce la charité qui nous conseille d'éviter tout ce qui peut
affliger nos semblables. Dans les derniers jours de l'an
passé, un éditeur de la rue Royale mit en vente un
paroissien d'un style très recherché, et les annonces
publiées par les journaux nous instruisirent que toutes
les vignettes qui encadraient le texte avaient été copiées
sur d'anciens ouvrages de la même époque, de manière
à donner à l'ensemble une précieuse unité de style, mais
qu'une exception unique avait été faite relativement aux
figures macabres, qu'on avait soigneusement évité de
reproduire, disait la note rédigée sans doute par l'éditeur, *comme n'étant plus du goût de ce siècle*, si éclairé,
aurait-il dû ajouter, pour se conformer tout à fait au goût
dudit siècle.

Le mauvais goût du siècle en cela me fait peur[2].

Il y a un brave journal[3] où chacun sait tout et parle de
tout, où chaque rédacteur, universel et encyclopédique
comme les citoyens de la vieille Rome, peut enseigner
tour à tour politique, religion, économie, beaux-arts,
philosophie, littérature. Dans ce vaste monument de la
niaiserie, penché vers l'avenir comme la tour de Pise,
et où s'élabore le bonheur du genre humain, il y a un

---

1. Fin 1858, Baudelaire a composé un poème intitulé « Danse
macabre ». Or, il n'a pas beaucoup écrit sur l'art médiéval. Est-ce à
cause de son désir de prendre des distances avec ce qu'on a appelé
le « vestiaire romantique » qui abusa de cette période pour sa couleur
locale. Il est vrai que « mauvais cénobite » et peu « militariste », il
n'était guère un enthousiaste des grandes valeurs médiévales : la
croix et l'épée.   **2.** Citation du *Misanthrope*, I, 3. Le texte exact
est : « Le méchant goût... »   **3.** Baudelaire ironise aux dépens d'un
article du *Siècle* (7 juin 1859) dans lequel Louis Jourdan avait taxé
Penguilly d'« uniformité fatigante ».

très honnête homme qui ne veut pas qu'on admire
M. Penguilly. Mais la raison, mon cher M***, la raison ?
— Parce qu'il y a dans son œuvre une *monotonie fatigante*. — Ce mot n'a sans doute pas trait à l'imagination
de M. Penguilly, qui est excessivement pittoresque et
variée. Ce penseur a voulu dire qu'il n'aimait pas un
peintre qui traitait tous les sujets avec le même style. Par-
bleu ! c'est le *sien* ! Vous voulez donc qu'il en change ?

Je ne veux pas quitter cet aimable artiste, dont tous les
tableaux, cette année, sont également intéressants, sans
vous faire remarquer plus particulièrement les *Petites
Mouettes* [1] : l'azur intense du ciel et de l'eau, deux quartiers de roche qui font une porte ouverte sur l'infini (vous
savez que l'infini paraît plus profond quand il est plus resserré), une nuée, une multitude, une avalanche, une *plaie*
d'oiseaux blancs, et la solitude ! Considérez cela, mon
cher ami, et dites-moi ensuite si vous croyez que M. Penguilly soit dénué d'esprit poétique.

Avant de terminer ce chapitre j'attirerai aussi vos
yeux sur le tableau de M. Leighton [2], le seul artiste
anglais, je présume, qui ait été exact au rendez-vous :
*Le comte Pâris se rend à la maison des Capulet pour
chercher sa fiancée Juliette, et la trouve inanimée*. Peinture riche et minutieuse, avec des tons violents et un fini
précieux, ouvrage plein d'opiniâtreté, mais dramatique,
emphatique même ; car nos amis d'outre-Manche ne
représentent pas les sujets tirés du théâtre comme des
scènes *vraies*, mais comme des scènes *jouées* avec
l'exagération nécessaire, et ce défaut, si c'en est un,
prête à ces ouvrages je ne sais quelle beauté étrange et
paradoxale [3].

Enfin, si vous avez le temps de retourner au Salon,

---

1. Ce tableau est au Musée des Beaux-Arts de Rennes.
2. Frederic Leighton (1830-1896) débutait alors et fut un des
peintres anglais les plus célèbres de la seconde moitié du siècle.
Pittoresque, un rien romantique, historisante dans ses références, sa
peinture fut louée par Ruskin et connut une grande vogue.   3. Ces
remarques rejoignent celles faites sur les attitudes des personnages
de Delacroix ; elles confirment l'idée que le Beau est bizarre et n'a,
en définitive, que des rapports analogiques avec la réalité.

n'oubliez pas d'examiner les peintures sur émail de
M. Marc Baud. Cet artiste, dans un genre ingrat et mal
apprécié, déploie des qualités surprenantes, celles d'un
vrai peintre. Pour tout dire, en un mot, il peint grasse-
ment là où tant d'autres étalent platement des couleurs
pauvres ; il sait *faire grand* dans le petit [1].

VI

LE PORTRAIT

Je ne crois pas que les oiseaux du ciel se chargent
jamais de pourvoir aux frais de ma table, ni qu'un lion
me fasse l'honneur de me servir de fossoyeur et de
croque-mort ; cependant, dans la Thébaïde que mon cerveau s'est faite, semblable aux solitaires agenouillés qui
ergotaient contre cette incorrigible tête de mort encore
farcie de toutes les mauvaises raisons de la chair péris-
sable et mortelle, je dispute parfois avec des monstres
grotesques, des hantises du plein jour, des spectres de
la rue, du salon, de l'omnibus. En face de moi, je vois
l'Âme de la Bourgeoisie, et croyez bien que si je ne
craignais pas de maculer à jamais la tenture de ma cel-
lule, je lui jetterais volontiers, et avec une vigueur
qu'elle ne soupçonne pas, mon écritoire à la face. Voilà
ce qu'elle me dit aujourd'hui, cette vilaine Âme, qui
n'est pas une hallucination : « En vérité, les poètes sont
de singuliers fous de prétendre que l'imagination soit
nécessaire dans toutes les fonctions de l'art. Qu'est-il
besoin d'imagination, par exemple, pour faire un por-

---

1. Baudelaire reprend ici une idée qu'il a émise à propos de Penguilly, à savoir que l'effet de grandeur, en art, ne dépend en rien du
format ; les petites dimensions d'une œuvre d'art n'empêchent en
rien le développement dans l'âme du spectateur — ou du lecteur —
de cet effet : « faire grand ». Tous les moyens employés par l'artiste
doivent aboutir à cet effet, qui est avant tout un pouvoir évocateur,
un tremplin pour l'imagination.

trait ? Pour peindre mon âme, mon âme si visible, si claire, si notoire ? Je pose, et en réalité c'est moi, le modèle, qui consens à faire le gros de la besogne. Je suis le véritable fournisseur de l'artiste. Je suis, à moi tout seul, toute la matière. » Mais je lui réponds : « *Caput mortuum*[1], tais-toi ! Brute hyperboréenne des anciens jours, éternel Esquimau porte-lunettes, ou plutôt porte-écailles[2], que toutes les visions de Damas, tous les tonnerres et les éclairs ne sauraient éclairer ! plus la matière est, en apparence, positive et solide, et plus la besogne de l'imagination est subtile et laborieuse. Un portrait ! Quoi de plus simple et de plus compliqué, de plus évident et de plus profond ? Si La Bruyère eût été privé d'imagination, aurait-il pu composer ses *Caractères*, dont cependant la matière, si évidente, s'offrait si complaisamment à lui ? Et si restreint qu'on suppose un sujet historique quelconque, quel historien pour se flatter de le peindre et de l'*illuminer* sans imagination ? »

Le portrait, ce genre en apparence si modeste, nécessite une immense intelligence. Il faut sans doute que l'obéissance de l'artiste y soit grande, mais sa divination doit être égale. Quand je vois un bon portrait, je devine tous les efforts de l'artiste, qui a dû voir d'abord ce qui se faisait voir, mais aussi deviner ce qui se cachait. Je le comparais tout à l'heure à l'historien, je pourrais aussi le comparer au comédien, qui par devoir adopte tous les caractères et tous les costumes. Rien, si l'on veut bien examiner la chose, n'est indifférent dans un portrait. Le geste, la grimace, le vêtement, le décor même, tout doit servir à représenter un *caractère*. De grands peintres, et d'excellents peintres, David, quand il n'était qu'un artiste du XVIIIe siècle et après qu'il fut devenu un chef d'école, Holbein, dans tous ses portraits, ont visé à exprimer avec sobriété mais avec intensité le caractère qu'ils se chargeaient de peindre. D'autres ont

---

1. « Tête morte ». Cette petite « allégorie réelle » qui se termine en invectives n'est pas sans rappeler les tableaux parisiens des *Fleurs du mal* et certains des *Petits Poèmes en prose*.   2. Cette expression serait à prendre dans le sens ancien de « taie », de « voile ».

cherché à faire davantage ou à faire autrement. Reynolds et Gérard ont ajouté l'élément romanesque, toujours en accord avec le naturel du personnage ; ainsi un
ciel orageux et tourmenté, des fonds légers et aériens,
un mobilier poétique, une attitude alanguie, une
démarche aventureuse, etc. C'est là un procédé dangereux, mais non pas condamnable, qui malheureusement
réclame du génie. Enfin, quel que soit le moyen le plus
visiblement employé par l'artiste, que cet artiste soit
Holbein, David, Velasquez ou Lawrence, un bon portrait m'apparaît toujours comme une biographie drama-
tisée, ou plutôt comme le drame naturel inhérent à tout
homme. D'autres ont voulu restreindre les moyens.
Était-ce par impuissance de les employer tous ? était-
ce dans l'espérance d'obtenir une plus grande intensité
d'expression ? Je ne sais ; ou plutôt je serais incliné à
croire qu'en ceci, comme en bien d'autres choses
humaines, les deux raisons sont également acceptables.
Ici, mon cher ami, je suis obligé, je le crains fort, de
toucher à une de vos admirations. Je veux parler de
l'école d'Ingres en général, et en particulier de sa
méthode appliquée au portrait. Tous les élèves n'ont pas
strictement et humblement suivi les préceptes du maître.
Tandis que M. Amaury-Duval outrait courageusement
l'ascétisme de l'école, M. Lehmann essayait quelquefois de faire pardonner la genèse de ses tableaux par
quelques mixtures adultères. En somme on peut dire que
l'enseignement a été despotique, et qu'il a laissé dans
la peinture française une trace douloureuse. Un homme
plein d'entêtement, doué de quelques facultés précieuses, mais décidé à nier l'utilité de celles qu'il ne
possède pas, s'est attribué cette gloire extraordinaire,
exceptionnelle, d'éteindre le soleil[1]. Quant à quelques
tisons fumeux, encore égarés dans l'espace, les disciples
de l'homme se sont chargés de piétiner dessus. Exprimée par ces simplificateurs, la nature a paru plus intelligible ; cela est incontestable ; mais combien elle est
devenue moins belle et moins excitante, cela est évident.

---

1. Il s'agit, bien entendu, d'Ingres.

Je suis obligé de confesser que j'ai vu quelques portraits peints par MM. Flandrin et Amaury-Duval, qui, sous l'apparence fallacieuse de peinture, offraient d'admirables échantillons de modelé. J'avouerai même que le caractère visible de ces portraits, moins tout ce qui est relatif à la couleur et à la lumière, était vigoureusement et soigneusement exprimé, d'une manière pénétrante. Mais je demande s'il y a loyauté à abréger les difficultés d'un art par la suppression de quelques-unes de ses parties. Je trouve que M. Chenavard [1] est plus courageux et plus franc. Il a simplement répudié la couleur comme une pompe dangereuse, comme un élément passionnel et damnable, et s'est fié au simple crayon pour exprimer toute la valeur de l'idée. M. Chenavard est incapable de nier tout le bénéfice que la paresse tire du procédé qui consiste à exprimer la forme d'un objet sans la lumière diversement colorée qui s'attache à chacune de ses molécules ; seulement il prétend que ce sacrifice est glorieux et utile, et que la forme et l'idée y gagnent également. Mais les élèves de M. Ingres ont très inutilement conservé un semblant de couleur. Ils croient ou feignent de croire qu'ils font de la peinture.

Voici un autre reproche, un éloge peut-être aux yeux de quelques-uns, qui les atteint plus vivement : leurs portraits ne sont pas vraiment ressemblants. Parce que je réclame sans cesse l'application de l'imagination, l'introduction de la poésie dans toutes les fonctions de l'art, personne ne supposera que je désire, dans le portrait surtout, une altération consciencieuse du modèle. Holbein connaît Érasme ; il l'a si bien connu et si bien étudié qu'il le crée de nouveau et qu'il l'évoque, visible, immortel, superlatif [2]. M. Ingres trouve un modèle grand, pittoresque, séduisant. « Voilà sans doute, se dit-il, un curieux caractère ; beauté ou grandeur, j'exprimerai cela soigneusement ; je n'en omettrai rien, mais *j'y ajouterai quelque*

---

1. Paul Chenavard (1825-1895), peintre d'origine lyonnaise, était un ami de Baudelaire ; cela ne l'empêcha en rien de le critiquer ; voir *L'Art philosophique*.   **2.** Le Louvre conserve un portrait d'Érasme par Holbein, où Baudelaire a pu le voir.

chose qui est indispensable : le style. » Et nous savons ce qu'il entend par le style ; ce n'est pas la qualité naturellement poétique du sujet qu'il en faut extraire pour la rendre plus visible. C'est une poésie étrangère, empruntée généralement au passé [1]. J'aurais le droit de conclure que si M. Ingres ajoute quelque chose à son modèle, c'est par impuissance de le faire à la fois grand et vrai. De quel droit ajouter ? N'empruntez à la tradition que l'art de peindre et non pas les moyens de sophistiquer. Cette dame parisienne, ravissant échantillon des grâces évaporées d'un salon français, il la dotera malgré elle d'une certaine lourdeur, d'une bonhomie romaine. Raphaël l'exige. Ces bras sont d'un galbe très pur et d'un contour bien séduisant, sans aucun doute ; mais, un peu graciles, il leur manque, pour arriver au style *préconçu*, une certaine dose d'embonpoint et de suc matronal. M. Ingres est victime d'une obsession qui le contraint sans cesse à déplacer, à transposer et à altérer le beau. Ainsi font tous ses élèves, dont chacun, en se mettant à l'ouvrage, se prépare toujours, selon son goût dominant, à *déformer* son modèle. Trouvez-vous que ce défaut soit léger et ce reproche immérité ?

Parmi les artistes qui se contentent du pittoresque naturel de l'original se font surtout remarquer M. Bonvin [2], qui donne à ses portraits une vigoureuse et surprenante vitalité, et M. Heim [3], dont quelques esprits superficiels se sont autrefois moqués, et qui cette année encore, comme en 1855, nous a révélé, dans une procession de croquis, une merveilleuse intelligence de la grimace humaine. On n'entendra pas, je présume, le mot dans un sens désagréable. Je veux parler de la grimace naturelle et professionnelle qui appartient à chacun.

---

1. On peut dire que Baudelaire n'a pas vraiment saisi tout l'intérêt et toute la portée des archaïsmes dans la peinture d'Ingres, puisqu'il les présente comme un anti-modernisme.   **2.** François Bonvin (1817-1887) appartient au courant réaliste, peu goûté de Baudelaire, par ailleurs.   **3.** François-Joseph Heim (1787-1865), prix de Rome en 1807, membre de l'Institut en 1829, fut un peintre d'histoire et de portraits ; il avait exposé en 1855 une série de portraits des membres de l'Institut ; en 1859, il présentait une autre série du même genre.

M. Chaplin et M. Besson savent faire des portraits. Le premier ne nous a rien montré en ce genre cette année ; mais les amateurs qui suivent attentivement les expositions et qui savent à quelles œuvres antécédentes de cet artiste je fais allusion, en ont comme moi éprouvé du regret. Le second, qui est un fort bon peintre, a de plus toutes les qualités littéraires et tout l'esprit nécessaire pour représenter *dignement* des comédiennes. Plus d'une fois, en considérant les portraits vivants et lumineux de M. Besson, je me suis pris à songer à toute la grâce et à toute l'application que les artistes du XVIIIe siècle mettaient dans les images qu'ils nous ont léguées de leurs *étoiles* préférées[1].

À différentes époques, divers portraitistes ont obtenu la vogue, les uns par leurs qualités et d'autres par leurs défauts. Le public, qui aime passionnément sa propre image, n'aime pas à demi l'artiste auquel il donne plus volontiers commission de la représenter. Parmi tous ceux qui ont su arracher cette faveur, celui qui m'a paru la mériter le mieux, parce qu'il est toujours resté un franc et véritable artiste, est M. Ricard[2]. On a vu quelquefois dans sa peinture un manque de solidité ; on lui a reproché, avec exagération, son goût pour Van Dyck, Rembrandt et Titien, sa grâce quelquefois anglaise, quelquefois italienne. Il y a là tant soit peu d'injustice. Car l'imitation est le vertige des esprits souples et brillants, et souvent même une preuve de supériorité. À des instincts de peintre tout à fait remarquables M. Ricard unit une connaissance très vaste de l'histoire de son art, un esprit critique plein de finesse, et il n'y a pas un seul ouvrage de lui où toutes ces qualités ne se fassent deviner. Autrefois il faisait peut-être ses modèles trop jolis ; encore dois-je dire que dans les portraits dont je parle le défaut en question a pu être *exigé* par le modèle ;

---

1. Faustin Besson (1820-1882) exposait au Salon les portraits de Mme Favart et de Mlle Devienne, de la Comédie-Française.
2. Gustave Ricard (1823-1873) fut un portraitiste très en vogue qui savait parfaitement utiliser sa culture artistique pour ses compositions.

mais la partie virile et noble de son esprit a bien vite prévalu. Il a vraiment une intelligence toujours apte à peindre l'*âme* qui pose devant lui. Ainsi le portrait de cette vieille dame, où l'âge n'est pas lâchement dissimulé, révèle tout de suite un caractère reposé, une douceur et une charité qui appellent la confiance. La simplicité de regard et d'attitude s'accorde heureusement avec cette couleur chaude et mollement dorée qui me semble faite pour traduire les douces pensées du soir. Voulez-vous reconnaître l'énergie dans la jeunesse, la grâce dans la santé, la candeur dans une physionomie frémissante de vie, considérez le portrait de Mlle L. J. Voilà certes un vrai et grand portrait. Il est certain qu'un beau modèle, s'il ne donne pas du talent, ajoute du moins un charme au talent. Mais combien peu de peintres pourraient rendre, par une exécution mieux appropriée, la solidité d'une nature opulente et pure, et le ciel si profond de cet œil avec sa large étoile de velours ! Le contour du visage, les ondulations de ce large front adolescent casqué de lourds cheveux, la richesse des lèvres, le grain de cette peau éclatante, tout y est soigneusement exprimé, et surtout ce qui est le plus charmant et le plus difficile à peindre, je ne sais quoi de malicieux qui est toujours mêlé à l'innocence, et cet air noblement extatique et curieux qui, dans l'espèce humaine comme chez les animaux, donne aux jeunes physionomies une si mystérieuse gentillesse. Le nombre des portraits produits par M. Ricard est actuellement très considérable ; mais celui-ci est un bon parmi les bons, et l'activité de ce remarquable esprit, toujours en éveil et en recherche, nous en promet bien d'autres.

D'une manière sommaire, mais suffisante, je crois avoir expliqué pourquoi le portrait, le vrai portrait, ce genre si modeste en apparence, est en fait si difficile à produire. Il est donc naturel que j'aie peu d'échantillons à citer. Bien d'autres artistes, Mme O'Connell[1] par

---

1. Frédérique O'Connel (1823 ?-1885) s'installa à Paris vers le début du Second Empire et était proche de Champfleury ; elle eut pendant trente ans une carrière de portraitiste des célébrités. S'il la

exemple, savent peindre une tête humaine ; mais je serais obligé, à propos de telle qualité ou de tel défaut, de tomber dans des rabâchages, et nous sommes convenus, au commencement, que je me contenterais, autant que possible, d'expliquer, à propos de chaque genre, ce qui peut être considéré comme l'idéal[1].

VII

LE PAYSAGE

Si tel assemblage d'arbres, de montagnes, d'eaux et de maisons, que nous appelons un paysage, est beau, ce n'est pas par lui-même, mais par moi, par ma grâce propre, par l'idée ou le sentiment que j'y attache[2]. C'est dire suffisamment, je pense, que tout paysagiste qui ne sait pas traduire un sentiment par un assemblage de matière végétale ou minérale n'est pas un artiste. Je sais bien que l'imagination humaine peut, par un effort singulier, concevoir un instant la nature sans l'homme, et toute la masse suggestive éparpillée dans l'espace, sans un contemplateur pour en extraire la comparaison, la métaphore et l'allégorie. Il est certain que tout cet ordre et toute cette harmonie n'en gardent pas moins la qualité inspiratrice qui y est providentiellement déposée ; mais, dans ce cas, faute d'une intelligence qu'elle pût inspirer,

---

loua en 1859, Baudelaire refusa cependant en 1863 de faire sa connaissance malgré la demande de Champfleury !
   1. Plus encore que dans les Salons précédents, Baudelaire s'est attaché à exprimer l'essence des genres envisagés, à savoir l'idéal (un des mots les plus importants de son esthétique, tant artistique que poétique) de ceux-ci.   **2.** Baudelaire définit clairement cet idéal : il y a idéal si à la perception de l'œuvre, il y a essor de l'imagination, et, pour ce, il est nécessaire que l'artiste mette un sentiment propre et actuel dans l'œuvre qu'il produit. Dans cette perspective, il devient évident que l'art, pour Baudelaire, n'est certainement pas le reflet objectif de la réalité.

cette qualité serait comme si elle n'était pas. Les artistes qui veulent exprimer la nature, moins les sentiments qu'elle inspire, se soumettent à une opération bizarre qui consiste à tuer en eux l'homme pensant et sentant, et malheureusement, croyez que, pour la plupart, cette opération n'a rien de bizarre ni de douloureux. Telle est l'école qui, aujourd'hui et depuis longtemps, a prévalu. J'avouerai, avec tout le monde, que l'école moderne des paysagistes est singulièrement forte et habile ; mais dans ce triomphe et cette prédominance d'un genre inférieur, dans ce culte niais de la nature, non épurée, non expliquée par l'imagination, je vois un signe évident d'abaissement général. Nous saisirons sans doute quelques différences d'habileté pratique entre tel et tel paysagiste ; mais ces différences sont bien petites. Élèves de maîtres divers, ils peignent tous fort bien, et presque tous oublient qu'un site naturel n'a de valeur que le sentiment actuel que l'artiste y sait mettre. La plupart tombent dans le défaut que je signalais au commencement de cette étude : ils prennent le dictionnaire de l'art pour l'art lui-même ; ils copient un mot du dictionnaire, croyant copier un poème. Or un poème ne se copie jamais : il veut être composé. Ainsi ils ouvrent une fenêtre, et tout l'espace compris dans le carré de la fenêtre, arbres, ciel et maison, prend pour eux la valeur d'un poème tout fait. Quelques-uns vont plus loin encore. À leurs yeux, une étude est un tableau. M. Français nous montre un arbre, un arbre antique, énorme, il est vrai, et il nous dit : voilà un paysage. La supériorité de pratique que montrent MM. Anastasi, Leroux, Breton, Belly, Chintreuil, etc., ne sert qu'à rendre plus désolante et visible la lacune universelle. Je sais que M. Daubigny [1] veut et sait faire davantage. Ses paysages ont une grâce et une fraîcheur qui fascinent

---

1. Charles-François Daubigny (1817-1878), influencé par Corot et par Ravier, appartient à ce qu'on a appelé improprement l'école de Barbizon. Comme tous les artistes qu'on y rattache, il produisit des paysages où l'étude de la lumière est prépondérante. En 1859, il exposait, entre autres, « Villerville » (Musée de Marseille) et les « Bords de l'Oise » (Musée de Bordeaux).

tout d'abord. Ils transmettent tout de suite à l'âme du spectateur le sentiment originel dont ils sont pénétrés. Mais on dirait que cette qualité n'est obtenue par M. Daubigny qu'aux dépens du fini et de la perfection dans le détail. Mainte peinture de lui, spirituelle d'ailleurs et charmante, manque de solidité. Elle a la grâce, mais aussi la mollesse et l'inconsistance d'une improvisation. Avant tout, cependant, il faut rendre à M. Daubigny cette justice que ses œuvres sont généralement poétiques, et je les préfère avec leurs défauts à beaucoup d'autres plus parfaites, mais privées de la qualité qui le distingue.

M. Millet[1] cherche particulièrement le style ; il ne s'en cache pas, il en fait montre et gloire. Mais une partie du ridicule que j'attribuais aux élèves de M. Ingres s'attache à lui. Le style lui porte malheur. Ses paysans sont des pédants qui ont d'eux-mêmes une trop haute opinion. Ils étalent une manière d'abrutissement sombre et fatal qui me donne l'envie de les haïr. Qu'ils moissonnent, qu'ils sèment, qu'ils fassent paître des vaches, qu'ils tondent des animaux, ils ont toujours l'air de dire : « Pauvres déshérités de ce monde, c'est pourtant nous qui le fécondons ! Nous accomplissons une mission, nous exerçons un sacerdoce ! » Au lieu d'extraire simplement la poésie naturelle de son sujet, M. Millet veut à tout prix y ajouter quelque chose. Dans leur monotone laideur, tous ces petits parias ont une prétention philosophique, mélancolique et raphaélesque. Ce malheur, dans la peinture de M. Millet, gâte toutes les belles qualités qui attirent tout d'abord le regard vers lui.

M. Troyon[2] est le plus bel exemple de l'habileté sans

---

1. Jean-François Millet (1814-1875), appelé le « peintre des paysans ». Il s'établit à la fin de 1849 à Barbizon et dut sa célébrité à ses toiles rustiques. On peut dire qu'à l'instar de Cézanne, il a voulu faire du Poussin sur nature ; l'apparent naturalisme de ses œuvres est mêlé de rythmes classiques assez étonnants. En 1859, il exposait « Femme faisant paître sa vache » (Musée de Bourg-en-Bresse). **2.** Ce peintre de vaches a à peu près autant de caractère que celles-ci pour Baudelaire. En faisant une critique aussi imagée, celui-ci

âme. Aussi quelle popularité ! Chez un public sans âme, il la méritait. Tout jeune, M. Troyon a peint avec la même certitude, la même habileté, la même insensibilité. Il y a de longues années, il nous étonnait déjà par l'aplomb de sa fabrication, par la *rondeur* de son jeu, comme on dit au théâtre, par son mérite infaillible, modéré et continu. C'est une âme, je le veux bien, mais trop à la portée de toutes les âmes. L'usurpation de ces talents de second ordre ne peut pas avoir lieu sans créer des injustices. Quand un autre animal que le lion se fait la part du lion, il y a infailliblement de modestes créatures dont la modeste part se trouve beaucoup trop diminuée. Je veux dire que dans les talents de second ordre cultivant avec succès un genre inférieur, il y en a plusieurs qui valent bien M. Troyon, et qui peuvent trouver singulier de ne pas obtenir tout ce qui leur est dû, quand celui-ci prend beaucoup plus que ce qui lui appartient. Je me garderai bien de citer ces noms ; la victime se sentirait peut-être aussi offensée que l'usurpateur.

Les deux hommes que l'opinion publique a toujours marqués comme les plus importants dans la spécialité du paysage sont MM. Rousseau et Corot. Avec de pareils artistes, il faut être plein de réserve et de respect. M. Rousseau a le travail compliqué, plein de ruses et de repentirs. Peu d'hommes ont plus sincèrement aimé la lumière et l'ont mieux rendue. Mais la silhouette générale des formes est souvent difficile à saisir. La vapeur lumineuse, pétillante et ballottée, trouble la carcasse des êtres. M. Rousseau m'a toujours ébloui ; mais il m'a quelquefois fatigué. Et puis il tombe dans le fameux défaut moderne, qui naît d'un amour aveugle de la nature, de rien que la nature ; il prend une simple étude pour une composition. Un marécage miroitant, fourmillant d'herbes humides et marqueté de plaques lumineuses, un tronc d'arbre rugueux, une chaumière à la toiture fleurie, un petit bout de nature enfin, deviennent à ses yeux amoureux un tableau suffisant et parfait. Tout

---

entend amener son lecteur à s'imaginer un tel bovin, modeste, méritant, laborieux et placide, un animal de second ordre.

le charme qu'il sait mettre dans ce lambeau arraché à la planète ne suffit pas toujours pour faire oublier l'absence de construction [1].

Si M. Rousseau, souvent incomplet, mais sans cesse inquiet et palpitant, a l'air d'un homme qui, tourmenté de plusieurs diables, ne sait auquel entendre, M. Corot, qui est son antithèse absolue, n'a pas assez souvent le diable au corps. Si défectueuse et même injuste que soit cette expression, je la choisis comme rendant approximativement la raison qui empêche ce savant artiste d'éblouir et d'étonner. Il étonne lentement, je le veux bien, il enchante peu à peu ; mais il faut savoir pénétrer dans sa science, car, chez lui, il n'y a pas de papillotage, mais partout une infaillible rigueur d'harmonie. De plus, il est un des rares, le seul peut-être, qui ait gardé un profond sentiment de la construction, qui observe la valeur proportionnelle de chaque détail dans l'ensemble, et, s'il est permis de comparer la composition d'un paysage à la structure humaine, qui sache toujours où placer les ossements et quelle dimension il leur faut donner. On sent, on devine que M. Corot dessine abréviativement et largement, ce qui est la seule méthode pour amasser avec célérité une grande quantité de matériaux précieux. Si un seul homme avait pu retenir l'école française moderne dans son amour impertinent et fastidieux du détail, certes c'était lui. Nous avons entendu reprocher à cet éminent artiste sa couleur un peu trop douce et sa lumière presque crépusculaire. On dirait que pour lui toute la lumière qui inonde le monde est partout baissée d'un ou de plusieurs tons. Son regard, fin et judicieux, comprend plutôt tout ce qui confirme l'harmonie que ce qui accuse le contraste. Mais, en supposant qu'il

---

1. Finalement, Baudelaire reste attaché au paysage composé. L'absence apparente de composition dans les œuvres de ces paysagistes, leur aspect positif, immédiat, réaliste est ce qui le retient. Il ne sent ni la composition ni le regard ; il a l'impression qu'on lui sert un morceau de nature non transposé, tel quel et sans art ; il ne voit que l'image représentée, qui n'évoque qu'elle-même. Baudelaire, au travers du paysage, fait le procès de tout le mouvement réaliste.

n'y ait pas trop d'injustice dans ce reproche, il faut remarquer que nos expositions de peinture ne sont pas propices à l'effet des bons tableaux, surtout de ceux qui sont conçus et exécutés avec sagesse et modération. Un son de voix clair, mais modeste et harmonieux, se perd dans une réunion de cris étourdissants ou ronflants, et les Véronèse les plus lumineux paraîtraient souvent gris et pâles s'ils étaient entourés de certaines peintures modernes plus criardes que des foulards de village.

Il ne faut pas oublier, parmi les mérites de M. Corot, son excellent enseignement, solide, lumineux, méthodique. Des nombreux élèves qu'il a formés, soutenus ou retenus loin des entraînements de l'époque, M. Lavieille [1] est celui que j'ai le plus agréablement remarqué. Il y a de lui un paysage fort simple : une chaumière sur une lisière de bois, avec une route qui s'y enfonce. La blancheur de la neige fait un contraste agréable avec l'incendie du soir qui s'éteint lentement derrière les innombrables mâtures de la forêt sans feuilles. Depuis quelques années, les paysagistes ont plus fréquemment appliqué leur esprit aux beautés pittoresques de la saison triste. Mais personne, je crois, ne les sent mieux que M. Lavieille. Quelques-uns des effets qu'il a souvent rendus me semblent des extraits du bonheur de l'hiver. Dans la tristesse de ce paysage, qui porte la livrée obscurément blanche et rose des beaux jours d'hiver à leur déclin, il y a une volupté élégiaque irrésistible que connaissent tous les amateurs de promenades solitaires [2].

Permettez-moi, mon cher, de revenir encore à ma manie, je veux dire aux regrets que j'éprouve de voir la part de l'imagination dans le paysage de plus en plus réduite. Çà et là, de loin en loin, apparaît la trace d'une protestation, un talent libre et grand qui n'est plus dans

---

1. Eugène Lavieille (1820-1889), autre barbizonnais, était proche de Baudelaire, *via* Asselineau.   2. Cette description indique clairement ce que Baudelaire attend d'un tableau quel que soit son genre : qu'il stimule l'esprit et les sens.

le goût du siècle. M. Paul Huet[1], par exemple, *un vieux
de la vieille*, celui-là ! (je puis appliquer aux débris
d'une grandeur militante comme le *Romantisme*, déjà si
lointaine, cette expression familière et grandiose) ;
M. Paul Huet reste fidèle aux goûts de sa jeunesse. Les
huit peintures, maritimes ou rustiques, qui doivent servir
à la décoration d'un salon, sont de véritables poèmes
pleins de légèreté, de richesse et de fraîcheur. Il me
paraît superflu de détailler les talents d'un artiste aussi
élevé et qui a autant produit ; mais ce qui me paraît en
lui de plus louable et de plus remarquable, c'est que
pendant que le goût de la minutie va gagnant tous les
esprits de proche en proche, lui, constant dans son
caractère et sa méthode, il donne à toutes ses compositions un caractère amoureusement poétique.

Cependant il m'est venu cette année un peu de consolation, par deux artistes de qui je ne l'aurais pas attendue. M. Jadin[2], qui jusqu'ici avait trop modestement,
cela est évident maintenant, limité sa gloire au chenil et
à l'écurie, a envoyé une splendide vue de Rome prise
de l'*Arco di Parma*. Il y a là, d'abord les qualités habituelles de M. Jadin, l'énergie et la solidité, mais de plus
une impression poétique parfaitement bien saisie et rendue. C'est l'impression glorieuse et mélancolique du
soir descendant sur la cité sainte, un soir solennel, traversé de bandes pourprées, pompeux et ardent comme
la religion romaine. M. Clésinger, à qui la sculpture ne
suffit plus, ressemble à ces enfants d'un sang turbulent
et d'une ardeur capricante, qui veulent escalader toutes
les hauteurs pour y inscrire leur nom. Ses deux paysages, *Isola Farnese* et *Castel Fusana*, sont d'un aspect
pénétrant, d'une native et sévère mélancolie. Les eaux
y sont plus lourdes et plus solennelles qu'ailleurs, la
solitude plus silencieuse, les arbres eux-mêmes plus
monumentaux. On a souvent ri de l'emphase de M. Clé-

---

1. Paul Huet (1804-1869) fut l'illustre représentant du paysage
romantique, du « paysage-état d'âme ». **2.** Godefroy Jadin (1805-
1882) se fit paysagiste après avoir longtemps peint des scènes de
chasse et des natures mortes.

singer ; mais ce n'est pas par la petitesse qu'il prêtera jamais à rire. Vice pour vice, je pense comme lui que l'excès en tout vaut mieux que la mesquinerie.

Oui, l'imagination fait le paysage. Je comprends qu'un esprit appliqué à prendre des notes ne puisse pas s'abandonner aux prodigieuses rêveries contenues dans les spectacles de la nature présente ; mais pourquoi l'imagination fuit-elle l'atelier du paysagiste ? Peut-être les artistes qui cultivent ce genre se défient-ils beaucoup trop de leur mémoire et adoptent-ils une méthode de copie immédiate, qui s'accommode parfaitement à la paresse de leur esprit. S'ils avaient vu comme j'ai vu récemment, chez M. Boudin[1] qui, soit dit en passant, a exposé un fort bon et fort sage tableau (le *Pardon de sainte Anne Palud*), plusieurs centaines d'études au pastel improvisées en face de la mer et du ciel, ils comprendraient ce qu'ils n'ont pas l'air de comprendre, c'est-à-dire la différence qui sépare une étude d'un tableau. Mais M. Boudin, qui pourrait s'enorgueillir de son dévouement à son art, montre très modestement sa curieuse collection. Il sait bien qu'il faut que tout cela devienne tableau par le moyen de l'impression poétique rappelée à volonté ; et il n'a pas la prétention de donner ses notes pour des tableaux. Plus tard, sans aucun doute, il nous étalera dans des peintures achevées les prodigieuses magies de l'air et de l'eau. Ces études si rapidement et si fidèlement croquées d'après ce qu'il y a de plus inconstant, de plus insaisissable dans sa forme et dans sa couleur, d'après des vagues et des nuages, portent toujours, écrits en marge, la date, l'heure et le vent ; ainsi, par exemple : *8 octobre, midi, vent de nord-ouest*. Si vous avez eu quelquefois le loisir de faire connaissance avec ces beautés météorologiques, vous pourriez vérifier par mémoire l'exactitude des observations de

---

1. Eugène Boudin (1824-1898) exposait « Le Pardon de Sainte-Anne Palu » (Nouveau Musée des Beaux-Arts, Le Havre). Ce paysagiste normand est à proprement parler un précurseur des impressionnistes, par ses études de ciels, sa touche fragmentée, ses notations rapides et colorées mais les origines de son art sont à chercher auprès des peintres de Barbizon.

M. Boudin. La légende cachée avec la main, vous devi-
neriez la saison, l'heure et le vent. Je n'exagère rien.
J'ai vu. À la fin tous ces nuages aux formes fantastiques
et lumineuses, ces ténèbres chaotiques, ces immensités
vertes et roses, suspendues et ajoutées les unes aux
autres, ces fournaises béantes, ces firmaments de satin
noir ou violet, fripé, roulé ou déchiré, ces horizons en
deuil ou ruisselants de métal fondu, toutes ces profondeurs, toutes ces splendeurs, me montèrent au cerveau
comme une boisson capiteuse ou comme l'éloquence de
l'opium. Chose assez curieuse, il ne m'arriva pas une
seule fois, devant ces magies liquides ou aériennes, de
me plaindre de l'absence de l'homme. Mais je me garde
bien de tirer de la plénitude de ma jouissance un conseil
pour qui que ce soit, non plus que pour M. Boudin.
Le conseil serait trop dangereux. Qu'il se rappelle que
l'homme, comme dit Robespierre, qui avait soigneusement fait ses *humanités*, ne voit jamais l'homme sans
plaisir ; et, s'il veut gagner un peu de popularité, qu'il
se garde bien de croire que le public soit arrivé à un
égal enthousiasme pour la solitude[1].

Ce n'est pas seulement les peintures de marine qui
font défaut, un genre pourtant si poétique ! (je ne prends
pas pour marines des drames militaires qui se jouent sur
l'eau), mais aussi un genre que j'appellerais volontiers
le paysage des grandes villes, c'est-à-dire la collection
des grandeurs et des beautés qui résultent d'une puissante agglomération d'hommes et de monuments, le
charme profond et compliqué d'une capitale âgée et
vieillie dans les gloires et les tribulations de la vie.

Il y a quelques années, un homme puissant et singulier, un officier de marine, dit-on, avait commencé une
série d'études à l'eau-forte d'après les points de vue les
plus pittoresques de Paris. Par l'âpreté, la finesse et la

---

1. Cette pensée dont Baudelaire fait mention est tirée d'un discours que Robespierre fit à la Convention le 7 mai 1794 ; il y traitait
des principes républicains et des fêtes nationales. Moins de trois
mois après, Robespierre périssait sur l'échafaud.

certitude de son dessin, M. Méryon[1] rappelait les vieux et excellents aquafortistes. J'ai rarement vu représentée avec plus de poésie la solennité naturelle d'une ville immense. Les majestés de la pierre accumulée, les clochers *montrant du doigt le ciel*, les obélisques de l'industrie vomissant contre le firmament leurs coalitions de fumée, les prodigieux échafaudages des monuments en réparation, appliquant sur le corps solide de l'architecture leur architecture à jour d'une beauté si paradoxale, le ciel tumultueux, chargé de colère et de rancune, la profondeur des perspectives augmentée par la pensée de tous les drames qui y sont contenus, aucun des éléments complexes dont se compose le douloureux et glorieux décor de la civilisation n'était oublié. Si Victor Hugo a vu ces excellentes estampes, il a dû être content ; il a retrouvé, dignement représentée, sa

> Morne Isis, couverte d'un voile !
> Araignée à l'immense toile,
> Où se prennent les nations !
> Fontaine d'urnes obsédée !
> Mamelle sans cesse inondée,
> Où, pour se nourrir de l'idée,
> Viennent les générations !
> ....
> Ville qu'un orage enveloppe[2] !

Mais un démon cruel a touché le cerveau de M. Méryon ; un délire mystérieux a brouillé ces facultés qui semblaient aussi solides que brillantes. Sa gloire naissante et ses travaux ont été soudainement interrompus. Et depuis lors nous attendons toujours avec anxiété des nouvelles consolantes de ce singulier officier, qui

---

1. Charles Méryon (1821-1868) fut officier de marine et aquafortiste. Entre 1850 et 1854, il créa ses « Eaux-fortes sur Paris ». Ses œuvres, à la fois exactes et subtilement fantastiques, avaient tout pour séduire quelqu'un comme Baudelaire par leur saveur « surnaturaliste » ! **2.** « À l'Arc de Triomphe » (Ode), *Les Voix intérieures* de Victor Hugo.

Charles Méryon. *Saint-Étienne-du-Mont*.
Paris, Bibliothèque nationale de France.

était devenu en un jour un puissant artiste, et qui avait dit adieu aux solennelles aventures de l'Océan pour peindre la noire majesté de la plus inquiétante des capitales [1].

Je regrette encore, et j'obéis peut-être à mon insu aux accoutumances de ma jeunesse, le paysage romantique, et même le paysage romanesque qui existait déjà au XVIIIe siècle. Nos paysagistes sont des animaux beaucoup trop herbivores. Ils ne se nourrissent pas volontiers des ruines, et, sauf un petit nombre d'hommes tels que Fromentin, le ciel et le désert les épouvantent. Je regrette ces grands lacs qui représentent l'immobilité dans le désespoir, les immenses montagnes, escaliers de la planète vers le ciel, d'où tout ce qui paraissait grand paraît petit, les châteaux forts (oui, mon cynisme ira jusque-là), les abbayes crénelées qui se mirent dans les mornes étangs, les ponts gigantesques, les constructions ninivites, habitées par le vertige, et enfin tout ce qu'il faudrait inventer, si tout cela n'existait pas !

Je dois confesser en passant que, bien qu'il ne soit pas doué d'une originalité de manière bien décidée, M. Hildebrandt [2], par son énorme exposition d'aquarelles, m'a causé un vif plaisir. En parcourant ces amusants albums de voyage, il me semble toujours que je *revois*, que je reconnais ce que je n'ai jamais vu. Grâce à lui, mon imagination fouettée s'est promenée à travers trente-huit paysages romantiques, depuis les remparts sonores de la Scandinavie jusqu'aux pays lumineux des ibis et des cigognes, depuis le Fiord de Séraphîtus [3] jusqu'au pic de Ténériffe. La lune et le soleil ont tour à

---

1. Méryon mourut fou à Charenton. Il a été question à un moment que Baudelaire fournît un texte pour accompagner les gravures de Méryon. Celui-ci aurait consisté en « des rêveries de dix lignes, de vingt ou trente lignes, sur de belles gravures, d'un flâneur parisien », projet non avenu. En écrivant ces mots, Baudelaire songeait peut-être aux poèmes en prose dont la création l'occupait à ce moment-là.   2. Edouard Hildebrandt (1818-1869), paysagiste allemand.   3. Allusion au *Séraphîta* de Balzac, roman dans lequel l'auteur expose la doctrine du philosophe Swedenborg, et dont l'action se passe en Norvège.

tour illuminé ces décors, l'un versant sa tapageuse
lumière, l'autre ses patients enchantements.

Vous voyez, mon cher ami, que je ne puis jamais
considérer le choix du sujet comme indifférent, et que,
malgré l'amour nécessaire qui doit féconder le plus
humble morceau, je crois que le sujet fait pour l'artiste
une partie du génie, et pour moi, barbare malgré tout,
une partie du plaisir. En somme, je n'ai trouvé parmi
les paysagistes que des talents sages ou petits, avec une
très grande paresse d'imagination. Je n'ai pas vu chez
eux, chez tous, du moins, le charme naturel, si simplement exprimé, des savanes et des prairies de Catlin (je
parie qu'ils ne savent même pas ce que c'est que Catlin [1]), non plus que la beauté surnaturelle des paysages
de Delacroix, non plus que la magnifique imagination
qui coule dans les dessins de Victor Hugo, comme le
mystère dans le ciel. Je parle de ses dessins à l'encre de
Chine, car il est trop évident qu'en poésie notre poète
est le roi des paysagistes.

Je désire être ramené vers les dioramas [2] dont la
magie brutale et énorme sait m'imposer une utile illusion. Je préfère contempler quelques décors de théâtre,
où je trouve artistement exprimés et tragiquement
concentrés mes rêves les plus chers. Ces choses, parce
qu'elles sont fausses, sont infiniment plus près du vrai ;
tandis que la plupart de nos paysagistes sont des men-
teurs, justement parce qu'ils ont négligé de mentir.

---

1. Voir la note 1 p. 177 du « Salon de 1846 ».   **2.** Le diorama,
inventé par Daguerre et Bouton en 1822, consistait en des scènes ou
des paysages peints soumis à des jeux d'éclairage.

VIII

SCULPTURE[1]

Au fond d'une bibliothèque antique, dans le demi-jour propice qui caresse et suggère les longues pensées, Harpocrate[2], debout et solennel, un doigt posé sur sa bouche, vous commande le silence, et, comme un péda-gogue pythagoricien, vous dit : Chut ! avec un geste plein d'autorité. Apollon et les Muses, fantômes impé-rieux, dont les formes divines éclatent dans la pénombre, surveillent vos pensées, assistent à vos tra-vaux, et vous encouragent au sublime.

Au détour d'un bosquet, abritée sous de lourds ombrages, l'éternelle Mélancolie mire son visage auguste dans les eaux d'un bassin, immobiles comme elle. Et le rêveur qui passe, attristé et charmé, contem-plant cette grande figure aux membres robustes, mais alanguis par une peine secrète, dit : Voilà ma sœur !

Avant de vous jeter dans le confessionnal, au fond de cette petite chapelle ébranlée par le trot des omnibus, vous êtes arrêté par un fantôme décharné et magnifique, qui soulève discrètement l'énorme couvercle de son sépulcre pour vous supplier, créature passagère, de pen-ser à l'éternité ! Et au coin de cette allée fleurie qui mène à la sépulture de ceux qui vous sont encore chers,

---

1. Dans cet avant-dernier chapitre du « Salon de 1859 », Baude-laire va soumettre la sculpture à une systématisation esthétique et parachever ainsi son édifice théorique : la sculpture, comme la pein-ture, doit posséder ce pouvoir évocateur qui éveille dans l'esprit rêveries, souvenirs, sentiments mais c'est aussi un art symbolique, qui se rattache aux activités humaines, aux constructions humaines : les bibliothèques, les églises, les jardins, les villes, les cimetières. La sculpture apparaît liée au lieu ou à l'architecture ; elle n'est pas autonome comme la peinture, ce qui, somme toute, est une concep-tion plutôt traditionnelle de son rôle. Il est vrai qu'elle ne possède pas les prestiges et les charmes de la couleur !   2. En Égypte, il fut Horus enfant suçant son pouce ; les Grecs firent de lui le dieu du silence en déplaçant son geste. Il fut particulièrement honoré des pythagoriciens.

la figure prodigieuse du Deuil, prostrée, échevelée, noyée dans le ruisseau de ses larmes, écrasant de sa lourde désolation les restes poudreux d'un homme illustre, vous enseigne que richesse, gloire, patrie même, sont de pures frivolités, devant ce je ne sais quoi que personne n'a nommé ni défini, que l'homme n'exprime que par des adverbes mystérieux, tels que : peut-être, jamais, toujours [1] ! et qui contient, quelques-uns l'espèrent, la béatitude infinie, tant désirée, ou l'angoisse sans trêve dont la raison moderne repousse l'image avec le geste convulsif de l'agonie.

L'esprit charmé par la musique des eaux jaillissantes, plus douce que la voix des nourrices, vous tombez dans un boudoir de verdure, où Vénus et Hébé, déesses badines qui présidèrent quelquefois à votre vie, étalent sous des alcôves de feuillage les rondeurs de leurs membres charmants qui ont puisé dans la fournaise le rose éclat de la vie. Mais ce n'est guère que dans les jardins du temps passé que vous trouverez ces délicieuses surprises ; car des trois matières excellentes qui s'offrent à l'imagination pour remplir le rêve sculptural, bronze, terre cuite et marbre, la dernière seule, dans notre âge, jouit fort injustement, selon nous, d'une popularité presque exclusive.

Vous traversez une grande ville vieillie dans la civilisation, une de celles qui contiennent les archives les plus importantes de la vie universelle, et vos yeux sont tirés en haut, *sursum, ad sidera* [2] ; car sur les places publiques, aux angles des carrefours, des personnages immobiles, plus grands que ceux qui passent à leurs pieds, vous racontent dans un langage muet les pompeuses légendes de la gloire, de la guerre, de la science et du martyre. Les uns montrent le ciel, où ils ont sans cesse aspiré ; les autres désignent le sol d'où ils se sont élancés. Ils agitent ou contemplent ce qui fut la passion

---

1. Devant ces trois réponses face à la mort — l'une d'elles fait irrésistiblement penser au « Corbeau » de Poe —, Baudelaire en définitive ne se prononce pas. 2. Écho des *Métamorphoses* d'Ovide et de son propre poème : « Le Cygne ».

de leur vie et qui en est devenu l'emblème : un outil,
une épée, un livre, une torche, *vitaï lampada*[1] ! Fussiez-
vous le plus insouciant des hommes, le plus malheureux
ou le plus vil, mendiant ou banquier, le fantôme de
pierre s'empare de vous pendant quelques minutes, et
vous commande, au nom du passé, de penser aux choses
qui ne sont pas de la terre.

Tel est le rôle divin de la sculpture.

Qui peut douter qu'une puissante imagination ne soit
nécessaire pour remplir un si magnifique programme ?
Singulier art qui s'enfonce dans les ténèbres du temps,
et qui déjà, dans les âges primitifs, produisait des
œuvres dont s'étonne l'esprit civilisé ! Art, où ce qui
doit être compté comme qualité en peinture peut devenir
vice ou défaut, où la perfection est d'autant plus nécessaire que le moyen, plus complet en apparence, mais
plus barbare et plus enfantin, donne toujours, même aux
plus médiocres œuvres, un semblant de fini et de perfection. Devant un objet tiré de la nature et représenté par
la sculpture, c'est-à-dire rond, fuyant, autour duquel on
peut tourner librement, et, comme l'objet naturel lui-
même, environné d'atmosphère, le paysan, le sauvage,
l'homme primitif, n'éprouvent aucune indécision ; tandis qu'une peinture, par ses prétentions immenses, par
sa nature paradoxale et abstractive, les inquiète et les
trouble. Il nous faut remarquer ici que le bas-relief est
déjà un mensonge, c'est-à-dire un pas fait vers un art
plus civilisé, s'éloignant d'autant de l'idée pure de
sculpture. On se souvient que Catlin faillit être mêlé à
une querelle fort dangereuse entre des chefs sauvages,
ceux-ci plaisantant celui-là dont il avait peint le portrait
de profil, et lui reprochant de s'être laissé voler la moitié de son visage. Le singe, quelquefois surpris par une
magique peinture de nature, tourne derrière l'image
pour en trouver l'envers. Il résulte des conditions barbares dans lesquelles la sculpture est enfermée, qu'elle

---

1. Lucrèce : *De natura rerum* (II, v. 79) ; « *et quasi cursores
vitae lampada tradunt* » (comme des coureurs qui se transmettent le
flambeau de la vie).

réclame, en même temps qu'une exécution très parfaite, une spiritualité très élevée. Autrement elle ne produira que l'objet étonnant dont peuvent s'ébahir le singe et le sauvage. Il en résulte aussi que l'œil de l'amateur lui-même, quelquefois fatigué par la monotone blancheur de toutes ces grandes poupées, exactes dans toutes leurs proportions de longueur et d'épaisseur, abdique son autorité. Le médiocre ne lui semble pas toujours méprisable, et, à moins qu'une statue ne soit outrageusement détestable, il peut la prendre pour bonne ; mais une sublime pour mauvaise, jamais ! Ici, plus qu'en toute autre matière, le beau s'imprime dans la mémoire d'une manière indélébile. Quelle force prodigieuse l'Égypte, la Grèce, Michel-Ange, Coustou[1] et quelques autres ont mise dans ces fantômes immobiles ! Quel regard dans ces yeux sans prunelle ! De même que la poésie lyrique ennoblit tout, même la passion, la sculpture, la vraie, solennise tout, même le mouvement ; elle donne à tout ce qui est humain quelque chose d'éternel et qui participe de la dureté de la matière employée. La colère devient calme, la tendresse sévère, le rêve ondoyant et brillanté de la peinture se transforme en méditation solide et obstinée. Mais si l'on veut songer combien de perfections il faut réunir pour obtenir cet austère enchantement, on ne s'étonnera pas de la fatigue et du découragement qui s'emparent souvent de notre esprit en parcourant les galeries des sculptures modernes, où le but divin est presque toujours méconnu, et le joli, le minutieux, complaisamment substitués au grand.

Nous avons le goût de facile composition, et notre dilettantisme peut s'accommoder tour à tour de toutes les grandeurs et de toutes les coquetteries. Nous savons aimer l'art mystérieux et sacerdotal de l'Égypte et de Ninive, l'art de la Grèce, charmant et raisonnable à la fois, l'art de Michel-Ange, précis comme une science, prodigieux comme le rêve, l'habileté du XVIIIe siècle, qui

---

1. On peut penser à Guillaume Ier Coustou, élève de Coysevox et auteur des « Chevaux de Marly », autrefois place de la Concorde, et aujourd'hui déposés au Louvre.

est la fougue dans la vérité ; mais dans ces différents
modes de la sculpture, il y a la puissance d'expression
et la richesse de sentiment, résultat inévitable d'une
imagination profonde qui chez nous maintenant fait trop
souvent défaut. On ne trouvera donc pas surprenant que
je sois bref dans l'examen des œuvres de cette année.
Rien n'est plus doux que d'admirer, rien n'est plus désagréable que de critiquer. La grande faculté, la principale, ne brille que comme les images des patriotes
romains, par son absence. C'est donc ici le cas de
remercier M. Franceschi[1] pour son *Andromède*. Cette
figure, généralement remarquée, a suscité quelques critiques selon nous trop faciles. Elle a cet immense mérite
d'être poétique, excitante et noble. On a dit que c'était
un plagiat, et que M. Franceschi avait simplement mis
debout une figure couchée de Michel-Ange. Cela n'est
pas vrai. La langueur de ces formes menues quoique
grandes, l'élégance paradoxale de ces membres est bien
le fait d'un auteur moderne. Mais quand même il aurait
emprunté son inspiration au passé, j'y verrais un motif
d'éloge plutôt que de critique ; il n'est pas donné à tout
le monde d'imiter ce qui est grand, et quand ces imitations sont le fait d'un jeune homme, qui a naturellement
un grand espace de vie ouvert devant lui, c'est bien plutôt pour la critique une raison d'espérance que de
défiance.

Quel diable d'homme que M. Clésinger ! Tout ce
qu'on peut dire de plus beau sur son compte, c'est qu'à
voir cette facile production d'œuvres si diverses, on
devine une intelligence ou plutôt un tempérament toujours en éveil, un homme qui a l'amour de la sculpture
dans le ventre. Vous admirez un morceau merveilleusement réussi ; mais tel autre morceau dépare complètement la statue. Voilà une figure d'un jet élancé et
enthousiasmant ; mais voici des draperies qui, voulant
paraître légères, sont tubulées et tortillées comme du
macaroni. M. Clésinger attrape quelquefois le mouve-

---

1. Louis-Julien, dit Jules Franceschi (1825-1893), élève de Rude ;
il eut une carrière honorable et fut médaillé plusieurs fois au Salon.

ment, il n'obtient jamais l'élégance complète. La beauté
de style et de caractère qu'on a tant louée dans ses
bustes de dames romaines n'est pas décidée ni parfaite.
On dirait que souvent, dans son ardeur précipitée du
travail, il oublie des muscles et néglige le mouvement
si précieux du modelé. Je ne veux pas parler de ses
malheureuses *Sapho*[1], je sais que maintes fois il a fait
beaucoup mieux ; mais même dans ses statues les mieux
réussies, un œil exercé est affligé par cette méthode
abréviative qui donne aux membres et au visage humain
ce fini et ce poli banal de la cire coulée dans un moule.
Si Canova fut quelquefois charmant, ce ne fut certes pas
grâce à ce défaut. Tout le monde a loué fort justement
son *Taureau romain* ; c'est vraiment un fort bel ouvrage ; mais, si j'étais M. Clésinger, je n'aimerais pas être
loué si magnifiquement pour avoir fait l'image d'une
bête, si noble et superbe qu'elle fût. Un sculpteur tel
que lui doit avoir d'autres ambitions et caresser d'autres
images que celles des taureaux[2].

Il y a un *Saint Sébastien* d'un élève de Rude, M. Just
Becquet, qui est une patiente et vigoureuse sculpture[3].
Elle fait à la fois penser à la peinture de Ribera et à
l'âpre statuaire espagnole. Mais si l'enseignement de
M. Rude, qui eut une si grande action sur l'école de
notre temps, a profité à quelques-uns, à ceux sans doute
qui savaient commenter cet enseignement par leur esprit
naturel, il a précipité les autres, trop dociles, dans les
plus étonnantes erreurs. Voyez, par exemple, cette *Gaule*[4] ! La première forme que la Gaule revêt dans votre
esprit est celle d'une personne de grande allure, libre,
puissante, de forme robuste et dégagée, la fille bien
découplée des forêts, la femme sauvage et guerrière,
dont la voix était écoutée dans les conseils de la patrie.

---

1. Clésinger exposait deux marbres sous ces titres : *Jeunesse de
Sapho* (Saint-Pétersbourg, Ermitage) et *Sapho terminant son dernier
chant*.   **2.** Cette remarque situe remarquablement Baudelaire et
ses goûts artistiques quant au sujet « idéal », à savoir la personne
humaine.   **3.** Juste Becquet (1829-1907) était, en effet, élève de
Rude et fut l'auteur en 1879 du « Monument à Denfert-Rochereau »
de Montbéliard.   **4.** Plâtre de Jean-Baptiste Baujault (1828-1899).

Or, dans la malheureuse figure dont je parle, tout ce qui constitue la force et la beauté est absent. Poitrine, hanches, cuisses, jambes, tout ce qui doit faire relief est creux. J'ai vu sur les tables de dissection de ces cadavres ravagés par la maladie et par une misère continue de quarante ans. L'auteur a-t-il voulu représenter l'affaiblissement, l'épuisement d'une femme qui n'a pas connu d'autre nourriture que le gland des chênes, et a-t-il pris l'antique et forte Gaule pour la femelle décrépite d'un Papou ? Cherchons une explication moins ambitieuse, et croyons simplement qu'ayant entendu répéter fréquemment qu'il fallait copier fidèlement le modèle, et n'étant pas doué de la clairvoyance nécessaire pour en choisir un beau, il a copié le plus laid de tous avec une parfaite dévotion. Cette statue a trouvé des éloges, sans doute pour son œil de Velléda d'album lancé à l'horizon. Cela ne m'étonne pas.

Voulez-vous contempler encore une fois, mais sous une autre forme, le contraire de la sculpture ? Regardez ces deux petits mondes dramatiques inventés par M. Butté[1] et qui représentent, je crois, la *Tour de Babel* et le *Déluge*. Mais le sujet importe peu, d'ailleurs, quand par sa nature ou par la manière dont il est traité, l'essence même de l'art se trouve détruite. Ce monde lilliputien, ces processions en miniature, ces petites foules serpentant dans des quartiers de roche, font penser à la fois aux plans en relief du musée de marine, aux pendules-tableaux à musique et aux paysages avec forteresse, pont-levis et garde montante, qui se font voir chez les pâtissiers et les marchands de joujoux. Il m'est extrêmement désagréable d'écrire de pareilles choses, surtout quand il s'agit d'œuvres où d'ailleurs on trouve de l'imagination et de l'ingéniosité, et si j'en parle, c'est parce qu'elles servent à constater, importantes en cela seulement, l'un des plus grands vices de l'esprit, qui est la désobéissance opiniâtre aux règles constitutives de l'art. Quelles sont les qualités, si belles qu'on les sup-

---

1. Stefano Butti exposait un « Épisode du Déluge universel » et une « Scène du massacre des Innocents », groupes en marbre.

pose, qui pourraient contrebalancer une si défectueuse énormité ? Quel cerveau bien portant peut concevoir sans horreur une peinture en relief, une sculpture agitée par la mécanique, une ode sans rimes, un roman versifié, etc. ? Quand le but naturel d'un art est méconnu, il est naturel d'appeler à son secours tous les moyens étrangers à cet art. Et à propos de M. Butté, qui a voulu représenter dans de petites proportions de vastes scènes exigeant une quantité innombrable de personnages, nous pouvons remarquer que les anciens reléguaient toujours ces tentatives dans le bas-relief, et que, parmi les modernes, de très grands et très habiles sculpteurs ne les ont jamais osées sans détriment et sans danger. Les deux conditions essentielles, l'unité d'impression et la totalité d'effet, se trouvent douloureusement offensées, et, si grand que soit le talent du *metteur en scène*, l'esprit inquiet se demande s'il n'a pas déjà senti une impression analogue chez Curtius[1]. Les vastes et magnifiques groupes qui ornent les jardins de Versailles ne sont pas une réfutation complète de mon opinion ; car, outre qu'ils ne sont pas toujours également réussis, et que quelques-uns, par leur caractère de débandade, surtout parmi ceux où presque toutes les figures sont verticales, ne serviraient au contraire qu'à confirmer ladite opinion, je ferai de plus remarquer que c'est là une sculpture toute spéciale où les défauts, quelquefois très voulus, disparaissent sous un feu d'artifice liquide, sous une pluie lumineuse ; enfin c'est un art complété par l'hydraulique, un art inférieur en somme. Cependant les plus parfaits parmi ces groupes ne sont tels que parce qu'ils se rapprochent davantage de la vraie sculpture et que, par leurs attitudes penchées et leurs entrelacements, les figures créent cette arabesque générale de la composition, immobile et fixe dans la peinture, mobile et

---

1. Créateur de deux musées de cire : l'un, au Palais-Royal, montrait les figures de gens importants et célèbres, l'autre, installé boulevard du Temple (connu aussi sous le nom de « boulevard du crime »), exposait les effigies des criminels et autres gens peu recommandables.

variable dans la sculpture comme dans les pays de montagnes.

Nous avons déjà, mon cher M***, parlé des *esprits pointus*, et nous avons reconnu que parmi ces esprits pointus, tous plus ou moins entachés de désobéissance à l'idée de l'art pur, il y en avait cependant un ou deux intéressants. Dans la sculpture, nous retrouvons les mêmes malheurs. Certes M. Frémiet est un bon sculpteur ; il est habile, audacieux, subtil, cherchant l'effet étonnant, le trouvant quelquefois ; mais, c'est là son malheur, le cherchant souvent à côté de la voie naturelle. L'*Orang-outang entraînant une femme au fond des bois* (ouvrage refusé, que naturellement je n'ai pas vu [1]), est bien l'idée d'un esprit pointu. Pourquoi pas un crocodile, un tigre, ou toute autre bête susceptible de manger une femme ? Non pas ! songez bien qu'il ne s'agit pas de manger, mais de violer. Or le singe seul, le singe gigantesque, à la fois plus et moins qu'un homme, a manifesté quelquefois un appétit humain pour la femme. Voilà donc le moyen d'étonnement trouvé ! « *Il* l'entraîne ; saura-t-*elle* résister ? » telle est la question que se fera tout le public féminin. Un sentiment bizarre, compliqué, fait en partie de terreur et en partie de curiosité priapique, enlèvera le succès. Cependant, comme M. Frémiet est un excellent ouvrier, l'animal et la femme seront également bien imités et modelés. En vérité, de tels sujets ne sont pas dignes d'un talent aussi mûr, et le jury s'est bien conduit en repoussant ce vilain drame.

Si M. Frémiet me dit que je n'ai pas le droit de scruter les intentions et de parler de ce que je n'ai pas vu, je me rabattrai humblement sur son *Cheval de saltimbanque*. Pris en lui-même, le petit cheval est charmant ;

---

1. Emmanuel Frémiet (1824-1910), neveu et élève de Rude, se rendit célèbre d'abord comme animalier et eut une carrière florissante, tant par les commandes reçues (par exemple, la « Jeanne d'Arc » de la place des Pyramides) que par les bronzes d'édition. La sculpture en question a été détruite ; le Musée de Nantes conserve un plâtre légèrement différent, traitant du même sujet et datant de 1887.

son épaisse crinière, son mufle carré, son air spirituel, sa croupe avalée, ses petites jambes solides et grêles à la fois, tout le désigne comme un de ces humbles animaux qui ont de la race. Ce hibou, perché sur son dos, m'inquiète (car je suppose que je n'ai pas lu le livret), et je me demande pourquoi l'oiseau de Minerve est posé sur la création de Neptune ? Mais j'aperçois les marionnettes accrochées à la selle : l'idée de sagesse représentée par le hibou m'entraîne à croire que les marionnettes figurent les frivolités du monde. Reste à expliquer l'utilité du cheval, qui, dans le langage apocalyptique, peut fort bien symboliser l'intelligence, la volonté, la vie. Enfin, j'ai positivement et patiemment découvert que l'ouvrage de M. Frémiet représente l'intelligence humaine portant partout avec elle l'idée de la sagesse et le goût de la folie. Voilà bien l'immortelle antithèse philosophique, la contradiction essentiellement humaine sur laquelle pivote depuis le commencement des âges toute philosophie et toute littérature, depuis les règnes tumultueux d'Ormuz et d'Ahrimane jusqu'au révérend Maturin, depuis Manès jusqu'à Shakespeare[1] !... Mais un voisin que j'irrite veut bien m'avertir que je cherche midi à quatorze heures, et que cela représente simplement le cheval d'un saltimbanque... Ce hibou solennel, ces marionnettes mystérieuses n'ajoutaient donc aucun sens nouveau à l'idée *cheval* ? En tant que simple cheval, en quoi augmentent-elles son mérite ? Il fallait évidemment intituler cet ouvrage : *Cheval de saltimbanque, en l'absence du saltimbanque, qui est allé tirer les cartes et boire un coup dans un cabaret supposé du voisinage !* Voilà le vrai titre !

MM. Carrier, Oliva et Prouha[2] sont plus modestes que M. Frémiet et moi ; ils se contentent d'étonner par

---

1. Dans l'hérésie manichéenne (fondée par Manès), la création est coupée en deux moitiés distinctes, entre Ahrimane, génie du mal, et Orzmud, génie du bien, qui s'opposent et luttent pour la domination.
2. Alexandre Oliva (1823-1890) exposait, entre autres, le buste du général Bizot (déposé à l'école Polytechnique) et celui de Mercey (Musée Hyacinthe Rigaud, Montauban) ; Pierre Bernard Prouha (1822-1888) ; aucun des deux n'a laissé un souvenir impérissable.

la souplesse et l'habileté de leur art. Tous les trois, avec
des facultés plus ou moins tendues, ont une visible sympathie pour la sculpture vivante du XVIIIe et du
XVIIe siècle. Ils ont aimé et étudié Caffieri, Puget, Coustou, Houdon, Pigalle, Francin[1]. Depuis longtemps les
vrais amateurs ont admiré les bustes de M. Oliva, vigoureusement modelés, où la vie respire, où le regard même
étincelle. Celui qui représente le *Général Bizot* est un
des bustes les plus *militaires* que j'aie vus. *M. de Mercey* est un chef-d'œuvre de finesse. Tout le monde a
remarqué récemment dans la cour du Louvre une charmante figure de M. Prouha qui rappelait les grâces
nobles et mignardes de la Renaissance. M. Carrier peut
se féliciter et se dire content de lui[2]. Comme les maîtres
qu'il affectionne, il possède l'énergie et l'esprit. Un peu
trop de décolleté et de débraillé dans le costume
contraste peut-être malheureusement avec le fini vigoureux et patient des visages. Je ne trouve pas que ce soit
un défaut de chiffonner une chemise ou une cravate et
de tourmenter agréablement les revers d'un habit, je
parle seulement d'un manque d'accord relativement à
l'idée d'ensemble ; et encore avouerai-je volontiers que
je crains d'attribuer trop d'importance à cette observation, et les bustes de M. Carrier m'ont causé un assez
vif plaisir pour me faire oublier cette petite impression
toute fugitive.

Vous vous rappelez, mon cher, que nous avons déjà
parlé de *Jamais et Toujours*[3] ; je n'ai pas encore pu
trouver l'explication de ce titre logographique. Peut-être
est-ce un coup de désespoir, ou un caprice sans motif,
comme *Rouge et Noir*. Peut-être M. Hébert a-t-il cédé

---

1. Claude Francin (1702-1773) ; le Louvre conserve de lui un
« Christ attaché à la colonne ».   2. Albert-Ernest Carrier de Bel-
leuse, dit Carrier-Belleuse (1824-1887), élève de David d'Angers,
connut une certaine vogue sous le Second Empire, à partir des années
1860, pour ses bustes empreints d'une grâce spontanée et nerveuse.   3. « Toujours et Jamais » était le titre de la statue d'Émile
Hébert.

à ce goût de MM. Commerson et Paul de Kock[1], qui
les pousse à voir une pensée dans le choc fortuit de
toute antithèse. Quoi qu'il en soit, il a fait une charmante sculpture de chambre, dira-t-on (quoiqu'il soit
douteux que le bourgeois et la bourgeoise en veuillent
décorer leur boudoir), espèce de vignette en sculpture,
mais qui cependant pourrait peut-être, exécutée dans de
plus grandes proportions, faire une excellente décoration funèbre dans un cimetière ou dans une chapelle. La
jeune fille, d'une forme riche et souple, est enlevée et
balancée avec une légèreté harmonieuse ; et son corps,
convulsé dans une extase ou dans une agonie, reçoit
avec résignation le baiser de l'immense squelette. On
croit généralement, peut-être parce que l'antiquité ne le
connaissait pas ou le connaissait peu, que le squelette doit
être exclu du domaine de la sculpture. C'est une grande
erreur. Nous le voyons apparaître au Moyen Âge, se
comportant et s'étalant avec toute la maladresse cynique
et toute la superbe de l'idée sans art. Mais, depuis lors
jusqu'au XVIIIe siècle, climat historique de l'amour et des
roses, nous voyons le squelette fleurir avec bonheur
dans tous les sujets où il lui est permis de s'introduire.
Le sculpteur comprit bien vite tout ce qu'il y a de beauté
mystérieuse et abstraite dans cette maigre carcasse, à
qui la chair sert d'habit, et qui est comme le plan du
poème humain. Et cette grâce, caressante, mordante,
presque scientifique, se dresse à son tour, claire et puri-
fiée des souillures de l'humus, parmi les grâces innombrables que l'Art avait déjà extraites de l'ignorante
Nature. Le squelette de M. Hébert n'est pas, à proprement parler, un squelette. Je ne crois pas cependant que
l'artiste ait voulu esquiver, comme on dit, la difficulté.
Si ce puissant personnage porte ici le caractère vague
des fantômes, des larves et des lamies, s'il est encore,
en de certaines parties, revêtu d'une peau parcheminée
qui se colle aux jointures comme les membranes d'un

---

1. Commerson, fondateur du *Tintamarre*, où il écrivait sous le
pseudonyme de « Citrouillard », était expert en calembours ; quant à
Paul de Kock, il était un des rois du roman-feuilleton.

palmipède, s'il s'enveloppe et se drape à moitié d'un immense suaire soulevé çà et là par les saillies des articulations, c'est que sans doute l'auteur voulait surtout exprimer l'idée vaste et flottante du néant. Il a réussi, et son fantôme est *plein de vide*.

L'agréable occurrence de ce sujet macabre m'a fait regretter que M. Christophe [1] n'ait pas exposé deux morceaux de sa composition, l'un d'une nature tout à fait analogue, l'autre plus gracieusement allégorique. Ce dernier représente une femme nue, d'une grande et vigoureuse tournure florentine (car M. Christophe n'est pas de ces artistes faibles, en qui l'enseignement positif et minutieux de Rude a détruit l'imagination), et qui, vue en face, présente au spectateur un visage souriant et mignard, un visage de théâtre. Une légère draperie, habilement tortillée, sert de suture entre cette jolie tête de convention et la robuste poitrine sur laquelle elle a l'air de s'appuyer. Mais, en faisant un pas de plus à gauche ou à droite, vous découvrez le secret de l'allégorie, la morale de la fable, je veux dire la véritable tête révulsée, se pâmant dans les larmes et l'agonie. Ce qui avait d'abord enchanté vos yeux, c'était un masque, c'était le masque universel, votre masque, mon masque, joli éventail dont une main habile se sert pour voiler aux yeux du monde la douleur ou le remords. Dans cet ouvrage, tout est charmant et robuste. Le caractère vigoureux du corps fait un contraste pittoresque avec l'expression mystique d'une idée toute mondaine, et la surprise n'y joue pas un rôle plus important qu'il n'est permis. Si jamais l'auteur consent à jeter cette conception dans le commerce, sous la forme d'un bronze de petite dimension, je puis, sans imprudence, lui prédire un immense succès.

Quant à l'autre idée, si charmante qu'elle soit, ma foi, je n'en répondrais pas ; d'autant moins que, pour être pleinement exprimée, elle a besoin de deux matières,

---

1. Cette statue d'Ernest Christophe intitulée « Le Masque » n'était pas exposée en 1859 ; elle fut reprise en marbre ultérieurement et celui-ci est au Musée d'Orsay.

l'une claire et terne pour exprimer le squelette, l'autre sombre et brillante pour rendre le vêtement, ce qui augmenterait naturellement l'horreur de l'idée et son impopularité. Hélas !

Les charmes de l'horreur n'enivrent que les forts[1] !

Figurez-vous un grand squelette féminin tout prêt à partir pour une fête. Avec sa face aplatie de négresse, son sourire sans lèvre et sans gencive, et son regard qui n'est qu'un trou plein d'ombre, l'horrible chose qui fut une belle femme a l'air de chercher vaguement dans l'espace l'heure délicieuse du rendez-vous ou l'heure solennelle du sabbat inscrite au cadran invisible des siècles. Son buste, disséqué par le temps, s'élance coquettement de son corsage, comme de son cornet un bouquet desséché, et toute cette pensée funèbre se dresse sur le piédestal d'une fastueuse crinoline. Qu'il me soit permis, pour abréger, de citer un lambeau rimé dans lequel j'ai essayé non pas d'*illustrer*, mais d'expliquer le plaisir subtil contenu dans cette figurine, à peu près comme un lecteur soigneux barbouille de crayon les marges de son livre :

Fière, autant qu'un vivant, de sa noble stature,
Avec son gros bouquet, son mouchoir et ses gants
Elle a la nonchalance et la désinvolture
D'une coquette maigre aux airs extravagants.

Vit-on jamais au bal une taille plus mince ?
Sa robe, exagérée en sa royale ampleur,
S'écroule abondamment sur un pied sec que pince
Un soulier pomponné joli comme une fleur.

La ruche qui se joue au bord des clavicules,
Comme un ruisseau lascif qui se frotte au rocher,
Défend pudiquement des lazzi ridicules
Les funèbres appas qu'elle tient à cacher.

---

1. Vers extrait de la « Danse macabre » de Baudelaire ; le poème, dans la première publication, était dédié à Christophe.

Ses yeux profonds sont faits de vide et de ténèbres,
Et son crâne, de fleurs artistement coiffé,
Oscille mollement sur ses frêles vertèbres.
Ô charme du néant follement attifé !

Aucuns t'appelleront une caricature,
Qui ne comprennent pas, amants ivres de chair,
L'élégance sans nom de l'humaine armature !
Tu réponds, grand squelette, à mon goût le plus cher !

Viens-tu troubler, avec ta puissante grimace,
La fête de la vie[1]............. ?

   Je crois, mon cher, que nous pouvons nous arrêter
ici ; je citerais de nouveaux échantillons que je n'y
pourrais trouver que de nouvelles preuves superflues à
l'appui de l'idée principale qui a gouverné mon travail
depuis le commencement, à savoir que les talents les
plus ingénieux et les plus patients ne sauraient suppléer
le goût du grand et la sainte fureur de l'imagination. On
s'est amusé, depuis quelques années, à critiquer, plus
qu'il n'est permis, un de nos amis les plus chers ; eh
bien ! je suis de ceux qui confessent, et sans rougir, que,
quelle que soit l'habileté développée annuellement par
nos sculpteurs, je ne retrouve pas dans leurs œuvres
(depuis la disparition de David[2]) le plaisir immatériel
que m'ont donné si souvent les rêves tumultueux, même
incomplets, d'Auguste Préault[3].

---

   1. Extrait de « Danse macabre ».   **2.** David d'Angers était mort
en 1856.   **3.** Voir le « Salon de 1846 », chap. XVI, et la note 2
p. 229.

IX

ENVOI

Enfin, il m'est permis de proférer l'irrésistible *ouf !* que lâche avec tant de bonheur tout simple mortel, non privé de sa rate et condamné à une course forcée, quand il peut se jeter dans l'oasis de repos tant espérée depuis longtemps. Dès le commencement, je l'avouerai volontiers, les caractères béatifiques qui composent le mot FIN apparaissaient à mon cerveau, revêtus de leur peau noire, comme de petits baladins éthiopiens qui exécuteraient la plus aimable des danses de *caractère*. MM. les artistes, je parle des vrais artistes, de ceux-là qui pensent comme moi que tout ce qui n'est pas la perfection devrait se cacher, et que tout ce qui n'est pas sublime est inutile et coupable, de ceux-là qui savent qu'il y a une épouvantable profondeur dans la première idée venue, et que, parmi les manières innombrables de l'exprimer, il n'y en a tout au plus que deux ou trois d'excellentes (je suis moins sévère que La Bruyère [1]) ; ces artistes-là, dis-je, toujours mécontents et non rassasiés, comme des âmes enfermées, ne prendront pas de travers certains badinages et certaines humeurs quinteuses dont ils souffrent aussi souvent que le critique. Eux aussi, ils savent que rien n'est plus fatigant que d'expliquer ce que tout le monde devrait savoir. Si l'ennui et le mépris peuvent être considérés comme des passions, pour eux aussi le mépris et l'ennui ont été les passions les plus difficilement rejetables, les plus fatales, les plus sous la main. Je m'impose à moi-même les dures conditions que je voudrais voir chacun s'imposer ; je me dis sans cesse : *à quoi bon ?* et je me demande, en supposant que j'aie exposé quelques bonnes raisons : à qui et à quoi peuvent-elles servir ? Parmi les nombreuses omis-

---

1. *Les Caractères* de La Bruyère, « Des ouvrages de l'esprit » : « Entre toutes les différentes expressions qui peuvent rendre une seule de nos pensées, il n'y en a qu'une qui soit la bonne. »

sions que j'ai commises, il y en a de volontaires ; j'ai fait exprès de négliger une foule de talents évidents, trop reconnus pour être loués, pas assez singuliers, en bien ou en mal, pour servir de thème à la critique. Je m'étais imposé de chercher l'Imagination à travers le Salon, et, l'ayant rarement trouvée, je n'ai dû parler que d'un petit nombre d'hommes. Quant aux omissions ou erreurs involontaires que j'ai pu commettre, la Peinture me les pardonnera, comme à un homme qui, à défaut de connaissances étendues, a l'amour de la Peinture jusque dans les nerfs. D'ailleurs, ceux qui peuvent avoir quelque raison de se plaindre trouveront des vengeurs ou des consolateurs bien nombreux, sans compter celui de nos amis que vous chargerez de l'analyse de la prochaine exposition, et à qui vous donnerez les mêmes libertés que vous avez bien voulu m'accorder. Je souhaite de tout mon cœur qu'il rencontre plus de motifs d'étonnement ou d'éblouissement que je n'en ai consciencieusement trouvé. Les nobles et excellents artistes que j'invoquais tout à l'heure diront comme moi : en résumé, beaucoup de pratique et d'habileté, mais très peu de génie ! C'est ce que tout le monde dit. Hélas ! je suis d'accord avec tout le monde. Vous voyez, mon cher M***, qu'il était bien inutile d'expliquer ce que chacun d'eux pense comme nous. Ma seule consolation est d'avoir peut-être su plaire, dans l'étalage de ces lieux communs, à deux ou trois personnes qui me devinent quand je pense à elles, et au nombre desquelles je vous prie de vouloir bien vous compter.

Votre très dévoué collaborateur et ami.

PEINTURES MURALES
D'EUGÈNE DELACROIX
À SAINT-SULPICE [1]

Le sujet de la peinture qui couvre la face gauche de la chapelle décorée par M. Delacroix est contenu dans ces versets de la Genèse :

« Après avoir fait passer tout ce qui était à lui,

« Il demeura seul en ce lieu-là. Et il parut en même temps un homme qui lutta contre lui jusqu'au matin.

« Cet homme, voyant qu'il ne pouvait le surmonter, lui toucha le nerf de la cuisse, qui se sécha aussitôt ;

---

1. Ce court article parut le 15 septembre 1861 dans la *Revue fantaisiste*. La chapelle des Saints-Anges, à Saint-Sulpice, est la dernière grande décoration exécutée par Delacroix ; élaborée dès 1851, elle ne fut achevée qu'en 1861 au prix d'un effort surhumain, la santé de Delacroix s'altérant de plus en plus. La chapelle fut inaugurée le 21 juillet 1861. Delacroix, dans son *Journal*, nota ceci au 1er janvier 1861 : « J'ai commencé cette année en poursuivant mon travail à l'église comme à l'ordinaire ; je n'ai fait de visites que par cartes, qui ne me dérangent point, et j'ai été travailler toute la journée ; heureuse vie ! Compensation céleste de mon isolement prétendu ! Frères, pères, parents de tous les degrés, amis vivant ensemble se querellent et se détestent plus ou moins sans un mot que trompeur. La peinture me harcèle et me tourmente de mille manières à la vérité, comme la maîtresse la plus exigeante ; depuis quatre mois, je fuis dès le petit jour et je cours à ce travail enchanteur, comme aux pieds de la maîtresse la plus chérie ; ce qui me paraissait de loin facile à surmonter me présente d'horribles et incessantes difficultés. Mais d'où vient que ce combat éternel, au lieu de m'abattre, me relève, au lieu de me décourager, me console et remplit mes moments, quand je l'ai quitté ? Heureuse compensation de ce que les belles années ont emporté avec elles ; noble emploi des instants de la vieillesse qui m'assiège déjà de mille côtés, mais qui me laisse pourtant encore la force de surmonter les douleurs du corps et les peines de l'âme ! »

« Et il lui dit : Laissez-moi aller ; car l'aurore commence déjà à paraître. Jacob lui répondit : Je ne vous laisserai point aller que vous ne m'ayez béni.

« Cet homme lui demanda : Comment vous appelez-vous ? Il lui répondit : Je m'appelle Jacob.

« Et le même ajouta : On ne vous nommera plus à l'avenir Jacob, mais Israël : car, si vous avez été fort contre Dieu, combien le serez-vous davantage contre les hommes ?

« Jacob lui fit ensuite cette demande : Dites-moi, je vous prie, comment vous vous appelez ? Il lui répondit : Pourquoi me demandez-vous mon nom ? Et il le bénit en ce même lieu.

« Jacob donna le nom de Phanuel à ce lieu-là en disant : J'ai vu Dieu face à face et mon âme a été sauvée.

« Aussitôt qu'il eut passé ce lieu qu'il venait de nommer Phanuel, il vit le soleil qui se levait ; mais il se trouva boiteux d'une jambe.

« C'est pour cette raison que, jusqu'aujourd'hui, les enfants d'Israël ne mangent point du nerf des bêtes, se souvenant de celui qui fut touché en la cuisse de Jacob, et qui demeura sans mouvement[1]. »

De cette bizarre légende, que beaucoup de gens interprètent allégoriquement, et que ceux de la Kabbale et de la Nouvelle Jérusalem[2] traduisent sans doute dans des sens différents, Delacroix, s'attachant au sens matériel, comme il devait faire, a tiré tout le parti qu'un peintre de son tempérament en pouvait tirer. La scène est au gué de Jaboc ; les lueurs riantes et dorées du matin traversent la plus riche et la plus robuste végétation qui se puisse imaginer, une végétation qu'on pourrait appeler patriarcale. À gauche, un ruisseau limpide s'échappe en cascades ; à droite, dans le fond, s'éloignent les derniers rangs de la caravane qui conduit vers Ésaü les riches présents de Jacob : « deux cents chèvres, vingt boucs, deux cents brebis et vingt béliers,

---

1. Genèse, XXXII, 24-33 ; la citation est empruntée à la traduction de la Bible par Lemaistre de Sacy.   2. Les swédenborgiens.

trente femelles de chameaux avec leurs petits, quarante vaches, vingt taureaux, vingt ânesses et vingt ânons. » Au premier plan, gisent, sur le terrain, les vêtements et les armes dont Jacob s'est débarrassé pour lutter corps à corps avec l'*homme* mystérieux envoyé par le Seigneur. L'homme naturel et l'homme surnaturel luttent chacun selon sa nature, Jacob incliné en avant comme un bélier et bandant toute sa musculature, l'ange se prêtant complaisamment au combat, calme, doux, comme un être qui peut vaincre sans effort des muscles et ne permettant pas à la colère d'altérer la forme divine de ses membres.

Le plafond est occupé par une peinture de forme circulaire représentant Lucifer terrassé sous les pieds de l'archange Michel. C'est là un de ces sujets légendaires qu'on trouve répercutés dans plusieurs religions et qui occupent une place même dans la mémoire des enfants, bien qu'il soit difficile d'en suivre les traces positives dans les saintes Écritures. Je ne me souviens, pour le présent, que d'un verset d'Isaïe, qui toutefois n'attribue pas clairement au nom *Lucifer* le sens légendaire ; d'un verset de saint Jude, où il est simplement question d'une contestation que l'archange Michel eut avec le Diable touchant le corps de Moïse, et enfin de l'unique et célèbre verset 7 du chapitre XII de l'Apocalypse. Quoi qu'il en soit, la légende est indestructiblement établie ; elle a fourni à Milton l'une de ses plus épiques descriptions ; elle s'étale dans tous les musées, célébrée par les plus illustres pinceaux [1]. Ici, elle se présente avec une magnificence des plus dramatiques ; mais la lumière frisante, dégorgée par la fenêtre qui occupe la partie haute du mur extérieur, impose au spectateur un effort pénible pour en jouir convenablement.

Le mur de droite présente la célèbre histoire d'Héliodore chassé du Temple par les Anges, alors qu'il vint

---

1. Il suffit de penser à la composition de Raphaël sur ce sujet — qui est au Musée du Louvre — et à bien d'autres encore.

Eugène Delacroix. *Héliodore chassé du temple*. 1861.

Paris, église Saint-Sulpice.

pour forcer la trésorerie. Tout le peuple était en prières ; les femmes se lamentaient ; chacun croyait que tout était perdu et que le trésor sacré allait être violé par le ministre de Séleucus.

« L'esprit de Dieu tout-puissant se fit voir alors par des marques bien sensibles, en sorte que tous ceux qui avaient osé obéir à Héliodore, étant renversés par une vertu divine, furent tout d'un coup frappés d'une frayeur qui les mit tout hors d'eux-mêmes.

« Car ils virent paraître un cheval, sur lequel était monté un homme terrible, habillé magnifiquement, et qui, fondant avec impétuosité sur Héliodore, le frappa en lui donnant plusieurs coups de pied de devant ; et celui qui était monté dessus semblait avoir des armes d'or.

« Deux autres jeunes hommes parurent en même temps, pleins de force et de beauté, brillants de gloire et richement vêtus, qui, se tenant aux deux côtés d'Héliodore, le fouettaient chacun de son côté, et le frappaient sans relâche [1]. »

Dans un temple magnifique, d'architecture polychrome, sur les premières marches de l'escalier conduisant à la trésorerie, Héliodore est renversé sous un cheval qui le maintient de son sabot divin pour le livrer plus commodément aux verges des deux Anges ; ceux-ci le fouettent avec vigueur, mais aussi avec l'opiniâtre tranquillité qui convient à des êtres investis d'une puissance céleste. Le cavalier, qui est vraiment d'une beauté angélique, garde dans son attitude toute la solennité et tout le calme des Cieux. Du haut de la rampe, à un étage supérieur, plusieurs personnages contemplent avec horreur et ravissement le travail des divins bourreaux [2].

---

1. Citation de la traduction de Lemaistre de Sacy.   **2.** À la suite se trouvait un fragment repris dans l'article nécrologique de 1863 ; voir pp. 324, 325 et 326, de « Jamais, même dans la *Clémence de Titus...* » jusqu'à : « Mais, hélas ! à quoi bon toujours répéter ces inutiles vérités. » Cette suppression a été pratiquée par les éditeurs afin d'éviter que cette partie ne fasse double emploi.

[EXPOSITION MARTINET[1]]

Le temps n'est pas éloigné où on déclarait impossibles les expositions permanentes de peinture. M. Martinet[2] a démontré que cet impossible était chose facile. Tous les jours l'exposition du boulevard des Italiens reçoit des visiteurs, artistes, littérateurs, gens du monde, dont le nombre va s'accroissant. Il est maintenant permis de prédire à cet établissement une sérieuse prospérité. Mais une des conditions indispensables de cette faveur publique était évidemment un choix très sévère des objets à exposer. Cette condition a été accomplie rigoureusement, et c'est à cette rigueur que le public doit le plaisir de promener ses yeux sur une série d'œuvres dont pas une seule, à quelque école qu'elle appartienne, ne peut être classée dans l'ordre du mauvais ou même du médiocre. Le comité qui préside au choix des tableaux a prouvé qu'on pouvait aimer tous les genres et ne prendre de chacun que la meilleure part ; unir l'impartialité la plus large à la sévérité la plus

1. Cet article, non signé, a paru dans la *Revue anecdotique* du 1er janvier 1862. W.T. Bandy (*Romanic Review*, février 1938) l'attribua le premier à Charles Baudelaire, ce qui n'a jamais été démenti depuis. 2. Louis Martinet (1806-1877), peintre-graveur, fut aussi un marchand d'art. Il créa, à la fin des années 1850, un lieu permanent d'exposition pour les artistes contemporains. Ses expositions particulières avaient lieu au 26 du boulevard des Italiens ; là exposèrent Millet, Courbet, Rousseau, Dupré. En 1862, avec Théophile Gautier, il fonda la Société nationale des Beaux-Arts.

minutieuse. Bonne leçon pour les jurys de nos grandes expositions qui ont toujours trouvé le moyen d'être à la fois scandaleusement indulgents et inutilement injustes.

*

Un excellent petit journal[1] est annexé à l'Exposition, qui rend compte du mouvement régulier des tableaux entrants et sortants, comme ces feuilles maritimes qui instruisent les intéressés de tout le mouvement quotidien d'un port de mer.

Dans cette gazette, où quelquefois des articles traitant de matières générales se rencontrent à côté des articles de circonstance, nous avons remarqué de curieuses pages signées de M. Saint-François[2], qui est aussi l'auteur de quelques dessins saisissants au crayon noir. M. Saint-François a un style embrouillé et compliqué comme celui d'un homme qui change son outil habituel contre un qui lui est moins familier ; mais il a des idées, de vraies idées. Chose rare chez un artiste, il sait penser.

*

M. Legros, toujours épris des voluptés âpres de la religion, a fourni deux magnifiques tableaux, l'un, qu'on a pu admirer à l'Exposition dernière, aux Champs-Élysées (les Femmes agenouillées devant une croix dans un paysage concentré et lumineux[3]) ; l'autre, une production plus récente, représentant des moines d'âges différents, prosternés devant un livre saint dont ils s'appliquent humblement à interpréter certains passages[4]. Ces deux tableaux, dont le dernier fait penser aux plus solides compositions espagnoles, sont tout voisins d'une célèbre toile de Delacroix, et cependant, là même,

---

1. Il s'agit du *Courrier artistique* fondé en 1861 par Martinet.
2. Léon Joly de Saint-François (1822-1886) était un peintre de genre et un paysagiste.　　3. Sur Legros, voir la note 1 p. 377 du « Salon de 1859 ». L'« Ex-voto » de Legros fut au Salon de 1861 ; il est à présent au Musée de Dijon.　　4. La « Vocation de saint François » est au Musée d'Alençon.

Alphonse Legros. *L'ex-voto*. 1860.
Dijon, musée des Beaux-Arts.

dans ce lieu dangereux, ils vivent de leur vie propre.
C'est tout dire.

*

Nous avons également observé une *Inondation*, de
M. Eugène Lavieille[1], qui témoigne, chez cet artiste,
d'un progrès assidu, même après ses excellents paysages d'hiver. M. Lavieille a accompli une tâche fort
difficile et qui effrayerait même un poète ; il a su exprimer le charme infini, inconscient, et l'immortelle gaieté
de la nature dans ses jeux les plus horribles. Sous ce
ciel plombé et gonflé d'eau comme un ventre de noyé,

---

1. Ce disciple de Corot a déjà été mentionné dans le « Salon de
1845 » et dans le « Salon de 1859 » (note 1 p. 422).

une lumière bizarre se joue avec délices, et les maisons, les fermes, les villas, enfoncées dans le lac jusqu'à moitié, ont l'air de se regarder complaisamment dans le miroir immobile qui les environne.

*

Mais la grande fête dont il faut, après M. Delacroix toutefois, remercier M. Martinet, c'est le *Sardanapale*[1]. Bien des fois, mes rêves se sont remplis des formes magnifiques qui s'agitent dans ce vaste tableau, merveilleux lui-même comme un rêve. Le *Sardanapale* revu, c'est la jeunesse retrouvée. À quelle distance en arrière nous rejette la contemplation de cette toile ! Époque merveilleuse où régnaient en commun des artistes tels que Devéria, Gros, Delacroix, Boulanger, Bonington, etc., la grande école romantique, le beau, le joli, le charmant, le sublime[2] !

Une figure peinte donna-t-elle jamais une idée plus vaste du despote asiatique que ce Sardanapale à la barbe noire et tressée, qui meurt sur son bûcher, drapé dans ses mousselines, avec une attitude de femme ? Et tout ce harem de beautés si éclatantes, qui pourrait le peindre aujourd'hui avec ce feu, avec cette fraîcheur, avec cet enthousiasme poétique ? Et tout ce luxe *sardanapalesque* qui scintille dans l'ameublement, dans le vêtement, dans les harnais, dans la vaisselle et la bijouterie, qui ? qui ?

---

1. L'œuvre est au Musée du Louvre. **2.** Autrement dit, les différentes catégories du Beau.

L'EAU-FORTE EST À LA MODE

[PREMIÈRE VERSION
DE « PEINTRES ET AQUAFORTISTES [1] »]

Décidément, l'eau-forte devient à la mode. Certes nous n'espérons pas que ce genre obtienne autant de faveur qu'il en a obtenu à Londres il y a quelques années, quand un club fut fondé pour la glorification de l'eau-forte et quand les femmes du monde elles-mêmes faisaient vanité de dessiner avec la pointe sur le vernis. En vérité, ce serait trop d'engouement.

Tout récemment, un jeune artiste américain, M. Whistler [2] exposait à la galerie Martinet une série d'eaux-fortes, subtiles, éveillées comme l'improvisation et l'inspiration, représentant les bords de la Tamise ; merveilleux fouillis d'agrès, de vergues, de cordages ; chaos de brumes, de fourneaux et de fumées tirebou-

---

1. Cette première version de « Peintres et aquafortistes » a paru, non signée, dans la *Revue anecdotique*, le 2 avril 1862. **2.** James Mac Neill Whistler (1834-1903) ; cet Américain, ancien élève de l'École militaire de West Point, vint en France dans les années 1850 et fréquenta des gens comme Courbet, Fantin-Latour, donc le milieu réaliste, Manet compris. À partir des années 1860, il se partage entre la France et l'Angleterre où il finit par se fixer. Sa « Fille blanche », au Salon des Refusés, en 1863, fut très remarquée par le climat qu'elle évoquait. Peu à peu, Whistler va faire évoluer son art ; en établissant des « correspondances » entre l'utilisation des couleurs et les sons musicaux (la « Fille blanche » devint « Symphonie en blanc n° 1 »), il va charger sa peinture de résonances spirituelles, ce qui fait de lui un précurseur du Symbolisme, avec Moreau et Puvis de Chavannes.

chonnées ; poésie profonde et compliquée d'une vaste capitale.

Il y a peu de temps, deux fois de suite, à peu de jours de distance, la collection de M. Méryon se vendait en vente publique trois fois le prix de sa valeur primitive.

Il y a évidemment dans ces faits un symptôme de valeur croissante. Mais nous ne voudrions pas affirmer toutefois que l'eau-forte soit destinée prochainement à une totale popularité. C'est un genre trop personnel, et conséquemment trop aristocratique, pour enchanter d'autres personnes que les hommes de lettres et les artistes, gens très amoureux de toute personnalité vive. Non seulement l'eau-forte est faite pour glorifier l'individualité de l'artiste, mais il est même impossible à l'artiste de ne pas inscrire sur la planche son individualité la plus intime. Aussi peut-on affirmer que, depuis la découverte de ce genre de gravure, il y a eu autant de manières de le cultiver qu'il y a eu d'artistes *aquafortistes*. Il n'en est pas de même du burin, ou du moins la proportion dans l'expression de la personnalité est-elle infiniment moindre.

On connaît les audacieuses et vastes eaux-fortes de M. Legros : cérémonies de l'Église, processions, offices nocturnes, grandeurs sacerdotales, austérités du cloître, etc., etc.

M. Bonvin, il y a peu de temps, mettait en vente, chez M. Cadart (l'éditeur des œuvres de Bracquemond, de Flameng, de Chifflart), un cahier d'eaux-fortes, laborieuses, fermes et minutieuses comme sa peinture.

C'est chez le même éditeur que M. Jongkind, le charmant et candide peintre hollandais, a déposé quelques planches auxquelles il a confié le secret de ses rêveries, singulières abréviations de sa peinture, croquis que sauront lire tous les amateurs habitués à déchiffrer l'âme d'un peintre dans ses plus rapides gribouillages (*gribouillage* est le terme dont [se] servait, un peu légèrement, le brave Diderot pour caractériser les eaux-fortes de Rembrandt).

MM. André Jeanron, Ribot [1], Manet viennent de faire aussi quelques essais d'eau-forte, auxquels M. Cadart a donné l'hospitalité de sa devanture de la rue Richelieu.

Enfin nous apprenons que M. John-Lewis Brown veut aussi *entrer en danse*. M. Brown, notre compatriote malgré son origine anglaise, en qui tous les connaisseurs devinent déjà un successeur, plus audacieux et plus fin, d'Alfred de Dreux, et peut-être un rival d'Eugène Lami, saura évidemment jeter dans les ténèbres de la planche toutes les lumières et toutes les élégances de sa peinture anglo-française.

Parmi les différentes expressions de l'art plastique, l'eau-forte est celle qui se rapproche le plus de l'expression littéraire et qui est le mieux faite pour trahir l'homme spontané. Donc, vive l'eau-forte !

---

1. Théodule Ribot (1823-1891) appartient au courant réaliste ; sa peinture, qui s'inspire très fortement de l'école espagnole du XVIIe siècle, est parfois à la limite du pastiche.

PEINTRES ET AQUAFORTISTES [1]

Depuis l'époque climatérique où les arts et la littérature ont fait en France une explosion simultanée, le sens du beau, du fort et même du pittoresque a toujours été diminuant et se dégradant. Toute la gloire de l'École française, pendant plusieurs années, a paru se concentrer dans un seul homme (ce n'est certes pas de M. Ingres que je veux parler) dont la fécondité et l'énergie, si grandes qu'elles soient, ne suffisaient pas à nous consoler de la pauvreté du reste. Il y a peu de temps encore, on peut s'en souvenir, régnaient sans contestation la peinture proprette, le joli, le niais, l'entortillé, et aussi les prétentieuses rapinades, qui, pour représenter un excès contraire, n'en sont pas moins odieuses pour l'œil d'un vrai amateur. Cette pauvreté d'idées, ce tatillonnage dans l'expression, et enfin tous les ridicules connus de la peinture française, suffisent à expliquer l'immense succès des tableaux de Courbet dès leur première apparition. Cette réaction, faite avec les turbu-

1. Cet article fut publié dans *Le Boulevard* le 14 septembre 1862 et traite d'un événement important : la fondation de la Société des Aquafortistes en 1862. Cette fondation fut un relais essentiel entre le premier romantisme et la fin du siècle (ce que M. Pierre Georgel appelait « le romantisme des années 1860 ») et amena les artistes à élaborer la notion de gravure originale (une série limitée, numérotée) qui la fit sortir des régions de l'industrie pour en faire le support de l'originalité, une antiphotographie.

lences fanfaronnes de toute réaction, était positivement nécessaire. Il faut rendre à Courbet cette justice, qu'il n'a pas peu contribué à rétablir le goût de la simplicité et de la franchise, et l'amour désintéressé, absolu, de la peinture.

Plus récemment encore, deux autres artistes, jeunes encore, se sont manifestés avec une vigueur peu commune.

Je veux parler de M. Legros et de M. Manet. On se souvient des vigoureuses productions de M. Legros, *L'Angélus* (1859), qui exprimait si bien la dévotion triste et résignée des paroisses pauvres ; *L'Ex-voto*, qu'on a admiré dans un Salon plus récent et dans la galerie Martinet, et dont M. de Balleroy [1] a fait l'acquisition ; un tableau de moines agenouillés devant un livre saint comme s'ils en discutaient humblement et pieusement l'interprétation, une assemblée de professeurs, vêtus de leur costume officiel, se livrant à une discussion scientifique, et qu'on peut admirer maintenant chez M. Ricord [2].

M. Manet est l'auteur du *Guitariste* [3], qui a produit une vive sensation au Salon dernier. On verra au prochain Salon plusieurs tableaux de lui empreints de la saveur espagnole la plus forte, et qui donnent à croire que le génie espagnol s'est réfugié en France. MM. Manet et Legros unissent à un goût décidé pour la réalité, la réalité moderne, — ce qui est déjà un bon symptôme, — cette imagination vive et ample, sensible, audacieuse, sans laquelle, il faut bien le dire, toutes les

---

1. Albert de Balleroy (1828-1873) fut membre de la Société des Aquafortistes dès sa fondation. Ami de Manet, ce peintre fut représenté — de même que Baudelaire — dans l'« Hommage à Delacroix » de Fantin-Latour en 1864.   2. Philippe Ricord (1800-1889) fut un des maîtres de la chirurgie et de la syphiligraphie ; il avait réuni une collection dans son hôtel de la rue de Tournon. 3. Cette eau-forte d'Édouard Manet (1832-1883) a été exécutée d'après son « Guitarero » exposé au Salon de 1861 (Metropolitan Museum of Art, New York). Cette estampe est à mi-chemin entre la gravure de reproduction faite par un praticien et l'estampe originale ; il faut rappeler que le rôle de la gravure fut longtemps un rôle de communication, rôle assumé depuis par la photographie.

meilleures facultés ne sont que des serviteurs sans
maîtres, des agents sans gouvernement.

Il était naturel que, dans ce mouvement actif de réno-
vation, une part fût faite à la gravure. Dans quel discrédit et dans quelle indifférence est tombé ce noble art de
la gravure, hélas ! on ne le voit que trop bien. Autrefois,
quand était annoncée une planche reproduisant un
tableau célèbre, les amateurs venaient s'inscrire à
l'avance pour obtenir les premières épreuves. Ce n'est
qu'en feuilletant les œuvres du passé que nous pouvons
comprendre les splendeurs du burin. Mais il était un
genre plus mort encore que le burin ; je veux parler de
l'eau-forte. Pour dire vrai, ce genre, si subtil et si
superbe, si naïf et si profond, si gai et si sévère, qui peut
réunir paradoxalement les qualités les plus diverses, et
qui exprime si bien le caractère personnel de l'artiste,
n'a jamais joui d'une bien grande popularité parmi le
vulgaire. Sauf les estampes de Rembrandt, qui s'imposent avec une autorité classique même aux ignorants, et
qui sont chose indiscutable, qui se soucie réellement de
l'eau-forte ? qui connaît, excepté les collectionneurs, les
différentes formes de perfection dans ce genre que nous
ont laissées les âges précédents ? Le XVIIIe siècle abonde
en charmantes eaux-fortes ; on les trouve pour dix sous
dans des cartons poudreux, où souvent elles attendent
bien longtemps une main familière. Existe-t-il aujour-
d'hui, même parmi les artistes, beaucoup de personnes
qui connaissent les si spirituelles, si légères et si mor-
dantes planches dont Trimolet, de mélancolique
mémoire, dotait, il y a quelques années, les almanachs
comiques d'Aubert ?

On dirait cependant qu'il va se faire un retour vers
l'eau-forte, ou, du moins, des efforts se font voir qui
nous permettent de l'espérer. Les jeunes artistes dont je
parlais tout à l'heure, ceux-là et plusieurs autres, se sont
groupés autour d'un éditeur actif, M. Cadart [1], et ont

---

1. Alfred Cadart (1828-1875), éditeur et marchand d'estampes,
fut un des fondateurs avec Auguste Delâtre (1822-1907), imprimeur,
de la Société des Aquafortistes et du renouveau de l'estampe. La

appelé à leur tour leurs confrères, pour fonder une publication régulière d'eaux-fortes originales, — dont la première livraison, d'ailleurs, a déjà paru.

Il était naturel que ces artistes se tournassent surtout vers un genre et une méthode d'expression qui sont, dans leur pleine réussite, la traduction la plus nette possible du caractère de l'artiste, — une méthode expéditive, d'ailleurs, et peu coûteuse ; chose importante dans un temps où chacun considère le bon marché comme la qualité dominante, et ne voudrait pas payer à leur prix les lentes opérations du burin. Seulement, il y a un danger dans lequel tombera plus d'un ; je veux dire : le lâché, l'incorrection, l'indécision, l'exécution insuffisante. C'est si commode de promener une aiguille sur cette planche noire qui reproduira trop fidèlement toutes les arabesques de la fantaisie, toutes les hachures du caprice ! Plusieurs même, je le devine, tireront vanité de leur audace (est-ce bien le mot ?), comme les gens débraillés qui croient faire preuve d'indépendance. Que des hommes d'un talent mûr et profond (M. Legros, M. Manet, M. Jongkind, par exemple) fassent au public confidence de leurs esquisses et de leurs croquis gravés, c'est fort bien, ils en ont le droit. Mais la foule des imitateurs peut devenir trop nombreuse, et il faut craindre d'exciter les dédains, légitimes alors, du public pour un genre si charmant, qui a déjà le tort d'être loin de sa portée. En somme, il ne faut pas oublier que l'eau-forte est un art profond et dangereux, plein de traîtrises, et qui dévoile les défauts d'un esprit aussi clairement que ses qualités. Et, comme tout grand art, très compliqué sous sa simplicité apparente, il a besoin d'un long dévouement pour être mené à perfection.

Nous désirons croire que, grâce aux efforts d'artistes aussi intelligents que MM. Seymour-Haden, Manet, Legros, Bracquemond, Jongkind, Méryon, Millet, Daubigny, Saint-Marcel, Jacquemart, et d'autres dont je n'ai pas la liste sous les yeux, l'eau-forte retrouvera sa vita-

---

Société éditait, par le biais de Cadart, des livraisons d'estampes dues aux différents artistes qui y avaient adhéré.

lité ancienne ; mais n'espérons pas, quoi qu'on en dise, qu'elle obtienne autant de faveur qu'à Londres, aux beaux temps de l'*Etching-Club*[1], quand les ladies elles-mêmes faisaient vanité de promener une pointe inexpérimentée sur le vernis. Engouement britannique, fureur passagère, qui serait plutôt de mauvais augure.

Tout récemment, un jeune artiste américain, M. Whistler, exposait à la galerie Martinet une série d'eaux-fortes, subtiles, éveillées comme l'improvisation et l'inspiration, représentant les bords de la Tamise ; merveilleux fouillis d'agrès, de vergues, de cordages ; chaos de brumes, de fourneaux et de fumées tirebouchonnées ; poésie profonde et compliquée d'une vaste capitale.

On connaît les audacieuses et vastes eaux-fortes de M. Legros, qu'il vient de rassembler en un album : cérémonies de l'Église, magnifiques comme des rêves ou plutôt comme la réalité ; processions, offices nocturnes, grandeurs sacerdotales, austérités du cloître ; et ces quelques pages où Edgar Poe se trouve traduit avec une âpre et simple majesté[2].

C'est chez M. Cadart que M. Bonvin mettait récemment en vente un cahier d'eaux-fortes, laborieuses, fermes et minutieuses comme sa peinture.

Chez le même éditeur, M. Jongkind[3], le charmant et candide peintre hollandais, a déposé quelques planches auxquelles il a confié le secret de ses souvenirs et de ses rêveries, calmes comme les berges des grands fleuves et

---

1. L'Etching Club fut créé en 1838 ; Seymour-Haden en avait été membre et en avait certainement vanté les mérites à ses amis français. La Société des Aquafortistes avait, certes, un but artistique, mais aussi un but commercial que n'avait point l'Etching Club. 2. Les « Esquisses à l'eau-forte » de Legros avaient été dédiées à Baudelaire ; à la demande de Poulet-Malassis, l'artiste avait produit une série d'eaux-fortes pour illustrer les *Histoires extraordinaires* de Poe, traduites par Baudelaire, mais l'éditeur n'apprécia guère le résultat. 3. Johan Barthold Jongkind (1819-1891) ; ce peintre néerlandais, qui séjourna à Paris de 1846 à 1855, était revenu en France en 1860. Paysagiste et graveur, par la légèreté de sa touche, la façon dont il rend les vibrations de la lumière, il est un précurseur des impressionnistes au même titre que Boudin.

les horizons de sa noble patrie, — singulières abréviations de sa peinture, croquis que sauront lire tous les
amateurs habitués à déchiffrer l'âme d'un artiste dans
ses plus rapides *gribouillages*. Gribouillages est le
terme dont se servait un peu légèrement le brave Diderot pour caractériser les eaux-fortes de Rembrandt, légèreté digne d'un moraliste qui veut disserter d'une chose
tout autre que la morale.

M. Méryon, le vrai type de l'aquafortiste achevé, ne
pouvait manquer à l'appel. Il donnera prochainement
des œuvres nouvelles. M. Cadart possède encore
quelques-unes des anciennes. Elles se font rares ; car,
dans une crise de mauvaise humeur, bien légitime d'ailleurs, M. Méryon [1] a récemment détruit les planches de
son album *Paris*. Et tout de suite, à peu de distance,
deux fois de suite, la collection Méryon se vendait en
vente publique quatre et cinq fois plus cher que sa
valeur primitive.

Par l'âpreté, la finesse et la certitude de son dessin,
M. Méryon rappelle ce qu'il y a de meilleur dans les
anciens aquafortistes. Nous avons rarement vu, représentée avec plus de poésie, la solennité naturelle d'une
grande capitale. Les majestés de la pierre accumulée,
les *clochers montrant du doigt le ciel*, les obélisques de
l'industrie vomissant contre le firmament leurs coalitions de fumées, les prodigieux échafaudages des monuments en réparation, appliquant sur le corps solide de
l'architecture leur architecture à jour d'une beauté
arachnéenne et paradoxale, le ciel brumeux, chargé de
colère et de rancune, la profondeur des perspectives
augmentée par la pensée des drames qui y sont contenus, aucun des éléments complexes dont se compose le
douloureux et glorieux décor de la civilisation n'y est
oublié.

Nous avons vu aussi chez le même éditeur la fameuse
perspective de San Francisco, que M. Méryon peut, à

---

1. Delâtre avait, en 1852, publié les « Eaux-fortes sur Paris » de
Méryon.

bon droit, appeler son dessin de maîtrise. M. Niel [1], propriétaire de la planche, ferait vraiment acte de charité en en faisant tirer de temps en temps quelques épreuves. Le placement en est sûr.

Je reconnais bien dans tous ces faits un symptôme heureux. Mais je ne voudrais pas affirmer toutefois que l'eau-forte soit destinée prochainement à une totale popularité. Pensons-y : un peu d'impopularité, c'est consécration. C'est vraiment un genre trop *personnel*, et conséquemment trop *aristocratique*, pour enchanter d'autres personnes que celles qui sont naturellement artistes, très amoureuses dès lors de toute personnalité vive. Non seulement l'eau-forte sert à glorifier l'individualité de l'artiste, mais il serait même difficile à l'artiste de ne pas décrire sur la planche sa personnalité la plus intime. Aussi peut-on affirmer que, depuis la découverte de ce genre de gravure, il y a eu autant de manières de le cultiver qu'il y a eu d'aquafortistes. Il n'en est pas de même du burin, ou du moins la proportion dans l'expression de la personnalité est-elle infiniment moindre.

Somme toute, nous serions enchanté d'être mauvais prophète, et un grand public mordrait au même fruit que nous que cela ne nous en dégoûterait pas. Nous souhaitons à ces messieurs et à leur publication un bon et solide avenir.

---

1. Jules Niel était bibliothécaire au ministère de l'Intérieur. Il finit par vendre à Cadart le cuivre de la « Vue de San Francisco ».

L'ŒUVRE ET LA VIE
D'EUGÈNE DELACROIX [1]

AU RÉDACTEUR DE « L'OPINION NATIONALE »

Monsieur,

Je voudrais, une fois encore, une fois suprême, rendre hommage au génie d'Eugène Delacroix, et je vous prie de vouloir bien accueillir dans votre journal ces quelques pages où j'essaierai d'enfermer, aussi brièvement que possible, l'histoire de son talent, la raison de sa supériorité, qui n'est pas encore, selon moi, suffisamment reconnue, et enfin quelques anecdotes et quelques observations sur sa vie et son caractère.

J'ai eu le bonheur d'être lié très jeune (dès 1845, autant que je peux me souvenir) avec l'illustre défunt, et dans cette liaison, d'où le respect de ma part et l'indulgence de la sienne n'excluaient pas la confiance et la familiarité réciproques, j'ai pu à loisir puiser les notions les plus exactes, non seulement sur sa méthode, mais aussi sur les qualités les plus intimes de sa grande âme.

Vous n'attendez pas, monsieur, que je fasse ici une analyse détaillée des œuvres de Delacroix. Outre que

---

1. Cette longue étude sur Delacroix fut publiée par *L'Opinion nationale* le 2 septembre et les 14 et 22 novembre 1863. La première partie parut en « Variétés », la seconde et la troisième en feuilleton. Delacroix mourut le 13 août 1863.

chacun de nous l'a faite, selon ses forces et au fur et à mesure que le grand peintre montrait au public les travaux successifs de sa pensée, le compte en est si long, qu'en accordant seulement quelques lignes à chacun de ses principaux ouvrages, une pareille analyse remplirait presque un volume. Qu'il nous suffise d'en exposer ici un vif résumé.

Ses peintures monumentales s'étalent dans le *Salon du Roi* à la Chambre des députés, à la bibliothèque de la Chambre des députés, à la bibliothèque du palais du Luxembourg, à la galerie d'Apollon au Louvre, et au Salon de la Paix à l'Hôtel de Ville. Ces décorations comprennent une masse énorme de sujets allégoriques, religieux et historiques, appartenant tous au domaine le plus noble de l'intelligence. Quant à ses tableaux dits de chevalet, ses esquisses, ses grisailles, ses aquarelles, etc., le compte monte à un chiffre approximatif de deux cent trente-six.

Les grands sujets exposés à divers *Salons* sont au nombre de soixante-dix-sept. Je tire ces notes du catalogue que M. Théophile Silvestre a placé à la suite de son excellente notice sur Eugène Delacroix, dans son livre intitulé : *Histoire des peintres vivants* [1].

J'ai essayé plus d'une fois, moi-même, de dresser cet énorme catalogue ; mais ma patience a été brisée par cette incroyable fécondité, et, de guerre lasse, j'y ai renoncé. Si M. Théophile Silvestre s'est trompé, il n'a pu se tromper qu'en moins.

Je crois, monsieur, que l'important ici est simplement de chercher la qualité caractéristique du génie de Delacroix et d'essayer de la définir ; de chercher en quoi il diffère de ses plus illustres devanciers, tout en les égalant ; de montrer enfin, autant que la parole écrite le permet, l'art magique grâce auquel il a pu traduire la *parole* par des images plastiques plus vives et plus approximantes que celles d'aucun créateur de même profession, — en un mot, de quelle *spécialité* la Provi-

---

1. Cet ouvrage de T. Sylvestre parut en 1856 et connut plusieurs rééditions.

dence avait chargé Eugène Delacroix dans le développement historique de la Peinture.

I

Qu'est-ce que Delacroix ? Quels furent son rôle et
son devoir en ce monde, telle est la première question
à examiner. Je serai bref et j'aspire à des conclusions
immédiates. La Flandre a Rubens ; l'Italie a Raphaël et
Véronèse ; la France a Lebrun, David et Delacroix.

Un esprit superficiel pourra être choqué, au premier
aspect, par l'accouplement de ces noms, qui représentent des qualités et des méthodes si différentes. Mais un
œil spirituel plus attentif verra tout de suite qu'il y a
entre tous une parenté commune, une espèce de fraternité ou de cousinage dérivant de leur amour du grand,
du national, de l'immense et de l'universel, amour qui
s'est toujours exprimé dans la peinture dite décorative
ou dans les grandes *machines*.

Beaucoup d'autres, sans doute, ont fait de grandes
machines, mais ceux-là que j'ai nommés les ont faites
de la manière la plus propre à laisser une trace éternelle
dans la mémoire humaine. Quel est le plus grand de ces
grands hommes si divers ? Chacun peut décider la chose
à son gré, suivant que son tempérament le pousse à préférer l'abondance prolifique, rayonnante, joviale
presque, de Rubens, la douce majesté et l'ordre euryth-
mique de Raphaël, la couleur paradisiaque et comme
d'après-midi de Véronèse, la sévérité austère et tendue
de David, ou la faconde dramatique et quasi littéraire
de Lebrun.

Aucun de ces hommes ne peut être remplacé ; visant
tous à un but semblable, ils ont employé des moyens
différents tirés de leur nature personnelle. Delacroix, le
dernier venu, a exprimé avec une véhémence et une fer-
veur admirables, ce que les autres n'avaient traduit que
d'une manière forcément incomplète. Au détriment de
quelque autre chose peut-être, comme eux-mêmes

avaient fait d'ailleurs ? C'est possible ; mais ce n'est pas la question à examiner.

Bien d'autres que moi ont pris soin de s'appesantir sur les conséquences fatales d'un génie essentiellement personnel ; et il serait bien possible aussi, après tout, que les plus belles expressions du génie, ailleurs que dans le ciel pur, c'est-à-dire sur cette pauvre terre, où la perfection elle-même est imparfaite, ne pussent être obtenues qu'au prix d'un inévitable sacrifice.

Mais enfin, monsieur, direz-vous sans doute, quel est donc ce je ne sais quoi de mystérieux que Delacroix, pour la gloire de notre siècle, a mieux traduit qu'aucun autre ? C'est l'invisible, c'est l'impalpable, c'est le rêve, c'est les nerfs, c'est l'*âme* ; et il a fait cela, — observez-le bien, — monsieur, sans autres moyens que le contour et la couleur ; il l'a fait mieux que pas un ; il l'a fait avec la perfection d'un peintre consommé, avec la rigueur d'un littérateur subtil, avec l'éloquence d'un musicien passionné. C'est, du reste, un des diagnostics de l'état spirituel de notre siècle que les arts aspirent, sinon à se suppléer l'un l'autre, du moins à se prêter réciproquement des forces nouvelles.

Delacroix est le plus *suggestif* de tous les peintres, celui dont les œuvres, choisies même parmi les secondaires et les inférieures, font le plus penser, et rappellent à la mémoire le plus de sentiments et de pensées poétiques déjà connus, mais qu'on croyait enfouis pour toujours dans la nuit du passé.

L'œuvre de Delacroix m'apparaît quelquefois comme une espèce de mnémotechnie de la grandeur et de la passion native de l'homme universel. Ce mérite très particulier et tout nouveau de M. Delacroix, qui lui a permis d'exprimer, simplement avec le contour, le geste de l'homme, si violent qu'il soit, et avec la couleur ce qu'on pourrait appeler l'atmosphère du drame humain, ou l'état de l'âme du créateur, — ce mérite tout original a toujours rallié autour de lui les sympathies des poètes ; et si, d'une pure manifestation matérielle il était permis de tirer une vérification philosophique, je vous prierais d'observer, monsieur, que, parmi la foule accourue pour lui rendre les suprêmes honneurs, on pouvait compter beaucoup plus de littérateurs que de peintres. Pour dire la vérité crue, ces derniers ne l'ont jamais parfaitement compris.

II

Et en cela, quoi de bien étonnant, après tout ? Ne savons-nous pas que la saison des Michel-Ange, des Raphaël, des Léonard de Vinci, disons même des Reynolds, est depuis longtemps passée, et que le niveau intellectuel général des artistes a singulièrement baissé ? Il serait sans doute injuste de chercher parmi les artistes du jour des philosophes, des poètes et des savants ; mais il serait légitime d'exiger d'eux qu'ils s'intéressassent, un peu plus qu'ils ne font, à la religion, à la poésie et à la science.

Hors de leurs ateliers que savent-ils ? qu'aiment-ils ? qu'expriment-ils ? Or, Eugène Delacroix était, en même temps qu'un peintre épris de son métier, un homme d'éducation générale, au contraire des autres artistes modernes qui, pour la plupart, ne sont guère que d'illustres ou d'obscurs rapins, de tristes spécialistes, vieux ou jeunes ; de purs ouvriers, les uns sachant fabriquer des figures académiques, les autres des fruits, les autres des bestiaux.

Eugène Delacroix aimait tout, savait tout peindre, et savait goûter tous les genres de talents. C'était l'esprit le plus ouvert à toutes les notions et à toutes les impressions, le jouisseur le plus éclectique et le plus impartial.

Grand liseur, cela va sans dire. La lecture des poètes laissait en lui des images grandioses et rapidement définies, des tableaux tout faits, pour ainsi dire. Quelque différent qu'il soit de son maître Guérin par la méthode et la couleur, il a hérité de la grande école républicaine et impériale l'amour des poètes et je ne sais quel esprit endiablé de rivalité avec la parole écrite. David, Guérin et Girodet enflammaient leur esprit au contact d'Homère, de Virgile, de Racine et d'Ossian. Delacroix fut le traducteur émouvant de Shakespeare, de Dante, de Byron et d'Arioste. Ressemblance importante et différence légère.

Mais entrons un peu plus avant, je vous prie, dans ce qu'on pourrait appeler l'enseignement du maître, enseignement qui, pour moi, résulte non seulement de la contemplation successive de toutes ses œuvres et de la contemplation simultanée de quelques-unes, comme vous avez pu en jouir à l'Exposition universelle de 1855, mais aussi de maintes conversations que j'ai eues avec lui.

III

Delacroix était passionnément amoureux de la passion, et froidement déterminé à chercher les moyens d'exprimer la passion de la manière la plus visible. Dans ce double caractère, nous trouvons, disons-le en passant, les deux signes qui marquent les plus solides génies, génies extrêmes qui ne sont guère faits pour plaire aux âmes timorées, faciles à satisfaire, et qui trouvent une nourriture suffisante dans les œuvres lâches, molles, imparfaites. Une passion immense, doublée d'une volonté formidable, tel était l'homme.

Or, il disait sans cesse :

« Puisque je considère l'impression transmise à l'artiste par la nature comme la chose la plus importante à traduire, n'est-il pas nécessaire que celui-ci soit armé à l'avance de tous les moyens de traduction les plus rapides ? »

Il est évident qu'à ses yeux l'imagination était le don le plus précieux, la faculté la plus importante, mais que cette faculté restait impuissante et stérile, si elle n'avait pas à son service une habileté rapide, qui pût suivre la grande faculté despotique dans ses caprices impatients. Il n'avait pas besoin, certes, d'activer le feu de son imagination, toujours incandescente ; mais il trouvait toujours la journée trop courte pour étudier les moyens d'expression.

C'est à cette préoccupation incessante qu'il faut attribuer ses recherches perpétuelles relatives à la couleur, à la qualité des couleurs, sa curiosité des choses de chimie et ses conversations avec les fabricants de couleurs. Par là il se rapproche de Léonard de Vinci, qui, lui aussi, fut envahi par les mêmes obsessions.

Jamais Eugène Delacroix, malgré son admiration pour les phénomènes ardents de la vie, ne sera confondu parmi cette tourbe d'artistes et de littérateurs vulgaires dont l'intelligence myope s'abrite derrière le mot vague et obscur de *réalisme*. La première fois que je vis M. Delacroix, en 1845, je crois (comme les années s'écoulent, rapides et voraces !), nous causâmes beaucoup de lieux communs, c'est-à-dire des questions les plus vastes et cependant les plus simples : ainsi, de la nature, par exemple. Ici, monsieur, je vous demanderai la permission de me citer moi-même, car une paraphrase ne vaudrait pas les mots que j'ai écrits autrefois, presque sous la dictée du maître [1] :

« La nature n'est qu'un dictionnaire, répétait-il fréquemment. Pour bien comprendre l'étendue du sens impliqué dans cette phrase, il faut se figurer les usages ordinaires et nombreux du dictionnaire. On y cherche le sens des mots, la génération des mots, l'étymologie des mots ; enfin on en extrait tous les éléments qui composent une phrase ou un récit ; mais personne n'a jamais considéré le dictionnaire comme une *composition*, dans le sens poétique du mot. Les peintres qui obéissent à l'imagination cherchent dans leur dictionnaire les éléments qui s'accommodent à leur conception ; encore, en les ajustant avec un certain art, leur donnent-ils une physionomie toute nouvelle. Ceux qui n'ont pas d'imagination copient le dictionnaire. Il en résulte un très grand vice, le vice de la banalité, qui est plus particulièrement propre à ceux d'entre les peintres que leur spécialité rapproche davantage de la nature dite inanimée, par exemple les paysagistes, qui considèrent générale-

---

1. Les deux citations qui suivent sont des reprises, quelque peu modifiées, du « Salon de 1859 ».

ment comme un triomphe de ne pas montrer leur personnalité. À force de contempler et de copier, ils oublient de sentir et de penser.

« Pour ce grand peintre, toutes les parties de l'art, dont l'un prend celle-ci, et l'autre celle-là pour la principale, n'étaient, ne sont, veux-je dire, que les très humbles servantes d'une faculté unique et supérieure. Si une exécution très nette est nécessaire, c'est pour que le rêve soit très nettement traduit ; qu'elle soit très rapide, c'est pour que rien ne se perde de l'impression extraordinaire qui accompagnait la conception ; que l'attention de l'artiste se porte même sur la propreté matérielle des outils, cela se conçoit sans peine, toutes les précautions devant être prises pour rendre l'exécution agile et décisive. »

Pour le dire en passant, je n'ai jamais vu de palette aussi minutieusement et aussi délicatement préparée que celle de Delacroix. Cela ressemblait à un bouquet de fleurs, savamment assorties.

« Dans une pareille méthode, qui est essentiellement logique, tous les personnages, leur disposition relative, le paysage ou l'intérieur qui leur sert de fond ou d'horizon, leurs vêtements, tout enfin doit servir à illuminer l'idée générale et porter sa couleur originelle, sa livrée, pour ainsi dire. Comme un rêve est placé dans une atmosphère colorée qui lui est propre, de même une conception, devenue composition, a besoin de se mouvoir dans un milieu coloré qui lui soit particulier. Il y a évidemment un ton particulier attribué à une partie quelconque du tableau qui devient clef et qui gouverne les autres. Tout le monde sait que le jaune, l'orangé, le rouge, inspirent et représentent des idées de joie, de richesse, de gloire et d'amour ; mais il y a des milliers d'atmosphères jaunes ou rouges, et toutes les autres couleurs seront affectées logiquement dans une quantité proportionnelle par l'atmosphère dominante. L'art du coloriste tient évidemment par certains côtés aux mathématiques et à la musique.

« Cependant ses opérations les plus délicates se font par un sentiment auquel un long exercice a donné une sûreté inqualifiable. On voit que cette grande loi d'harmonie générale condamne bien des papillotages et bien des crudités, même chez les peintres les plus illustres. Il y a des tableaux de Rubens qui non seulement font penser à un feu d'artifice coloré, mais même à plusieurs feux d'artifice tirés sur le même emplacement. Plus un tableau est grand, plus la touche doit être large, cela va sans dire ; mais il est bon que les touches ne soient pas matériellement fondues ; elles se fondent naturellement à une distance voulue par la loi sympathique qui les a associées. La couleur obtient ainsi plus d'énergie et de fraîcheur.

« Un bon tableau, fidèle et égal au rêve qui l'a enfanté, doit être produit comme un monde. De même que la création, telle que nous la voyons, est le résultat de plusieurs créations dont les précédentes sont toujours complétées par la suivante, ainsi un tableau, conduit harmoniquement, consiste en une série de tableaux superposés, chaque nouvelle couche donnant au rêve plus de réalité et le faisant monter d'un degré vers la perfection. Tout au contraire, je me rappelle avoir vu dans les ateliers de Paul Delaroche et d'Horace Vernet de vastes tableaux, non pas ébauchés, mais commencés, c'est-à-dire absolument finis dans de certaines parties, pendant que certaines autres n'étaient encore indiquées que par un contour noir ou blanc. On pourrait comparer ce genre d'ouvrage à un travail purement manuel qui doit couvrir une certaine quantité d'espace en un temps déterminé, ou à une longue route divisée en un grand nombre d'étapes. Quand une étape est faite, elle n'est plus à faire ; et quand toute la route est parcourue, l'artiste est délivré de son tableau.

« Tous ces préceptes sont évidemment modifiés plus ou moins par le tempérament varié des artistes. Cependant je suis convaincu que c'est là la méthode la plus sûre pour les imaginations riches. Conséquemment, de trop grands écarts faits hors la méthode en question témoignent d'une importance anormale et injuste donnée à quelque partie secondaire de l'art.

« Je ne crains pas qu'on dise qu'il y a absurdité à

supposer une même méthode appliquée par une foule d'individus différents. Car il est évident que les rhétoriques et les prosodies ne sont pas des tyrannies inventées arbitrairement, mais une collection de règles réclamées par l'organisation même de l'être spirituel ; et jamais les prosodies et les rhétoriques n'ont empêché l'originalité de se produire distinctement. Le contraire, à savoir qu'elles ont aidé l'éclosion de l'originalité, serait infiniment plus vrai.

« Pour être bref, je suis obligé d'omettre une foule de corollaires résultant de la formule principale, où est, pour ainsi dire, contenu tout le formulaire de la véritable esthétique, et qui peut être exprimée ainsi : Tout l'univers visible n'est qu'un magasin d'images et de signes auxquels l'imagination donnera une place et une valeur relative ; c'est une espèce de pâture que l'imagination doit digérer et transformer. Toutes les facultés de l'âme humaine doivent être subordonnées à l'imagination qui les met en réquisition toutes à la fois. De même que bien connaître le dictionnaire n'implique pas nécessairement la connaissance de l'art de la composition, et que l'art de la composition lui-même n'implique pas l'imagination universelle, ainsi un *bon* peintre peut n'être pas *grand* peintre. Mais un grand peintre est forcément un bon peintre, parce que l'imagination universelle renferme l'intelligence de tous les moyens et le désir de les acquérir.

« Il est évident que, d'après les notions que je viens d'élucider tant bien que mal (il y aurait encore tant de choses à dire, particulièrement sur les parties concordantes de tous les arts et les ressemblances dans leurs méthodes !), l'immense classe des artistes, c'est-à-dire des hommes qui sont voués à l'expression du beau, peut se diviser en deux camps bien distincts. Celui-ci qui s'appelle lui-même *réaliste*, mot à double entente et dont le sens n'est pas bien déterminé, et que nous appellerons, pour mieux caractériser son erreur, un *positiviste*, dit : "Je veux représenter les choses telles qu'elles sont, ou telles qu'elles seraient, en supposant que je n'existe pas." L'univers sans l'homme. Et celui-là, l'imaginatif, dit : "Je veux illuminer les choses avec mon esprit et en projeter le reflet sur les autres esprits." Bien que ces deux méthodes absolument contraires puissent agrandir ou amoindrir tous les sujets, depuis la scène religieuse jusqu'au plus modeste paysage, toutefois l'homme d'imagination a dû généralement se produire dans la peinture religieuse et dans la fantaisie, tandis que la peinture dite de genre et le paysage devaient offrir en apparence de vastes ressources aux esprits paresseux et difficilement excitables...

« L'imagination de Delacroix ! Celle-là n'a jamais craint d'escalader les hauteurs difficiles de la religion ; le ciel lui appartient, comme l'enfer, comme la guerre, comme l'Olympe, comme la volupté. Voilà bien le type du peintre-poète ! Il est bien un des rares élus, et l'étendue de son esprit comprend la religion dans son domaine. Son imagination, ardente comme les chapelles ardentes, brille de toutes les flammes et de toutes les pourpres. Tout ce qu'il y a de douleur dans la passion le passionne ; tout ce qu'il y a de splendeur dans l'Église l'illumine. Il verse tour à tour sur ses toiles inspirées le sang, la lumière et les ténèbres. Je crois qu'il ajouterait volontiers, comme surcroît, son faste naturel aux majestés de l'Évangile.

« J'ai vu une petite *Annonciation*, de Delacroix, où l'ange visitant Marie n'était pas seul, mais conduit en cérémonie par deux autres anges, et l'effet de cette cour céleste était puissant et charmant. Un de ses tableaux de jeunesse, le *Christ aux Oliviers* (« Seigneur, détournez de moi ce calice »), ruisselle de tendresse féminine et d'onction poétique. La douleur et la pompe, qui éclatent si haut dans la religion, font toujours écho dans son esprit. »

Et plus récemment encore, à propos de cette chapelle des Saints-Anges, à Saint-Sulpice (*Héliodore chassé du Temple* et *La Lutte de Jacob avec l'Ange*), son dernier grand travail, si niaisement critiqué, je disais :

« Jamais, même dans la *Clémence de Trajan*, même dans l'*Entrée des Croisés à Constantinople*, Delacroix n'a étalé un coloris plus splendidement et plus savamment surnaturel ; jamais un dessin plus *volontairement* épique. Je sais bien que quelques personnes, des maçons sans doute, des architectes peut-être, ont, à propos de cette dernière œuvre, prononcé le mot *décadence*. C'est ici le lieu de rappeler que les grands maîtres, poètes ou peintres, Hugo ou Delacroix, sont toujours en avance de plusieurs années sur leurs timides admirateurs.

« Le public est, relativement au génie, une horloge qui retarde. Qui, parmi les gens clairvoyants, ne comprend que le premier tableau du maître contenait tous les autres en germe ? Mais qu'il perfectionne sans cesse ses dons naturels, qu'il les aiguise avec soin, qu'il en tire des effets nouveaux, qu'il pousse lui-même sa nature à outrance, cela est inévitable, fatal et louable. Ce qui est justement la marque principale du génie de Delacroix, c'est qu'il ne connaît pas la décadence ; il ne montre que le progrès. Seulement ses qualités primitives étaient si véhémentes et si riches, et elles ont si vigoureusement frappé les esprits, même les plus vulgaires, que le progrès journalier est pour eux insensible ; les raisonneurs seuls le perçoivent clairement.

« Je parlais tout à l'heure des propos de quelques *maçons*. Je veux caractériser par ce mot cette classe d'esprits grossiers et matériels (le nombre en est infiniment grand), qui n'apprécient les objets que par le contour, ou, pis encore, par leurs trois dimensions : largeur, longueur et profondeur, exactement comme les sauvages et les paysans. J'ai souvent entendu des personnes de cette espèce établir une hiérarchie des qualités, absolument inintelligible pour moi ; affirmer, par exemple, que la faculté qui permet à celui-ci de créer un contour exact, ou à celui-là un contour d'une beauté surnaturelle, est supérieure à la faculté qui sait assembler des couleurs d'une manière enchanteresse. Selon ces gens-là, la couleur ne rêve pas, ne pense pas, ne parle pas. Il paraîtrait que, quand je contemple les œuvres d'un de ces hommes appelés spécialement coloristes, je me livre à un plaisir qui n'est pas d'une nature noble ; volontiers m'appelleraient-ils matérialiste, réser-

vant pour eux-mêmes l'aristocratique épithète de spiri-
tualistes.

« Ces esprits superficiels ne songent pas que les
deux facultés ne peuvent jamais être tout à fait séparées, et qu'elles sont toutes deux le résultat d'un
germe primitif soigneusement cultivé. La nature extérieure ne fournit à l'artiste qu'une occasion sans cesse
renaissante de cultiver ce germe ; elle n'est qu'un
amas incohérent de matériaux que l'artiste est invité
à associer et à mettre en ordre, un *incitamentum*, un
réveil pour les facultés sommeillantes. Pour parler
exactement, il n'y a dans la nature ni ligne ni couleur.
C'est l'homme qui crée la ligne et la couleur. Ce sont
deux abstractions qui tirent leur égale noblesse d'une
même origine.

« Un dessinateur-né (je le suppose enfant) observe
dans la nature immobile ou mouvante de certaines
sinuosités, d'où il tire une certaine volupté, et qu'il
s'amuse à fixer par des lignes sur le papier, exagérant
ou diminuant à plaisir leurs inflexions ; il apprend ainsi
à créer le galbe, l'élégance, le caractère dans le dessin.
Supposons un enfant destiné à perfectionner la partie de
l'art qui s'appelle couleur : c'est du choc ou de l'accord
heureux de deux tons et du plaisir qui en résulte pour
lui, qu'il tirera la science infinie des combinaisons de
tons. La nature a été, dans les deux cas, une pure excitation.

« La ligne et la couleur font penser et rêver toutes
les deux ; les plaisirs qui en dérivent sont d'une nature
différente, mais parfaitement égale et absolument indépendante du sujet du tableau.

« Un tableau de Delacroix, placé à une trop grande
distance pour que vous puissiez juger de l'agrément des
contours ou de la qualité plus ou moins dramatique du
sujet, vous pénètre déjà d'une volupté surnaturelle. Il
vous semble qu'une atmosphère magique a marché vers
vous et vous enveloppe. Sombre, délicieuse pourtant,
lumineuse, mais tranquille, cette impression, qui prend
pour toujours sa place dans votre mémoire, prouve le
vrai, le parfait coloriste. Et l'analyse du sujet, quand

vous vous approchez, n'enlèvera rien et n'ajoutera rien à ce plaisir primitif, dont la source est ailleurs et loin de toute pensée concrète.

« Je puis inverser l'exemple. Une figure bien dessinée vous pénètre d'un plaisir tout à fait étranger au sujet. Voluptueuse ou terrible, cette figure ne doit son charme qu'à l'arabesque qu'elle découpe dans l'espace. Les membres d'un martyr qu'on écorche, le corps d'une nymphe pâmée, s'ils sont savamment dessinés, comportent un genre de plaisir dans les éléments duquel le sujet n'entre pour rien ; si pour vous il en est autrement, je serai forcé de croire que vous êtes un bourreau ou un libertin.

« Mais, hélas ! à quoi bon, à quoi bon toujours répéter ces inutiles vérités ? »

Mais peut-être, monsieur, vos lecteurs priseront-ils beaucoup moins toute cette rhétorique que les détails que je suis impatient moi-même de leur donner sur la personne et sur les mœurs de notre regrettable grand peintre.

IV

C'est surtout dans les écrits d'Eugène Delacroix qu'apparaît cette dualité de nature dont j'ai parlé. Beaucoup de gens, vous le savez, monsieur, s'étonnaient de la sagesse de ses opinions écrites et de la modération de son style ; les uns regrettant, les autres approuvant. *Les Variations du beau*, les études sur *Poussin, Prud'hon, Charlet*[1], et les autres morceaux publiés soit dans *L'Artiste*, dont le propriétaire était alors M. Ricourt, soit dans la *Revue des Deux Mondes*, ne font que confirmer ce caractère double des grands artistes, qui les pousse, comme critiques, à louer et à analyser plus voluptueuse-

---

1. Les « Variations du Beau » (15 juillet 1857), « Prud'hon » (1er novembre 1846), « Charlet » (1er juillet 1862) parurent dans la *Revue des Deux Mondes*, « Poussin » dans *Le Moniteur universel*, les 26, 29 et 30 juin 1853.

ment les qualités dont ils ont le plus besoin, en tant que créateurs, et qui font antithèse à celles qu'ils possèdent surabondamment. Si Eugène Delacroix avait loué, préconisé ce que nous admirons surtout en lui, la violence, la soudaineté dans le geste, la turbulence de la composition, la magie de la couleur, en vérité, c'eût été le cas de s'étonner. Pourquoi chercher ce qu'on possède en quantité presque superflue, et comment ne pas vanter ce qui nous semble plus rare et plus difficile à acquérir ? Nous verrons toujours, monsieur, le même phénomène se produire chez les créateurs de génie, peintres ou littérateurs, toutes les fois qu'ils appliqueront leurs facultés à la critique. À l'époque de la grande lutte des deux écoles, la classique et la romantique, les esprits simples s'ébahissaient d'entendre Eugène Delacroix vanter sans cesse Racine, La Fontaine et Boileau. Je connais un poète, d'une nature toujours orageuse et vibrante, qu'un vers de Malherbe, symétrique et carré de mélodie, jette dans de longues extases.

D'ailleurs, si sages, si sensés et si nets de tour et d'intention que nous apparaissent les fragments littéraires du grand peintre, il serait absurde de croire qu'ils furent écrits facilement et avec la certitude d'allure de son pinceau. Autant il était sûr d'*écrire* ce qu'il pensait sur une toile, autant il était préoccupé de ne pouvoir *peindre* sa pensée sur le papier. « La plume, — disait-il souvent, — n'est pas mon *outil* ; je sens que je pense juste, mais le besoin de l'ordre, auquel je suis contraint d'obéir, m'effraye. Croiriez-vous que la nécessité d'écrire une page me donne la migraine ? » C'est par cette gêne, résultat du manque d'habitude, que peuvent être expliquées certaines locutions un peu usées, un peu *poncif, empire* même, qui échappent trop souvent à cette plume naturellement distinguée.

Ce qui marque le plus visiblement le style de Delacroix, c'est la concision et une espèce d'intensité sans ostentation, résultat habituel de la concentration de toutes les forces spirituelles vers un point donné. « *The hero is he who is immovably centred* », dit le moraliste d'outre-mer Emerson [1], qui, bien qu'il passe pour le chef de l'ennuyeuse école bostonienne, n'en a pas moins une certaine pointe à la Sénèque, propre à aiguillonner la méditation. *« Le héros est celui-là qui est immuablement concentré. »* — La maxime que le chef du *Transcendantalisme* américain applique à la conduite de la vie et au domaine des affaires peut également s'appliquer au domaine de la poésie et de l'art. On pourrait dire aussi bien : « Le héros littéraire, c'est-à-dire le véritable écrivain, est celui qui est immuablement concentré. » Il ne vous paraîtra donc pas surprenant, monsieur, que Delacroix eût une sympathie très prononcée pour les écrivains concis et concentrés, ceux dont la prose peu chargée d'ornements a l'air d'imiter les mouvements rapides de la pensée, et dont la phrase ressemble à un geste, Montesquieu, par exemple. Je puis vous fournir un curieux exemple de cette brièveté féconde et poétique. Vous avez comme moi, sans doute, lu ces jours derniers, dans *La Presse*, une très curieuse et très belle étude de M. Paul de Saint-Victor sur le plafond de la galerie d'Apollon [2]. Les diverses conceptions du déluge, la manière dont les légendes relatives au déluge doivent être interprétées, le sens moral des épisodes et des actions qui composent l'ensemble de ce merveilleux tableau, rien n'est oublié ; et le tableau lui-même est minutieusement décrit avec ce style charmant, aussi spirituel que coloré, dont l'auteur nous a montré tant d'exemples. Cependant le tout ne laissera dans la mémoire qu'un spectre diffus, quelque chose comme la très vague lumière d'une amplification. Comparez ce vaste morceau aux quelques lignes suivantes, bien plus énergiques, selon moi, et bien plus aptes à *faire tableau*, en supposant même que le tableau qu'elles résument n'existe pas. Je copie simplement le programme distri-

---

1. La citation est issue de *The Conduct of Life, Considerations by the Way* de Ralph Waldo Emerson (1803-1882), philosophe américain, fondateur du « transcendantalisme ». 2. Article paru le 13 septembre 1863. Delacroix reçut officiellement la commande de ce plafond le 8 mars 1851 ; il eut pour collaborateur son élève P. Andrieu (1821-1852). On date la fin de l'exécution d'août 1851.

bué par M. Delacroix à ses amis, quand il les invita à visiter l'œuvre en question :

APOLLON VAINQUEUR DU SERPENT PYTHON

« Le dieu, monté sur son char, a déjà lancé une partie de ses traits ; Diane sa sœur, volant à sa suite, lui présente son carquois. Déjà percé par les flèches du dieu de la chaleur et de la vie, le monstre sanglant se tord en exhalant dans une vapeur enflammée les restes de sa vie et de sa rage impuissante. Les eaux du déluge commencent à tarir, et déposent sur les sommets des montagnes ou entraînent avec elles les cadavres des hommes et des animaux. Les dieux se sont indignés de voir la terre abandonnée à des monstres difformes, produits impurs du limon. Ils se sont armés comme Apollon : Minerve, Mercure s'élancent pour les exterminer en attendant que la Sagesse éternelle repeuple la solitude de l'univers. Hercule les écrase de sa massue ; Vulcain, le dieu du feu, chasse devant lui la nuit et les vapeurs impures, tandis que Borée et les Zéphyrs sèchent les eaux de leur souffle et achèvent de dissiper les nuages. Les nymphes des fleuves et des rivières ont retrouvé leur lit de roseaux et leur urne encore souillée par la fange et par les débris. Des divinités plus timides contemplent à l'écart ce combat des dieux et des éléments. Cependant du haut des cieux la Victoire descend pour couronner Apollon vainqueur, et Iris, la messagère des dieux, déploie dans les airs son écharpe, symbole du triomphe de la lumière sur les ténèbres et sur la révolte des eaux. »

Je sais que le lecteur sera obligé de deviner beaucoup, de collaborer, pour ainsi dire, avec le rédacteur de la note ; mais croyez-vous réellement, monsieur, que l'admiration pour le peintre me rende visionnaire en ce cas, et que je me trompe absolument en prétendant découvrir ici la trace des habitudes aristocratiques prises dans les bonnes lectures, et de cette rectitude de pensée qui a permis à des hommes du monde, à des militaires, à des aventuriers, ou même à de simples courtisans, d'écrire, quelquefois à la diable, de fort beaux livres que nous autres, gens du métier, nous sommes contraints d'admirer ?

V

Eugène Delacroix était un curieux mélange de scepticisme, de politesse, de dandysme, de volonté ardente, de ruse, de despotisme, et enfin d'une espèce de bonté particulière et de tendresse modérée qui accompagne toujours le génie. Son père appartenait à cette race d'hommes forts dont nous avons connu les derniers dans notre enfance ; les uns fervents apôtres de Jean-Jacques, les autres disciples déterminés de Voltaire, qui ont tous collaboré, avec une égale obstination, à la Révolution française, et dont les survivants, jacobins ou cordeliers, se sont ralliés avec une parfaite bonne foi (c'est important à noter) aux intentions de Bonaparte.

Eugène Delacroix a toujours gardé les traces de cette origine révolutionnaire. On peut dire de lui, comme de Stendhal, qu'il avait grande frayeur d'être dupe. Sceptique et aristocrate, il ne connaissait la passion et le surnaturel que par sa fréquentation forcée avec le rêve. Haïsseur des multitudes, il ne les considérait guère que comme des briseuses d'images, et les violences commises en 1848 sur quelques-uns de ses ouvrages n'étaient pas faites pour le convertir au sentimentalisme politique de nos temps. Il y avait même en lui quelque chose, comme style, manières et opinions, de Victor Jacquemont[1]. Je sais que la comparaison est quelque peu injurieuse ; aussi je désire qu'elle ne soit entendue qu'avec une extrême modération. Il y a dans Jacquemont du bel esprit bourgeois révolté et une gouaillerie aussi encline à mystifier les ministres de Brahma que

---

1. Victor Jacquemont (1801-1832), naturaliste, voyagea dans l'Inde et au Tibet ; la publication de sa correspondance, en 1833, avait fait une certaine sensation. Il eut pour amis Mérimée et Stendhal.

ceux de Jésus-Christ. Delacroix, averti par le goût toujours inhérent au génie, ne pouvait jamais tomber dans ces vilenies. Ma comparaison n'a donc trait qu'à l'esprit de prudence et à la sobriété dont ils sont tous deux marqués. De même, les signes héréditaires que le XVIIIe siècle avait laissés sur sa nature avaient l'air empruntés surtout à cette classe aussi éloignée des utopistes que des furibonds, à la classe des sceptiques polis, les vainqueurs et les survivants, qui, généralement, relevaient plus de Voltaire que de Jean-Jacques. Aussi, au premier coup d'œil, Eugène Delacroix apparaissait simplement comme un homme *éclairé*, dans le sens honorable du mot, comme un parfait *gentleman* sans préjugés et sans passions. Ce n'était que par une fréquentation plus assidue qu'on pouvait pénétrer sous le vernis et deviner les parties abstruses de son âme. Un homme à qui on pourrait plus légitimement le comparer pour la tenue extérieure et pour les manières serait M. Mérimée. C'était la même froideur apparente, légèrement affectée, le même manteau de glace recouvrant une pudique sensibilité et une ardente passion pour le bien et pour le beau ; c'était, sous la même hypocrisie d'égoïsme, le même dévouement aux amis secrets et aux idées de prédilection.

Il y avait dans Eugène Delacroix beaucoup du *sauvage* ; c'était là la plus précieuse partie de son âme, la partie vouée tout entière à la peinture de ses rêves et au culte de son art. Il y avait en lui beaucoup de l'homme du monde ; cette partie-là était destinée à voiler la première et à la faire pardonner. Ç'a été, je crois, une des grandes préoccupations de sa vie de dissimuler les colères de son cœur et de n'avoir pas l'air d'un homme de génie. Son esprit de domination, esprit bien légitime, fatal d'ailleurs, avait presque entièrement disparu sous mille gentillesses. On eût dit un cratère de volcan artistement caché par des bouquets de fleurs.

Un autre trait de ressemblance avec Stendhal était sa propension aux formules simples, aux maximes brèves, pour la bonne conduite de la vie. Comme tous les gens d'autant plus épris de méthode que leur tempérament

ardent et sensible semble les en détourner davantage,
Delacroix aimait façonner de ces petits catéchismes de
morale pratique que les étourdis et les fainéants qui ne
pratiquent rien attribueraient dédaigneusement à M. de
la Palisse, mais que le génie ne méprise pas, parce qu'il
est apparenté avec la simplicité ; maximes saines, fortes,
simples et dures, qui servent de cuirasse et de bouclier
à celui que la fatalité de son génie jette dans une bataille
perpétuelle.

Ai-je besoin de vous dire que le même esprit de
sagesse ferme et méprisante inspirait les opinions
d'E. Delacroix en matière politique ? Il croyait que rien
ne change, bien que tout ait l'air de changer, et que
certaines époques climatériques, dans l'histoire des
peuples, ramènent invariablement des phénomènes analogues. En somme, sa pensée, en ces sortes de choses,
approximait beaucoup, surtout par ses côtés de froide et
désolante résignation, la pensée d'un historien dont je
fais pour ma part un cas tout particulier, et que vous-
même, monsieur, si parfaitement rompu à ces thèses, et
qui savez estimer le talent, même quand il vous contredit, vous avez été, j'en suis sûr, contraint d'admirer plus
d'une fois. Je veux parler de M. Ferrari, le subtil et
savant auteur de l'*Histoire de la raison d'État*[1]. Aussi,
le causeur qui, devant M. Delacroix, s'abandonnait aux
enthousiasmes enfantins de l'utopie, avait bientôt à
subir l'effet de son rire amer, imprégné d'une pitié sar-
castique, et si, imprudemment, on lançait devant lui la
grande chimère des temps modernes, le ballon-monstre
de la perfectibilité et du progrès indéfinis, volontiers il
vous demandait : « Où sont donc vos Phidias ? où sont
vos Raphaël ? »

Croyez bien cependant que ce dur bon sens n'enlevait
aucune grâce à M. Delacroix. Cette verve d'incrédulité
et ce refus d'être dupe assaisonnaient, comme un sel
byronien, sa conversation si poétique et si colorée. Il

---

1. Giuseppe Ferrari (1811-1876), philosophe et sociologue italien.
Le livre mentionné par Baudelaire parut chez Michel Levy frères en
1860. On lui doit aussi l'édition des œuvres de Vico.

tirait aussi de lui-même, bien plus qu'il ne les emprun-
tait à sa longue fréquentation du monde, — de lui-
même, c'est-à-dire de son génie et de la conscience de
son génie, une certitude, une aisance de manières merveilleuse, avec une politesse qui admettait, comme un
prisme, toutes les nuances, depuis la bonhomie la plus
cordiale jusqu'à l'impertinence la plus irréprochable. Il
possédait bien vingt manières différentes de prononcer
« *mon cher monsieur* », qui représentaient, pour une
oreille exercée, une curieuse gamme de sentiments. Car
enfin, il faut bien que je le dise, puisque je trouve en
ceci un nouveau motif d'éloge, E. Delacroix, quoiqu'il
fût un homme de génie, ou parce qu'il était un homme
de génie complet, participait beaucoup du dandy. Lui-
même avouait que dans sa jeunesse il s'était livré avec
plaisir aux vanités les plus matérielles du dandysme et
racontait en riant, mais non sans une certaine gloriole,
qu'il avait, avec le concours de son ami Bonington, fortement travaillé à introduire parmi la jeunesse élégante
le goût des coupes anglaises dans la chaussure et dans
le vêtement. Ce détail, je présume, ne vous paraîtra pas
inutile ; car il n'y a pas de souvenir superflu quand on
a à peindre la nature de certains hommes.

Je vous ai dit que c'était surtout la partie naturelle de
l'âme de Delacroix qui, malgré le voile amortissant
d'une civilisation raffinée, frappait l'observateur attentif. Tout en lui était énergie, mais énergie dérivant des
nerfs et de la volonté ; car, physiquement, il était frêle
et délicat. Le tigre, attentif à sa proie, a moins de
lumière dans les yeux et de frémissements impatients
dans les muscles que n'en laissait voir notre grand
peintre, quand toute son âme était dardée sur une idée
ou voulait s'emparer d'un rêve. Le caractère physique
même de sa physionomie, son teint de Péruvien ou de
Malais, ses yeux grands et noirs, mais rapetissés par les
clignotements de l'attention, et qui semblaient déguster
la lumière, ses cheveux abondants et lustrés, son front
entêté, ses lèvres serrées, auxquelles une tension perpétuelle de volonté communiquait une expression cruelle,
toute sa personne enfin suggérait l'idée d'une origine

exotique. Il m'est arrivé plus d'une fois, en le regardant, de rêver des anciens souverains du Mexique, de ce Moctézuma dont la main habile aux sacrifices pouvait immoler en un seul jour trois mille créatures humaines sur l'autel pyramidal du Soleil, ou bien de quelqu'un de ces princes hindous qui, dans les splendeurs des plus glorieuses fêtes, portent au fond de leurs yeux une sorte d'avidité insatisfaite et une nostalgie inexplicable, quelque chose comme le souvenir et le regret de choses non connues. Observez, je vous prie, que la couleur générale des tableaux de Delacroix participe aussi de la couleur propre aux paysages et aux intérieurs orientaux, et qu'elle produit une impression analogue à celle ressentie dans ces pays intertropicaux, où une immense diffusion de lumière crée pour un œil sensible, malgré l'intensité des tons locaux, un résultat général quasi crépusculaire. La moralité de ses œuvres, si toutefois il est permis de parler de la morale en peinture, porte aussi un caractère molochiste visible. Tout, dans son œuvre, n'est que désolation, massacres, incendies ; tout porte témoignage contre l'éternelle et incorrigible barbarie de l'homme. Les villes incendiées et fumantes, les victimes égorgées, les femmes violées, les enfants eux-mêmes jetés sous les pieds des chevaux ou sous le poignard des mères délirantes ; tout cet œuvre, dis-je, ressemble à un hymne terrible composé en l'honneur de la fatalité et de l'irrémédiable douleur. Il a pu quelquefois, car il ne manquait certes pas de tendresse, consacrer son pinceau à l'expression de sentiments tendres et voluptueux ; mais là encore l'inguérissable amertume était répandue à forte dose, et l'insouciance et la joie (qui sont les compagnes ordinaires de la volupté naïve) en étaient absentes. Une seule fois, je crois, il a fait une tentative dans le drôle et le bouffon, et comme s'il avait deviné que cela était au-delà ou au-dessous de sa nature, il n'y est plus revenu [1].

---

1. Delacroix avait produit pour *Le Nain jaune* et *Le Miroir* quelques lithographies caricaturales au tout début de sa carrière.

VI

Je connais plusieurs personnes qui ont le droit de dire : « *Odi profanum vulgus* » ; mais laquelle peut ajouter victorieusement : « *et arceo*[1] » ? La poignée de main trop fréquente avilit le caractère. Si jamais homme eut une *tour d'ivoire* bien défendue par les barreaux et les serrures, ce fut Eugène Delacroix. Qui a plus aimé sa *tour d'ivoire*, c'est-à-dire le secret ? Il l'eût, je crois, volontiers armée de canons et transportée dans une forêt ou sur un roc inaccessible. Qui a plus aimé le *home*, sanctuaire et tanière ? Comme d'autres cherchent le secret pour la débauche, il cherche le secret pour l'inspiration, et il s'y livrait à de véritables ribotes de travail. « *The one prudence in life is concentration ; the one evil is dissipation* », dit le philosophe américain que nous avons déjà cité[2].

M. Delacroix aurait pu écrire cette maxime ; mais, certes, il l'a austèrement pratiquée. Il était trop *homme du monde* pour ne pas mépriser le monde ; et les efforts qu'il y dépensait pour n'être pas trop visiblement *lui-même* le poussaient naturellement à préférer notre société. *Notre* ne veut pas seulement impliquer l'humble auteur qui écrit ces lignes, mais aussi quelques autres, jeunes ou vieux, journalistes, poètes, musiciens, auprès desquels il pouvait librement se détendre et s'abandonner.

Dans sa délicieuse étude sur Chopin[3], Liszt met Delacroix au nombre des plus assidus visiteurs du musicien-poète, et dit qu'il aimait à tomber en profonde rêverie aux sons de cette musique légère et passionnée qui ressemble à un brillant oiseau voltigeant sur les horreurs d'un gouffre.

C'est ainsi que, grâce à la sincérité de notre admiration, nous pûmes, quoique très jeune alors, pénétrer

---

1. *Odes* d'Horace (III, 1, v. 1) : « Je hais la foule ignorante (au sens de non-initiée) et je m'en détourne. » **2.** *The Conduct of Life, Power*, d'Emerson. **3.** *Dissertation sur Chopin* a paru en 1852.

dans cet atelier si bien gardé, où régnait, en dépit de notre rigide climat, une température équatoriale, et où l'œil était tout d'abord frappé par une solennité sobre et par l'austérité particulière de la vieille école. Tels dans notre enfance, nous avions vu les ateliers des anciens rivaux de David, héros touchants depuis longtemps disparus. On sentait bien que cette retraite ne pouvait pas être habitée par un esprit frivole, titillé par mille caprices incohérents.

Là, pas de panoplies rouillées, pas de kriss malais, pas de vieilles ferrailles gothiques, pas de bijouterie, pas de friperie, pas de bric-à-brac, rien de ce qui accuse dans le propriétaire le goût de l'amusette et le vagabondage rhapsodique d'une rêverie enfantine. Un merveilleux portrait par Jordaens, qu'il avait déniché je ne sais où, quelques études et quelques copies faites par le maître lui-même, suffisaient à la décoration de ce vaste atelier, dont une lumière adoucie et apaisée éclairait le recueillement.

On verra probablement ces copies à la vente des dessins et des tableaux de Delacroix qui est, m'a-t-on dit, fixée au mois de janvier prochain. Il avait deux manières très distinctes de copier. L'une, libre et large, faite moitié de fidélité, moitié de trahison, et où il mettait beaucoup de lui-même. De cette méthode résultait un composé bâtard et charmant, jetant l'esprit dans une incertitude agréable. C'est sous cet aspect paradoxal que m'apparut une grande copie des *Miracles de saint Benoît*, de Rubens [1]. Dans l'autre manière, Delacroix se faisait l'esclave le plus obéissant et le plus humble de son modèle, et il arrivait à une exactitude d'imitation dont peuvent douter ceux qui n'ont pas vu ces miracles. Telles, par exemple, sont celles faites d'après deux têtes de Raphaël qui sont au Louvre, et où l'expression, le style et la manière sont imités avec une si parfaite naïveté, qu'on pourrait prendre alternativement et réciproquement les originaux pour les traductions.

---

1. Cette copie est conservée aux Musées Royaux des Beaux-Arts à Bruxelles.

Après un déjeuner plus léger que celui d'un Arabe, et sa palette minutieusement composée avec le soin d'une bouquetière ou d'un étalagiste d'étoffes, Delacroix cherchait à aborder l'idée interrompue ; mais avant de se lancer dans son travail orageux, il éprouvait souvent de ces langueurs, de ces peurs, de ces énervements qui font penser à la pythonisse fuyant le dieu, ou qui rappellent Jean-Jacques Rousseau baguenaudant, paperassant et remuant ses livres pendant une heure avant d'attaquer le papier avec la plume. Mais une fois la fascination de l'artiste opérée, il ne s'arrêtait plus que vaincu par la fatigue physique.

Un jour, comme nous causions de cette question toujours si intéressante pour les artistes et les écrivains, à savoir, de l'hygiène du travail et de la conduite de la vie, il me dit :

« Autrefois, dans ma jeunesse, je ne pouvais me mettre au travail que quand j'avais la promesse d'un plaisir pour le soir, musique, bal, ou n'importe quel autre divertissement. Mais aujourd'hui, je ne suis plus semblable aux écoliers, je puis travailler sans cesse et sans aucun espoir de récompense. Et puis, — ajoutait-il, — si vous saviez comme un travail assidu rend indulgent et peu difficile en matière de plaisirs ! L'homme qui a bien rempli sa journée sera disposé à trouver suffisamment d'esprit au commissionnaire du coin et à jouer aux cartes avec lui. »

Ce propos me faisait penser à Machiavel jouant aux dés avec les paysans. Or, un jour, un dimanche, j'ai aperçu Delacroix au Louvre, en compagnie de sa vieille servante, celle qui l'a si dévotement soigné et servi pendant trente ans, et lui, l'élégant, le raffiné, l'érudit, ne dédaignait pas de montrer et d'expliquer les mystères de la sculpture assyrienne à cette excellente femme, qui l'écoutait d'ailleurs avec une naïve application. Le souvenir de Machiavel et de notre ancienne conversation rentra immédiatement dans mon esprit.

La vérité est que, dans les dernières années de sa vie, tout ce qu'on appelle plaisir en avait disparu, un seul, âpre, exigeant, terrible, les ayant tous remplacés, le travail, qui alors n'était plus seulement une passion, mais aurait pu s'appeler une fureur.

Delacroix, après avoir consacré les heures de la journée à peindre, soit dans son atelier, soit sur les échafaudages où l'appelaient ses grands travaux décoratifs, trouvait encore des forces dans son amour de l'art, et il aurait jugé cette journée mal remplie si les heures du soir n'avaient pas été employées au coin du feu, à la clarté de la lampe, à dessiner, à couvrir le papier de rêves, de projets, de figures entrevues dans les hasards de la vie, quelquefois à copier des dessins d'autres artistes dont le tempérament était le plus éloigné du sien ; car il avait la passion des notes, des croquis, et il s'y livrait en quelque lieu qu'il fût. Pendant un assez long temps, il eut pour habitude de dessiner chez les amis auprès desquels il allait passer ses soirées. C'est ainsi que M. Villot [1] possède une quantité considérable d'excellents dessins de cette plume féconde.

Il disait une fois à un jeune homme de ma connaissance : « Si vous n'êtes pas assez habile pour faire le croquis d'un homme qui se jette par la fenêtre, pendant le temps qu'il met à tomber du quatrième étage sur le sol, vous ne pourrez jamais produire de grandes machines. » Je retrouve dans cette énorme hyperbole la préoccupation de toute sa vie, qui était, comme on le sait, d'exécuter assez vite et avec assez de certitude pour ne rien laisser s'évaporer de l'intensité de l'action ou de l'idée.

Delacroix était, comme beaucoup d'autres ont pu l'observer, un homme de conversation. Mais le plaisant est qu'il avait peur de la conversation comme d'une débauche, d'une dissipation où il risquait de perdre ses forces. Il commençait par vous dire, quand vous entriez chez lui :

« Nous ne causerons pas ce matin, n'est-ce pas ? ou que très peu, très peu. »

Et puis il bavardait pendant trois heures. Sa causerie

---

1. Frédéric Villot était conservateur des peintures au Louvre et un très proche ami de Delacroix.

était brillante, subtile, mais pleine de faits, de souvenirs et d'anecdotes ; en somme, une parole nourrissante.

Quand il était excité par la contradiction, il se repliait momentanément, et au lieu de se jeter sur son adversaire de front, ce qui a le danger d'introduire les brutalités de la tribune dans les escarmouches de salon, il jouait pendant quelque temps avec son adversaire, puis revenait à l'attaque avec des arguments ou des faits imprévus. C'était bien la conversation d'un homme amoureux de luttes, mais esclave de la courtoisie, retorse, fléchissante à dessein, pleine de fuites et d'attaques soudaines.

Dans l'intimité de l'atelier, il s'abandonnait volontiers jusqu'à livrer son opinion sur les peintres ses contemporains, et c'est dans ces occasions-là que nous eûmes souvent à admirer cette indulgence du génie qui dérive peut-être d'une sorte particulière de naïveté ou de facilité à la jouissance.

Il avait des faiblesses étonnantes pour Decamps, aujourd'hui bien tombé, mais qui, sans doute, régnait encore dans son esprit par la puissance du souvenir. De même pour Charlet. Il m'a fait venir une fois chez lui, exprès pour me *tancer*, d'une façon véhémente, à propos d'un article irrespectueux que j'avais commis à l'endroit de cet enfant gâté du chauvinisme. En vain essayai-je de lui expliquer que ce n'était pas le Charlet des premiers temps que je blâmais, mais le Charlet de la décadence ; non pas le noble historien des grognards, mais le bel esprit de l'estaminet. Je n'ai jamais pu me faire pardonner.

Il admirait Ingres en de certaines parties, et certes il lui fallait une grande force critique pour admirer par raison ce qu'il devait repousser par tempérament. Il a même copié soigneusement des photographies faites d'après quelques-uns de ces minutieux portraits à la mine de plomb, où se fait le mieux apprécier le dur et pénétrant talent de M. Ingres, d'autant plus agile qu'il est plus à l'étroit.

La détestable couleur d'Horace Vernet ne l'empêchait pas de sentir la virtualité personnelle qui anime la plupart de ses tableaux, et il trouvait des expressions étonnantes pour louer ce pétillement et cette infatigable ardeur. Son admiration pour Meissonier allait un peu trop loin. Il s'était approprié, presque par violence, les dessins qui avaient servi à préparer la composition de *La Barricade*[1], le meilleur tableau de M. Meissonier, dont le talent, d'ailleurs, s'exprime bien plus énergiquement par le simple crayon que par le pinceau. De celui-ci il disait souvent, comme rêvant avec inquiétude de l'avenir : « Après tout, de nous tous, c'est lui qui est le plus sûr de vivre ! » N'est-il pas curieux de voir l'auteur de si grandes choses jalouser presque celui qui n'excelle que dans les petites ?

Le seul homme dont le nom eût puissance pour arracher quelques gros mots à cette bouche aristocratique était Paul Delaroche. Dans les œuvres de celui-là il ne trouvait sans doute aucune excuse, et il gardait indélébile le souvenir des souffrances que lui avait causées cette peinture sale et amère, faite avec de l'encre comme a dit, je crois, Théophile Gautier, dans une crise d'indépendance.

Mais celui qu'il choisissait plus volontiers pour s'expatrier dans d'immenses causeries était l'homme qui lui ressemblait le moins par le talent comme par les idées, son véritable antipode, un homme à qui on n'a pas encore rendu toute la justice qui lui est due, et dont le cerveau, quoique embrumé comme le ciel charbonné de sa ville natale, contient une foule d'admirables choses. J'ai nommé M. Paul Chenavard.

Les théories abstruses du peintre philosophe lyonnais faisaient sourire Delacroix, et le pédagogue abstracteur considérait les voluptés de la pure peinture comme choses frivoles, sinon coupables. Mais si éloignés qu'ils fussent l'un de l'autre, et à cause même de cet éloignement, ils aimaient à se rapprocher, et comme deux navires arrachés par les grappins d'abordage, ils ne pouvaient plus se quitter. Tous deux, d'ailleurs, étant fort lettrés et doués d'un remarquable esprit de sociabilité,

---

1. L'œuvre est au Musée du Louvre et figura au Salon de 1850-1851.

ils se rencontraient sur le terrain commun de l'érudition. On sait qu'en général ce n'est pas la qualité par laquelle brillent les artistes.

Chenavard était donc pour Delacroix une rare ressource. C'était vraiment plaisir de les voir s'agiter dans une lutte innocente, la parole de l'un marchant pesamment comme un éléphant en grand appareil de guerre, la parole de l'autre vibrant comme un fleuret, également aiguë et flexible. Dans les dernières heures de sa vie, notre grand peintre témoigna le désir de serrer la main de son amical contradicteur. Mais celui-ci était alors loin de Paris.

VII

Les femmes sentimentales et précieuses seront peut-être choquées d'apprendre que, semblable à Michel-Ange (souvenez-vous [de] la fin d'un de ses sonnets : « Sculpture ! divine Sculpture, tu es ma seule amante ! »), Delacroix avait fait de la Peinture son unique muse, son unique maîtresse, sa seule et suffisante volupté.

Sans doute il avait beaucoup aimé la femme aux heures agitées de sa jeunesse. Qui n'a pas trop sacrifié à cette idole redoutable ? Et qui ne sait que ce sont justement ceux qui l'ont le mieux servie qui s'en plaignent le plus ? Mais longtemps déjà avant sa fin, il avait exclu la femme de sa vie. Musulman, il ne l'eût peut-être pas chassée de sa mosquée, mais il se fût étonné de l'y voir entrer, ne comprenant pas bien quelle sorte de conversation elle peut tenir avec Allah.

En cette question, comme en beaucoup d'autres, l'idée orientale prenait en lui vivement et despotiquement le dessus. Il considérait la femme comme un objet d'art, délicieux et propre à exciter l'esprit, mais un objet d'art désobéissant et troublant, si on lui livre le seuil du cœur, et dévorant gloutonnement le temps et les forces.

Je me souviens qu'une fois, dans un lieu public, comme je lui montrais le visage d'une femme d'une

originale beauté et d'un caractère mélancolique, il voulut bien en goûter la beauté, mais me dit, avec son petit
rire, pour répondre au reste : « Comment voulez-vous
qu'une femme puisse être mélancolique ? » insinuant
sans doute par là que, pour connaître le sentiment de la
mélancolie, il manque à la femme une *certaine chose*
essentielle.

C'est là, malheureusement, une théorie bien injurieuse, et je ne voudrais pas préconiser des opinions
diffamatoires sur un sexe qui a si souvent montré d'ardentes vertus. Mais on m'accordera bien que c'est une
théorie de prudence ; que le talent ne saurait trop s'ar-
mer de prudence dans un monde plein d'embûches, et
que l'homme de génie possède le privilège de certaines
doctrines (pourvu qu'elles ne troublent pas l'ordre) qui
nous scandaliseraient justement chez le pur citoyen ou
le simple père de famille.

Je dois ajouter, au risque de jeter une ombre sur sa
mémoire, au jugement des âmes élégiaques, qu'il ne
montrait pas non plus de tendres faiblesses pour l'enfance. L'enfance n'apparaissait à son esprit que les
mains barbouillées de confitures (ce qui salit la toile
et le papier), ou battant le tambour (ce qui trouble la
méditation), ou incendiaire et animalement dangereuse
comme le singe.

« Je me souviens fort bien, — disait-il parfois, — que
quand j'étais enfant, *j'étais un monstre*. La connaissance du devoir ne s'acquiert que très lentement, et ce
n'est que par la douleur, le châtiment, et par l'exercice
progressif de la raison que l'homme diminue peu à peu
sa méchanceté naturelle. »

Ainsi, par le simple bon sens, il faisait un retour vers
l'idée catholique. Car on peut dire que l'enfant, en général, est, relativement à l'homme, en général, beaucoup
plus rapproché du péché originel.

VIII

On eût dit que Delacroix avait réservé toute sa sensibilité, qui était virile et profonde, pour l'austère sentiment de l'amitié. Il y a des gens qui s'éprennent facilement du premier venu ; d'autres réservent l'usage de la faculté divine pour les grandes occasions. L'homme célèbre, dont je vous entretiens avec tant de plaisir, s'il n'aimait pas qu'on le dérangeât pour de petites choses, savait devenir serviable, courageux, ardent, s'il s'agissait des importantes. Ceux qui l'ont bien connu ont pu apprécier, en maintes occasions, sa fidélité, son exactitude et sa solidité tout anglaises dans les rapports sociaux. S'il était exigeant pour les autres, il n'était pas moins sévère pour lui-même.

Ce n'est qu'avec tristesse et mauvaise humeur que je veux dire quelques mots de certaines accusations portées contre Eugène Delacroix. J'ai entendu des gens le taxer d'égoïsme et même d'avarice. Observez, monsieur, que ce reproche est toujours adressé par l'innombrable classe des âmes banales à celles qui s'appliquent à placer leur générosité aussi bien que leur amitié.

Delacroix était fort économe ; c'était pour lui le seul moyen d'être, à l'occasion, fort généreux ; je pourrais le prouver par quelques exemples, mais je craindrais de le faire sans y avoir été autorisé par lui, non plus que par ceux qui ont eu à se louer de lui.

Observez aussi que pendant de nombreuses années ses peintures se sont vendues fort mal, et que ses travaux de décoration absorbaient presque la totalité de son salaire, quand il n'y mettait pas de sa bourse. Il a prouvé un grand nombre de fois son mépris de l'argent, quand des artistes pauvres laissaient voir le désir de posséder quelqu'une de ses œuvres. Alors, semblable aux médecins d'un esprit libéral et généreux, qui tantôt font payer leurs soins et tantôt les donnent, il donnait ses tableaux ou les cédait à n'importe quel prix.

Enfin, monsieur, notons bien que l'homme supérieur est obligé, plus que tout autre, de veiller à sa défense personnelle. On peut dire que toute la société est en guerre contre lui. Nous avons pu vérifier le cas plus d'une fois. Sa politesse, on l'appelle froideur ; son ironie, si mitigée qu'elle soit, méchanceté ; son économie, avarice. Mais si, au contraire, le malheureux se montre imprévoyant, bien loin de le plaindre, la société dira : « C'est bien fait ; sa pénurie est la punition de sa prodigalité. »

Je puis affirmer que Delacroix, en matière d'argent et d'économie, partageait complètement l'opinion de Stendhal, opinion qui concilie la grandeur et la prudence.

« L'homme d'esprit, disait ce dernier, doit s'appliquer à acquérir ce qui lui est strictement nécessaire pour ne dépendre de personne (du temps de Stendhal, c'était 6 000 francs de revenu) ; mais si, cette sûreté obtenue, il perd son temps à augmenter sa fortune, c'est un misérable [1]. »

Recherche du nécessaire, et mépris du superflu, c'est une conduite d'homme sage et de stoïcien.

Une des grandes préoccupations de notre peintre dans ses dernières années, était le jugement de la postérité et la solidité incertaine de ses œuvres. Tantôt son imagination si sensible s'enflammait à l'idée d'une gloire immortelle, tantôt il parlait amèrement de la fragilité des toiles et des couleurs. D'autres fois il citait avec envie les anciens maîtres, qui ont eu presque tous le bonheur d'être traduits par des graveurs habiles, dont la pointe ou le burin a su s'adapter à la nature de leur talent, et il regrettait ardemment de n'avoir pas trouvé son traducteur. Cette friabilité de l'œuvre peinte, comparée avec la solidité de l'œuvre imprimée, était un de ses thèmes habituels de conversation.

Quand cet homme si frêle et si opiniâtre, si nerveux et si vaillant, cet homme unique dans l'histoire de l'art européen, l'artiste maladif et frileux, qui rêvait sans cesse de couvrir des murailles de ses grandioses conceptions, a été emporté par une de ces fluxions de poitrine dont il avait, ce semble, le convulsif pressentiment, nous avons tous senti quelque chose d'analogue à cette

---

1. Voir *De l'Amour*, de Stendhal ; Baudelaire cite de mémoire.

dépression d'âme, à cette sensation de solitude croissante que nous avaient fait déjà connaître la mort de
Chateaubriand et celle de Balzac, sensation renouvelée
tout récemment par la disparition d'Alfred de Vigny. Il
y a dans un grand deuil national un affaissement de
vitalité générale, un obscurcissement de l'intellect qui
ressemble à une éclipse solaire, imitation momentanée
de la fin du monde.

Je crois cependant que cette impression affecte surtout ces hautains solitaires qui ne peuvent se faire une
famille que par les relations intellectuelles. Quant aux
autres citoyens, pour la plupart, ils n'apprennent que
peu à peu à connaître tout ce qu'a perdu la patrie en
perdant le grand homme, et quel vide il fait en la quit-
tant. Encore faut-il les avertir.

Je vous remercie de tout mon cœur, monsieur, d'avoir
bien voulu me laisser dire librement tout ce que me
suggérait le souvenir d'un des rares génies de notre malheureux siècle, — si pauvre et si riche à la fois, tantôt
trop exigeant, tantôt trop indulgent, et trop souvent
injuste.

✳ LE PEINTRE DE LA VIE MODERNE [1]

I

LE BEAU, LA MODE ET LE BONHEUR

Il y a dans le monde, et même dans le monde des artistes, des gens qui vont au musée du Louvre, passent rapidement, et sans leur accorder un regard, devant une foule de tableaux très intéressants quoique de *second ordre*, et se plantent rêveurs devant un Titien ou un Raphaël, un de ceux que la gravure a le plus popularisés ; puis sortent satisfaits, plus d'un se disant : « Je connais mon musée. » Il existe aussi des gens qui, ayant lu jadis Bossuet et Racine, croient posséder l'histoire de la littérature.

Par bonheur se présentent de temps en temps des redresseurs de torts, des critiques, des amateurs, des curieux qui affirment que tout n'est pas dans Raphaël, que tout n'est pas dans Racine, que les *poetae minores* ont du bon, du solide et du délicieux ; et, enfin, que pour tant aimer la beauté générale, qui est exprimée par les poètes et les artistes classiques, on n'en a pas moins

---

1. Cet essai fut publié dans *Le Figaro* en trois livraisons : les 26 et 29 novembre, le 3 décembre 1863.

tort de négliger la beauté particulière, la beauté de circonstance et le trait de mœurs.

Je dois dire que le monde, depuis plusieurs années,
s'est un peu corrigé. Le prix que les amateurs attachent
aujourd'hui aux gentillesses gravées et coloriées du dernier siècle prouve qu'une réaction a eu lieu dans le sens
où le public en avait besoin ; Debucourt, les Saint-
Aubin [1] et bien d'autres, sont entrés dans le dictionnaire
des artistes dignes d'être étudiés. Mais ceux-là représentent le passé ; or, c'est à la peinture des mœurs du présent que je veux m'attacher aujourd'hui. Le passé est
intéressant non seulement par la beauté qu'ont su en
extraire les artistes pour qui il était le présent, mais aussi
comme passé, pour sa valeur historique. Il en est de
même du présent. Le plaisir que nous retirons de la
représentation du présent tient non seulement à la beauté
dont il peut être revêtu, mais aussi à sa qualité essentielle de présent.

J'ai sous les yeux une série de gravures de modes
commençant avec la Révolution et finissant à peu près
au Consulat [2]. Ces costumes, qui font rire bien des gens
irréfléchis, de ces gens graves sans vraie gravité, présentent un charme d'une nature double, artistique et historique. Ils sont très souvent beaux et spirituellement
dessinés ; mais ce qui m'importe au moins autant, et ce
que je suis heureux de retrouver dans tous ou presque
tous, c'est la morale et l'esthétique du temps [3]. L'idée
que l'homme se fait du beau s'imprime dans tout son
ajustement, chiffonne ou raidit son habit, arrondit ou

---

1. Philibert-Louis Debucourt (1755-1832), peintre, dessinateur et
graveur ; il se fit le spécialiste de l'estampe en couleur ; il fut célèbre
pour ses gravures sur la vie parisienne, en particulier sous le Directoire. Les Saint-Aubin forment une véritable dynastie au XVIIIᵉ siècle,
le plus connu, de nos jours, est Gabriel de Saint-Aubin (1724-1780) ;
ses eaux-fortes et croquis ont un caractère vif, immédiat, un « fa
presto » séduisant pour un esprit moderne.   **2.** Elles sont de Pierre
de La Mésangère (1761-1831). Baudelaire en avait eu connaissance
par l'intermédiaire de Poulet-Malassis.   **3.** Le style néo-classique
— et c'est pourquoi l'on parle de style — exerça son influence
jusque sur les vêtements.

aligne son geste, et même pénètre subtilement, à la longue, les traits de son visage. L'homme finit par ressembler à ce qu'il voudrait être. Ces gravures peuvent être traduites en beau et en laid ; en laid, elles deviennent des caricatures ; en beau, des statues antiques.

Les femmes qui étaient revêtues de ces costumes ressemblaient plus ou moins aux unes ou aux autres, selon le degré de poésie ou de vulgarité dont elles étaient marquées. La matière vivante rendait ondoyant ce qui nous semble trop rigide. L'imagination du spectateur peut encore aujourd'hui faire marcher et frémir cette *tunique* et ce *schall*. Un de ces jours, peut-être, un drame paraîtra sur un théâtre quelconque, où nous verrons la résurrection de ces costumes sous lesquels nos pères se trouvaient tout aussi enchanteurs que nous-mêmes dans nos pauvres vêtements (lesquels ont aussi leur grâce, il est vrai, mais d'une nature plutôt morale et spirituelle), et s'ils sont portés et animés par des comédiennes et des comédiens intelligents, nous nous étonnerons d'en avoir pu rire si étourdiment. Le passé, tout en gardant le piquant du fantôme, reprendra la lumière et le mouvement de la vie, et se fera présent.

Si un homme impartial feuilletait une à une *toutes* les modes françaises depuis l'origine de la France jusqu'au jour présent, il n'y trouverait rien de choquant ni même de surprenant. Les transitions y seraient aussi abondamment ménagées que dans l'échelle du monde animal. Point de lacune, donc, point de surprise. Et s'il ajoutait à la vignette qui représente chaque époque la pensée philosophique dont celle-ci était le plus occupée ou agitée, pensée dont la vignette suggère inévitablement le souvenir, il verrait quelle profonde harmonie régit tous les membres de l'histoire, et que, même dans les siècles qui nous paraissent les plus monstrueux et les plus fous, l'immortel appétit du beau a toujours trouvé sa satisfaction.

C'est ici une belle occasion, en vérité, pour établir une théorie rationnelle et historique du beau, en opposition avec la théorie du beau unique et absolu ; pour montrer que le beau est toujours, inévitablement, d'une composition double, bien que l'impression qu'il produit soit une ; car la difficulté de discerner les éléments variables du beau dans l'unité de l'impression n'infirme en rien la nécessité de la variété dans sa composition. Le beau est fait d'un élément éternel, invariable, dont la quantité est excessivement difficile à déterminer, et d'un élément relatif, circonstanciel, qui sera, si l'on veut, tour à tour ou tout ensemble, l'époque, la mode, la morale, la passion. Sans ce second élément, qui est comme l'enveloppe amusante, titillante, apéritive, du divin gâteau, le premier élément serait indigestible, inappréciable, non adapté et non approprié à la nature humaine. Je défie qu'on découvre un échantillon quelconque de beauté qui ne contienne pas ces deux éléments [1].

Je choisis, si l'on veut, les deux échelons extrêmes de l'histoire. Dans l'art hiératique, la dualité se fait voir au premier coup d'œil ; la partie de beauté éternelle ne se manifeste qu'avec la permission et sous la règle de la religion à laquelle appartient l'artiste. Dans l'œuvre la plus frivole d'un artiste raffiné appartenant à une de ces époques que nous qualifions trop vaniteusement de civilisées, la dualité se montre également ; la portion éternelle de beauté sera en même temps voilée et exprimée, sinon par la mode, au moins par le tempérament particulier de l'auteur. La dualité de l'art est une conséquence fatale de la dualité de l'homme. Considérez, si cela vous plaît, la partie éternellement subsistante comme l'âme de l'art, et l'élément variable comme son corps. C'est pourquoi Stendhal, esprit impertinent, taquin, répugnant même, mais dont les impertinences provoquent utilement la méditation, s'est rapproché de la vérité plus que beaucoup d'autres, en disant que _le Beau n'est que la promesse du bonheur_ [2]. Sans doute cette définition dépasse le but ; elle soumet beaucoup

---

1. En définissant ainsi le Beau, Baudelaire produit en quelque sorte une esthétique évolutive ou une structure ouverte ; la perspective historique introduit la continuité mais préserve en même temps les individualités créatrices.   2. _De l'Amour_, chap. XVII.

trop le beau à l'idéal infiniment variable du bonheur ; elle dépouille trop lestement le beau de son caractère aristocratique ; mais elle a le grand mérite de s'éloigner décidément de l'erreur des académiciens [1].

J'ai plus d'une fois déjà expliqué ces choses ; ces lignes en disent assez pour ceux qui aiment ces jeux de la pensée abstraite ; mais je sais que les lecteurs français, pour la plupart, ne s'y complaisent guère, et j'ai hâte moi-même d'entrer dans la partie positive et réelle de mon sujet.

II

LE CROQUIS DE MŒURS

Pour le croquis de mœurs, la représentation de la vie bourgeoise et les spectacles de la mode, le moyen le plus expéditif et le moins coûteux est évidemment le meilleur. Plus l'artiste y mettra de beauté, plus l'œuvre sera précieuse ; mais il y a dans la vie triviale, dans la métamorphose journalière des choses extérieures, un mouvement rapide qui commande à l'artiste une égale vélocité d'exécution. Les gravures à plusieurs teintes du XVIIIe siècle ont obtenu de nouveau les faveurs de la mode, comme je le disais tout à l'heure ; le pastel, l'eau-forte, l'aquatinte ont fourni tour à tour leurs contingents à cet immense dictionnaire de la vie moderne disséminé dans les bibliothèques, dans les cartons des amateurs et derrière les vitres des plus vulgaires boutiques. Dès que la lithographie parut, elle se montra tout de suite très apte à cette énorme tâche, si frivole en apparence. Nous avons dans ce genre de véritables monuments. On a jus-

---

1. Si Baudelaire a dissocié le Beau de l'idéal et fait un sort à cet avatar de l'archétype platonicien, il a conservé à cette notion sa valeur élitiste ; son caractère aristocratique ne peut convenir qu'à des natures exceptionnelles.

tement appelé les œuvres de Gavarni et de Daumier des
compléments de *La Comédie humaine*. Balzac lui-
même, j'en suis très convaincu, n'eût pas été éloigné
d'adopter cette idée, laquelle est d'autant plus juste que
le génie de l'artiste peintre de mœurs est un génie d'une
nature mixte, c'est-à-dire où il entre une bonne partie
d'esprit littéraire. Observateur, flâneur, philosophe,
appelez-le comme vous voudrez ; mais vous serez certainement amené, pour caractériser cet artiste, à le grati-
fier d'une épithète que vous ne sauriez appliquer au
peintre des choses éternelles, ou du moins plus durables,
des choses héroïques ou religieuses. Quelquefois il est
poète ; plus souvent il se rapproche du romancier ou du
moraliste ; il est le peintre de la circonstance et de tout
ce qu'elle suggère d'éternel. Chaque pays, pour son
plaisir et pour sa gloire, a possédé quelques-uns de ces
hommes-là. Dans notre époque actuelle, à Daumier et à
Gavarni, les premiers noms qui se présentent à la
mémoire, on peut ajouter Devéria, Maurin, Numa[1], historiens des grâces interlopes de la Restauration, Wattier,
Tassaert, Eugène Lami, celui-là presque Anglais à force
d'amour pour les élégances aristocratiques, et même
Trimolet et Traviès, ces chroniqueurs de la pauvreté et
de la petite vie.

III

L'ARTISTE,
HOMME DU MONDE,
HOMME DES FOULES ET ENFANT

Je veux entretenir aujourd'hui le public d'un homme
singulier, originalité si puissante et si décidée, qu'elle
se suffit à elle-même et ne recherche même pas l'appro-

---

1. Voir l'article « Quelques caricaturistes français ». Pierre-Numa
Bassaget (1802-1872), dit Numa.

bation. Aucun de ses dessins n'est signé, si l'on appelle signature ces quelques lettres, faciles à contrefaire, qui figurent un nom, et que tant d'autres apposent fastueusement au bas de leurs plus insouciants croquis. Mais tous ses ouvrages sont signés de son âme éclatante, et les amateurs qui les ont vus et appréciés les reconnaîtront facilement à la description que j'en veux faire. Grand amoureux de la foule et de l'incognito, M. C. G. pousse l'originalité jusqu'à la modestie. M. Thackeray [1], qui, comme on sait, est très curieux des choses d'art, et qui dessine lui-même les *illustrations* de ses romans, parla un jour de M. G. dans un petit journal de Londres. Celui-ci s'en fâcha comme d'un outrage à sa pudeur. Récemment encore, quand il apprit que je me proposais de faire une appréciation de son esprit et de son talent, il me supplia, d'une manière très impérieuse, de supprimer son nom et de ne parler de ses ouvrages que comme des ouvrages d'un anonyme. J'obéirai humblement à ce bizarre désir. Nous feindrons de croire, le lecteur et moi, que M. G. n'existe pas, et nous nous occuperons de ses dessins et de ses aquarelles, pour lesquels il professe un dédain de patricien, comme feraient des savants qui auraient à juger de précieux documents historiques, fournis par le hasard, et dont l'auteur doit rester éternellement inconnu. Et même, pour rassurer complètement ma conscience, on supposera que tout ce que j'ai à dire de sa nature, si curieusement et si mystérieusement éclatante, est plus ou moins justement suggéré par les œuvres en question ; pure hypothèse poétique, conjecture, travail d'imagination.

M. G. est vieux [2]. Jean-Jacques commença, dit-on, à écrire à quarante-deux ans. Ce fut peut-être vers cet âge que M. G., obsédé par toutes les images qui remplissaient son cerveau, eut l'audace de jeter sur une feuille

---

1. William Makepeace Thackeray (1811-1863) débuta dans le journalisme comme illustrateur et caricaturiste (notamment dans *Le Punch*). Il est connu surtout pour ses romans : *Vanity Fair* en 1848, *Henry Esmond* en 1852 et *Barry Lyndon* en 1856.   2. Né en 1805 (décédé en 1892), Constantin Guys avait alors environ vingt ans de plus que Baudelaire.

blanche de l'encre et des couleurs[1]. Pour dire la vérité, il dessinait comme un barbare, comme un enfant, se fâchant contre la maladresse de ses doigts et la désobéissance de son outil. J'ai vu un grand nombre de ces barbouillages primitifs, et j'avoue que la plupart des gens qui s'y connaissent ou prétendent s'y connaître auraient pu, sans déshonneur, ne pas deviner le génie latent qui habitait dans ces ténébreuses ébauches. Aujourd'hui, M. G., qui a trouvé, à lui tout seul, toutes les petites ruses du métier, et qui a fait, sans conseils, sa propre éducation, est devenu un puissant maître à sa manière, et n'a gardé de sa première ingénuité que ce qu'il en faut pour ajouter à ses riches facultés un assaisonnement inattendu. Quand il rencontre un de ces essais de son *jeune âge*, il le déchire ou le brûle avec une honte des plus amusantes.

Pendant dix ans, j'ai désiré faire la connaissance de M. G., qui est, par nature, très voyageur et très cosmopolite. Je savais qu'il avait été longtemps attaché à un journal anglais illustré[2], et qu'on y avait publié des gravures d'après ses croquis de voyage (Espagne, Turquie, Crimée). J'ai vu depuis lors une masse considérable de ces dessins improvisés sur les lieux mêmes, et j'ai pu *lire* ainsi un compte rendu minutieux et journalier de la campagne de Crimée, bien préférable à tout autre. Le même journal avait aussi publié, toujours sans signature, de nombreuses compositions du même auteur, d'après les ballets et les opéras nouveaux. Lorsque enfin je le trouvai, je vis tout d'abord que je n'avais pas affaire précisément à un *artiste*, mais plutôt à un *homme du monde*. Entendez ici, je vous prie, le mot *artiste* dans un sens très restreint, et le mot *homme du monde* dans un sens très étendu. *Homme du monde*, c'est-à-dire homme du monde entier, homme qui comprend le

---

1. Il semblerait que Baudelaire ne connaissait pas exactement la carrière de Guys. Celui-ci avait commencé son activité de dessinateur bien plus tôt ; on pense que ce fut au plus tard pendant la guerre d'Indépendance de la Grèce, qui s'acheva en 1830 ; correspondant de guerre, Guys avait alors vingt-cinq ans. 2. *The Illustrated London News*.

monde et les raisons mystérieuses et légitimes de tous ses usages ; *artiste*, c'est-à-dire spécialiste, homme attaché à sa palette comme le serf à la glèbe. M. G. n'aime pas être appelé artiste. N'a-t-il pas un peu raison ? Il s'intéresse au monde entier ; il veut savoir, comprendre, apprécier tout ce qui se passe à la surface de notre sphéroïde. L'artiste vit très peu, ou même pas du tout, dans le monde moral et politique. Celui qui habite dans le quartier Bréda ignore ce qui se passe dans le faubourg Saint-Germain. Sauf deux ou trois exceptions qu'il est inutile de nommer, la plupart des artistes sont, il faut bien le dire, des brutes très adroites, de purs manœuvres, des intelligences de village, des cervelles de hameau. Leur conversation, forcément bornée à un cercle très étroit, devient très vite insupportable à l'*homme du monde*, au citoyen spirituel de l'univers.

Ainsi, pour entrer dans la compréhension de M. G., prenez note tout de suite de ceci : c'est que la *curiosité* peut être considérée comme le point de départ de son génie.

Vous souvenez-vous d'un tableau (en vérité, c'est un tableau !) écrit par la plus puissante plume de cette époque, et qui a pour titre *L'Homme des foules*[1] ? Derrière la vitre d'un café, un convalescent, contemplant la foule avec jouissance, se mêle, par la pensée, à toutes les pensées qui s'agitent autour de lui. Revenu récemment des ombres de la mort, il aspire avec délices tous les germes et tous les effluves de la vie ; comme il a été sur le point de tout oublier, il se souvient et veut avec ardeur se souvenir de tout. Finalement, il se précipite à travers cette foule à la recherche d'un inconnu dont la physionomie entrevue l'a, en un clin d'œil, fasciné. La curiosité est devenue une passion fatale, irrésistible !

Supposez un artiste qui serait toujours, spirituelle-

---

1. Nouvelle de Poe, traduite par Baudelaire et qui fait partie des *Nouvelles Histoires extraordinaires*. En citant cette nouvelle, Baudelaire pratique une sorte de « mise en abyme ». Poe fait suivre par le narrateur du conte l'homme qui ne vit qu'en suivant la foule. L'essai de Baudelaire va suivre, au propre comme au figuré, un homme qui a suivi et suit les faits contemporains.

ment, à l'état du convalescent, et vous aurez la clef du caractère de M. G.

Or, la convalescence est comme un retour vers l'enfance. Le convalescent jouit au plus haut degré, comme l'enfant, de la faculté de s'intéresser vivement aux choses, même les plus triviales en apparence. Remontons, s'il se peut, par un effort rétrospectif de l'imagination, vers nos plus jeunes, nos plus matinales impressions, et nous reconnaîtrons qu'elles avaient une singulière parenté avec les impressions, si vivement colorées, que nous reçûmes plus tard à la suite d'une maladie physique, pourvu que cette maladie ait laissé pures et intactes nos facultés spirituelles. L'enfant voit tout en *nouveauté* ; il est toujours *ivre* [1]. Rien ne ressemble plus à ce qu'on appelle l'inspiration, que la joie avec laquelle l'enfant absorbe la forme et la couleur. J'oserai pousser plus loin ; j'affirme que l'inspiration a quelque rapport avec la *congestion*, et que toute pensée sublime est accompagnée d'une secousse nerveuse, plus ou moins forte, qui retentit jusque dans le cervelet. L'homme de génie a les nerfs solides ; l'enfant les a faibles. Chez l'un, la raison a pris une place considérable ; chez l'autre, la sensibilité occupe presque tout l'être. Mais le génie n'est que l'*enfance retrouvée* à volonté, l'enfance douée maintenant, pour s'exprimer, d'organes virils et de l'esprit analytique qui lui permet d'ordonner la somme de matériaux involontairement amassée [2]. C'est à cette curiosité profonde et joyeuse qu'il faut attribuer l'œil fixe et animalement extatique des enfants devant le *nouveau*, quel qu'il soit, visage ou paysage, lumière, dorure, couleurs, étoffes chatoyantes, enchantement de la beauté embellie par la toilette. Un de mes amis me disait un jour qu'étant fort petit, il assistait à la toilette de son père, et qu'alors il contemplait, avec une stupeur mêlée de délices, les muscles des

---

1. *Cf.* l'article « La Morale du joujou » et « Enivrez-vous », poème en prose qui parut le 7 février 1864 dans *Le Figaro*.
2. Baudelaire rejoint ici un des grands lieux communs du romantisme : « *The child is father to the man* », disait déjà Wordsworth.

bras, les dégradations de couleurs de la peau nuancée de rose et de jaune, et le réseau bleuâtre des veines. Le tableau de la vie extérieure le pénétrait déjà de respect et s'emparait de son cerveau. Déjà la forme l'obsédait et le possédait. La prédestination montrait précocement le bout de son nez. La *damnation* était faite. Ai-je besoin de dire que cet enfant est aujourd'hui un peintre célèbre ?

Je vous priais tout à l'heure de considérer M. G. comme un éternel convalescent ; pour compléter votre conception, prenez-le aussi pour un homme-enfant, pour un homme possédant à chaque minute le génie de l'enfance, c'est-à-dire un génie pour lequel aucun aspect de la vie n'est *émoussé*.

Je vous ai dit que je répugnais à l'appeler un pur artiste, et qu'il se défendait lui-même de ce titre avec une modestie nuancée de pudeur aristocratique. Je le nommerais volontiers un *dandy*, et j'aurais pour cela quelques bonnes raisons ; car le mot *dandy* implique une quintessence de caractère et une intelligence subtile de tout le mécanisme moral de ce monde ; mais, d'un autre côté, le dandy aspire à l'insensibilité, et c'est par là que M. G., qui est dominé, lui, par une passion insatiable, celle de voir et de sentir, se détache violemment du dandysme. *Amabam amare*, disait saint Augustin. « J'aime passionnément la passion », dirait volontiers M. G. Le dandy est blasé, ou il feint de l'être, par politique et raison de caste. M. G. a horreur des gens blasés. Il possède l'art si difficile (les esprits raffinés me comprendront) d'être *sincère sans ridicule*. Je le décorerais bien du nom de philosophe, auquel il a droit à plus d'un titre, si son amour excessif des choses visibles, tangibles, condensées à l'état plastique, ne lui inspirait une certaine répugnance de celles qui forment le royaume impalpable du métaphysicien. Réduisons-le donc à la condition de pur moraliste pittoresque, comme La Bruyère.

La foule est son domaine, comme l'air est celui de l'oiseau, comme l'eau celui du poisson. Sa passion et sa profession, c'est d'*épouser la foule*. Pour le parfait flâneur, pour l'observateur passionné, c'est une immense jouissance que d'élire domicile dans le nombre, dans l'ondoyant, dans le mouvement, dans le fugitif et l'infini [1]. Être hors de chez soi, et pourtant se sentir partout chez soi ; voir le monde, être au centre du monde et rester caché au monde, tels sont quelques-uns des moindres plaisirs de ces esprits indépendants, passionnés, impartiaux, que la langue ne peut que maladroitement définir. L'observateur est un *prince* qui jouit partout de son incognito. L'amateur de la vie fait du monde sa famille, comme l'amateur du beau sexe compose sa famille de toutes les beautés trouvées, trouvables et introuvables ; comme l'amateur de tableaux vit dans une société enchantée de rêves peints sur toile. Ainsi l'amoureux de la vie universelle entre dans la foule comme dans un immense réservoir d'électricité. On peut aussi le comparer, lui, à un miroir aussi immense que cette foule ; à un kaléidoscope doué de conscience, qui, à chacun de ses mouvements, représente la vie multiple et la grâce mouvante de tous les éléments de la vie. C'est un *moi* insatiable du *non-moi*, qui, à chaque instant, le rend et l'exprime en images plus vivantes que la vie elle-même, toujours instable et fugitive. « Tout homme, disait un jour M. G. dans une de ces conversations qu'il illumine d'un regard intense et d'un geste évocateur, tout homme qui n'est pas accablé par un de ces chagrins d'une nature trop positive pour ne pas absorber toutes les facultés, et *qui s'ennuie au sein de la multitude*, est un sot ! un sot ! et je le méprise ! »

Quand M. G., à son réveil, ouvre les yeux et qu'il voit le soleil tapageur donnant l'assaut aux carreaux des fenêtres, il se dit avec remords, avec regrets : « Quel ordre impérieux ! quelle fanfare de lumière ! Depuis plusieurs heures déjà, de la lumière partout ! de la

---

1. L'homme est, dans la foule, un singulier dans un pluriel ; on retrouve la vieille alliance des contraires héraclitéenne : deux opposés qui, en s'opposant, se définissent ; ce mouvement qui est le propre de la vie est le fondement même de la « modernité ».

Bulloz

Constantin Guys. *Promeneuses au bois*, aquarelle.

Paris, musée du Petit Palais.

lumière perdue par mon sommeil ! Que de choses *éclai-rées* j'aurais pu voir et que je n'ai pas vues ! » Et il part ! et il regarde couler le fleuve de la vitalité, si majestueux et si brillant. Il admire l'éternelle beauté et l'étonnante harmonie de la vie dans les capitales, harmonie si providentiellement maintenue dans le tumulte de la liberté humaine. Il contemple les paysages de la grande ville, paysages de pierre caressés par la brume ou frappés par les soufflets du soleil. Il jouit des beaux équipages, des fiers chevaux, de la propreté éclatante des grooms, de la dextérité des valets, de la démarche des femmes onduleuses, des beaux enfants, heureux de vivre et d'être bien habillés ; en un mot, de la vie universelle. Si une mode, une coupe de vêtement a été légè-rement transformée, si les nœuds de rubans, les boucles ont été détrônés par les cocardes, si le bavolet s'est élargi et si le chignon est descendu d'un cran sur la nuque, si la ceinture a été exhaussée et la jupe amplifiée,

croyez qu'à une distance énorme *son œil d'aigle* l'a déjà
deviné. Un régiment passe, qui va peut-être au bout du
monde, jetant dans l'air des boulevards ses fanfares
entraînantes et légères comme l'espérance ; et voilà que
l'œil de M. G. a déjà vu, inspecté, analysé les armes,
l'allure et la physionomie de cette troupe. Harnache-
ments, scintillements, musique, regards décidés, moustaches lourdes et sérieuses, tout cela entre pêle-mêle en
lui ; et dans quelques minutes, le poème qui en résulte
sera virtuellement composé. Et voilà que son âme vit
avec l'âme de ce régiment qui marche comme un seul
animal, fière image de la joie dans l'obéissance !

Mais le soir est venu. C'est l'heure bizarre et douteuse où les rideaux du ciel se ferment, où les cités s'allument. Le gaz fait tache sur la pourpre du couchant.
Honnêtes ou déshonnêtes, raisonnables ou fous, les
hommes se disent : « Enfin la journée est finie ! » Les
sages et les mauvais sujets pensent au plaisir, et chacun
court dans l'endroit de son choix boire la coupe de l'oubli. M. G. restera le dernier partout où peut resplendir
la lumière, retentir la poésie, fourmiller la vie, vibrer la
musique ; partout où une passion peut *poser* pour son
œil, partout où l'homme naturel et l'homme de convention se montrent dans une beauté bizarre, partout où le
soleil éclaire les joies rapides de l'*animal dépravé*[1]
« Voilà, certes, une journée bien employée », se dit certain lecteur que nous avons tous connu, « chacun de
nous a bien assez de génie pour la remplir de la même
façon. » Non ! peu d'hommes sont doués de la faculté
de voir ; il y en a moins encore qui possèdent la puissance d'exprimer. Maintenant, à l'heure où les autres
dorment, celui-ci est penché sur sa table, dardant sur
une feuille de papier le même regard qu'il attachait tout
à l'heure sur les choses, s'escrimant avec son crayon,
sa plume, son pinceau, faisant jaillir l'eau du verre au
plafond, essuyant sa plume sur sa chemise, pressé, vio-

---

1. Citation de Rousseau : *Discours sur la naissance de l'Inéga-
lité...* : « J'ose presque dire que l'état de réflexion est un état contre
nature et que l'homme qui médite est un animal dépravé. »

lent, actif, comme s'il craignait que les images ne lui
échappent, querelleur quoique seul, et se bousculant lui-
même. Et les choses renaissent sur le papier, naturelles
et plus que naturelles, belles et plus que belles, singulières et douées d'une vie enthousiaste comme l'âme de
l'auteur. La fantasmagorie a été extraite de la nature.
Tous les matériaux dont la mémoire s'est encombrée
se classent, se rangent, s'harmonisent et subissent cette
idéalisation forcée qui est le résultat d'une perception
enfantine, c'est-à-dire d'une perception aiguë, magique
à force d'ingénuité !

IV

LA MODERNITÉ

Ainsi il va, il court, il cherche. Que cherche-t-il ? À
coup sûr, cet homme, tel que je l'ai dépeint, ce solitaire
doué d'une imagination active, toujours voyageant à travers *le grand désert d'hommes*, a un but plus élevé que
celui d'un pur flâneur, un but plus général, autre que le
plaisir fugitif de la circonstance. Il cherche ce quelque
chose qu'on nous permettra d'appeler la *modernité* [1] ;
car il ne se présente pas de meilleur mot pour exprimer
l'idée en question. Il s'agit, pour lui, de dégager de la
mode ce qu'elle peut contenir de poétique dans l'historique, de tirer l'éternel du transitoire. Si nous jetons un
coup d'œil sur nos expositions de tableaux modernes,
nous sommes frappés de la tendance générale des
artistes à habiller tous les sujets de costumes anciens.
Presque tous se servent des modes et des meubles de la

---

1. Baudelaire n'a jamais abandonné ses positions du « Salon de
1846 », quant à son regard sur l'héroïsme de la vie moderne. Il répète
ses arguments en les amplifiant, en leur conférant un aspect plus
abouti, et les synthétise en un mot promis au plus bel avenir : la
modernité !

Renaissance, comme David se servait des modes et des meubles romains. Il y a cependant cette différence, que David, ayant choisi des sujets particulièrement grecs ou romains, ne pouvait pas faire autrement que de les habiller à l'antique, tandis que les peintres actuels, choisissant des sujets d'une nature générale applicable à toutes les époques, s'obstinent à les affubler des costumes du Moyen Âge, de la Renaissance ou de l'Orient. C'est évidemment le signe d'une grande paresse ; car il est beaucoup plus commode de déclarer que tout est absolument laid dans l'habit d'une époque, que de s'appliquer à en extraire la beauté mystérieuse qui y peut être contenue, si minime ou si légère qu'elle soit. La modernité, c'est le transitoire, le fugitif, le contingent, la moitié de l'art, dont l'autre moitié est l'éternel et l'immuable. Il y a eu une modernité pour chaque peintre ancien ; la plupart des beaux portraits qui nous restent des temps antérieurs sont revêtus des costumes de leur époque. Ils sont parfaitement harmonieux, parce que le costume, la coiffure et même le geste, le regard et le sourire (chaque époque a son port, son regard et son sourire) forment un tout d'une complète vitalité. Cet élément transitoire, fugitif, dont les métamorphoses sont si fréquentes, vous n'avez pas le droit de le mépriser ou de vous en passer. En le supprimant, vous tombez forcément dans le vide d'une beauté abstraite et indéfinissable, comme celle de l'unique femme avant le premier péché. Si au costume de l'époque, qui s'impose nécessairement, vous en substituez un autre, vous faites un contresens qui ne peut avoir d'excuse que dans le cas d'une mascarade voulue par la mode. Ainsi, les déesses, les nymphes et les sultanes du XVIIIe siècle sont des portraits *moralement* ressemblants.

Il est sans doute excellent d'étudier les anciens maîtres pour apprendre à peindre, mais cela ne peut être qu'un exercice superflu si votre but est de comprendre le caractère de la beauté présente. Les draperies de Rubens ou de Véronèse ne vous enseigneront pas à faire de la *moire antique*, du *satin à la reine*, ou toute autre étoffe de nos fabriques, soulevée, balancée par la crinoline ou les jupons de mousseline empesée. Le tissu et le grain ne sont pas les mêmes que dans les étoffes de l'ancienne Venise ou dans celles portées à la cour de Catherine. Ajoutons aussi que la coupe de la jupe et du corsage est absolument différente, que les plis sont disposés dans un système nouveau, et enfin que le geste et le port de la femme actuelle donnent à sa robe une vie et une physionomie qui ne sont pas celles de la femme ancienne. En un mot, pour que toute *modernité* soit digne de devenir antiquité, il faut que la beauté mystérieuse que la vie humaine y met involontairement en ait été extraite. C'est à cette tâche que s'applique particulièrement M. G.

J'ai dit que chaque époque avait son port, son regard et son geste. C'est surtout dans une vaste galerie de portraits (celle de Versailles, par exemple) que cette proposition devient facile à vérifier. Mais elle peut s'étendre plus loin encore. Dans l'unité qui s'appelle nation, les professions, les castes, les siècles introduisent la variété, non seulement dans les gestes et les manières, mais aussi dans la forme positive du visage. Tel nez, telle bouche, tel front remplissent l'intervalle d'une durée que je ne prétends pas déterminer ici, mais qui certainement peut être soumise à un calcul. De telles considérations ne sont pas assez familières aux portraitistes ; et le grand défaut de M. Ingres, en particulier, est de vouloir imposer à chaque type qui pose sous son œil un perfectionnement plus ou moins complet, emprunté au répertoire des idées classiques [1].

En pareille matière, il serait facile et même légitime de raisonner *a priori*. La corrélation perpétuelle de ce qu'on appelle *l'âme* avec ce qu'on appelle *le corps* explique très bien comment tout ce qui est matériel ou effluve du spirituel représente et représentera toujours le spirituel d'où il dérive. Si un peintre patient et minutieux, mais d'une imagination médiocre, ayant à peindre

---

1. S'il est vrai qu'Ingres a tendance à ingriser ses modèles — après tout, il les choisissait —, Baudelaire est plutôt injuste dans cette remarque : il y a apparence d'idées classiques !

une courtisane du temps présent, *s'inspire* (c'est le mot
consacré) d'une courtisane de Titien ou de Raphaël, il
est infiniment probable qu'il fera une œuvre fausse,
ambiguë et obscure. L'étude d'un chef-d'œuvre de ce
temps et de ce genre ne lui enseignera ni l'attitude, ni
le regard, ni la grimace, ni l'aspect vital d'une de ces
créatures que le dictionnaire de la mode a successivement classées sous les titres grossiers ou badins d'*impures*, de *filles entretenues*, de *lorettes* et de *biches*.

La même critique s'applique rigoureusement à
l'étude du militaire, du dandy, de l'animal même, chien
ou cheval, et de tout ce qui compose la vie extérieure
d'un siècle. Malheur à celui qui étudie dans l'antique
autre chose que l'art pur, la logique, la méthode générale ! Pour s'y trop plonger, il perd la mémoire du présent ; il abdique la valeur et les privilèges fournis par la
circonstance ; car presque toute notre originalité vient
de l'estampille que le *temps* imprime à nos sensations[1].
Le lecteur comprend d'avance que je pourrais vérifier
facilement mes assertions sur de nombreux objets autres
que la femme. Que diriez-vous, par exemple, d'un
peintre de marines (je pousse l'hypothèse à l'extrême)
qui, ayant à reproduire la *beauté* sobre et élégante du
navire moderne, fatiguerait ses yeux à étudier les formes
surchargées, contournées, l'arrière monumental du
navire ancien et les voilures compliquées du XVIe siècle ? Et que penseriez-vous d'un artiste que vous auriez
chargé de faire le portrait d'un pur-sang, célèbre dans
les solennités du turf, s'il allait confiner ses contemplations dans les musées, s'il se contentait d'observer le
cheval dans les galeries du passé, dans Van Dyck, Bourguignon ou Van der Meulen ?

M. G., dirigé par la nature, tyrannisé par la circonstance, a suivi une voie toute différente. Il a commencé
par contempler la vie, et ne s'est ingénié que tard à
apprendre les moyens d'exprimer la vie. Il en est résulté
une originalité saisissante, dans laquelle ce qui peut res-

---

1. Cette formule pourrait être un résumé saisissant de l'esthétique
baudelairienne.

ter de barbare et d'ingénu apparaît comme une preuve nouvelle d'obéissance à l'impression, comme une flatterie à la vérité. Pour la plupart d'entre nous, surtout pour les gens d'affaires, aux yeux de qui la nature n'existe pas, si ce n'est dans ses rapports d'utilité avec leurs affaires, le fantastique réel de la vie est singulièrement émoussé. M. G. l'absorbe sans cesse ; il en a la mémoire et les yeux pleins.

V

L'ART MNÉMONIQUE

Ce mot *barbarie*, qui est venu peut-être trop souvent sous ma plume, pourrait induire quelques personnes à croire qu'il s'agit ici de quelques dessins informes que l'imagination seule du spectateur sait transformer en choses parfaites. Ce serait mal me comprendre. Je veux parler d'une barbarie inévitable, synthétique, enfantine, qui reste souvent visible dans un art parfait (mexicaine, égyptienne ou ninivite), et qui dérive du besoin de voir les choses grandement, de les considérer surtout dans l'effet de leur ensemble. Il n'est pas superflu d'observer ici que beaucoup de gens ont accusé de barbarie tous les peintres dont le regard est synthétique et abréviateur, par exemple M. Corot, qui s'applique tout d'abord à tracer les lignes principales d'un paysage, son ossature et sa physionomie. Ainsi, M. G., traduisant fidèlement ses propres impressions, marque avec une énergie instinctive les points culminants ou lumineux d'un objet (ils peuvent être culminants ou lumineux au point de vue dramatique), ou ses principales caractéristiques, quelquefois même avec une exagération utile pour la mémoire humaine ; et l'imagination du spectateur, subissant à son tour cette mnémonique si despotique, voit avec netteté l'impression produite par les choses sur l'esprit de M. G. Le spectateur est ici le traducteur d'une traduction toujours claire et enivrante.

Il est une condition qui ajoute beaucoup à la force vitale de cette traduction *légendaire* de la vie extérieure. Je veux parler de la méthode de dessiner de M. G. Il dessine de mémoire, et non d'après le modèle, sauf dans les cas (la guerre de Crimée, par exemple) où il y a nécessité urgente de prendre des notes immédiates, pré-cipitées, et d'arrêter les lignes principales d'un sujet. En fait, tous les bons et vrais dessinateurs dessinent d'après l'image écrite dans leur cerveau, et non d'après la nature. Si l'on nous objecte les admirables croquis de Raphaël, de Watteau et de beaucoup d'autres, nous dirons que ce sont là des notes très minutieuses, il est vrai, mais de pures notes. Quand un véritable artiste en est venu à l'exécution définitive de son œuvre, le modèle lui serait plutôt un *embarras* qu'un secours. Il arrive même que des hommes tels que Daumier et M. G., accoutumés dès longtemps à exercer leur mémoire et à la remplir d'images, trouvent devant le modèle et la multiplicité de détails qu'il comporte leur faculté principale troublée et comme paralysée.

Il s'établit alors un duel entre la volonté de tout voir, de ne rien oublier, et la faculté de la mémoire qui a pris l'habitude d'absorber vivement la couleur générale et la silhouette, l'arabesque du contour. Un artiste ayant le sentiment parfait de la forme, mais accoutumé à exercer surtout sa mémoire et son imagination, se trouve alors comme assailli par une émeute de détails, qui tous demandent justice avec la furie d'une foule amoureuse d'égalité absolue. Toute justice se trouve forcément vio-lée ; toute harmonie détruite, sacrifiée ; mainte trivialité devient énorme ; mainte petitesse, usurpatrice. Plus l'ar-tiste se penche avec impartialité vers le détail, plus l'anarchie augmente. Qu'il soit myope ou presbyte, toute hiérarchie et toute subordination disparaissent. C'est un accident qui se présente souvent dans les œuvres d'un de nos peintres les plus en vogue, dont les défauts d'ailleurs sont si bien appropriés aux défauts de la foule, qu'ils ont singulièrement servi sa popularité.

La même analogie se fait deviner dans la pratique de l'art du comédien, art si mystérieux, si profond, tombé aujourd'hui dans la confusion des décadences. M. Frédérick Lemaître compose un rôle avec l'ampleur et la largeur du génie. Si étoilé que soit son jeu de détails lumineux, il reste toujours synthétique et sculptural. M. Bouffé [1] compose les siens avec une minutie de myope et de bureaucrate. En lui tout éclate, mais rien ne se fait voir, rien ne veut être gardé par la mémoire.

Ainsi, dans l'exécution de M. G. se montrent deux choses : l'une, une contention de mémoire résurrectionniste, évocatrice, une mémoire qui dit à chaque chose : « Lazare, lève-toi ! » ; l'autre, un feu, une ivresse de crayon, de pinceau ressemblant presque à une fureur. C'est la peur de n'aller pas assez vite, de laisser échapper le fantôme avant que la synthèse n'en soit extraite et saisie ; c'est cette terrible peur qui possède tous les grands artistes et qui leur fait désirer si ardemment de s'approprier tous les moyens d'expression, pour que jamais les ordres de l'esprit ne soient altérés par les hésitations de la main ; pour que finalement l'exécution, l'exécution idéale, devienne aussi inconsciente, aussi *coulante* que l'est la digestion pour le cerveau de l'homme bien portant qui a dîné. M. G. commence par de légères indications au crayon, qui ne marquent guère que la place que les objets doivent tenir dans l'espace. Les plans principaux sont indiqués ensuite par des teintes au lavis, des masses vaguement, légèrement colorées d'abord, mais reprises plus tard et chargées successivement de couleurs plus intenses. Au dernier moment, le contour des objets est définitivement cerné par de l'encre. À moins de les avoir vus, on ne se douterait pas des effets surprenants qu'il peut obtenir par cette méthode si simple et presque élémentaire. Elle a cet incomparable avantage, qu'à n'importe quel point

---

1. Hugues-Désiré-Marie Bouffé (1800-1888) fut l'acteur à succès des drames-vaudevilles. On l'aimait pour son jeu d'un grand naturel. Baudelaire le présente comme un détestable réaliste dans l'art théâtral.

de son progrès, chaque dessin a l'air suffisamment fini ; vous nommerez cela une ébauche si vous voulez, mais ébauche parfaite. Toutes les valeurs y sont en pleine harmonie, et s'il les veut pousser plus loin, elles marcheront toujours de front vers le perfectionnement désiré. Il prépare ainsi vingt dessins à la fois avec une pétulance et une joie charmantes, amusantes même pour lui ; les croquis s'empilent et se superposent par dizaines, par centaines, par milliers. De temps à autre il les parcourt, les feuillette, les examine, et puis il en choisit quelques-uns dont il augmente plus ou moins l'intensité, dont il charge les ombres et allume progressivement les lumières.

Il attache une immense importance aux fonds, qui, vigoureux ou légers, sont toujours d'une qualité et d'une nature appropriées aux figures. La gamme des tons et l'harmonie générale sont strictement observées, avec un génie qui dérive plutôt de l'instinct que de l'étude. Car M. G. possède naturellement ce talent mystérieux du coloriste, véritable don que l'étude peut accroître, mais qu'elle est, par elle-même, je crois, impuissante à créer. Pour tout dire en un mot, notre singulier artiste exprime à la fois le geste et l'attitude solennelle ou grotesque des êtres et leur explosion lumineuse dans l'espace.

VI

LES ANNALES DE LA GUERRE

La Bulgarie, la Turquie, la Crimée, l'Espagne ont été de grandes fêtes pour les yeux de M. G., ou plutôt de l'artiste imaginaire que nous sommes convenus d'appeler M. G. ; car je me souviens de temps en temps que je me suis promis, pour mieux rassurer sa modestie, de supposer qu'il n'existait pas. J'ai compulsé ces archives de la guerre d'Orient (champs de bataille jonchés de débris funèbres, charrois de matériaux, embarquements de bestiaux et de chevaux), tableaux vivants et surprenants, décalqués sur la vie elle-même, éléments d'un pittoresque précieux que beaucoup de peintres en renom, placés dans les mêmes circonstances, auraient étourdiment négligés ; cependant, de ceux-là, j'excepterai volontiers M. Horace Vernet, véritable gazetier plutôt que peintre essentiel, avec lequel M. G., artiste plus délicat, a des rapports visibles, si on veut ne le considérer que comme archiviste de la vie. Je puis affirmer que nul journal, nul récit écrit, nul livre, n'exprime aussi bien, dans tous ses détails douloureux et dans sa sinistre ampleur, cette grande épopée de la guerre de Crimée. L'œil se promène tour à tour aux bords du Danube, aux rives du Bosphore, au cap Kerson, dans la plaine de Balaklava, dans les champs d'Inkermann, dans les campements anglais, français, turcs et piémontais, dans les rues de Constantinople, dans les hôpitaux et dans toutes les solennités religieuses et militaires.

Une des compositions qui se sont le mieux gravées dans mon esprit est la *Consécration d'un terrain funèbre à Scutari par l'évêque de Gibraltar*. Le caractère pittoresque de la scène, qui consiste dans le contraste de la nature orientale environnante avec les attitudes et les uniformes occidentaux des assistants, est rendu d'une manière saisissante, suggestive et grosse de rêveries. Les soldats et les officiers ont ces airs ineffaçables de *gentlemen*, résolus et discrets, qu'ils portent au bout du monde, jusque dans les garnisons de la colonie du Cap et les établissements de l'Inde : les prêtres anglais font vaguement songer à des huissiers ou à des agents de change qui seraient revêtus de toques et de rabats.

Ici nous sommes à Schumla, chez Omer-Pacha : hospitalité turque, pipes et café ; tous les visiteurs sont rangés sur des divans, ajustant à leurs lèvres des pipes, longues comme des sarbacanes, dont le foyer repose à leurs pieds. Voici les *Kurdes à Scutari*[1], troupes étranges dont l'as-

---

1. Ces dessins ont paru dans *The Illustrated London News* : « La Consécration », le 9 juin 1855, « À Schumla », « Chez Omar

pect fait rêver à une invasion de hordes barbares ; voici
les bachi-bouzoucks [1], non moins singuliers avec leurs
officiers européens, hongrois ou polonais, dont la physionomie de dandies tranche bizarrement sur le caractère
baroquement oriental de leurs soldats.

Je rencontre un dessin magnifique où se dresse un
seul personnage, gros, robuste, l'air à la fois pensif,
insouciant et audacieux ; de grandes bottes lui montent
au-delà des genoux ; son habit militaire est caché par
un lourd et vaste paletot strictement boutonné ; à travers
la fumée de son cigare, il regarde l'horizon sinistre et
brumeux ; l'un de ses bras blessé est appuyé sur une
cravate en sautoir. Au bas, je lis ces mots griffonnés au
crayon : *Canrobert on the battle field of Inkermann* [2].
Taken on the spot.

Quel est ce cavalier, aux moustaches blanches, d'une
physionomie si vivement dessinée, qui, la tête relevée, a
l'air de humer la terrible poésie d'un champ de bataille,
pendant que son cheval, flairant la terre, cherche son
chemin entre les cadavres amoncelés, pieds en l'air,
faces crispées, dans des attitudes étranges ? Au bas du
dessin, dans un coin, se font lire ces mots : *Myself at
Inkermann.*

J'aperçois M. Baraguay-d'Hilliers, avec le Séraskier,
passant en revue l'artillerie à Béchichtash. J'ai rarement
vu un portrait militaire plus ressemblant, buriné d'une
main plus hardie et plus spirituelle.

Un nom, sinistrement illustre depuis les désastres de
Syrie [3], s'offre à ma vue : *Achmet-Pacha, général en*

Pacha », le 4 mars 1854 et le 17 novembre 1855, « Les Kurdes à
Scutari » le 24 juin 1854.
    1. En langue turque, ces mots signifient « mauvaises bêtes ». Il
s'agissait d'un corps franc levé sur les ordres du Sultan, composé de
gens sans foi ni loi.   **2.** Inkermann était un faubourg de Sébastopol, où eut lieu une bataille, le 5 novembre 1854 ; les Russes furent
défaits par les Français et les Anglais. Canrobert, futur maréchal de
France, s'y distingua.   **3.** Le massacre des maronites (catholiques)
par les Druses et les bachi-bouzouks d'Achmet-Pacha (musulmans)
en juillet 1860. Le lavis de Guys est conservé au Musée des Arts
Décoratifs à Paris.

chef à Kalafat, debout devant sa hutte avec son état-major, se fait présenter deux officiers européens. Malgré l'ampleur de sa bedaine turque, Achmet-Pacha a, dans l'attitude et le visage, le grand air aristocratique qui appartient généralement aux races dominatrices.

La bataille de Balaklava se présente plusieurs fois dans ce curieux recueil, et sous différents aspects. Parmi les plus frappants, voici l'historique charge de cavalerie chantée par la trompette héroïque d'Alfred Tennyson, poète de la reine : une foule de cavaliers roulent avec une vitesse prodigieuse jusqu'à l'horizon entre les lourds nuages de l'artillerie. Au fond, le paysage est barré par une ligne de collines verdoyantes [1].

De temps en temps, des tableaux religieux reposent l'œil attristé par tous ces chaos de poudre et ces turbulences meurtrières. Au milieu de soldats anglais de différentes armes, parmi lesquels éclate le pittoresque uniforme des Écossais enjuponnés, un prêtre anglican lit l'office du dimanche ; trois tambours, dont le premier est supporté par les deux autres, lui servent de pupitre [2].

En vérité, il est difficile à la simple plume de traduire ce poème fait de mille croquis, si vaste et si compliqué, et d'exprimer l'ivresse qui se dégage de tout ce pittoresque, douloureux souvent, mais jamais larmoyant, amassé sur quelques centaines de pages, dont les maculatures et les déchirures disent, à leur manière, le trouble et le tumulte au milieu desquels l'artiste y déposait ses souvenirs de la journée [3]. Vers le soir, le courrier emportait vers Londres les notes et les dessins de M. G., et souvent celui-ci confiait ainsi à la poste plus de dix croquis improvisés sur papier pelure, que les graveurs et les abonnés du journal attendaient impatiemment.

---

1. La bataille eut lieu le 24 septembre 1854 entre Anglais et Russes. Alfred Tennyson, poète lauréat, l'immortalisa dans un poème : « The Charge of the Light Brigade » (La Charge de la brigade légère). 2. *The Illustrated London News* du 7 avril 1855. 3. À la différence d'Horace Vernet qui ne fait qu'illustrer littéralement les bulletins militaires, Guys voit et vit puis retranscrit de mémoire. Tel est le cheminement de la modernité lors de son élaboration.

Tantôt apparaissent des ambulances où l'atmosphère elle-même semble malade, triste et lourde ; chaque lit y contient une douleur ; tantôt c'est l'hôpital de Péra, où je vois, causant avec deux sœurs de charité, longues, pâles et droites comme des figures de Lesueur, un visiteur au costume négligé, désigné par cette bizarre légende : *My humble self*[1]. Maintenant, sur des sentiers âpres et sinueux, jonchés de quelques débris d'un combat déjà ancien, cheminent lentement des animaux, mulets, ânes ou chevaux, qui portent sur leurs flancs, dans deux grossiers fauteuils, des blessés livides et inertes. Sur de vastes neiges, des chameaux au poitrail majestueux, la tête haute, conduits par des Tartares, traînent des provisions ou des munitions de toute sorte ; c'est tout un monde guerrier, vivant, affairé et silencieux ; c'est des campements, des bazars où s'étalent des échantillons de toutes les fournitures, espèces de villes barbares improvisées pour la circonstance. À travers ces baraques, sur ces routes pierreuses ou neigeuses, dans ces défilés, circulent des uniformes de plusieurs nations, plus ou moins endommagés par la guerre ou altérés par l'adjonction de grosses pelisses et de lourdes chaussures.

Il est malheureux que cet album, disséminé maintenant en plusieurs lieux, et dont les pages précieuses ont été retenues par les graveurs chargés de les traduire ou par les rédacteurs de l'*Illustrated London News*, n'ait pas passé sous les yeux de l'Empereur. J'imagine qu'il aurait complaisamment, et non sans attendrissement, examiné les faits et gestes de ses soldats, tous exprimés minutieusement, au jour le jour, depuis les actions les plus éclatantes jusqu'aux occupations les plus triviales de la vie, par cette main de soldat artiste, si ferme et si intelligente.

---

1. Celui-ci se trouve au Musée des Arts Décoratifs à Paris.

VII

POMPES ET SOLENNITÉS

La Turquie a fourni aussi à notre cher G. d'admirables motifs de compositions : les fêtes du Baïram[1], splendeurs profondes et ruisselantes, au fond desquelles apparaît, comme un soleil pâle, l'ennui permanent du sultan défunt ; rangés à la gauche du souverain, tous les officiers de l'ordre civil ; à sa droite, tous ceux de l'ordre militaire, dont le premier est Saïd-Pacha, sultan d'Égypte, alors présent à Constantinople ; des cortèges et des pompes solennelles défilant vers la petite mosquée voisine du palais, et, parmi ces foules, des fonctionnaires turcs, véritables caricatures de décadence, écrasant leurs magnifiques chevaux sous le poids d'une obésité fantastique ; les lourdes voitures massives, espèces de carrosses à la Louis XIV, dorés et agrémentés par le caprice oriental, d'où jaillissent quelquefois des regards curieusement féminins, dans le strict intervalle que laissent aux yeux les bandes de mousseline collées sur le visage ; les danses frénétiques des baladins du *troisième sexe* (jamais l'expression bouffonne de Balzac ne fut plus applicable que dans le cas présent, car, sous la palpitation de ces lueurs tremblantes, sous l'agitation de ces amples vêtements, sous cet ardent maquillage des joues, des yeux et des sourcils, dans ces gestes hystériques et convulsifs, dans ces longues chevelures flottant sur les reins, il vous serait difficile, pour ne pas dire impossible, de deviner la virilité) ; enfin, les femmes galantes (si toutefois l'on peut prononcer le mot de galanterie à propos de l'Orient), généralement composées de Hongroises, de Valaques, de Juives, de Polonaises, de Grecques et d'Arméniennes ; car, sous un gouvernement despotique, ce sont les

---

1. Ces fêtes marquent la fin du Ramadàn, période de jeûne. Pendant sa durée, les musulmans observent l'abstinence la plus complète depuis le lever du soleil jusqu'à son coucher.

races opprimées, et, parmi elles, celles surtout qui ont le plus à souffrir, qui fournissent le plus de sujets à la prostitution. De ces femmes, les unes ont conservé le costume national, les vestes brodées, à manches courtes, l'écharpe tombante, les vastes pantalons, les babouches retroussées, les mousselines rayées ou lamées et tout le clinquant du pays natal ; les autres, et ce sont les plus nombreuses, ont adopté le signe principal de la civilisation, qui, pour une femme, est invariablement la crinoline, en gardant toutefois, dans un coin de leur ajustement, un léger souvenir caractéristique de l'Orient, si bien qu'elles ont l'air de Parisiennes qui auraient voulu se déguiser.

M. G. excelle à peindre le faste des scènes officielles, les pompes et les solennités nationales, non pas froidement, didactiquement, comme les peintres qui ne voient dans ces ouvrages que des corvées lucratives, mais avec toute l'ardeur d'un homme épris d'espace, de perspective, de lumière faisant nappe ou explosion, et s'accrochant en gouttes ou en étincelles aux aspérités des uniformes et des toilettes de cour. *La fête commémorative de l'indépendance dans la cathédrale d'Athènes* [1] fournit un curieux exemple de ce talent. Tous ces petits personnages, dont chacun est si bien à sa place, rendent plus profond l'espace qui les contient. La cathédrale est immense et décorée de tentures solennelles. Le roi Othon et la reine, debout sur une estrade, sont revêtus du costume traditionnel, qu'ils portent avec une aisance merveilleuse, comme pour témoigner de la sincérité de leur adoption et du patriotisme hellénique le plus raffiné. La taille du roi est sanglée comme celle du plus coquet palikare [2], et sa jupe s'évase avec toute l'exagération du dandysme national. En face d'eux s'avance le patriarche, vieillard aux épaules voûtées, à la grande

---

1. *The Illustrated London News* du 20 mai 1854. **2.** Palikare : soldat de la milice grecque pendant la guerre d'Indépendance. Le roi Othon Ier, Bavarois d'origine, fut appelé sur le trône de Grèce en 1832 et eut un règne difficile du fait de son origine étrangère ; il fut déposé le 24 octobre 1862.

barbe blanche, dont les petits yeux sont protégés par des lunettes vertes, et portant dans tout son être les signes d'un flegme oriental consommé. Tous les personnages qui peuplent cette composition sont des portraits, et l'un des plus curieux, par la bizarrerie de sa physionomie aussi peu hellénique que possible, est celui d'une dame allemande, placée à côté de la reine et attachée à son service.

Dans les collections de M. G., on rencontre souvent l'Empereur des Français, dont il a su réduire la figure, sans nuire à la ressemblance, à un croquis infaillible, et qu'il exécute avec la certitude d'un paraphe. Tantôt l'Empereur passe des revues, lancé au galop de son cheval et accompagné d'officiers dont les traits sont facilement reconnaissables, ou de princes étrangers, européens, asiatiques ou africains, à qui il fait, pour ainsi dire, les honneurs de Paris. Quelquefois il est immobile sur un cheval dont les pieds sont aussi assurés que les quatre pieds d'une table, ayant à sa gauche l'Impératrice en costume d'amazone, et, à sa droite, le petit Prince impérial, chargé d'un bonnet à poils et se tenant militairement sur un petit cheval hérissé comme les poneys que les artistes anglais lancent volontiers dans leurs paysages ; quelquefois disparaissant au milieu d'un tourbillon de lumière et de poussière dans les allées du bois de Boulogne ; d'autres fois se promenant lentement à travers les acclamations du faubourg Saint-Antoine. Une surtout de ces aquarelles m'a ébloui par son caractère magique. Sur le bord d'une loge d'une richesse lourde et princière, l'Impératrice apparaît dans une attitude tranquille et reposée ; l'Empereur se penche légèrement comme pour mieux voir le théâtre ; au-dessous, deux cent-gardes, debout, dans une immobilité militaire et presque hiératique, reçoivent sur leur brillant uniforme les éclaboussures de la rampe. Derrière la bande de feu, dans l'atmosphère idéale de la scène, les comédiens chantent, déclament, gesticulent harmonieusement ; de l'autre côté s'étend un abîme de lumière vague, un espace circulaire encombré de figures humaines à tous les étages : c'est le lustre et le public.

Les mouvements populaires, les clubs et les solennités de 1848 avaient également fourni à M. G. une série de compositions pittoresques dont la plupart ont été gravées par l'*Illustrated London News*. Il y a quelques années, après un séjour en Espagne, très fructueux pour son génie, il composa aussi un album de même nature, dont je n'ai vu que des lambeaux. L'insouciance avec laquelle il donne ou prête ses dessins l'expose souvent à des pertes irréparables.

VIII

LE MILITAIRE

Pour définir une fois de plus le genre de sujets préférés par l'artiste, nous dirons que c'est *la pompe de la vie*, telle qu'elle s'offre dans les capitales du monde civilisé, la pompe de la vie militaire, de la vie élégante, de la vie galante. Notre observateur est toujours exact à son poste, partout où coulent les désirs profonds et impétueux, les Orénoques du cœur humain, la guerre, l'amour, le jeu ; partout où s'agitent les fêtes et les fictions qui représentent ces grands éléments de bonheur et d'infortune. Mais il montre une prédilection très marquée pour le militaire, pour le soldat, et je crois que cette affection dérive non seulement des vertus et des qualités qui passent forcément de l'âme du guerrier dans son attitude et sur son visage, mais aussi de la parure voyante dont sa profession le revêt. M. Paul de Molènes [1] a écrit quelques pages aussi charmantes que sensées, sur la coquetterie militaire et sur le sens moral de

---

1. Paul Gaschon de Molènes (1821-1862) fut un militaire de carrière mais aussi un écrivain et un proche de Baudelaire. Ce dernier aurait eu l'idée de tirer un drame d'une de ses nouvelles : *Les Souffrances d'un houzard* ; il en tira un projet qu'il intitula *Le Marquis du Ier Houzards*.

ces costumes étincelants dont tous les gouvernements se plaisent à habiller leurs troupes. M. G. signerait volontiers ces lignes-là.

Nous avons parlé déjà de l'idiotisme de beauté particulier à chaque époque, et nous avons observé que chaque siècle avait, pour ainsi dire, sa grâce personnelle. La même remarque peut s'appliquer aux professions ; chacune tire sa beauté extérieure des lois morales auxquelles elle est soumise. Dans les unes, cette beauté sera marquée d'énergie, et, dans les autres, elle portera les signes visibles de l'oisiveté. C'est comme l'emblème du caractère, c'est l'estampille de la fatalité. Le militaire, pris en général, a sa beauté, comme le dandy et la femme galante ont la leur, d'un goût essentiellement différent. On trouvera naturel que je néglige les professions où un exercice exclusif et violent déforme les muscles et marque le visage de servitude. Accoutumé aux surprises, le militaire est difficilement étonné. Le signe particulier de la beauté sera donc, ici, une insouciance martiale, un mélange singulier de placidité et d'audace ; c'est une beauté qui dérive de la nécessité d'être prêt à mourir à chaque minute. Mais le visage du militaire idéal devra être marqué d'une grande simplicité ; car, vivant en commun comme les moines et les écoliers, accoutumés à se décharger des soucis journaliers de la vie sur une paternité abstraite, les soldats sont, en beaucoup de choses, aussi simples que les enfants ; et, comme les enfants, le devoir étant accompli, ils sont faciles à amuser et portés aux divertissements violents. Je ne crois pas exagérer en affirmant que toutes ces considérations morales jaillissent naturellement des croquis et des aquarelles de M. G. Aucun type militaire n'y manque et tous sont saisis avec une espèce de joie enthousiaste : le vieil officier d'infanterie, sérieux et triste, affligeant son cheval de son obésité ; le joli officier d'état-major, pincé dans sa taille, se dandinant des épaules, se penchant sans timidité sur le fauteuil des dames, et qui, vu de dos, fait penser aux insectes les plus sveltes et les plus élégants ; le zouave et le tirailleur, qui portent dans leur allure un caractère excessif d'audace et d'indépendance, et comme un sentiment plus vif de responsabilité personnelle ; la désinvolture agile et gaie de la cavalerie légère ; la physionomie vaguement professorale et académique des corps spéciaux, comme l'artillerie et le génie, souvent confirmée par l'appareil peu guerrier des lunettes : aucun de ces modèles, aucune de ces nuances ne sont négligés, et tous sont résumés définis avec le même amour et le même esprit.

J'ai actuellement sous les yeux une de ces compositions d'une physionomie générale vraiment héroïque, qui représente une tête de colonne d'infanterie ; peut-être ces hommes reviennent-ils d'Italie et font-ils une halte sur les boulevards devant l'enthousiasme de la multitude ; peut-être viennent-ils d'accomplir une longue étape sur les routes de la Lombardie ; je ne sais. Ce qui est visible, pleinement intelligible, c'est le caractère ferme, audacieux, même dans sa tranquillité, de tous ces visages hâlés par le soleil, la pluie et le vent.

Voilà bien l'uniformité d'expression créée par l'obéissance et les douleurs supportées en commun, l'air résigné du courage éprouvé par les longues fatigues. Les pantalons retroussés et emprisonnés dans les guêtres, les capotes flétries par la poussière, vaguement décolorées, tout l'équipement enfin a pris lui-même l'indestructible physionomie des êtres qui reviennent de loin et qui ont couru d'étranges aventures. On dirait que tous ces hommes sont plus solidement appuyés sur leurs reins, plus carrément installés sur leurs pieds, plus d'aplomb que ne peuvent l'être les autres hommes. Si Charlet[1], qui fut toujours à la recherche de ce genre de beauté et qui l'a si souvent trouvé, avait vu ce dessin, il en eût été singulièrement frappé.

---

　　1. Baudelaire, qui avait éreinté Charlet dans « Quelques caricaturistes français », le mentionne ici favorablement. Or si l'on sait que Delacroix l'avait défendu devant Baudelaire, on peut croire que soit le peintre a convaincu le critique, soit le critique s'acquitte d'une sorte de dette face au peintre mort récemment (août 1863).

IX

LE DANDY

L'homme riche, oisif, et qui, même blasé, n'a pas d'autre occupation que de courir à la piste du bonheur ; l'homme élevé dans le luxe et accoutumé dès sa jeunesse à l'obéissance des autres hommes, celui enfin qui n'a pas d'autre profession que l'élégance, jouira toujours, dans tous les temps, d'une physionomie distincte, tout à fait à part. Le dandysme est une institution vague, aussi bizarre que le duel ; très ancienne, puisque César, Catilina, Alcibiade nous en fournissent des types éclatants ; très générale, puisque Chateaubriand l'a trouvée dans les forêts et au bord des lacs du Nouveau-Monde. Le dandysme, qui est une institution en dehors des lois, a des lois rigoureuses auxquelles sont strictement soumis tous ses sujets, quelles que soient d'ailleurs la fougue et l'indépendance de leur caractère.

Les romanciers anglais ont, plus que les autres, cultivé le roman de *high life*, et les Français qui, comme M. de Custine[1], ont voulu spécialement écrire des romans d'amour, ont d'abord pris soin, et très judicieusement, de doter leurs personnages de fortunes assez vastes pour payer sans hésitation toutes leurs fantaisies ; ensuite ils les ont dispensés de toute profession. Ces êtres n'ont pas d'autre état que de cultiver l'idée du beau dans leur personne, de satisfaire leurs passions, de sentir et de penser. Ils possèdent ainsi, à leur gré et dans une vaste mesure, le temps et l'argent, sans lesquels la fantaisie, réduite à l'état de rêverie passagère, ne peut guère se traduire en action. Il est malheureusement bien vrai que, sans le loisir et l'argent, l'amour ne peut être qu'une orgie de roturier ou l'accomplissement d'un

---

1. Astolphe, marquis de Custine (1799-1857), fut un grand voyageur et écrivain à ses heures. Outre son *Voyage en Russie*, on lui doit des romans comme *Romuald* ou *Aloys*.

devoir conjugal. Au lieu du caprice brûlant ou rêveur, il devient une répugnante *utilité*.

Si je parle de l'amour à propos du dandysme, c'est que l'amour est l'occupation naturelle des oisifs. Mais le dandy ne vise pas à l'amour comme but spécial. Si j'ai parlé d'argent, c'est parce que l'argent est indispensable aux gens qui se font un culte de leurs passions ; mais le dandy n'aspire pas à l'argent comme à une chose essentielle ; un crédit indéfini pourrait lui suffire ; il abandonne cette grossière passion aux mortels vulgaires. Le dandysme n'est même pas, comme beaucoup de personnes peu réfléchies paraissent le croire, un goût immodéré de la toilette et de l'élégance matérielle. Ces choses ne sont pour le parfait dandy qu'un symbole de la supériorité aristocratique de son esprit. Aussi, à ses yeux, épris avant tout de *distinction*, la perfection de la toilette consiste-t-elle dans la simplicité absolue, qui est, en effet, la meilleure manière de se distinguer. Qu'est-ce donc que cette passion qui, devenue doctrine, a fait des adeptes dominateurs, cette institution non écrite qui a formé une caste si hautaine ? C'est avant tout le besoin ardent de se faire une originalité, contenu dans les limites extérieures des convenances. C'est une espèce de culte de soi-même, qui peut survivre à la recherche du bonheur à trouver dans autrui, dans la femme, par exemple ; qui peut survivre même à tout ce qu'on appelle les illusions. C'est le plaisir d'étonner et la satisfaction orgueilleuse de ne jamais être étonné. Un dandy peut être un homme blasé, peut être un homme souffrant ; mais, dans ce dernier cas, il sourira comme le Lacédémonien sous la morsure du renard.

On voit que, par de certains côtés, le dandysme confine au spiritualisme et au stoïcisme. Mais un dandy ne peut jamais être un homme vulgaire. S'il commettait un crime, il ne serait pas déchu peut-être ; mais si ce crime naissait d'une source triviale, le déshonneur serait irréparable. Que le lecteur ne se scandalise pas de cette gravité dans le frivole, et qu'il se souvienne qu'il y a une grandeur dans toutes les folies, une force dans tous les excès. Étrange spiritualisme ! Pour ceux qui en sont à la fois les prêtres et les victimes, toutes les conditions matérielles compliquées auxquelles ils se soumettent, depuis la toilette irréprochable à toute heure du jour et de la nuit jusqu'aux tours les plus périlleux du sport, ne sont qu'une gymnastique propre à fortifier la volonté et à discipliner l'âme. En vérité, je n'avais pas tout à fait tort de considérer le dandysme comme une espèce de religion. La règle monastique la plus rigoureuse, l'ordre irrésistible du *Vieux de la Montagne*[1], qui commandait le suicide à ses disciples enivrés, n'étaient pas plus despotiques ni plus obéis que cette doctrine de l'élégance et de l'originalité, qui impose, elle aussi, à ses ambitieux et humbles sectaires, hommes souvent pleins de fougue, de passion, de courage, d'énergie contenue, la terrible formule : *Perinde ac cadaver*[2] !

Que ces hommes se fassent nommer raffinés, incroyables, beaux, lions ou dandys, tous sont issus d'une même origine ; tous participent du même caractère d'opposition et de révolte ; tous sont des représentants de ce qu'il y a de meilleur dans l'orgueil humain, de ce besoin, trop rare chez ceux d'aujourd'hui, de combattre et de détruire la trivialité. De là naît, chez les dandys, cette attitude hautaine de caste provocante, même dans sa froideur. Le dandysme apparaît surtout aux époques transitoires où la démocratie n'est pas encore toute-puissante, où l'aristocratie n'est que partiellement chancelante et avilie. Dans le trouble de ces époques quelques hommes déclassés, dégoûtés, désœuvrés, mais tous riches de force native, peuvent concevoir le projet de fonder une espèce nouvelle d'aristocratie, d'autant plus difficile à rompre qu'elle sera basée sur les facultés les plus précieuses, les plus

---

1. Le Vieux de la Montagne, ou Rashîd-Dîn el Sinan (XIIIe siècle), est mentionné par Marco Polo dans ses écrits. Chef de la secte des haschichschin, il droguait ses hommes et ainsi obtenait d'eux une soumission totale pour les crimes qu'il désirait commettre, toute désobéissance étant punie par la privation de drogue.
2. « Comme un cadavre » ; la formule est de saint Ignace de Loyola et enjoignait aux jésuites une totale obéissance à la règle et un total oubli de soi face à celle-ci.

indestructibles, et sur les dons célestes que le travail et l'argent ne peuvent conférer. Le dandysme est le dernier éclat d'héroïsme dans les décadences ; et le type du dandy retrouvé par le voyageur dans l'Amérique du Nord n'infirme en aucune façon cette idée : car rien n'empêche de supposer que les tribus que nous nommons *sauvages* soient les débris de grandes civilisations disparues. Le dandysme est un soleil couchant ; comme l'astre qui décline, il est superbe, sans chaleur et plein de mélancolie. Mais, hélas ! la marée montante de la démocratie, qui envahit tout et qui nivelle tout, noie jour à jour ces derniers représentants de l'orgueil humain et verse des flots d'oubli sur les traces de ces prodigieux myrmidons. Les dandys se font chez nous de plus en plus rares, tandis que chez nos voisins, en Angleterre, l'état social et la constitution (la vraie constitution, celle qui s'exprime par les mœurs) laisseront longtemps encore une place aux héritiers de Sheridan, de Brummel et de Byron, si toutefois il s'en présente qui en soient dignes.

Ce qui a pu paraître au lecteur une digression n'en est pas une, en vérité. Les considérations et les rêveries morales qui surgissent des dessins d'un artiste sont, dans beaucoup de cas, la meilleure traduction que le critique en puisse faire ; les suggestions font partie d'une idée mère, et, en les montrant successivement, on peut la faire deviner. Ai-je besoin de dire que M. G., quand il crayonne un de ses dandys sur le papier, lui donne toujours son caractère historique, légendaire même, oserais-je dire, s'il n'était pas question du temps présent et de choses considérées généralement comme folâtres ? C'est bien là cette légèreté d'allures, cette certitude de manières, cette simplicité dans l'air de domination, cette façon de porter un habit et de diriger un cheval, ces attitudes toujours calmes mais révélant la force, qui nous font penser, quand notre regard découvre un de ces êtres privilégiés en qui le joli et le redoutable se confondent si mystérieusement : « Voilà peut-être un homme riche, mais plus certainement un Hercule sans emploi. »

Le caractère de beauté du dandy consiste surtout dans l'air froid qui vient de l'inébranlable résolution de ne pas être ému ; on dirait un feu latent qui se fait deviner, qui pourrait mais qui ne veut pas rayonner. C'est ce qui est, dans ces images, parfaitement exprimé.

X

LA FEMME

L'être qui est, pour la plupart des hommes, la source des plus vives, et même, disons-le à la honte des voluptés philosophiques, des plus durables jouissances ; l'être vers qui ou au profit de qui tendent tous leurs efforts ; cet être terrible et incommunicable comme Dieu (avec cette différence que l'infini ne se communique pas parce qu'il aveuglerait et écraserait le fini, tandis que l'être dont nous parlons n'est peut-être incompréhensible que parce qu'il n'a rien à communiquer) ; cet être en qui Joseph de Maistre voyait *un bel animal* dont les grâces égayaient et rendaient plus facile le jeu sérieux de la politique ; pour qui et par qui se font et défont les fortunes ; pour qui, mais surtout *par qui* les artistes et les poètes composent leurs plus délicats bijoux ; de qui dérivent les plaisirs les plus énervants et les douleurs les plus fécondantes, la femme, en un mot, n'est pas seulement pour l'artiste en général, et pour M. G. en particulier, la femelle de l'homme. C'est plutôt une divinité, un astre, qui préside à toutes les conceptions du cerveau mâle ; c'est un miroitement de toutes les grâces de la nature condensées dans un seul être ; c'est l'objet de l'admiration et de la curiosité la plus vive que le tableau de la vie puisse offrir au contemplateur. C'est une espèce d'idole, stupide peut-être, mais éblouissante, enchanteresse, qui tient les destinées et les volontés suspendues à ses regards. Ce n'est pas, dis-je, un animal dont les membres, correctement assemblés,

fournissent un parfait exemple d'harmonie ; ce n'est
même pas le type de beauté pure, tel que peut le rêver
le sculpteur dans ses plus sévères méditations ; non, ce
ne serait pas encore suffisant pour en expliquer le mystérieux et complexe enchantement. Nous n'avons que
faire ici de Winckelmann et de Raphaël ; et je suis bien
sûr que M. G., malgré toute l'étendue de son intelligence (cela soit dit sans lui faire injure), négligerait un
morceau de la statuaire antique, s'il lui fallait perdre
ainsi l'occasion de savourer un portrait de Reynolds ou
de Lawrence. Tout ce qui orne la femme, tout ce qui
sert à illustrer sa beauté, fait partie d'elle-même ; et les
artistes qui se sont particulièrement appliqués à l'étude
de cet être énigmatique raffolent autant de tout le *mundus mulieris* [1] que de la femme elle-même. La femme
est sans doute une lumière, un regard, une invitation au
bonheur, une parole quelquefois ; mais elle est surtout
une harmonie générale, non seulement dans son allure
et le mouvement de ses membres, mais aussi dans les
mousselines, les gazes, les vastes et chatoyantes nuées
d'étoffes dont elle s'enveloppe, et qui sont comme les
attributs et le piédestal de sa divinité ; dans le métal et
le minéral qui serpentent autour de ses bras et de son
cou, qui ajoutent leurs étincelles au feu de ses regards,
ou qui jasent doucement à ses oreilles. Quel poète oserait, dans la peinture du plaisir causé par l'apparition
d'une beauté, séparer la femme de son costume ? Quel
est l'homme qui, dans la rue, au théâtre, au bois, n'a pas
joui, de la manière la plus désintéressée, d'une toilette
savamment composée, et n'en a pas emporté une image
inséparable de la beauté de celle à qui elle appartenait,
faisant ainsi des deux, de la femme et de la robe, une
totalité indivisible ? C'est ici le lieu, ce me semble, de
revenir sur certaines questions relatives à la mode et à
la parure, que je n'ai fait qu'effleurer au commencement
de cette étude, et de venger l'art de la toilette des ineptes

---

1. Pour Baudelaire, le « monde de la femme » ne pouvait être
ouvert que par la clef des correspondances et par le biais des sens.

calomnies dont l'accablent certains amants très équivoques de la nature.

XI

ÉLOGE DU MAQUILLAGE

Il est une chanson, tellement triviale et inepte qu'on ne peut guère la citer dans un travail qui a quelques prétentions au sérieux, mais qui traduit fort bien, en style de vaudevilliste, l'esthétique des gens qui ne pensent pas. *La nature embellit la beauté !* Il est présumable que le *poète*, s'il avait pu parler en français, aurait dit : *La simplicité embellit la beauté !* ce qui équivaut à cette *vérité*, d'un genre tout à fait inattendu : Le *rien* embellit ce qui est.

La plupart des erreurs relatives au beau naissent de la fausse conception du XVIIIe siècle relative à la morale. La nature fut prise dans ce temps-là comme base, source et type de tout bien et de tout beau possibles. La négation du péché originel ne fut pas pour peu de chose dans l'aveuglement général de cette époque. Si toutefois nous consentons à en référer simplement au fait visible, à l'expérience de tous les âges et à la *Gazette des tribunaux*, nous verrons que la nature n'enseigne rien, ou presque rien, c'est-à-dire qu'elle *contraint* l'homme à dormir, à boire, à manger, et à se garantir, tant bien que mal, contre les hostilités de l'atmosphère. C'est elle aussi qui pousse l'homme à tuer son semblable, à le manger, à le séquestrer, à le torturer ; car, sitôt que nous sortons de l'ordre des nécessités et des besoins pour entrer dans celui du luxe et des plaisirs, nous voyons que la nature ne peut conseiller que le crime. C'est cette infaillible nature qui a créé le parricide et l'anthropophagie, et mille autres abominations que la pudeur et la délicatesse nous empêchent de nommer. C'est la philosophie (je parle de la bonne), c'est la religion qui nous

ordonne de nourrir des parents pauvres et infirmes. La
nature (qui n'est pas autre chose que la voix de notre
intérêt) nous commande de les assommer. Passez en
revue, analysez tout ce qui est naturel, toutes les actions
et les désirs du pur homme naturel, vous ne trouverez
rien que d'affreux. Tout ce qui est beau et noble est le
résultat de la raison et du calcul. Le crime, dont l'animal
humain a puisé le goût dans le ventre de sa mère, est
originellement naturel. La vertu, au contraire, est *artificielle*, surnaturelle, puisqu'il a fallu, dans tous les temps
et chez toutes les nations, des dieux et des prophètes
pour l'enseigner à l'humanité animalisée, et que
l'homme, *seul*, eût été impuissant à la découvrir. Le mal
se fait sans effort, *naturellement*, par fatalité ; le bien
est toujours le produit d'un art. Tout ce que je dis de la
nature comme mauvaise conseillère en matière de
morale, et de la raison comme véritable rédemptrice et
réformatrice, peut être transporté dans l'ordre du beau.
Je suis ainsi conduit à regarder la parure comme un des
signes de la noblesse primitive de l'âme humaine. Les
races que notre civilisation, confuse et pervertie, traite
volontiers de sauvages, avec un orgueil et une fatuité
tout à fait risibles, comprennent, aussi bien que l'enfant,
la haute spiritualité de la toilette. Le sauvage et le baby
témoignent, par leur aspiration naïve vers le brillant,
vers les plumages bariolés, les étoffes chatoyantes, vers
la majesté superlative des formes artificielles, de leur
dégoût pour le réel, et prouvent ainsi, à leur insu, l'im-
matérialité de leur âme. Malheur à celui qui, comme
Louis XV (qui fut non le produit d'une vraie civilisation, mais d'une récurrence de barbarie), pousse la
dépravation jusqu'à ne plus goûter que la *simple
nature** !

   La mode doit donc être considérée comme un symptôme du goût de l'idéal surnageant dans le cerveau

---

   * On sait que Mme Dubarry, quand elle voulait éviter de recevoir
le roi, avait soin de mettre du rouge. C'était un signe suffisant. Elle
fermait ainsi sa porte. C'était en s'embellissant qu'elle faisait fuir ce
royal disciple de la nature.

humain au-dessus de tout ce que la vie naturelle y accu-
mule de grossier, de terrestre et d'immonde, comme une
déformation sublime de la nature, ou plutôt comme un
essai permanent et successif de réformation de la nature.
Aussi a-t-on sensément fait observer (sans en découvrir
la raison) que toutes les modes sont charmantes, c'est-
à-dire relativement charmantes, chacune étant un effort
nouveau, plus ou moins heureux, vers le beau, une
approximation quelconque d'un idéal dont le désir titille
sans cesse l'esprit humain non satisfait. Mais les modes
ne doivent pas être, si l'on veut bien les goûter, considérées comme choses mortes ; autant vaudrait admirer les
défroques suspendues, lâches et inertes comme la peau
de saint Barthélemy [1], dans l'armoire d'un fripier. Il faut
se les figurer vitalisées, vivifiées par les belles femmes
qui les portèrent. Seulement ainsi on en comprendra le
sens et l'esprit. Si donc l'aphorisme : *Toutes les modes
sont charmantes*, vous choque comme trop absolu,
dites, et vous serez sûr de ne pas vous tromper : Toutes
furent légitimement charmantes.

La femme est bien dans son droit, et même elle
accomplit une espèce de devoir en s'appliquant à
paraître magique et surnaturelle ; il faut qu'elle étonne,
qu'elle charme ; idole, elle doit se dorer pour être ado-
rée. Elle doit donc emprunter à tous les arts les moyens
de s'élever au-dessus de la nature pour mieux subjuguer
les cœurs et frapper les esprits. Il importe fort peu que
la ruse et l'artifice soient connus de tous, si le succès
en est certain et l'effet toujours irrésistible. C'est dans
ces considérations que l'artiste philosophe trouvera facilement la légitimation de toutes les pratiques employées
dans tous les temps par les femmes pour consolider et
diviniser, pour ainsi dire, leur fragile beauté. L'énumé-
ration en serait innombrable ; mais, pour nous restreindre à ce que notre temps appelle vulgairement
maquillage, qui ne voit que l'usage de la poudre de riz,
si niaisement anathématisé par les philosophes candides,
a pour but et pour résultat de faire disparaître du teint

---

1. L'apôtre Barthélemy fut écorché vif.

toutes les taches que la nature y a outrageusement
semées, et de créer une unité abstraite dans le grain et
la couleur de la peau, laquelle unité, comme celle produite par le maillot, rapproche immédiatement l'être
humain de la statue, c'est-à-dire d'un être divin et supérieur ? Quant au noir artificiel qui cerne l'œil et au
rouge qui marque la partie supérieure de la joue, bien
que l'usage en soit tiré du même principe, du besoin de
surpasser la nature, le résultat est fait pour satisfaire à
un besoin tout opposé. Le rouge et le noir représentent
la vie, une vie surnaturelle et excessive ; ce cadre noir
rend le regard plus profond et plus singulier, donne à
l'œil une apparence plus décidée de fenêtre ouverte sur
l'infini ; le rouge, qui enflamme la pommette, augmente
encore la clarté de la prunelle et ajoute à un beau visage
féminin la passion mystérieuse de la prêtresse.

Ainsi, si je suis bien compris, la peinture du visage ne
doit pas être employée dans le but vulgaire, inavouable,
d'imiter la belle nature et de rivaliser avec la jeunesse.
On a d'ailleurs observé que l'artifice n'embellissait pas
la laideur et ne pouvait servir que la beauté. Qui oserait
assigner à l'art la fonction stérile d'imiter la nature ? Le
maquillage n'a pas à se cacher, à éviter de se laisser
deviner ; il peut, au contraire, s'étaler, sinon avec affectation, au moins avec une espèce de candeur.

Je permets volontiers à ceux-là que leur lourde gravité empêche de chercher le beau jusque dans ses plus
minutieuses manifestations, de rire de mes réflexions et
d'en accuser la puérile solennité ; leur jugement austère
n'a rien qui me touche ; je me contenterai d'en appeler
auprès des véritables artistes, ainsi que des femmes qui
ont reçu en naissant une étincelle de ce feu sacré dont
elles voudraient s'illuminer tout entières.

XII

LES FEMMES ET LES FILLES [1]

Ainsi M. G., s'étant imposé la tâche de chercher et d'expliquer la beauté dans la *modernité*, représente volontiers des femmes très parées et embellies par toutes les pompes artificielles, à quelque ordre de la société qu'elles appartiennent. D'ailleurs, dans la collection de ses œuvres comme dans le fourmillement de la vie humaine, les différences de caste et de race, sous quelque appareil de luxe que les sujets se présentent, sautent immédiatement à l'œil du spectateur.

Tantôt, frappées par la clarté diffuse d'une salle de spectacle, recevant et renvoyant la lumière avec leurs yeux, avec leurs bijoux, avec leurs épaules, apparaissent, resplendissantes comme des portraits dans la loge qui leur sert de cadre, des jeunes filles du meilleur monde. Les unes, graves et sérieuses, les autres, blondes et évaporées. Les unes étalent avec une insouciance aristocratique une gorge précoce, les autres montrent avec candeur une poitrine garçonnière. Elles ont l'éventail aux dents, l'œil vague ou fixe ; elles sont théâtrales et solennelles comme le drame ou l'opéra qu'elles font semblant d'écouter.

Tantôt, nous voyons se promener nonchalamment dans les allées des jardins publics, d'élégantes familles, les femmes se traînant avec un air tranquille au bras de leurs maris, dont l'air solide et satisfait révèle une fortune faite et le contentement de soi-même. Ici l'apparence cossue remplace la distinction sublime. De petites filles maigrelettes, avec d'amples jupons, et ressemblant par leurs gestes et leur tournure à de petites femmes, sautent à la corde, jouent au cerceau ou se rendent des

---

1. En divisant les femmes en deux classes, celle des respectables et celle des « filles perdues », Baudelaire ne fait que reproduire ce modèle antithétique qui est la structure de sa conception, qu'on peut résumer en ces deux mots clefs : le spleen et l'idéal.

visites en plein air, répétant ainsi la comédie donnée à domicile par leurs parents.

Émergeant d'un monde inférieur, fières d'apparaître enfin au soleil de la rampe, des filles de petits théâtres, minces, fragiles, adolescentes encore, secouent sur leurs formes virginales et maladives des travestissements absurdes, qui ne sont d'aucun temps et qui font leur joie.

À la porte d'un café, s'appuyant aux vitres illuminées par-devant et par-derrière, s'étale un de ces imbéciles, dont l'élégance est faite par son tailleur et la tête par son coiffeur. À côté de lui, les pieds soutenus par l'indispensable tabouret, est assise sa maîtresse, grande drôlesse à qui il ne manque presque rien (ce presque rien, c'est presque tout, c'est la distinction) pour ressembler à une grande dame. Comme son joli compagnon, elle a tout l'orifice de sa petite bouche occupé par un cigare disproportionné. Ces deux êtres ne pensent pas. Est-il bien sûr même qu'ils regardent ? à moins que, Narcisses de l'imbécillité, ils ne contemplent la foule comme un fleuve qui leur rend leur image. En réalité, ils existent bien plutôt pour le plaisir de l'observateur que pour leur plaisir propre.

Voici, maintenant, ouvrant leurs galeries pleines de lumière et de mouvement, ces Valentinos, ces Casinos, ces Prados (autrefois des Tivolis, des Idalies, des Folies, des Paphos[1]), ces capharnaüms où l'exubérance de la jeunesse fainéante se donne carrière. Des femmes qui ont exagéré la mode jusqu'à en altérer la grâce et en détruire l'intention, balayent fastueusement les parquets avec la queue de leurs robes et la pointe de leurs châles ; elles vont, elles viennent, passent et repassent, ouvrant un œil étonné comme celui des animaux, ayant l'air de ne rien voir, mais examinant tout.

Sur un fond d'une lumière infernale ou sur un fond d'aurore boréale, rouge, orangé, sulfureux, rose (le rose

---

1. Noms de bals et de lieux de plaisir ou de divertissement. Les plus anciens ont des noms classiques, les plus récents des noms plus exotiques, épousant les fluctuations du goût.

révélant une idée d'extase dans la frivolité), quelquefois violet (couleur affectionnée des chanoinesses, braise qui s'éteint derrière un rideau d'azur), sur ces fonds magiques, imitant diversement les feux de Bengale, s'enlève l'image variée de la beauté interlope. Ici majestueuse, là légère, tantôt svelte, grêle même, tantôt cyclopéenne ; tantôt petite et pétillante, tantôt lourde et monumentale. Elle a inventé une élégance provocante et barbare, ou bien elle vise, avec plus ou moins de bonheur, à la simplicité usitée dans un meilleur monde. Elle s'avance, glisse, danse, roule avec son poids de jupons brodés qui lui sert à la fois de piédestal et de balancier ; elle darde son regard sous son chapeau, comme un portrait dans son cadre. Elle représente bien la sauvagerie dans la civilisation. Elle a sa beauté qui lui vient du Mal, toujours dénuée de spiritualité, mais quelquefois teintée d'une fatigue qui joue la mélancolie. Elle porte le regard à l'horizon, comme la bête de proie ; même égarement, même distraction indolente, et aussi, parfois, même fixité d'attention. Type de bohème errant sur les confins d'une société régulière, la trivialité de sa vie, qui est une vie de ruse et de combat, se fait fatalement jour à travers son enveloppe d'apparat. On peut lui appliquer justement ces paroles du maître inimitable, de La Bruyère : « Il y a dans quelques femmes une grandeur artificielle attachée au mouvement des yeux, à un air de tête, aux façons de marcher, et qui ne va pas plus loin. »

Les considérations relatives à la courtisane peuvent, jusqu'à un certain point, s'appliquer à la comédienne ; car, elle aussi, elle est une créature d'apparat, un objet de plaisir public. Mais ici la conquête, la proie, est d'une nature plus noble, plus spirituelle. Il s'agit d'obtenir la faveur générale, non pas seulement par la pure beauté physique, mais aussi par des talents de l'ordre le plus rare. Si par un côté la comédienne touche à la courtisane, par l'autre elle confine au poète. N'oublions pas qu'en dehors de la beauté naturelle, et même de l'artificielle, il y a dans tous les êtres un idiotisme de métier, une caractéristique qui peut se traduire physiquement en laideur, mais aussi en une sorte de beauté professionnelle.

Dans cette galerie immense de la vie de Londres et de la vie de Paris[1], nous rencontrons les différents types de la femme errante, de la femme révoltée à tous les étages : d'abord la femme galante, dans sa première fleur, visant aux airs patriciens, fière à la fois de sa jeunesse et de son luxe, où elle met tout son génie et toute son âme, retroussant délicatement avec deux doigts un large pan du satin, de la soie ou du velours qui flotte autour d'elle, et posant en avant son pied pointu dont la chaussure trop ornée suffirait à la dénoncer, à défaut de l'emphase un peu vive de toute sa toilette ; en suivant l'échelle, nous descendons jusqu'à ces esclaves qui sont confinées dans ces bouges, souvent décorés comme des cafés ; malheureuses placées sous la plus avare tutelle, et qui ne possèdent rien en propre, pas même l'excentrique parure qui sert de condiment à leur beauté.

Parmi celles-là, les unes, exemples d'une fatuité innocente et monstrueuse, portent dans leurs têtes et dans leurs regards, audacieusement levés, le bonheur évident d'exister (en vérité pourquoi ?). Parfois elles trouvent, sans les chercher, des poses d'une audace et d'une noblesse qui enchanteraient le statuaire le plus délicat, si le statuaire moderne avait le courage et l'esprit de ramasser la noblesse partout, même dans la fange ; d'autres fois elles se montrent prostrées dans des attitudes désespérées d'ennui, dans des indolences d'estaminet, d'un cynisme masculin, fumant des cigarettes pour tuer le temps, avec la résignation du fatalisme oriental ; étalées, vautrées sur des canapés, la jupe arrondie par-derrière et par-devant en un double éventail, ou accrochées en équilibre sur des tabourets et des chaises ; lourdes, mornes, stupides, extravagantes, avec des yeux vernis par l'eau-de-vie et des fronts bombés par l'entêtement. Nous sommes descendus jusqu'au dernier degré de la spirale, jusqu'à la *fœmina simplex* du

---

1. Constantin Guys a, en effet, décrit la vie de ces deux cités.

satirique latin[1]. Tantôt nous voyons se dessiner, sur le
fond d'une atmosphère où l'alcool et le tabac ont mêlé
leurs vapeurs, la maigreur enflammée de la phtisie ou
les rondeurs de l'adiposité, cette hideuse santé de la fai-
néantise. Dans un chaos brumeux et doré, non soupçonné par les chastetés indigentes, s'agitent et se
convulsent des nymphes macabres et des poupées
vivantes dont l'œil enfantin laisse échapper une clarté
sinistre ; cependant que derrière un comptoir chargé de
bouteilles de liqueurs se prélasse une grosse mégère
dont la tête, serrée dans un sale foulard qui dessine sur
le mur l'ombre de ses pointes sataniques, fait penser
que tout ce qui est voué au Mal est condamné à porter
des cornes.

En vérité, ce n'est pas plus pour complaire au lecteur
que pour le scandaliser que j'ai étalé devant ses yeux
de pareilles images ; dans l'un ou l'autre cas, c'eût été
lui manquer de respect. Ce qui les rend précieuses et les
consacre, c'est les innombrables pensées qu'elles font
naître, généralement sévères et noires. Mais si, par
hasard, quelqu'un malavisé cherchait dans ces compositions de M. G., disséminées un peu partout, l'occasion
de satisfaire une malsaine curiosité, je le préviens charitablement qu'il n'y trouvera rien de ce qui peut exciter
une imagination malade. Il ne rencontrera rien que le
vice inévitable, c'est-à-dire le regard du démon
embusqué dans les ténèbres, ou l'épaule de Messaline
miroitant sous le gaz ; rien que l'art pur, c'est-à-dire la
beauté particulière du mal, le beau dans l'horrible. Et
même, pour le redire en passant, la sensation générale
qui émane de tout ce capharnaüm contient plus de tristesse que de drôlerie. Ce qui fait la beauté particulière
de ces images, c'est leur fécondité morale. Elles sont
grosses de suggestions, mais de suggestions cruelles,
âpres, que ma plume, bien qu'accoutumée à lutter contre
les représentations plastiques, n'a peut-être traduites
qu'insuffisamment.

---

1. Juvénal, *Satires*, VI, 327.

XIII

LES VOITURES

Ainsi se continuent, coupées par d'innombrables embranchements, ces longues galeries du *high life* et du *low life*. Émigrons pour quelques instants vers un monde, sinon pur, au moins plus raffiné ; respirons des parfums, non pas plus salutaires peut-être, mais plus délicats. J'ai déjà dit que le pinceau de M. G., comme celui d'Eugène Lami, était merveilleusement propre à représenter les pompes du dandysme et l'élégance de la lionnerie. Les attitudes du riche lui sont familières ; il sait, d'un trait de plume léger, avec une certitude qui n'est jamais en défaut, représenter la certitude de regard, de geste et de pose qui, chez les êtres privilégiés, est le résultat de la monotonie dans le bonheur. Dans cette série particulière de dessins se reproduisent sous mille aspects les incidents du sport, des courses, des chasses, des promenades dans les bois, les *ladies* orgueilleuses, les frêles *misses*, conduisant d'une main sûre des coursiers d'une pureté de galbe admirable, coquets, brillants, capricieux eux-mêmes comme des femmes. Car M. G. connaît non seulement le cheval général, mais s'applique aussi heureusement à exprimer la beauté personnelle des chevaux. Tantôt ce sont des haltes et, pour ainsi dire, des campements de voitures nombreuses, d'où, hissés sur les coussins, sur les sièges, sur les impériales, des jeunes gens sveltes et des femmes accoutrées des costumes excentriques autorisés par la saison assistent à quelque solennité du turf qui file dans le lointain ; tantôt un cavalier galope gracieusement à côté d'une calèche découverte, et son cheval a l'air, par ses courbettes, de saluer à sa manière. La voiture emporte au grand trot, dans une allée zébrée d'ombre et de lumière, les beautés couchées comme dans une nacelle, indolentes, écoutant vaguement les galanteries qui tombent dans leur oreille et se livrant avec paresse au vent de la promenade.

La fourrure ou la mousseline leur monte jusqu'au menton et déborde comme une vague par-dessus la portière. Les domestiques sont roides et perpendiculaires, inertes et se ressemblant tous ; c'est toujours l'effigie monotone et sans relief de la servilité, ponctuelle, disciplinée ; leur caractéristique est de n'en point avoir. Au fond, le bois verdoie ou roussit, poudroie ou s'assombrit, suivant l'heure et la saison. Ses retraites se remplissent de brumes automnales, d'ombres bleues, de rayons jaunes, d'effulgences rosées, ou de minces éclairs qui hachent l'obscurité comme des coups de sabre.

Si les innombrables aquarelles relatives à la guerre d'Orient ne nous avaient pas montré la puissance de M. G. comme paysagiste, celles-ci suffiraient à coup sûr. Mais ici, il ne s'agit plus des terrains déchirés de Crimée, ni des rives théâtrales du Bosphore ; nous retrouvons ces paysages familiers et intimes qui font la parure circulaire d'une grande ville, et où la lumière jette des effets qu'un artiste vraiment romantique ne peut pas dédaigner.

Un autre mérite qu'il n'est pas inutile d'observer en ce lieu, c'est la connaissance remarquable du harnais et de la carrosserie. M. G. dessine et peint une voiture, et toutes les espèces de voitures, avec le même soin et la même aisance qu'un peintre de marines consommé tous les genres de navires. Toute sa carrosserie est parfaitement orthodoxe ; chaque partie est à sa place et rien n'est à reprendre. Dans quelque attitude qu'elle soit jetée, avec quelque allure qu'elle soit lancée, une voiture, comme un vaisseau, emprunte au mouvement une grâce mystérieuse et complexe très difficile à sténographier. Le plaisir que l'œil de l'artiste en reçoit est tiré, ce semble, de la série de figures géométriques que cet objet, déjà si compliqué, navire ou carrosse, engendre successivement et rapidement dans l'espace.

Nous pouvons parier à coup sûr que, dans peu d'années, les dessins de M. G. deviendront des archives précieuses de la vie civilisée. Ses œuvres seront recherchées par les curieux autant que celles des Debucourt, des Moreau, des Saint-Aubin, des Carle Vernet, des Lami, des Devéria, des Gavarni, et de tous ces artistes exquis qui, pour n'avoir peint que le familier et le joli, n'en sont pas moins, à leur manière, de sérieux historiens. Plusieurs d'entre eux ont même trop sacrifié au joli, et introduit quelquefois dans leurs compositions un *style* classique étranger au sujet ; plusieurs ont arrondi volontairement des angles, aplani les rudesses de la vie, amorti ces fulgurants éclats. Moins adroit qu'eux, M. G. garde un mérite profond qui est bien à lui : il a rempli volontairement une fonction que d'autres artistes dédaignent et qu'il appartenait surtout à un homme du monde de remplir. Il a cherché partout la beauté passagère, fugace, de la vie présente, le caractère de ce que le lecteur nous a permis d'appeler la *modernité*. Souvent bizarre, violent, excessif, mais toujours poétique, il a su concentrer dans ses dessins la saveur amère ou capiteuse du vin de la Vie.

VENTE DE LA COLLECTION
DE M. EUGÈNE PIOT [1]

Il m'a toujours été difficile de comprendre que les collectionneurs pussent se séparer de leurs collections autrement que par la mort. Je ne parle pas, bien entendu, de ces spéculateurs-amateurs dont le goût ostentatoire recouvre simplement la passion du lucre. Je parle de ceux qui, lentement, passionnément, ont amassé des objets d'art bien appropriés à leur nature personnelle. À chacun de ceux-là, sa collection doit apparaître comme une famille et une famille de son choix. Mais il y a malheureusement en ce monde d'autres nécessités que la mort, presque aussi exigeantes qu'elle, et qui seules peuvent expliquer la tragédie de la séparation et des adieux éternels. Cependant il faut ajouter que qui a bien vu, bien regardé, bien analysé pendant plusieurs années les objets de beauté ou de curiosité, en conserve dans sa mémoire une espèce d'image consolatrice.

C'est samedi 23 avril, et dimanche 24, qu'a lieu l'ex-

---

1. Ce texte parut le 24 avril 1864 dans *Le Figaro*. — Eugène Piot (1812-1890), archéologue, collectionneur et mécène français, fonda *Le Cabinet de l'Amateur* (1842). Piot était, par ailleurs, un ami de jeunesse de Th. Gautier. Les deux hommes s'étaient connus à l'époque de la bohème du Doyenné, et c'est avec lui que Th. Gautier était parti en Espagne, en 1840. En 1864, Piot vendit sa collection, pour couvrir les frais d'un voyage qu'il projetait de faire. Il en racheta pourtant quelques pièces.

position de la collection de M. Eugène Piot, fondateur du journal *Le Cabinet de l'amateur*. Les collections très bien faites, portant un caractère de sérieux et de sincérité, sont rares. Celle-ci, bien connue de tous les vrais amateurs, est le résultat de l'écrémage, le résidu suprême de plusieurs collections formées déjà par M. Piot lui-même. J'ai rarement vu un choix de bronzes aussi intéressant au double point de vue de l'art et de l'histoire. Bronzes italiens de la Renaissance ; sculptures en terre cuite ; terres émaillées ; Michel-Ange, Donatello, Jean de Bologne, Luca della Robbia ; faïences de différentes fabriques, toutes de premier ordre, particulièrement les hispano-arabes ; vases orientaux de bronze, ciselés, gravés et repoussés ; tapis et étoffes de style asiatique ; quelques tableaux, parmi lesquels une tête de sainte Élisabeth, par Raphaël, peinte sur toile à la détrempe ; deux délicieux portraits par Rosalba [1] ; un dessin de Michel-Ange, et de curieux dessins de M. Meissonier, d'après les plus précieuses armures du Musée d'artillerie ; miniatures vénitiennes, miniatures de manuscrits ; marbres antiques, marbres grecs, marbres de la Renaissance, poterie et verrerie antiques ; enfin, trois cent soixante médailles de la Renaissance, de différents pays, formant tout un dictionnaire historique en bronze ; tel est, à peu près, le sommaire de ce merveilleux catalogue ; telles étaient les richesses analysées ou plutôt empilées modestement, comme les trésors de feu Sauvageot [2], dans quatre ou cinq mansardes, et qui vont être livrées dans deux jours à l'avidité de ceux qui ont la noble passion de l'antiquité. Mais ce qu'il y a certainement de plus beau et de plus curieux dans cette collection, c'est les trois bronzes de Michel-Ange. M. Piot, dans la notice consacrée à ces

1. Rosalba Carriera (1675-1757) ; cette Vénitienne s'illustra comme portraitiste (en tant que pastelliste). Son gracieux style vaporeux exprima le côté mondain du XVIIIe siècle, mais sans négliger pour autant la psychologie des gens qu'elle portraitura.
2. Charles Sauvageot (1781-1860), violoniste qui réunit sa vie durant une collection d'objets renaissants et la légua au Musée du Louvre.

bronzes, a, avec une discrétion plus que rare chez les amateurs, évité de se prononcer d'une manière absolument affirmative, voulant probablement laisser aux connaisseurs le mérite d'y reconnaître la visible et incontestable griffe du maître. Et parmi ces trois bronzes, également beaux, celui qui laisse le souvenir le plus vif est le masque de Michel-Ange lui-même, où est si profondément exprimée la tristesse de ce glorieux génie.

PUBLICATIONS POSTHUMES

[EXORDE DE LA CONFÉRENCE
FAITE À BRUXELLES EN 1864]

SUR EUGÈNE DELACROIX
SON ŒUVRE, SES IDÉES, SES MŒURS [1]

Messieurs, il y a longtemps que j'aspirais à venir parmi vous et à faire votre connaissance. Je sentais instinctivement que je serais bien reçu. Pardonnez-moi cette fatuité. Vous l'avez presque encouragée à votre insu.

Il y a quelques jours, un de mes amis, un de vos compatriotes, me disait : *C'est singulier ! Vous avez l'air heureux ! Serait-ce donc de n'être plus à Paris ?*

En effet, Messieurs, je subissais déjà cette sensation de bien-être dont m'ont parlé quelques-uns des Français qui sont venus causer avec vous. Je fais allusion à cette santé intellectuelle, à cette espèce de béatitude, nourrie par une atmosphère de liberté et de bonhomie, à laquelle nous autres Français, nous sommes peu accoutumés, ceux-là surtout, tels que moi, que la France n'a jamais traités en enfants gâtés.

Je viens, aujourd'hui, vous parler d'Eugène Delacroix. La patrie de Rubens, une des terres classiques de la peinture, accueillera, ce me semble, avec plaisir, le

---

1. Baudelaire écrivit cet exorde pour introduire la lecture de son article nécrologique publié en 1863 dans *L'Opinion nationale*. La conférence eut lieu le 2 mai 1864 au Cercle artistique et littéraire de Bruxelles. Adolphe Piat le publia pour la première fois dans *L'Art*, en juillet 1902.

résultat de quelques méditations sur le Rubens français ; le grand maître d'Anvers peut, *sans déroger*, tendre une main fraternelle à notre étonnant Delacroix.

Il y a quelques mois, quand M. Delacroix mourut, ce fut pour chacun une catastrophe inopinée ; aucun de ses plus vieux amis n'avait été averti que sa santé était en grand danger depuis trois ou quatre mois. Eugène Delacroix a voulu ne scandaliser personne par le spectacle répugnant d'une agonie. Si une comparaison triviale m'est permise à propos de ce grand homme, je dirai qu'il est mort à la manière des chats ou des bêtes sauvages qui cherchent une tanière secrète pour abriter les dernières convulsions de leur vie.

Vous savez, Messieurs, qu'un coup subit, une balle, un coup de feu, un coup de poignard, une cheminée qui tombe, une chute de cheval, ne cause pas tout d'abord au blessé une grande douleur. La stupéfaction ne laisse pas de place à la douleur. Mais quelques minutes après, la victime comprend toute la gravité de sa blessure. Ainsi, Messieurs, quand j'appris la mort de M. Delacroix, je restai stupide ; et deux heures après seulement, je me sentis envahi par une désolation que je n'essaierai pas de vous peindre, et qui peut se résumer ainsi : *Je ne le verrai plus jamais, jamais, jamais, celui que j'ai tant aimé, celui qui a daigné m'aimer et qui m'a tant appris*. Alors, je courus vers la maison du grand défunt, et je restai deux heures à parler de lui avec la vieille Jenny, une de ces servantes des anciens âges, qui se font une noblesse personnelle par leur adoration pour d'illustres maîtres. Pendant deux heures, nous sommes restés, causant et pleurant, devant cette boîte funèbre, éclairée de petites bougies, et sur laquelle reposait un misérable crucifix de cuivre. Car je n'ai pas eu le bonheur d'arriver à temps pour contempler, une dernière fois, le visage du grand peintre-poète. Laissons ces détails ; il y a beaucoup de choses que je ne pourrais pas révéler sans une explosion de haine et de colère.

Vous avez entendu parler, Messieurs, de la vente des tableaux et des dessins d'Eug[ène] Delacroix, vous savez que le succès a dépassé toutes les prévisions [1]. De vulgaires études d'atelier, auxquelles le maître n'attachait aucune importance, ont été vendues vingt fois plus cher qu'il ne vendait, lui vivant, ses meilleures œuvres, les plus délicieusement finies. M. Alfred Stevens [2] me disait, au milieu des scandales de cette vente funèbre : *Si Eugène Delacroix peut, d'un lieu extranaturel, assister à cette réhabilitation de son génie, il doit être consolé de quarante ans d'injustice.*

Vous savez, Messieurs, qu'en 1848, les républicains qu'on appelait républicains de la veille furent passablement scandalisés et dépassés par le zèle des républicains du lendemain, ceux-là d'autant plus enragés qu'ils craignaient de n'avoir pas l'air assez sincères.

Alors, je répondis à M. Alfred Stevens : *Il est possible que l'ombre de Delacroix soit, pendant quelques minutes, chatouillée dans son orgueil trop longtemps privé de compliments ; mais je ne vois dans toute cette furie de bourgeois entichés de la mode qu'un nouveau motif pour le grand homme mort de s'obstiner dans son mépris de la nature humaine.*

Quelques jours après, j'ai composé ceci, moins pour vous faire approuver mes idées que pour amuser ma douleur.

---

1. Du 15 février au 1er mars 1864 fut vendu ce qui se trouvait dans l'atelier de Delacroix.   2. Alfred Stevens (1823-1906) ; ce peintre belge est demeuré plus connu que son frère Joseph Stevens (1819-1892), peintre animalier ; le premier eut une carrière de portraitiste mondain et fut un des premiers à lancer la mode du japonisme. Ils avaient pour frère Arthur. Marchand de tableaux, ce dernier contribua à la venue de Baudelaire en Belgique.

L'ART PHILOSOPHIQUE [1]

Qu'est-ce que l'art pur suivant la conception moderne ? C'est créer une magie suggestive contenant à la fois l'objet et le sujet, le monde extérieur à l'artiste et l'artiste lui-même.

Qu'est-ce que l'art philosophique suivant la conception de Chenavard et de l'école allemande ? C'est un art plastique qui a la prétention de remplacer le livre, c'est-à-dire de rivaliser avec l'imprimerie pour enseigner l'histoire, la morale et la philosophie.

Il y a en effet des époques de l'histoire où l'art plastique est destiné à peindre les archives historiques d'un peuple et ses croyances religieuses.

Mais, depuis plusieurs siècles, il s'est fait dans l'histoire de l'art comme une séparation de plus en plus marquée des pouvoirs, il y a des sujets qui appartiennent à la peinture, d'autres à la musique, d'autres à la littérature.

Est-ce par une fatalité des décadences qu'aujourd'hui

---

1. Ce texte fut publié pour la première fois dans *L'Art romantique*, Michel Levy frères, 1868, accompagné de la note qui suit, due à Asselineau ou à Banville : « Cet article, trouvé dans les papiers de l'auteur, n'était évidemment pas prêt pour l'impression. Toutefois, malgré ses lacunes, il nous a paru assez achevé dans les parties principales d'exposition et d'analyse, pour être placé ici. Il complète les études de Charles Baudelaire sur l'art contemporain, en nous livrant ses idées sur un sujet qui le préoccupa longtemps et qui revenait souvent dans ses conversations. »

chaque art manifeste l'envie d'empiéter sur l'art voisin, et que les peintres introduisent des gammes musicales dans la peinture, les sculpteurs, de la couleur dans la sculpture, les littérateurs, des moyens plastiques dans la littérature, et d'autres artistes, ceux dont nous avons à nous occuper aujourd'hui, une sorte de philosophie encyclopédique dans l'art plastique lui-même ?

Toute bonne sculpture, toute bonne peinture, toute bonne musique, suggère les sentiments et les rêveries qu'elle veut suggérer.

Mais le raisonnement, la déduction, appartiennent au livre.

Ainsi l'art philosophique est un retour vers l'imagerie nécessaire à l'enfance des peuples, et s'il était rigoureusement fidèle à lui-même, il s'astreindrait à juxtaposer autant d'images successives qu'il en est contenu dans une phrase quelconque qu'il voudrait exprimer.

Encore avons-nous le droit de douter que la phrase hiéroglyphique fût plus claire que la phrase typographiée.

Nous étudierons donc l'art philosophique comme une monstruosité où se sont montrés de beaux-talents.

Remarquons encore que l'art philosophique suppose une absurdité pour légitimer sa raison d'existence, à savoir l'intelligence du peuple relativement aux beaux-arts.

Plus l'art voudra être philosophiquement clair, plus il se dégradera et remontera vers l'hiéroglyphe enfantin ; plus au contraire l'art se détachera de l'enseignement et plus il montera vers la beauté pure et désintéressée.

L'Allemagne, comme on le sait et comme il serait facile de le deviner si on ne le savait pas, est le pays qui a le plus donné dans l'erreur de l'art philosophique.

Nous laisserons de côté des sujets bien connus, et par exemple, Overbeck n'étudiant la beauté dans le passé que pour mieux enseigner la religion ; Cornelius et Kaulbach, pour enseigner l'histoire et la philosophie (encore remarquerons-nous que Kaulbach ayant à traiter un sujet purement pittoresque, la *Maison des fous*, n'a pas pu s'empêcher de le traiter par catégories et, pour

Alfred Rethel. *Der Tod als Freund* (la Mort amie).

Paris, Bibliothèque nationale de France.

ainsi dire, d'une manière aristotélique, tant est indestructible l'antinomie de l'esprit poétique pur et de l'esprit didactique).

Nous nous occuperons aujourd'hui, comme premier échantillon de l'art philosophique, d'un artiste allemand beaucoup moins connu, mais qui, selon nous, était infiniment mieux doué au point de vue de l'art pur, je veux parler de M. Alfred Rethel [1], mort fou, il y a peu de

---

1. Alfred Rethel (1816-1859) avait été à Düsseldorf l'élève de Von Schadow, un des nazaréens ; il fut aussi graveur et sut tirer certains effets de l'enseignement de son maître. Quant à la chapelle au bord du Rhin, il s'agirait en fait de l'hôtel de ville d'Aix-la-

temps, après avoir illustré une chapelle sur les bords du Rhin, et qui n'est connu à Paris que par huit estampes gravées sur bois dont les deux dernières ont paru à l'Exposition universelle.

Le premier de ses poèmes (nous sommes obligés de nous servir de cette expression en parlant d'une école qui assimile l'art plastique à la pensée écrite), le premier de ses poèmes date de 1848 et est intitulé *La Danse des morts en 1848*.

C'est un poème réactionnaire dont le sujet est l'usurpation de tous les pouvoirs et la séduction opérée sur le peuple par la déesse fatale de la mort.

(Description minutieuse de chacune des six planches qui composent le poème et la traduction exacte des légendes en vers qui les accompagnent. — Analyse du mérite artistique de M. Alfred Rethel, ce qu'il y a d'original en lui [génie de l'allégorie épique à la manière allemande], ce qu'il y a de postiche en lui [imitations des différents maîtres du passé, d'Albert Dürer, d'Holbein, et même de maître plus modernes] — de la valeur morale du poème, caractère satanique et byronien, caractère de désolation.) Ce que je trouve de vraiment original dans le poème, c'est qu'il se produisit dans un instant où presque toute l'humanité européenne s'était engouée avec bonne foi des sottises de la révolution.

Deux planches se faisant antithèse. La première : *Première invasion du choléra à Paris, au bal de l'Opéra*. Les masques roides, étendus par terre, caractère hideux d'une pierrette dont les pointes sont en l'air et le masque dénoué ; les musiciens qui se sauvent avec leurs instruments ; allégorie du fléau impassible sur son banc ; caractère généralement macabre de la composition. La seconde, une espèce de *bonne mort* faisant contraste ; un homme vertueux et paisible est surpris par la Mort dans son sommeil ; il est situé dans un lieu haut, un lieu sans doute où il a vécu de longues années ; c'est une chambre dans un clocher d'où l'on aperçoit les champs

Chapelle où il avait exécuté un cycle de fresques sur la vie de Charlemagne.

et un vaste horizon, un lieu fait pour pacifier l'esprit ; le vieux bonhomme est endormi dans un fauteuil grossier, la Mort joue un air enchanteur sur le violon. Un grand soleil coupé en deux par la ligne de l'horizon, darde en haut ses rayons géométriques. — *C'est la fin d'un beau jour*.

Un petit oiseau s'est perché sur le bord de la fenêtre et regarde dans la chambre ; vient-il écouter le violon de la Mort, ou est-ce une allégorie de l'âme prête à s'envoler ?

Il faut, dans la traduction des œuvres d'art philosophiques, apporter une grande minutie et une grande attention ; là les lieux, le décor, les meubles, les ustensiles (voir Hogarth), tout est allégorie, allusion, hiéroglyphes, rébus.

M. Michelet a tenté d'interpréter minutieusement la *Melancholia* d'Albert Dürer ; son interprétation est suspecte, relativement à la seringue, particulièrement.

D'ailleurs, même à l'esprit d'un artiste philosophe, les accessoires s'offrent, non pas avec un caractère littéral et précis, mais avec un caractère poétique, vague et confus, et souvent c'est le traducteur qui invente *les intentions*.

*

L'art philosophique n'est pas aussi étranger à la nature française qu'on le croirait. La France aime le mythe, la morale, le rébus ; ou, pour mieux dire, pays de raisonnement, elle aime l'effort de l'esprit.

C'est surtout l'école romantique qui a réagi contre ces tendances raisonnables et qui a fait prévaloir la gloire de l'art pur ; et de certaines tendances, particulièrement celles de M. Chenavard, réhabilitation de l'art hiéroglyphique, sont une réaction contre l'école de l'art pour l'art.

Y a-t-il des climats philosophiques comme il y a des climats amoureux ? Venise a pratiqué l'amour de l'art pour l'art ; Lyon est une ville philosophique. Il y a une philosophie lyonnaise, une école de poésie lyonnaise,

une école de peinture lyonnaise, et enfin une école de
peinture philosophique lyonnaise [1].

Ville singulière, bigote et marchande, catholique et
protestante, pleine de brumes et de charbons, les idées
s'y débrouillent difficilement. Tout ce qui vient de Lyon
est minutieux, lentement élaboré et craintif ; l'abbé Noi-
rot, Laprade, Soulary, Chenavard, Janmot. On dirait que
les cerveaux y sont enchifrenés. Même dans Soulary je
trouve cet esprit de catégorie qui brille surtout dans les
travaux de Chenavard et qui se manifeste aussi dans les
chansons de Pierre Dupont.

Le cerveau de Chenavard ressemble à la ville de
Lyon ; il est brumeux, fuligineux, hérissé de pointes,
comme la ville de clochers et de fourneaux. Dans ce
cerveau les choses ne se mirent pas clairement, elles ne
se réfléchissent qu'à travers un milieu de vapeurs.

Chenavard [2] n'est pas peintre ; il méprise ce que nous
entendons par peinture. Il serait injuste de lui appliquer
la fable de La Fontaine (ils sont trop verts pour des

---

1. C'est une constante de Lyon, peut-on dire, que de ne pouvoir
oublier son ancien rôle de capitale des Gaules, que de vouloir se
démarquer de Paris. Baudelaire pense aux Lyonnais du xixe siècle :
Laprade, Soulary, Pierre Dupont, le chansonnier. Il y eut aussi une
école de peinture qui fut l'initiatrice au début du siècle de la peinture
troubadour ; la peinture de fleurs et de fruits y prospérait aussi belle-
ment ; Janmot et Chenavard avaient l'ambition de faire un art didactique et philosophique. Les frères Flandrin étaient, eux aussi,
originaires de cette ville.   2. Paul Chenavard (1808-1895) avait
fortement subi l'influence du mouvement nazaréen, lancé à Rome
par un groupe d'Allemands, dont Overbeck (1789-1869) et Peter von
Cornelius (1783-1867) furent les membres fondateurs. Leur désir
était de rénover la peinture tombée en décadence et de se sortir de
l'impasse néo-classique. Il s'agissait d'aller puiser aux sources de
l'art et de la foi (certains se convertirent même au catholicisme)
et de s'inspirer des Italiens et des Allemands jusqu'à Raphaël. Ce
mouvement primitiviste, avec les Barbus de l'atelier de David qui
ne voulaient plus s'inspirer que des vases étrusques et grecs, est un
des premiers du xixe siècle. Quant à Chenavard, il avait reçu en 1848
la commande d'une décoration pour le Panthéon et avait fait le projet
de représenter une histoire globale de l'humanité, soit une peinture
d'idées. Cette décoration n'aboutit pas, le siècle n'étant plus aux
allégories sophistiquées et savantes.

goujats[1]) ; car je crois que, quand bien même Chenavard pourrait peindre avec autant de dextérité que qui que ce soit, il n'en mépriserait pas moins le ragoût et l'agrément de l'art.

Disons tout de suite que Chenavard a une énorme supériorité sur tous les artistes : s'il n'est pas assez animal, ils sont beaucoup trop peu spirituels.

Chenavard sait lire et raisonner, et il est devenu ainsi l'ami de tous les gens qui aiment le raisonnement ; il est remarquablement instruit et possède la pratique de la méditation.

L'amour des bibliothèques s'est manifesté en lui dès sa jeunesse ; accoutumé tout jeune à associer une idée à chaque forme plastique, il n'a jamais fouillé des cartons de gravures ou contemplé des musées de tableaux que comme des répertoires de la pensée humaine générale. Curieux de religions et doué d'un esprit encyclopédique, il devait naturellement aboutir à la conception impartiale d'un système syncrétique.

Quoique lourd et difficile à manœuvrer, son esprit a des séductions dont il sait tirer grand profit, et s'il a longtemps attendu avant de jouer un rôle, croyez bien que ses ambitions, malgré son apparente bonhomie, n'ont jamais été petites.

(Premiers tableaux de Chenavard : — *M. de Dreux-Brézé et Mirabeau.* — *La Convention votant la mort de Louis XVI*[2]. Chenavard a bien choisi son moment pour exhiber son système de philosophie historique, exprimé par le crayon.)

Divisons ici notre travail en deux parties, dans l'une nous analyserons le mérite intrinsèque de l'artiste doué d'une habileté étonnante de composition et bien plus grande qu'on ne le soupçonnerait, si l'on prenait trop au sérieux le dédain qu'il professe pour les ressources

---

1. La Fontaine, « Le Renard et les Raisins », III, 11 : « Ils sont trop verts, dit-il, et bons pour des goujats. »   2. Le Musée Carnavalet conserve une composition datée de 1831 qui représente cette scène. Quant à « La Convention votant la mort de Louis XVI », le Musée des Beaux-Arts de Lyon en possède une esquisse.

Bulloz

Paul Chenavard. *Séance de nuit à la Convention nationale, 20 janvier 1793.*

Lyon, musée des Beaux-Arts.

de son art — habileté à dessiner les femmes ; — dans l'autre nous examinerons le mérite que j'appelle extrinsèque, c'est-à-dire le système philosophique.

Nous avons dit qu'il avait bien choisi son moment, c'est-à-dire le lendemain d'une révolution.

(M. Ledru-Rollin [1] — trouble général des esprits, et vive préoccupation publique relativement à la philosophie de l'histoire.)

L'humanité est analogue à l'homme.

Elle a ses âges et ses plaisirs, ses travaux, ses conceptions analogues à ses âges.

(Analyse du calendrier emblématique [2] de Chenavard.

---

1. C'est Ledru-Rollin, alors ministre de l'Intérieur pendant le gouvernement provisoire en 1848, qui avait demandé à Chenavard une décoration pour le Panthéon : peindre les différentes phases de l'Histoire universelle, telle était l'ambition de Chenavard ; les catholiques firent tant pression qu'en 1851 les travaux furent arrêtés. **2.** Ce calendrier d'une philosophie de l'Histoire n'était pas sans lien avec les théories d'Auguste Comte qui avait divisé l'histoire de l'humanité en différentes périodes ; sa décoration pour le Panthéon s'en inspirait elle aussi.

— Que tel art appartient à tel âge de l'humanité comme telle passion à tel âge de l'homme.

L'âge de l'homme se divise en *enfance*, laquelle correspond dans l'humanité à la période historique depuis Adam jusqu'à Babel ; en *virilité*, laquelle correspond à la période depuis Babel jusqu'à Jésus-Christ, lequel sera considéré comme le zénith de la vie humaine ; en *âge moyen*, qui correspond depuis Jésus-Christ jusqu'à Napoléon ; et enfin en *vieillesse*, qui correspond à la période dans laquelle nous entrerons prochainement et dont le commencement est marqué par la suprématie de l'Amérique et de l'industrie.

L'âge total de l'humanité sera de huit mille quatre cents ans.

De quelques opinions particulières de Chenavard. De la supériorité absolue de Périclès.

Bassesse du paysage, — signe de décadence.

La suprématie simultanée de la musique et de l'industrie, — signe de décadence.

Analyse au point de vue de l'art pur de quelques-uns de ses cartons exposés en 1855.)

Ce qui sert à parachever le caractère utopique et de décadence de Chenavard lui-même, c'est qu'il voulait embrigader sous sa direction les artistes comme des ouvriers pour exécuter en grand ses cartons et les colorier d'une manière barbare.

Chenavard est un grand esprit de décadence et il restera comme signe monstrueux du temps.

*

M. Janmot, lui aussi, est de Lyon.

C'est un esprit religieux et élégiaque, il a dû être marqué jeune par la bigoterie lyonnaise.

Les poèmes de Rethel sont bien charpentés comme poèmes.

Le Calendrier historique de Chenavard est une fantaisie d'une symétrie irréfutable, mais l'*Histoire d'une âme* [1] est trouble et confuse.

La religiosité qui y est empreinte avait donné à cette série de compositions une grande valeur pour le journalisme clérical, alors qu'elles furent exposées au passage du Saumon ; plus tard nous les avons revues à l'Exposition universelle, où elles furent l'objet d'un auguste dédain.

Une explication en vers a été faite par l'artiste, qui n'a servi qu'à mieux montrer l'indécision de sa conception et qu'à mieux embarrasser l'esprit des spectateurs philosophes auxquels elle s'adressait.

Tout ce que j'ai compris, c'est que ces tableaux représentaient les états successifs de l'âme à différents âges ; cependant, comme il y avait toujours deux êtres en scène, un garçon et une fille, mon esprit s'est fatigué à chercher si la pensée intime du poème n'était pas l'histoire parallèle de deux jeunes âmes ou l'histoire du double élément mâle et femelle d'une même âme.

Tous ces reproches mis de côté, qui prouvent simplement que M. Janmot n'est pas un cerveau philosophiquement solide, il faut reconnaître qu'au point de vue de l'art pur il y avait dans la composition de ces scènes, et même dans la couleur amère dont elles étaient revêtues, un charme infini et difficile à décrire, quelque chose des douceurs de la solitude, de la sacristie, de l'église et du cloître ; une mysticité inconsciente et enfantine. J'ai senti quelque chose d'analogue devant quelques tableaux de Lesueur et quelques toiles espagnoles.

(Analyse de quelques-uns des sujets, particulièrement la *Mauvaise Instruction*, le *Cauchemar*, où brillait une remarquable entente du fantastique. Une espèce de *promenade mystique* des deux jeunes gens sur la montagne, etc., etc.)

*

---

1. Le « Poème de l'âme » de Janmot est conservé au Musée des Beaux-Arts de Lyon. Ce cycle retrace en 18 toiles et 16 cartons l'itinéraire spirituel et existentiel de deux âmes. Une partie de ce cycle fut exposée à Paris en 1851.

Tout esprit profondément sensible et bien doué pour les arts (il ne faut pas confondre la sensibilité de l'imagination avec celle du cœur) sentira comme moi que tout art doit se suffire à lui-même et en même temps rester dans les limites providentielles ; cependant l'homme garde ce privilège de pouvoir toujours développer de grands talents dans un genre faux ou en violant la constitution naturelle de l'art.

Quoique je considère les artistes philosophes comme des hérétiques, je suis arrivé à admirer souvent leurs efforts par un effet de ma raison propre.

Ce qui me paraît surtout constater leur caractère d'hérétique, c'est leur inconséquence ; car ils dessinent très bien, très spirituellement, et s'ils étaient logiques dans leur mise en œuvre de l'art assimilé à tout moyen d'enseignement, ils devraient courageusement remonter vers toutes les innombrables et barbares conventions de l'art hiératique.

CATALOGUE DE LA COLLECTION
DE M. CRABBE [1]

DIAZ. — Papillotages de lumière tracassée à travers des ombrages énormes.

DUPRÉ. — Mirages magiques du soir.

LEYS. — Manière archaïque, première manière, plus naïve.

ROSA BONHEUR. — Le meilleur que j'aie vu, une bonhomie qui tient lieu de distinction.

DECAMPS. — Un des meilleurs. Grand ciel mamelonné, profondeur d'espace.

— Paysage énorme en petite dimension. L'âne de Balaam. A précédé les Doré.

— Trois soldats ayant coopéré à la Passion. Terribles bandits à la Salvator. La couronne d'épines et le sceptre de roseau expliquent la profession de ces malandrins.

MADOU. — Charlet flamand.

CABAT. — Très beau, très rare, très ombragé, très herbu, *prodigieusement fini*, un peu dur, donne la plus haute idée de Cabat, aujourd'hui un peu oublié.

RICARD. — Un faux Rembrandt. Très réussi.

PAUL DELAROCHE. — Donne une idée meilleure de

---

1. Ce catalogue fut publié pour la première fois dans les *Œuvres posthumes*, 1908. Prosper Crabbe était un collectionneur belge ; Baudelaire fut en relation avec lui.

Delaroche que l'idée habituelle. Étude simple et sentimentale.

MEISSONIER. — Un petit fumeur méditatif. Vrai Meissonier sans grandes prétentions. Excellent spécimen.

TROYON. 1860. — Excellents spécimens. Un chien se dresse contre un tertre avec une souplesse nerveuse et regarde à l'horizon.

— Vaches. Grand horizon. Un fleuve. Un pont.

— Bœuf dans un sentier.

ROBERT FLEURY. — Deux scènes historiques. Toujours le meilleur spécimen. Belle entente du théâtre.

JULES BRETON. — Deux.

ALFRED STEVENS. — Une jeune fille examinant les plis de sa robe devant une psyché.

— Une jeune fille, type de virginité et de spiritualité, ôte ses gants pour se mettre au piano.

Un peu sec, un peu vitreux.

Très spirituel, plus précieux que tout Stevens.

— Une jeune femme regardant un bouquet sur une console.

On n'a pas assez loué chez Stevens l'harmonie distinguée et bizarre des tons.

JOSEPH STEVENS. — Misérable logis de saltimbanques.

Tableau suggestif. Chiens habillés. Le saltimbanque est sorti et a coiffé un de ses chiens d'un bonnet de houzard pour le contraindre à rester immobile devant le miroton qui chauffe sur le poêle.

JACQUE. — Plus fini que tous les Jacque. Une basse-cour à regarder à la loupe.

KNYFF. — Effet de soleil gazé. Éblouissement, blancheur. Un peu lâché à la Daubigny.

VERBOEKHOVEN. — Étonnant, vitreux, désolant à rendre envieux Meissonier, Landseer, H. Vernet. Ton à la De Marne.

KOEKKOEK. — Fer-blanc, zinc, tableau dit d'amateur. Encore est-ce un des meilleurs spécimens.

VERWÉE. — Solide.

Corot. — Deux. Dans l'un, transparence demi-deuil délicat, crépuscule de l'âme.

Th. Rousseau. — Merveilleux, agatisé. Trop d'amour pour le détail, pas assez pour les architectures de la nature.

Millet. — La bête de somme de La Bruyère. Sa tête courbée vers la terre.

Bonington. — Intérieur de chapelle. Un merveilleux diorama, grand comme la main.

Willems. — Deux. — Préciosité flamande. La lettre. Le lavage des mains.

Gustave de Jongh. — Une jeune fille en toilette de bal, lisant de la musique.

Eugène Delacroix. — Chasse au tigre. Delacroix alchimiste de la couleur. Miraculeux, profond, mystérieux, sensuel, terrible ; couleur éclatante et obscure, harmonie pénétrante. Le geste de l'homme, et le geste de la bête. La grimace de la bête, les reniflements de l'animalité.

Vert, lilas, vert sombre, lilas tendre, vermillon, rouge sombre, bouquet sinistre.

BIBLIOGRAPHIE INDICATIVE

On a choisi de mettre en avant dans cette bibliographie indicative les études qui ont porté sur Baudelaire en tant que critique d'art, plutôt que sur son activité littéraire. Pour une mise en relation de sa critique d'art et de ses œuvres poétiques, nous renvoyons le lecteur à la présentation de Claire Brunet (*Baudelaire, critique d'art*, Gallimard/Folio, 1992). Les grandes éditions des œuvres complètes comportent elles aussi des bibliographies sommaires, fort précieuses pour une première approche.

ŒUVRES ET CORRESPONDANCE DE BAUDELAIRE

Éditions critiques :

Correspondance, éd. Claude Pichois et Jean Ziegler. Paris : Gallimard/Bibliothèque de la Pléiade, 1973, I-II.
Curiosités esthétiques, L'Art romantique et autres œuvres critiques, éd. Henri Lemaître. Paris : Éditions Garnier frères, 1962.
Le Salon de 1845, éd. André Ferran. Toulouse : Éditions de l'Archer, 1933.
Les Fleurs du mal, texte de 1861, Les Épaves, Sylves, avec certaines images qui ont pu inspirer le poète, éd. Jean Pommier et Claude Pichois. Paris : Club des Libraires de France, 1959.
Lettres à Charles Baudelaire (publiées par Claude et Vincenette Pichois) in *Études baudelairiennes*, IV-V, Neuchâtel : La Baconnière, 1973.

Œuvres complètes, éd. Jacques Crépet. Paris : L. Conard, 1922-1953, I-XIX.

Œuvres complètes, éd. Claude Pichois. Paris : Gallimard/Bibliothèque de la Pléiade, 1990, I-II (I : 5e ; II : 3e édition revue).

Salon de 1846, éd. David J. Kelley. Oxford : Clarendon Press, 1975.

ÉTUDES, ARTICLES ET EXPOSITIONS CONSACRÉS À BAUDELAIRE

ABE, Yoshio, *Un enterrement à Ornans* et *l'habit noir* baudelairien. Sur les rapports de Baudelaire et de Courbet, in *Bulletin de la Société japonaise de Langue et Littérature françaises*, n° 1, 1962.

ADHÉMAR, Jean, « Baudelaire critique d'art », in *Revue des Sciences humaines*, 1958, janvier-mars.

CAIN, Julien, « Baudelaire critique d'art », in *La Revue des Deux Mondes*, 1958, 15 mai.

CALVET-SERULLAZ, Arlette, « À propos de l'Exposition Baudelaire [de 1968] : l'Exposition du Bazar Bonne-Nouvelle de 1846 et le Salon de 1859 », in *Bulletin de la Société de l'histoire de l'art français*, année 1969, F. de Nobele, 1971.

CARGO, Robert T., *Baudelaire Criticism 1950-1967. A Critical Bibliography*. University (Alabama) : University of Alabama Press, [1968].

CASTEX, Pierre-Georges, *Baudelaire critique d'art*. Paris : Sedes, 1969.

CELLIER, Léon, *Baudelaire et Hugo*. Paris : José Corti, 1970.

DROST, Wolfgang, « L'inspiration plastique chez Baudelaire », in *Gazette des Beaux-Arts*, 1957, mai-juin.

DROST, Wolfgang, « Baudelaire et le baroque belge », in *Revue d'esthétique*, XII, 1959, juillet-décembre.

DROST, Wolfgang, « Baudelaire et le néo-baroque », in *Gazette des Beaux-Arts*, 1959, juillet-septembre.

EIGELDINGER, Marc, *Le Platonisme de Baudelaire*. Neuchâtel : La Baconnière [1951].

FERRAN, André, *L'Esthétique de Baudelaire*. Paris : Hachette, 1933.

GHEERBRANT, Bernard, *Baudelaire critique d'art. Curiosités esthétiques, poèmes, œuvres diverses, lettres*. Textes et documents rassemblés et présentés par —, Paris : Club des Libraires de France, [1956].

GILMAN, Margaret, *Baudelaire the Critic*. New York : Columbia University Press, 1943.

GUINARD, Paul, « Baudelaire, le Musée espagnol et Goya », in *Revue d'Histoire littéraire de la France*, 1967, avril-juin.

HORNER, Lucie, *Baudelaire critique de Delacroix*. Genève : Droz, 1956.

HUYGHE, René, *L'Esthétique de l'individualisme à travers Delacroix et Baudelaire*. Oxford : Clarendon Press, 1955.

JOUVE, Pierre Jean, *Tombeau de Baudelaire*. Paris : Le Seuil, [1958].

JULIAN, René, « Delacroix et Baudelaire », in *Gazette des Beaux-Arts*, 1953, décembre.

LACAMBRE, Geneviève et Jean, « À propos de l'Exposition Baudelaire [de 1968] : les Salons de 1845 et 1846 », in *Bulletin de la Société de l'histoire de l'art français*, année 1969, F. de Nobele, 1971.

LEAKEY, Felix W., *Baudelaire and Nature*. Manchester, Manchester University Presse [1969].

LE PICHON, Yann et PICHOIS, Claude, *Le Musée retrouvé de Charles Baudelaire*. Paris : Stock, 1992.

MACCHIA, Giovanni, *Baudelaire critico*. Florence : Sansoni, 1959.

MAY, Gita, *Diderot et Baudelaire critiques d'art*. Genève : Droz-Paris : Minard, 1957.

MOSS, Armand, *Baudelaire et Delacroix*. Paris : Nizet, [1973].

PARIS, *Charles Baudelaire*, Paris, Bibliothèque nationale, 1957.

PARIS, *Baudelaire*, Paris, Petit-Palais, 1968.

PEYRE, Henri, *Connaissance de Baudelaire*. Paris : José Corti, 1951.

PIA, Pascal, *Baudelaire par lui-même*. Paris : Éditions du Seuil, [1952].

PICHOIS, Claude et ZIEGLER, Jean, *Baudelaire*. Paris : Julliard, 1987.

PICHOIS, Claude et AVICE, Jean-Paul, *Baudelaire, Paris*. Paris : Paris-Musées, 1993.

POMMIER, Jean, *La Mystique de Baudelaire*. Paris : Les Belles Lettres, 1932.

POMMIER, Jean, *Dans les chemins de Baudelaire*. Paris : José Corti, 1945.
Preuves, n° 207, mai 1968, « Baudelaire et la critique d'art ».

PRÉVOST, Jean, *Baudelaire*, Paris : Mercure de France, 1953.

RASER, Timothy, « A Poetics of Art Criticism, the case of Baudelaire », in *North Carolina Studies in the Romance Languages and Literatures*, n° 234, 1989.

REBEYROL, Philippe, « Baudelaire et Manet », in *Les Temps modernes*, 1949, octobre.

RUFF, Marcel A., *L'Esprit du mal et l'esthétique baudelairienne*. Paris : Armand Colin, 1955.

SLOANE, Joseph C., « Baudelaire as art critic », in *Bulletin baudelairien*, 1969, 31 août.

TABARANT, Adolphe, *La Vie artistique au temps de Baudelaire*. Paris : Mercure de France, 1942 — Rééd. 1963.

Revues entièrement consacrées à Baudelaire :

Bulletin baudelairien, Nashville (Tennessee) : Centre Baudelaire de la Vanderbilt University. Paraît depuis 1965.

Études baudelairiennes, Neuchâtel : Éditions de la Baconnière. Paraissent depuis 1959.

Histoire de l'art : études, monographies

Critique et esthétique :

Bouillon, Jean-Paul, *La Promenade du critique influent*, Paris, Hazan, 1990.

Cassagne, Albert, *La Théorie de l'art pour l'art, chez les derniers romantiques et les premiers réalistes*. Genève : Slatkine Reprints, 1979.

Centre d'art, esthétique et littérature (Université de Rouen), *La Critique artistique, un genre littéraire*, Paris, PUF, 1983.

Grate, Pontus, *Deux critiques d'art à l'époque romantique, Gustave Planche et Théophile Thoré*. Stockholm, Almqvist et Wiksell, 1959.

Hautecœur, Louis, *Littérature et peinture en France du XVIIe au XXe siècle*. Paris : Armand Colin, 1963.

Mustoxidi, Théodose Mavroïdi, *Histoire de l'esthétique française, 1700-1900*, Paris, Édouard Champion, 1920.

Richard, André, *La Critique d'art*, Paris, PUF, 1968.

Venturi, Lionello, *Histoire de la critique d'art*, Paris, Arts et Métiers graphiques, 1968.

Art du XIXe siècle : études générales et catalogues d'exposition :

Benoist, Luc, *La Sculpture romantique*. Paris : La Renaissance du livre, 1928.

Boime, Albert, *The Academy & French Painting in the Nineteenth Century*. New Haven and London : Yale University Press, 1986.

Clark, Kenneth, *The Romantic Rebellion. Romantic versus Classic Art*. Londres : John Murray, 1973.

Clark, Thimothy J., *Image of the People. Gustave Courbet and the Second French Republic 1848-1851*. Greenwich (Connecticut) : New York Graphic Society, [1973].

Clark, Thimothy J., *The Absolute Bourgeois. Artists*

and Politics in France. 1848-1851. Londres : Thames and Hudson, 1982.

Delacroix et le Romantisme français, Tokyo, Musée National d'Art occidental-Nogoya, Musée municipal des Beaux-Arts, 1989.

Exigences de réalisme dans la peinture française entre 1830 et 1870, Chartres, Musée des Beaux-Arts, 1983.

FOCILLON, Henri, *La Peinture aux XIXe et XXe siècles*. Paris : H. Laurens, 1927, 2 vol.

FOUCART, Bruno, *Le Renouveau de la peinture religieuse en France* (1800-1860). Paris : Arthéna, 1987.

GAEHTGENS, Thomas W., *De la résidence royale au Musée historique*. Paris : Albin Michel, 1984.

GEORGEL, Pierre, « Le Romantisme des années 1860 », in *Revue de l'art*, n° 20, 1973.

Impressionnisme : les origines 1859-1869, Paris, Galeries nationales du Grand Palais, 1993.

La Sculpture au XIXe siècle, Paris, Galeries nationales du Grand Palais, 1986.

Le Baron Taylor, l'Association des artistes et l'exposition du Bazar Bonne-Nouvelle, en 1846, Paris, Fondation Taylor, 1995.

MARRINAN, Michael, *Painting Politics of Louis-Philippe. Art and Ideology in Orleanist France, 1830-1848*. New Haven and London : Yale University Press, 1987.

Mort et triomphe du héros, la peinture d'histoire en Europe de Rubens à Manet, Lyon, Musée des Beaux-Arts, 1988.

PICON, Gaétan, *1863, Naissance de la peinture moderne*. Paris : Gallimard, 1988.

ROSENTHAL, Léon, *Du romantisme au réalisme*, Paris, Macula, 1987 — Rééd. 1914.

ROSENTHAL Léon, *L'Art et les artistes romantiques*. Paris : Le Goupy, 1928.

The Art of the July Monarchy, France 1830 to 1848, Columbia, Museum of Art and Archeology, University of Missouri-Columbia, 1989.

The Realist Tradition : French Paintings and Drawings

1830-1900, Cleveland, the Cleveland Museum of Art, 1980.

The Romantics of Rodin, Los Angeles, Los Angeles County Museum of Art, 1980.

WHITE, Harrisson C. et Cynthia, *La Carrière des peintres au XIXe siècle*. Paris : Flammarion, 1991.

INDEX

Table des illustrations

Table

Table 605

Composition réalisée par NORD COMPO

IMPRIMÉ EN FRANCE PAR BRODARD ET TAUPIN
La Flèche (Sarthe).
LIBRAIRIE GÉNÉRALE FRANÇAISE - 43, quai de Grenelle - 75015 Paris
ISBN : 2 - 253 - 06090 - 9